Julie Heiland

Schicksalsjahre.

Die Frauen vom Neumarkt

JULIE
HEILAND

Schicksalsjahre

Die Frauen vom Neumarkt

Roman

Ullstein

Besuchen Sie uns im Internet:
www.ullstein.de

Originalausgabe im Ullstein Paperback

ISBN 978-3-86493-254-0

Gesetzt aus der Albertina powered by *pepyrus*
Druck und Bindearbeiten: CPI books GmbH, Leck

Prolog

1939

Lotte

»Wenn du mich so ansiehst, kann ich mich nicht konzentrieren«, sagte Leo.

Sie spitzte verschmitzt die Lippen. Genau das hatte sie beabsichtigt. Dabei war es für sie, die erst vor ein paar Tagen siebzehn geworden war, noch eine neue, schwindelerregende Erfahrung, einem Mann derart hemmungslos und ohne jede Verlegenheit in die Augen zu sehen. »Ich liege hier jetzt auch lange genug herum und versuche, mich so wenig wie möglich zu bewegen.«

Sie lag auf den makellos weißen, frisch geplätteten Laken von Leos Himmelbett, eine Hand über den Kopf gelegt, und trug nichts bis auf ein roséfarbenes Unterteil und feine Strümpfe. Es überraschte sie, wie mutig sie war, so freizügig hatte sie sich ihm noch nie gezeigt, aber bei ihm fühlte sie sich nicht nackt.

Leo hatte sie gefragt, ob er sie zeichnen dürfe. »Ich habe Angst, dass ich dich bald nicht mehr sehen oder auch nur ein Wort mit dir wechseln darf.« Sein Blick war über ihr Gesicht gewandert, als würde er sich jedes kleine Detail einprägen wollen: die vollen Lippen, ihre Alabasterhaut und die hellblauen Augen, die im Kontrast zu ihrem dunkelbraunen Haar mit den rötlichen Strähnen darin standen.»Wenn das der Fall ist, werde ich Dresden verlassen, und dann möchte ich wenigstens ein Bild von dir bei mir haben. Eines, durch dessen Anblick mir in kalten Nächten warm ums Herz wird.«

Für gewöhnlich lag ein schiefes Lächeln auf seinen Lippen, das sie jedes Mal ein wenig aus dem Gleichgewicht brachte. Doch nun war er so ernst, dass Gänsehaut ihre Unterarme überzog.

»Glaubst du wirklich, dass es so weit kommt?«

»Ja, das tue ich. Die Liste der Verbote ist inzwischen ziemlich lang. Wir Juden dürfen nicht mehr in allen Berufen arbeiten, dürfen nicht mehr ins Theater, ins Kino oder Museum gehen oder dürfen uns nur auf gekennzeichnete Parkbänke setzen, die meist vermüllt sind.« Er nahm ihre Hand und strich mit dem Daumen zärtlich über ihre Knöchel. »Und es ist uns verboten, einen Menschen zu heiraten, der nicht jüdisch ist, egal wie sehr wir diesen Menschen lieben. Von Tag zu Tag kommen mehr Verbote hinzu, die allein den Zweck verfolgen, uns immer weiter aus der Gesellschaft auszuschließen.«

Leo saß auf einem Stuhl neben dem Bett und konzentrierte sich wieder auf die Zeichnung. Eine Locke fiel ihm ins Gesicht, als er zu ihr aufsah, so lange, bis sie leicht errötete. Sie war es nicht gewohnt, dass man ihr so viel Aufmerksamkeit schenkte. Eigentlich studierte Leo Musik und arbeitete nebenbei als Violinist an der Semperoper, aber er war künstlerisch in vielerlei Hinsicht begabt. Und er probierte gerne Neues aus.

»Genug gezeichnet«, sagte sie, richtete sich auf und nahm ihm den Skizzenblock aus der Hand. »Zeig mal her.«

Sie betrachtete die junge Frau, die sie mit wachem Blick von dem Blatt aus ansah. Sie hatte etwas Nymphenhaftes an sich, wirkte so selbstbewusst, so sinnlich. So schön. War das wirklich sie? Für gewöhnlich versuchte sie, so wenig wie möglich aufzufallen, aber Leo hatte sie trotzdem wahrgenommen. Damals, als sie sich letzten Sommer in das Café am Neumarkt gesetzt und einen Krug mit erfrischendem Rhabarbersaft sowie ein Stück Eierschecke bestellt hatte, nur um seiner Interpretation des beschwingten *Allegro Aperto* von Mozart zu lauschen. Er hatte vor der Frauenkirche gestanden, vor ihm eine Mütze mit ein paar Münzen darin. Die Luft hatte vor Hitze an diesem Tag geflirrt. Es war nicht nur eine Melodie gewesen, die sie gehört hatte, es waren Gefühle gewesen, die in sie hineinströmten und ihre Seele aufwühlten wie Wind die See. Sie war so ergriffen gewesen, dass sie völlig die Zeit vergessen hatte. Später, als sie gezahlt hatte und nach Hause aufgebrochen war, hatte er sie eingeholt und einfach nur angelächelt und nicht geahnt, dass sie gerade von einem Erdbeben erschüttert worden war. Das war der Beginn von etwas gewesen, was sie bis heute nicht verstand, weil es so schön und echt war und damit so anders als das meiste, was sie bisher in ihrem Leben erfahren hatte.

Schwer zu sagen, was ihr an Leo am besten gefiel. Vielleicht sein helles Lachen, das sie unter hundert anderen erkannt hätte. Oder seine blauen Ozeanaugen, die von fernen Ländern und Abenteuern erzählten. Seine honigbraunen Haare, in denen die Sonne ein paar strohblonde Strähnen hervorgezaubert hatte und die sich an den Spitzen eindrehten. Seine feinen Gesichtszüge, wie von einem Künstler entworfen. Seine wilde, unvorhersehbare Art, die ihre Haut prickeln ließ, wenn er ihre Hand nahm und sagte: »Lust auf ein kleines Abenteuer?«

Einfach alles an ihm gefiel ihr. Sein Anblick erfüllte sie mit einem Gefühl, als würde sie ein paar Zentimeter über dem Boden schweben. Sie selbst war jemand, der still und leise aus dem Schatten heraus beobachtete. Jemand, der eher zusah, wie die Zeit langsam vorbeizog, anstatt mit beiden Händen nach dem Leben zu greifen und es zu schütteln in der Hoffnung, dass neue, überraschende und abenteuerliche Möglichkeiten herausfielen. Für jemanden wie sie war jemand wie Leo, der so elektrisierend war, ein Ereignis, geradezu ein Einschlag. Leo überflutete sie mit seinem Licht und brachte Seiten an ihr zum Vorschein, von denen sie nichts geahnt hatte.

Endlich legte er den Kohlestift beiseite und wischte seine Hände an einem Tuch ab. Trotzdem hinterließ er einen schwachen schwarzen Fingerabdruck auf dem weißen Laken, als er zu ihr kletterte.

Sie legte den Skizzenblock auf seinem Nachttisch ab, fuhr mit dem Zeigefinger über seine Unterlippe, bewunderte die feinen Rillen, die glatte, gebräunte Haut seines Oberkörpers. Auch er war kaum bekleidet, trug nichts bis auf eine hellbraune Stoffhose. Er hatte etwas von einer griechischen Statue, ein junger Adonis, so schön, dass es fast schon wehtat. Sie konnte einfach nicht aufhören, ihn zu küssen. Er schmeckte leicht nach dem Schokoladeneis, das sie ihm aus der Konditorei Rumpelmayer mitgebracht hatte. Sie fragte sich, wie lange es noch dauern würde, bis sie sich nicht mehr beherrschen konnte und sich auch das letzte Stück Stoff vom Körper streifte.

Leo löste sich von ihr, jedoch nur, um ihren Hals zu küssen und sanft an der zarten Haut zu saugen. Er tastete sich weiter vor, über ihre Schlüsselbeine zu ihrem Busen hinab. Er ließ seine Zunge um ihre Brustwarze kreisen, womit er ihr ein wohliges Stöhnen entlockte, und als er sanft hineinbiss, brachte er sie fast um den Verstand.

»Leo …«, hauchte sie, als seine Lippen tiefer wanderten, und vergrub ihre Hände in seinen Locken.

Seine Augen hatten sich verdunkelt, als er zu ihr aufsah. »Soll ich aufhören?«, fragte er provozierend, weil er natürlich genau wusste, dass sie nicht wollte, dass er sich bremste.

»Ich befürchte, ich muss los«, sagte sie und biss sich auf die Unterlippe, als er mit der Hand über die Innenseite ihres Oberschenkels fuhr. »Dann kannst du dich noch mit deinen anderen Verehrerinnen treffen.«

Sie genoss die Schwere, als er sich auf sie legte. »Du weißt, dass du die Einzige bist.«

Ja, das wusste sie. Und es wollte ihr einfach nicht in den Kopf gehen, was er an ihr so besonders fand.

»Tante Viktoria steinigt mich, wenn ich zu spät komme«, sagte sie und bewegte sich unter ihm, damit er sich von ihr rollte. »Heute Abend ist doch der Ball.«

Seit Wochen plante ihre Tante den Sommerball, der im Hotel Elbflorenz stattfinden würde. Das Hotel war seit mehreren Generationen im Besitz der Familie. Die Einladungen zum Sommerball waren mindestens so heiß begehrt wie die köstlichen Stollen auf dem Dresdner Striezelmarkt. Es war nämlich kein Geheimnis, dass nicht nur angesehene Künstler oder wohlhabende Unternehmer eingeladen wurden, sondern auch einflussreiche Politiker, weshalb vor allem junge, ledige Frauen ihre Seele dafür verkauft hätten, eine der hochwertigen champagnerfarbenen Einladungskarten im Briefkasten zu finden.

»Und du musst dort wirklich hin?«

Fünf Minuten sind schon noch drin, dachte sie und legte den Kopf auf seinen Schoß. Sie war süchtig danach, ihn zu küssen, aber sie genoss es auch, einfach so mit ihm dazuliegen, zu reden und sich Geheimnisse und Gedanken anzuvertrauen, über die man sonst mit niemandem sprechen konnte. Und vielleicht war das der Zauber ihrer Beziehung, auch wenn sie das, was sie mit ihm hatte, nicht so nennen würde. Noch nicht. Er war ihr bester Freund und so etwas wie ihr Liebhaber, auch wenn sie noch nicht mit ihm geschlafen hatte.

»Natürlich muss ich dorthin«, sagte sie und seufzte. »Immerhin ist es der Ball, mit dem meine Tante mich in die feine Gesellschaft einführen möchte.«

Einladung zum Sommerball hatte auf den Einladungskarten, die ihre Tante Viktoria verschickt hatte, gestanden. *Verkupplungsball* hätte es jedoch besser getroffen, denn neuerdings schien ihre Tante alles daranzusetzen, sie unter die Haube zu bringen. Und das ahnte auch Leo.

»Sie will dich mit einem reichen Schnösel oder einem Nazioffizier zusammenbringen, das ist der wahre Grund des Balls.«

Sie war eine »richtige Frau« geworden, wie ihre Tante vor einer Woche verzückt gesagt hatte, als Lotte in der kleinen Boutique in der Wilsdruffer Straße ein Kleid anprobiert hatte. Ihr selbst war auch nicht entgangen, dass sich dann und wann ein paar junge Männer nach ihr umdrehten. Aber sie wollte sich lieber auf ihre Ausbildung in der privaten Schule für Sekretärinnen in der Prager Straße konzentrieren, damit ihr Onkel und ihre Tante zufrieden mit ihr waren.

»Selbst wenn meine Tante vorhaben sollte, mich zu verkuppeln, so wird ihr das vermutlich nicht gelingen. Tatsächlich muss ich dankbar sein, wenn sich ein Mann für mich interessiert. Du weißt, was die Leute am Neumarkt über mich sagen. Dass ich eine Waise bin, die Tochter der verstorbenen roten Unruhestifterin. Sie sagen, es sei eine überaus große Geste der Gutmütigkeit gewesen, dass meine Tante und mein Onkel sich bereit erklärt hätten, mich aufzunehmen.«

»Es schert mich nicht, was die Leute sagen.«

»Du findest mich also liebenswert?«, wagte sie zu fragen.

»Ich finde dich sogar sehr liebenswert.« Er küsste sie auf die Nasenspitze.

»Ich finde dich auch sehr liebenswert«, gestand sie leise und lächelte unsicher. Noch immer hatte sie sich nicht daran gewöhnt, sich durch derartige Eingeständnisse so weit aus dem Fenster zu lehnen, aber es war auch aufregend. Erhebend. »Und diese reichen Schnösel interessieren mich nicht. Du bist der Einzige, der mich interessiert.«

»Aber ich bin heute Abend nicht eingeladen, und das, obwohl dein Onkel früher mit meinem Vater befreundet war und sich sogar mal Geld von ihm geliehen hat.«

Lotte erinnerte sich daran. Das war während der Finanzkrise gewesen. Damals war sie sieben Jahre alt gewesen und hatte sich noch nicht für Jungs interessiert. Damals hatte auch noch ihre Mutter gelebt, ihr Vater war bereits an den Spätfolgen einer Kriegsverletzung verstorben gewesen.

»Und deine Tante ist auch gerne mit meiner Mutter in den Palmenhof der Konditorei Rumpelmayer gegangen.«

»Ich weiß …«, sagte sie beschwichtigend.

»Und dann waren wir auf einmal im Hotel nicht mehr willkommen, und es macht mich verrückt, dass diese Männer dich umgarnen und dir das Blaue vom Himmel versprechen.«

»Vielleicht lasse ich mich ja gar nicht umgarnen, sondern lasse sie alle auflaufen?«

Damit entlockte sie ihm ein kleines Lächeln.

»Was würden dein Onkel und deine Tante tun, wenn ich heute Abend auch auftauchen und dich offiziell umwerben würde?«

Sie schmunzelte. Die Vorstellung war ziemlich romantisch, gleichzeitig jagte sie ihr Angst ein. Es konnte ihm nicht ernst sein.

»Wie soll es mit uns weitergehen?«, fragte er auf einmal. In seinem Blick lag so viel Verzweiflung, dass es ihr kurz den Atem verschlug.

»Ich weiß es nicht, aber irgendeine Lösung werden wir finden.«

Auf einmal richtete er sich auf und nahm seine zarte Goldkette ab, um sie ihr um den Hals zu hängen. »Die schenke ich dir.«

»Um dein Revier zu markieren?«, neckte sie ihn.

In seinem Blick lag sanfter Tadel. »Nein, sondern damit ich wenigstens ein bisschen das Gefühl habe, heute Abend bei dir zu sein.«

»Danke.« Sie küsste ihn und betrachtete dann den filigranen Anhänger, einen kleinen Halbmond, weil er die Nacht so sehr liebte.

Gelegentlich staunte sie darüber, worauf sie sich mit Leo eingelassen hatte. Aber die meiste Zeit gelang es ihr, ihre Ängste in weite Ferne zu schieben. Vor zwei Wochen hatten sie sich das erste Mal ihre Liebe gestanden, aber im Nachhinein war sie sich nicht ganz sicher, ob sie es nur getan hatte, weil es so aufregend gewesen war. Es fiel ihr generell schwer zu beschreiben, wie sie sich fühlte. Im Nachhinein hatte es sie eine schlaflose Nacht gekostet, in der sich ihr die Frage aufgedrängt hatte, ob sie nicht zu impulsiv gewesen war. Sie wusste nicht, ob sie Leo wirklich liebte. Sie wusste nur, dass sie ihre Gefühle für ihn als viel zu spannend, schmeichelnd, aber vor allem auch tröstlich empfand, um ihnen zu widerstehen. Verliebt zu sein und es laut zu sagen, zu hören, dass man geliebt wurde, das war wie eine Befreiung.

»Wie spät ist es?«, fragte sie.

»Viertel vor fünf.«

»O Gott, schon so spät?« Sie hatten ja völlig die Zeit vergessen!

Sie schwang die Beine vom Bett und sammelte eilig ihre Kleidung vom Boden auf, ehe sie einen Blick in den Spiegel warf. Ihr Haar war eine Katastrophe. Sie zog eine Nadel heraus und versuchte, eine Strähne, die sich gelöst hatte, damit festzustecken. Plötzlich hielt sie inne. Was war das für ein violetter Fleck an ihrem Hals? Kurz hoffte sie, dass es Kohle war, aber als sie mit Spucke daran rieb, verschwand der Fleck nicht. Sie fuhr herum. »Was ist das?«

»Ups.« Leo machte ein zerknirschtes Gesicht. »Tut mir sehr leid. Ich kann aber nichts dafür, wenn du so unwiderstehlich bist.«

Sie wollte wirklich böse mit ihm sein, aber sie konnte nicht, nicht, wenn er sie so ansah. Während sie in ihr Kleid schlüpfte, dachte sie, dass hoffentlich niemand heute Abend den verräterischen Fleck an ihrem Hals bemerken würde.

Als sie gehen wollte, hielt Leo sie noch einmal fest. »Versprich mir, dass alles gut wird.«

Kurz zögerte sie. »Ich verspreche es dir«, sagte sie dann und verdrängte das Gefühl, das sie seit ein paar Tagen mit sich herumtrug. Genau genommen seit ihr Onkel das erste Mal davon gesprochen hatte, dass vielleicht bald, bei seinem nächsten Besuch in Dresden, der Führer höchstpersönlich im Hotel Elbflorenz residieren würde. Seit ihre Tante begonnen hatte, sie manchmal argwöhnisch zu betrachten, als würde sie etwas ahnen und versuchen, Lottes Gedanken zu lesen. Seit Leo ihr gesagt hatte, dass er sie liebte.

Es war das Gefühl, dass Unheil heraufziehen würde.

I

1993

Hannah

Die Welt besteht nicht aus Atomen, sie besteht aus Geschichten.

Den Spruch hatte sie so ähnlich vor ein paar Wochen in einem Roman gelesen, und er war ihr im Gedächtnis geblieben, weil sie sich genau das schon ein paarmal selbst gedacht hatte. Nur weniger poetisch formuliert. Wenn sie durch die Gassen Dresdens wanderte und die Hand dabei über die rauen, kalten Gemäuer gleiten ließ, dann fragte sie sich häufig, welche Geschichten die Gebäude wohl erzählen würden, könnten sie sprechen. Geschichten von Liebesbeziehungen, die eingegangen worden und wieder zerbrochen waren, von Erfolgen und Unglück, von Geburten und Tod.

Mit all den unterschiedlichen Geschichten, die diese Welt zu bieten hatte, verhielt es sich in ihrer Vorstellung in etwa so wie mit den Jahresringen eines Baumes: Ganz außen waren die größten Kreise, die prägenden Ereignisse, die jeder kannte, die ganze Sachbücher füllten und über die teuer produzierte Filme erzählten. Angefangen bei den Kreuzzügen im Mittelalter und den Hexenverbrennungen der Neuzeit über Napoleons Kriege und die

Französische Revolution bis hin zur Industrialisierung, zum Ersten Weltkrieg, Hitlers Terrorherrschaft und schließlich der Zeit der deutschen Teilung sowie dem Mauerfall.

Die nächstkleineren Ringe beschrieben die Geschichten einer Stadt oder einer Region. Nicht unbedingt weltbedeutend, aber dennoch relevant für die Menschen, die dort lebten. Während ihrer Studienzeit hatte sie als Stadtbilderklärerin gearbeitet, um sich ein bisschen was dazuzuverdienen. Heute würde man sich vielleicht wieder trauen, Stadtführerin zu sagen. Jedenfalls kannte und liebte sie Dresden wie eine Freundin, mit der sie aufgewachsen war. Bei den Touren durch die Stadt hatte sie den Touristen von August dem Starken erzählt und natürlich auch von dem Faschingsdienstag im Jahr 1945, an dem amerikanische und englische Fliegerbomber diese einzigartige Kulturstadt dem Erdboden gleichgemacht hatten. Oder sie hatte mit einem gewissen Stolz berichtet, dass die Semperoper, die sie als kleines Mädchen noch als Ruine gesehen hatte, dank der Hartnäckigkeit von Dresdner Bürgern wiederaufgebaut worden war.

Die nächsten Ringe, die kleinen, das waren die Alltagsgeschichten. Dazu zählten Ereignisse, wie dass vor zwei Wochen das moderne amerikanische Diner am Altmarkt wieder hatte schließen müssen, weil die Dresdner für Pancakes und Burger noch nicht bereit waren, sondern handbemalte Wandfliesen und Eierschecke bevorzugten.

Und dann gab es noch den Punkt in der Mitte dieser Jahresringe, und das waren die Menschen. Das war der Mann mit dem Toupet, der jeden Morgen in der Bäckerei, in der sie sich ein Rosinenbrötchen zum Frühstück holte, die Zeitung las. Sie achtete stets darauf, ein paar Worte mit ihm zu wechseln, weil seine traurigen Augen ihr das Gefühl gaben, dass er einsam war. Das war die alte Dame mit dem lila gefärbten Haar, die jeden Morgen mit ihrem Dackel am Neumarkt ein paar Schritte ging, selbst im Sommer einen Pelzmantel trug und wie ein Weihnachtsbaum mit Schmuck behängt war. Das war sie selbst, eine seit heute fünfundzwanzig Jahre junge Frau, deren Leben an diesem Morgen von einer Sekunde auf die andere zerbrochen war.

Wäre das hier ein normaler Tag, dann würde sie vielleicht daran zurückdenken, wie ihre Mutter ihr am Käthe-Kollwitz-Ufer das Fahrradfahren beigebracht oder wie sie auf der Brühlschen Terrasse das erste Mal mit einem Jungen Händchen gehalten hatte, der sie am nächsten Tag in der Schule ignoriert hatte. Aber an diesem Morgen war alles mit *ihm* verbunden. Malte. An der Augustusbrücke hatte er ihr, als das mit ihnen noch ganz frisch gewesen war, den schönsten Kuss geschenkt, den sie je bekommen hatte. Er hatte sie zum Essen ausgeführt, und obwohl es schon spät gewesen war, hatten sie beschlossen, zu Fuß zu ihr nach Hause zu laufen. Auf halber Strecke hatte es angefangen, wie aus Eimern zu schütten. Auf einmal war er stehen geblieben und hatte sie geküsst, und vergessen war der strömende Regen, der aus ihrem offenen Haar in ihren Nacken tropfte, und es hatte nur noch ihn und sie und das Gefühl gegeben, dass ein großartiges Leben vor ihnen lag.

Sie drückte die aktuelle Ausgabe der *Dresdner Neuesten Nachrichten* fest an ihre Brust, während sie auf dem Weg zur Arbeit war. Ihre Hände waren von der Zeitungstinte schwarz. Ihre Beine fühlten sich an wie Wackelpudding, als wäre sie an einem Unfall beteiligt gewesen und würde noch immer unter Schock stehen.

Eigentlich hatte der Morgen so schön begonnen, wie ein Junitag nur beginnen konnte. Wieder und wieder spulte sich die Erinnerung vor ihrem inneren Auge ab. Sie sah, wie Sonnenlicht durch den Spalt ihrer Vorhänge fiel und sie wachkitzelte. Malte lag neben ihr. Wie war sie nur vernarrt in diesen Mann, in seine langen Wimpern, an den Spitzen hell. In seine markanten Augenbrauen.

Das leichte Kratzen seines Dreitagebarts, wenn er sie küsste. Sein braunes Haar war von hellblonden Strähnen durchzogen, die von seinem letzten Italienurlaub erzählten. Allein sein Anblick erregte sie.

Seine schönen Lippen hoben sich zu einem Lächeln. »Du beobachtest mich mal wieder im Schlaf.«

»Natürlich«, erwiderte sie. »Wer weiß, wann ich dich wiedersehe.«

Er hob die Lider, und die Wucht seiner Augen traf sie. Zwei wunderschöne eisblaue Augen, deren Anblick bewirkte, dass jede Kellnerin, jede Verkäuferin ihn mit besonderer Aufmerksamkeit behandelte.

Malte warf einen Blick auf seine Armbanduhr, die er auf dem Nachttisch abgelegt hatte. »Ich muss los, meine Schöne.«

Meine Schöne. Sie hatte nie verstanden, warum er ausgerechnet diesen Kosenamen für sie ausgesucht hatte. Vielleicht, weil er doch nicht so kreativ war, wie sie anfangs gedacht hatte, und ihm einfach nichts Besseres eingefallen war. Sie war nicht unattraktiv, hatte weibliche Kurven an den richtigen Stellen und unkompliziertes rotbraunes Haar. Aber im klassischen Sinne schön war sie nicht. Ihre Mutter hatte mal gesagt, ihr Gesicht würde aufheitern, und sie wusste nicht recht, was sie davon halten sollte. Ihre Mutter hatte nämlich auch mal gesagt, ihre Klamotten vermittelten den Eindruck, als würde sie nachts heimlich in den Containern der Kleidersammlung wühlen. Sie zog sich nun mal gerne bunt und lebendig an, früher war es ja nicht gerne gesehen gewesen, wenn man sich zu individuell, zu auffällig gekleidet hatte.

Sie rollte sich auf ihn, noch immer nackt, und genoss es viel zu sehr, seine warme Haut auf ihrer zu spüren. »Ein paar Minuten noch.« Sie hasste es, ihn anbetteln zu müssen, das wirkte so bedürftig, aber er ließ ihr keine andere Wahl.

»Du weißt, wie gern ich bleiben würde. Aber ich bin schon spät dran.« Sein Tonfall war sanft, aber bestimmt.

Sie sah ihm dabei zu, wie er seine Kleidung vom Boden auflas, eine Spur, die vom Wohnzimmer zum Bett führte. Heißhungrig waren sie übereinander hergefallen. Die Soljanka, die sie für ihn zubereitet hatte und die für ihre Verhältnisse erstaunlich schmackhaft gewesen war, stand unangerührt auf dem Herd.

»Du hast heute noch ein Konzert?«

»Ja.« Er mied ihren Blick. Warum hatte sie es da nicht schon geahnt?

Sie hatten sich vor etwa einem Dreivierteljahr in der Semperoper kennengelernt. Sie liebte klassische Musik, die einzige Musik, die ihrer Meinung nach wirklich Geschichten erzählte. Sie hatte ein Jahresabo der Semperoper, ungewöhnlich genug für eine damals noch Vierundzwanzigjährige, aber für ihre Mutter eine willkommene Geschenkidee, da sie sonst nicht gewusst hätte, was sie ihrer Tochter schenken sollte.

Eines späten Abends, als die Vorführung vorbei gewesen und sie nach draußen an die frische Luft getreten war, sprach er sie an. Sie war die Letzte, die das Gebäude verließ, weil sie noch eine Weile auf dem samtroten Polstersessel verharrt und die Musik auf sich hatte nachwirken lassen. Als sie nach draußen trat, zitterte sie leicht. Zum Teil, weil der Sommer sich dem Ende neigte und die Luft abgekühlt war, sie jedoch nur ein leichtes, leuchtend gelbes Kleid mit einem Petticoat unter dem Rock trug. Zum Teil aber auch, weil sie von Vivaldi so berührt war. Dazu der Mond über ihr, voll und so klar, dass sie sogar meinte, ein paar Kerben darin entdecken zu können. Eine perfekte Nacht.

Erst nahm sie den Zigarettenrauch wahr, der an ihr vorbeizog. Dann hörte sie eine Männerstimme fragen: »Hat Ihnen die Aufführung gefallen?«

Sie wandte sich um und sah die dunkle Silhouette eines Mannes an einer der Säulen lehnen. Es war der Dirigent. Er war jünger, als sie erwartet hätte.

»Mehr als das«, hauchte sie, plötzlich leicht nervös.

»Sie sind oft hier. Sie haben sogar einen Stammplatz.«

Das war ihm aufgefallen? Er schien die Frage in ihrem Gesicht zu lesen, denn er sagte: »Wie sollten Sie mir entgehen, in diesem Kleid?«

Dieser Blick. Diese Augen. Ihr war noch nie ein Mann begegnet, von dem so viel Anziehungskraft ausging. Ihr Körper wurde von einem wohligen Schauer ergriffen, der nichts mehr mit der Kühle der Luft zu tun hatte.

Sie verloren sich in einem Gespräch über klassische Musik. Anfangs fürchtete sie, sich zu blamieren, indem sie etwas Dummes sagte. Aber diese Angst fiel schnell von ihr ab, weil er jedes ihrer Worte aufzusaugen schien, als wäre ihre Meinung wirklich wertvoll.

»Darf ich Sie auf einen Drink einladen?«, fragte er sie schließlich.

Später brachte er sie noch nach Hause. Als sie vor der Eingangstür des Mietshauses in der Altstadt standen, in dem ihre Wohnung unter dem Dach lag, sah er sie lange an.

»Hannah …« Er sprach ihren Namen aus, als wäre sie ihm ein Rätsel.

Als er ihr eine Haarsträhne hinters Ohr klemmte, war es ihr, als würde Starkstrom durch sie hindurchfließen. Das war der Moment, in dem etwas in ihr weich wurde wie Kerzenwachs, das in der Flamme schmolz. Sie schluckte, ihr Mund öffnete sich, aber sie brachte kein Wort hervor. Sie wusste, wenn er ihr irgendwie zu verstehen gab, dass er sie ebenso begehrte wie sie ihn, dann wäre es um sie geschehen.

»Ich würde dich gerne küssen«, sagte er, und sie sank gegen ihn, ohne auch nur im Geringsten die Kontrolle über ihren Körper zu haben. Irgendwie schafften sie es die vier Stockwerke hinauf, wobei sie sich kaum voneinander lösten. Schon waren sie in ihrem Bett, und sie erlebte etwas, von dem sie dachte, es existiere nur in Filmen oder Romanen. Von diesem Tag an glaubte sie daran, dass es Seelenverwandte gab.

Als Malte an diesem Morgen im Bad verschwunden war, hatte sie ihr Nachthemd übergezogen, vor dem Spiegel ein bisschen daran herumgezupft und sich über sich selbst geärgert, dass sie es nicht schon längst aussortiert und durch ein seidenes Negligé ersetzt hatte. Vielleicht wäre es ihr dann gelungen, ihn dazu zu bewegen, etwas länger bei ihr im Bett zu bleiben.

So verführerisch und selbstbewusst wie Whitney Houston in *Bodyguard* lehnte sie sich gegen den Türrahmen im Bad, aber er war zu sehr mit seinem eigenen Spiegelbild beschäftigt. Sie mochte den Anblick, wenn er sich über ihrem babyblauen Waschbecken unter der Dachschräge wusch, sein Gesicht mit dem Handtuch trocken rubbelte, und stellte sich vor, er würde hier wohnen. Jedes Mal verspürte sie bei dieser Vorstellung eine Art Druck im Bauch, weil sie insgeheim wusste, dass er nicht wirklich in diese leicht chaotischen vier Wände passte, so wie der beige Trenchcoat, den sie vor ein paar Wochen in einem Anflug von vermeintlichem Stilbewusstsein gekauft hatte in der Vorstellung, in ihm erwachsener auszusehen. Er hing noch immer an der Garderobe im Flur und wirkte, als hätte ihn eine Freundin mal vergessen. Auch wenn sie trotz ihrer inzwischen mehrere Monate alten Beziehung noch nie bei Malte zu Hause gewesen war, wusste sie aus seinen Erzählungen, dass er in einer großen, neuen Wohnung mit atemberaubendem Blick über die Elbe lebte. Ihre Zweizimmerwohnung bezeichnete er als ihr »kleines Nest«. Sie war sich nie sicher, ob er das abfällig meinte. Selbst wenn, sie mochte das Schlaraffenland eines Sofas mit den vielen bunten Kissen darauf, die Lichterketten, Kerzen und das liebevoll zusammengewürfelte Mobiliar, das sie von Flohmärkten und Gebrauchtwarenläden hatte. Dass er sie nie zu sich nach Hause einlud, wunderte sie nicht weiter. Es passte zu der geheimnisvollen Aura, die ihn umgab. Und sie wollte sich auch nicht selbst bei ihm einladen. Dabei wäre sie nur zu gerne durch seine Wohnung geschlendert, hätte erfahren, ob er wirklich so ordentlich war, wie es den Anschein hatte, welche Bücher in seinen Regalen standen oder womit er seinen Kühlschrank füllte. All die kleinen Details eben.

Sie war so dumm …

Maltes Wildlederschuhe waren wie immer makellos, und die Uhr an seinem Handgelenk hatte bestimmt ein Vermögen gekostet. Er war ein Mann im besten Alter, zehn Jahre reifer als Hannah, das Einzige, was ihr einen winzigen Vorteil verschaffte. Denn die teuren Cremes, die er verwendete, wenn er hin und wieder nach einem Konzert in einer anderen Stadt bei ihr übernachtete und aus seinem kleinen Hartschalenkoffer eine prall gefüllte Kulturtasche hervorholte, ließen darauf schließen, dass er ein Problem mit dem Älterwerden hatte.

»Aber ich dachte …«, setzte sie an.

»Was dachtest du?«

Dass sie den Abend gemeinsam verbringen würden, er sie vielleicht sogar zum Essen ausführte, immerhin hatte sie heute Geburtstag. Aber das sagte sie ihm nicht. Sie hatte gehofft, dass er sich das gemerkt hatte. Darauf hinweisen wollte sie ihn nicht, denn er fühlte sich leicht unter Druck gesetzt.

Viel zu schnell war er aufbruchsbereit. Er nahm sein Jackett aus englischem Tweed vom Kleiderständer neben der Tür, schwang sich seinen karierten Schal von Burberry einmal locker um den

Hals und griff in seine Tasche, um seine Autoschlüssel rauszuziehen. »Wir sehen uns.«

Wir sehen uns. Wie oft er das gesagt hatte. Er hielt sich meistens vage, und obwohl ihr Zuverlässigkeit eigentlich wichtig war, fand sie diese niemals greifbare Art an ihm attraktiv. Er war die Taube auf dem Dach. Und sie der Spatz in seiner Hand. Sie ließ es sich gefallen, wenn sie sich nur einmal in der Woche sahen, manchmal sogar länger nicht. Wenn sie mit ihm zusammen war, dann vergaß sie, wie sehr sie unter den ungeklärten Verhältnissen litt, wie unsicher sie sich dadurch fühlte. Als sie ihn einmal gefragt hatte, warum er denn nicht mal ihre Freunde kennenlernen wolle, hatte er gesagt: »Alles mit der Zeit, meine Schöne.«

Und dann dieser Morgen.

Als sie zur Arbeit aufgebrochen war, war die Welt noch schön gewesen. Der Morgentau glänzte auf den Pflastersteinen. Das Sonnenlicht fühlte sich wie ein sanftes Streicheln auf ihren Wangen an. Die Besitzerin des ersten richtigen Souvenirladens der Stadt drehte das Türschild auf *Geöffnet* und schob eine Auslage mit Postkarten und Büchern über Dresden auf den Gehweg. Sie sah eine Frau, die sich mit ihren hohen Schuhen auf den Pflastersteinen abmühte und hinter sich ein weinendes Kind herzog, hatte Mitleid mit den beiden und fühlte sich der Frau gleichzeitig überlegen, denn sie selbst war erfüllt von dieser speziellen Leichtigkeit, die man nur nach verdammt gutem Sex hatte. Das Rosinenbrötchen, das sie sich gekauft hatte, war noch warm und wunderbar weich, sie liebte ihre Arbeit, hatte ein Dach über dem Kopf, einen vollen Kühlschrank, und außerdem hatte sie Geburtstag und war auch noch mit dem tollsten Mann der Welt zusammen.

Doch dann zog der Kiosk am Ende der Gasse seinen Rollladen hoch, und mehrere Versionen von Malte starrten sie an. Auf der ersten Seite der *Dresdner Neuesten Nachrichten* war ein großes Foto von ihm abgedruckt. *Dresdner Stardirigent ganz privat!*, titelte die Zeitung. Neben ihm eine wunderschöne Frau in einem stilvollen Abendkleid, davor ein bezauberndes kleines Mädchen, das ihm wie aus dem Gesicht geschnitten war.

Der Bissen vom Rosinenbrötchen schien in ihrem Mund immer größer zu werden, sodass sie schon befürchtete, an ihm zu ersticken. Unmöglich, ihn runterzuschlucken, weshalb sie ihn in die Tüte spuckte. Die Welt hielt inne, sie bekam nichts mehr mit, war wie unter Schock. Erst als der Kiosk-Verkäufer sie fragte, ob sie die Zeitung kaufen wolle, kam sie wieder zu sich. Vielleicht war alles nur ein Irrtum. Sie legte zwei Mark auf den Tresen und schlug die erste Seite auf. *Glücklich verheiratet seit vier Jahren.*

So furchtbar dumm …

Er hatte sie nach Strich und Faden belogen, und sie hatte nichts gemerkt.

Wie ein Scheinwerfer ließ die Sonne die Dächer Dresdens erstrahlen, als wollte sie damit sagen: »Seht, wie wunderschön diese Stadt ist!« Obwohl es schon jetzt, an diesem noch jungen Junimorgen, vielversprechend warm war, fror sie und zog ihre Jeansjacke enger um sich. Sie knüllte die Papiertüte mit dem Rosinenbrötchen darin zusammen, verfehlte den Mülleimer jedoch. Genau so fühlte sie sich. Zusammengeknüllt und weggeworfen.

Reiß dich zusammen, sagte sie sich, als sie sich zwischen den auf dem Neumarkt parkenden Autos hindurchschlängelte. Nicht, dass ihre Kollegen ihr etwas anmerkten und Fragen stellten. Was sollte sie dann sagen? Malte hatte sie darum gebeten, ihre Beziehung vorerst geheim zu halten, und sie hatte diesem Wunsch entsprochen. Sie hatte sich an das kleine Wörtchen »vorerst« geklammert, hatte sich eingeredet, dass er einfach nur ein vorsichtiger Mann sei, was verständlich war, immerhin stand er ja auch in der

Öffentlichkeit. Sie hatte sich für ihn Rechtfertigungen überlegt. Dafür könnte sie sich selbst ohrfeigen.

Auf einmal tauchte wie aus dem Nichts ein junger Kerl auf und lief ihr direkt vor die Füße.

Sie spürte etwas Kaltes an ihrem Dekolleté und sah auf ihre mit kleinen bunten Herzen bestickte Bluse hinab, eines ihrer Lieblingsstücke, das sie nur an besonderen Tagen aus dem Kleiderschrank holte. Ein dicker roter Marmeladenfleck sog sich in den Baumwollstoff. Ein bisschen so, als würde ihr Herz bluten. Dann sah sie den Kerl an, dessen Augen ganz groß geworden waren, als wären sie gefüllt mit Entschuldigungen, die ihm durch den Kopf stoben wie ein wilder Bienenschwarm. Er hielt die Hälfte eines Marmeladen-Hörnchens in der Hand, wobei sich die Marmelade nun mehr auf ihrer Bluse befand als im Hörnchen.

Der Tag entwickelte sich zu einer Wundertüte an Katastrophen.

»I'm so, so sorry!«, entschuldigte er sich.

Ein Tourist. Na toll. Ihr Englisch war nicht besonders gut. Dafür war ihr Russisch einwandfrei. Ein Relikt der DDR-Zeit.

Inzwischen hatte er ein Taschentuch aus seinem Lederrucksack gezogen, das er ihr unbeholfen hinhielt. »I'm really sorry. Vielleicht gibt es eine Toilette in der Nähe?«, sagte er in erstaunlich gutem Deutsch. »Wir könnten versuchen …«

»Schon in Ordnung«, unterbrach sie ihn, nahm das Taschentuch und ließ ihn einfach stehen. Im Gehen versuchte sie, die Erdbeermarmelade fortzuwischen, aber sie machte den Fleck nur noch schlimmer.

Eine Minute später erreichte sie ihren Arbeitsplatz: einen ursprünglich etwa vierzehn Meter hohen Trümmerberg, der letzte große in der Stadt.

Allein zwei Ruinenteile, die seitlich des Berges aufragten und tapfer seit fast fünfzig Jahren Wind und Wetter trotzten, erinnerten daran, welches Monument einst hier am Dresdner Neumarkt gestanden hatte: die Frauenkirche. Nach dem fatalen Bombenangriff hatte sie sich schwer verwundet noch fast zwei Tage lang auf den Beinen gehalten. Die Überlebenden Dresdens glaubten schon an ein Wunder, doch dann drang Feuer in die Kirche ein und zersetzte sie von innen heraus, bis ihre Kraft sie verlassen hatte und sie in sich zusammengestürzt war. Nun glich sie einem schlafenden Riesen. Die Wildrose, einst von Dresdnern zum Schutz der Trümmer ihrer geliebten Kirche gepflanzt, hatte sich im Lauf der Jahre hier und da wie eine Decke über der Ruine ausgebreitet.

Hannah erklomm den Berg, der noch immer stolze zwölf Meter hoch war, und wich einem großen Busch Unkraut aus, das üppig zwischen den Trümmerteilen spross. Nach wie vor fühlte sie sich ganz tapsig, wie auf einem schwankenden Schiff. Nicht unbedingt die beste Voraussetzung, um zwischen Steinen herumzuklettern. Eigentlich musste man hoch konzentriert sein, wenn man nicht falsch auftreten, stolpern oder auf einem Stein abrutschen wollte.

Sie kam etwas zu spät, ihr Kollege bereitete bereits den Fundort vor. Sie hob das rot-weiß gestreifte Absperrband an, bückte sich darunter hindurch und gesellte sich zu Torsten.

»Morgen.« Sie schob die Hände in die Taschen ihrer Jeansjacke.

»Guten Morgen!« Er deutete auf den roten Fleck auf ihrer Bluse. »Hat dein Frühstück sich gewehrt?«

»Ach, nicht mein Tag heute …« Das war wohl die Untertreibung des Jahres. »Was haben wir hier?«

Im Gegensatz zu ihr war Torsten das blühende Leben. Er war gerade dabei, die nummerierten Klappkarten aus dottergelber Plaste an den Fundstücken zu verteilen. »Einen eindeutigen Fall würde ich sagen.«

»Spuren? Hinweise?«

Spaßeshalber redeten sie manchmal wie Kommissare, die einen Kriminalfall zu lösen hatten. Wenn man so wollte, waren sie wirklich so etwas Ähnliches, auch wenn es bei ihnen natürlich keine Leichen oder Tatwaffen gab, sondern Trümmerteile. Aber sie gingen auf Spurensuche und untersuchten mit nahezu kriminologischer Genauigkeit Stein für Stein, um seine exakte ursprüngliche Position zu rekonstruieren. Im Lauf der nächsten Monate und Jahre würden sie die Trümmer wieder zusammenfügen. Man konnte also auch sagen, dass sie ein gigantisches Puzzle lösten, damit irgendwann aus diesem riesigen Haufen die Frauenkirche wie ein Phönix aus der Asche auferstanden sein würde.

Jedes Trümmerstück wurde nummeriert und fotografiert und mit einem der beiden Drehkräne auf den Boden hinabbefördert, wo es erneut untersucht, fotografiert und dokumentiert wurde. Schließlich landete es in einem großen Regallager am Neumarkt, gegenüber auf der anderen Straßenseite, oder, wenn es kein bedeutendes Stück war, am Käthe-Kollwitz-Ufer.

Es war für sie ein unvorstellbares Glück, Teil der etwa dreißigköpfigen Arbeitsgruppe sein zu dürfen. Vor allem ihre Mutter war stolz gewesen, als Hannah ihr erzählt hatte, dass sie dem Wiederaufbau der Frauenkirche zugeteilt worden war. Um die erste richtige Anstellung ihrer Tochter zu feiern, hatte sie sogar eine Cocktailparty geschmissen, obwohl Hannah Partys eigentlich nicht leiden konnte. Sie bevorzugte kleine, intime Runden mit ihren Freunden in Kneipen. Sie hielt es ohnehin mehr für ein Missverständnis oder ein Versehen, dass man ihr, die gerade erst ihr Architekturstudium abgeschlossen hatte, die Chance gab, am Wiederaufbau eines solch bedeutenden Gebäudes mitzuarbeiten. Aber ihr Vorgesetzter im Landesamt für Denkmalpflege hatte ihr aufmunternd auf die Schultern geklopft. »Du bist noch formbar, genau so jemanden brauchen wir für diese Arbeit.« Und so wurde ihr die Ehre zuteil, Torsten, ihren Mentor, wenn man so wollte, bei sämtlichen denkmalpflegerischen sowie archäologischen Aufgaben zu unterstützen und von ihm zu lernen.

Sie trat näher, um einen Blick auf das zu werfen, was Torsten in den Trümmern entdeckt hatte. »Heiliger Bimbam!« Zwischen zwei großen Trümmerstücken ragte eine Metallecke hervor. »Sag bloß, das ist das Turmkreuz?«

Torsten richtete sich auf und schob mit dem Zeigefinger seine Brille nach oben. »Exakt. Dein Geburtstagsgeschenk.«

Es rührte sie, dass er sich gemerkt hatte, wann sie Geburtstag hatte.

»Herzlichen Glückwunsch.«

»Danke. Aber ich muss wohl eher dir gratulieren, weil du das gute Stück gefunden hast.«

»Ach …« Er winkte ab. »Ich bin fast drübergestolpert.«

Torsten begann, Notizen auf dem Aufzeichnungsbogen zu machen. »Hoffen wir, dass die Journalisten fleißig darüber berichten und das Projekt wieder größere Aufmerksamkeit bekommt. Wir könnten ein paar mehr Spendengelder gut gebrauchen. Jedenfalls können wir uns unsere Frühstückspause vorerst abschminken.«

»Das ist wohl so sicher wie das Amen in der Kirche.«

Es war ein bedeutender Moment, als die schweren Brocken beiseite geschafft und das Turmkreuz mithilfe des Krans geborgen wurde. Die lokale sowie die Berliner Presse war vor Ort, aber leider hatten die *Dresdner Neuesten Nachrichten* nicht Nicole geschickt, ihre beste Freundin, sondern einen spießigen Kollegen mit Hornbrille. Die Reporter filmten und fotografierten, und zahlreiche Touristen tummelten sich an dem hohen Metallzaun, dessen Füße in einem unbeweglichen Betonfundament steckten. Nicht ohne Grund. Es war schon vorgekommen, dass Leute den Zaun aufgeschoben hatten, um »besser sehen zu können«. Ein paar vollkommen Verrückte hatten sich sogar Anfang der Fünfziger über einen seitlichen offenen Zugang, den das Militär kurz nach der Bombennacht gesprengt hatte, um wertvolles Material zu sichern, Zutritt zu den Katakomben verschafft und die Toten in der Grabkammer geschändet. Auch wenn sie oft dieselben Fragen beantwortete, mochte Hannah es, mit den Touristen ein paar Worte zu wechseln und ihnen die bewegende Geschichte der Kirche nahezubringen.

Tosender Beifall brach unter den Zuschauern aus, als das Turmkreuz sicher am Grund ankam und auf einen gepolsterten Anhänger geladen wurde.

Ein junger Mann mit Rucksack, in die Jahre gekommener Jeansjacke und Kamera um den Hals war besonders dreist, bückte sich unter der Schranke hindurch, hielt auf den Trümmerberg zu und knipste ein Foto. An Tagen wie diesen wünschte Hannah sich, man müsste sich ausweisen, um die Baustelle betreten zu können. Dann würden Verrückte wie dieser Kerl gar nicht erst aufs Gelände kommen.

»He, Sie da!«, rief sie, wartete einen Gabelstapler ab und lief auf den Eindringling zu.

Er blieb stehen, sah sie an und deutete auf sich.

Jetzt erst erkannte sie ihn. »Du schon wieder.« Es war der junge Engländer oder Amerikaner, der in sie hineingelaufen war. So langsam hatte sie das Gefühl, irgendeinen Schicksalsgott gegen sich aufgebracht zu haben. Sie war noch immer wütend auf ihn, auch wenn ihr natürlich klar war, dass er ihre Bluse ja nicht mit Absicht ruiniert hatte.

»Hast du das da gelesen?« Sie deutete auf das rote Schild, das am Zaun befestigt war. *Betreten der Baustelle verboten.*

»Ja, aber …«

»Nichts aber. Vorschrift ist Vorschrift.«

»Ich bin Harry. Harry Almond.« Er streckte ihr die Hand hin, die sie ignorierte.

»Harry«, sagte sie eindringlich und lotste ihn zur Schranke zurück. »Es gibt gute Gründe für diesen Zaun. Dürfte jeder auf dem Berg herumtollen, dann würde sich ständig jemand verletzen. Bedeutende archäologische Trümmer würden noch mehr zerstört werden, oder im schlimmsten Fall würde jemand eine Fliegerbombe nicht erkennen und uns alle in die Luft jagen.« Sie schloss das Tor vor seiner Nase. »Ich wünsche dir noch eine gute Zeit in Dresden.«

Sie wurde von einem älteren Herrn mit Hut abgelenkt, der seinen Hund Gassi führte. Unter seinem Arm klemmte die tagesaktuelle Zeitung. Sofort war es wieder zurück, dieses noch unbestimmte Gefühl, als wäre sie im freien Fall. Eine Mischung aus Ungläubigkeit, tiefer Enttäuschung und Wut, die jedoch überdeckt wurde von der absurden Hoffnung, dass alles einfach nur ein riesiges Missverständnis war. Ein Recherchefehler des Journalisten, der den Artikel geschrieben hatte.

Ihre Nasenspitze kribbelte verdächtig, wie immer, wenn sie kurz davor war, in Tränen auszubrechen. Sie zog sich einen kurzen Moment in die Umkleiden im Container zurück, um durchzuatmen und ihre Wangen am Waschbecken mit Wasser zu kühlen.

Als sie wieder hinaustrat, winkte Torsten sie zu sich. Er war nicht allein. Neben ihm stand der Kerl, den sie vorhin des Geländes verwiesen hatte. »Hannah, komm mal her! Dieser junge Mann hier hat extra den langen Weg aus unserer Partnerstadt Coventry auf sich genommen, um die Arbeit unserer Steinmetze ehrenamtlich zu unterstützen und auch sonst auf der Baustelle auszuhelfen.«

Dieser junge Mann hier grinste sie provozierend an. »Wonderful morning. Meinen Namen kennst du ja schon.«

Es gab diese Tage, da sollte es gesetzlich erlaubt sein, zum Wohle aller von der Arbeit nach Hause zu gehen und sich im Bett zu verkriechen, dachte sie. Sie meinte sich zu erinnern, dass Torsten vor einer Woche mal was erwähnt hatte, aber das war früh am Morgen gewesen, noch bevor sie ihre erste Tasse Kaffee getrunken hatte, und ohne Koffein funktionierte sie nicht richtig.

»Ach, ihr seid euch schon begegnet? Umso besser!« Torsten legte eine Hand auf ihre Schulter. »Kannst du ihn herumführen und ihm die Abläufe erklären? Das wäre super. Danke!« Ohne ihre Antwort abzuwarten, machte Torsten sich mit Plänen von der Baustelle unter dem Arm zu den wartenden Journalisten auf.

Sie eilte ihm nach. »Hat er denn überhaupt eine Ausbildung?«, fragte sie leise, damit Harry sie nicht hören konnte.

»Ja, er arbeitet in England als Steinmetz.«

Hannah blickte zu Harry, der ein Foto von dem Choranbau knipste, der von der Zerstörung verschont geblieben war. Mit seinem vom Wind zerzausten Haar, den vielen Armbändern, der alten Jeansjacke und dem mit bunten Blumen bedruckten Hemd darunter sah er nicht gerade aus wie ein typischer Steinmetz oder einer der anderen Arbeiter auf der Baustelle. Vielmehr wirkte er wie jemand, der in einem VW-Bus schlief und am Lagerfeuer Gitarre spielte.

»Und du weißt, wir sind aktuell nicht nur mit unserem Zeitplan etwas im Verzug und brauchen daher jeden Mann«, fuhr Torsten fort, »sondern wir müssen auch Geld sparen. Und jetzt entschuldige mich, das Turmkreuz wartet.«

Sie schob die Hände in die Taschen ihrer Jeans und ging langsam zu dem Engländer zurück. »Tut mir leid wegen vorhin. Ich dachte, du wärst ein aufdringlicher Tourist.«

Er grinste. »Als Wiedergutmachung kannst du mich ja jetzt herumführen.«

»Also: Lange Zeit sah es nicht danach aus, als würde die Frauenkirche wiederaufgebaut werden«, erklärte sie Harry. »Erst nach der Wende hat sich eine Bürgerinitiative dafür eingesetzt. Mit der Schrift *Ruf aus Dresden* wurde weltweit um Hilfe für den Wiederaufbau der Kirche als europäisches Haus des Friedens gebeten. Die Spendenbereitschaft war enorm.« Sie pustete sich eine Strähne ihres fransigen Ponys aus dem Gesicht. »Das, was wir hier tun, ist ein archäologischer Wiederaufbau. Das heißt ...«

» ... man legt großen Wert darauf, die Frauenkirche so authentisch wie möglich wiederaufzubauen«, vollendete er den Satz für sie. »Jeder Stein, den man wiederverwenden kann, soll auch an die Stelle, an der er einst war.«

Sie zog überrascht die Augenbrauen hoch. »Ja. Genau so ist es.«

»Ich kenne mich aus. Außerdem habe ich mich informiert, bevor ich hergekommen bin.«

»Gut.« Sie nickte anerkennend. »Und wie kommt es, dass du so gut Deutsch sprichst?«

»Meine Mutter ist Deutsche. Sie ist in Westberlin aufgewachsen, hat dort meinen Vater kennengelernt, sich unsterblich in ihn verliebt und ist mit ihm nach England gegangen, als sein Urlaub zu Ende war.«

»Wow. Das muss Liebe auf den ersten Blick gewesen sein.«

Harry schwieg. Sie winkte Gerhard, der mit Blaumann und Helm an ihnen vorbeilief. Er war einer der Arbeiter, die ursprünglich vom Bergbau kamen und dafür verantwortlich waren, die Trümmer zu bergen.

Sie deutete auf die weißen zweigeschossigen Container. »Darin sind die Baustellenbüros, die Baudirektion, die Ingenieurgemeinschaften und die beteiligten Ausführungsunternehmen untergebracht. Außerdem ist dort hinten noch ein Pavillon als Ausstellungsraum mit Informationsmaterial über die Frauenkirche.«

Nachdem sie ihm gezeigt hatte, wo er sich umziehen und frisch machen konnte, führte sie ihn durch das Regallager auf der gegenüberliegenden Seite der Landhausstraße und zeigte ihm dann das Aufnahmezelt, in das die Fundstücke nach der Bergung zur weiteren Dokumentation kamen.

Während sie die Trümmer wie eine Bergziege erklomm, musste Harry die Arme ausbreiten, um besser die Balance zu halten. Inzwischen ging es auf die Mittagszeit zu, und die Sonne prallte von oben auf sie herab. Es dauerte nicht lange, und ihr Arbeitshemd klebte an ihrem Rücken. An Tagen wie heute beneidete sie ihre männlichen Kollegen, die einfach ihre Hemden auszogen und oben ohne arbeiteten.

Sie wischte sich mit dem Handrücken über die feuchte Stirn. »Das Gelände ist in Quadrate eingeteilt, damit wir die Übersicht behalten, wo wir gerade arbeiten. Und dort …«

Sie verstummte, als sie bemerkte, dass Harry stehen geblieben war. Er schirmte mit einer Hand das Sonnenlicht ab und ließ den Blick schweifen über die Dächer der Altstadt, die bunten Autos sowie die Menschen auf dem Parkplatz. Überall ragten Baukräne in die Höhe.

»Das alles ist ziemlich beeindruckend. Du bist ein Gluckspilz.«

Sie schmunzelte über seine Aussprache und erinnerte sich daran, wie gern sie diese Stadt eigentlich hatte, nur heute gefiel sie ihr nicht besonders, denn heute war in ihren Augen alles trist und grau und abweisend.

»Komm, lass uns wieder runtergehen.«

Der Presserummel kochte erneut hoch, als ein silberner VW auf dem Gelände hielt. Makellose schwarze Pumps mit Absätzen der Höhe »schick und gerade noch bequem« wurden auf dem staubigen Boden positioniert. Zwei nackte Füße tauchten aus der Fahrerseite auf, schlüpften in die Schuhe, und schließlich stieg eine Frau mittleren Alters aus dem Wagen, begrüßte mit charmantem Lächeln die Journalisten und steuerte auf den sensationellen Fund zu. Ihr rotbraunes Haar war ordentlich hochgesteckt, das dunkelblaue Nadelstreifenkostüm betonte ihre zierliche Taille. Der Rock war lang genug, um angemessen, und kurz genug, um sexy zu sein.

»Wer ist das?«, fragte Harry.

»Das ist Marlene Spatz, aufstrebender Stern am Politikhimmel Dresdens.«

»Sie wirkt irgendwie … Ich weiß nicht … makellos. Aber auf sympathische Weise.«

»Ja …« Diese Beschreibung war eigentlich recht treffend. »Deshalb stehen ihre Chancen auch gut, die nächste Bürgermeisterin zu werden.« Inzwischen saßen sie auf einem der Trümmersteine. Als Harry aus seinem Rucksack eine in Butterbrotpapier geschlagene Stulle hervorholte, fiel ihr ein, dass sie vorhin das Rosinenbrötchen weggeworfen hatte. Er bemerkte ihren hungrigen Blick auf das Brot und teilte es in zwei Hälften, von denen er ihr eine reichte.

»Danke«, sagte sie gerührt, biss in das dick mit Schinken belegte Brot und hielt eine Hand darunter, damit die Essiggurke nicht auf den Boden fiel.

Als sie wieder aufsah, kam Marlene Spatz direkt auf sie zu. »Hier versteckst du dich.«

Hannah kaute. Schluckte. »Hallo, Mama. Ich verstecke mich nicht, jeder kann mich sehen.«

»Lass dich drücken.«

Sie erhob sich und ließ sich von ihrer Mutter in eine feste Umarmung schließen, wohl darauf bedacht, das Schinkenbrot möglichst weit von ihrem Kostüm wegzuhalten.

»Jetzt ist meine Kleine schon fünfundzwanzig Jahre alt! Wo ist nur all die Zeit hin?«

Marlene sah Harry an, als könnte er ihr diese Frage beantworten, schüttelte ihm die Hand und wechselte ein paar Worte mit ihm. Sie war eine dieser glücklichen Frauen, die im Alter noch attraktiver wurden. Das lag vermutlich an ihrem Erfolg als Politikerin, den sie erst seit ein paar Jahren genoss, genau genommen seit der Wende. In der Honecker-Ära hatte sie auf so etwas wie der schwarzen Liste gestanden, war überwacht und mehrmals zu langen, strapazierenden Verhören vorgeladen worden. Einmal hatte man sie sogar für zwei Nächte ins Gefängnis gesperrt. Nun aber war ihre Zeit gekommen, und sie war zu dieser strahlenden, starken und unabhängigen Frau geworden, die gute Chancen hatte, bald in dieser Stadt wirklich etwas bewegen zu können, so wie sie es sich immer erhofft hatte.

»Haben die Journalisten ordentliche Fragen gestellt?«, fragte Hannah.

»Ach, um mich geht es doch heute gar nicht, ich habe sie nur begrüßt. Wobei ich mich über ein Foto mit meiner hübschen Tochter in der Zeitung schon freuen würde. Komm, bitte …«

Nicht heute. Nicht in diesem schmutzigen Arbeitshemd, der ausgebeulten Jeans, den Bergarbeiterschuhen und dem vor Schweiß glänzenden Gesicht. Allein die Vorstellung, dass Malte morgen die Zeitung aufschlug und ein solches Foto von ihr sah, ließ das Schinkenbrot in ihrem Magen einmal kreisen. Abgesehen davon hatte sie auch nie als »die Tochter der Politikerin« in der Öffentlichkeit stehen wollen.

»So, wie du aussiehst, mache ich bestimmt kein Foto mit dir.«

Ihre Mutter lachte. »Dann gebe ich mich geschlagen. Übrigens habe ich für nächste Woche Donnerstag ein paar Leute eingeladen, eine kleine Runde. Ich würde mich freuen, wenn du auch kommst.«

»Muss das sein?« Marlenes *kleine Runden* waren nie klein, und die Gäste waren anstrengende Politiker, einflussreiche Firmeninhaber oder berühmte Dresdner.

»Mir zuliebe. Bitte.« Eigentlich war ihre Mutter zu alt und zu selbstbewusst für einen Schmollmund, aber erstaunlicherweise wirkte er bei ihr trotzdem nie albern.

»Na gut, von mir aus.«

»Sehr schön! Übrigens habe ich zu deinem Geburtstag dein Abonnement in der Semperoper verlängert. Du bist doch aktuell hin und weg von diesem Dirigenten. Wie heißt er noch?«

Hannah fühlte sich, als würde sich eine eiskalte Faust um ihr Herz schließen. »Malte Schumann.«

»Genau der! Komm doch heute Abend bei mir vorbei, dann stoßen wir auf deinen Geburtstag an! Ich muss jetzt wieder ins Büro. Die Arbeit ruft. Hat mich gefreut, Sie kennenzulernen, Harry.«

»Die Freude ist ganz meinerseits, Ms Spatz.« Harry kniff die Augen leicht zusammen, als er Hannah ansah, weil die intensive Sonne ihn blendete. »Happy birthday.«

»Danke.«

»Ihr seid euch nicht grade ähnlich«, sagte er, als ihre Mutter außer Hörweite war.

»Nein. Kein bisschen.«

Ihre Mutter war willensstark, selbstbewusst, schlagfertig, attraktiv.

»Dann kommst du eher nach deinem Vater?«

Sie zuckte mit den Schultern. »Den kenne ich nicht, hat sich kurz nach meiner Geburt aus dem Staub gemacht. In den Westen rüber.« Sie schob sich den letzten Bissen in den Mund, wischte sich die Hände an ihrer Jeans ab und stand auf. »Komm, an die Arbeit. Torsten meinte vorhin, wir sollen das Archivmaterial durchsehen. Ein Journalist hat angefragt, ob wir ihm alte Bilder der Frauenkirche mit dem Turmkreuz zukommen lassen können.«

Sie setzten sich in den Aufenthaltsraum im Container und breiteten die Ordner mit in Klarsichtfolien gehüllten Fotos der ehemaligen Frauenkirche auf dem Tisch aus. Als Hannah die Bilder durchsah, merkte sie einmal mehr, wie sehr sie danach lechzte, das Gebäude wieder in voller Pracht erstrahlen zu sehen. Sie selbst war mit dem Anblick der Ruine aufgewachsen, die als Mahnmal gegen den Krieg gedient hatte, aber nun leider auch ernüchternd war. Sie konnte es kaum erwarten, irgendwann die barocke Schönheit mit der imposanten Rundkuppel und den Malereien in hübschen Pastelltönen betreten und auf der fast siebzig Meter hohen Aussichtsplattform den einzigartigen Blick über die Dächer der Stadt und die Elbe genießen zu können. Sie hatte gehört, dass die Sicht bei guter Wetterlage bis in die Dresdner Heide im Norden, bis zum Elbsandsteingebirge im Osten, dem Erzgebirge im Süden oder bis nach Meißen im Westen gereicht hatte.

»Schon eine besondere Kirche«, sagte Harry, als er ein Foto des einstigen Gotteshauses betrachtete.

»Nicht wahr? Die Kirche konnte von allen Seiten über sieben Portale betreten werden. Der Baumeister, George Bähr, wollte ein offenes Haus erschaffen, einen Ort des Sich-Versammelns, eine Art gebautes Zusammengehörigkeitsgefühl.«

Es hatten sich auch ein paar Fotos in den Ordner geschlichen, die nichts mit der Frauenkirche zu tun hatten. Sie zeigten andere Ruinen der Nachkriegszeit, darunter den Zwinger und die Semperoper.

Auf einem der Fotos war eine Gruppe von Frauen zu sehen,

die den Altmarkt beräumten und Ziegel auf einen großen Holzkarren luden, vor den zwei Pferde gespannt waren. Das nächste Bild war von weiter weg aufgenommen. Das musste die Ruine der Kreuzkirche sein, was Hannah nur daran erkannte, dass dahinter der Rathausturm in die Höhe ragte. Eine Dreierkette an Güterloren zum Transport von Schutt stand auf den Gleisen im Vordergrund des Fotos. Daneben führte eine Holztreppe den Trümmerberg hinauf. Es schien kalt zu sein, denn die Menschen waren allesamt mit dicken Mänteln und Mützen bekleidet, die Frauen trugen Kopftücher.

Erneut blätterte sie um – und hielt in der Bewegung inne. Das Foto, das sie nun betrachtete, traf sie bis ins Mark. Es war eines dieser Bilder, die höchstwahrscheinlich in die Geschichte eingegangen wären und selbst Generationen später berührt hätten, wären sie an die Öffentlichkeit gelangt. So wie das berühmte Foto, das am Times Square direkt nach Kriegsende aufgenommen worden war und auf dem die Menschen auf den Straßen feierten und ein Seemann eine junge Krankenschwester leidenschaftlich küsste.

Die Aufnahme, die vor Hannah lag und die sie nicht aufhören konnte anzusehen, zeigte einen Mann und eine Frau, die auf einem Trümmerberg standen und umgeben von Ruinen waren. Der Mann hielt die Frau in den Armen, als hätte er ihr zuvor von dem Vorsprung hinter ihnen hinabgeholfen. Es war der Blick der beiden, der Hannah so sehr fesselte. So innig, so verbunden. Der Mann hatte markante, attraktive Gesichtszüge, die durch die Schwarz-Weiß-Fotografie noch hervorgehoben wurden. Außerdem hatte er eine Tätowierung am Unterarm, die darauf schließen ließ, dass er im KZ gewesen war. Dann betrachtete Hannah die Frau näher. Sie hatte ein hübsches, herzförmiges und ausdrucksstarkes Gesicht, in dem die Härte, aber auch die Schönheit des Lebens geschrieben standen. Es war kaum möglich, den Blick davon abzuwenden. Die zierliche Statur, die hohen Wangenknochen, die sinnlichen Lippen und die kleine Stupsnase, all das kam Hannah bekannt vor.

»Alles in Ordnung bei dir?«, fragte Harry.

»Schau mal …«, hauchte sie und wies auf das Foto.

»Ein schönes Bild«, sagte er, und dann fiel auch ihm die Ähnlichkeit auf. »Wow, diese Frau …«

» … sieht exakt so aus wie meine Mutter«, vollendete sie den Satz für ihn.

Als ihre Wohnungstür abends hinter ihr zufiel, war das Erste, was sie sah, das rote Blinken des Anrufbeantworters. Zwei Atemzüge lang war sie wie erstarrt, bis ihr die Tasche von der Schulter rutschte und zu Boden fiel.

Was, wenn *er* ihr eine Nachricht hinterlassen hatte? Wer sollte ihr sonst, abgesehen von ihrer Mutter, die sie jedoch vor wenigen Stunden noch gesehen hatte, auf Band sprechen? Ihre beste Freundin Nicole kam meistens einfach vorbei.

Früher oder später würde sie sich alldem stellen müssen. Also gab sie sich einen Ruck, drückte den blinkenden Knopf und zog ihre Hand schnell zurück, als hätte sie sich verbrannt.

»Hallo, Malte hier.« Er atmete schwer aus. »Es tut mir leid, dass du es auf diese Weise erfahren musstest … Ich fühle mich schrecklich deswegen. Ich habe den Presseleuten gesagt, dass sie mir Bescheid geben sollen, wann der Artikel veröffentlicht wird. Ich wollte vorher in Ruhe mit dir reden, aber es gab nie die Gelegenheit dazu.«

Ja, weil er keine Gelegenheit dafür hatte finden wollen.

»Ich wollte es dir selbst sagen. Ehrlich. Schon vor Wochen. Aber ich war zu feige. Können wir reden? Bitte. Ruf mich doch morgen Vormittag im Büro an.«

Erneut piepste es, dann war es still.

Sie widerstand dem Drang, den Anrufbeantworter gegen die Wand zu schleudern, und schrie ihren Frust stattdessen mit geballten Fäusten laut an die Decke, bis der dickbäuchige Kettenraucher von der Wohnung unter ihr von seinem Balkon aus »Ruhe!« rief.

Im Schlafzimmer ließ sie sich auf ihr großes, leeres Bett fallen und wünschte, sie hätte eine Katze, aber das hatte sie sich bisher noch nicht getraut, aus Angst, zu sehr zum Klischee einer allein lebenden Frau zu werden. Bis heute Morgen hatte sie ja auch noch die Hoffnung gehabt, dass sich Malte irgendwann mit ihr auf eine richtige Beziehung einlassen würde, und er mochte keine Katzen. Kaum hatte sie die Augen geschlossen, sah sie ihn schon wieder vor sich, wie er sie letzten Sommer in seinem schicken BMW Cabrio abgeholt und mit ihr eine Spritztour zu den Tafelbergen, den satten Wäldern, tiefen Schluchten und zerklüfteten Sandsteinfelsen der Sächsischen Schweiz gemacht hatte. Warum verblassten manch schöne Erinnerungen schon nach ein paar Wochen oder Monaten, während andere, die man einfach nur loswerden wollte, scheinbar unsterblich waren? Warum konnte man Erinnerungen nicht wie Papier schreddern oder in eine Kiste packen und wegschließen?

Sie dachte an die Zettel, die Malte ihr hin und wieder auf dem Weg in die Arbeit in ihren Briefkasten geworfen hatte. *Hab am Dienstagabend Zeit. Lust, essen zu gehen? Malte.* Oder: *Lass uns da weitermachen, wo wir das letzte Mal aufgehört haben.* Und obwohl Welten zwischen Maltes Briefchen und dem lagen, was sie sich eigentlich für ihr Leben wünschte, hatte sie die schlimme Befürchtung, dass sie sich vielleicht sogar erneut auf eine Affäre mit ihm einlassen würde, selbst jetzt, da sie die Wahrheit kannte. Ohne ihn fühlte sie sich wertlos. Als würde sie gar nicht mehr richtig existieren.

Sie brauchte Ablenkung. Ihr Blick fiel auf ihre Tasche. Sie wendete all ihre Kraft auf, um sich vom Bett zur Tür zu schleppen und das Foto in der Klarsichtfolie hervorzuholen, das das Liebespaar bei der Enttrümmerung zeigte. Sie hatte im Baustellenbüro gefragt, ob sie es mitnehmen dürfe, um eine Kopie anzufertigen, und zum Glück war das kein Problem gewesen. Sie wusste nicht, ob der Mann und die Frau auf dem Bild wirklich ein Paar gewesen waren. Aber etwas in ihr wünschte es sich, denn so, wie sie einander ansahen, waren sie füreinander bestimmt gewesen. Sie hatte es eingesteckt in der Hoffnung herauszufinden, wer die fremde Schönheit war, die ihrer Mutter so verblüffend ähnlich sah. War es möglich, dass … dass sie ihre Oma war? Ihre Mutter hatte kaum über sie gesprochen und abgeblockt, wenn Hannah Fragen gestellt hatte.

Noch in tiefer Nacht lag sie wach und konnte nicht aufhören, an das Foto und die Frau darauf zu denken. »Wer bist du nur …«, sagte sie leise in die Dunkelheit hinein.

2

1945

Lotte

Ein Ungeheuer sprintete auf sie zu. In letzter Sekunde sprang es in die Straßenbahn, darauf bedacht, sich nicht seine scharlachroten Hörner zu stoßen. Es richtete das Schafsfell, das auf seinen Schultern lag, als die Elektrische lichtlos und ratternd hinter der Semperoper verschwand und sich langsam den Weg durch das nachtschwarze Labyrinth der engen alten Gässchen Dresdens ertastete.

Es war Faschingsdienstag. Lotte war an der Haltestelle Augustusstraße ausgestiegen. Ihr war danach, noch kurz durch die Stadt zu schlendern, in der trotz Februarkälte und Dunkelheit noch immer ein bisschen was los war. Die Truhen und Kleiderkartons auf den Speichern waren für diesen heiteren Tag geöffnet, die Schuppen und Keller durchstöbert und alles hervorgezaubert worden, womit man sich verkleiden konnte: bunter Filz, glänzende Seidenbänder und Schleifen, weite, klein karierte Gingham-Kleider und üppige Stickereien. Nachmittags waren Kinder in entzückenden Faschingskostümen durch die Stadt getobt. Sie hatte Kobolde, Dämonen und Indianer mit Tomahawks gesehen. Lachen und Musik hatten die Straßen erfüllt, und die Menschen hatten ausgelassen getrunken.

Es war wunderbar gewesen. Ein kurzes Durchschnaufen. Ein kleines Stückchen Normalität im Sumpf des bedrohlichen Krieges, in dem Sorgen, Ängste und Nöte ständig an einem klebten wie Blutegel und einem die Kraft aussaugten.

Eine Gruppe halbwüchsiger Cowboys zog lautstark über den Adolf-Hitler-Platz, rief laut »Peng, Peng« und ließ dabei ihre Papppistolen durch die Luft tanzen. Obwohl sich Deutschland seit drei Jahren auch mit Amerika im Krieg befand, hielt sich die Faszination für den Wilden Westen hartnäckig, was höchstwahrscheinlich den Abenteuern der Karl-May-Bücher zu verdanken war. Die Dresdner verehrten den Autor auch deshalb, weil er aus Radebeul stammte, das nur einen Katzensprung von der Hauptstadt Sachsens entfernt lag. Sogar der Führer las gerne *Winnetou*, wie sie gehört hatte. Wobei sie sich gewiss nicht an dessen Geschmack orientierte.

Es zog sie zur Augustusbrücke, unter der die Elbe dunkel rauschte. Wie so oft war sie auf einmal ergriffen von der seltsamen Sehnsucht, in die wild tanzenden Ströme zu steigen, sich mitreißen und davon überraschen zu lassen, wo sie wie ein Findelkind ans Ufer gespült werden würde, um ein neues Leben zu beginnen. Aufgrund der Schneeschmelze war der Wasserstand hoch. Sie seufzte und betrachtete ihre geliebte Altstadt. Die markanten Silhouetten der Semperoper, der Hofkirche und der Frauenkirche waren nur auszumachen, weil hier und da ein Fenster Mondlicht reflektierte und ein wenig die Fassaden erhellte. Die Verdunkelungsvorschriften waren streng. Wie sehr sie sich nach Licht sehnte, besonders nach der bunten, weihnachtlichen Festbeleuchtung, die auch dieses Jahr ausgeblieben war. Dresden, das »Schmuckkästchen Deutschlands«, wie man so schön sagte, verdiente diesen Titel an den Weihnachtstagen ganz besonders, denn es erinnerte wirklich an eine Schatulle mit funkelnden Rubinen, Diamanten und Smaragden. Mit Wehmut dachte sie an den Striezelmarkt, an den Duft von süßem Glühwein und Stollen, bei dem einem das Wasser im Mund zusammenlief. Aber eines Tages würde sie all das wieder erleben, sagte sie sich. Der Krieg würde enden, die Menschen würden wieder mit Wohlwollen aufeinander zugehen und begreifen, dass das Leben viel schöner war, wenn man miteinander feierte, anstatt gegeneinander zu kämpfen.

Eine junge Frau, eigentlich noch ein Mädchen, kam ihr mit einem entzückenden Miniaturteufel an der Hand entgegen. Der Kleine blinzelte mit schweren Lidern, schon halb am Schlafen. Heute Nacht würde er bestimmt viele bunte Eindrücke zu verarbeiten haben. Als ein eisiger Wind sie streifte, schlug Lotte den Kragen ihres Mantels hoch und zog den Schal enger um den Hals. Sie legte die Hände auf das kühle Gemäuer und bewunderte den saphirblauen Himmel, der mit winzigen Sternen gesprenkelt war. Leise trug der Wind die lustige Musik aus dem Zirkus Sarrasani zu ihr herüber, der auf der anderen Elbseite lag.

Die Zeiger ihrer Armbanduhr standen auf zwanzig vor zehn. Zeit, nach Hause zu gehen, wo ihre Tante sie bestimmt schon erwartete. Sie würde ihr von den vielen lustigen Kostümen erzählen und den zeremoniellen Feuern auf den umliegenden Hügeln, mit denen das Ende der kalten Jahreszeit und die Ankunft des Frühlings gefeiert wurde.

Für gewöhnlich dauerte der Weg bis zum Neumarkt keine zehn Minuten. Wenn man jedoch wie sie heute Schnürstiefel mit einem kleinen Absatz trug, weil ihr danach gewesen war, sich im Rahmen des Möglichen hübsch zu machen, konnte er schon mal fünfzehn Minuten dauern. Wenn auch noch zwei Schnäpse im Blut kreisten und man deshalb vorsichtig ging, brauchte man noch länger. Sie war mit Kolleginnen etwas trinken gewesen. Gemeinsam mit den beiden Frauen half sie in ihren freien Stunden, wenn sie nicht gerade Soldatenuniformen wusch und flickte, am Hauptbahnhof aus, die Flüchtlinge aus dem Osten in Empfang zu nehmen. Die Eisenbahnen, die Dresden erreichten, quollen meistens über vor Menschenmassen. Auch an der Prager Straße, die bereits in Friedenszeiten belebt gewesen war, herrschte nur noch Chaos, weil einige Flüchtlinge loszogen, um sich selbst auf die Suche nach einer Unterkunft zu machen – entkräftet und völlig orientierungslos in einer Stadt mit unzähligen kleinen Gassen und noch mehr Gebäuden, deren Schönheit einen vor Ehrfurcht innehalten ließ.

Für gewöhnlich lenkte die Gesellschaft der beiden Frauen Lotte von ihren Sorgen darüber ab, wie lange der Krieg noch dauern würde, ob sie bald fliehen müssten oder Dresden von den Alliierten angegriffen würde. Doch ihr Gespräch an diesem Abend lag wie ein schwerer Stein in ihrer Brust.

»Habt ihr schon gehört?«, hatte die siebzehnjährige Carla, deren Freund vor zwei Wochen gefallen war, nach dem ersten Schnaps geflüstert. »Es kursieren Gerüchte, dass Gauleiter Mutschmann seine Flucht aus Dresden vorbereitet.«

Hedwig, Mutter von vier Kindern, hatte unheilvoll genickt. »Hab ich auch gehört. Und ich habe gesehen, dass deutsche Soldaten die Carolabrücke verminen, um den Vorstoß der Roten Armee auszubremsen. Sieht wohl nicht gut aus.«

Sie hatten noch eine Runde Schnaps bestellt.

Seit Wochen saßen sie alle auf gepackten Koffern, darin ein paar Klamotten, haltbare Lebensmittel und Erinnerungsstücke. Auch Gasmasken und Decken lagen bereit.

Inzwischen waren die letzten Cowboys und Indianer von ihren Müttern eingesammelt worden, über die Stadt legte sich eine schläfrige Ruhe. Als sie den Schloßplatz überquerte und an der

Hofkirche vorbeilief, wurde sie von zwei Jungs der Hitlerjugend überholt. Sie waren vermutlich auf dem Weg zum Bahnhof, um dort Flüchtlinge aufzusammeln und zu beschlagnahmten Gebäuden wie Schulen zu begleiten. Die lachenden, kindlichen Gesichter wollten nicht zu der förmlichen Uniform passen – zu dem braunen Hemd mit Hakenkreuzarmband, den Schulterklappen, dem kaiserlichen Wappen mit dem Reichsadler und dem Motto *Blut und Ehre* an der Gürtelschnalle sowie auf der Klinge des Fahrtenmessers in der Hosentasche. Das Klappern ihrer Absätze auf den Pflastersteinen hallte noch lauter wider, als Lotte unter dem Georgentor hindurchlief.

Auf einmal hoben die Sirenen auf den Dächern und Mauern vielstimmig an. Lottes Puls beschleunigte sich. Kein Grund zur Panik, versuchte sie, sich zu beruhigen. Inzwischen hatte sie schon mehrere nächtliche Fehlalarme mitgemacht und sich fast an die muffige Dunkelheit im hauseigenen Luftschutzkeller gewöhnt.

Ein Clown torkelte ihr aus der Sackgasse des Stallhofs, der zum großen Komplex des Residenzschlosses gehörte, entgegen und kratzte sich verwirrt am Kopf. Seine bunte Schleife hing schief, sein breiter weißer Kragen war schmutzig. Alles in Lotte wollte nach Hause, um nach ihrer Tante zu sehen, aber sie konnte den Betrunkenen doch nicht einfach so sich selbst überlassen!

»Brauchen Sie Hilfe?«

Er blinzelte. Im nächsten Moment übergab er sich im hohen Bogen unter das Porzellanmosaik des pompösen Fürstenzuges.

O Gott.

»Sie müssen sofort nach Hause. Hören Sie denn nicht die Sirenen?«

Er keuchte. Richtete sich auf und zog seine Schleife zurecht.

»Wo wohnen Sie?«

»Da.« Er hob den Arm, deutete schwankend in eine Richtung und kicherte.

»Nein, ich glaube nicht, dass Sie in der Hofkirche wohnen.«

Mist, verfluchter.

Aus einem offenen Fenster hörte sie die Stimme eines Volksempfängers: »Achtung, Achtung! Starke angloamerikanische Bomberverbände im Anflug auf Dresden! Entfernung circa zwanzig Kilometer! Suchen Sie umgehend die Luftschutzräume auf!«

Adrenalin jagte durch ihren Körper. Diesmal war es also ernst. Was, wenn Dresden dasselbe Schicksal drohte wie Mannheim oder Hamburg, die bereits dem Erdboden gleichgemacht worden waren? Sie würde den Mann einfach mitschleifen. Es war nicht mehr allzu weit, sie würde es schon irgendwie schaffen. Sie hakte sich bei dem Clown ein, aber wie sollte eine kleine Person wie sie einen Koloss wie ihn auch nur einen Schritt bewegen?

Auf einmal Licht am Horizont. Sie blickte in den Himmel und sah leuchtendes Blau, intensives Grün und ein sehr helles Orange. Christbäume einer ersten Flotte regneten herab, dreieckige Lichtsignale über den zu bombardierenden Stadtteilen. Der Anblick war gespenstisch. Und absurderweise auch schön, sodass der Clown verzückt den Kopf in den Nacken legte und wie hypnotisiert von den bunten Lichtern war.

»Los, wir müssen hier weg!«

Propellergeräusche.

Jetzt begriff auch endlich der Clown, dass es ernst war.

Gemeinsam rannten sie los, so gut man eben rennen konnte, wenn man bei einem sturzbetrunkenen, schweren Mann eingehakt war. Sie eilten die Schloßstraße hinab, weil am Fürstenzug, soweit sie wusste, kein Luftschutzkeller war. Wo könnten sie unterkommen? Das nahe gelegene Taschenbergpalais war den Nazibonzen vorbehalten.

Das Dröhnen über ihnen war nun aggressiv. Unerbittlich.

»Seid ihr verrückt? Rein hier!« Gott sei Dank. Ein Luftschutzwart winkte sie energisch in ein Wohngebäude.

Sie folgten dem spärlichen Bunkerlicht die Steintreppe hinab zum Keller. Die Tür wurde hinter ihnen geschlossen, Sandsäcke davorgelegt. In einer Ecke des Raumes waren Wassereimer und Decken bereitgestellt. Sie sah sich um, sah die kauernden Gestalten, vielleicht vierzig an der Zahl, vermutlich aber noch mehr. Neben den Hausbewohnern, die Gepäck besaßen, waren es Soldaten und Menschen, die wie sie hier Zuflucht gefunden hatten, darunter zwei Mütter mit Säuglingen und ein Hund. Und ein Clown, der leicht nach Erbrochenem roch.

Sie und der Clown fanden Platz neben einem älteren Ehepaar, das nicht zwei, sondern sechs Koffer und Kisten gepackt hatte. Darin edles Meissener Porzellan und einige wertvolle Stücke aus Kristallglas, wie sie ungefragt erzählten. Tief geduckt kauerten sie alle auf den Kellerbänken, während in der Ferne die ersten dumpfen Einschläge zu hören waren.

Das Ehepaar klammerte sich aneinander. »Ich bin bei dir, mein Schatz, bleib ruhig«, sagte der Mann. »Wir stehen das gemeinsam durch.«

Eine Mutter betete mit ihrem Kind. »Herr, verschone uns, bitte, Herr, vergib uns …«

Die Geräusche, die in den Keller drangen, wurden lauter, klangen zunehmend nach Weltuntergang. Die Wände schienen näher zu rücken. Lottes Luftröhre war wie zugeschnürt. Sie kauerte an der kalten Wand, zog die Beine an, schloss die Augen. Sie fühlte sich wie lebendig begraben. Die Angst der Anwesenden war zu riechen.

Der Clown nahm ihre Hand. »Es wird alles gut.« Seine Stimme war verraucht.

Sie nickte. Hielt sich an seinen Worten fest, als wäre er allwissend. »Wie heißen Sie eigentlich?«

Sie hörte seinen Namen nicht, denn wieder gab es einen ohrenbetäubend lauten Knall. Die Erschütterung fuhr regelrecht durch den Brustkorb, das ganze Haus bebte. Kalk rieselte aus den Ziegelwänden auf ihr Haar und ihre Schultern. Wie gebannt starrte sie auf das flackernde Licht an der Decke. Die Säuglinge schrien aus vollem Halse, der Hund jaulte.

Ein weiterer Einschlag, gleich darauf folgte der nächste. Der Staub machte die Luft dick, sodass sie von der Angst ergriffen wurde, bald nicht mehr atmen zu können. Über ihnen das Brummen der Flugzeuge, begleitet immer wieder vom Heulen und Pfeifen der fallenden Bomben. Infernalische Musik.

»Mama, ich habe Angst«, sagte ein Kind und weinte.

Der Clown löste sich von Lotte, ging vor dem Mädchen in die Hocke und schaffte es irgendwie, lustige Grimassen zu schneiden. Obwohl er mit seiner schiefen Schleife und der leicht verlaufenen Schminke einen eher schauerlichen Eindruck machte, wurde die Kleine ruhig.

»Solange den Bombeneinschlägen noch Pfeifen und Rauschen vorausgeht, trifft es uns nicht«, hörte sie den älteren Mann zu seiner Frau sagen.

Kaum hatte er gesprochen, erfasste sie ein furchtbarer Schlag. Die Druckwelle warf den Clown zu Boden. Zwei, drei Atemzüge lang war Lotte wie benommen, ehe sie es schaffte, auf allen vieren zu ihm zu kriechen und nach ihm zu sehen.

»Es geht mir gut«, sagte er, hustete und rieb sich über die Stirn. »Danke.«

Lotte schloss die Augen, legte eine Hand auf den Anhänger der Kette um ihren Hals. Es war die Kette, die Leo ihr geschenkt hatte und die sie seitdem kein einziges Mal abgenommen hatte. *Du stehst das durch.*

Sie hatte keine Ahnung, wie lange sie im Keller ausharrte. Vielleicht waren es nur Minuten, aber es fühlte sich an wie ein ganzes Leben.

Dann wurde es ruhig. Nur wenige unheilvolle Geräusche drangen noch von draußen zu ihnen. Irgendwann war leise aus den Vorstädten die eintönige Entwarnungssirene zu hören. *Ihr könnt wieder nach oben kommen,* sagte das Signal, aber der Luftschutzwart bestand darauf, noch zu warten. Einer der Soldaten meldete sich freiwillig, die Lage zu prüfen. Auch wenn alles in ihr darauf drängte, endlich aus diesem Keller zu kommen, wurde ihr gleichzeitig fast übel bei der Vorstellung rauszugehen. Was würde sie draußen erwarten? Wie würde die Welt aussehen?

Die Feuerschutzdecken wurden in die Notwasserwanne getaucht. Sie reichten nicht für alle.

Auf einmal ging alles schnell. »Sofort raus hier!«, hieß es. Eine Brandbombe hatte das Haus nebenan getroffen. Panik. Die eigentlichen Fluchtwege waren vom Feuer versperrt, der einzige Ausweg war ein Fenster zum Postplatz. Lottes Füße verfingen sich in der Feuerschutzdecke der Frau vor ihr. Lotte stürzte. Fürchtete schon, totgetrampelt zu werden, als der Clown sie packte und auf die Beine zog. Er half ihr auch, aus dem Fenster zu klettern.

Sauerstoff. Gierig atmete sie ein und musste schrecklich husten, denn die Luft war erfüllt von Asche und beißendem Rauch. Sie wandte sich um – und erstarrte. Das Haus stand vom ersten Stock bis zum Dachstuhl lichterloh in Flammen. Die Gardinen einer brennenden Wohnung flatterten zum zerschlagenen Fenster hinaus. In die Dunkelheit mischte sich von überall flackernder Schein. Der Nachthimmel war in ein surreales Apricot getaucht.

Was tun? Zurück in den Keller und dort am Ende ersticken

oder draußen verbrennen? Der Clown nickte ihr zum Abschied zu und verschwand in Richtung Elbe. Auch sie sollte sich zum Fluss retten oder am besten ganz raus aus der Stadt. Aber sie musste zu ihrer Tante und ihrem Onkel, den letzten beiden Familienmitgliedern, die sie noch hatte. Und deshalb, auch wenn es vermutlich verrückt war, lief sie in die entgegengesetzte Richtung los, tiefer hinein ins rubinrote Flackern der Stadt.

Sie stieg über eine aufgeplatzte Straßenbahnschiene, lief unter herabhängenden Oberleitungen hindurch. Unter ihren Schritten knirschte zerbrochenes Glas. Die Straße, in der sie sich nun befand, lag bis zur Unkenntlichkeit verwüstet vor ihr da. Aus ein paar Wohnzimmern hatte man wertvolle Möbelstücke gerettet, die auf den Bürgersteigen standen. Ein Feuerwehrwagen raste an ihr vorbei, suchte seinen Weg durch das Labyrinth aus brennenden Balken und Sackgassen aus Mauerwerk.

Auf einmal ein Wiehern. Ein panisches Pferd raste auf sie zu. In letzter Sekunde sprang sie zur Seite.

Weiter. Wie leichter Schnee fielen heimtückische rotschwarze Glühwürmchen vom Himmel. Funkenflug. Gebäude, von den Flammen geschwächt, knirschten und knarzten. Der Gehsteig glühte. Wo war sie? Sie hatte die Orientierung verloren. Überall zerklüftete, rauchende Trümmer.

Das Gebäude vor ihr war doch das Kaufhaus Renner, dachte sie. Jetzt war es von einer Bombe zerfetzt, die moderne Rolltreppenanlage zerstört. All die feinen Stoffe, die Möbel, die Haushaltswaren, die Bettwäsche … einfach alles brannte lichterloh. Von den prächtigen Geschäften rund um den Altmarkt waren nur noch Gerippe übrig. In einer Straße, die einst vor Erhabenheit erstrahlt hatte, fauchte und zischte es überall, Rohre platzten in den Flammen auf, während die Tische und Stühle in den freigelegten Restaurants knisterten.

Da, eine Oase in der Hölle, der Löschwasserteich auf dem großen Platz am Altmarkt. Männer und Frauen kletterten über die hüfthohen Wände des Reservoirs und ließen sich ins Wasser fallen. Lotte tunkte ihren Mantel hinein, aber das Wasser war nicht kalt, wie sie gehofft hatte. Die Flammen hatten es erwärmt.

Auf einmal nahm sie unter all dem lauten Knistern und Krachen noch ein anderes Geräusch wahr. Ein Rauschen. War das möglich? War sie vom Rauch benebelt, oder waren das über ihr wirklich erneut Motorengeräusche? Die Sirenen setzten ein, leiser diesmal, vermutlich waren kaum noch welche funktionsfähig.

Kurz darauf hörte sie bereits das Zischen und Surren der abgeworfenen Brandbomben.

Auf einmal ging alles ganz schnell. Ein Mann mit Stahlhelm und Schutzbrille packte sie. »Mädchen, bist du verrückt? Schau, dass du hier wegkommst!«

Irgendwo eine gewaltige Detonation.

Sie versuchte, sich loszureißen. »Nein, ich muss zu meiner Tante!«

»Die hat nix davon, wenn du tot bist.«

Der Fremde zog sie mit sich in den Luftschutzkeller eines Gebäudes, das nicht lichterloh brannte. In der Dunkelheit machte sie ängstliche Gesichter aus. Die Luft hier unten war so dünn, dass sie das Gefühl hatte, durch einen Strohhalm zu atmen.

Ausharren. Beten.

Eine Frau sprang auf und schrie: »Ich will hier raus! Ich will hier sofort raus!«

Jemand verpasste ihr eine Ohrfeige, und sie sank weinend auf dem Boden zusammen.

Lotte verstand sie. Dieser Druck auf der Lunge war so schrecklich, dass es auch sie außerordentliche Willensanstrengung kostete, nicht auf ihren Instinkt zu hören und raus an die frische Luft zu rennen. Sie war müde, so unendlich, absurd müde … Die Welt ging unter, und sie war kurz davor wegzudämmern.

Stille.

Jemand überlegte laut, ob man es durch die unterirdischen Gänge, die in der Altstadt die Luftschutzkeller verbanden, zur Elbe schaffen würde. Kurz war sie versucht, sich der kleinen Gruppe anzuschließen, aber sie musste zu ihrer Tante, musste wissen, ob es ihr gut ging. Völlig erschöpft zog sie sich am Geländer der Kellertreppe die Stufen hinauf und trat wieder nach draußen, wo die pulsierende, zähe Hitze gegen die kalte Nachtluft ankämpfte. Giftige Brandgerüche schlugen ihr entgegen. Verbranntes Holz, Stoff, Teer, Farbe. Glut und Funken stoben in einem immer stärker werdenden Wind auf, formten sich zu einem grausamen Orkan. Im Keller eines Hauses schrien Menschen. Sie presste den Ärmel ihres Mantels vor den Mund. Wie lange irrte sie schon umher?

Auf einmal lag etwas auf dem Weg. Eine Leiche. Halb entblößt. Vermutlich hatte der Mann versucht, der Klaustrophobie und der zunehmenden Hitze im engen Keller zu entrinnen, und war dem tödlichen Irrtum erlegen, dass es ihm im Freien besser gehen würde.

Tränen strömten über ihre Wangen. Weiter. Der Teer blubberte förmlich. Überall stiegen ockerfarbene Rauchschwaden auf. Aschepartikel flogen durch die Luft, versengten ihre Augenbrauen. Jeder Atemzug brannte in der Lunge, begleitet von einem üblen Nachgeschmack. Ihr wurde schlecht. Hinter ihr, wo sie vor ein paar Sekunden noch gewesen war, fiel ein Gebäude in sich zusammen wie ein Kartenhaus.

Die Druckwelle breitete sich aus. Es schien, als würde die Atmosphäre eine elastische Form annehmen, sich ausdehnen und wieder zusammenziehen, als ob der Himmel selbst Probleme mit der Atmung hätte. Heiße Luftmassen schleuderten Trümmer und

Dachziegel auf sie zu, gerade noch konnte sie ausweichen. Tausende von Brandherden waren zu einer glühenden Einheit verschmolzen. Sie reichte bis in den Himmel, verbrauchte immer mehr Sauerstoff. Nein, dieses Inferno konnte nicht mehr gelöscht werden. Das hier war die Hölle auf Erden. Die Flammen lachten nur über die Feuerwehrmänner, die tapfer die Schläuche mit Löschwasser auf sie gerichtet hatten, und bäumten sich umso mehr auf.

Der Schwindel wurde stärker. Sie schleppte sich weiter, hielt im nächsten Moment inne, vor ihr eine Kathedrale aus tobendem Licht und Flammen. Der Feuersturm riss eine Frau mit sich, es sah aus, als würde sie wegfliegen. Völlig surreal.

Da wusste Lotte es. Sie war verloren.

Gib auf. Du bist müde, du kannst nicht mehr.

Auf einmal gaben ihre Knie nach, und sie schlug hin.

Zwei, drei, vier Herzschläge lang war sie weg.

Dann spürte sie den Schmerz. Der Teer war vulkanisch heiß, ihre Hände schienen zu brennen. *Los, aufstehen! Reiß dich zusammen!* Irgendwie schaffte sie es an einer Hauswand wieder auf die Beine. Taumelte weiter.

Sie war unweit vom Neumarkt. Nur noch ein kleines Stück nach Hause. Sie würde es schaffen. Sie würde ihre Tante und ihren Onkel holen, und gemeinsam würden sie sich aus der Hölle retten. Sie würden leben.

Doch dann sah sie es, ihr Zuhause, das prächtige Hotel Elbflorenz, zerfetzt, den Rest erledigte das tobende Feuer. Sie drehte sich um. Hinter ihr Feuer. Sie war gefangen.

Nein, dort, die Frauenkirche stand noch. Sie eilte zu einem Seiteneingang, riss eine Tür auf und verbrannte sich die Hand erneut an der heißen Klinke. Durch die Fenster fiel ein grelles, wild leuchtendes Rot auf die Gesichter der Heiligen. Trotzdem überkam Lotte das Gefühl, dass dieses mächtige barocke Gebäude verschont bleiben würde, ein solch heiliger Ort konnte niemals zum Ziel werden, oder? Die Säulen der Kirche, mächtige Blöcke aus Sandstein, würden Stabilität gewähren. Vielleicht hatten ihre Tante und ihr Onkel sich auch hierhin gerettet …

Sie eilte die schmale Steintreppe hinab, dorthin, wo die unterirdischen Grabsteine waren. Die Krypta der Frauenkirche war kühl. Lotte fiel auf die Knie, legte ihre verbrannten Hände auf die kalten Steinplatten. Sah sich um. Bestimmt hundert Menschen, nein, noch mehr hatten hier Schutz gefunden. Sie suchte unter den ängstlichen Gesichtern nach Tante Viktoria oder Onkel Ernst, doch von den beiden keine Spur.

Warten. Ausharren. Hoffen. Beten.

Es war nicht mehr zu begreifen, aber irgendwann tobte über ihnen ein dritter Angriff, den sie hier unten nur als bassartiges Gedröhne und Wummern wahrnahmen.

Was, wenn sie zwar in der Krypta überlebten, aber oben alles dem Erdboden gleichgemacht wurde? Was, wenn die Kirche doch einstürzte und sie alle lebendig begraben wurden?

Lotte hatte keine Ahnung, wie viel Zeit vergangen war, als sie auf einmal Rauch wahrnahm. Auch die Frau neben ihr schien schwerer zu atmen. Sie sahen einander an, wussten, was das bedeutete. Wenn sie nicht ersticken wollten, mussten sie raus aus den Domkellern, aber wohin? Wieder in die Hölle über ihnen?

Plötzlich war jemand vor ihr. Sie kannte den Mann vom Sehen, es war der Kircheninspektor Hermann Weinert. »Stehen Sie auf, wir müssen hier sofort weg! Die Kirche wird vermutlich einstürzen.«

Zwei, drei Atemzüge vergingen, in denen Lotte einfach in ihrer dunklen Ecke sitzen blieb, während sich um sie herum Panik ausbreitete wie der Rauch. Wie sollte ihr Leben in dieser völlig zerstörten Stadt weitergehen? Wie sollte ihre Seele jemals heilen? Selbst wenn ein Wunder geschah und sie überlebte, so wären ihre Tante und ihr Onkel höchstwahrscheinlich tot, und sie hätte niemanden mehr.

»Steh auf«, hörte sie auf einmal leise Leos Stimme. War sie von Sinnen? »Du schaffst das, Lotte.«

Ihr Überlebenswille setzte ein. Mithilfe der Wand schaffte sie es auf die Beine. Sie fühlten sich an wie aus Gummi. Die Menschen husteten durch den Rauch, der noch stärker geworden war. Ein junges Mädchen brach zusammen, wurde von einem Mann hochgehoben und getragen. In einer Reihenkette retteten sie sich zwischen dem lichterloh brennenden Coselpalais und der Kunsthochschule auf die Brühlsche Terrasse.

Lotte hatte keine Ahnung, wie spät es war. Hinter dem rauchschwarzen Himmel sah sie ein kleines bisschen die Sonne. Wie?, dachte sie. Wie war es möglich, dass sie noch aufging?

Schließlich ein leises Knistern. Aus der Ferne sah sie die Kuppel der Frauenkirche langsam in sich zusammensinken wie einen tödlich verwundeten Krieger auf dem Schlachtfeld. Auf einmal ein ungeheurer Knall. Die Außenwände des so prachtvollen Gebäudes waren geborsten. Sie spürte die Druckwelle bis hierher, dann erfüllte eine nachtschwarze Staubwolke die Umgebung.

Dresden, ihre geliebte Stadt, brannte drei Tage und drei Nächte.

Die bekannte Welt, sie existierte nicht mehr.

3

1947

Lotte

Etwas traf hart gegen ihre Wange. Sie fuhr hoch, rang nach Luft.

Luft … Sie konnte wieder frei atmen. Vorsorglich legte sie eine Hand auf die Brust, weil sie befürchtete, ihr Herz würde jeden Moment ihre Rippen sprengen und herausspringen, so heftig trommelte es. Ihr Nachtkleid klebte an ihrer schweißnassen Haut. Wo war sie?

Sie blinzelte und nahm zunächst die kleine Flamme wahr. Viktoria stand an ihrem Bett und hielt eine brennende Kerze vor sich, deren schwaches Flackern das Gesicht ihrer Tante in gespenstisches Licht tauchte.

»Was …?« Lotte fuhr sich über ihre brennende Wange. »Hast du mich gerade geohrfeigt?«

»Ich habe dir lediglich einen kleinen Klaps gegeben. Du hast im Schlaf geschrien«, rechtfertigte Viktoria sich. »Was hätte ich sonst tun sollen?«

Lotte verkniff es sich zu sagen, dass sanft an ihr zu rütteln vielleicht eine Option gewesen wäre. Sie atmete aus und legte beide

Hände vors Gesicht, während sich ihr Puls langsam beruhigte. Nur manchmal hatte sie Glück und war von der Trümmerarbeit so erschöpft, dass sie abends in einen ohnmachtsähnlichen Schlaf fiel. Oft plagten sie Albträume, in denen sie erneut das Flammeninferno durchlebte, das Dresden dem Erdboden gleichgemacht hatte.

Die Matratze sank auf einer Seite ein, als sich ihre Tante auf die Bettkante setzte. »Ich habe nachgedacht. Hörst du mir zu?«

»Ja …« Sie fühlte sich wie in einer Art Zwischenwelt, noch immer halb in ihrem Traum gefangen.

»Lotte, du brauchst einen Mann.«

Lotte löste die Hände vom Gesicht, sah ihre Tante blinzelnd an. Träumte sie noch immer? Aber dafür spürte sie ihre eisigen Füße zu intensiv.

»Schau mich nicht so an. Es ist mir ernst. Du brauchst einen Mann, der auf dich aufpasst und für dich sorgt.«

»Du meinst wohl eher einen Mann, der für *uns* sorgt.«

»Von mir aus. Aber es kann so nicht weitergehen. Immerzu diese Albträume. Und die Zeiten sind gefährlich.«

»Ich bezweifle, dass die Albträume aufhören, wenn ein Mann neben mir im Bett schnarcht.«

In der vergangenen Nacht hatte Lotte mal wieder kaum geschlafen, hatte stundenlang wach gelegen und sich den Kopf darüber zerbrochen, ob sie sich vielleicht Hühner halten sollten. Aber nein, sie würde dem niedlichen Federvieh nur Namen geben und es nicht übers Herz bringen, Hänsel und Gretel zu schlachten. Und sie hatte hin und her überlegt, wie sie endlich an Fenster kommen würden, weil die Pappe, mit der sie die leeren Rahmen abgeklebt hatten, keine Dauerlösung war. Die eisige Schneeluft lachte nur darüber. Tagsüber fand nicht ein Lichtstrahl in die Wohnung, und nachts fühlte sie sich oft schutzlos. Manchmal überkam sie ein heftiger Drang, in diese Dunkelheit hinauszuschreien, als bestünde auch nur die kleinste Möglichkeit, dass sie sich dadurch würde vertreiben lassen.

Lottes Tante erhob sich von der Bettkante und sah ihr dabei zu, wie sie die Decke von den Beinen schob und aus dem Bett stieg. Durch ihre dicken Socken hindurch spürte Lotte die Kälte des Steinbodens. Sie trat ans Fenster und hob eine Ecke der Pappe an. Noch war es dunkel draußen, aber ein schwacher Lichtstreifen zeichnete sich ab. Es würde ein guter Tag werden, sagte sie sich. Im Zimmer duftete es angenehm nach Bienenwachs von der Kerze, die Viktoria hielt, und es schneite nicht mehr. Endlich waren die Zeiten vorbei, in denen Lotte mit vereisten Wimpern an der Baustelle angekommen war. Bald würde es Frühling werden.

»Was wir wirklich brauchen, sind Strom, Gas und Wasser«, sagte sie, als sie sich die Socken von den Füßen zog und zu einem Knäuel zusammenstopfte. Erfahrungsgemäß hatte sie etwa eine halbe Minute Zeit, um ihr langes Nachthemd über den Kopf zu ziehen und in ihre Wollstrumpfhose und das Arbeitskleid zu schlüpfen, ehe sie am ganzen Körper vor Kälte schlottern würde. Sogar ihr Atem gefror vor ihrem Mund zu einer kleinen Wolke. »Abgesehen davon gibt es kaum noch Männer. Susi, mit der ich zusammenarbeite, war letztens auf einem Tanztee und hat erzählt, dass auf einen Mann etwa vier Frauen kamen.«

»Dann musst du dich eben mehr anstrengen und hübsch machen. Stattdessen trägst du immerzu dieses furchtbare Arbeitskleid. So kenne ich dich gar nicht.«

»Versprochen, ich gebe mir mehr Mühe«, erwiderte Lotte, damit endlich Ruhe war, und lächelte Viktoria artig an. Ihre Tante steckte selbst in einem warmen Nachtkleid, über dem sie einen großen Wollpullover trug. Ihre blonden Locken gehörten längst mal wieder geschnitten.

Lotte kämmte ihr Haar vom Hinterkopf bis zum Scheitel hoch, legte ein Kopftuch darüber und band es über der Stirn. Dieselbe praktische Frisur, die man »Stuka« nannte, hatten auch die anderen Frauen auf der Baustelle. Schließlich machte Lotte sich auf in den Hinterhof zur Wasserpumpe, doch ihre Tante gab noch nicht auf und blieb ihr dicht auf den Fersen, und das trotz der Kälte, die draußen herrschte.

»Denk an die arme Frau, die sich letzte Woche auf eurer Baustelle die Hand gebrochen hat. Du hast gesagt, sie ist allein und hat jetzt niemanden, der sich um sie kümmert. Die Arbeit in den Ruinen ist gefährlich. Was, wenn es dir genauso geht?«

»Ich habe doch dich. Und abgesehen davon haben wir das alles schon besprochen.«

Sie konnte sich noch lebhaft an die Diskussion erinnern, nachdem sie sich freiwillig für die Arbeit auf einer der vielen Baustellen gemeldet hatte.

»Das kannst du nicht machen! Das ist keine Arbeit für anständige Menschen. Das ist Sträflingsarbeit!«, hatte Viktoria geschimpft.

»Wenn jeder so denkt wie du, wird diese Stadt nie wiederaufgebaut werden. Außerdem gibt es keine anderen Stellen.«

Das hatte ihr die freundliche Dame auf dem Arbeitsamt erklärt. Dort hatte sich jeder nach einem Aufruf melden müssen. Es war Voraussetzung gewesen, um eine Lebensmittelkarte zu bekommen.

»Aber du bist für diese schwere Arbeit nicht gemacht, und das auch noch sechs Tage die Woche!«

»Mach dir keine Sorgen, ich bin härter im Nehmen, als du denkst. Und du weißt doch: Wenn ich auf einer Baustelle arbeite, bekomme ich die Schwerarbeiter-Lebensmittelkarte, was heißt, dass mir mehr Essen zugeteilt wird. Und das kommt auch dir zugute. Du mit deiner Rentnerkarte erhältst ja kaum genug zum Überleben.«

Ihre Tante hatte eine Lebensmittelkarte der Kategorie fünf, auch Friedhofskarte genannt, denn damit kam sie auf weniger als eintausendsechshundert Kalorien pro Tag. Arbeitern wie Lotte standen immerhin zweitausendzweihundert Kalorien zu, damit gehörte sie zur höchsten Kategorie.

Seit fast einem Jahr war Lotte nun Teil der Bauhilfsarbeiterinnen oder, wie der Volksmund sie nannte, den Trümmerweibern. Von dem dürftigen Lohn musste sie sich und Viktoria durchbringen. Ihr Onkel hatte die Bombardierung der Stadt nicht überlebt.

Im Hinterhof holte Lotte Wasser, wusch ihr Gesicht anschließend am Spülbecken in der Küche und trocknete es an ihrer Schürze ab, die sie sich umband, ehe sie sich ums Frühstück kümmerte. Sie schnitt eine Scheibe von dem Brot ab, das sie gestern Abend nach der Arbeit noch gebacken hatte. Wenn man es überhaupt als solches bezeichnen konnte. Es bestand mehr aus gemahlenem Stroh und Roggenschrot als aus Mehl, enthielt aber immerhin ein paar Zuckerrübenstücke. Dazu gab es das, was man im Volksmund »Stalinschmiere« nannte: eine Ersatzleberwurst ohne Fleisch, bestehend aus Haferflocken und ein paar Gewürzen.

»Würdest du auch arbeiten gehen, dann hätten wir mehr«, konnte Lotte sich nicht verkneifen zu sagen.

»Das kann ich nicht. Und das weißt du ganz genau.« Viktoria wandte das Gesicht ab und faltete zwei Topflappen, die sofort wieder aufklappten. Bloß keine Schwäche zeigen.

»Tut mir leid. Vergiss, was ich gesagt habe.«

Dreimal hatte Viktoria versucht, die Wohnung zu verlassen. Beim ersten Mal hatte Lotte sie dazu überredet, ebenfalls dem Aufruf des Arbeitsamts zu folgen, laut dem sich alle Männer im Alter zwischen vierzehn bis fünfundsechzig und alle Frauen im Alter von vierzehn bis fünfundvierzig zu melden hatten. Doch als Viktoria die Ruinen und ausgebrannten Häuser gesehen hatte, war sie in Ohnmacht gefallen. Eine Woche später hatte sie es erneut gewagt, vor die Tür zu treten, nachdem Lotte ihr lange zugeredet hatte. Sie hatten es geschafft, eine kleine Runde auf den schmalen, frei geschaufelten Wegen zu drehen. Doch kurz bevor sie ihre Wohnung wieder erreicht hatten, waren sie an einer Mauer vorbeigekommen, die genau in diesem Moment in sich zusammengefallen war. Erneut hatten Viktorias Knie nachgegeben, und sie hatte es der Mauer gleichgetan. Beim dritten Versuch hatte eine Frau, die gerade mit Kreide *Karl, wir leben! Sind bei meiner Mutter auf dem Land* an die stehen gebliebene Fassade ihres ausgebombten Zuhauses geschrieben hatte, ausführlich geschildert, wie gewalttätig die Russen seien. Diesmal hatte Lotte sich vorsorglich bei ihrer Tante eingehakt, um sie zu stützen, da sie gefährlich geschwankt hatte. Seitdem hatte Viktoria die Wohnung nicht mehr verlassen. Tagsüber passte sie auf die Kinder von ein paar Frauen auf, die enttrümmern gingen, und »brachte ihnen Manieren bei«, wie sie sagte.

Ihre Tante setzte sich, und Lotte stellte einen Teller mit dem dürftigen Frühstück vor sie auf den Tisch. »Stell dir einfach vor, es wäre ein Butterhörnchen.«

Buttrige Hörnchen, fruchtig süße Marmelade, Kaffee mit Sahnehaube … Es war keine gute Idee gewesen, an das Frühstück im Hotel zu erinnern, das ihrem Onkel gehört hatte. Prompt knurrte ihr Magen auffordernd und zog sich wie Dörrobst zusammen. Fast zwei Jahre war der Krieg inzwischen her, und noch immer fehlte es an allem. Aber sie hatten ein Dach über dem Kopf, und das war das Wichtigste.

Sie machte sich daran, Tee zuzubereiten. Nach wie vor gab es Strom und Gas nur stundenweise, deshalb stellte sie die letzten Haushaltskerzen in einen eisernen Ring auf Beinen und zündete sie mit einem Streichholz an, damit das Wasser im Topf heiß wurde. Als sie sich wieder umwandte, hatte ihre Tante schon die halbe Scheibe Brot verputzt.

»Langsam essen«, ermahnte Lotte sie. »Erst lutschen, dann kauen, dann schlucken.« Auf diese Weise hatte man länger etwas von dem Spärlichen auf dem Teller.

»Ich bin nicht dein Kind.«

Aber so fühlte es sich manchmal an.

Nie hätte Lotte gedacht, dass der Tag kommen würde, an dem sie sich um Viktoria kümmern musste, ihre stolze Tante, die stets alles besser gewusst hatte. Deren Haut ganz weich gewesen war, die die feinsten Kleider getragen und immer nach Parfüm geduftet hatte. Anfangs hatte Viktoria ja nicht mal gewusst, wie man Löcher in Kleidung stopfte oder Kartoffeln verarbeitete. Sie war nicht überlebensfähig gewesen, und deshalb hatte Lotte mit ihren vierundzwanzig Jahren das Kommando übernommen und kümmerte sich nun um ihre einundfünfzigjährige Tante.

Auch Lotte nahm ein paar Bissen, aber genauso gut hätte sie auf Pappe herumkauen können. »Ich muss los«, sagte sie.

Im Flur schlüpfte sie in ihren Mantel. Es war der Mantel, den sie in der Nacht getragen hatte, in der Dresden dem Erdboden gleichgemacht worden war. Er war vom Funkenflug durchlöchert, ihn zu flicken, wäre vergebene Liebesmüh. Auch ihre Stiefel mit dem kleinen, unpraktischen Absatz stammten noch aus jener Nacht. »Wir sehen uns heute Abend.«

Könnte man vom Himmel auf sie herabblicken, dann würde man eine kleine, einsame Gestalt inmitten einer surrealen Mondlandschaft sehen, dachte sie, als sie an einem Bombenkrater vorbeilief. Ihre Tante und sie waren in einer Wohnung am Rande der Johannstadt untergekommen, im Erdgeschoss eines der wenigen Gebäude, die zwar vom Feuer verwüstet, aber noch bewohnbar waren. Um sie herum nichts als Ruinen. Manchmal fühlte Lotte sich, als wären ihre Tante und sie die einzigen Menschen auf der Welt. Und trotzdem hielt sie tapfer an der Vorstellung fest, dass diese tote Stadt in ferner Zukunft wieder zum Leben erwachen würde.

Bis auf das Knirschen ihrer eigenen Schritte war es vollkommen still. Es roch nach kaltem, feuchtem Stein.

Warum. Warum hatte Hitler an die Macht kommen und so viel Leid über die Welt bringen müssen? Warum mussten noch immer Menschen sterben, zwar nicht mehr durch Gewehrkugeln oder Bomben, aber durch Krankheit, Hunger oder Kälte?

Hab Vertrauen, hatte ihr Vater als Pfarrer oft zu den Leuten gesagt, die ihn um Rat gefragt hatten. Als kleines Mädchen hatte sich Lotte hin und wieder hinter dem Altar versteckt und gelauscht. Wie war es ihrem Vater gelungen zu vertrauen, nachdem er im ersten Krieg an der Front gekämpft und Unvorstellbares erlebt hatte? Und würde ihrem Vater auch jetzt noch etwas Tröstendes einfallen, hätte er einen zweiten Krieg miterlebt?

Sie war einer Baustelle in der Nähe des Zwingers zugeteilt, aber einige Straßen waren noch immer unpassierbar, nur die wichtigsten Durchfahrtswege waren freigeräumt. Deshalb musste sie zwangsweise eine Reihe von Umwegen in Kauf nehmen.

Als sie an all den ausgebrannten und zerbombten Häusern vorbeilief, hatte sie sofort wieder diesen Geruch in der Nase, der nach dem Angriff bis August über der Stadt gehangen hatte. Es war ein süßlicher Geruch, wie nach Veilchen, aber es drehte sich einem der Magen um. Denn der Kopf begriff genau, dass es keine Blumen waren, die so dufteten, sondern dass es Leichengeruch war, der zwischen den Trümmern waberte. Als wären die Stadt und ihre Bewohner nicht schon genug geplagt gewesen, hatten Typhus und Ruhr nach Kriegsende in der Stadt gewütet.

Aber manchmal geschahen auch gute Dinge. Kleine Wunder. Ein Kind wurde geboren. Die ersten Frühlingsblumen am Wegesrand. Das Krankenhaus schenkte ihr Kartoffelschalen, die sie klein schneiden und zu Puffern braten konnte. Es waren Kleinigkeiten wie diese, die sie alle irgendwie weitermachen ließen.

Sie stieg über krumme Bahnschienen und kam kurz darauf an einem Straßenschild vorbei, das unter Ziegelsteinen, Schutt und Metallverstrebungen halb verschüttet lag. *Prager Straße* entzifferte sie. Das war die Straße, die bis Amerika für ihre Schönheit und Pracht berühmt gewesen war. Die Straße, in der sie als junges Mädchen stundenlang extravagante Kleider und seidene Stoffe in den Schaufenstern bewundert hatte. Als sie an den Überresten des vornehmen Café Rumpelmayer mit dem wunderschönen Palmenhof vorbeilief, kam ihr ein Kriegsinvalide entgegen, der auf einem Handwagen Dachpappe hinter sich herzog. Wo auch immer er die herhatte. Ein Stück weiter lag das völlig ausgebrannte Residenzkaufhaus. Daneben die Überreste des Lichttheaters, eines Kinos. Bereits während der Novemberpogrome war das Kino von den Nazis verwüstet worden, weil der Besitzer Jude gewesen war.

Sie wich einem Loch in der Straße aus, bückte sich unter einer schief stehenden Laterne hindurch und erreichte kurz darauf die Baustelle. Früher war hier ein Kaufhaus gewesen, in dem auch die weniger betuchten Bürger Dresdens das Gefühl gehabt hatten, sich etwas leisten zu können. Wo einst Kindernasen an den wunderbar dekorierten Schaufenstern platt gedrückt worden waren und Frauen züchtig hochgeschlossene Blusen und knielange Röcke anprobiert hatten, standen nun die ausgebrannten Überreste des stattlichen Gebäudes, ausgehöhlt wie ein Totenschädel. Zwischen den Steinen ragten Leitungen oder Eisenverstrebungen hervor, Stromkabel hingen wie Girlanden über dem Trümmerberg und verschwanden irgendwo unter dem Geröll. Lebhaft konnte sie sich daran erinnern, wie sie sich als Backfisch in die Drogerieabteilung gewagt hatte, wo die freundliche Verkäuferin ihr Parfüm auf das Handgelenk gesprüht hatte, oder wie sie ein Stockwerk höher beim Anblick eines liebevoll bemalten Kaffeeservices geseufzt hatte. Nun lagen hier die Überreste von Schaufensterpuppen verschüttet. Manchmal mussten sie raten, was da verbeult, verkohlt, geschmolzen oder zerteilt vor ihnen aus den Trümmern aufgetaucht war. Vielleicht eine Pfanne, die man noch irgendwie verwenden konnte? Mit etwas Glück fand eine der Arbeiterinnen Schmuck, der das Inferno auf wundersame Weise überlebt hatte, und ließ den wertvollen Fund schnell in ihrem Ausschnitt oder in einer Kitteltasche verschwinden, bevor es jemand bemerkte.

Aus der Baracke, die man außerhalb des Einsturzradius aufgestellt hatte, hörte sie die Stimmen ihrer Freundinnen.

»Jetzt habe ich mir schon wieder an diesem verflixten Tisch einen Schiefer eingezogen!«

»Will noch jemand Tee zum Aufwärmen?«

Lotte öffnete die Tür und schloss sie schnell wieder, damit keine Kälte hereinkam. »Guten Morgen.«

»Morgen …«, murmelte Susi, die halb auf dem Tisch hing. Wie jeden Tag trug sie leuchtend roten Lippenstift und ein bisschen Wimperntusche.

Lotte dankte Gudrun, die ihr einen Becher mit warmem Wald-und-Wiesen-Tee reichte. Gudrun war der Budenschwung der Arbeitstruppe. Sie kümmerte sich darum, dass der Ofen im Winter geschürt und der Schnee vor dem Eingang geschippt war. Mittags wärmte sie das von den Arbeitern mitgebrachte Essen und war dafür verantwortlich, dass der Erste-Hilfe-Kasten stets mit den wichtigsten Utensilien gefüllt war. Ihre Füße steckten in aus Säcken genähten Füßlingen, die sie mit Stoffresten gefüttert in ihre Holzschuhe gezogen hatte. Unter die Holzsohlen hatte sie Lederreste genagelt, ansonsten hätten sich schon nach ein paar Schritten dicke Schneeballen unter den Schuhen angesammelt. Mit ihren achtundsechzig Jahren sollte sie eigentlich nicht mehr schwer arbeiten müssen, aber sie brauchte das Geld dringend, um ihren Mann zu versorgen, der im ersten Krieg sein Augenlicht verloren hatte.

Ebenfalls Teil der Enttrümmerungsbrigade war Kerstin, die Lotte aufmerksam betrachtete. »Du siehst aus wie ein wandelnder Geist.«

»Schlecht geschlafen«, antwortete sie knapp.

Kerstin war die Einzige unter den Frauen, die keine Stuka hatte. Sie war das tägliche Prozedere leid gewesen und hatte ihr Haar raspelkurz geschnitten. Mit ihren herben Gesichtszügen und der kurvenlosen Figur sah sie nun auf den ersten Blick aus wie ein Mann. »Damit schlage ich zwei Fliegen mit einer Klappe«, hatte sie kess erklärt. »Es ist praktisch und hält mir die Russen vom Leib.«

Außerdem war da noch Carola, rehäugig, zart wie ein Rosenblatt und sehr still. Von ihrem rechten Wangenknochen bis hoch zur Schläfe zog sich eine Brandnarbe.

»Kommt alle her«, hörten sie Manfred rufen. Der Fünfzigjährige war als Polier verantwortlich für ihre Enttrümmerungsbrigade. Er spielte gern den strengen Vorgesetzten, hatte sein Herz aber am rechten Fleck.

»Ich befürchte, wir müssen los.« Kerstin stemmte sich am Tisch hoch.

Susi streckte die Hand aus und ließ sich von ihr auf die Beine ziehen.

»Na kommt, nicht trödeln! Oder seid ihr etwa festgefroren?!«

Sie verließen die wohlige Wärme der Stube und traten hinaus in die eisige Morgenluft zu den anderen Männern und Frauen. Manfred stieg auf den Haken der Güterlore und winkte alle zu sich.

»Es geht vorwärts, Genossen!«, rief er. »Ich weiß, ihr habt die Schnauze voll. Es ist kalt, aber die harte Arbeit hält warm.«

»Wie schön waren die ersten Monate, als die Trümmer noch Wärme abgestrahlt haben«, sagte Susi.

In so manchem Keller hatten selbst ein halbes Jahr nach dem Bombenangriff noch bis zu siebzig Grad geherrscht.

»Wir dürfen jetzt nicht nachlassen! Im Gegenteil, wir müssen uns noch mehr anstrengen!«

Ein Magen knurrte laut.

»Fährt denn schon wieder die Straßenbahn?«, scherzte Kerstin, und alle lachten müde. »Mal im Ernst, wie sollen wir uns denn noch mehr anstrengen ohne was im Bauch?«

»Wenn die Russen uns wenigstens nicht all unser Werkzeug genommen hätten«, beschwerte sich Hartmut, der oft nach Hochprozentigem roch. »Alles, was die Arbeit erleichtert hätte. Traktoren, Lokomotiven, Automobile …«

»Dann bauen wir diese Stadt eben mit unseren Händen auf. Wenn wir keine Maschinen haben, müssen wir selbst die Maschinen sein.«

Lotte sah auf ihre zerschlissenen Handschuhe hinab. Ihre Finger waren vor Kälte steif.

»Vergesst nie: Wir Sozialisten führen die Massen. Wir bauen ein besseres, gerechteres Deutschland auf! Und jetzt an die Arbeit, Genossen! Bildet eine Kette!«

Die Wintersonne verbarg sich hinter einem milchigen Dunst. Seit Stunden schaufelte Lotte Schutt in einen Eimer, der dann von Hand zu Hand gereicht wurde und so den Berg zur Lore hinabwanderte. Auch wenn das Enttrümmern schwere Arbeit war und man abends jeden Knochen spürte, genoss sie die Zeit mit den anderen Frauen. Sie mochte die Gespräche, mochte es, dass sie sich gegenseitig ihre Sorgen und Träume anvertrauten, miteinander weinten und lachten, ihr Essen teilten und einfach füreinander da waren.

Carola ließ ihr schmerzendes Handgelenk kreisen. »Hast du inzwischen etwas von deinem Mann gehört?«, fragte sie Kerstin.

»Nein. Und das werde ich auch nicht, weil er höchstwahrscheinlich nicht mehr lebt.«

»Vielleicht hat er nur nicht die Möglichkeit, sich bei dir zu melden«, versuchte Lotte, die etwa vierzigjährige Frau aufzumuntern.

Kerstin gelang es, mit nur einer hochgezogenen Augenbraue auszudrücken, dass sie diese Hoffnung nicht teilte und Lotte für naiv hielt.

Ein reißender Schmerz fuhr durch ihren Rücken, als Lotte die schwere Schaufel anhob und den Schutt in den Eimer kippte. Sie versuchte, sich ihr Leiden nicht anmerken zu lassen. »Papier ist knapp, und das zivile Postnetz funktioniert noch immer nicht. Gib die Hoffnung nicht auf.«

»Ach was. Russische Kriegsgefangenschaft überlebt kaum einer.« Kerstin verzog keine Miene, aber Lotte kannte sie inzwischen gut genug, um zu wissen, wie sehr sie ihre Trauer zurückhielt. »Abgesehen davon hat es den Anschein, als würde Gott uns allen den Garaus machen wollen. Wann endet dieser Winter endlich? Meine Nachbarin ist vor zwei Tagen im Schlaf erfroren.«

Lotte sammelte ihre letzten Kräfte und stieß die Schaufel erneut in den Schutt. »Der Frühling wird schon bald kommen, und dann werden wir alle aufatmen.«

»Ach, hör mir mit solchen Kalendersprüchen auf.«

Kerstin hatte ja recht. Als wäre dieser Krieg nicht schon erbarmungslos genug gewesen, hatte der Winter bereits im Oktober begonnen. Nun war es schon Anfang März, aber nachts waren es noch immer minus fünfzehn Grad, und es gab kaum etwas zum Heizen.

»Apropos Frühling …«, sagte Carola. »Ich komme mir irgendwie dumm vor, weil wir alle eigentlich ganz andere Sorgen haben. Aber …«

Susi stieß die junge Frau ermutigend mit dem Ellenbogen an. »Raus mit der Sprache!«

»Ich würde so gerne mal wieder ausgehen und Spaß haben.«

Susi prustete. »Ja, und? Was ist daran so schlimm?«

»Mit einem Mann.« Eine zarte Röte war von Carolas Hals in ihre Wangen gestiegen. »Jeden Tag mit leerem Magen schaufeln und Steine klopfen, bis einem schwindelt, und nachts ist es so bitterkalt, dass man kaum schlafen kann. Da wäre es einfach schön, mal wieder in den Armen eines Mannes zu liegen und festgehalten zu werden. Das Gefühl zu haben, behütet zu sein. Oh, wie viel leichter würde es den Alltag machen, wäre man verliebt! Geht es euch denn nicht so?«

Auf einmal eine Erinnerung, wie ein Lichtblitz. Die Elbwiesen. Leo. Wind, der mit seinen Locken spielte. Ein Grashalm zwischen seinen Lippen. Olivfarbene Haut. Dieser Blick, der schon so viel gesehen hatte, der das Funkeln von Sonnenlicht auf dem weiten Meer, schneebedeckte Berggipfel oder atemberaubende Wüstenlandschaften kannte.

Lotte schwindelte. Mit einer Hand stützte sie sich auf den Griff ihrer Schaufel, die andere legte sie auf den Anhänger von Leos Kette. Seit dem Tag, an dem er ihr die Kette geschenkt hatte, hatte sie sie nicht ein Mal abgelegt.

»Na, wenn das deine Sorge ist, da können wir dir bestimmt helfen«, hörte sie Susi wie von fern sagen. »Wie wäre es mit Manfred? Er hat schöne volle Haare.«

»Und er hat noch alle Gliedmaßen«, warf Kerstin trocken ein.

»Manfred hat doch nur Augen für unsere Lotte«, meinte Carola.

»Ach, das bildet ihr euch ein.« Lottes Wangen wurden warm. Dabei war ihr selbst nicht entgangen, dass ihr Vorgesetzter hin und wieder zu ihr herübersah. Aber hatte das wirklich etwas zu bedeuten? Früher hatte sie auf den Bällen im Hotel schon hin und wieder Komplimente bekommen, aber sie war weder so kess wie Kerstin noch so anziehend wie Susi oder so zart wie Carola.

»Ich nehme dich mal mit, wenn ich mit Alexej ausgehe«, bot Susi an.

»Alexej?«, fragte Kerstin verwundert. »Hieß dein Freund nicht Günter?«

Susi ließ die Augenbrauen tanzen. »Günter ist Vergangenheit, Alexej ist die Zukunft.«

Susi wusste, wie man als Frau leichter durchs Leben kam. Sie selbst könnte niemals so selbstbewusst und verführerisch sein, dachte Lotte, aber sie bewunderte ihre Freundin für ihre Art. Sie war eine Überlebenskünstlerin, wie sollte man ihr das in diesen Zeiten verübeln?

»Einen Russen?« Kerstin sah sie erst fassungslos und dann mit einer gewissen Abscheu an. »Wie kannst du nur? Nach dem, was sie meinem Gerhard antun, was sie uns allen antun, was man immer wieder hört!«

»Alexej hat mit deinem Gerhard nichts zu tun«, fauchte Susi. »Er ist Offizier, und ob ihr's glaubt oder nicht, er ist gut zu mir. Mit ihm an meiner Seite bin ich sicher, da rührt mich kein anderer an. Er ist meine Chance, es in dieser täglichen Misere ein wenig besser zu haben. Und vielleicht verschafft er mir eine Stelle in der Verwaltung als Sekretärin. Oder heiratet mich. Ansonsten schaufle ich mir noch die nächsten hundert Jahre den Rücken krumm, und das für sechsundfünfzig Pfennig pro Stunde.« Sie breitete die Arme aus. »Seht euch mal um. Diese Trümmerlandschaft werden noch unsere Kinder sehen, und vermutlich sogar unsere Enkel. Und unsere deutschen Männer sind entweder tot, verkrüppelt, haben einen psychischen Schaden oder sind in Gefangenschaft. Tut mir leid, Kerstin.«

»Was ist denn mit dir, Lotte?«, wandte sich Carola hoffnungsvoll an sie. »Würdest du nicht auch gerne jemanden kennenlernen?«

»Oh, ich …«

Sie zuckten alle vor Schreck zusammen, als Manfred auf einmal hinter ihnen stand. »Genossinnen, ihr habt wohl vergessen, dass das hier eine Baustelle ist. Verwendet eure Kraft zum Schaufeln, nicht zum Tratschen! Das hier ist kein Kaffeekränzchen!«

»Kaffee …«, seufzte Susi sehnsüchtig.

Die drei Frauen brachen in lautes Gelächter aus.

Manfred kapitulierte und zog kopfschüttelnd von dannen.

Auch Lotte lachte, aber in Gedanken war sie noch immer bei Leo.

Er war der wichtigste Mensch in ihrem Leben gewesen. Und jetzt wusste sie nicht mal, ob er überhaupt noch lebte.

Feierabend. Das Hämmern und Klopfen und das Scharren der Schaufeln waren verstummt. Die Trümmerberge, Ruinen und Loren hatten in der gräulich blauen Dämmerstimmung an Kontur verloren.

»Gehst du wieder zum Suchdienst?«, fragte Susi.

Lotte nickte.

»Willst du dir das wirklich jeden Abend freiwillig antun?«

»Ja. Bis sie gute Nachrichten für mich haben.«

»Ich weiß nicht, ob ich dich für deinen Optimismus bewundern oder dich für verrückt erklären soll.«

Susis Umarmung war herzlich und spendete Lotte die Kraft,

die sie für den fast einstündigen Fußmarsch brauchen würde, denn der zentrale Suchdienst für vermisste Deutsche lag auf der anderen Elbseite in Neustadt. Ihre Füße waren geschwollen und schmerzten, als sie endlich vor dem Gebäude stand. Dank dieser Einrichtung waren in der sowjetischen Besatzungszone systematische Nachforschungen nach Vermissten möglich. Und damit bestand die Chance, dass sie Leo eines Tages wiedersehen würde. Sie schob die Tür auf und trat ein in das Durcheinander aus Stimmen, dem Rascheln von Papier und dem eifrigen Klackern von Schreibmaschinen.

Vor einem Glaskasten, in dem sich Fotos von Kindern befanden, die nach ihren Eltern suchten, hielt sie inne. Das Schicksal der Kleinen hatte oberste Priorität, denn es waren Tausende, die sich ohne Mutter und Vater durchschlagen mussten. Viele waren noch so klein, dass sie nicht mal ihren Namen oder ihre Heimatstadt kannten. Auch die Wand daneben war tapeziert mit unzähligen Zetteln, auf denen Hoffnungsvolle nach Angehörigen, Partnern, Kindern oder Nachbarn suchten.

Als die Tür erneut aufging, ließ der Windstoß die Blätter flattern. Lotte fuhr mit ihren Fingerspitzen vorsichtig über einen der Papierfetzen. *Wer hat ihn gesehen? Adolf Hölzer, vermisst seit Dezember 1944*. Auf einem anderen Zettel stand: *Hansi Stadler, wo bist du? Bitte melde dich bei uns*. Daneben ein Foto, das einen lebensfroh lächelnden Jungen zeigte, keine sechzehn Jahre alt.

Nichts dabei. Lotte sah ihr enttäuschtes, müdes Gesicht in dem des Mannes neben sich gespiegelt.

»Viel Glück«, sagte der Fremde und verließ die Suchstelle wieder.

Am Tresen war eine junge Frau gerade dabei, zwei Karten auszufüllen. Lotte kannte das Prozedere bereits. Es gab eine Stammkarte, auf der man die eigenen Daten eintrug, auf der anderen Karte die Daten der gesuchten Person.

»Ist alles vollständig?«, fragte die Mitarbeiterin. »Und haben Sie auch sorgfältig geprüft, ob alle Angaben stimmen?«

»Ja. Mehrmals. Wie geht es denn jetzt weiter?« Die Frau drehte nervös an ihrem Ehering.

»Wenn Ihr Mann dasselbe tut und Sie als vermisst meldet, dann stehen die Chancen gut, dass wir ihn finden und Sie einander wiedersehen. Aber haben Sie Geduld, das kann einige Zeit dauern. Wir sind bald in jeder Stadt. Versprechen kann ich Ihnen trotzdem nichts.«

»Danke sehr.« Die Frau nahm ihre Tasche und ging davon.

Lotte war an der Reihe.

»Frau Spatz.« Die Mitarbeiterin sah sie über den Rand ihrer Brille hinweg an und lächelte geduldig.

»Ich will Sie wirklich nicht nerven, aber vielleicht …«

»Das tun Sie nicht. Aber ich muss Sie leider wieder enttäuschen, es gibt nichts Neues, Ihr Freund hat sich nicht bei uns gemeldet.«

Wie dunkler Nebel umhüllte Lotte die Enttäuschung. »Trotzdem danke.«

»Kopf hoch«, versuchte die Mitarbeiterin, sie aufzubauen.

Ab wann sollte sie sich damit abfinden, dass sie vielleicht nie herausfinden würde, was mit Leo geschehen war? Sie wandte sich gerade um, als eine kleine, dralle Mitarbeiterin, mit der sie ebenfalls ein paarmal zu tun gehabt hatte, aus einem Nebenraum eilte und freudig winkte. »Warten Sie!«

Lotte sah sich um, unsicher, ob die Frau wirklich mit ihr sprach.

»Ich habe wunderbare Neuigkeiten. Ein junger Mann hat sich bei uns gemeldet. Er sucht nach Ihnen.«

Lotte hielt sich am Tresen fest. »Ein junger Mann?«

War es möglich … Konnte es wirklich sein, dass Leo … dass er noch lebte und nach Dresden zurückgekehrt war? Wer sollte sonst nach ihr suchen?

Die Frau nickte so kräftig, dass ihre grauen Locken wippten. Vermutlich kam es nicht oft vor, dass sie eine positive Nachricht überbringen konnte. »Das Beste kommt noch! Ich habe ihm gesagt, dass Sie jeden Abend um dieselbe Zeit herkommen. Er ist hier.«

»Hier?« Sie brauchte einen Moment, bis diese Neuigkeit wirklich zu ihr durchdrang. Er war hier … In greifbarer Nähe.

»Ja. Er hat sich dort hinten zurückgezogen.«

Wie in Zeitlupe drehte Lotte sich um. Am anderen Ende des Raums, verborgen von all den Suchenden, stand ein Mann in einem langen Mantel und mit Hut. Er las die Suchanzeigen an der Wand, deshalb konnte sie sein Gesicht nicht sehen. Zögerlich, als bestünde die Gefahr, dass er sich ansonsten in Luft auflöste, ging sie auf ihn zu.

Er wandte sich um, und ihre Hoffnung fiel in sich zusammen wie ein Kartenhaus. »Armin …«

Er hatte sich wohl mehr Begeisterung erhofft. Zwar lächelte er noch, aber zwei senkrechte Falten waren zwischen seinen Augenbrauen aufgetaucht. Natürlich freute sie sich, ihn zu sehen, aber … Er war nicht Leo.

Er verschränkte die Arme hinter dem Rücken. »Ich hoffe, du bist nicht enttäuscht, dass nur ich es bin.«

»Nein, natürlich nicht. Ich freue mich! Es ist nur alles … so bewegend.«

Sie umarmte ihn mit all der Wärme, die sie aufbringen konnte. Einen Moment lang versteifte er sich, doch dann ließ er sich in ihre Umarmung fallen wie jemand, der schon lange keine Nähe mehr gespürt hatte und sie so dringend brauchte wie Sonnenlicht nach einem langen Winter.

Armin und sie waren zusammen zur Schule gegangen, er zwei Klassen über ihr. Er war ein beliebter Schüler gewesen – bis einer seiner Kameraden herausgefunden hatte, dass Armin die ganze Zeit über gelogen hatte. Er hatte erzählt, sein Vater sei ein hohes Tier in der berühmten Zigarettenfabrik Yenidze. Doch wie sich herausgestellt hatte, war er ein einfacher Schuhmachermeister. Schlagartig hatten sich all seine sogenannten Freunde von ihm abgewandt. Lotte hatte Mitleid mit ihm gehabt und sich seiner angenommen. Während des Krieges hatte Armin sie mit Blumensträußen umworben. Ihre Tante war daraufhin der Überzeugung gewesen, er würde ihr den Hof machen.

Abrupt richtete Armin sich wieder auf. Seine Bedürftigkeit, so kurz sie auch nur gedauert hatte, schien ihm unangenehm zu sein. »Darf ich dich nach Hause begleiten?«

Auf dem Weg zu ihrer Wohnung erzählte sie ihm, dass auch ihre Tante den Angriff überlebt hatte. »Aber sie setzt keinen Fuß mehr auf die Straße«, sagte sie. »Nun erzähl du, wie ist es dir ergangen?«

»Nach der Bombardierung der Stadt war ich eine Weile … beschäftigt«, sagte er. »Auch damit, dass ich einer Jüdin Unterschlupf gewährt habe. Sie musste sich verstecken.«

»Das war mutig von dir.« Lotte hatte gehört, dass ein paar Nazis direkt nach dem verheerenden Luftangriff losgezogen waren, um die noch lebenden Juden zu suchen und zu töten.

Einen Moment lang schwiegen sie und sahen beide einer Ratte nach, die die Gasse entlangflitzte und hinter einer Mauer verschwand. Auch wenn es ihr schmeichelte, so wunderte sie sich darüber, dass Armin ausgerechnet nach ihr gesucht hatte. Aber wie sie hatte er seine Eltern früh verloren, und das war es auch, was sie miteinander verband. Seine Mutter war von einem Tag auf den anderen von zu Hause abgehauen, und sein Vater hatte sich kurz vor dem Krieg das Leben genommen. Freunde hatte er auch nach der Schule nicht wirklich gehabt, weil er sehr arrogant wirkte, doch Lotte ahnte, dass das nur Tarnung war, um seine Unsicherheit zu verbergen.

»Danke, dass du nach mir gesucht hast«, sagte sie.

»Ich wollte wissen, ob es dir gut geht. Ob ich dir helfen kann.« Er schaute sie an, als würde er etwas abwägen. »Darf ich fragen, weshalb du offenbar jeden Abend zum Suchdienst gehst? Wen vermisst du?«

»Ich suche nach einem guten Freund. Aber von ihm fehlt jede Spur.« Sie drückte sich bewusst knapp aus. *Nur nicht weiter darüber nachdenken …* Doch schon spürte sie den Schmerz in sich gegen den Schutzwall trommeln, den sie innerlich hochgezogen hatte. Würde sie nur einen Hauch ihrer Trauer freilassen, würde sie sich unaufhaltsam ausbreiten, ihr die Luft zum Atmen rauben.

»Wie heißt er?«, hakte Armin nach.

»Leo Zucker.« Seinen Namen laut auszusprechen, gab ihr den Rest. Ihr Kummer und ihre Schuldgefühle stiegen in ihr auf wie eine Flutwelle, heftig, alles überrollend.

»Der Sohn des jüdischen Dirigenten?«

Unbeholfen zog sie ihren Schal zurecht, um die Tränen zu verbergen, die in ihren Augen brannten. »Ja.«

Er neigte den Kopf, um ihr Gesicht zu betrachten. »Der Mann, der damals uneingeladen auf dem Sommerball aufgetaucht ist.«

Ihr ganzer Körper fuhr herunter, war wie in einer Art Schockstarre. Sie war stehen geblieben, hatte aufgehört zu atmen. Sie blinzelte nicht mal mehr. »Ja.«

Schweigen. Dann: »Hast du schon mal in Betracht gezogen, dass er …« Armin brach ab.

»Dass er was? Nicht mehr lebt?«, sprach sie es für ihn aus.

Armin nickte.

Ihre Lungen schmerzten, sie schnappte nach Luft. »Ich sollte jetzt nach Hause.«

»Es tut mir leid, ich hätte das nicht sagen sollen. Aber ich will dich schützen.«

»Vor was?«, fauchte sie.

Armin packte sie an den Schultern, sah sie eindringlich an. »Davor, dass du dir etwas vormachst. Die Wahrscheinlichkeit, dass er überlebt hat, ist verschwindend gering.«

Sie spürte, dass heiße Tränen über ihre Wangen liefen, und schüttelte ihn ab. »Du musst es ja wissen! Du hast doch selbst Uniform getragen!«

Armin blieb ruhig. »Ja, ich war in der Partei und für die Polizei tätig. Aber ich hatte keine andere Wahl. Ich bin keiner von den Bösen, und das konnte ich den Sowjets beweisen.«

Sie erschrak über sich selbst, über die Heftigkeit ihrer Worte. Was war nur in sie gefahren? »Tut mir leid, ich wollte das nicht sagen.« Sie verbarg ihr Gesicht hinter den eiskalten Händen.

Armin klopfte Feuchtigkeit von seinem Hut. Sie hatte gar nicht gemerkt, dass es angefangen hatte zu regnen.

»Ich gehe jetzt besser. Und du solltest auch zusehen, dass du nach Hause kommst. Es ist schon spät. Ich will nicht, dass du Ärger bekommst, wenn man dich auf der Straße erwischt.«

Er verschwand in der Dunkelheit. Erst hörte sie noch seine Schritte, dann war sie allein in der Stille, in der ihre Gedanken viel zu laut waren.

4

Sie konnte einfach nicht begreifen, was geschehen war.

Sie hatten Ziegel geklopft, herumgealbert und gelacht. Kurz vor Feierabend hatten sie wie immer das Brennholz untereinander aufgeteilt, das in den Trümmern gefunden worden war. Alles, was nicht im Bombeninferno verbrannt war und genutzt werden konnte, um einen Ofen anzuheizen, teilten sie zwischen sich auf, damit es in ihren spärlichen Behausungen wenigstens ein paar Grad über null war. Währenddessen war Carola noch einmal losgeeilt, weil sie ihre Handschuhe vor den Resten einer Mauer vergessen hatte.

Im nächsten Moment hatte es einen lauten Knall gegeben. Die Mauer war eingestürzt.

Ein paar Atemzüge lang hatten sie alle wie erstarrt herumgestanden. Noch ehe sich der Steinstaub gelegt hatte, hatte Manfred gebrüllt, die Frauen sollten sich sofort in der Baracke in Sicherheit bringen. Doch eine von ihnen hatte gefehlt. Carola.

Die Männer hatten ihren reglosen Körper geborgen, seltsam verdreht. Zum Glück war nur ihr rechtes Bein gebrochen, was jedoch bedeutete, dass sie nicht arbeiten konnte und auch kein Geld verdiente. Aber sie alle würden Carola unterstützen, so gut es nur ging, und ihr ein paar Lebensmittel abgeben.

Als sie sich an diesem Abend vom Suchdienst nach Hause

schleppte, saß der Schreck noch immer in Lottes Knochen. Und: keine Neuigkeit von Leo. Der Rucksack mit Brennholz wog schwer auf ihrem Rücken, aber tapfer lief sie weiter, Schritt für Schritt, immerhin hatte sie noch ein ganzes Stück vor sich. Wie hoch wollte man die Trümmerberge am Käthe-Kollwitz-Ufer noch aufschütten? Bis man irgendwann gar nichts mehr von der Elbe sah?

Eigentlich bemühte sich Lotte stets, positiv zu denken. Aber an Tagen wie diesen war es ihr nicht möglich, die totale Zerstörung um sich herum, die Abwesenheit von allem Schönen nicht zu fühlen. Ihre Hände waren vor Kälte schon fast taub. Inzwischen hatte sich eine nahezu vollkommene Dunkelheit über der Stadt herabgesenkt, nur hier und da flackerte aus einer der einsamen Wohnungen schwach der Schein einer Gaskartusche oder einer Kerze.

Als Lotte über die Augustusbrücke lief, waberte der Nebel von der Elbe her hinauf, kroch immer näher. Auf einmal hatte sie ein seltsames Gefühl, so, als wäre sie nicht allein. Aber sie konnte gerade mal ein paar Schritte weit sehen, und bis auf das Pfeifen des Windes war es gespenstisch still. Der stieß unbarmherzig von der Seite zu, und sie fluchte leise, weil ihre Ohren schon schmerzten. Sie schlug den Mantelkragen hoch. Wenigstens lichtete sich der Nebel durch den Wind ein wenig. Die Wolkendecke zog sich auseinander, und die schmale Mondsichel warf einen silbrigen Glanz auf den feuchten Asphalt.

Und in diesem Moment sah sie ihn.

Die dunkle Gestalt eines Mannes zeichnete sich schwach in ein paar Metern Entfernung ab. Es dauerte einen Moment, bis Lotte begriff, was er da tat. Er kletterte über das steinerne Brückengeländer. Ihr Puls beschleunigte sich. Der Mann hatte doch nicht vor zu springen, oder etwa doch? Auf der anderen Seite angekommen, klammerte er sich am glatten Sandstein fest und starrte wie gebannt in die Elbe, die tückisch unter ihm dahinbrauste. Seine Füße ragten halb über den schmalen Sims, neigten sich dem sprudelnden Wasser entgegen. Bis vor zwei Tagen war die Elbe wegen der anhaltenden extremen Minusgrade gefroren gewesen. Aber inzwischen war es etwas wärmer geworden, und durch das Tauwasser hatte sie sich in einen reißenden Fluss verwandelt, auf dem dicke Eisschollen trieben.

Was sollte sie tun? Weit und breit war keine Menschenseele. Sie könnte nach patrouillierenden Soldaten Ausschau halten, aber selbst wenn sie jemanden fand, wäre es vermutlich zu spät. Abgesehen davon, dass sie den Besatzern nicht über den Weg traute.

Auf einmal schoss ein Adrenalinstoß durch ihren Körper. Sie hatte keine Ahnung, wie, aber sie wusste, dass sie diesen Mann auf der Brücke retten musste.

Der Wind traf sie wie eine Ohrfeige ins Gesicht, als würde er sie antreiben wollen. Vorsichtig trat sie näher. In ihrem Kopf herrschte ein einziges Durcheinander, was nicht gerade hilfreich war, wenn jedes Wort entscheidend sein konnte. Was, wenn sie das Falsche sagte?

»Hallo?«, rief sie so leise, dass der Wind ihre Stimme ungehört davontrug. Aber sie wollte ja auch nicht, dass er sich erschreckte, vom Geländer abließ und ins Wasser stürzte. Dann müsste sie hinterherspringen, aber bei dieser Strömung hätte sie keine Chance.

»Hallo?«, rief sie noch einmal, diesmal etwas lauter.

Ein Ruck ging durch seinen Körper. Er hatte sie gehört. Jetzt war es endgültig zu spät für einen Rückzieher.

»Mein Name ist Lotte«, sagte sie und näherte sich ihm langsam und in kleinen Schritten. Sie achtete darauf, ruhig und sanft zu sprechen, was nicht gerade leicht war, denn gleichzeitig musste ihre Stimme gegen das Pfeifen des Windes und das Rauschen der Elbe ankämpfen.

Er drehte den Kopf leicht, sah sie einen Moment lang an, ehe er wieder ins Wasser hinabstarrte. Hatte er sie wirklich wahrgenommen? Kurz überlegte sie sogar, ob er vielleicht betrunken war. Hartmut von der Baustelle gelang es ja auch irgendwie, an Hochprozentiges zu gelangen. Das Alter des Mannes war schwer zu schätzen, was an seinem ungepflegten Bart und dem zotteligen Haar lag. Vermutlich um die dreißig, vielleicht aber auch älter.

»Ich … Ich würde gerne mit Ihnen reden. Aber ich habe Angst, etwas falsch zu machen.«

»Dann gehen Sie einfach weg«, sagte er.

Sie hielt inne. »Das kann ich nicht, denn ich mache mir Sorgen um Sie. Ist es in Ordnung, wenn ich zumindest hier stehen bleibe? Nicht umdrehen!«

Trotzdem wandte er sich ihr leicht zu, um herauszufinden, wie weit sie von ihm entfernt stand. Etwa eine Armlänge. Im Ernstfall schaffte sie es vielleicht, ihn zu packen, wenn er stürzte oder sprang.

»Bitte, passen Sie auf. Ich will nicht, dass Sie fallen.«

Ihre Blicke trafen sich. Sie versuchte, diesen Kontakt zu ihm aufrechtzuerhalten, ihn nicht eine Sekunde abreißen zu lassen, als würde auf diese Weise ein unsichtbares Band zwischen ihnen entstehen, mit dem sie ihn festhalten konnte. Was könnte sie sagen, um zu ihm durchzudringen?

»Wie heißen Sie?«, tastete sie sich schließlich vor.

»Ich habe keinen Namen mehr.« Er klang unendlich müde.

»Wie … Wie meinen Sie das?«

Als er schwieg und sich wieder auf das schwarze Wasser konzentrierte, setzte sie fast flehentlich nach: »Bitte. Reden Sie mit mir.«

»Ich will nicht mit Ihnen reden. Lassen Sie mich in Ruhe.«

Jedes Mal, wenn er den Griff leicht lockerte, setzte ihr Herz einen Schlag aus, weil sie befürchtete, dass es jetzt so weit war, dass er fallen und von den Strömen der Elbe verschlungen werden würde. Und das würde sie nicht verkraften.

»Das kann ich leider nicht«, sagte sie. »Wie das Schicksal es so wollte, bin ich genau jetzt an genau diesem Ort vorbeigekommen.«

»Nach all dem, was passiert ist, sprechen Sie noch von Schicksal?«

Auch wenn er sich über ihre Worte zu ärgern schien, immerhin hatte sie nun seine Aufmerksamkeit. »Dann vergessen Sie das mit dem Schicksal. Ich weiß, schreckliche Zeiten liegen hinter uns.«

Schrecklich traf es noch nicht mal annähernd.

»Aber ich glaube noch immer fest an das Gute auf dieser Welt. Daran, dass eines Tages wieder auf diesen Straßen gelacht und geliebt wird.« Vorsichtig wagte sie es, noch ein Stückchen näher zu treten. »Sie müssen mir auch wirklich nichts erzählen, was Sie nicht möchten. Aber vielleicht schaffen wir es ja doch, gemeinsam eine andere Lösung für Sie zu finden.«

Keine Reaktion. Sie wusste selbst, wie platt das klang. Die ganze Stadt lag in Trümmern. Es gab nichts zu essen, reihenweise wurden die Leute krank, oder sie erfroren. Ganz zu schweigen von den Brutalitäten, die man von den Russen hörte. Ihr Vater hatte heikle Situationen wie diese immer zu entschärfen gewusst. Was würde er in ihrer Lage tun? »Hör den Leuten einfach zu«, hatte er einmal zu ihr gesagt, als sie ihn nach seinem Geheimnis gefragt hatte. »Und versuche, sie zu verstehen. Das ist oftmals das wertvollste Geschenk, das man jemandem machen kann.« Aber der Fremde erzählte ja nichts von sich! Sie hatte nichts, woran sie anknüpfen konnte.

»Es gibt doch bestimmt Menschen, die tieftraurig wären, wenn Sie sich etwas antun würden«, sagte sie. »Oder für die Sie verantwortlich sind.«

Im schwachen Mondlicht sah sie, wie er die Lider senkte. O Gott. Sie versagte. Sie schaffte es nicht, zu ihm durchzudringen, ihn umzustimmen. Sie war nicht wie ihr Vater. Vielleicht sollte sie ihm wirklich einfach seinen Frieden lassen. Abgesehen davon hatte sie völlig das Zeitgefühl verloren, hatte keine Ahnung, wie spät es war. Am Ende ging es schon langsam auf die Sperrstunde zu, und sie wollte gewiss keinen Ärger mit den Sowjets. Warum war sie nicht einfach weitergegangen?

Gerade, als sie umkehren wollte, begann der Mann zu sprechen. »Zu diesen Menschen will ich doch.«

Es verging ein langer Moment, in dem sie es nicht schaffte zu atmen.

»Und selbst wenn es den Himmel nicht gibt und ich nicht zu ihnen komme, dann will ich einfach nur …, dass es aufhört. Ich will meinen Frieden finden.«

Sie wusste nicht, was der Fremde durchgemacht hatte, und doch glaubte sie, ihn zu verstehen. Erneut wagte sie es, sich ihm zu nähern, und zu ihrem Erstaunen ließ er es zu, dass sie neben ihn an das Brückengeländer trat. »Lassen Sie sich von mir von der Brücke runterhelfen. Bitte.«

Er sah sie an. »Es tut mir leid.« Seine Stimme klang nun sanfter, als käme er langsam aus der Trance, in der er sich befunden hatte. Kurz glaubte sie, dass sie ihn überzeugt und er es sich anders überlegt hatte.

Und dann geschah es. Die Spannung in seinem Körper ließ nach, seine Finger lockerten ihren Griff, und sein Körper neigte sich nach vorne, weg vom Steingeländer, bereit, sich fallen zu lassen.

»Nein!« Ehe ihr bewusst war, was sie da tat, schlang sie die Arme um seinen Brustkorb. Sie riss den Fremden so heftig zurück, dass er mit dem Rücken gegen das Geländer prallte. Keuchend hielt sie ihn fest. »Bitte, tun Sie es nicht!«

Sie hätte gedacht, dass er versuchen würde, sich loszureißen. Dann hätte sie keine Chance gegen ihn gehabt. Sie wartete darauf, dass er sie beschimpfte. Aber auch das geschah nicht. Unter seinem zerschlissenen Mantel war er so schmal, dass ihre Arme ihn ganz umfassten. Sie spürte seine Knochen.

»Was machen Sie denn da?« Seine Brust hob und senkte sich heftig.

»Tun Sie es nicht. Ich bitte Sie«, sagte sie und umklammerte ihn noch fester, als hätte sie nicht vor, ihn jemals wieder loszulassen. Er roch, als hätte er sich schon länger nicht gewaschen.

Ihre Beine zitterten, als wäre sie diejenige, die auf der falschen Seite der Brücke stand. Langsam drehte er sich um, bis er ihr ins Gesicht sehen konnte. Er war ein ganzes Stück größer als sie. Er ließ seinen Blick über ihr Gesicht wandern, studierte es, als suchte er mehr, als er sehen konnte. Noch immer hielt sie ihn fest.

Auf einmal wurde sein Körper in ihren Armen ganz schlaff. »Ich möchte doch einfach nur, dass es aufhört«, sagte er. Seine Stimme war schwach, nur ein Hauchen, als wäre er nur noch halb hier. »Dieses Leben. Und jetzt sagen Sie nicht, dass Sie glücklich sind.«

»Nein, glücklich bin ich nicht. Doch ich bin dankbar, dass ich noch lebe. Sie wollen nicht Ihr Leben beenden, Sie wollen nur, dass all das hier aufhört. Der Schmerz über den Verlust, die Ungewissheit und Angst davor, wie es weitergeht. Die Verzweiflung. Ich weiß nicht, was genau Sie durchgemacht haben. Aber Sie sind nicht allein. Auch ich habe geliebte Menschen verloren oder weiß nicht, was mit ihnen geschehen ist. Aber irgendwie, so absurd und unmöglich es auch erscheint, geht das Leben weiter. Und auch bei

Ihnen wird irgendwann ein guter Tag kommen, dann noch einer und dann immer mehr.«

Seine Augen hatten sich mit Tränen gefüllt. »Versprechen Sie das?«

»Ja«, sagte sie entschlossen. »Bitte, kommen Sie auf meine Seite des Geländers.«

»Also gut. Aber Sie müssen mich schon loslassen, damit ich auf die andere Seite klettern kann.«

»Natürlich. Entschuldigen Sie.«

Vorsichtig umfasste der Fremde die Brüstung, verlagerte das Gewicht und schwang ein Bein nach dem anderen über das Geländer. Während sie hilflos sein Manöver beobachtete, hatte sie noch immer die Hände an ihm, um ihn zu packen, sollte etwas schiefgehen und er abrutschen. In diesen ewig langen Sekunden fühlte sich der Wind noch heimtückischer an, so, wie er von allen Seiten an ihnen zerrte.

Sobald der Fremde wohlbehalten auf der anderen Seite war, fiel die Anspannung von ihr ab. Ihre Beine gaben nach. Sie kauerte sich mit dem Rücken ans Gemäuer, legte die Hände vors Gesicht und zitterte am ganzen Körper. *Ein- und ausatmen*, sagte sie sich. *Ein und wieder aus.*

Sie spürte eine Berührung an ihrem Unterarm. Er war neben ihr in die Hocke gegangen und schien unsicher zu sein, wie er sich verhalten sollte.

»Danke«, flüsterte sie.

»Wofür?«

»Dass Sie nicht gesprungen sind.«

Er zog die Augenbrauen zusammen. »Warum ist Ihnen mein Leben überhaupt so wichtig?«

Darauf hatte sie keine Antwort, und sie war auch nicht mehr in der Lage, darüber nachzudenken. Deshalb zuckte sie nur mit den Schultern.

»Sie haben mir noch immer nicht Ihren Namen gesagt«, brachte sie hervor, als sich ihr Herzschlag wieder beruhigt hatte.

»Jakob«, sagte er. »Mein Name ist Jakob.«

Sie schaffte es, vom Boden aufzustehen. »Lass uns nach Hause gehen, Jakob«, sagte sie.

5

Sie bestand darauf, Jakob nach Hause zu begleiten, aber er lehnte ab.

»Pass auf dich auf«, sagte er sanft, als sie das Ende der Augustusbrücke erreichten.

Seine Haltung war gebeugt, als hätte er Schmerzen. Einen Moment lang stand sie unbeholfen vor ihm, unsicher, wie sie sich verhalten sollte. Sollte sie ihm zum Abschied die Hand schütteln? Das erschien ihr zu förmlich nach dem, was sie gemeinsam erlebt hatten. Sollte sie ihn umarmen? Aber seiner Körpersprache nach zu urteilen, wollte er in Ruhe gelassen werden. Mehr noch, er schien nur noch von hier wegzuwollen, so, wie er die Hände tief in die Taschen seines zerschlissenen, für diese Jahreszeit viel zu dünnen Mantels schob und sich leicht abwandte.

»Um ehrlich zu sein, mir ist nicht ganz wohl dabei, dich jetzt alleine zu lassen«, gestand sie.

»Glaubst du etwa, ich kehre schnurstracks zur Brücke zurück?« Sein Blick war sehr direkt und ging unter die Haut, denn es war, als würde man in eine tiefe Schlucht blicken, deren Grund man nicht ausmachen konnte.

Tatsächlich befürchtete sie genau das, und das schien er ihr anzusehen, denn er atmete schwer aus, ganz so, als wäre sie diejenige, die Probleme machte. Er sagte aber auch nicht, dass er nicht zur Brücke zurückkehren würde, und das beunruhigte sie.

Sie betrachtete den Stein, der vor ihrem rechten Fuß auf dem Boden lag und der, je genauer sie hinsah, immer mehr nach einem Finger aussah, der wohl mal zu einer der zerstörten Skulpturen der Semperoper gehört hatte. »Verrätst du mir wenigstens, wo du wohnst oder untergekommen bist?«

Er lächelte traurig, nickte, und es dauerte einen Moment, bis sie begriff, dass er damit nicht ihre Frage bejahte oder Verständnis für ihre Sorge um ihn zeigte, sondern sich verabschiedete.

Als er ging, stellte sie sich ihm einfach in den Weg. »Nicht so schnell!«

»Du musst nicht wissen, wo ich wohne.«

Er machte einen Schritt zur Seite und sie ebenfalls. »Fangen wir doch einfach von vorne an.«

»Einfach von vorne anfangen?«, wiederholte er, und diesmal war sein Ausdruck bitter. »Tut mir leid, wenn ich dir deine Illusionen raube, aber das geht nicht.«

»Ich meine damit doch nur, dass du dich vermutlich nicht an meinen Namen erinnern kannst. Habe ich recht? Ich bin Lotte. Lotte Spatz«, erwiderte sie etwas linkisch. Sie fragte sich, ob ihr Lächeln, mit dem sie ihm Mut machen wollte, in dieser Situation überhaupt angebracht war.

Er rieb sich mit Daumen und Zeigefinger die Augen. »Also gut. Lotte. Es ist ehrenwert, dass du dich offenbar so sehr für mein Befinden interessierst. Aber ich wäre jetzt wirklich gern allein.«

Damit ging er. Ihr fiel auf, dass er humpelte.

»Ich wohne in der Blumenstraße«, rief sie ihm nach, aber er hörte sie nicht oder wollte sie nicht hören.

Er hatte ihr klar zu verstehen gegeben, dass sie ihn in Ruhe lassen sollte. Und es gab genug andere Menschen in dieser zerstörten

Stadt, die Hilfe benötigten. Warum also drängte etwas in ihr, ihm nachzulaufen, um sich zu vergewissern, dass er heil nach Hause kam?

Er überquerte gerade die Straße, aber da er völlig in Gedanken versunken war und nicht aufpasste, stieß er fast mit zwei russischen Soldaten zusammen. Er murmelte eine Entschuldigung, und Lotte atmete auf, als die beiden Männer sich wieder in Bewegung setzten und offenbar nicht auf Krawall aus waren. Es hätte auch schon gereicht, dass sie sich dafür interessierten, weshalb er zu so später Stunde noch auf der Straße war. Nein, sie konnte ihn unmöglich allein lassen, sagte sie sich. Unerklärlicherweise fühlte sie sich verantwortlich für diesen Mann, über den sie so gut wie nichts wusste. Vielleicht war es verrückt, aber sie folgte ihm.

Obwohl Jakob humpelte, ging er erstaunlich schnell, als wollte er nur weg von hier, und war inzwischen sogar schon an der Ruine der Hofkirche vorbei. Als sie den Schloßplatz erreichte, war er nirgends mehr zu sehen. Verdammt, sie hatte ihn verloren! Die einsamen Mauern schirmten das ohnehin schwache Mondlicht ab. Fast wollte sie aufgeben, da entdeckte sie seine dunkle Gestalt in der Ferne, kaum auszumachen auf dem schmalen Pfad zwischen Gemäuerresten, Steinhaufen und hohem Unkraut. Er hatte den Blick gesenkt, als wollte er die Zerstörung um sich herum ausblenden.

Sie strengte sich an, auf ihren Zehen zu gehen, damit die Absätze ihrer Stiefel nicht auf den platt getrampelten Schutt schlugen und in der abendlichen Stille hallten.

Er bog ab, und sie lief schneller, um wieder zu ihm aufzuschließen. Die Wolkendecke schob sich vor die schmale Mondsichel, und auf einmal, als hätte jemand einen Lichtschalter umgelegt, war es stockdunkel. Und damit hatte sie auch keine Chance mehr, Jakob zu finden. Die Nacht hatte ihn aufgesogen. Verzweifelt blieb sie stehen und lauschte in der Hoffnung, vielleicht seine Schritte zu hören.

Auf einmal dämmerte ihr, wo sie sich befand: in der toten Zone. So nannte man das Gebiet um den Neumarkt. Es war eigentlich strengstens verboten, diese Gegend zu betreten. Das Letzte, was sie gebrauchen konnte, war Ärger mit der Polizei oder den Besatzern. Hier gab es nicht den Hauch von Leben, und jederzeit konnte eine Ruine einstürzen. In dieser Dunkelheit hatte sie keinerlei Orientierung. *Ruhig bleiben*, sagte sie sich und spürte gleichzeitig, wie ihr Puls sich beschleunigte. Sie war völlig allein. Als Frau. Warum war sie nicht einfach nach Hause gegangen?

Auf einmal ein Geräusch neben ihr. Doch es war nur ein Vogel, der aufschreckte und davonflatterte. Ihr Herz hämmerte wie wild. Sie gab ein undefinierbares Geräusch von sich, das ausdrückte, wie verloren sie sich fühlte.

»Weinst du etwa?«, sagte auf einmal jemand neben ihr. Jakob. Er hatte es sanft gesagt, als wollte er sie eigentlich beruhigen.

Er trat hinter einer einsam stehenden Säule hervor, nur schwach konnte sie seine Umrisse und das Weiß seiner Augen ausmachen. Erleichterung durchströmte sie. Wenigstens war sie in diesem dunklen, gefährlichen Umfeld nicht mehr allein. Obwohl sie nichts über diesen Mann wusste und er bisher nicht mal besonders freundlich zu ihr gewesen war, vertraute sie ihm.

Die Wolke zog weiter, und sie erkannte im schwachen Mondlicht, wo sie standen. Wie ein schwer verwundetes Tier, das noch seine letzten Atemzüge tat, lag sie da, die Frauenkirche. Zwei Ruinenteile ragten empor. Sie vermutete, dass einer davon der Chorraum gewesen war, in dem sich die Orgel befunden hatte.

»Nein, ich … Ich habe mich nur gefürchtet.« Sie blinzelte die Feuchtigkeit fort, die in ihre Augen getreten war, und atmete tief durch.

»Deshalb hättest du gleich nach Hause gehen sollen.«

»Ja, vielleicht wäre das vernünftig gewesen. Aber ich will sichergehen, dass du heil nach Hause kommst. Das ist mir wichtig.«

»Hör auf, dich um mich zu kümmern.«

In der Luft lag eine feuchte Kälte, die tief in die Knochen drang. Es war an der Zeit, dass sie ins Warme kam. Ihre Hände und Füße waren inzwischen taub. Abgesehen davon stand Tante Viktoria bestimmt schon ganz neben sich vor Sorge.

»Ich will nicht, dass du jetzt allein bist. Ich würde heute Nacht kein Auge zumachen. Also, wo wohnst du?«

Er seufzte schwer. »Na gut, wenn du dann hoffentlich Ruhe gibst. Ich habe bei einem alten Ehepaar in Neustadt gewohnt.«

»Was heißt, du *hast* dort gewohnt? Dann wohnst du dort nicht mehr?«

»Ich konnte die Großherzigkeit der beiden nicht länger in Anspruch nehmen.« Seine Stimme triefte vor Sarkasmus. »Vor allem die Ehefrau hat mir jeden Pfennig aus den Taschen gezogen. Aber wer will es ihr verübeln? Wir alle müssen schauen, dass wir irgendwie über die Runden kommen. Am Ende konnte ich die Miete nicht mehr bezahlen.«

Er musste ihr ansehen, wie viel Mitleid sie in diesem Moment empfand, denn er machte sofort wieder dicht. »Mach's gut, Lotte.«

Auf einmal, ehe sie wirklich darüber nachgedacht hatte, was sie ihm da vorschlug, hörte sie sich sagen: »Du kannst bei uns unterkommen.«

»Uns?«, fragte er.

»Bei meiner Tante und mir.«

Sie ließ ihm nicht die Gelegenheit, sich das Angebot durch den Kopf gehen zu lassen, sondern hakte sich bei ihm unter. Als sie hörte, dass er Luft holte, um zu protestieren, sprach sie schnell weiter. »Außerdem kannst du mich um diese Uhrzeit nicht alleine nach Hause laufen lassen. Ich bin eine Frau, am Ende passiert mir noch was. Du bist jetzt für mich verantwortlich.«

»Bist du fertig?«

»Nein, noch nicht ganz. Du kannst jederzeit gehen, wenn es dir bei uns nicht gefällt oder du dich nicht wohlfühlst. Du hast also nichts zu verlieren.«

»Glaub mir«, erwiderte er, »zu verlieren habe ich tatsächlich nichts mehr.«

Der zittrige Schein von Kerzenlicht fiel aus der Küche in den Flur, als sie die Wohnungstür öffnete.

»Ich bin's!«, rief sie aufgesetzt fröhlich, rieb ihre eisigen Hände und hängte ihren Mantel am Haken auf.

Jakob drückte hinter ihr leise die Tür zu, und Lotte schob den schweren Stein davor, damit niemand nachts die Wohnung unbefugt betreten konnte. Einen Schlüssel gab es nicht.

Ihre Tante saß am Küchentisch und sah bewusst an Lotte vorbei. »Du bist spät.«

»Tut mir leid. Ich hoffe, du hast dir keine Sorgen gemacht. Mir war noch nach etwas frischer Luft.«

»Dir war nachts und bei dieser Eiseskälte nach frischer Luft?«

»Ja«, erwiderte sie möglichst selbstbewusst und setzte Wasser auf, um Tee zu kochen. Sie brauchte dringend etwas Warmes. »Und ich habe jemanden mitgebracht.«

Sie hatte sich überlegt, dass es vermutlich das Beste wäre, so zu tun, als wäre es völlig normal, einen fremden Mann mitzubringen, der noch dazu von nun an bei ihnen wohnen sollte.

Sie winkte Jakob herbei, der noch immer im Flur stand und sich nicht in die Küche gewagt hatte. »Du selbst hast gesagt, dass wir einen Mann brauchen.«

Jakob sah sie an, als würde er sich fragen, ob er in die Fänge einer Verrückten geraten war.

»Guten Abend, Frau Falkenberg«, sagte er dann höflich. »Ihre Nichte ist so freundlich, mich bei Ihnen unterkommen zu lassen. Vorübergehend natürlich, bis ich etwas anderes gefunden habe.«

Ihre Tante ignorierte die Hand, die er ihr entgegenstreckte. Ihr Blick glich einem erhobenen Schwert. Mit seinem Bart und dem zotteligen Haar musste er wie ein Landstreicher auf sie wirken. Würde sie auch nur einmal die Wohnung verlassen, dann wüsste sie, dass Rasierzeug in der neuen Welt ein Luxusgut war und auf dem Schwarzmarkt teuer gehandelt wurde.

»Hast du Hunger?«, fragte Lotte ihn.

»Nein. Danke.«

Sie bezweifelte, dass er heute schon etwas gegessen hatte, und schlug auf der Anrichte das Küchentuch auf, in das das Brot gewickelt war. Sie schnitt ihm eine dicke Scheibe ab und reichte sie ihm. Er sah sie an, sah das Brot an, nahm die Scheibe zaghaft entgegen und wollte im nächsten Moment schon gierig hineinbeißen, als der Blick ihrer Tante ihn innehalten ließ. Sie musterte ihn von Kopf bis Fuß. Die eingefallenen Wangen. Seinen zerschlissenen Mantel. Die schmutzige Hose. Die Stiefel, deren Sohlen sich halb lösten.

»Kommen Sie aus Dresden?«, fragte Viktoria.

»Ja, ich bin hier groß geworden.«

»Und wie lautet Ihr Name? Ihr Gesicht kommt mir nicht bekannt vor.«

Damit drückte ihre Tante aus, dass Jakob unmöglich aus den besseren Kreisen stammen konnte.

»Mein Name ist Jakob Sternlieb.«

Ein schöner Nachname, dachte Lotte. Erst dann bemerkte sie, dass ihre Tante wie erstarrt war. Eine feine Ader zeichnete sich an ihrer Stirn ab. »Lotte, dürfte ich dich kurz unter vier Augen sprechen?«

»Ich warte wohl besser draußen«, sagte Jakob, aber das behagte Lotte nicht, denn sie befürchtete, dass er einfach gehen würde.

»Du bleibst im Flur. Keinen Schritt weiter.«

Sie schloss die Küchentür, und kaum hatte sie sich wieder umgewandt, kam ihre Tante zur Sache.

»Er kann nicht hierbleiben. Er ist ein völlig Fremder.« Obwohl sie nicht laut sprach, hatte Viktorias Stimme in diesem Moment etwas Bedrohliches.

»Aber ich vertraue ihm. Und er braucht Hilfe.« Lotte hatte die leise Ahnung, dass sie im Flur deutlich zu hören waren, also flüsterte sie. »Wir müssen in diesen Zeiten alle zusammenhalten.«

»Aber …« Ihre Tante verstummte und sah Lotte stattdessen eindringlich an, als würde sie hoffen, dass bei ihr der Groschen fiel. »Er ist Jude«, zischte sie schließlich.

Drei, vier Herzschläge vergingen, in denen Lotte nicht die leiseste Ahnung hatte, was sie darauf erwidern sollte. Kurz hoffte sie, ihre Tante falsch verstanden zu haben. Dann hatte sie das Gefühl, einer Fremden gegenüberzustehen. Dabei wusste sie es doch eigentlich. Sie wusste, dass Viktoria irgendwann aufgehört hatte, ihre jüdischen Freundinnen im Hotel zu empfangen, und später, sie auch nur auf der Straße zu grüßen. Lotte hatte es nur zu verdrängen versucht. Welche Wahl hatte sie auch gehabt? Ihre Tante war seit dem Tod ihrer Eltern neben ihrem Onkel der einzige Mensch aus ihrer Familie gewesen, der ihr geblieben war. Hätte sie sich gegen Viktoria und Ernst gestellt, hätte Lotte riskiert, sie gegen sich aufzubringen und im schlimmsten Fall vielleicht sogar zu verlieren. Und sie war ja auch von den beiden abhängig gewesen. Inzwischen bereute sie es, nie den Mund aufgemacht zu haben.

Sie straffte sich und holte tief Luft, ehe sie so bestimmt wie möglich sagte: »Ich will nie wieder, ich betone es noch einmal: *Nie. Wieder.* So etwas hören. Hast du mich verstanden?«

»Aber dein Onkel, mein geliebter Ehemann, hat immer gesagt, dass die Juden und Kommunisten schon im ersten Krieg das Land verraten hätten und schuld ...«

»*Wir* haben Schuld auf uns geladen«, unterbrach Lotte sie scharf, »indem wir einen solchen Unsinn geglaubt und nicht widersprochen haben. Onkel Ernst hat ...«

Weiter kam sie nicht, denn im nächsten Moment spürte sie etwas gegen ihre Wange schlagen. Viktoria hatte die Hand noch immer erhoben, sichtlich erschrocken über sich selbst. Die Stelle brannte.

»Ich gehe lieber.«

Erschrocken fuhr Lotte herum. Jakob stand im Türrahmen. Seine Wangenknochen traten hervor, so fest presste er die Kiefer aufeinander.

»Ich wollte nicht lauschen, aber ihr wart nicht zu überhören.« Er hatte wieder diesen seltsam leeren Gesichtsausdruck, als wäre er gar nicht wirklich hier.

»Es kommt nicht infrage, dass du gehst.«

»Er bleibt gewiss nicht hier«, sagte Viktoria erbost.

In diesem Moment fasste Lotte einen Entschluss. »Wenn Jakob geht, dann gehe ich mit ihm. Lieber schlafe ich auf der Straße, als mit jemandem unter einem Dach zu wohnen, der so herzlos ist.«

»Meinetwegen.« Ihre Tante reckte ihr Kinn.

»Überleg's dir lieber gut. Es sind meine Marken, die dich bisher ernährt haben.«

Viktoria wandte sich ab. Damit war die Entscheidung gefallen.

Draußen traf sie die Kälte mit voller Wucht. Und Lotte war am Ende ihrer Kräfte.

»Es tut mir leid.« Sie schämte sich so sehr für ihre Tante, dass sie Jakob nicht mal ansehen konnte. »Bitte vergiss, was sie gesagt hat. Sie trauert um ihren Mann.«

»Das gibt ihr trotzdem nicht das Recht, so einen Dreck von sich zu geben«, fuhr er sie an.

»Ich weiß …«

Sie schwiegen einen Moment, und sie spürte, dass er sie ansah. »Das war nicht klug von dir«, sagte er schließlich wesentlich ruhiger. »Du solltest wieder reingehen.«

Sie schüttelte den Kopf, ging nicht weiter darauf ein. »Wir müssen irgendwie von der Straße kommen. Draußen erfrieren wir.«

Er öffnete den Mund, um etwas darauf zu erwidern, aber sie hob abwehrend die Hand. »Jetzt sag mir nicht, dass dir das recht wäre oder du lieber allein wärst oder etwas in der Art. Das hilft mir nicht.«

Jakob seufzte. Ihr fiel auf, dass er noch immer die Scheibe Brot in den Händen hielt. Vielleicht könnten sie für eine Nacht bei Kerstin unterkommen, aber sie wohnte auf der anderen Seite der Elbe. Mit all den Umwegen durch die Trümmerlandschaft wären sie eine Ewigkeit unterwegs. Aber welche Wahl hatten sie schon?

Gerade als sie Jakob den Vorschlag unterbreiten wollte, hörte sie das leise Quietschen der Haustür.

»Warte.« Ihre Tante hatte die Augen zum Boden gerichtet. »Bitte bleib.«

»Ich bleibe nur, wenn auch Jakob bleibt«, sagte Lotte, ihre Entschlossenheit durch die missliche Lage ihrer Tante nur noch mehr bestärkt. »Das ist meine Bedingung.«

Ohnmächtige Wut spiegelte sich in Viktorias Gesichtszügen, vermischt mit Angst. Dann versuchte sie, ein Lächeln aufzusetzen. »Schön. Mir soll es recht sein.«

Lotte sah Jakob an, überließ es stumm ihm. Sie würde es verstehen, wenn er nicht mit ihrer Tante unter einem Dach schlafen wollte. Und er sah sie an, die Stirn in Falten gelegt, als suchte er in ihrem Gesicht nach etwas, nach einer Antwort auf eine unausgesprochene Frage. Schließlich nickte er.

In tiefer Nacht, als Lotte schon längst in ihrem Bett lag, starrte sie an die Decke. Ihr ging die Leere in Jakobs Augen nicht aus dem Kopf. Einmal mehr fragte sie sich, wo Leo gerade war, was er durchgestanden hatte, ob er überhaupt noch lebte und ob sie ihn jemals wiedersehen würde, um ihm zu sagen, wie leid es ihr tat.

6

Jakob schlief fast zwei Tage durch. Sie hatte ihn im Wohnzimmer einquartiert, in dem bisher nicht mehr stand als zwei Stühle, die sie kurz nach der Bombennacht in den Trümmern gefunden hatte, sowie eine Obstkiste und ein Regal, das sie selbst aus alten Brettern zusammengenagelt hatte und das leicht schief war. Er schlief auf ein paar alten Laken, aber er schlief so tief, als hätte er mehrere Jahre Schlaf nachzuholen. Sie würde eine Matratze für ihn auftreiben müssen. Außerdem brauchte er dringend Kleidung. Ein paar Klamotten hatten ihr immerhin schon ihre Mädels von der Baustelle geschenkt.

Nachdem Lotte ihnen von Jakob erzählt hatte, hatte Kerstin am nächsten Morgen zwei Hemden aus ihrem Rucksack gezogen und vor sie auf den Tisch im Bauwagen gelegt. »Für Jakob.«

»Aber die sind doch bestimmt von deinem Mann …«

»Mein Mann ist noch immer in russischer Kriegsgefangenschaft, und wer weiß, wie lange noch oder ob er das überhaupt überlebt. Jakob kann das jetzt dringender gebrauchen.«

Lotte wusste diese Geste sehr zu schätzen, konnte sie doch nur ahnen, wie sehr Kerstin an diesen Kleidungsstücken hängen musste.

Susi hatte eine zerschlissene Hose, die sie ihrem Nachbarn abgequatscht hatte, aus ihrer Tasche gezaubert. Und Gudrun hatte etwas Unterwäsche von ihrem Mann beigesteuert.

Lottes Augen hatten in Tränen geschwommen. »Ich weiß gar nicht, wie ich euch danken soll.«

Susi hatte einen Arm um sie gelegt. »Wir Mädels halten zusammen.«

Nie würde sie Jakobs Blick vergessen, als sie ihm das erste Mal einen Teller mit warmen Puffern aus geriebenen Kartoffelschalen vorgesetzt hatte. Er hatte die Puffer angestarrt, als hätte sie ihm Rinderbraten mit Klößen serviert.

»Danke.«

Das war das schönste, ehrfürchtigste Danke, das sie je gehört hatte, und ehe sie sichs versah, schlang er die Puffer herunter. Sie brachte es nicht übers Herz, ihm zu sagen, dass er langsam essen solle, damit er mehr davon hatte.

Und nie würde sie den Anblick seines mageren Körpers vergessen, als er sich im Hinterhof gewaschen hatte. Die Rippen, die sich deutlich unter der Haut abzeichneten. All die tiefen Narben auf seinem Rücken. Die Nummer, die auf seinen Arm tätowiert war.

Als er wieder bei Kräften war, holte sie mit ihm seine Habseligkeiten aus der Wohnung des älteren Ehepaars, bei dem er zuvor untergekommen war.

»Hätte es wirklich keine andere Möglichkeit gegeben, als ihn einfach vor die Tür zu setzen?«, konnte Lotte es sich nicht verkneifen, zu der alten Frau zu sagen.

»Wir sind hier nicht die Wohlfahrt«, giftete die. »Und dieses Geschrei nachts, wenn er wieder Albträume hat, das hält doch niemand aus. Es gibt genügend andere, die ein Bett suchen.« Sie knallte ihnen einfach die Tür vor der Nase zu.

Lotte sah fassungslos zu Jakob, aber sie war sich nicht mal sicher, ob er mitbekommen hatte, was sich hier gerade abgespielt hatte. Er wirkte oft wie abwesend, als hätte er eine innere Wand hochgezogen, durch die nichts hindurchdrang.

»Alte Schabracke«, fluchte sie leise.

Wortlos drehte Jakob sich um und ging.

Er besaß nichts außer ein paar wenigen Kleidungsstücken und einer kleinen Geldkassette, wie Lotte sie von dem Verkäufer des Zeitungskiosks am Bahnhof kannte. Sie hätte gern gewusst, was darin war, aber sie wagte es nicht, ihn zu fragen, denn sie wollte nicht neugierig sein. Überhaupt wagte sie es nicht, ihm Fragen zu stellen, wo er herkam oder wie seine Familienverhältnisse gewesen waren. Zu groß war ihre Angst, Wunden aufzureißen oder ihn zu bedrängen. Schweigend liefen sie auf dem Weg nach Hause nebeneinanderher, und Lotte suchte verzweifelt nach etwas, was sie sagen konnte, um seinen düsteren Gesichtsausdruck ein wenig aufzuhellen. Sie bohrte die Hände in die Manteltaschen, während er auf die schuttbedeckte Straße starrte, als hätte er vergessen, dass sie an seiner Seite war.

»Ich glaube, es wird bald Frühling«, war alles, was ihr einfiel. Das war nicht sonderlich kreativ, aber sie sagte es mit einer gewissen Beschwingtheit.

Tatsächlich kam ein bisschen die Sonne raus, und ihr genügte das, um leichter zu atmen. Es war wichtig, für die einfachen Dinge dankbar zu sein. Sie war gesund, nicht allein und hatte ein Dach über den Kopf.

»Ich kann es kaum erwarten, dass es wärmer wird und die Tage länger werden. Oh, schau mal! Da ist ja schon das erste Gänseblümchen!« Der Anblick freute sie, es war ein kleiner Farbtupfer in all dem Grau, ein kleines Wunder inmitten der Hoffnungslosigkeit. »Als kleines Mädchen habe ich mir daraus Blumenkränze gemacht. Generell war ich viel an der frischen Luft. Ich mag die Natur. Bist du denn gerne draußen unterwegs?«

Weiterhin eisernes Schweigen.

»Du könntest vielleicht ein bisschen was über dich erzählen«, schlug sie vor.

»Nicht nötig.«

Sie holte tief Luft und versuchte, selbstsicher zu klingen. »Aber es ist doch so, dass wir uns nun jeden Tag sehen. Ich finde, da wäre es sinnvoll, uns ein bisschen besser kennenzulernen und …«

»Also gut, was willst du wissen?«

»Nichts Bestimmtes. Ich möchte einfach nur erfahren, wer du bist. Was hast du früher beruflich gemacht? Oder was hast du so unternommen?«

»Was ich unternommen habe? Du meinst, bevor es Juden verboten war, in Sportvereinen zu sein, Schwimmbäder zu besuchen oder überhaupt das Haus zu verlassen?«

Betreten schob sie den Finger durch das Loch in der Tasche ihres Mantels. »Ja, davor. Ich dachte nämlich, dass wir vielleicht mal irgendetwas machen könnten.«

Endlich sah er sie an, aber mit einem Ausdruck, der ihr das Gefühl gab, schrecklich naiv zu sein. »Und was schwebt dir vor?«

Sie hätte sich vorher etwas überlegen sollen. »Ich weiß nicht genau. Wenn das Wetter gut ist, könnten wir vielleicht mit der Bahn aufs Land fahren und einen Spaziergang machen. Susi von der Baustelle hat das letztens mit einer Freundin gemacht, sie sagt, das sei möglich.«

»Du meinst, etwas frische Luft würde mir guttun und mich aufheitern?«

Etwas linkisch zuckte sie mit den Schultern. »Das wäre zumindest besser, als zu Hause im Dunkeln zu sitzen.«

»Mit diesem Bein hier kann ich ja auch wirklich gut über Stock und Stein humpeln.« Er war stehen geblieben und klopfte auf das Bein, das er nachzog.

»Tut mir leid, das war nicht gerade klug von mir.«

»Nein, nur weiter mit den Vorschlägen. Vielleicht finden wir ja noch einen Löwenzahn, den wir bestaunen können.«

Er war gemein, aber sie ließ es ihm durchgehen. Sie wusste nicht, was genau ihm zugestoßen war, hatte nur eine vage Ahnung, nachdem sie die Tätowierung auf seinem Handgelenk und die Narben auf seinem Rücken gesehen hatte. Wie sollte sie dazu in der Lage sein nachzuvollziehen, was in ihm vorging oder was er brauchte? Sie fühlte sich hilflos. Überfordert. Sie schien alles falsch zu machen, dabei wollte sie doch nur etwas finden, womit sie ihn von dem Schrecklichen, was er durchgemacht haben musste, ablenken konnte. Wenigstens für ein, zwei Stunden. Er sollte wissen, dass sich dieses Leben, so karg und trist es aktuell auch sein mochte, dennoch lohnte. Das wünschte sie sich einfach für ihn.

»Ich will dir nur helfen …«, sagte sie leise.

Sein Gesichtsausdruck ließ sie stocken.

»Lotte, ich habe nicht die geringste Ahnung, warum du mir überhaupt helfen willst. Das ist löblich von dir, und ich lasse es zu, weil ich keine andere Wahl habe. Aber das macht uns nicht zu Freunden. Erwarte nicht, dass ich dir mein Herz ausschütte.«

Sie schluckte. Ihr Gesicht brannte. »In Ordnung. Ich hab's verstanden. Aber dann lass mich bitte wissen, wenn ich etwas für dich tun kann.«

»Ich schlafe und esse bei euch, das ist schon überaus großzügig. Mehr will ich nicht annehmen.«

»Das darfst du aber. Denn nur so überleben wir alle diese Misere: indem wir uns gegenseitig helfen. Und glaub mir, früher oder später wird der Tag kommen, an dem ich deine Hilfe brauche.«

Er seufzte. »Gut, dann soll dieser Tag lieber früher als später kommen. Wenn du mir wirklich einen Gefallen tun willst, dann gib mir Arbeit. Ich muss mich beschäftigen. Von mir aus kann ich die Wohnung putzen oder Dinge reparieren, was weiß ich. Ich bin handwerklich geschickt. Und du hast gesagt, ihr könntet einen Mann im Haus gebrauchen. Also, was soll ich tun?«

So abgemagert, wie Jakob war, musste er eigentlich seine Kräfte schonen. Aber er erwies sich als ziemlich stur, und sie verstand, dass er eine Beschäftigung brauchte. Etwas, das ihn von den düsteren Gedanken ablenkte. Abgesehen davon gab es wirklich etwas, bei dem sie seine Hilfe gut gebrauchen konnte.

»Na ja«, sagte sie deshalb. »Eine Sache würde mir da schon einfallen …«

Manfred hatte ihr von einem Kumpel erzählt, der gerade in der Zwickauer Straße bei der Ruine der Firma Teekanne enttrümmerte. Dort hatte es eine Zuteilung an Rollglas gegeben, doch ein Teil davon war zu klein für die großen Fenster der Fabrik gewesen und deshalb unbrauchbar. Der gutmütige Polier hatte ihr angeboten, ihr etwas davon zu beschaffen.

»Aber ich weiß nicht, wie man das Glas einsetzt, und habe Angst, es am Ende kaputt zu machen«, gestand sie Jakob, als sie ihm davon erzählte.

Ihre Mutter hätte das Rollglas vermutlich problemlos anbringen können. Früher hatte Lotte es seltsam gefunden, dass die Mutter wie ein Mann mit Hammer und Säge umzugehen wusste, aber inzwischen wünschte sie, sie hätte ihr ein paarmal öfter über die Schulter geschaut.

Jakob nickte. »Das bekomme ich hin.«

Es war Sonntag, was bedeutete, dass sie nicht zur Baustelle musste. Sie war gerade dabei, die Frühstücksteller mit einem Sud aus alten Kartoffelschalen abzuwaschen. Gestern hatte sie die

Schalen mit heißem Wasser übergossen und über Nacht einwirken lassen, und nun schäumten sie fast wie Seife. Diesen Trick hatte sie von Gudrun.

Wie selbstverständlich nahm Jakob ein Tuch zur Hand, um das nasse Geschirr abzutrocknen. Außer ihrem Vater hatte sie noch nie einen Mann erlebt, der im Haushalt half. »Und diesem Manfred kann man trauen?«

»Ja. Er ist mein Vorgesetzter.«

»Das heißt nichts. Wo finde ich ihn?«

Sie bestand darauf, ihn zu begleiten. Sie musste unbedingt raus, fort von ihrer Tante, der sie am Ende noch den Hals umgedreht hätte, weil sie Jakob wie Luft behandelte. Außerdem befürchtete sie, dass er vielleicht nicht wiederkommen würde. Sie spürte, wie sehr er anderen Menschen misstraute und wie angespannt er jedes Mal war, wenn er vor die Tür ging. Immer wieder warf er einen Blick über die Schulter, als sie die Straße entlangliefen.

Manfred freute sich, Jakob kennenzulernen, und schüttelte ihm die Hand. »Dann packen wir's mal an!«

Das Rollglas genügte nur für das Fenster in der Küche und das Zimmer ihrer Tante. Aber selbst das erschien Lotte wie purer Luxus. Mittags fielen Jakob und Manfred heißhungrig über die Kartoffelpuffer und den Salat aus Wildkräutern her, die Lotte zubereitet hatte, während die beiden Männer in der Wohnung gearbeitet hatten. Jetzt wusste sie es zu schätzen, dass ihr Vater sie oft mit in die Natur genommen hatte, um ihr beizubringen, welche Pflanzen essbar waren und welche giftig.

»Also deine Puffer sind so ziemlich das Beste, was ich seit Langem gegessen habe«, schwärmte Manfred und spießte sich mit der Gabel noch einen auf.

Verlegen putzte sie sich die Hände an ihrer Schürze ab. »Ich habe ein bisschen wilden Dost hineingetan, der wächst drüben am Ufer.«

»Du bist eine gute Hausfrau.«

Das war nicht gerade die Art von Kompliment, die ihr etwas bedeutete, aber es freute sie dennoch.

»Ich dachte mir, wir könnten vielleicht an einer Ruine intakte Fenster aus- und hier einbauen«, wechselte Jakob das Thema. »In Lottes Zimmer und im Wohnzimmer fehlen noch welche.«

Hatte er gespürt, dass sie sich unwohl fühlte, wenn Manfred ihr schmeichelte?

»Wir können's versuchen«, erwiderte Manfred und schob sich das letzte Stück Puffer in den Mund. »Gute Idee. In der Schweriner Straße steht eine Ruine, in der mehrere Fenster heil sind.«

Gesichert mit alten Hanfseilen, stieg Manfred, der früher leidenschaftlicher Bergsteiger gewesen war, nach dem Essen auf die Ruine, von der er gesprochen hatte. Geschickt baute er zwei Fenster aus und ließ diese am Seil langsam zu Jakob herunter. Lotte war erleichtert, als er heil wieder am Boden ankam. Gemeinsam schleppten sie das Material nach Hause.

Es war ein guter Tag. Nachdem ein paar Stunden vergangen waren, schien es, als hätte Jakob sich an Manfred gewöhnt, auch wenn die beiden nur wenig miteinander redeten. Er wirkte entspannter. Es war erstaunlich, wie viel freundlicher die Wohnung wirkte, wenn Helligkeit hereinfiel. Ihre Tante lächelte sogar ein bisschen, als sie das erste Mal aus dem Küchenfenster nach draußen blickte.

Die Männer gingen in der Arbeit auf und beschlossen kurzerhand, noch eine Tür auszubauen, mit der man die Wohnung endlich von innen würde verriegeln können. Währenddessen brach Lotte schon mal nach Hause auf, weil sie nicht gebraucht wurde und ihre Kräfte lieber schonen sollte, wie Manfred sagte. Als sie ihren Mantel aufhängte, bemerkte sie, dass die Tür zum Wohnzimmer, in dem Jakob nachts schlief, einen Spaltbreit offen stand. Dabei zog er die Tür eigentlich immer zu, wenn er sein Zimmer verließ, wie sie beobachtet hatte.

Leise näherte sie sich dem Raum. Wie erwartet fand sie Viktoria darin vor. Sie hielt eines seiner Hemden in der Hand, zog ein anderes aus dem Regal.

»Was machst du da?«

Ihre Tante schreckte auf und bedachte Lotte dann mit einem Blick, als würde sie sie bei etwas Wichtigem stören. »Ich versuche, etwas über ihn herauszufinden. Wir wissen doch gar nicht, wen wir hier großzügig aufgenommen haben und versorgen.«

»Das muss ich auch nicht wissen.« Wutentbrannt nahm Lotte ihrer Tante das Hemd ab, faltete es wieder zusammen und legte es fein säuberlich ins Regal zurück. Doch kaum hatte sie sich umgedreht, hatte Viktoria bereits das mit Stroh ausgestopfte Kissen angehoben. Obwohl sie sonst so oft über Schmerzen klagte, sodass sie weder die Wäsche aufhängen (das lange Stehen bekam ihrem Rücken nicht) noch Löcher stopfen (zu viel sitzen war ebenfalls nicht gut für ihren Rücken) konnte, fiel es ihr nun erstaunlich leicht, ihr Kleid zu raffen, sich auf den Boden zu knien und die Laken zu durchwühlen. »Krallt sich einfach das größte Zimmer«, murmelte sie und drehte die Holzkiste um, die Jakob als eine Art Nachtschränkchen verwendete und auf der eine Kerze stand. »Ha! Wusste ich doch, dass er etwas versteckt.« Sie zog die Geldkassette hervor. »Da ist vermutlich jede Menge drin! Und uns keinen Pfennig abgeben!«

Der Schlüssel steckte vertrauensselig.

»Tante Viktoria! Stell sie wieder weg!«

Lotte versuchte, ihr die Kassette zu entwenden, aber zu spät.

Ihre Tante hatte sie bereits geöffnet. Doch sie fand kein Geld darin vor, wie sie es wahrscheinlich angenommen hatte, sondern Fotos.

»Das geht uns nichts an. Pack das wieder weg, ehe er zurückkehrt.«

Als würde sie Lotte nicht hören, nahm ihre Tante die Aufnahmen heraus. Die erste war ein Hochzeitsfoto. Der Anblick ließ Lotte innehalten. Der Mann in Anzug und Krawatte sah Jakob einerseits ähnlich, gleichzeitig war er ein völlig anderer Mann. Er war frisch rasiert und gekämmt, kräftig gebaut und strahlte Selbstbewusstsein aus. Er hatte ebenmäßige Gesichtszüge, markante Augenbrauen und ein leicht schiefes Lächeln, das bei einer Stromsperre die ganze Stadt erleuchten könnte. Bei der jungen Frau an seiner Seite kamen Lotte sofort Wörter wie »Stolz« und »Sanftmut« in den Sinn.

Das nächste Foto zeigte eine Familie, vermutlich Jakobs Eltern, die sympathisch wirkte, nicht so steif wie Lotte es von den Fotos ihrer Tante mit Onkel Ernst kannte.

Sie wusste, dass Jakob allein war und dass er auch nach niemandem suchte. Und das konnte nur eines bedeuten.

»Das geht uns wirklich nichts an.«

Gerade als sie ihrer Tante entschlossen die Fotos sowie die Geldkassette aus der Hand nahm, bemerkte sie aus dem Augenwinkel eine Bewegung. Jakob war zurückgekehrt. Sie hatten ihn nicht gehört. Er stand im Türrahmen und starrte auf das Foto, das oben auflag.

»Rügen. Vor elf Jahren«, sagte er.

Sämtliches Blut schoss ihr ins Gesicht.

Er trat näher, nahm ihr die Fotos ab und zog ein anderes aus dem dünnen Stapel in seiner Hand hervor. Es zeigte eine Gruppe junger, lebensfroher Menschen. »Das ist mein Cousin, er kam bei einer der ersten Deportationen um. Er war siebzehn und sehr schüchtern. Ich glaube, er hatte nie die Gelegenheit, ein Mädchen zu küssen. Das daneben ist mein bester Freund, Bobby Grünthal. Er war mit einer nichtjüdischen Frau verheiratet, die ihn aber nicht beschützen konnte. Eines Tages wurde er abgeholt, und wir sahen ihn nie wieder. Es hieß, er habe BBC auf seinem Radio gehört. Die Nachbarn müssen ihn angezeigt haben, das war sein Todesurteil.«

Er deutete nun auf das Familienfoto. »Das sind meine Eltern. Sie waren die ehrenwertesten Menschen, die ich kenne. Meine Mutter hat stets gesagt: Geteilte Freude ist doppelte Freude. Deshalb hat sie am Wochenende immer einen Hefezopf mehr gebacken, um ihn zu verschenken. Mein Vater hat während des Krieges jüdische Kinder bei uns versteckt, deren Eltern bereits deportiert worden waren.«

Dann das Hochzeitsfoto. In seinen Augen stand geballter Schmerz. »Das ist meine Frau. Sie …« Seine Stimme versagte.

Lotte musste mehrmals schlucken, um den riesigen Kloß loszuwerden, der in ihrem Hals steckte. »Es tut mir so leid. Wir wollten nicht …«

»Ihr wolltet nicht mit einem jüdischen Unbekannten unter einem Dach wohnen und dachtet, ihr hättet das Recht, seine Sachen zu durchwühlen.«

»Nein, so ist es nicht!«

»Mehr werdet ihr nicht finden. Nur eine Kassette mit vier Fotos darin. Das ist alles, was ich habe.«

Er drehte sich um und verschwand aus der Wohnung.

Der Nachmittag zog sich endlos hin. Sie versuchte, den beiden Männern zur Hand zu gehen, die noch immer damit beschäftigt waren, die neue Wohnungstür einzubauen. Aber sie merkte schnell, dass sie eher im Weg stand. Jakob schwieg den Rest des Tages eisern, was ihr schlechtes Gewissen fast ins Unerträgliche steigerte, weshalb sie sich schließlich in die Küche zurückzog. Sie holte Holz von draußen herein, legte es im Ofen auf und staubte anschließend das Regal ab, obwohl es nicht abgestaubt werden musste. Und dann wusste sie nicht mehr, mit was sie sich beschäftigen sollte. Viktoria saß am Küchenfenster und beobachtete das Geschehen draußen auf der freigeräumten Straße. Lotte musste an Leos Katze denken, die auch immer genau so am Fenster gesessen und das bunte Treiben auf der Straße verfolgt hatte.

»Hast du gesehen, dass schon die ersten Frühlingsblumen wachsen?«, fragte Viktoria.

»Ja. Habe ich.«

»Du bist so kurz angebunden.«

»Bin ich das?«

Sie war noch immer wütend auf ihre Tante, weil sie in Jakobs Sachen gewühlt hatte. Aber sie war auch wütend auf sich selbst, weil sie nicht vehementer eingeschritten war.

»Ich habe mich nur zu unserer Sicherheit über Jakob informieren wollen«, rechtfertigte sich Viktoria. Immerhin war ihr offenbar bewusst, weshalb Lotte verstimmt war.

»Jakob hat dir keinen Grund gegeben, beunruhigt zu sein. Du solltest dich bei ihm entschuldigen.«

»So weit kommt es noch. Er nistet sich hier bei uns ein, isst unser Essen, und ich muss mich entschuldigen, wenn ich einen Raum betrete, den wir ihm großzügig überlassen haben.«

»Er hat seine Familie verloren, wie wir. Aber anstatt dass du Mitgefühl zeigst, lässt du all deine Wut und deinen Frust an ihm ab.«

Ihre Worte schienen an ihrer Tante abzuprallen. Fassungslos schüttelte Lotte den Kopf und ließ Viktoria allein.

Nachdem Manfred nach dem Abendessen nach Hause aufgebrochen war, fand sie Jakob auf der Stufe vor der Eingangstür des

Gebäudes. Er sah in den Sternenhimmel hinauf, als würde er dort etwas suchen.

»Danke für deine Hilfe heute«, sagte sie. Ihre Stimme versickerte in der Stille. »Vor allem meiner Tante hast du damit einen riesigen Gefallen getan. Obwohl sie's nicht verdient hat. Sie hätte deine Sachen nicht ansehen dürfen.«

Dieses Mal tat sein Schweigen richtig weh. Lotte wusste nicht, was sie mit ihren Händen anfangen sollte, und schlang die Arme um ihren Bauch. Sollte sie ihn in Ruhe lassen? »Ich gehe dann mal wieder rein.«

Gerade als sie sich wieder zurückziehen wollte, sagte er: »Es freut mich, wenn ich euch etwas Gutes tun konnte. Ich weiß, wie es ist, Angst davor zu haben, auf die Straße zu gehen. Meine Mutter hat irgendwann unsere Wohnung auch nicht mehr verlassen, als wir mit dem Stern gebrandmarkt wurden.« Er erhob sich von der Stufe. Das Mondlicht zerschnitt sein Gesicht in zwei Hälften. Die im Schatten liegende Seite war ihr zugewandt. »Vielleicht hätte ich an Stelle deiner Tante genauso gehandelt. Ich bin für euch ein wildfremder Mann. Ihr wisst nichts über mich.«

Aber das musste sie auch nicht. Sie verstand selbst nicht, warum, aber sie vertraute Jakob. Vielleicht war es der warme Blick seiner Augen, deren Farbe an Bernstein erinnerte, manchmal auch an Honig, je nachdem, wie das Licht hereinfiel.

Er setzte sich in Bewegung.

»Du gehst?«, rief sie ihm nach. »Aber es ist doch schon stockdunkel. Wohin willst du denn um diese Uhrzeit?«

Wie sollte sie ihn aufhalten? Sie konnte sich ja wohl kaum vor ihn stellen und ihm den Weg versperren. »Versprichst du mir, dass du wiederkommst?«, rief sie, als er einfach weiterlief.

Er hielt inne. Sah sie über die Schulter an. »Vielleicht hat deine Tante ja recht, wenn sie mir nicht traut. Weil man niemandem trauen kann, Lotte. Dieser Krieg hat nur das Schlechteste in den Menschen hervorgebracht. Und du weißt nichts über mich.«

Damit verschwand er in der Dunkelheit.

»Ich weiß einfach nicht, was ich machen soll«, klagte sie ihren Freundinnen am nächsten Tag auf der Baustelle ihr Leid.

Es war kurz vor der Mittagspause, und sie holten gerade Wasser aus dem Zwingerteich, in das sie zum Händewaschen noch etwas Chlorsalz streuen würden.

»Er ist oft so … so weit weg. Er erzählt auch nichts über sich. Ich dringe einfach nicht zu ihm durch. Er ist wie eine Mauer, an der ich ständig abpralle.«

Sie hatte aufgeatmet, als sie in den frühen Morgenstunden gehört hatte, dass er nach Hause kam. Endlich hatte sie noch ein bisschen schlafen können. Er hatte ihr nicht gesagt, wo er die Nacht verbracht hatte, aber das war zu erwarten gewesen, und sie hatte ihn auch nicht danach gefragt.

»Natürlich ist er so«, sagte Susi, die einen vollen Eimer aus dem Teich zog. Wie üblich trug sie leuchtend roten Lippenstift. »Er wurde jahrelang gedemütigt, und dann haben ihn die Nazis abgeholt. Ich will mir gar nicht ausmalen, was er durchstehen musste. Um ehrlich zu sein, kann ich es gut nachvollziehen, dass er anderen Menschen nicht mehr über den Weg traut und nichts von sich preisgibt.«

»Aber wir haben doch alle Schlimmes erlebt.« Gudrun sprach stets leise, wie mit angezogener Handbremse. »Mein Horst hat auch Schreckliches durchgemacht.«

»Meine Güte, Gudrun!«, fuhr Susi die ältere Frau an. »Ja, wir wissen, dein Horst war im Gefängnis, weil er ein Roter war. Aber das kannst du doch nicht vergleichen! Und du, seine Ehefrau, bist noch am Leben. Jakob hat niemanden mehr.«

Wenn überhaupt möglich, senkte Gudrun das Kinn noch tiefer, sodass es nun auf ihrer üppigen Brust auflag.

Kerstin ließ die Schulterblätter knacken. »Egal wer was durchgemacht hat: Wir alle müssen irgendwie weitermachen. Persönliches Schicksal hin oder her.«

Lotte dachte darüber nach. Kerstin hatte natürlich recht, und doch fragte sie sich, ob sie die Kraft hätte, sich ein neues Leben aufzubauen, wenn sie in Jakobs Lage wäre. Wenn sie niemanden hätte. Sie konnte nur erahnen, was Jakob im Konzentrationslager durchgestanden hatte. Dagegen waren für sie die Kriegsjahre geradezu ein Kinderspiel gewesen, zumindest bis zur totalen Zerstörung der Stadt. Ja, sie alle hatten schwere Zeiten durchlebt. Und ja, sie alle mussten irgendwie weitermachen. Aber manche trugen eine so schwere Last mit sich herum, dass sie es von allein nicht mehr auf die Beine schafften. Und deshalb würde sie Jakob unterstützen, so gut es ging.

»Sieh einfach zu, dass er beschäftigt ist und nicht zu viel grübelt«, riet ihr Susi.

Leichter gesagt als getan.

Bereits zuvor hatte sie oft schlecht geschlafen, aber neuerdings lag sie jede Nacht wach, starrte an die Decke und suchte nach einem Weg, zu Jakob durchzudringen und ihm eine Zukunftsaussicht zu bieten. Das war vor allem deshalb schwierig, weil er ja gar nicht wirklich wollte, dass man sich um ihn kümmerte. Meistens sank Lotte erst in den frühen Morgenstunden in einen kurzen, leichten Schlaf.

Es vergingen zwei Wochen, in denen sich zwischen Jakob und ihr eine Art Routine entwickelte. Jakob kümmerte sich um die Wäsche und stopfte Löcher in zerschlissener Kleidung und ihren Handschuhen. Er sorgte dafür, dass abends etwas Warmes auf dem Herd stand, und wischte einmal die Woche die Wohnung feucht durch – prinzipiell tat er also genau das, worum Lotte eigentlich ihre Tante gebeten hatte. Die wiederum trug diese Arbeiten einfach Jakob auf.

»Du kannst nicht alles Jakob für dich erledigen lassen, er ist nicht unser Lakai! Du kannst auch mithelfen.«

Daraufhin spitzte Viktoria ihre Lippen, was bedeutete, dass für sie die Konversation beendet war. *Sie kennt es nicht anders,* versuchte Lotte, ihren Puls zu beruhigen, im Hotel war Viktoria ständig von Angestellten umgeben gewesen, die sofort gesprungen waren, wenn sie nur mit dem Finger geschnippt hatte.

Sie hatte gehofft, dass ihre Tante netter zu Jakob sein würde, nachdem es ihm zu verdanken war, dass sie nun Fenster und eine Tür hatten. Immerhin sah sie ihn nicht mehr mit diesem Blick an, den Lotte sonst nur von Leos Mutter kannte, wenn die Katze etwas von draußen hereingeschleppt hatte.

Jakob erwies sich als sehr geschickt. Es gelang ihm sogar, die defekte Lichtleitung in der Wohnung wieder instand zu setzen. Endlich hatten sie Strom, auch wenn lange Stromsperren zum Alltag gehörten. Eine neue Regelung sah vor, dass die Bürger rechts der Elbe an geraden Tagen Strom hatten, während an ungeraden Tagen die Altstädter Seite versorgt wurde. Außerdem reparierte er die Regenrinne im Hinterhof, damit sie in einem großen Kanister Wasser auffangen konnten. Wenn das Wetter gut war, zog er außerdem manchmal los, um in den Trümmern nach Brauchbarem zu suchen. Dann kam er beispielsweise mit unversehrten Kacheln aus dem Güntzbad nach Hause, die man als Topfuntersetzer gebrauchen konnte, oder mit einem zerbeulten Kochtopf, der in der Ruine der Bärenschenke in der Webergasse überlebt hatte.

Seine Laune war schwankend. Meistens sprach er nur wenig. An manchen Tagen kam er stundenlang nicht aus seinem Zimmer und ließ sogar das Abendessen ausfallen. Wenn sie an seiner Tür klopfte, um nach ihm zu sehen, murmelte er nur: »Kopfschmerzen …«

Er mied Orte, an denen viele Menschen waren. Wenn er sie doch begleitete, um die Lebensmittelmarken einzulösen, dann sah er sich ständig um, als suchte er nach Gefahren.

Hin und wieder verschwand er, vor allem nachts. Dann sah sie ihm nach, wie er die Straße entlanghumpelte, bis die Dunkelheit ihn verschlungen hatte, und hatte große Mühe, den Drang, ihm nachzurennen, zu unterdrücken. In den Stunden, in denen er fort war, machte sie sich Sorgen um ihn, wusste sie doch nie, wohin er ging oder was er tat. War er zur Brücke zurückgekehrt? War ihm etwas zugestoßen, oder war er von den Russen verhaftet worden?

Noch immer wirkte er oft, als wäre er gar nicht anwesend. Als könnte ihn das kleinste Ereignis hinforttragen wie die Schirmchen einer Pusteblume. Aber sie hatte sich fest vorgenommen, auf ihn aufzupassen.

7

1993

Hannah

Der rationale Teil in ihr wusste, dass Malte ein Mistkerl war. Dass er sie belogen und zum Narren gehalten hatte und dass sie ihm nie wieder vertrauen könnte. Sie hatte jedes Recht darauf, wütend auf ihn zu sein. Sie sollte sein Auto mit Toilettenpapier umwickeln oder mit faulen Eiern bewerfen. Aber sie war nicht wütend. Stattdessen fühlte sie sich, als hätte sie ein Bein verloren, und versuchte verzweifelt, das Gleichgewicht zu halten. Sie vermisste Malte, und alles, was sie wollte, war, dass er mit einem großen Blumenstrauß vor ihrer Wohnungstür stand und ihr sagte, dass er bereit sei, seine Frau für sie zu verlassen.

Sie redete sich ein, dass – für den unwahrscheinlichen Fall, dass diese Situation tatsächlich eintreten würde – ihre Vernunft siegen würde und sie stark genug wäre, ihm die Tür vor der Nase zuzuschlagen. Aber insgeheim ahnte sie, dass sie ihm etwas zu trinken anbieten würde. Aus Höflichkeit und um einen sauberen Schlussstrich zu ziehen, würde sie sich einreden. Aber der Wein würde schon bald in ihren Adern prickeln, weil sie nichts vertrug, und dann würde sie sich daran erinnern, wie einsam sie sich nachts fühlte und wie gut der Sex mit ihm gewesen war, und ehe sie sichs versah, würden sie wieder im Bett landen.

Manchmal glaubte sie, in der Stadt den Duft seines Aftershaves zu riechen, und dann war es ihr, als würde ein böser Geist sie jagen. Sie hatte Angst, dass sie nie wieder jemanden so sehr lieben würde wie ihn, der sie so umgehauen, gefordert und manchmal auch verrückt gemacht hatte. Jemanden, der so intensive Gefühle in ihr ausgelöst hatte. Der so attraktiv und charmant und belesen war, dass sie Stunden an seinen Lippen hängen könnte. Er hingegen hatte sie womöglich schon vergessen oder sogar eine Affäre mit einer anderen Frau begonnen, der er das Blaue vom Himmel versprach. Vielleicht mit der hübschen zwanzigjährigen Blondine, die neuerdings am Empfang der Semperoper arbeitete und die so lange Fingernägel hatte, dass sie damit die Briefe aufschlitzen könnte. Allein bei dem Gedanken daran hatte Hannah das Gefühl, als hätte sie einen Knoten im Bauch.

Sie konnte sich nicht vorstellen, jemals wieder den Mut zu haben, sich so sehr auf einen Mann einzulassen, obwohl Malte sich nicht mal auf sie wirklich eingelassen hatte, wie ihr jetzt erst so richtig klar wurde. Normalerweise, wenn eine Beziehung endete, mussten persönliche Dinge ausgetauscht werden, die man einfachheitshalber in der Wohnung des anderen gelassen hatte. Schlafshirts, Zahnbürsten, Schlüssel, Bücher. In Maltes Wohnung war sie nie gewesen. Und er hatte stets all seine Hosen, Hemden und teuren Cremes fein säuberlich in seine Ledertasche gepackt und mitgenommen. Er hatte keine Spuren hinterlassen. Vielleicht, weil er Profi war. Im Nachhinein war ihr vollkommen klar, dass es viele Zeichen gegeben hatte, die darauf hingedeutet hatten, dass er es nicht ernst mit ihr meinte und nicht so intensive Gefühle für sie hatte wie sie für ihn. Aber sie hatte immer Entschuldigungen oder Rechtfertigungen für ihn gefunden. Beispielsweise hatte sie sich eingeredet, dass er ihre Freunde deshalb nicht kennenlernen wollte, weil er viel beschäftigt war und die wenige freie Zeit, die ihm zur Verfügung stand, lieber allein mit ihr verbrachte. Sie fühlte sich erbärmlich. Wie sollte sie jemals wieder Respekt vor sich selbst haben?

Ein Piepsen riss sie aus ihren Gedanken. Der Gabelstapler fuhr zurück und stoppte an der auf dem Boden markierten Linie. Der Motor wurde abgestellt, Harry sprang vom Fahrersitz und warf ihr den Schlüsselbund zu.

»Bitte parken Sie den Wagen für mich. Aber fahren Sie mir bloß keinen Kratzer in den Lack.«

Sie schmunzelte. »Du hast in deiner Bewerbung für diese Stelle gar nicht erwähnt, dass du auf der Clownsschule warst.«

Es war gerade mal neun Uhr morgens und schon jetzt so heiß, dass sie ihre Jeansjacke auszog und auf einen der Tische legte. »Also dann, kümmern wir uns mal um dieses Schätzchen hier.« Sie strich über Fundstück Nummer 07 426, vermutlich ein Kuppelstück, das auf einer großen Metallplatte ins Aufnahmezelt transportiert worden war. Dort kamen die Trümmerteile hin, nachdem sie am Fundort fotografiert und dokumentiert worden waren. Dasselbe geschah hier noch einmal, nur akribischer. Von jedem Fundstück mussten zwei Bilder von jeweils unterschiedlichen Standpunkten angefertigt werden.

Harry half ihr, das Trümmerteil auf den Lagerbock vor ihr zu hieven, und verfolgte interessiert, wie sie die wesentlichen Kanten des Fundstücks visuell mit Kreide hervorhob und noch einmal die Ausleuchtung prüfte, ehe sie das Stativ für die Kamera aufstellte. Heute trug er ein weites zitronengelb gestreiftes Leinenhemd, das bei der Hitze bestimmt angenehm war und ihm gut stand.

Es fiel ihr schwer, bei seiner guten Laune mitzuhalten. Wenn er einen Witz riss, brachte sie nicht mehr als ein Schmunzeln zustande. Sie merkte, dass er langsam aufgab. Wahrscheinlich hielt er sie für humorlos, aber sie wollte ihm auch nicht sagen, was wirklich los war. Harry war in Ordnung, aber am liebsten würde sie einfach in Ruhe arbeiten und sich ihrer Grübelei hingeben, auch wenn sie wusste, dass das nicht gut für sie war.

»Hast du deiner Mutter eigentlich das Foto gezeigt?«, fragte er. »Das mit dem Mann und der Frau, die ihr so ähnlich sieht?«

Seitdem war bereits eine Woche vergangen, aber es hatte noch keine Gelegenheit gegeben, mit ihrer Mutter über den Fund zu sprechen. Was vor allem am vollen Terminkalender der Bürgermeisterkandidatin lag. »Noch nicht. Wir sehen uns nicht gerade oft.«

»Glaubst du, die Frau auf dem Bild ist deine Großmutter?«

»Wäre schon möglich. Ich habe sie nie kennengelernt, aber die Ähnlichkeit ist verblüffend.« Inzwischen hatte Hannah die Kamera auf dem Stativ installiert. Sie legte das Auge an den Sucher und konzentrierte sich darauf, das Bild scharf zu stellen, ehe sie den Auslöser betätigte. »Ich weiß kaum etwas über meine Oma. Meine Mutter hat nie gerne über ihre Jugend gesprochen. Alles, was ich weiß, ist, dass sie ziemlich früh von zu Hause ausgezogen ist.«

Harry lehnte sich mit vor der Brust verschränkten Armen gegen den Gabelstapler. »Und was machen wir jetzt?«

»Wir?«, fragte sie verwundert.

»Ja. Wir.«

Sie zuckte mit den Schultern, wusste nicht, wie Harry ihr beim Gespräch mit ihrer Mutter helfen sollte. Aber sie fand es süß, dass er sich für ihre Familiengeschichte interessierte. »Ich muss einen guten Zeitpunkt abwarten, sonst wird sie nur dichtmachen. Aber ich habe vor …« Sie verstummte, als sie sein Schmunzeln bemerkte. Ihr fiel auf, dass er ziemlich niedliche Grübchen hatte.

»Ich meinte eigentlich, was machen wir jetzt mit dem Fundstück?«

Ihre Wangen wurden warm. »Ach so. Jetzt kontrollieren wir, ob die Aufnahmen von guter Qualität und aussagekräftig sind. Andernfalls müssen wir sie wiederholen.«

Harry schob die Hände in die Taschen seiner Jeans. »Halt mich auf dem Laufenden. Das Foto ist wirklich was Besonderes.«

Lange hatte sie wach gelegen, an die Aufnahme gedacht und sich gewünscht, Malte hätte sie nur einmal so sehnsuchtsvoll angesehen, wie der Mann auf dem Foto die Frau ansah. »Es ist der Blick, den die beiden austauschen, nicht wahr?«

»Ja, der geht unter die Haut. Es sieht so aus, als würden die beiden sich lieben, aber könnten aus irgendeinem Grund nicht zusammen sein.«

Es erstaunte und freute sie, dass Harry denselben Eindruck hatte wie sie.

»Ist das nicht faszinierend?«, dachte er laut nach. »So viele Jahre sind vergangen, die Menschheit ist auf den Mond geflogen und hat das Internet entwickelt. Und trotzdem geht es am Ende immer nur um Beziehungen zueinander oder die Liebe.«

»Ja, vielleicht hast du recht. Es hat sich nur alles etwas der Zeit angepasst. In meiner Vorstellung hat man früher romantische Briefe ausgetauscht oder gehofft, dass die angebetete Person spontan vorbeikommt. Und während man am Fenster saß und rausgestarrt hat, hat man seitenweise die Blätter im Tagebuch gefüllt.« Sie schmunzelte über sich selbst, weil sie wusste, wie kitschig das klang. »Heute sitzt man stattdessen vor dem Telefon und hofft darauf, dass es endlich klingelt und *er* oder *sie* dran ist.«

Harry lachte. »O ja, du sagst es! Stundenlang!«

Im selben Moment sagte sie: »Tagelang!«

Erneut runzelte er die Stirn und sah sie auf eine Weise an, als würde er sie neu einordnen. Sie hatte selbst gehört, dass sie etwas verzweifelt geklungen hatte. Aber es war die Wahrheit gewesen. Manchmal hatte sie ihre Wohnung nicht verlassen wollen, denn was, wenn Malte genau dann anrief, wenn sie fort war, um sie zu fragen, ob sie etwas mit ihm unternehmen wollte? Ihr Kopf glühte. Sie versuchte, es zu verbergen, indem sie sich eine Haarsträhne hinters Ohr klemmte. »Habe ich tagelang gesagt? Ich meinte natürlich … Also, nicht, dass ich tagelang auf einen Anruf gewartet hätte oder so …«

»Ich weiß«, erwiderte er. Nun war sein Blick mitleidig, und das war noch viel schlimmer.

»Die Arbeit ruft!« Sie klatschte in die Hände und ließ die Schlüssel des Gabelstaplers klimpern. »Kümmern wir uns drum, dass unser Trümmerstück hier sicher im Lager ankommt.«

Alles, was sie an diesem Abend wollte, war, zu duschen und es sich dann auf dem Sofa mit einer großen Portion Vanilleeis gemütlich zu machen. Doch kaum hatte sie die Wohnungstür aufgeschlossen, läutete das Telefon. Sie ignorierte es, weil sie in ihrer großen Tasche nach ihrer Jeansjacke suchte, obwohl eigentlich ziemlich offensichtlich war, dass sie nicht darin war, außer sie wäre auf magische Weise geschrumpft. Sie fluchte leise, denn sie musste wohl davon ausgehen, sie irgendwo auf der großen, unübersichtlichen Baustelle vergessen zu haben.

Es klingelte an der Wohnungstür. Es war Harry, der sie breit anlächelte. Anstelle seiner Arbeitskleidung und der robusten Stiefel trug er nun Ledersandalen, ein frisches weißes Shirt und eine dunkelblaue Zipperjacke darüber. Sein Haar war noch feucht, als hätte er eben geduscht. »Hey. Torsten hat mir deine Adresse gegeben. Die Eingangstür unten stand offen und …«

Wieder läutete das Telefon.

Harry hielt ihr die Jeansjacke hin. »Die hast du vergessen.«

»Danke, komm kurz rein. Ich befürchte, ich muss da rangehen.«

Ihre Mutter war am Telefon. Im Hintergrund lief klassische Musik, und etwas brutzelte in der Pfanne. »Ich wollte dich nur an das Essen heute Abend erinnern.«

Mist! Sie kniff die Augen zusammen. »Ja. Natürlich.«

Harry schloss die Tür hinter sich und schlüpfte aus seinen Sandalen.

Kurz herrschte Schweigen in der Leitung. »Du hast es doch nicht etwa vergessen?«

»Ob du's glaubst oder nicht: Ich stehe gerade vor meinem Schrank und überlege, was ich anziehen soll.«

Stirnrunzelnd verfolgte Harry, wie sie das Telefon in die Hand nahm und ins Schlafzimmer ging, wo sie umständlich mit dem Fuß den Schrank öffnete. Das Kabel des Telefons spannte.

»Zieh dir was Ordentliches an, ich habe auch den Dirigenten eingeladen, von dem du so geschwärmt hast. Du hattest mit ihm wohl einen guten Riecher, immerhin war er vor Kurzem sogar in der Zeitung. Er hat gestern zugesagt. Etwas kurzfristig, wenn du mich fragst, aber vermutlich sind Künstler so. Nun ja, einen Teller mehr bekomme ich auf dem Tisch schon noch unter …«

Ihre Mutter redete und redete, doch Hannah hörte sie nicht mehr. Sie war in der Bewegung erstarrt. »Welchen Dirigenten?«, fragte sie schließlich.

»Na, Malte Schumann.«

In dieser Sekunde gingen ihr tausend Dinge gleichzeitig durch den Kopf. Sie sah, wie Malte und sie nachts durch die Straßen schlenderten und er sie auf einmal gegen das beeindruckende Mosaik des Fürstenzugs drückte und küsste. Sie sah ihn mit seiner Frau, die zart und gleichzeitig muskulös war, als läge eine Karriere als Ballerina oder Eiskunstläuferin hinter ihr. Sie stellte sich vor, wie diese beiden perfekten Menschen nachts heißhungrig übereinander herfielen.

Sie wollte sich auf die Bettkante sinken lassen, aber dabei riss sie fast das Telefonkabel aus der Wand.

Ihre Mutter deutete ihr Schweigen falsch. »Ich wusste, dass du begeistert sein würdest! Du hast ihn ja in den höchsten Tönen gelobt.«

»Ja …«

Mit Malte an einem Tisch zu sitzen, mit ihm zu reden, das schaffte sie nicht. Sie würde kein Wort herausbekommen. Sie könnte Kopfschmerzen vorgeben oder eine plötzliche Übelkeit. Aber sie war nicht so dumm zu versuchen, ihre Mutter zu täuschen.

Hinter sich hörte sie etwas krachen. Sie hatte Harry ganz vergessen. Er betrachtete gerade die Fotos auf ihrer Kommode und hatte aus Versehen das Bild, auf dem sie fünfzehn Jahre alt war, Pickel hatte und ein Shirt trug, auf dem *Cool Beans* stand, umgeworfen. Nicht gerade die Art von Foto, die man gerne von sich zeigte. Sie hatte es nur deshalb aufgestellt, weil ihre Mutter neben ihr so glücklich aussah.

Schnell stellte er es wieder auf. Seine Lippen formten ein lautloses »Sorry«.

Harry. Wenn sie diesen Abend überstehen wollte, dann brauchte sie jemanden an ihrer Seite. Und Harry sah gut aus, zumindest wenn man auf den Typ Weltenbummler stand. Sie mochte seine Grübchen und diesen gewissen Schalk in seinen Augen, als hätte er stets einen flotten Spruch auf den Lippen. Seine legere Kleidung würde ihrer Mutter missfallen, aber für Marlene Spatz kamen ohnehin nur Männer im Anzug infrage, die über Wein philosophierten und einen Doktortitel vorweisen konnten.

Männer wie Malte. Harry war so ziemlich das Gegenteil davon. Aber das Wichtigste wäre ohnehin, dass Malte annahm, ihre Welt hätte sich weitergedreht und sie würde ihm keine Träne nachweinen.

»Kann ich jemanden mitbringen?«, fragte sie deshalb.

Es war schon fast demütigend, wie erleichtert ihre Mutter am Telefon darüber gewesen war, dass Hannah in Begleitung eines Mannes erscheinen würde. Vor Malte hatte sie nur eine Beziehung gehabt, wenn man die neun Monate on-off mit einem ihrer Kommilitonen überhaupt so nennen konnte. Aber wie hätte sie ihrer Mutter das mit Malte erklären sollen? Dabei war Marlene Spatz doch selbst solo, seit Hannah auf der Welt war, und das, obwohl sie ständig von einem Verehrer zum Geburtstag Blumen oder zu Weihnachten teuren Schmuck geschenkt bekam.

Letztendlich wäre es besser gewesen, ihr die Wahrheit zu sagen, denn dann hätte ihre Mutter ihn gewiss nicht zum Abendessen eingeladen.

»Hast du heute Abend schon was vor?«, hatte sie Harry gefragt, nachdem sie das Gespräch mit ihrer Mutter beendet und aufgelegt hatte.

»Nein …?« Er hatte seine Stimme am Ende gehoben, als wäre er skeptisch und würde eigentlich sagen: »Warum willst du das wissen?«

»Ich muss zur Dinnerparty meiner Mutter, aber ich bin nicht gut im Small Talk. Und allein bei der Vorstellung, mit lauter älteren Herren aus der Politik an einem Tisch zu sitzen und über den Wahlkampf oder das neue Stadtradio zu plaudern, läuft es mir kalt den Rücken runter.«

»In meinen Ohren klingt das sehr verführerisch. Wie könnte ich da ablehnen?«

Er schaffte es, sie ein bisschen zum Lachen zu bringen. Kurz überlegte sie, ihm auch von Malte zu erzählen, aber sie kannte Harry ja kaum und wollte ihm deshalb nicht ihr Herz ausschütten.

»Hannah, Liebes!«, begrüßte ihre Mutter sie eine Stunde später. Küsschen links, Küsschen rechts.

Marlene sah umwerfend aus in ihrem taillierten weinroten Cocktailkleid, das bis knapp über die Knie reichte. Eine Stunde hatte Hannah damit zugebracht, verschiedene Kleider anzuprobieren und sich hübsch zu machen, und eigentlich hatte sie gedacht, das wäre ihr auch ganz gut gelungen, nun aber fühlte sie sich in ihrem geblümten Sommerkleid albern.

»Ah, du hast den jungen Mann von der Baustelle mitgebracht. Harry, nicht wahr?«

»Genau. Danke, dass ich mitkommen durfte«, sagte Harry höflich und schüttelte ihr die Hand.

»Oh, ein fester Händedruck! Ich freue mich, wenn Hannah eine Begleitung mitbringt.«

Es war nur ein kurzes Zucken ihrer Augen, aber innerhalb dieser Sekunde hatte Marlene Harry von oben bis unten gemustert – sein schlichtes weißes Shirt, die dunkelblaue Zipperjacke, die er in den Händen hielt, seine Sandalen, die Lederarmbänder, sein offenes Lächeln – und ihn in eine Schublade gesteckt.

»Darf ich euch etwas zu trinken anbieten? Ein Glas Wein oder Bier?«

Eigentlich hatte Hannah sich vorgenommen, ihren Alkoholkonsum etwas einzuschränken, aber jetzt war Malte hier irgendwo, und in ihrem Magen hatte sich ein Knoten gebildet, den nur Alkohol zu lösen vermochte.

»Irgendwas. Einfach das, was Sie gerade parat haben«, erwiderte Harry.

»Für mich ein Glas Wein, bitte. Ich helfe dir in der Küche.«

Während ihre Mutter eine Flasche Sekt aus dem Kühlschrank nahm und mehrere Gläser auf einem Tablett positionierte, konnte Hannah nicht anders, als einen Versuch zu unternehmen, etwas über die Vergangenheit ihrer Oma herauszufinden. Sie bemühte sich um einen möglichst beiläufigen Tonfall. »Ich wollte dich etwas fragen …«

»Muss ich mir Sorgen machen?«

»Nein, es geht um Oma. Mich interessiert, ob sie als Trümmerfrau gearbeitet hat.«

Ihre Mutter seufzte, als wäre Hannah ein kleines Kind. »Ach, Hannah …«

»Es ist nur so, dass …«

Marlene entkorkte routiniert die Flasche und füllte die Gläser mit Sekt. »Jetzt ist wohl kaum ein geeigneter Zeitpunkt, um über meine Mutter zu sprechen. Die ersten Gäste sind da.« Sie nahm das Tablett und ließ Hannah einfach stehen.

Als Hannah zu Harry zurückkam, schien er ihr anzusehen, dass sie etwas bedrückte. »Hast du deine Mutter auf das Foto angesprochen?«

Sie nickte.

»Lief nicht so gut?«

»Nein. Das hätte ich mir denken können. Eigentlich wollte ich sie nur fragen, ob sie mal Zeit für ein ruhiges Gespräch hat.«

»Vielleicht solltest du ihr das nächste Mal einfach das Foto zeigen«, hörte Hannah Harry noch sagen, dann nahm sie schlagartig nichts mehr um sich herum wahr, nur noch ihn, diesen wunderschönen Mann, der an der Terrassentür stand und umhüllt war vom goldenen Licht der Abendsonne. Er drehte sich zu ihr um, lächelte vorsichtig, und auf einmal war sie bis in die Haarspitzen erfüllt von einem heftigen Gefühlsdurcheinander, als würde Starkstrom durch ihre Adern fließen. Sein Anblick brachte sie völlig aus dem Konzept. Noch immer war sie tief verletzt und gedemütigt und fühlte sich in seiner Gegenwart irgendwie … nackt.

»Ah, du hast ihn schon entdeckt, deinen Lieblings-Dirigenten«, riss ihre Mutter sie aus ihrer Erstarrung.

Malte lächelte geschmeichelt.

Verhalt dich erwachsen, sagte sie sich, gab sich einen Ruck und ging auf ihn zu, doch je näher sie ihm kam, desto ungelenker fühlte sie sich.

»Hannah, du kennst ja Herrn Schumann.«

Auf einmal stand sie vor ihm, und er streckte ihr die Hand hin, die sie mechanisch annahm und schüttelte. Diese Hand hatte sie überall berührt, dachte sie. Seine Haut war weich, er cremte sich ja auch jeden Abend vor dem Schlafengehen die Hände ein.

»Bitte, nennen Sie mich doch einfach Malte. Sie sind also Marlenes bezaubernde Tochter?«

»Ja«, schaffte sie zu antworten.

»Hannah, du hast doch bestimmt auch den Zeitungsartikel über Dresdens berühmtesten Dirigenten gelesen.« Ihre Mutter wollte ihnen nur dabei helfen, ein Gesprächsthema zu finden, damit sie sich um die anderen Gäste kümmern konnte. Sie ahnte ja nicht, dass sie damit Salz in eine Wunde streute.

»Ja. Den habe ich gelesen und viel … Unerwartetes erfahren.«

Den anderen fiel es vermutlich nicht auf, aber sie sah, wie angespannt Maltes Lächeln auf einmal war.

»Wo haben Sie denn Ihre Frau gelassen?«, fragte sie.

»Sie ist beruflich im Ausland. Sie ist Choreografin.«

Dann hatte sie mit ihrer Vermutung ja gar nicht so verkehrt gelegen.

»Sie ist zurzeit viel unterwegs«, fügte Malte hinzu, und auf einmal lag in seinem Blick eine Warnung, als würde er sie stumm fragen: Ist die Feier deiner Mutter wirklich der geeignete Ort für eine Szene?

Er musste sich keine Sorgen machen, heute Abend würde sie ihm keine grauen Haare bescheren.

Malte wandte sich jemandem neben ihr zu, und sie erinnerte sich daran, dass Harry neben ihr stand. »Und Sie sind?«

Die beiden Männer unterhielten sich kurz, aber sie merkte Malte an, dass er sich eigentlich kein bisschen für Harry interessierte, sondern nur das Thema hatte wechseln wollen. Hannah konnte nicht anders, als festzustellen, wie unterschiedlich die beiden waren. Malte sah mit seinem beigen Jackett und der perfekt sitzenden Jeans aus wie ein erfolgreicher Künstler, der in den feinsten Restaurants Dresdens verkehrte. Harry hingegen wirkte eher, als würde er sich Dosenravioli aufwärmen, wenn er nicht gerade hier eingeladen wäre.

»Wollen Sie sich nicht noch etwas Sekt nachschenken lassen?«, fragte Malte Harry.

»Später vielleicht. Ich –«

»Würden Sie uns vielleicht trotzdem einen Moment allein lassen?«

O Gott.

Harry sah Hannah fragend an, und sie hatte keine andere Wahl, als zu nicken.

Malte kam direkt zur Sache. »Du reagierst nicht auf meine Anrufe.«

»Du hast mir *einmal* auf den AB gesprochen. Abgesehen davon will ich nicht mit dir reden.« Sie wünschte, sie hätte ein mit Rotwein gefülltes Glas in der Hand, an dem sie sich festhalten könnte.

»Das verstehe ich.« Er sah sich kurz um, ob jemand in der Nähe war, und sagte dann mit gesenkter Stimme: »Ich hätte dir von meiner Frau erzählen sollen.«

»Ja, das hättest du.«

»Ich wusste nicht, wie. Ich hatte Angst, dich zu verlieren. Ich war ein Feigling.«

Sie wandte den Blick ab, damit er nicht sah, wie aufgewühlt sie war. Sie wollte gelassen und souverän wirken. Sie wollte den Eindruck erwecken, als würde ihr Leben weitergehen. Aber die Wahrheit war, dass sie noch immer geistig vor dem Kiosk stand, auf den Zeitungsartikel blickte und es einfach nicht begreifen konnte.

»Du hast mir so wehgetan«, hauchte sie kraftlos.

»Ich weiß, und das tut mir leid. Und glaub mir, ich wünschte, ich könnte in der Zeit zurückspringen und von Anfang an ehrlich zu dir sein. Ich bin hin und weg von dir.«

»Und was ist mit deiner Frau und deiner Tochter?«

»Ich will dich, Hannah.«

Eigentlich hatte sie von ihm hören wollen, dass er vorhatte, seiner Frau seine Affäre zu beichten. Aber das Dinner ihrer Mutter war wohl auch nicht der richtige Ort, um ein derart privates Gespräch zu führen. Stopp. Schon wieder verschwendete sie Energie dafür, eine Rechtfertigung für seine unkonkrete Antwort zu finden. Und doch, als sie zu ihm aufsah, versank sie erneut im Eisblau seiner Augen, konnte nur schwer dem Drang widerstehen, nicht mit dem Zeigefinger die Wimper auf seiner Wange aufzusammeln und zu sagen: »Wünsch dir was.«

Ihre Rettung war, dass die restlichen Gäste eintrafen, darunter der Chefredakteur der *Dresdner Neuesten Nachrichten* und ein Mann, den sie schon mal in der Zeitung gesehen hatte und der, wenn sie sich recht erinnerte, irgendetwas mit Meissener Porzellan zu tun hatte.

»Alles in Ordnung?«, fragte Harry sie, als sie ein paar Minuten später aus dem Badezimmer ihrer Mutter kam, in dem sie sich eingesperrt und versucht hatte, sich zu beruhigen.

»Ja. Bestens.« Sie nahm ihm sein Glas Sekt aus der Hand und trank einen großen Schluck. »Danke.«

Ihre Mutter bat die Gäste, sich zu setzen, und Hannah half ihr, das Essen zu servieren: Coq au vin mit Kartoffelspalten. Malte nahm ausgerechnet ihr direkt gegenüber Platz. Wollte er sie bewusst quälen?

Ständig lenkte irgendwer am Tisch das Gespräch auf seine Arbeit. Er erzählte von seinen Reisen, von seinem Plan, ein Buch zu schreiben, und dass er am liebsten für sich allein Musik hörte.

»Niemand führt Wagners *Die Meistersinger von Nürnberg* auf wie Sie«, schwärmte eine Frau, die erstaunliche Ähnlichkeit mit der Sängerin Nena hatte. Sie stützte ihr Kinn auf ihrem Handrücken auf und klimperte Malte mit ihren langen Wimpern an. Hannah glaubte, dass sie in der Stadtverwaltung arbeitete, aber ganz sicher war sie sich nicht, weil sie kaum zugehört hatte, als ihr all diese Leute vorgestellt worden waren. Überhaupt fiel es ihr schwer, sich zu konzentrieren.

»Kein anderer Dirigent hat eine derart hypnotische Macht über klassikverliebte Menschen wie Sie.«

»Sie schmeicheln mir.« Malte tupfte sich den Mund mit seiner Serviette ab und breitete sie dann auf seinem Schoß aus. »Wissen Sie, die Klassik hat leider einen so schrecklich elitären Ruf. Eigentlich wünsche ich mir, klassikfremde Menschen, vor allem Jugendliche, an diese Kunst heranzuführen.«

Am liebsten wäre es ihr, er würde etwas sagen, das ihr missfiel, aber sie mochte, was er sagte. Sie konnte ihm stundenlang zuhören.

»Darauf stoßen wir an!« Ihre Mutter erhob ihr halb volles Rotweinglas, das am Rand einen Lippenstiftabdruck hatte.

Die Gläser klirrten. Hannah sah Malte nicht in die Augen, als sich ihre Gläser berührten. Während die anderen Gäste einen vornehmen kleinen Schluck nahmen, konnte sie sich kaum beherrschen, ihren Rotwein nicht in einem Zug zu leeren.

»Wie kommen Sie beim Wiederaufbau der Frauenkirche voran?«, lenkte Malte das Thema nun auf sie.

Sie schob ihre Hände, die leicht zitterten, zwischen die Knie. »Gut. Sehr gut.«

Wie wortgewandt, verhöhnte sie sich innerlich selbst. Aber was sollte sie tun? Ihr Kopf war wie leer.

»Finden Sie es denn wirklich sinnvoll, dass die Frauenkirche wiederaufgebaut wird?«, fragte der Nena-Verschnitt provokativ. »Wäre es nicht besser gewesen, sie als Mahnmal gegen den Krieg als Ruine zu belassen?«

Sie spürte sämtliche Blicke am Tisch auf sich. Der Wiederaufbau der Frauenkirche war ein sensibles Thema bei den Dresdnern, sie hatte diese Diskussion schon oft genug geführt. »Ich weiß, dass sich diesbezüglich die Geister scheiden«, antwortete sie ruhig. »Aber die Ruine war am Verfallen. Man hätte sich also auch etwas einfallen lassen müssen, um sie zu bewahren. Und auch wenn ich es verstehen kann, dass sich viele Menschen gewünscht haben, die Trümmer der Frauenkirche als Mahnmal gegen den Krieg zu behalten, so gefällt mir persönlich besser, was der *Ruf aus Dresden* bewirkt hat, der um die ganze Welt ging. Ist es nicht bemerkenswert, dass nicht nur die Bürger Dresdens oder Menschen aus Deutschland daraufhin Geld gespendet haben, sondern es sogar unterstützende Initiativen in New York und Paris gab? Selbst aus dem polnischen Gostyn und dem englischen Coventry erreichten uns Spenden, und dort haben die Deutschen wirklich Grausames getan. Ein junger Engländer ist extra angereist, um beim Wiederaufbau zu helfen.« Sie lächelte Harry an. »Für mich ist das noch wertvoller, denn es ist ein Zeichen der Versöhnung und des Friedens.«

»Hannah ist ein Genie in ihrer Arbeit.« Das war das Erste, was

Harry an diesem Tisch sagte. »Sie hat einen exzellenten Blick dafür, woher ein Trümmerstück stammt. Und sie nimmt sich immer Zeit, um mit den Touristen zu reden.«

Sie spürte, dass ihre Wangen warm wurden. »Alle in unserem Team leisten gute Arbeit.«

»Aber bei dir spürt man richtig, wie sehr du deine Arbeit liebst. Das ist nicht nur irgendeine Kirche, die du wiederaufbaust. Du hängst an der Frauenkirche und an Dresden.«

Ihr war nicht bewusst gewesen, dass ihm das aufgefallen war.

»Dann auch auf Hannah«, sagte Malte und erhob sein Glas erneut.

Später, als sich die ersten Gäste bei ihrer Mutter verabschiedeten und Harry die Teller stapelte und in die Küche trug, zog sie sich kurz auf den Balkon zurück. Auch sie würde gleich helfen, aber nachdem sie Malte während des gesamten Essens gegenübergesessen hatte, musste sie erst mal durchatmen. Die Wohnung ihrer Mutter lag in Neustadt, im obersten Stockwerk eines Mietshauses, dessen Bau erst vor zwei Jahren beendet worden war. Im Sommer war es zwar sehr heiß in ihrer Wohnung, aber dafür hatte sie einen atemberaubenden Blick über die Elbe und die Silhouette der Altstadt, die zu dieser Tageszeit golden funkelte. Auf angenehme Weise spürte Hannah den Rotwein in ihrem Blut kreisen.

Jemand trat neben sie. Sie erkannte Malte an seinem männlichen Duft, ein Parfüm, das ganz leicht nach Bergamotte und Sandelholz roch.

»Ich wollte dir Auf Wiedersehen sagen.« Er sah sie an, mit diesem Blick, der ihre Knie weich werden ließ, und stellte die Frage, vor der sie am meisten Angst hatte. »Sehen wir uns denn wieder?«

Sie wollte ihm sagen, dass er aus ihrem Leben verschwinden solle. Dass sie ihr Abonnement in der Oper kündigen würde, um endgültig mit ihm abzuschließen. Doch es waren diese eisblauen Augen, die ihre Willenskraft brachen. Es waren keine gewöhnlichen blauen Augen, denn sie hatten dieselbe Macht wie Sirenen, die Seefahrer ins Unglück stürzten.

»Wenn du mit deiner Frau gesprochen hast«, sagte sie.

»Das werde ich. Versprochen.«

Sie wollte nicht lächeln, aber sein Versprechen bedeutete so viel für sie, es bedeutete, dass sie sich wieder selbst besser leiden konnte, dass sie den Abend auf einmal doch für gelungen hielt, sie vielleicht sogar die Schönheit des Sommers wieder spüren würde. Sie war eben doch nicht nur eine Affäre für ihn gewesen. Vielleicht liebte er sie sogar. Und daran würde sie sich festhalten.

Nachdem Malte gegangen war, hatte sie in der Küche ihrer Mutter mit drei großen Schlucken ein weiteres Glas Rotwein geleert, einfach deshalb, weil sie noch immer ganz aufgekratzt von ihrem Gespräch mit Malte war und hoffte, dadurch etwas ruhiger zu werden. Nun bestand Harry darauf, sie nach Hause zu begleiten, weil er behauptete, sie laufe Schlangenlinien.

»Aber ich laufe schöne Schlangenlinien!«, erwiderte sie und grinste ihn selbstzufrieden an, als sie auf den Postplatz zuhielten.

Harry packte sie an der Hand und hielt sie zurück. »Trotzdem solltest du warten, bis die Ampel auf Grün geschaltet hat und kein Auto mehr kommt.«

Wie aus dem Nichts brauste ein alter Trabi an ihnen vorbei und stieß eine grauschwarze Rauchwolke aus. Wo war der denn auf einmal hergekommen?

Einen Moment lang blickte sie auf ihre miteinander verschränkten Finger hinab, ehe sie ihm ihre Hand entwand und sich die Arme rieb. Wind war aufgezogen, der vielleicht Regen bringen würde.

»Magst du meine Jacke haben?«, bot Harry ihr an.

»Das ist nett, aber ich …«

Doch Harry hatte seine Zipperjacke bereits ausgezogen und legte sie um ihre Schultern. »Mir ist eh zu warm.«

»Danke.« Sie lächelte ihn an.

Aus dem Augenwinkel nahm sie wahr, dass das Licht der Ampel auf Grün geschaltet hatte. Sie setzten sich wieder in Bewegung.

»Wie kommt es eigentlich, dass du extra nach Dresden reist, um beim Wiederaufbau der Frauenkirche zu helfen?«, fragte sie.

»Mein Großvater ist beim Bombenangriff auf Dresden mitgeflogen.«

Damit hatte sie nicht gerechnet. »Oh. Wow. Und jetzt bist du hier, um das irgendwie wiedergutzumachen?«

Es gab noch genügend alte Leute in Dresden, die die Alliierten verfluchten und die totale Zerstörung Dresdens als Kriegsverbrechen bezeichneten. Sie selbst war jedes Mal mehr als schockiert, wenn sie daran dachte, dass es nicht nur einen, sondern vier Angriffe gegeben hatte, und das, obwohl die Stadt schon nach der ersten Welle schwer getroffen und nach der zweiten ein einziges Inferno gewesen war. Gleichzeitig wusste sie natürlich nur zu gut, dass gerade die Deutschen im Ausland unvorstellbar grausam vorgegangen waren, so auch in Coventry, wo Harry herkam.

»Klingt das blöd für dich?«

»Nein, gar nicht. Es ist nett von dir.«

»Nett …«, wiederholte er mit bitterem Ton. Als sie ihn fragend ansah, fügte er hinzu: »Das hat nur jemand … Bestimmtes vor nicht allzu langer Zeit zu mir gesagt.« Er legte den Kopf in den Nacken und sah hinauf in den Sternenhimmel. »Ich helfe nicht beim Wiederaufbau der Frauenkirche mit, weil *ich* das Gefühl habe, die Vergangenheit meines Großvaters wiedergutmachen zu müssen«, fuhr er dann fort. »Sondern weil er selbst es sich nie verziehen hat.

Immer wieder hat er davon erzählt. Er hatte damals keine andere Wahl. Wie auch die anderen Piloten. Sie sind alle ins Flugzeug gestiegen und haben einen Auftrag ausgeführt, ohne darüber nachzudenken. So läuft das im Krieg. Wenn man anfängt, über das, was man tut, nachzudenken, wird man wahrscheinlich verrückt. Aber es muss schrecklich sein, sein Leben mit einer solchen Last zu verbringen. Mein Opa hat sich selbst nie etwas Schönes oder Gutes gegönnt, immer nur geschuftet, und jetzt tut ihm sein ganzer Körper weh.«

»Das tut mir sehr leid für ihn«, sagte sie, und Harry nickte.

»Lass uns das Thema wechseln«, sagte er dann. »Wie wär's, wenn wir darüber reden, was zwischen dir und Mr Geheimrat vorgefallen ist?«

Sie verstand nicht, von wem er sprach.

»Ihr bezeichnet das doch als Geheimratsecken, oder täusche ich mich?« Er deutete an die Stirn, wo sich bei ihm volles Haar so lustig wellte, dass sie das Bedürfnis hatte, ihre Finger darin zu vergraben.

Da fiel bei ihr der Groschen, und sie prustete los. »Oh, das ist fies!« Sie wusste, dass das ein heikler Punkt bei Malte war und er große Angst hatte, dass die kahlen Stellen noch ausgeprägter werden würden. »Wir hatten ein paar Monate lang eine Beziehung. Oder zumindest dachte ich, dass es eine Beziehung war. Für ihn war es aber nur eine Affäre. Und dann habe ich durch Zufall erfahren, dass er verheiratet ist und sogar eine Tochter hat.«

Harry machte ein Gesicht, als hätte er Schmerzen. »Oh. That sucks.«

Sie zuckte mit den Schultern, als wäre sie inzwischen darüber hinweg, was natürlich Unsinn war.

»Wie hast du es geschafft, ihm heute Abend nicht deinen Wein ins Gesicht zu schütten?«

»Und guten Wein verschwenden?«

Harry sah sie aufmerksam an. »Du hast noch Gefühle für ihn, nicht wahr?«

Sie nickte schwach, ihr Lächeln war verschwunden. »Vermutlich ist das nur schwer nachvollziehbar. Aber ich war so stolz darauf, dass er sich für mich interessiert hat. Er könnte jede haben, aber er wollte Zeit mit mir verbringen … Es war, als würde etwas von seinem Glanz auf mich abfallen. Ach, das klingt vermutlich total doof …«

»Es klingt vor allem nicht nach einer Beziehung auf Augenhöhe.«

Sie verschränkte die Arme vor der Brust und hatte auf einmal das Gefühl, sich verteidigen zu müssen. »Was ist verkehrt daran, jemanden zu bewundern? Malte ist nun mal etwas Besonderes. Er ist attraktiv, belesen, charmant … Jemanden wie ihn findet man nicht so leicht.«

»Wenn er lügt und betrügt, dann ist er in meinen Augen nichts Besonderes, sondern einfach nur ein gewöhnlicher Typ, der sich nicht festlegen kann und es riskiert, Menschen zu verletzen. Dafür habe ich kein Verständnis, egal wie charmant oder gut aussehend jemand ist.«

»Ist ja gut, du Moralapostel«, murmelte sie und zog den Kopf leicht ein.

Harry schien ihr anzumerken, dass er sie verletzt hatte. »Tut mir leid, ich wollte dich nicht verärgern.«

»Hast du nicht. Mein Kopf weiß, dass du recht hast. Aber die Botschaft kam noch nicht in meinem Herzen an.«

Inzwischen hatte es angefangen zu tröpfeln. Sie versuchte, den Reißverschluss von Harrys Jacke zu schließen, aber es wollte ihr nicht gelingen. Verdammter Alkohol.

»Bleib stehen, ich helfe dir«, sagte er, trat vor sie und nahm die Enden der Jacke.

»Wie sieht's denn bei dir aus?«, fragte sie ihn. »Hast du eine Freundin in England zurückgelassen, oder gehört dein Herz jemandem?«

»Themenwechsel.«

»Ach komm schon, wir sind doch befreundet.«

Er zog die Augenbrauen hoch und schmunzelte. »Sind wir das?«

»Nach diesem Abend auf jeden Fall.«

Er zog den Schieber des Reißverschlusses nach oben. »Es gibt da jemanden.«

»Wie ist sie so?«

Er fuhr sich mit einer Hand über den Nacken. »Groß, blond, Sommersprossen.«

»Wahnsinn, nach dieser detaillierten Beschreibung habe ich das Gefühl, sie zu kennen.«

Harry seufzte. »Sie ist tierlieb, hat einen Abschluss an der Uni Oxford und einen erstaunlich versauten Humor. Außerdem ist sie die beste Feldhockeyspielerin im ganzen Umkreis und hat einen kleinen behinderten Bruder, um den sie sich aufopferungsvoll kümmert.« Als er über sie sprach, war seine Stimme weich und warm. Sie wünschte, jemand würde so über sie reden.

»Wenn du getrunken hast, bist du übrigens ganz schön anstrengend.« Den letzten Satz hatte er mit einem sanften Schmunzeln gesagt.

»Sie klingt toll.«

Er nickte.

Das war das erste Mal, dass sie sich wirklich nah gegenüberstanden. Hannah nutzte die Gelegenheit, um ihn zu betrachten und sich zu fragen, was einer Frau an ihm gefallen könnte. Er hatte lange, dunkle Wimpern, um die ihn vermutlich jedes Mädchen beneidete. Und sie mochte das kleine Muttermal schräg über seinem rechten Mundwinkel. Wenn er lachte, ging ihr jedes Mal das Herz auf, was vor allem an diesen frechen Grübchen lag. Und es schien unmöglich zu sein, ihn aus der Ruhe zu bringen.

Fürsorglich zog er die Kapuze über ihr Haar. Dabei fiel ihr auf, dass er wirklich schöne Hände hatte, von denen sie wusste, dass sie anpacken konnten. Sie errötete ein bisschen, als ihr klar wurde, in welche Richtung ihre Gedanken gingen, und beging dann den Fehler, Harry in die Augen zu sehen. Es war unmöglich, einem attraktiven Mann so nah zu sein und sich nicht ein klein wenig zu ihm hingezogen zu fühlen.

Sie räusperte sich und machte einen Schritt zurück. »Es ist schon spät.«

»Ja«, sagte er. »Sehen wir zu, dass wir dich nach Hause bekommen.«

8

1947

Lotte

»So ein Mist!«, fluchte Lotte, als auf einmal das kleine Feuer um die Herdplatte ausging. »Haben die doch wieder einfach das Gas abgestellt!«

Sie hatte noch einmal Wasser erhitzen wollen, weil sie gerade dabei war, den Boden zu wischen. Zwar hatte Jakob darauf bestanden, diese Arbeit zu übernehmen, aber er tat schon genug. Außerdem brauchte sie Beschäftigung, denn ihre Gedanken kreisten unaufhörlich. Sie sorgte sich um Jakob und fragte sich, wie sie Carola noch ein bisschen mehr unterstützen konnte, denn die junge Frau würde bestimmt ein paar Monate nicht arbeiten können. Ihr wurden gerade so viel Lebensmittel zugeteilt, um nicht zu verhungern. Es war Sonntag, und Jakob hatte sich in sein Zimmer zurückgezogen. Eigentlich hatte er vorgehabt, im Hinterhof aus alten Brettern ein Bettgestell zu bauen. Aber es schüttete schon seit Stunden. An einem grauen Tag wie heute, an dem die Umrisse der Ruinen im feuchten Nebel versanken, schmerzte ihn sein Bein besonders. Der Regen peitschte gegen die Fenster, und der Wind heulte gespenstisch. Man konnte sich kaum vorstellen, dass irgendwann einmal wieder die Sonne scheinen würde. Sogar Lotte war an solchen Tagen mürrisch.

»Dann gib endlich Ruhe. Es ist immerhin Sonntag.« Ihre Tante saß an ihrem neuen Stammplatz am Küchenfenster und beobachtete die Zickzackbahnen der Regentropfen. Jäh richtete sie sich auf. »Lotte, schnell!«, rief sie. »Mach dich frisch und zieh den hässlichen Kittel aus! Beeil dich!«

Schnell betastete Viktoria ihre kurzen blonden Locken, strich über ihren Rock, zupfte den Ausschnitt ihrer Bluse zurecht und kniff sich zweimal fest in die Wangen, damit sie erröteten. Obwohl sie sich heute Morgen noch schlapp gefühlt und über Kopfschmerzen geklagt hatte, schien sie nun wie durch ein Wunder genesen zu sein und schritt erhobenen Hauptes zur Wohnungstür, als würde sie einen Festsaal mit Gästen der feinen Gesellschaft betreten.

Lotte tauchte den Lumpen ins kalte Wasser, schlang ihn um den Besen und machte weiter. Wer sollte sie schon besuchen? Wären es ihre Freundinnen von der Baustelle, dann würde ihre Tante nicht so ein Aufhebens darum machen.

»Was für eine schöne Überraschung!«, hörte sie Viktoria im Flur süßlich zwitschern.

»Ich hoffe, ich komme nicht ungelegen«, antwortete die Stimme eines Mannes, die ihr bekannt vorkam.

»Keineswegs! Kommen Sie nur herein.«

Lotte richtete sich auf und sah sich Armin gegenüberstehen. Er nahm seinen Hut ab und hielt ihn vor die Brust. »Hallo, Lotte.«

Als sie sich das letzte Mal beim Suchdienst gesehen hatten, war sie zu aufgewühlt und die Nacht zu dunkel gewesen, um ihn in Augenschein zu nehmen. Nun fiel ihr auf, wie gut aussehend er war. Schon lange hatte sie keinem so wohlgenährten und gepflegten jungen Mann mehr gegenübergestanden. Sein volles, blondes

Haar hatte er zur Seite gekämmt, und er hatte diese schiefergrauen Augen, die interessant waren, sie aber gleichzeitig auch immer ein wenig einschüchterten.

Sie wurde sich ihrer von der Arbeit geröteten Finger bewusst, und bestimmt stand ihr Haar kraus vom Kopf ab. Sie lächelte, ließ den Lappen zurück ins Wasser fallen und trocknete die Hände an ihrem Kittel ab. Er nahm ihre Hand und hauchte einen Kuss darauf. Ihre Tante gab einen Laut der Verzückung von sich.

»Ich hoffe, ich halte dich nicht von der Hausarbeit ab«, sagte er.

»Ach, das kann ich auch später erledigen.«

»Setzen Sie sich doch bitte, Herr Kahlbach«, sagte ihre Tante. »Dort am Fenster ist es am schönsten. Lotte, warum bietest du unserem Gast nichts an?«

»Bitte, machen Sie sich wegen mir keine Umstände. Ich will mich nicht aufdrängen.«

»Ach, Sie bereiten uns doch keine Umstände.«

»Leider kann ich dir nur Kräutertee anbieten, den ich vorhin aufgesetzt habe. Aber ich befürchte, er ist inzwischen kalt.«

»Oder wie wäre es hiermit?« Armin hatte eine Ledertasche dabei, aus der er eine Packung Kaffee zog. Er verneigte sich leicht, als würde er ihrer Tante einen Strauß Blumen überreichen. »Für Sie. Ein kleines Präsent.«

»Kaffee!« Viktoria schlug eine Hand vor den Mund. »Haben Sie vielen Dank!«

Hätte jemand ihr vor dem Krieg erzählt, dass der Tag kommen würde, an dem ihre Tante sich so sehr über eine Packung Kaffee freute, hätte Lotte diese Person vermutlich für verrückt erklärt. Zu ihrem Geburtstag im August letzten Jahres hatte sie Viktoria am Schlesischen Bahnhof ein kleines, dünnes Tütchen Kaffee gekauft. Für zehn Mark. Die Packung hatte gerade für eine Tasse gereicht.

Und sie hatte auch noch aufpassen müssen, dass sie nicht mit gefärbtem Pulver betrogen wurde.

»Ich setze welchen auf.« Sie lächelte Armin dankbar an und schnupperte dann an dem Paket. Der verführerische Duft ließ sie an längst vergangene Zeiten denken, aber auch daran, dass es langsam wieder bergauf ging.

Armin stellte seine Tasche auf dem Boden ab und setzte sich. »Was macht die Arbeit auf der Baustelle?«

»Gut«, sagte sie knapp und begann, mithilfe von ein paar Kerzen Wasser zu erhitzen. »Wir kommen voran.«

»Du bist zu schade für solche Knochenarbeit.«

»Das habe ich ihr schon mehrmals gesagt, aber sie will nicht auf mich hören«, stimmte Viktoria ihm zu.

Als das Wasser erwärmt war, goss Lotte es über das dunkelbraune Pulver, und schon bald breitete sich ein wunderbarer Duft in der Küche aus. Sie schenkte jedem eine Tasse ein und hob, ohne dass ihre Tante es merkte, einen kleinen Rest für Jakob auf. Kurz plauderten sie über Armins Stelle als Sekretär der SED-Kreisleitung Dresden-Land, die er vor zwei Wochen angetreten hatte. Es war bewundernswert, mit welcher Leichtigkeit er wieder auf die Beine gekommen war.

»Lotte, könnte ich dich vielleicht einen Augenblick unter vier Augen sprechen?«

Ihre Tante erhob sich von ihrem Stuhl. »Ich wollte ohnehin gerade … Ich wollte mich gerade etwas ausruhen. Dann seid ihr beide ungestört.«

Viktoria zeigte dieses ganz bestimmte Schmunzeln, das bedeutete, dass sie vor ihrem inneren Auge Armin bereits um Lottes Hand anhalten sah. Auf einmal hatte Lotte sehr viel zu tun. Sie nahm einen Schluck Kaffee, wischte mit dem Trockentuch, das unter dem Bund ihres Kittels hing, über den Tisch und warf einen

Blick aus dem Fenster, als würde sie dort etwas sehr Spannendes sehen.

»Hier, das habe ich dir mitgebracht.« Armin zog noch etwas aus seiner Manteltasche: eine Packung Zigaretten.

Sie sah ihn fragend an.

»Falls ihr mal handeln müsst, auf dem Schwarzmarkt beispielsweise.« Er lächelte.

»Danke.« Sie ließ die Packung in ihrer Kitteltasche verschwinden. »Wo hast du all das her?«

»Kontakte.« Er schlug die Beine übereinander und lehnte sich mit dem Rücken an die Wand. »Ich möchte mich damit bei dir entschuldigen. Ich habe dich bei unserem letzten Gespräch aufgewühlt. Das war nicht meine Absicht.«

»Schon gut. Wolltest du mich deshalb unter vier Augen sprechen? Um dich zu entschuldigen?« Sie hatte den Blick auf ihren Kaffee gesenkt und sah erst wieder auf, als sie sich sicher war, ihren Gesichtsausdruck unter Kontrolle zu haben.

»Nein, da ist noch etwas anderes. Lotte, ich würde dich gerne um etwas bitten.«

Sie schloss die Hände um ihre Tasse. »Um was geht es denn?«

»Wie du weißt, versuche ich, mir in diesem Land ein neues Leben aufzubauen, aber irgendwie haben die Sowjets von … von meiner Vergangenheit erfahren. Ich muss belegen, dass ich kein Nationalsozialist war. Ansonsten verliere ich meine Arbeit. Die Jüdin, der ich nach der Bombardierung Zuflucht gewährt habe, hat bereits für mich ausgesagt, aber mehr Gewicht hätte es bei den neuen Machthabern, wenn eine Kommunistin sich für mich verbürgt.«

»Aber ich war keine Kommunistin, und ich bin es auch heute nicht.«

»Aber deine Mutter war eine Rote.«

»Du glaubst, das zählt?« Lotte rutschte etwas unbehaglich auf ihrem Stuhl herum. »Und müsste ich das vor einem Gericht bezeugen?«

»Nein, ich habe einen Text in zweifacher Ausfertigung, den du nur unterschreiben müsstest. Ein Exemplar für die Sowjets, das zweite für mich zur Sicherheit.«

Er holte zwei Blatt beschriebenes Papier sowie einen Stift aus seiner Tasche. Sie zögerte. Doch dafür gab es eigentlich keinen Grund. Sie kannte Armin, wusste, dass er kein schlechter Mensch war. Er würde nichts von ihr verlangen, was ihr schaden könnte. Und es ging um Armins Zukunft.

Sie überflog den Text, las, dass Armin nicht nur aus sehr einfachen Verhältnissen stammte und schon früh dem Sozialismus zugeneigt gewesen war, sondern auch, dass er nur in die NSDAP eingetreten war, um seine Stelle bei der Polizei zu behalten und Menschen in Gefahr weiterhin helfen zu können.

Gerade, als sie den Füller nahm und ihre Unterschrift unter Armins Text setzen wollte, kam Jakob herein. »Entschuldige. Ich wusste nicht, dass du Besuch hast.«

»Komm nur rein. Darf ich vorstellen? Armin, das ist Jakob. Jakob, das ist Armin.«

Einen Moment lang sahen sich die beiden Männer an. Bildete Lotte sich das nur ein, oder war schlagartig sämtliche Farbe aus Armins Gesicht gewichen?

Er fing sich wieder, deutete auf das Papier. »Also?«

Kaum hatte Lotte ihre Unterschrift unter das Geschriebene gesetzt, packte Armin die zwei Blatt Papier ein und erhob sich. »Ich sollte dann mal wieder nach Hause.«

»Bleib doch noch. Du kannst mit uns zu Abend essen. Es gibt Kartoffeln mit Gabeln«, scherzte sie. »Aber immerhin etwas Warmes im Bauch.«

»Das ist nett, aber ich muss wirklich los.«

Sie begleitete ihn zur Wohnungstür. Auf der untersten der zwei Stufen hielt er noch einmal inne und wandte sich zu ihr um, als wäre ihm gerade etwas eingefallen. »Als Dankeschön würde ich dich gerne ausführen.«

»Oh. Das ist wirklich nicht nötig.« Verlegen klemmte sie sich eine Haarsträhne hinters Ohr.

»Und doch bestehe ich darauf.« Er versuchte, es charmant klingen zu lassen, aber es schwang etwas Unterschwelliges in seinem Tonfall mit. Lotte meinte herauszuhören, dass es für ihn schlichtweg nicht infrage kam, dass sie sein Angebot ablehnte.

Sie holte Luft und lächelte dann. »Dann bleibt mir wohl keine Wahl. Na ja, ich war auch schon lange nicht mehr tanzen.«

»Tanzen?« Er machte ein Gesicht, als hätte sie ihm vorgeschlagen, ihm ohne lokale Betäubung einen Zahn zu ziehen. »Ich hätte eher ans Theater oder eine Kunstausstellung gedacht.«

»Das klingt auch gut. Ich könnte ein paar Freundinnen von der Baustelle mitnehmen. Vielleicht ist ja eine dabei, mit der du dich besonders gut verstehst.«

Zwei Atemzüge lang war es still.

»Ja«, sagte er dann. »Das wäre nett. Und danke für deine Unterschrift.«

Sie verstand sich selbst nicht. Armin war ein attraktiver Mann, er war nett, erfolgreich und sorgte sich um sie.

Als sie zurück in die Küche kam, stand Jakob am Fenster und sah Armin nach. »Woher kennst du ihn?«

»Er ist ein Freund von früher.«

»Sein Gesicht kommt mir irgendwie bekannt vor. Nur komme ich nicht drauf, woher.«

Sie schenkte ihm den restlichen Kaffee, den sie für ihn aufgehoben hatte, in eine Tasse und reichte sie ihm. »Hier, für dich.«

Er sah sie an, und in seinen Augen sah sie das Lächeln, das er noch nicht zuließ. »Danke.« Er atmete den verführerischen Duft ein und nahm einen Schluck.

»Er hat mich vor Kurzem über den Suchdienst ausfindig gemacht.« Da kam ihr auf einmal eine Idee. »Wir könnten für dich doch auch eine Suchmeldung nach Verbliebenen aufgeben. Vielleicht ist jemand aus deiner Verwandtschaft rechtzeitig ausgewandert?«

»Die Mühe können wir uns sparen. Von den fast achtzig Verwandten haben nur ich und ein Neffe in Leipzig überlebt. Und mit dem Familienzweig in Polen habe ich nichts zu tun.«

Trotzdem. Vielleicht würde sich ja ein Nachbar von früher finden oder jemand, der mit Jakob zur Schule gegangen war.

Als sie am nächsten Tag nach der Arbeit zur Suchstelle ging, um sich einmal mehr nach Leo zu erkundigen, war sie hin- und hergerissen. Zwar hatte Jakob ihr nicht direkt gesagt, dass er mit ihrer Idee einverstanden war, aber er hatte auch nichts dagegen gehabt. Er glaubte nur nicht daran, dass sich jemand finden würde, mit dem ihn früher mehr verbunden hatte. Und von alleine würde er den weiten Weg nicht auf sich nehmen, dafür kannte sie ihn inzwischen gut genug. Kurzerhand gab sie für Jakob eine Suchmeldung auf.

Und wie durch ein Wunder meldete sich bereits zwei Wochen später tatsächlich jemand, der behauptete, Jakob zu kennen.

9

»Ich habe eine Überraschung für dich«, verkündete sie stolz.

Jakob war gerade dabei, das Feuer im Ofen zu entfachen. Dunkle Schatten lagen unter seinen Augen. Nachts hatte er geschrien, als würde er gefoltert werden. Sie hatte hin und her überlegt, ob sie ihn wecken sollte, aber was, wenn er so in seinem Traum gefangen war, dass er sie nicht erkannte und dachte, sie wäre diejenige, die ihn so quälte, und sich am Ende noch zur Wehr setzte?

»Verrätst du mir, um was es geht?«

»Dann wäre es ja keine Überraschung mehr.«

Sie zwinkerte ihm zu. Das hatte sie bisher noch nie getan, und Jakob schien sich dasselbe zu denken, denn er runzelte die Stirn. Lotte errötete ein bisschen.

Er murmelte etwas Unverständliches, aber machte sich auf in Richtung Hinterhof, wo die Toilette war und der Wasserkanister stand, um sich frisch zu machen.

Sie hoffte so sehr, dass Jakob sich freuen würde, den Mann, der sich auf ihre Suchanzeige gemeldet hatte, zu sehen. Sein Name war Wolfgang. Lotte hatte bei einem kurzen Kennenlernen beim Suchdienst nur ein paar Worte mit ihm gewechselt, weil es schon spät gewesen war und sie vor Anbruch der Dunkelheit hatte zu Hause sein wollen. Aber das, was Wolfgang ihr erzählt hatte, war vielversprechend gewesen. Er war mit Jakob zur Schule gegangen und auch danach noch gut mit ihm befreundet gewesen. In dem kurzen Gespräch hatte er nett auf sie gewirkt.

In ihrer Vorstellung knüpften die beiden Männer an ihre Freundschaft an und spielten abends mal zusammen Karten. Und vielleicht, wenn alles gut lief und Jakob sich in Wolfgangs Gesellschaft wohlfühlte, würden sie sogar in lustigen Erinnerungen schwelgen und miteinander lachen. Jakob brauchte doch jemanden, mit dem er reden konnte. Ihr gegenüber wollte er sich nicht öffnen, und das akzeptierte sie. Insgeheim erleichterte sie die Aussicht, dass Jakob einen Freund hätte, weil sie dadurch einen Teil der Verantwortung, die auf ihren Schultern lastete, abgeben konnte.

Als Jakob in die Küche kam, sah er tatsächlich recht ordentlich aus. Er trug ein frisch gewaschenes Hemd und hatte sein Haar mit Wasser in Form gebracht, sodass es nicht so zottelig wie sonst war.

»Dann setze ich mal Tee auf«, sagte sie munter.

»Bekommen wir etwa Besuch?« Skeptisch legte Jakob die Stirn in Falten.

Wie zur Antwort klopfte es an der Haustür. Lotte strich ihren Rock glatt und beeilte sich, die Tür zu öffnen.

Als Wolfgang die Mütze vom Kopf zog, sah sie, dass er nur noch wenig Haar hatte. »Guten Tag.«

»Schön, dass Sie hier sind. Kommen Sie bitte rein. Jakob erwartet Sie, auch wenn er nicht weiß, wer zu Besuch kommt.«

»Das weiß er nicht?« Wolfgang fuhr sich mit einer Hand über den Nacken. »Hören Sie, dann ist es vielleicht besser, wenn ich ein andermal wiederkomme und Sie vorher mit ihm darüber sprechen.«

»Aber Sie meinten doch, Sie seien gut befreundet gewesen. Deshalb dachte ich, es wäre eine schöne Überraschung.«

Der Blick des Mannes bereitete ihr Sorgen.

»Ja, das waren wir auch. Aber …« Er atmete schwer aus und schien sich dann einen Ruck zu geben. »Na ja, jetzt bin ich schon hier.«

Als sie die Küche betraten, erhob sich Jakob vom Stuhl. Er sah den Gast an, sah Lotte an.

»Wolfgang.« Seine Miene war wie gewohnt undurchdringlich. Vielleicht sollte man das nicht zu persönlich nehmen, dachte sie, insgeheim ein bisschen erleichtert darüber, dass er nicht nur sie mit solch abwehrenden Blicken bedachte.

»Jakob!« Wolfgang ging auf ihn zu und legte seine großen Hände auf seine Schultern, sodass sie schon befürchtete, Jakob würde unter der Wucht zusammenbrechen. Sie zuckte innerlich zusammen, weil sie inzwischen wusste, dass Jakob unerwartete Berührungen nicht ausstehen konnte. »Du bist es wirklich. Ich wollte es erst gar nicht glauben, als ich deinen Namen auf einem der Zettel beim Suchdienst gelesen habe. Ich suche dort eigentlich nach meiner Schwester. Es ist lange her, seit wir uns das letzte Mal gesehen haben. Erzähl, wie geht es dir?«

»Den Umständen entsprechend.«

»Verstehe.«

Warum verhielt sich Jakob so abweisend, wenn die beiden doch früher befreundet gewesen waren? Lotte hatte das Gefühl, dass es, obwohl das Feuer im Ofen brannte, mindestens um zwei Grad kühler in der kleinen Stube geworden war.

»Wie wär's mit einer Tasse Tee?«, fragte sie betont heiter.

Die Männer setzten sich. Das Schweigen zwischen ihnen wirkte wie elektrisch aufgeladen. Sie schenkte ihnen von dem Löwenzahntee ein, den sie zubereitet hatte, ehe sie die Ofenklappe öffnete, um Holz nachzulegen. Während sie mit dem Eisenstab in der Glut stocherte, um das Feuer wieder zu entfachen, suchte sie nach etwas, mit dem sie die Stille füllen und ein Gespräch zwischen den Männern in Gang setzen konnte. »Meine Güte, jetzt könnte es aber wirklich mal Frühling werden!«

»Wohl wahr«, stimmte Wolfgang ihr zu, sichtlich erleichtert darüber, dass wenigstens einer im Raum mit ihm sprach. »Ist das Rollglas? Ihr Glücklichen.« Er inspizierte das Fenster, als hätte er noch nie eines gesehen.

Dann war es wieder still. Als hätte man Jakob einen Ball zugeworfen, aber er ließ ihn einfach an sich abprallen.

O Gott, was hatte sie ihnen da nur eingebrockt? Mit einem Schauer wurde ihr bewusst, dass sie kaum etwas über Wolfgang wusste. Sie hatte sich damit zufriedengegeben, dass er behauptet hatte, ein alter Freund von Jakob zu sein. Aber Jakob schien das anders zu sehen. Sie hätte wohl doch vorher mit ihm darüber reden sollen. Sie schaute auf ihre schmutzigen geröteten Hände hinab und überlegte, was sie am besten tun sollte. Sollte sie Wolfgang bitten zu gehen?

»Arbeitest du noch für die Stadtverwaltung?«, fragte Jakob schließlich.

»Eigentlich wollte ich dort wieder anfangen, aber jemand hat mich denunziert und behauptet, dass ich in der Partei gewesen wäre. Dann haben sie mich nach nur zwei Wochen rausgeschmissen und einem Kommunisten die Stelle gegeben.«

»Soweit ich weiß, warst du wirklich in der Partei.«

»Ich wurde gezwungen, freiwillig einzutreten. So war das.« Wolfgang klang defensiv.

Inzwischen hatte Lotte das Gefühl, dass sie unaufhaltsam auf ein großes Unglück zusteuerten wie die *Titanic* auf den Eisberg.

»Zum Glück habe ich eine andere Stelle beim Bau gefunden. Nicht das, was ich früher gemacht habe, aber wenigstens was mit Perspektive. Es soll ja wieder bergauf gehen, nicht wahr? Und du? Was machst du, alter Knabe?«

»Nichts. Für die Enttrümmerung bin ich unbrauchbar, weil ich hinke. Und ansonsten gibt es noch immer kaum Arbeit.«

»Was ist mit deinem Bein?«

»Einer der Aufseher in Auschwitz hat mir gegen das Wadenbein getreten und es gebrochen.«

Ein einziger Satz, und auf einmal schien es, als wäre sämtliche Luft aus dem Raum gesaugt worden und hätte ein Vakuum hinterlassen.

»Ich hatte Glück, dass es nur das Wadenbein war«, fuhr Jakob fort. »Ich konnte noch laufen und die Verletzung verbergen. Sonst hätte ich auf die Krankenstation gemusst, und dort kam niemand mehr lebendig raus.« Jakob legte den Kopf leicht schief und fragte: »Was willst du von mir, Wolfgang?«

»Ich … ich wollte sehen, wie es dir geht. Als ich diese Suchanzeige gelesen und erfahren habe, dass du noch am Leben bist, da …«

»Von welcher Suchanzeige sprichst du überhaupt?«, unterbrach Jakob ihn.

»Die beim Roten Kreuz.«

»Ich habe keine aufgegeben.«

»Das war ich.« Lotte verschränkte die Hände im Schoß. »Ich gehe doch ohnehin jeden Abend zum Suchdienst, und da dachte ich …«

»Dachtest du.«

Sie merkte, dass ihr Nacken verkrampfte und üble Kopfschmerzen drohten, aber sie wusste auch beim besten Willen nicht, wie sie weniger angespannt sein sollte.

Dann: »Lotte, könntest du uns bitte einen Moment allein lassen?«

Sie behauptete, ohnehin noch Holz holen zu wollen. Sie war erleichtert darüber, entfliehen zu dürfen. Draußen war es ziemlich kalt, aber sie trödelte trotzdem und sammelte ein paar Zweige und klein geschnittene Bretter auf, die sie vom Bau mitgebracht hatte, und zögerte, bis ihre Arme schwer wurden. Sie überlegte, was schlimmer war: Wieder reinzugehen oder sich eine Lungenentzündung zu holen. Schließlich gab sie sich einen Ruck und schob die Wohnungstür mit der Hüfte auf.

Und ertappte ihre Tante auf frischer Tat beim Lauschen.

»Du kannst doch nicht …«

Viktoria legte den Finger vor den Mund. Die Stimmen der beiden waren durch die einen Spaltbreit geöffnete Tür zu hören.

»All das, was du erzählst, was du durchmachen musstest, tut mir schrecklich leid. Ich bin auch hier, um mich bei dir zu entschuldigen.«

Entschuldigen? O Gott. Wofür?

»Ich habe damals nicht mitbekommen, dass sie euch abgeholt haben«, fuhr Wolfgang fort. »Auf einmal wart ihr weg. Was ist mit Marietta? Ist sie wohlauf?«

Jakob ging nicht darauf ein. »Du bist also hier, um dich zu entschuldigen«, sagte er. »Für was genau? Dafür, dass du mich von einem Tag auf den anderen nicht mehr gekannt hast? Dass du zu Boden geschaut hast, wenn ich an dir vorbeilief?«

Lotte wagte es nicht, sich zu bewegen, aus Angst, man könnte sie hören.

Durch den schmalen Spalt sah sie, dass Wolfgang schwitzte. Er drehte seine Mütze wie ein Handtuch, das man auswringen wollte. »Ich weiß selbst, dass ich mich dir gegenüber nicht gut verhalten habe.«

»Ich hätte einen Freund gebraucht«, erwiderte Jakob ruhig. »Hast du eine Ahnung, wie allein man sich fühlt, wenn man völlig aus dem öffentlichen Leben ausgegrenzt wird? Wir Juden durften Parkanlagen, den Bahnhof, Bibliotheken, Museen, Restaurants nicht mehr betreten. Wir durften nur noch zwischen fünfzehn und sechzehn Uhr einkaufen gehen. Es war uns verboten, Zeitung zu lesen. Das Radio, die Schreibmaschine und das Telefon mussten wir abgeben. Selbst lächerliche Dinge durften wir nicht mehr. Keine Essensvorräte anlegen, keine Blumen einkaufen. Wir bekamen kaum noch Lohn, und davon wurde uns auch noch Judensteuer abgezogen. Dauernd, wirklich dauernd kamen wieder neue einschränkende Gesetze heraus. Wir hätten dringend Hilfe gebraucht. Aber das Schlimmste für mich war, dass sich die Menschen, die sich unsere Freunde genannt haben, von uns abgewandt hatten.«

Es war Lotte, als würde die Kette um ihren Hals, die Leo ihr einst geschenkt hatte, ihr auf der Haut brennen.

»Hör auf … Ich weiß das alles doch.« Auf einmal änderte Wolfgang den Tonfall. »Warum machst du es mir so schwer?! Es war ja auch nicht so, dass es nur euch Juden schlecht erging. Mein Bruder ist im Krieg gefallen.«

»Du meinst den Bruder, der freiwillig für Hitler in den Krieg zog? Mein Mitleid hält sich in Grenzen.« Jakob fuhr fort. Gnadenlos. »Um nun deine Frage zu beantworten: Marietta hat es nicht geschafft. Wir wurden getrennt, als wir mit dem Zug in Auschwitz ankamen. Wir sollten uns in unterschiedliche Reihen einordnen, und ich dachte noch, dass sie vielleicht einfach nur Männer und Frauen voneinander trennen würden. Aber es stellte sich heraus, dass sie als zu schwach angesehen wurde und direkt in die Gaskammer kam.«

Lotte nahm neben sich eine Bewegung wahr, sah, dass Viktoria die Augen geschlossen hatte, als könnte sie auf diese Weise an einen anderen Ort fliehen. Sie war so blass geworden, dass Lotte befürchtete, sie würde in Ohnmacht fallen. Auch in ihr sträubte sich alles, Jakobs Geschichte mitanzuhören, zumal er das höchstwahrscheinlich auch nicht wollte. Aber wegzuhören, nicht wahrhaben zu wollen, wäre, wie das zu leugnen, was passiert war.

»Das war das Letzte, was ich von ihr gesehen habe. Weißt du, was das Schlimmste ist? Ich bekomme Mariettas Blick einfach nicht aus dem Kopf. Sie hatte so große Angst. Ich habe noch den Aufseher gefragt, ob ich nicht bei ihr bleiben könne, und er meinte, nein … Und da habe ich es begriffen. Ich habe geschrien und mich gewehrt, aber dann haben sie mich zusammengeschlagen. Und ich musste mitansehen, wie sie meine Frau fortgebracht haben, und ich konnte nichts tun.«

»Bitte, Jakob. Ich hab's verstanden. Hör auf …« Es klang nun wie ein Flehen. »Was hätte ich denn machen sollen? Ein Attentat auf Hitler verüben?«

»Wenn du behauptest, dass du nichts hättest tun können, dann willst du nur dein Gewissen beruhigen. Es gab ihn, den Widerstand im Kleinen, im alltäglichen Leben. Einmal habe ich bei der Bäckerin meine Lebensmittelkarte abgegeben, darauf stand in roten Buchstaben der Vermerk: *Jude*. Damit hätte ich kaum etwas bekommen, nur ein bisschen dunkles Mehl. Aber die Bäckerin hat mir heimlich hinter dem Ladentisch herrlich weißes Mehl und Brötchen eingepackt. Und es gab auch eine junge Frau, die uns geholfen hat. Ich bin täglich durch eine Gasse gegangen, da schaute sie oft aus dem Fenster. Einmal ging sie schnell an mir vorbei und steckte mir einen Zettel in die Manteltasche. Es war eine Lebensmittelmarke für Fleisch. Ich weiß, dass solche Gesten riskant waren. Deshalb bin ich auch daraufhin jeden Tag einen anderen Weg zu meiner Schicht beim Goehlewerk gegangen, um sie nicht in Gefahr zu bringen. Nach dem Krieg habe ich sie gesucht, aber ihr Haus war ausgebombt. Ich suche sie noch immer, um ihr zu danken. Da sag mir nicht, dass du nichts tun konntest.«

»Du vergibst mir also nicht?«

»Ich weiß es zu schätzen, dass du hierhergekommen bist, um mit mir zu sprechen. Aber ich kann dir nicht vergeben. Das will ich nicht aus Respekt vor den anderen unzähligen Juden, deren Freunde auf einmal Feinde geworden sind, einfach nur, weil ein Verrückter es ihnen befohlen hat. Aber ich hasse dich auch nicht, dafür fehlt mir die Kraft.« Ein Stuhl kratzte über den Boden. »Geh jetzt bitte.«

Schritte näherten sich.

Wolfgang verließ die Küche so schnell, dass Lotte und ihre Tante keine Chance hatten, sich rechtzeitig davonzustehlen. Er stoppte, sah sie an, und sein Gesicht verzog sich zu einer Grimasse. Kurz glaubte Lotte, er würde sie anfahren, als wären sie schuld am Verlauf dieses Gesprächs, aber dann stürmte er kommentarlos aus der Wohnung.

Noch immer hielt sie das Holz in den Armen, die inzwischen taub waren. Sie ging in die Küche, legte es neben dem Boden ab und hoffte, dass Jakob ihr ansah, wie schlecht sie sich fühlte. Sie wollte etwas sagen, aber er ging einfach an ihr vorbei nach draußen.

Nur wenige Augenblicke später hörte sie das Krachen. O Gott. Erneut krachte es, gefolgt von einem splitternden Geräusch. Sie rannte los, kam schlitternd vor der Tür zum Stehen und riss sie auf.

Jakob stand vor der Ruine auf der anderen Straßenseite. Er hob eine alte Tonschindel auf und donnerte sie mit voller Wucht gegen das zerstörte Gemäuer, an dem sie in Hunderte kleiner Teile zersprang. Wenn ihn jemand sah, würde er Ärger bekommen, immerhin zerstörte er wertvolles Material. Ihr Herz raste. Ohne groß zu überlegen, was sie da tat, stellte sie sich vor ihn und hob schon schützend die Arme vors Gesicht, als er sie in letzter Sekunde bemerkte.

»Es tut mir so leid«, brachte sie hervor. »Ich wollte dir helfen.

Ich dachte, es tut dir gut, wenn du jemanden von früher in deinem Leben hast.«

»Du hättest mich fragen sollen. Mein Leben früher war nicht so wie deins, Lotte.«

Beschämt sah sie zu Boden.

Er schüttelte den Kopf, als könnte er ihn auf diese Weise wieder klar bekommen. »Ich muss hier weg.«

»Soll ich …«

»Lass einfach gut sein«, fuhr er sie an. »Ich muss allein sein.«

Jakob blieb die ganze Nacht fort. Lotte lag in ihrem Bett, starrte an die Decke und machte sich schreckliche Vorwürfe. Als der Mond bereits hell am Horizont hing, wurde sie wütend. Ja, ihre Überraschung war völlig schiefgegangen. Sie hätte vorher mit Jakob reden sollen. Aber sie hatte es nur gut gemeint.

Als der Himmel erst graublau, dann pastellgelb und schließlich rosa wurde, hielt sie es nicht mehr aus. Sie würde ihn suchen, auch wenn das vermutlich völlig verrückt war. Wo sollte sie in dieser Trümmerwüste anfangen? Aber sie musste etwas tun.

Gerade, als sie im Flur ihren Mantel vom Haken nahm, hörte sie draußen Schritte auf dem Schutt knirschen.

Sie riss die Tür auf. »Ist dir klar, was ich mir für Sorgen gemacht habe?«

Dunkle Ringe lagen unter Jakobs Augen. »Ich will dir etwas zeigen«, war alles, was er sagte.

Er lief einfach los, die Hände tief in die Taschen seines Mantels vergraben. Mehr als sonst zog er sein Bein hinter sich her. Einen Moment lang zögerte sie, weil sie eigentlich zur Arbeit musste, aber ihr Gefühl sagte ihr, dass es wichtig war, jetzt bei ihm zu bleiben. Ihre Freundinnen am Bau würden sich schon eine Ausrede für sie einfallen lassen. Also setzte sie sich in Bewegung und folgte ihm.

»Möchtest du mir wenigstens verraten, wohin wir gehen?«

»Das siehst du dann schon.«

Mehr sprachen sie nicht. Nach einer Weile bogen sie in die Prager Straße ein, wo sie schließlich vor einem ausgebrannten Gebäude stehen blieben.

»Hier war das Lichttheater untergebracht«, tastete sie sich vor.

Er nickte. »Ja. Das Kino meiner Familie.« Er betrat das Gebäude, die Schritte hallten gespenstisch wider.

»Ist es denn sicher?«, fragte sie. Immer wieder hörte man von einstürzenden Ruinen und schrecklichen Unfällen.

»Die tragenden Balken sind unbeschädigt. Ich habe ein paarmal hier geschlafen, auch letzte Nacht.«

Hierhin ging er also, wenn er allein sein musste. Sie durchquerten das Säulenportal, durch das man die Empfangshalle betrat. Nur zwei der Säulen standen noch. Sie folgte ihm zögerlich, nicht nur, weil sie Angst hatte, das Gebäude würde in sich zusammenfallen und sie begraben, sondern auch, weil Erinnerungen auf sie einstürzten. Auf einmal verblassten die Trümmer, und es war ihr, als wäre sie in die Vergangenheit zurückgeworfen, und sie würde nicht ihre zerschlissenen Schuhe auf dem mit Schutt bedeckten Boden sehen, sondern ihre weißen Schnallenschuhe mit dem kleinen Absatz, die auf hellen Marmor schlugen. Leo war neben ihr. Sie grüßten den Portier in Livree, und Leo lud sie am Verkaufstresen auf eine Waldmeisterlimonade ein. Dann gingen sie die Treppe hoch in den Kinosaal. Vor der Bühne standen große Blumentöpfe. Der Vorhang aus rotem Samt öffnete sich. An den Wänden hingen goldene verschnörkelte Leuchter, deren Licht gedimmt wurde, und sie nahm alles um sich herum intensiv wahr. Die Wärme von Leos

Haut. Seine Hand, ganz nah bei ihrer. Sie müsste nur den kleinen Finger ausstrecken, um sie zu berühren.

Die Erinnerung verblasste, und sie sah, dass von den rot gepolsterten Sitzen nur noch die Skelette übrig waren. Die einst so hübschen Wandleuchter lagen zerschlagen auf dem Boden. Die Leinwand war geschmolzen.

Sie setzten sich nebeneinander auf eine der Stufen im Mittelgang des Saals. Sie sah den Schmerz in Jakobs Augen und ließ ihm Zeit.

»Wir wohnten über dem Kino«, begann Jakob zu erzählen. »In einer schicken Mansardenwohnung. Und unter uns wiederum wohnten meine Großeltern. Wenn ich als Kind von der Schule nach Hause kam, dann roch es schon auf der Treppe nach gebratener Kalbsleber mit Kartoffelbrei und braunen Zwiebeln.« Er schwieg einen Moment. »Mit dem Kino hat mein Vater sich seinen Traum erfüllt. Ursprünglich war er Bankier, aber nach seiner Hochzeit mit meiner Mutter hat er den Bankberuf an den Nagel gehängt, dieses Haus hier mit einem Kino erworben und es groß gemacht. Es war das eleganteste Kino der Stadt, zu der Zeit war es ja Mode, Kinos im Stil von Theatern zu bauen. Deshalb auch der pompöse Name. Dass mein Vater Kinobesitzer war, war für mich als kleiner Junge natürlich fast genauso toll, wie wenn er ein Spielzeuggeschäft gehabt hätte. Ich erinnere mich besonders gut an die Mickey-Mouse-Filme. Die hätte ich mir täglich angeschaut, wenn mein Vater mich nicht zu den Hausaufgaben verdonnert hätte.«

»Hast du auch hier gearbeitet?«

Er nickte. »Erst habe ich hier neben der Schule ausgeholfen und dann ordnungsgemäß einen Lehrgang zum Filmvorführer gemacht, obwohl ich das meiste eh schon wusste.«

»Ich kann nicht glauben, dass du hier gearbeitet hast. Das

heißt, dass wir uns begegnet sind. Vielleicht hast du mir eine Eintrittskarte verkauft.«

»Das wüsste ich. Du wärst mir aufgefallen.«

»Nein, vermutlich nicht. Ich war eher unscheinbar.« Sie zog die Beine an und schlang die Arme darum. »Als wäre es gestern gewesen, kann ich mich an den Abend erinnern, als Charlie Chaplin hier die Premiere seines neuen Films gefeiert hat. Ich hatte so gehofft, einen Blick auf ihn zu erhaschen. Ich weiß noch genau, wie die Mercedes-Limousine vorfuhr, der Schauspieler ausstieg und die Reporter sich allesamt auf ihn stürzten, um ein Foto von ihm zu machen. Mein … Ein guter Freund hat mich damals auf die Schultern genommen, damit ich auch etwas sehe.«

Jakob schien es zu genießen, ihr einfach nur zuzuhören. Sein Gesichtsausdruck wirkte so entspannt, wie sie es noch nie an ihm gesehen hatte, deshalb sprach sie weiter.

»Oh, und ich muss dir etwas beichten!«

Er sah sie schmunzelnd und mit leicht gerunzelter Stirn an. »Ich bin gespannt.«

»Als kleines Mädchen habe ich mich ein paarmal heimlich in die Vorstellung geschlichen. Meine Eltern hatten nie viel Geld, eine Eintrittskarte hätte ich mir nicht leisten können. Ich habe mich hinter dem Vorhang des Klavierspielers versteckt.«

Er lachte. »Das war Hubert! Er hat die Filme auf dem Klavier begleitet.«

»Einmal hat er sich umgedreht und gerufen: ›Michael, das Balg ist wieder da!‹ Ich habe den Schreck meines Lebens bekommen. Ich wurde zwar rausgeworfen, aber es gab nie Ärger.«

»Das klingt sehr nach meinem Vater. Richtig streng sein konnte er nie.«

»Was ist aus deinem Vater geworden?« Die Frage war ihr herausgerutscht, und sie bereute es, sie gestellt zu haben, denn Jakobs

Blick hatte sich wieder verfinstert. »Du musst nicht drüber reden, wenn du nicht willst.«

»Eines Tages ging er zur Arbeit und kam nie wieder«, antwortete er. »Sein Judenstern war wohl von seinem Schal verdeckt. Eine schwarze Limousine fuhr vorbei, ein Gestapowagen, und er wurde hineingezerrt. Wir dachten, sie hätten ihn ins Gefängnis gesperrt. Wir haben erst erfahren, dass er tot ist, als meine Mutter ein paar Tage später auf die Gestapo bestellt und gefragt wurde: ›Warum tragen Sie noch keine Witwenkleidung?‹«

Lotte wusste nur zu gut, wie schrecklich es war, wenn ein geliebter Mensch eines Morgens aufbrach und nie wieder nach Hause kam, man nicht mal die Gelegenheit hatte, sich zu verabschieden. Sowohl ihre Mutter als auch Leo waren auf diese Weise aus ihrem Leben verschwunden.

»Er hat den Stern nicht verdeckt, er hat mir beigebracht, ihn mit Stolz zu tragen.« Jakob sah das ausgebrannte Gebäude hinauf. »Hier im Kino habe ich auch meine Frau kennengelernt. Sie war oft hier, manchmal mit einer Freundin, manchmal allein. Sie ist mir immer sofort aufgefallen, weil sie jedes Mal die schönste Frau im Saal war mit ihrem pechschwarzen Haar und den roten Lippen. Sie sah aus wie Schneewittchen. Ich hätte niemals den Mut gehabt, sie anzusprechen.«

»Du warst schüchtern?« Lotte konnte es kaum glauben.

»Bei ihr schon. Wenn sie bei mir eine Karte gekauft hat, habe ich kein Wort herausbekommen, sondern ihr nur kommentarlos ihr Wechselgeld hingelegt. Aber eines Tages hatte sie ihren Geldbeutel vergessen, und das war die Chance für mich, sie zur Vorstellung einzuladen. Als der Film vorbei war, hat sie gefragt, ob ich eine Zigarette wolle. Ihrem Vater gehörte eine der Fabriken in der Stadt. Und so begann alles.« Jakob lachte. Er lachte tatsächlich. »Das mit uns ging wahnsinnig schnell. Mein Vater hat mich für verrückt erklärt, weil ich bereits nach drei Monaten wusste, dass ich mit ihr mein Leben verbringen will, und ihr einen Heiratsantrag gemacht habe.«

»Das ist wirklich schnell. Wie hast du ihr den Antrag gemacht?«

»Ein Freund von mir hatte eine Kamera, und da habe ich einen kleinen Film gedreht, in dem ich um ihre Hand anhalte, und diesen am Ende einer Vorstellung auf der Leinwand abgespielt.«

»Du warst ja richtig gut.«

Er rieb die Handballen aneinander. »Wenn du etwas oder jemanden wirklich willst, dann setzt du alle Hebel in Bewegung.«

»Und sie hat den Antrag angenommen?«

»Ja. Das hat sie.« Seine Augen glänzten. »Sie hat dann als Platzanweiserin im Kino geholfen, auch wenn das meinem Vater überhaupt nicht recht war. Er fand es nicht richtig, wenn eine Frau arbeitete.«

Einen Moment lang schwiegen sie, dann wagte Lotte zu fragen: »Denkst du oft an sie?«

Er nickte schwach. »Ohne sie fühle ich mich, als hätte man mir mein Leben ausgesaugt, als wäre ich nur noch eine leere Hülle in diesem kalten und einsamen Nichts, das an jeder Ecke nach Tod riecht. «

Kurz zögerte sie, doch dann gab sie sich einen Ruck und legte eine Hand auf seine. Sie hörte, wie schwer er atmete, als hätte sich seine Luftröhre verengt. Er schluckte ein paarmal und sah dann angestrengt in die andere Richtung, aber zu spät, sie hatte die Tränen in seinen Augen gesehen.

»Weißt du, was mir gerade durch den Kopf geht?«, sagte sie nach einer Weile.

»Du wirst es mir sicher gleich mitteilen.«

»Ich frage mich, was deine Frau wohl zu deinem Bart und deinem wilden Haar sagen würde. Du siehst aus wie ein Landstreicher.«

Er riss die Augen auf. Einen kurzen Moment dachte sie, dass er wütend wegen ihrer Bemerkung war. Doch dann passierte es. Er warf den Kopf zurück und lachte. Er lachte sogar richtig laut, sodass es in der ausgebrannten Ruine widerhallte. »Jetzt klingst du wie deine Tante Viktoria.«

»Geschmack hat meine Tante jedenfalls. Fühlst du dich nicht selbst unwohl damit?«

Er gab ein undefinierbares Geräusch von sich, eine Art »Pfff …«.

»Wusste ich es doch, dass du dieses Gestrüpp nicht ausstehen kannst! Hiermit habe ich beschlossen, dass es abkommt. Ich kümmere mich darum.«

Sein Mund öffnete sich, er wollte protestieren, aber sie kam ihm zuvor. »Keine Widerrede.«

»Wo willst du denn Rasierzeug und eine Schere auftreiben?«

»Lass das mal meine Sorge sein.«

Sie verließen das Kino und machten sich nach Hause auf. Als sie in ihr Zimmer verschwinden wollte, um sich für die Arbeit vorzubereiten, hörte sie ihn leise etwas sagen. »Es tut mir leid, dass ich so abweisend zu dir war. Aber es fällt mir schwer, wieder Vertrauen zu fassen.«

Sie war so überwältigt, dass sie nicht mehr herausbrachte als ein kleines: »Schon gut.«

Er lächelte. »Danke. Für alles.«

IO

1993

Hannah

Während die Touristenschlange an der Kasse der Schwebebahn immer kürzer wurde, wartete Hannah im Schatten neben der Straße und warf einen Blick auf ihre Armbanduhr. Acht Minuten. Seit acht Minuten hatte Nicole sich in einem leidenschaftlichen Kuss mit Tom, ihrem neuen Freund, verloren. Wie in einem Film saß sie auf dem Ledersitz seines wuchtigen Motorrads, während er zwischen ihren Beinen stand und immer wieder über ihre Oberschenkel strich.

Hannah ließ den Blick über die Straße schweifen, über die hübschen bunten Häuser am Körnerplatz, hinter dem nach wenigen Metern das Blaue Wunder begann, eine der berühmtesten Brücken der Stadt. Ein weiteres Pärchen stellte sich am Ende der Schlange an, hielt Händchen und küsste sich unschuldig. Ja, es war Sommer, aber war sie denn wirklich die Einzige, die nicht vor Liebesglück strahlte?

Nicht mal, als sie sich künstlich räusperte, konnten Nicole und Tom voneinander ablassen. Erst, als der Mann an der Kasse seinen runden Kopf durch das kleine Fenster streckte und »Wollt ihr jetzt mitfahr'n oder nich?« rief, schafften die beiden es, sich voneinander zu lösen.

»Wir haben nur die Wartezeit klug genutzt«, erwiderte ihre Freundin mit kessem Grinsen.

Tom zog seine Lederjacke an, stieg aufs Motorrad und brauste davon, jedoch nicht, ohne Nicole vorher noch mal einen Klaps auf den Hintern zu geben, als würde er auf diese Weise seinen Besitzanspruch markieren. Nicole brauchte immer eine gewisse Dramatik in ihrem Leben, und vielleicht war das der Grund, weshalb sie als Reporterin arbeitete. Sie würde es in der Männerdomäne des Journalismus mal weit bringen, auch wenn sie oft darüber klagte, dass man ihr nur die langweiligen Artikel über den Gartenbauverein oder Kindergartenfeste zuteilte. Oder eben über die älteste Schwebebahn der Welt. Nicole hatte den nötigen Biss und keine Scheu, Fragen zu stellen und Dinge anzusprechen, und vielleicht war sie deshalb auch eine dieser Frauen, die mit Machos wie Tom umzugehen wussten. Sie selbst, so befürchtete Hannah, würde sich zu viel gefallen lassen.

Sie kauften zwei Tickets. Die Schwebebahn war bereits voll, aber Nicole ergatterte trotzdem zwei Fensterplätze für sie, weil sie ungeniert einem jungen Paar erzählte, dass sie für die Zeitung arbeitete und an einer Sommerreihe über die Dresdner Sehenswürdigkeiten schrieb. Das Paar überließ ihnen bereitwillig ihre Plätze, Nicole dankte und ließ sich schwungvoll auf den roten Ledersitz fallen. Über so viel Selbstbewusstsein konnte Hannah manchmal nur staunen.

Sie stellte ihre Tasche auf dem Schoß ab. »Schicker Haarschnitt übrigens.«

In einer gespielt manierierten Geste warf Nicole ihr Haar nach hinten, und eine Wolke ihres süßen Parfüms erfüllte das Abteil der Schwebebahn. »Ich wollte mal was Neues ausprobieren.«

Wie jedes Mal, wenn sie frisch verliebt war, hatte sie eine neue Frisur. Diesmal hatte sie sich für einen fetzigen Stufenschnitt inklusive roter Strähnchen entschieden. Außerdem trug sie ein Kleid, das Hannah noch nicht an ihr kannte und das an ihr selbst ausgesehen hätte wie ein Nachthemd, an ihrer Freundin aber modisch wirkte.

Als die Bahn sich in Bewegung setzte, knipste Nicole mit ihrer Kamera Fotos. Langsam schwebten sie den steilen Berg hinauf.

»Erzähl, was ist bei dir los?«, fragte Nicole, die die Kamera scharf stellte. Die vielen Armreifen aus bunter Plaste an ihrem Handgelenk klackerten dabei.

»Arbeit, Arbeit und Arbeit.«

»Du brauchst auch dringend einen Freund. Und damit meine ich einen richtigen Freund, jemanden, der dich gut behandelt.«

Hannah legte den Kopf leicht schief und sah ihre Freundin aufmerksam an. »Behandelt Tom dich denn gut?«

»Jedenfalls hält er mich nicht ewig hin und verschweigt mir, dass er verheiratet ist.«

Sie kannten sich seit der Grundschule, deshalb durfte Nicole auch so mit ihr reden. Obwohl sie sich in sehr unterschiedliche Richtungen entwickelt hatten, waren sie noch immer befreundet. Nicole war die einzige Freundin, die sie wirklich kannte, ihre ganze Geschichte, und deshalb oft einen erschreckend ehrlichen Blick auf sie hatte.

»Apropos. Falls es dich tröstet: Viktor, also der Kollege, von dem der Artikel über unseren lieben Herrn Stardirigenten stammt, meinte gestern unter vier Augen zu mir, dass Malte unglücklich in seiner Ehe wirkt und seine Frau ein Biest ist. Aber das hat er natürlich nicht geschrieben.«

Hannah warf ihrer Freundin einen warnenden Blick zu, nicht so offenkundig über Malte zu sprechen, wenn sie umgeben von Menschen waren. Es gab nur einen Dirigenten in Dresden, der derart bekannt war. Sollte jemand ihr Gespräch belauschen, wäre es für diese Person nicht schwer zu erschließen, über wen genau sie sprachen.

»Inwiefern unglücklich?«, konnte sie sich dann doch nicht zurückhalten zu fragen.

»Viktor meinte, dass – nennen wir ihn einfach Mistkerl –, dass der Mistkerl und seine Frau kaum ein Wort miteinander reden, sich nicht mal zur Begrüßung küssen oder umarmen.«

Machte die Tatsache, dass Malte offenbar unglücklich in seiner Ehe war, es weniger schlimm, dass er seine Frau mit ihr betrogen hatte?

»Hat er sich denn inzwischen bei dir gemeldet?«, fragte Nicole.

Wie immer war ihre Freundin auf dem neuesten Stand und wusste, dass Hannah Malte vor ein paar Tagen auf einer Dinnerparty ihrer Mutter begegnet war und ihr versprochen hatte, mit seiner Frau zu reden.

»Noch nicht«, antwortete sie.

Nicole rollte mit den Augen. »Natürlich nicht. Er ist viel zu feige, um seiner Frau die Wahrheit zu sagen. Warum verschenkst du dich immer an solche Typen? Die Beziehung, die du davor hattest, war ebenfalls ein Reinfall. Wenn man dieses Hin und Her mit diesem langhaarigen Kerl überhaupt Beziehung nennen kann …«

Hannah bemerkte, dass das Gespräch des Ehepaares neben ihnen verstummt war.

Nicole pustete eine Strähne aus ihrem Gesicht. »Du könntest doch mal bei uns in der Zeitung eine Kontaktanzeige aufgeben.«

Oben im kleinen Café auf der Aussichtsplattform würde sie

sich ein großes Stück Kuchen mit extraviel Sahne bestellen, dachte Hannah.

Ihre Freundin vollführte mit der Hand eine Geste, als würde sie die Annonce bereits vor sich sehen. »Junge, attraktive Frau mit einer großen Leidenschaft für Süßkram und dafür, in Trümmern zu buddeln, sucht Mann für eine feste Beziehung.«

Hannah lachte, auch wenn die Gespräche über ihr mieses Liebesleben immer etwas wehtaten. »Funktionieren diese Anzeigen überhaupt wirklich, oder macht eure Zeitung damit nur Geld?«

»Also mein Mann und ich haben uns über eine Anzeige kennengelernt«, kam es auf einmal von der Dame rechts von ihr. Hatte sie doch gewusst, dass die beiden zuhörten. »Aber seien Sie vorsichtig, man weiß nie, wer sich darauf meldet. Günther hatte damals geschrieben, er sei sportlich und unternehmungslustig, und was habe ich bekommen? Einen Stubenhocker wie aus dem Bilderbuch.« Sie tätschelte liebevoll das Knie ihres Mannes, der vor ihr saß und dessen kariertes Hemd an seinem Bauch spannte.

Hannah lachte höflich.

Sie erreichten die Haltestelle, stiegen aus und folgten den anderen Touristen auf die Aussichtsplattform, wo das Café war. Hannah legte die Hände auf das Geländer und ließ den Blick über Dresden schweifen. Wenn man vom Neustädter Ufer aus die Silhouette der Stadt betrachtete, sah es auf den ersten Blick beinahe so aus wie auf den Fotos, die vor dem Krieg aufgenommen worden waren. Aber sie hatte zu viele Bücher, Straßenpläne und Bildbände über Dresden studiert, um nicht zu wissen, wie viel die Bombardierung der Stadt unwiederbringlich zerstört hatte. Bei näherer Betrachtung waren nämlich die engen Gassen mit den wunderschönen alten Wohnhäusern durch einen zu groß gewordenen Altmarkt verdrängt worden. Und der einst prächtige Neumarkt, dessen Herz die einzigartige Frauenkirche gewesen war, war einem unschönen Parkplatz gewichen. Überall ragten Kräne in die Höhe, oder Gerüste ummantelten renovierungsbedürftige Gebäude.

Sie stellte sich vor, wie ihre Oma einst über den Neumarkt gelaufen war, als die Frauenkirche noch gestanden hatte. Vor ihrem inneren Auge sah sie eine junge, schöne Frau, die ihrer Mutter ähnlich sah, in einem langen Kleid und mit einem Sonnenhut aus Stroh mit einem Band daran, das im Wind flatterte. Ihre Haltung war grazil, und in ihren Augen lag ein hoffnungsvoller Glanz.

»Erde an Hannah!« Nicole fuhr mit einer Hand vor ihrem Gesicht auf und ab.

»Entschuldige, ich war ganz in Gedanken …«

»Das habe ich gemerkt.« Ihre Freundin lehnte sich mit dem Rücken gegen das Geländer, immun gegen die Schönheit ihrer Stadt. »Du siehst erschöpft aus.«

»Es war ja auch viel los in den letzten Tagen. Abgesehen von der Sache mit … du weißt schon, ist da noch etwas anderes, das mich beschäftigt.« Sie erzählte Nicole von der Fotografie, auf die sie zufällig im Archivmaterial auf der Baustelle gestoßen war. Von dem Mann und der Frau, die sich auf eine Weise ansahen, die unter die Haut ging. »Was, wenn die Frau darauf wirklich meine Oma ist?«

»Hast du deiner Mutter davon erzählt?«

»Noch nicht wirklich. Ich muss einen guten Moment abwarten, sonst macht sie sofort dicht. Sie und ihre Mutter hatten kein gutes Verhältnis.«

»Und es war nur dieses eine Foto? Hast du geprüft, ob es noch weitere gibt, auf denen deine Oma zu sehen ist?« Das Interesse ihrer Freundin war geweckt. Das merkte Hannah daran, dass Nicole nun nicht mehr den Blick schweifen ließ, als stünde sie in einer Bar am Tresen.

»In dem Ordner auf der Baustelle war nur diese eine Aufnahme. Sie muss fälschlicherweise dort hineingeraten sein. Eigentlich sind nur alte Fotos der Frauenkirche oder der umliegenden Gebäude darin.«

»Aber vielleicht ist es trotzdem Teil einer Reihe, das solltest du auf jeden Fall überprüfen. Hast du nachgesehen, ob auf dem Bild der Name des Fotografen vermerkt ist? Du könntest im Stadtarchiv nachforschen, ob es weitere Bilder von ihm gibt.«

Manchmal war es praktisch, eine Journalistin als Freundin zu haben.

»Gute Idee, das mache ich.«

»Melde dich, wenn du Hilfe brauchst. Und halt mich auf dem Laufenden. Sollte die Frau auf dem Foto wirklich deine Oma sein, dann können wir da sicher einen schönen Artikel draus machen.«

»Meinst du wirklich?« Sie dachte darüber nach. Vielleicht hatte Nicole recht. »Na ja, es ist schon ein großer Zufall, dass ausgerechnet ich auf dieses Foto stoße, nicht wahr?«

Nicole lächelte sie aufmunternd an. »Kein Zufall. Schicksal.«

II

1947

Lotte

Sie hatte die Hoffnung gehabt, dass sich nach den Ereignissen in der Kinoruine eine gewisse Nähe oder Vertrautheit zwischen Jakob und ihr einstellen würde, aber es hatte sich nicht viel verändert. Jakob war noch immer sehr wortkarg und distanziert und zog sich oft in sich selbst zurück. Immerhin sah Tante Viktoria, seit sie das Gespräch mit Wolfgang belauscht und von Jakobs unvorstellbar schrecklicher Vergangenheit im Konzentrationslager erfahren hatte, ihn nicht mehr mit diesem speziellen Blick an. So, als wäre er eine dunkle Wolke an einem doch eigentlich strahlend schönen Sommertag. Sie ließ es sogar zu, dass er ihr zeigte, wie man Löcher in Kleidung stopfte, und damit hatte er mehr erreicht als Lotte.

An manchen Tagen sprach er kaum ein Wort, und es dauerte eine Weile, bis sie ihm entlockte, dass er dann Schmerzen hatte.

»Kein guter Tag?«, fragte sie, wenn sie ihn abends in der Küche antraf, den Kopf tief zwischen die Schultern gezogen.

»Nein. Kein guter Tag«, antwortete er kurz angebunden.

Zwar hatte er die Zeit im KZ überlebt, aber er würde immer davon gezeichnet sein. Mit Narben an seinem Körper. Mit Kopfschmerzen, die von einem Schlag mit einem Gewehrkolben durch einen Aufseher kamen, wie er ihr einmal anvertraut hatte. Außerdem hatte er Furunkel durch Mangelernährung. Sie überzeugte ihn davon, zum Arzt zu gehen, und nun musste er zweimal in der Woche zu einem Spezialisten, wo er ein Schwefelbad bekam, damit die schmerzhaften Eiterbeulen endlich weggingen. Manchmal blühten sie zu Dutzenden auf. Abgesehen von den körperlichen Leiden, würde seine Seele für ewig gezeichnet sein. Das merkte Lotte, wenn seine Schreie sie nachts weckten, weil er wieder Albträume hatte.

Eines Nachmittags, als die Arbeit an der Baustelle abgebrochen worden war, weil es in Strömen regnete und Verletzungsgefahr bestand, kam sie zufällig an einem Laden vorbei, der im noch nutzbaren Erdgeschoss eines wie ausgehöhlten Gebäudes gerade erst eröffnet hatte. Die gesamte Front des ehemaligen Mietshauses fehlte, doch der Besitzer hatte ein paar Ziegel aufeinandergestapelt und eine Art Tresen errichtet, um die Kunden zu bedienen. Schutthaufen türmten sich zu beiden Seiten auf dem Gehweg. Auf Tafeln war mit Kreide geschrieben, was der Laden anbot: Polsterwatte und Dachlack, Wühlmauspatronen und Wanzenmittel.

Sie hatte den Kragen ihres Mantels hochgeschlagen und hielt sich ein Stück Pappe, das sie gefunden hatte, über den Kopf. Trotz des heftigen Regens blieb sie stehen, weil etwas ihre Aufmerksamkeit auf sich zog.

»Wo's suchst'n?«, fragte der Mann hinter dem improvisierten Tresen.

»Wie viel kosten die Samen für Gemüse?«

Am nächsten Tag hatte sie genügend Geld aus der Spardose genommen und eingesteckt, um nicht nur Gurken- und Tomatensamen zu kaufen, sondern auch Dünger und Zement für die Umfassung eines Beetes. Immer wieder gab es Lebensmittelengpässe, und die Preise waren oft uferlos. Es wäre also nur vernünftig, wenn sie ihr eigenes Obst und Gemüse anbauen konnten. Manfred hatte ihr erlaubt, sich einen Schubkarren sowie zwei Schaufeln von der Baustelle zu leihen, wenn sie nur darauf achtete, dass es niemand mitbekam.

»Ich habe vor, einen Garten anzulegen und Gemüse anzubauen«, weihte sie Jakob abends in ihr Vorhaben ein.

In gewohnter Manier zog er nur eine Augenbraue hoch. »Und wo?«

»Im Hinterhof.«

»Und wo willst du die Erde herbekommen?«

Er stellte ganz schön viele Fragen, über die sie sich zugegebenermaßen noch keine Gedanken gemacht hatte. Aber das wollte sie vor ihm nicht zugeben. »Vom Zwinger, da ist genügend Grünfläche, die noch von den Bomben aufgeplatzt ist«, fiel ihr ein. »Oder im Notfall von den Elbwiesen.«

Sie hoffte, dass Jakob ihr helfen würde. Außerdem hätte er dann ein Projekt, das ihn beschäftigte. Aber sie spürte auch, dass sie den kleinen Garten im Hinterhof für sich selbst brauchte. Sie wollte etwas Schönes erschaffen. Etwas, das ihr vor Augen führte, dass es bergauf ging.

Die Sekunden, die vor seiner Antwort vergingen, schienen sich eine Ewigkeit hinzuziehen. Sie erwartete schon, dass er ihr einen Vortrag darüber halten würde, dass sie verrückt sei, dass sie das nie schaffen würde und sich ihre Kräfte lieber sparen solle.

»Gut«, sagte er schließlich. »Ich hole meine Jacke.«

»Du bist verrückt«, sagte Jakob später dann doch, als sie auf dem Gelände des Zwingers standen oder auf dem, was davon noch übrig war. Aber so, wie er es sagte, klang es ein bisschen wie ein Kompliment.

»Du meinst wohl genial. Du wirst mir nämlich noch dankbar sein, wenn du im Sommer frische Tomaten und Karotten ernten kannst«, erwiderte sie und schob den Spaten in die Erde. »Und jetzt fang an zu schaufeln, wir haben einiges an Arbeit vor uns, bevor es dunkel wird.«

»Zählt das als Entwendung von Kulturgut?«, dachte Jakob laut nach. »Oder vielleicht müssen wir Kultursteuer zahlen, wenn wir auffliegen. Immerhin ist es Erde von einem der bedeutendsten Monumente der Stadt.«

Sie lachte und freute sich darüber, wie gesprächig er war. Das Wetter war gut, weshalb er keine Schmerzen hatte. Nach dem gestrigen Regentag war die Luft frisch und klar und duftete nach Frühling.

Mit beiden Füßen stieg sie auf die Kanten der Schaufel und grub sie mithilfe ihres Gewichts in den Boden. »Ach, das bisschen Erde. Andere Leute haben Wohnungen und Häuser geplündert. Auch das, was von unserem Hotel noch übrig war.«

Lotte vermied es, sich auf dem Zwingergelände umzusehen. Es war einfach zu ernüchternd. Die wunderschönen Gebäude waren durch Sprengbomben und Brandmunition stark beschädigt und ausgebrannt. Zwar hatte man bereits wenige Monate nach dem Krieg mit dem Wiederaufbau begonnen, und Gerüste ummantelten die verbliebenen Teile, aber es würde noch Jahre dauern, bis dieses architektonisch beeindruckende Festareal mit seinen reich verzierten Pavillons, den Balustraden und den teils filigranen, teils pummligen Figuren wieder in seiner Pracht erstrahlen würde. Wie kein anderer hatte dieser Bau von der Macht und dem Reichtum von August dem Starken erzählt. Es war nicht gerade so, dass Lotte sich jemals sonderlich für Kultur interessiert hätte, trotzdem empfand sie den Verlust der kulturellen Schätze, der wertvollen Gemälde und der Porzellansammlung, die sich darin befunden hatten, als schmerzlich. Immerhin das Nymphenbad war weitgehend unbeschädigt geblieben, außerdem ein paar Umfassungsmauern der Pavillons und des Kronentors. Die aufwendigen Kupfertreibarbeiten der Dachbedeckungen lagen vom Bombensplittereinschlag zerfetzt auf den Terrassen und im Hof. Ein großer Teil der einst prächtigen Gartenanlagen und bunten Blumenbeete war verwildert oder noch immer von Trümmern verschüttet. Andere Stellen waren bereits zu Gemüsebeeten geworden. Überall, wo in der Stadt auch nur ein Fleckchen Erde war, bauten die Menschen Essbares an. »Grabelandaktion« hieß diese Selbstversorgung offiziell, und sie wurde auch, soweit Lotte wusste, von den Behörden unterstützt.

»Scheint, als wären wir nicht die Ersten, die auf diese Idee kommen.« Jakob deutete auf eine Stelle, an der offensichtlich schon jemand Erde entnommen hatte.

Eine Weile schaufelten sie schweigend und fanden dabei einen ganz eigenen Rhythmus. Der Klang ihres Atmens hatte fast etwas Hypnotisches.

»Darf ich dich etwas fragen?«, sagte sie nach einer Weile.

»Könnte ich dich denn davon abhalten?«

»Mir ist aufgefallen, dass du Menschen meidest, und du hast selbst gesagt, dass man niemandem trauen kann. Hat das was mit …«

»Mit meiner Zeit im KZ zu tun?«, beendete er den Satz für sie, als sie zögerte.

Sie nickte betreten.

»Wer nicht im Lager gewesen ist, weiß nicht, wie grausam Menschen sein können und wie schnell man alles verlieren kann. Die Familie. Den Besitz. Den Glauben an die Menschheit. Seine

Würde. Ich schätze, ich bin so lange auf das bloße Überleben aus gewesen, dass ich das nicht so einfach wieder ablegen kann.«

»Ich befürchte, ich kann mir nicht annähernd vorstellen, was du durchgemacht hast.«

»Und das ist auch besser so. Denn glaub mir, manchmal kann ich diese Grausamkeiten selbst kaum glauben, und dann denke ich, dass das alles einfach nur ein sehr, sehr langer Albtraum gewesen sein muss. Verstehen können es vermutlich nur diejenigen, die selbst in Auschwitz oder anderen Lagern waren.«

Sie hatte das Gefühl, über hauchdünnes Eis zu gehen, und große Angst, etwas Falsches zu sagen oder eine dumme Frage zu stellen. Aber vielleicht wäre das trotzdem noch besser, als zu schweigen und das, was Jakob durchgemacht hatte, einfach beiseitezuschieben. »Bist du trotzdem manchmal froh, dass ich zur richtigen Zeit auf der Brücke war?«, fragte sie. »Ein kleines bisschen zumindest?«

Darüber dachte er zu lange nach. Als er sagte: »Manchmal vielleicht«, konnte sie ihm nicht glauben.

Energisch stieß er die Schaufel in den Boden. »Weißt du, da ist immer wieder diese Frage: Warum bin ausgerechnet ich noch am Leben? Am liebsten würde ich hoch in den Himmel rufen: Gott, du hast den Falschen ausgesucht.«

Ihr Vater hätte darauf vermutlich eine tiefsinnige Antwort gewusst. Aber ihr wollte nichts Besseres einfallen als »Vielleicht, weil du sehr gut Gemüsebeete anlegen kannst und Gott wollte, dass du mir dabei hilfst«.

Immerhin rang sich Jakob zu einem Schmunzeln durch, auch wenn er dabei seufzte, als würde er an ihr verzweifeln.

»Jetzt bist du dran«, sagte er.

»Mit was?«

»Erzähl mir etwas über dich. Ich würde gerne erfahren, wer hinter diesen zwei hübschen Augen steckt.«

Hübsche Augen. Wo kam dieses Kompliment denn auf einmal her? Er musste heute wirklich gute Laune haben, dachte sie und bekam eine Ahnung davon, warum Marietta sich in ihn verliebt haben könnte.

»Über mich gibt es nicht viel zu erzählen.«

»Sicher gibt es das. Jeder hat eine Geschichte.«

»Ich nicht.« Sie keuchte etwas, als sie die vom gestrigen Regen noch feuchte Erde in den Schubkarren ablud. »Zumindest ist meine nicht erzählenswert. Ich wurde geboren und habe meine Eltern zu früh verloren. Erst meinen Vater. Im Krieg hat ihn ein Bauchschuss fast dahingerafft, aber ein paar Jahre waren ihm mit seiner Familie noch vergönnt, ehe seine Leber versagt hat. Meine Mutter hat sich danach vollends dem Kampf für den Sozialismus verschrieben und ist eines Nachts in einer dunklen Seitengasse erschossen worden. Zum Glück haben mich mein Onkel und meine Tante bei sich aufgenommen, sonst wäre ich ins Waisenhaus gekommen, und man kennt ja die Geschichten, was dort aus einem wird. Dann kam der Krieg, und die Engländer und die Amerikaner haben Dresden ausgelöscht.«

Jakob hakte nicht weiter nach, sah sie jedoch an, und das mit diesem erschreckend direkten Blick, der alles verstand und durchschaute. Weil ihr das etwas unbehaglich war, plapperte sie einfach drauflos. »Früher, als mein Vater noch gelebt hat, da hatten wir im Hinterhof unserer alten Wohnung auch einen kleinen Garten. Ich fand es immer toll, Tomaten frisch vom Strauch naschen zu können. Ich liebte den intensiven Geruch! Meine Mutter hat oft gesungen, wenn sie Unkraut gejätet oder die Pflanzen gegossen hat.«

»Und was hat sie gesungen?«

»Willst du das wirklich wissen?«

»Na ja, wir schaufeln hier noch eine Weile, also ist gegen ein bisschen Unterhaltung nichts einzuwenden.«

Die Erinnerung an früher ließ sie schmunzeln. »Du kennst das Lied bestimmt. Du lachst mich auch nicht aus, wenn ich es dir vorsinge?«

»Das würde mir nicht im Traum einfallen.«

»Also gut.« Sie holte Luft und begann zu singen. »Gelb, gelb, gelb sind alle meine Kleider. Gelb, gelb, gelb ist alles was ich hab.«

»Mir stellen sich sämtliche Haare auf«, kommentierte er trocken.

»Ich glaube, eigentlich wolltest du sagen: Danke, Lotte, dass du mich an deiner Erinnerung teilhaben lässt.«

»Danke, Lotte. Jetzt weiß ich von dir, dass du eine erbärmliche Sängerin bist und dass du dich als Kind heimlich ins Kino meines Vaters geschlichen hast. Und dass du ein ausgeprägtes Helfersyndrom hast.« Er dachte einen Moment nach und legte dann den Kopf leicht schief. »Was ist dein Geheimnis?«

»Geheimnis?«, wiederholte sie fragend.

»Ja, wir alle haben ein oder mehrere Geheimnisse. Erinnerst du dich an den Besitzer des Tabakladens am Neumarkt, der immer allen erzählt hat, dass er früher Pilot war? Das hat er erfunden, um den Verkauf anzukurbeln. Es hat sogar funktioniert. Ich kannte ein paar Männer, die dort nur ihre Zigaretten gekauft haben, um ein paar spannende Geschichten von ihm zu hören, die natürlich alle erstunken und erlogen waren.«

Sie dachte an Armin, der seinen Klassenkameraden vorgetäuscht hatte, aus reichem Hause zu stammen, in der Hoffnung, dadurch beliebter zu werden.

»Und ich beispielsweise bin mal als Halbstarker nach Berlin gefahren, um dort ins Haus Vaterland zu gehen und mich richtig als Mann zu fühlen«, erzählte Jakob.

Das Haus Vaterland war ein Vergnügungspalast am Potsdamer Platz gewesen, in dem nicht nur Kabarettkünstler ihre Nummern aufgeführt, sondern auch kostümierte Tänzerinnen ihre schönen Körper präsentiert und halbseidene Damen auf zahlende Kundschaft gehofft hatten.

»Und, wie war's?«

»Ich habe eine Runde gedreht und bin mit hochroten Ohren wieder geflüchtet.«

Lotte lachte hinter vorgehaltener Hand.

»Das habe ich noch niemandem erzählt. Also, was ist dein Geheimnis?«

Ihr Geheimnis wog schwerer, und deshalb konnte sie es Jakob nicht anvertrauen.

Sie wich aus. »Ich glaube oder vielmehr hoffe, dass uns mehr ausmacht als diese eine Geschichte oder dieses eine Geheimnis. Ein Leben ist doch etwas komplexer. Und ich bin sicher nicht mehr der Mensch, der ich früher war.«

»Welcher Mensch warst du denn früher?«

»Interessiert dich das wirklich?«

»Dir war es doch wichtig, dass wir uns besser kennenlernen. Es dauert immerhin noch eine Weile, bis wir hiermit fertig sind. Also, schieß los.«

»Aber ich befürchte, dich zu langweilen. Ich war sehr brav, habe viel gelesen und bin einmal die Woche in den Ballettunterricht gegangen, weil meine Tante das wollte.«

Er runzelte die Stirn. »Weil deine Tante das wollte.«

»Ja.« Wenn er das so wiederholte, fühlte sie sich dumm. »Ich habe eine Ausbildung zur Sekretärin gemacht und nebenbei meiner Mutter geholfen, bis sie gestorben ist und ich zu meiner Tante und meinem Onkel ins Hotel zog. Meine Mutter hat als Wäschefrau gearbeitet.« Inzwischen klang Lotte, als müsste sie sich verteidigen. Das lag daran, dass Jakob eine Augenbraue hochgezogen hatte, als wäre er nicht zufrieden mit ihr.

»Bist du denn mal weggefahren? Raus aus diesem Nest?«

»Ich war mal ein Wochenende mit meiner Tante in Berlin.«

Das schien ihn nicht sonderlich zu beeindrucken. »Und warst du mal in einem anderen Land?«

»Nein, das hat sich nie ergeben. Aber ich hätte es schön gefunden. Leo war …« Sie erschrak innerlich. Es schien eine Ewigkeit her zu sein, dass sie über ihn gesprochen hatte. »Ein Freund von mir ist viel verreist. Ich habe seine Reisegeschichten gerne angehört.«

Jakob strich mit seiner Schaufel den Erdhaufen im Schubkarren glatt. »Du hast dich um deine Mutter gekümmert, kümmerst dich jetzt um deine Tante und mich und manchmal auch noch um deine Freundinnen auf der Baustelle. Und was ist mit dir?«

»Ach, ich komme schon klar«, sagte sie beschwingt und spürte gleichzeitig diesen dumpfen Druck im Bauch, als würde eine innere Kraft gegen ihre Bauchdecke boxen.

»Du wirkst nicht so, wenn du mich fragst.«

»Ich frage dich aber nicht.«

»Ich finde nur, dass du auch mal was für dich tun könntest.«

So langsam wurde ihr Herz schwer, obwohl sie sich eigentlich darüber freuen sollte, wie gesprächig er war. »Und was soll das sein?«

»Finde es heraus. Geh nach Berlin und zieh weiter, wenn es dir dort nicht gefällt.«

Das war undenkbar. »Und Viktoria?«

»Viktoria ist erwachsen, sie kommt klar. Wenn überhaupt, sollte sie sich um dich kümmern.«

Lotte schüttelte den Kopf. »Nein, nicht meine Tante. Würde ich sie allein lassen, würde sie das nicht überleben.«

»Und was ist mit deinem Leben?«

»Was soll damit sein?« Inzwischen war sie etwas gereizt. »Mein Leben ist so wenig beeindruckend wie ein Kieselstein, und das ist in Ordnung.«

Er richtete sich auf und sah sie so aufmerksam an, als sollte ihm keine ihrer Regungen entgehen, was ihre Wangen warm werden ließ. »Erzähl mir von diesem Leo, den du vorhin erwähnt hast.«

»Er war ... so was wie mein bester Freund.« Sie hatte gerade die Schaufel anheben wollen, hielt nun jedoch inne. Über Leo zu sprechen oder nur an ihn zu denken, fühlte sich für gewöhnlich an, als würde sie in einer Wunde herumstochern. Doch erstaunlicherweise schaffte sie es diesmal, weiterzuatmen und sogar ein paar Worte über ihn zu sagen, als würde sie sich langsam an eine tiefe Schlucht herantasten und abwarten, wie weit sie kam. Jakob gab ihr das Gefühl, dass ihre Erinnerungen an Leo bei ihm gut aufgehoben waren. »Er wollte immer ein Abenteuer erleben. Einmal haben wir uns ein Floß gebaut und sind damit auf der Elbe gefahren. Und natürlich sind wir gekentert!«

Sie lachte sogar ein bisschen und verstummte schlagartig, als Jakob sie ansah, als hätte sie gerade etwas Wichtiges über sich verraten.

»Warst du in Leo verliebt?«

»Du stellst ganz schön viele Fragen dafür, dass du bisher nicht viel geredet hast. Ich bin mir nicht sicher, ob mir das nicht eigentlich lieber war.«

»Ich sehe dir die Antwort eh an. Deine Augen leuchten richtig, wenn du über ihn sprichst.«

Ihre Blicke hielten einander fest, zwei, drei Herzschläge lang, ehe sie ihn auf einmal nicht mehr ansehen konnte.

Sie fühlte die Kälte des nahenden Abends in sich aufsteigen. »Wir sind hier fertig«, sagte sie, wischte ihre Hände an ihrem Arbeitskleid ab und legte die Schaufel auf dem Erdhaufen im Schubkarren ab. »Lass uns nach Hause gehen.«

Am nächsten Tag half Jakob ihr dabei, Ziegel zu sammeln und daraus mit dem Zement im Hinterhof die Umrandung für das Beet zu bauen. Sie schaufelten die Erde hinein, die sie vom Zwinger geholt hatten, und säten die gekauften Samen für Kohlrabi aus. Für die Tomaten-, Gurken- und Karottensamen war es noch zu kalt.

Ihr Magen knurrte, und sie spürte ihren Körper von der Arbeit, aber sie war … glücklich. Oder etwas Ähnliches zumindest, eher ein Abklatsch von dem Glücksgefühl, das sie früher verspürt hatte, so wie die Schokolade, die man inzwischen zu horrenden Preisen kaufen konnte, nur ein Abklatsch der zart schmelzenden Pralinen der Schokoladenmanufakturen rund um die Altstadt war, in deren Genuss sie vor dem Krieg gekommen war. Aber immerhin ein Abklatsch, denn sie hatten etwas Sinnvolles erschaffen, das ihnen im Sommer etwas Abwechslung auf den Tellern schenken würde.

Als Jakob sich streckte und mit den Schultern knackte, stellte sie zufrieden fest, dass er etwas zugenommen hatte, seit er bei ihnen wohnte, auch wenn er noch immer sehr dünn war.

»Ich habe über das nachgedacht, was du gestern gesagt hast«, sagte sie, als sie schließlich mit Regenwasser, das in einer alten Badewanne aufgefangen wurde, die Samen bewässerte. Das war nur möglich dank der Rinne, die Jakob gebaut hatte.

»Über was genau?«

»Darüber, dass du dich fragst, warum du noch am Leben bist. Ich kann dir nicht sagen, warum genau du. Aber ich glaube, dass du dadurch Verantwortung trägst. Die Verantwortung dafür, dass die Menschen erfahren, was geschehen ist. Aber auch dafür, dass dieses Leben wieder ein schönes Leben wird.«

Nie gaben seine Augen zu erkennen, was in ihm vorging. Auch jetzt nicht.

»Du hast gesagt, dass du Wolfgang nicht hassen kannst, weil du dein Leben nicht damit verschwenden willst«, fuhr sie fort. »Das hat mir zu denken gegeben, und ich habe mich gefragt, was wohl die größte Rache an Hitler wäre.«

»Und was wäre das?«

»Ich glaube, die beste und auch einzige Rache ist, der glücklichste Mensch der Welt zu sein.«

Ein Schmunzeln. Ein Lichtblick. »Der glücklichste?«

»Der zweitglücklichste reicht auch.«

Er atmete schwer aus. »Wenn das nur so einfach wäre.«

Ihr kam etwas in den Sinn, was ihr Vater mal zu ihr gesagt hatte und das sie nun verstand. »Glück ist nicht das Ziel, sondern der Weg«, sagte sie. »Und diesen Weg gehen wir gemeinsam.«

Als hätte sich in ihm ein Vorhang geöffnet, waren seine Augen auf einmal erfüllt von Wärme. Sie schienen fast golden zu sein.

In dieser Nacht schlief sie das erste Mal seit Langem tief und fest.

12

»Setzen Sie sich bitte, der Herr.«

Heute würde endlich das Gestrüpp rund um Jakobs Gesicht abkommen. Kerstin hatte ihr eine Schere sowie das Rasiermesser von ihrem Mann geliehen, was sie beides fein säuberlich nebeneinander auf dem Küchentisch positionierte.

»Du weißt sicher, was du da tust?«, fragte er, als sie die Schere zur Hand nahm und eine Haarsträhne durch die Finger gleiten ließ.

»Na ja, eigentlich nicht. Immerhin mache ich das das erste Mal. Könnte also schon passieren, dass dir anschließend ein Ohr fehlt.«

»Und das sagst du mir erst jetzt, dass du das zum ersten Mal machst?«

In seine Augen war etwas Heiteres getreten, das Lotte unbedingt erhalten wollte. Sie redete drauflos, erzählte Anekdoten aus ihrer Kindheit, von denen sie dachte, dass er sie vielleicht gerne hörte, während sie sich gleichzeitig darauf konzentrierte, nicht seine Frisur zu verpfuschen. Auch wenn es streng genommen nur besser werden konnte … Sie beschrieb ihm, wie sie früher als kleines Mädchen heimlich die Schminke ihrer Tante ausprobiert hatte oder wie sie einmal mit einem Marmeladenglas voll Froschlaich begeistert ins Hotel gestürmt war und Viktoria beinahe einen Herzanfall erlitten hatte. Sie gab alles, um den Moment hinauszuzögern, in dem er wieder in seine grüblerischen Gedanken abtauchen und eine grimmige Miene aufsetzen würde.

Sie versuchte, sich daran zu erinnern, wie die Friseuse, die regelmäßig ins Hotel gekommen war, um ihrer Tante und ihr das Haar zu schneiden, vorgegangen war. Aber es war doch noch mal etwas anderes, die Spitzen langer Haare zu schneiden als Männerhaar.

»Ich dachte gerade, dass ich mich gar nicht mehr daran erinnern kann, wann ich mich das letzte Mal rasiert habe oder beim Friseur war«, sagte er. »Ab einem gewissen Zeitpunkt durften wir ja keinen Friseur mehr aufsuchen. Wir sollten eben aussehen wie die Figuren im *Stürmer*. Liederlich und schmutzig. Aber den Gefallen taten wir ihnen nicht. Es hat sich immer jemand gefunden, der Haare schneiden konnte. Die Frauen haben sich die Haare einfach zu Zöpfen geflochten.«

»Deine Haare hätten wir auch fast flechten können«, erwiderte sie. »Soll auch noch der Bart ab, oder hast du erst mal genug und magst das später selbst machen?«

»Nein, bitte auch noch den Bart.« Er klang fast demütig. »Du machst das gut.«

Sie goss lauwarmes Wasser in eine Schüssel und breitete dann ein Handtuch um Jakobs Hals und auf seiner Brust aus. Dann krempelte sie die Ärmel hoch und begann, den Seifenschaum über sein Kinn, die Wangen und bis zu den Ohren hinauf zu verteilen, ehe sie mit dem Rasiermesser sanft über seine Haut strich.

Inzwischen hatte er die Augen geschlossen, und sie wurde unsicher, ob er sich wohlfühlte oder ihm die plötzliche Nähe zwischen ihnen unangenehm war. Immerhin hielt er sonst alle auf Abstand.

»Erzähl mir von deiner schönsten Reise«, versuchte sie, ihn abzulenken.

Er sah sie an. Ein kleines Lächeln. Ein kleiner Lichtblick. »Das ist schwer. Kalifornien vielleicht.«

Sie hätte ihm ewig zuhören können, als er ihr beschrieb, wie er mit einer Lokomotive durch die Weiten des Landes gefahren war. Sie hörte das Pfeifen und Zischen des Zuges, sah die weißgraue Wolke, die er ausstieß, und die ewig langen Straßen, die entlang der Gleise verliefen. In den leuchtendsten Farben malte sie sich den glühenden Abendhimmel, die riesigen Kakteen und die roten Weihnachtsstern-Plantagen aus, die er besucht hatte. Er wirkte entspannt und beinahe zufrieden.

»Irgendwann wirst du wieder reisen und neue Abenteuer erleben«, sagte sie.

Er schwieg, und das machte ihr sofort wieder Angst, erinnerte sein Schweigen sie doch daran, dass seine Zuversicht an einem seidenen Faden hing. Glaubte er noch immer nicht, dass es für ihn eine Zukunft gab?

Die daraufhin einsetzende Stille wurde nur von dem leisen Plätschern unterbrochen, mit dem sie die Klinge im Wasser abspülte. Sie betrachtete sein Gesicht, während sie konzentriert ihre Arbeit ausführte, sah die violetten Schatten unter seinen Augen, die ihr verrieten, dass er noch immer kaum schlief. Die senkrechte Falte zwischen den dunklen Augenbrauen, die von seinen Schmerzen im Bein sprach. Das Dunkel in seinen doch eigentlich warmen Augen, welches für das Unbeschreibliche stand, das hinter ihm lag. Wann immer sie so tief blickte, huschte ein Ausdruck des Erschreckens über sein Gesicht.

Seine Lider senkten sich erneut herab. »Was ist eigentlich mit deinem Onkel? Also Viktorias Mann.«

»Er ist bei der Bombardierung umgekommen. Er war in jener Nacht bei einer seiner vielen Affären, und das Gebäude wurde von einer Bombe getroffen. Er war sofort tot.«

»Trauert Viktoria ihm nach?«

»Ich weiß es nicht. Selbst wenn, dann würde sie es nicht zeigen. Früher habe ich geglaubt, meine Tante wäre in ihrer Ehe glücklich. Heute bezweifle ich das. Auch wenn sie anfangs schrecklich zu dir war und ich ihr Handeln nicht rechtfertigen möchte, ist sie kein böser Mensch. Sie hat immer nur das getan, was man von ihr erwartet hat, ohne es groß zu hinterfragen.«

»Was sehr gefährlich sein kann.«

»Ja. Das stimmt.« Sorgsam fuhr sie mit der scharfen Seite des Rasiermessers über seine Haut und wusch sie dann mit Wasser ab. »Aber sie hat es nicht anders gelernt, und Onkel Ernst war auch nicht an ihrer Meinung interessiert.«

Nach und nach kam seine glatte Haut zum Vorschein. Der würzige Duft des Seifenschaums stieg von ihm auf, zusammen mit einem Geruch, der sein ganz persönlicher war, warm, männlich. Ein Duft, der Geborgenheit verströmte.

Seine rechte Gesichtshälfte war nun befreit von dem wilden Bart, und sie konnte sich vorstellen, wie leicht es für ihn gewesen war, eine so schöne Frau wie Marietta für sich zu gewinnen. Sie legte eine Hand an sein Kinn, um seinen Kopf leicht zu drehen. Als ihre Finger über seine warme, glatte Haut strichen, ging ihr auf einmal der Gedanke durch den Kopf, dass sie schon lange nicht mehr einen Mann so berührt hatte. Sie fragte sich, ob er ihre Berührungen genoss. Sie hatte geglaubt, dass eine Art unsichtbare Barriere zwischen ihnen wäre, dass in einem vom Krieg gezeichneten Umfeld wie diesem niemand auch nur an Sinnlichkeit denken würde, aber sie lag falsch. Es war unmöglich, einem Menschen so nahe zu sein, die Wärme seiner Haut zu spüren, die Luft einzuatmen, die er ausgeatmet hatte, jedes kleinste Detail in seinem Gesicht zu entdecken, ohne dass man ein bisschen aus der Ruhe kam.

Auf einmal hatte sie das Gefühl, elektrischer Strom würde

durch sie hindurchfließen. Sie betrachtete seine Hände, die anders waren als Leos. Leo hatte zarte Künstlerfinger gehabt, mit denen er gerne die Konturen ihres Körpers nachgezeichnet hatte. Jakob hatte Hände, die zupacken konnten, und sie fragte sich, wie es sich anfühlte, wenn diese Hände sie berühren würden. Zärtlich? Oder leidenschaftlich?

Als sie schließlich bei Jakobs Mund angekommen war, schlug er die Augen auf und sah sie so unverwandt an, wie er es nur auf der Brücke getan hatte, als er herauszufinden versuchte, warum sie so verzweifelt wollte, dass er lebte. Sie fühlte sich ertappt, als könnte er an der Röte ihrer Wangen ablesen, welche hitzigen Gedanken sie gehabt hatte.

Sie wich zurück, wurde ungeschickt und stieß mit der Hüfte gegen die Schale, aus der Wasser schwappte. Ihr war unwohl zumute, als hätte sie eine unsichtbare Grenze überschritten, und das merkte er, weil er sich mithilfe der Armlehnen etwas aufrichtete.

Es entstand eine kurze Pause, dann sagte er mit ernster Miene: »Ist mein Ohr ab?«

»Nur ein kleines Stück. Man wird dich für van Gogh halten.«

Sie wischte mit dem Tuch einen letzten Klecks Schaum von seinem Hals und spülte dann das Rasiermesser ab, weil sie hoffte, dass sich das Blut aus ihren Wangen zurückgezogen hatte, wenn sie sich wieder zu ihm umdrehte. Schließlich trat sie ein Stück zurück, um ihn anzusehen.

»Und?«

Sie straffte sich. »So siehst du also aus. Endlich sieht man mal etwas von deinem Gesicht.«

»Erschreckend, nicht wahr?«

»Na ja, so übel ist es nicht.« Sie nahm den Spiegel zur Hand, den sie aus Viktorias Zimmer geborgt hatte, und hielt ihn Jakob hin. »Und, wie ist es für dich?«

Er betrachtete sich, als sähe er einen Fremden. Er betastete sein Gesicht, die glatte Haut seiner Wangen, sein Kinn, und seine Brust hob und senkte sich dabei sichtlich. »Es ist …«, sagte er schließlich und schluckte ein paarmal. »Es tut gut, wieder mehr wie ein Mensch auszusehen.«

Manche Träume ließen einen in der Zeit zurückspringen. Verstorbene erwachten zum Leben, und auf einmal war man wieder an Orten, die man verlassen hatte. Man atmete den vertrauten Duft von zu Hause ein, einem Zuhause, das nicht mehr existierte, ein Duft nach Hefekuchen, Bienenwachskerzen und Scheuerseife.

In dieser Nacht betrat Lotte in einem himmelblauen Kleid den Ballsaal des Hotels. Alles war wie früher, die hohen Kerzenhalter, die verschnörkelten Lüster, das Muster im hellen Marmorboden, die Palmen in silbernen Amphoren. Nur waren keine Gäste anwesend.

Ein Mann stand in der Mitte des Raumes. Zunächst dachte sie, es wäre Leo, aber als er sich umwandte, war es Jakob, der sie sanft anlächelte.

Zarte Violinmusik erfüllte den weitläufigen Raum. Jakob nahm ihre Hände, und sie begannen, zur Musik zu tanzen, und doch war es kein gewöhnlicher Tanz. Sie gab sich völlig der Musik hin, spürte die Wärme, die Jakobs Haut ausstrahlte, nahm seinen angenehm männlichen Duft wahr. Jakob hielt ihren Blick fest, während seine Hand tiefer wanderte und er sie gleichzeitig näher an sich heranzog. Sein Mund war dem ihren ganz nah. Sie müsste sich nur ein kleines Stück vorbeugen, um seine Lippen zu berühren, eine Vorstellung, die es in ihrem Bauch prickeln ließ, als hätte sie zu viel Sekt getrunken. Ihr Atem verwob sich mit seinem.

Auf einmal wirbelte er sie herum, sodass sie mit dem Rücken zu ihm stand. Seine Lippen berührten die sensible Haut ihrer rechten Schläfe, zart wie der Flügelschlag eines Schmetterlings und doch mächtig genug, um ihren Körper mit Hitze zu durchfluten. Sie gab ein wohliges Stöhnen von sich und erschrak über diesen Laut, der ihr noch nie entfahren war.

Sie fuhr in ihrem Bett hoch. Ihr Herz trommelte wild gegen ihre Brust. Die Sonne ging bereits auf, sie würde sich beeilen müssen, um rechtzeitig zur Arbeit zu kommen.

Als sie die Küche betrat und Jakob sah, der ein paar Scheiben vom Brot abschnitt, hatte sie den absurden Gedanken, er könnte ihr ihren Traum irgendwie anmerken, und konnte ihm deshalb kaum ins Gesicht sehen.

»Guten Morgen«, sagte seine tiefe, warme Stimme, die ihr in diesem Moment mehr unter die Haut ging als je zuvor.

»Morgen …«, murmelte sie.

»Alles in Ordnung?«

Warum musste er sie so aufmerksam ansehen?

»Ja. Ich … habe nur etwas Seltsames geträumt.« Sie verbarg ihr Gesicht hinter ihrer Tasse, indem sie einen großen Schluck Tee nahm.

Jakob knüpfte an sein Gespräch mit Viktoria an, das die beiden geführt hatten, bevor sie reingekommen war. »Jetzt, wo ich vorzeigbar bin, würden Sie mir da einen Gefallen tun?«

Viktoria, die gerade dabei gewesen war, ihr Brot mit einem kleinen Stück der Butter, die Lotte vor einer Woche ergattert hatte, zu bestreichen, hielt in der Bewegung inne. »Es kommt ganz auf den Gefallen an.«

»Ich würde gerne mehr auf die Straße gehen, beispielsweise die Einkäufe erledigen. Aber alleine wage ich es nicht.«

»Meine Nichte wird dich bestimmt begleiten.«

»Sie arbeitet tagsüber. Und abends sind die wenigen guten Lebensmittel vielleicht schon vergriffen.«

Viktoria presste die Lippen fest aufeinander und fegte unsichtbare Krümel vom Tisch zu Boden. »Du meinst, ich soll dich begleiten?«, sagte sie schließlich. »Nun ja, ich habe ja Zeit. Ich könnte schon mitkommen.«

Später sah Lotte den beiden nach, wie sie sich gemeinsam aufmachten.

»Hab keine Angst, dir wird nichts passieren«, hörte sie ihre Tante sagen. Sie klammerte sich an Jakobs Arm fest wie eine Ertrinkende an einem rettenden Stück Holz.

Jakob sah über die Schulter zu Lotte, die im Türrahmen stand.

Danke, formten ihre Lippen stumm.

13

Es gab gute Tage. An diesen ging es Jakob besser. Dann erzählte er von seinen Lieblingsfilmen oder berühmten Schauspielern, die einst das Kino seines Vaters zu Premieren besucht hatten, oder er schwärmte von der himmlischen Backkunst seiner jüdischen Großmutter, bis Lotte der Magen knurrte und ihre Gedanken nur noch um Rugelach kreisten, mit Nüssen, Mohn oder anderen Köstlichkeiten gefüllte Hörnchen.

Aber an den meisten Tagen haderte er mit allem und zog sich in sich selbst zurück. Deshalb musste sie bald etwas finden, was ihm Freude machte, seinem Alltag einen Sinn gab oder ihn zumindest ablenkte.

Sie hatte ihn dazu ermutigt, sich nach einer Entschädigung für sein Kino zu erkundigen, das seiner Familie unter den Nazis weggenommen worden war. Immerhin musste er absurderweise für das Grundstück weiter Steuern bezahlen, obwohl das Gebäude darauf völlig zerstört war. Er bekam keinen Ersatz, noch nicht mal irgendeine Art der Unterstützung. Stattdessen hatte man ihn knapp abgespeist, er würde unverhältnismäßig viel verlangen. Also überlegte sich Lotte, was sie mit Jakob unternehmen könnte, aber wann immer sie ihm einen Vorschlag unterbreitete, gab er einen grummeligen Kommentar ab wie »Klar, nach einem Konzert sowjetischer Besatzer werde ich mich sicher wie neugeboren fühlen«.

»Nimm ihn doch einfach mal zur Baustelle mit«, schlug Susi vor, als sie sich ihren Freundinnen in der Pause anvertraute.

Inzwischen mussten sie sich in ihrer Mittagspause nicht mehr vor der Kälte in den Bauwagen retten, sondern genossen auf einer niedrigen Mauer die angenehme Aprilsonne.

»Das kann ich doch nicht machen«, erwiderte sie.

»Warum nicht?«

»Na, weil KZ-Häftlinge Trümmerarbeit leisten mussten, als die ersten Städte während des Krieges zerstört wurden«, antwortete Kerstin an ihrer Stelle. Wie so oft hatte sie eine Zeitung dabei, in der sie blätterte, während sie mit einem Ohr zuhörte.

»Da kann man doch jetzt nicht von ihm verlangen, dass er das freiwillig macht«, sagte Lotte. »Abgesehen davon hat er offenbar mal mehr, mal weniger Schmerzen im Bein.«

»Ach, du kennst doch Manfred. Der findet bestimmt trotzdem Arbeit für ihn«, meinte Gudrun optimistisch. »Vor allem jetzt, wo Carola ausfällt.«

»Meint ihr wirklich, dass ich ihm das vorschlagen soll?«

»Versuch's doch einfach.« Kerstin zuckte mit den Schultern, als wäre das keine große Sache, aber in Wahrheit konnte Lotte sich keinen weiteren Fehltritt erlauben, nachdem sie Jakob in eine so unangenehme Situation mit Wolfgang gebracht hatte.

»Selbst wenn Jakob nur Steine klopft. Und du hast doch erzählt, dass er dir geholfen hat, das Gemüsebeet zu bauen. Er kann also anpacken.«

»Das will er doch sogar, hast du mal gesagt«, meinte Susi. »Und die Stimmung hier ist immer lustig. Um ehrlich zu sein, geht es mir hier besser als in meinen eigenen vier Wänden.«

Da hatte sie auch wieder recht.

Am nächsten Morgen, als sie in der Küche das Frühstück zubereitete, sagte sie zu Jakob: »Zieh dir was an, du kommst heute mit mir.«

»Wohin?«

»Auf die Baustelle.«

Er ließ seinem Talent freien Lauf, nur eine Augenbraue hochzuziehen, als sie enthusiastisch in die Hände klatschte. Aber sie würde sich ihre gute Laune nicht verderben lassen.

»Wir brauchen jeden Mann, und du willst doch arbeiten. Also. Los!«

Schließlich seufzte er resignierend. »Habe ich denn eine Wahl?«

Nachts hatte es geregnet, in den Ruinen und Kratern staute sich das Wasser zu kleinen Seen, und auf dem Weg zur Baustelle gab der Matsch unter ihren Sohlen schmatzende Geräusche von sich. Man musste höllisch aufpassen, dass man nicht ausrutschte. Aber Jakob schwieg und wich mit grimmiger Entschlossenheit einer Pfütze aus.

Als es ihm auf einmal sein schmerzendes Bein wegzog, bereute sie es, ihn überredet zu haben. »Vielleicht wäre es doch besser, wenn …«

Er ließ sie nicht ausreden. »Jetzt sind wir schon außer Haus und ziehen das durch.«

Also liefen sie weiter, und in ihre Stiefel sog sich schon bald Feuchtigkeit und färbte das Leder dunkel. Sie sah in den Himmel hinauf und betete, dass er bald aufklaren würde. Aber als sie die Baustelle erreichten, wirkte es eher, als hätten sich die Wolken zunehmend unheilvoll verdichtet. Dennoch war sie fest entschlossen, dass heute ein guter Tag werden würde. Anfangs wäre Jakob bestimmt den anderen gegenüber misstrauisch, aber so offen und herzlich, wie ihre Freundinnen waren, würde es ihnen doch wohl gelingen, ihn ein klein wenig auftauen zu lassen. Sie hatte Eier und Kartoffeln gekocht, die sie mit den anderen in der Mittagspause teilen würden. Und im besten Fall wäre Jakob von der Arbeit heute Abend so erschöpft, dass er nur noch ins Bett fallen und tief und fest schlafen würde.

Manfred hatte zum Glück nichts dagegen, dass Jakob sie unterstützte. Ein erster Lichtblick. Er solle es ausprobieren, bot er an, und wenn die Arbeit Jakob keine Schwierigkeiten bereite, dann könne er gerne zum Amt gehen und dort melden, dass er eine Stelle gefunden habe. Lotte atmete auf. Das Wichtigste war damit geschafft.

»Schön, dass du dabei bist«, rief Manfred über den Lärm der Trümmerbahn hinweg, die eine Kipp-Lokomotive hinter sich herzog. »Es wäre toll, wenn du Zement von den Ziegeln klopfen könntest und sie auf einen Haufen stapelst. Später kommen die Ziegel dann auf einen der Wagen, mit dem sie abtransportiert werden. Alles klar?«

Jakob nickte.

»Sehr gut, dann an die Arbeit!«

Kurz darauf waren auch Kerstin, Gudrun und Susi eingetroffen, und Lotte machte sie mit Jakob bekannt.

»Darf ich vorstellen?«, sagte sie munter, als würde es nicht gerade schon wieder zu tröpfeln anfangen. »Das sind die legendären Frauen, von denen ich schon so viel erzählt habe.«

Susi hob den Saum ihres Arbeitskleides an und machte einen Knicks. »Es ist uns eine große Freude. Wir haben nämlich auch schon viel von dir gehört.«

»Und was hat Lotte so erzählt?«, wollte Jakob wissen.

Sie errötete ein wenig, denn die drei Frauen wussten so gut wie alles. Sie wussten, dass Jakob sich das Leben hatte nehmen wollen, dass Tante Viktoria seine Sachen durchwühlt hatte, dass er in

Auschwitz gewesen war und dort seine Frau verloren hatte. Lotte hatte sich jemandem anvertrauen müssen, weil die ständige Angst, etwas falsch zu machen, sie sonst noch verrückt gemacht hätte.

»Ich habe ihnen erzählt, dass wir zu Hause deine Hilfe schon über Gebühr beansprucht haben. Dank dir haben wir Fenster und eine Wohnungstür, eine intakte Stromleitung, eine Regenrinne und ein Gemüsebeet«, sagte sie. »Jedenfalls ist da eigentlich auch noch Carola, aber sie …« Lotte hatte eigentlich nur das Thema wechseln wollen, aber auf einmal befürchtete sie, dass es nicht gerade günstig war, wenn er von dem Arbeitsunfall erfuhr. »Aber sie muss sich schonen.«

Sie machten sich an die Arbeit. Zunächst half Jakob dabei, die Reste einer Mauer einzureißen, ehe er mit einer Brechstange die Ziegelschichten zerteilte. Auf einem hölzernen Bock schlug er von den Bausteinen den Mörtel ab. Die ganze Zeit über sagte er kein Wort, er hob nicht mal den Blick. Sie fragte sich, ob er vielleicht schon so lange nicht mehr mit anderen Menschen in Kontakt getreten war, dass er es verlernt hatte.

Nur ein einziges Mal erlaubte er sich eine kurze Pause, um etwas zu trinken und die Ärmel seines Hemdes hochzukrempeln. Als Lotte gemeinsam mit Susi die Ziegel von Hand zu Hand zum Anhänger der Trümmerlok reichte, fiel ihr auf, dass ein paar der Männer hin und wieder zu ihm herüberstarrten. Er schien es auch zu merken, denn an seiner Körperhaltung konnte sie sehen, dass er angespannt war. Erst als Jakob seine Ärmel wieder herunterschob, begriff sie, was los war. Sie hatten die Tätowierung an seinem Arm gesehen, die fünfstellige schwarze Nummer.

Einerseits musste sie sich auf die Arbeit konzentrieren und darauf, nicht zu stolpern oder sich mit dem Hammer auf die Finger zu schlagen. Andererseits tastete sie mit unsichtbaren Fühlern immerzu nach Jakobs Stimmung und versuchte, in seiner Miene zu lesen, ob er sich unwohl fühlte oder Schmerzen hatte. Ihr Körper stand seit Wochen unter Dauerspannung, und das war ziemlich erschöpfend. Das Schönste, was sie sich vorstellen konnte, wäre, sich einfach an die Elbe zu setzen, das fließende Wasser anzustarren und nichts zu tun und vor allem nichts zu denken. Manchmal hatte sie das Bedürfnis, in einen langen Winterschlaf zu gehen in der Hoffnung, es wäre alles gut, wenn sie wieder aufwachte.

Kurz vor der Mittagspause kam endlich die Sonne heraus, und Lotte atmete auf.

»Du hast so viel von Jakob erzählt und dabei vergessen zu erwähnen, dass er ziemlich gut aussehend ist«, stellte Susi fest, als sie mit vereinten Kräften die volle Güterlore das Gleis entlangschoben, vorbei an einem schief stehenden Strommast, dessen Leitung irgendwo im Trümmerberg endete.

»Ist er das?« Lotte rückte ihr Kopftuch zurecht, das eigentlich gar nicht verrutscht war.

»Ach, tu nicht so! Dir wird doch wohl nicht entgangen sein, dass du seit Monaten einen Mann im Zimmer nebenan schlafen hast, der aussieht, als wäre er früher Filmschauspieler gewesen.«

»Bis vor Kurzem sah er noch aus wie ein Wilder mit seinem langen Bart und den zotteligen Haaren.«

Sie warf einen Blick über die Schulter. Nicht, dass Jakob auf einmal hinter ihnen stand und sie hören konnte. Er nahm gerade einen Ziegel zur Hand, klopfte mit dem Hammer den Zement ab, stapelte den roten Stein auf die anderen, nahm einen weiteren Ziegel, klopfte den Zement ab und so weiter, ohne Pause, ohne auch nur einmal innezuhalten und zu ruhen. Sein Hemd klebte leicht an seinem verschwitzten Körper. Feine Muskeln zeichneten sich darunter ab.

»Wenn überhaupt, dann sind wir so etwas wie Freunde, und

selbst das ist wohl zu hoch gegriffen. Manchmal habe ich das Gefühl, er hält mich für beschränkt.«

»Das bildest du dir ein. Ein attraktiver, halbwegs gesunder junger Mann, der noch dazu ledig ist, das ist etwa so sehr Mangelware wie Schokolade! Da musst du zugreifen!«

»Er ist Witwer und trauert um seine Frau, ach, was sag ich, um seine ganze Familie.«

»Auch Jakobs Leben wird irgendwann weitergehen«, sagte Susi. »Entweder mit dir oder mit einer anderen. Also halt dich lieber ran. Sonst schnappt ihn dir noch jemand weg!«

14

Der morgendliche Nebel hatte sich über Nacht zurückgezogen, und der Frühling war eingekehrt, als hätte er seine Türen und Fenster aufgestoßen. Überall blühte es auf einmal, die Vögel waren zurückgekehrt, balzten und sammelten eifrig kleine Zweige für ihre Nester. Als würden der betörende Duft nach jungen Knospen und das Gezwitscher einen Zauber auslösen, sah man auf den Straßen überall gut gelaunte Menschen.

Jakob war inzwischen ein fester Bestandteil der Enttrümmerungsbrigade.

»Danke«, hatte er gesagt, als er mit Lotte gemeinsam nach seinem Probetag nach Hause gelaufen war.

Sie hatte ihn verwundert angesehen. »Für was?«

»Es hat gutgetan, rauszukommen und zu arbeiten. Und die Leute auf der Baustelle sind wirklich nett.« Ein dezentes Lächeln lag auf seinen Lippen. Ein Lächeln, das ihr Hoffnung schenkte. Und Hoffnung war zu diesen Zeiten das vielleicht Wertvollste, das einem zuteilwerden konnte.

Es war geradezu erstaunlich, wie schnell sich herumsprach, dass ein gut aussehender, halbwegs unversehrter Mann neuerdings Manfreds Enttrümmerungsbrigade zugeteilt war. Als hätte sich diese Neuigkeit mit den Pollen in der Luft verbreitet. In der Mittagspause gesellten sich auf einmal zwei hübsche Blondinen zu ihnen, die beim Theater enttrümmerten und genau darüber informiert waren, dass Jakob zwar verwitwet, aber damit zu haben war. Vordergründig kamen sie auf einen Besuch vorbei, um einfach mal die anderen Brigaden kennenzulernen, wie sie behaupteten, aber verdächtigerweise setzten sie sich links und rechts an Jakobs Seite und hingen an seinen Lippen, als wäre er ein Prophet. Jakob war das sichtlich unangenehm, und er zog sich mit Manfred in den Bauwagen zurück, um ihm beim Papierkram zu helfen. Kurz darauf brachen auch die beiden Blondinen wieder auf.

Lotte genoss gemeinsam mit ihren Mädels die wohltuende Frühlingssonne auf den Resten einer Mauer. Wie immer teilten sie ihren Proviant: belegte Brote, Kartoffeln, Tee, hart gekochte Eier.

»Schaut mal, was ich hier habe!« Kerstin holte aus ihrer Tasche eine Ausgabe der *Sächsischen Zeitung* hervor, die sie sich geleistet hatte.

Nach wie vor bestanden die Ausgaben aufgrund des Papiermangels aus nicht mehr als vier Seiten.

»Heraus zur einheitlichen Mai-Demonstration!«, las Kerstin in aufgesetzt feierlichem Tonfall vor.

»Ach, Politik …«, stöhnte Susi.

»Ist ja gut.« Kerstin blätterte um und las einen Aufruf vom Polizeipräsidenten vor: »Straßenbahnfahrgäste, haltet mehr Verkehrsdisziplin! Nach wie vor hängen die Unvernünftigen auf den Trittbrettern und an den Anhängern der Straßenbahn. Täglich verunglücken eine Reihe von Menschen, zum großen Teil Außenstehende, die durch Rücksichtslosigkeit und Unvernunft der Gewissenlosen umgerissen werden.« Seufzend fuhr sie mit dem Finger zum Anzeigenteil, in dem Stellenangebote und Veranstaltungen aufgelistet waren. »Schauen wir mal, womit wir uns das Wochenende versüßen können.«

»Hier, das hört sich doch gut an.« Susi deutete auf eine kleine

Anzeige in der unteren Ecke. »Tanztee im Café Schwalbe. In zwei Wochen.«

Obwohl es in Dresden noch immer genügend Probleme zu lösen gab, bemühte sich die Stadt um so etwas wie Normalität. In improvisierten Sälen oder Theatern am Stadtrand fanden deshalb inzwischen wieder Opern, Schauspiel- oder Liederabende statt.

»Frag doch Jakob, ob er mit dir hingeht.« Kerstin stupste Lotte mit dem Ellenbogen in die Seite. »Vielleicht hat er ja Lust!«

Gudrun seufzte verträumt. »Sich mal wieder hübsch machen und alle Sorgen vergessen …«

»Siehst du«, sagte Susi. »Da hast du nun schon das Glück, einen Mann bei dir im Haus zu haben, dann musst du das auch nutzen. Ansonsten leihe ich ihn mir aus.«

»Wahrscheinlich steht ihm nicht der Sinn danach«, sagte Lotte. »Das würde ich jedenfalls verstehen.«

»Fragen kostet aber nix!«, beharrte Susi.

Nur einen Abend lang mal wieder tanzen, dachte Lotte. Sich einen Abend lang unter bunten Lichtern drehen und die Sorgen vergessen. Sie dachte daran, wie sie früher ihre Tante zu Veranstaltungen hatte begleiten dürfen. Wie sie eine Ewigkeit vor ihrem Schrank gestanden und hin- und herüberlegt hatte, was sie anziehen sollte, das flaschengrüne Kostüm oder den schlichten Rock mit der extravaganten Rüschenbluse und dem Stehkragen? Es kam ihr vor, als wäre das ein anderes Leben gewesen und sie ein anderer Mensch.

Ihr Blick fiel auf Jakob, der gerade mit Manfred aus dem Bauwagen kam. Der gutmütige Polier sagte etwas, und auf Jakobs Lippen zeichnete sich die Andeutung eines Lächelns ab.

»Da sieh mal einer an«, riss Susi sie aus ihren Gedanken.

»Was denn?«

»Du magst ihn ja doch. So, wie du ihn ansiehst.«

Die drei Frauen gluckten.

»Ach, das bildet ihr euch ein.« Dabei wussten ihre Freundinnen ja noch nicht einmal etwas von ihrem Traum, der sie noch immer beschäftigte.

»Du kommst genau richtig«, sagte Susi zu Jakob, als er sich zu ihnen gesellte und sich an die Güterlore lehnte.

Lotte schenkte ihr einen warnenden Blick, aber zu spät.

»Was gibt es denn?«, fragte Jakob.

»Wir sprachen gerade über einen Tanztee, der in zwei Wochen stattfindet«, antwortete Susi und klimperte mit ihren langen Wimpern.

Jakob verschränkte die Arme vor der Brust. »Was ist damit?«

Auf einmal dachte Lotte an all die Male, an denen sich ihr das Leben auf irgendeine Weise angeboten hatte, aber sie zu zurückhaltend gewesen war, um es zu packen. So viele verpasste Chancen. Sie hatte den Krieg und die totale Zerstörung ihrer geliebten Heimatstadt überlebt. Sie würde es doch wohl auch überleben, einen Mann zu fragen, ob er mit ihr tanzen gehen wolle.

Sie gab sich einen Ruck. »Hättest du Lust, dorthin zu gehen?«, sagte sie, und dann, als wäre das der womöglich abschreckende Teil der Frage, fügte sie leise hinzu: »Mit mir?«

Er sah auf die Spitzen seiner Stiefel hinab. »Das ist nichts für mich.«

Sie winkte ab. »Das dachte ich mir schon. Wahrscheinlich wird es dort eh überfüllt sein.« Sie nickte, wie um sich selbst einzureden, dass sie recht hatte, aber ihre Worte schmeckten bitter. Mechanisch lächelte sie und dachte, wie bestürzend leicht es doch war, seine Gefühle zu leugnen.

»Da bist du ja endlich«, zwitscherte Viktoria zufrieden, als Lotte an jenem Abend mit Jakob zur Tür hereinkam. Wenn ihre Tante so lächelte wie gerade, löste das in Lotte Unbehagen aus. »Leider hast du Herrn Kahlbach verpasst. Er war bis vor fünf Minuten hier. Er wollte dich ausführen.«

Das war also der Grund für die gute Laune.

»Oh, wie nett«, erwiderte Lotte und hängte ihren Mantel auf.

»Ich habe ihm gesagt, dass du dich gewiss freust, mit ihm ausgehen zu dürfen.«

»Du könntest doch mit ihm zum Tanztee gehen, von dem ihr auf der Baustelle gesprochen habt«, schlug Jakob vor.

»Welcher Tanztee?« Viktoria kniff die Augen leicht zusammen und spitzte die Lippen.

»Das ist nichts Besonderes«, erwiderte Lotte. »Nur eine Veranstaltung, die in der Zeitung stand und über die meine Freundinnen von der Baustelle gesprochen haben.« Lotte machte sich daran, ihre Errungenschaften aus ihrer Tasche zu holen und das Abendessen vorzubereiten. Gudrun hatte ihr den Tipp gegeben, dass es zurzeit in einem Laden in der Nähe des zerstörten Bahnhofs Margarine gab, und sie hatten sogar auch noch etwas Kleie ergattert. »Heute Abend gibt's zur Abwechslung mal Käulchen.«

Dafür wurden gekochte Kartoffelschalen gestampft, mit etwas Kleie vermischt und gebraten.

»Lenk bitte nicht ab. Ich erwarte von dir, dass du dich anstrengst. Du weißt nicht zu schätzen, welches Glück du hast, dass ein Mann wie Herr Kahlbach sich für dich interessiert.«

Lotte seufzte. »Armin ist für mich ein Freund, nicht mehr und nicht weniger.«

»Was eine sehr gute Grundlage für eine erfüllte Ehe ist. Richte dich ein bisschen her, mach ihm schöne Augen. Sei vernünftig. Hast du dich einmal umgesehen? Denkst du, heiratswillige gesunde Männer gibt es wie Sand am Meer? Und du bist auch nicht mehr die Jüngste.«

»Ich bin vierundzwanzig!«

»Eben. Du selbst hast oft genug gepredigt, dass es darum geht, diese Stadt wiederaufzubauen und dafür zu sorgen, dass das Leben wieder weitergeht. Und eine Familie zu gründen, ist dafür ein essenzieller Schritt. Aber dafür braucht man nun mal leider einen Mann. Herr Kahlbach hat einen guten Beruf und sieht auch sehr gut aus. Du solltest dich glücklich schätzen. Und jetzt bist du noch jung und hübsch. Aber auch du wirst älter, und die anderen Frauen werden dir die wenigen heiratswilligen Männer vor der Nase wegschnappen. Dann musst du den nehmen, der übrig bleibt. Und glaub mir, das wird sicher nicht dein Traumprinz sein, ganz im Gegenteil. Hör auf deine Tante. Pick dir lieber am Buffet das Beste raus, anstatt am Resteessen teilzunehmen.«

Lotte sah Jakob flehend an, aber den schien dieses Gespräch zu sehr zu amüsieren, als dass er ihr zur Seite stehen würde. Er hatte Mühe, sich ein Grinsen zu verkneifen.

Auf einmal legte ihre Tante eine Hand auf ihr Brustbein, als würde sie schlecht Luft bekommen.

»Geht es dir nicht gut?«, sorgte sich Lotte.

»Nur ein kleines Stechen in der Brust, nicht weiter der Rede wert.«

»Aber …«

»Wann ist dieser Tanztee?«, ließ Viktoria sie nicht weiter nachhaken.

»In zwei Wochen«, antwortete Lotte widerwillig.

»Sehr schön. Dann hast du ausreichend Zeit, Herrn Kahlbach darüber zu informieren.«

Eigentlich bin ich zufrieden mit meinem Leben, sagte sie sich. So zufrieden, wie man eben sein konnte, wenn man im Erdgeschoss einer Ruine lebte und das Höchste der Gefühle war, sich mit warmem Wasser zu waschen. Als jemand, der schon so früh gelernt hatte, was Verlust bedeutete, wusste sie, dass bessere Zeiten kommen würden, sie musste nur Geduld haben.

Und doch.

An Abenden wie diesem, wo auf der anderen Seite der Stadt ein heiterer Tanztee stattfand, zu dem sie jedoch nicht gehen würde, spürte sie ihre Einsamkeit überdeutlich.

Sie hatte versucht, sich abzulenken, hatte ein bisschen die Wohnung aufgeräumt und die Wäsche gefaltet. Schließlich, als sie doch melancholisch geworden war, hatte sie sich in ihr Zimmer auf ihr Bett verkrochen, den Rücken an die Wand gelehnt und die Beine angezogen. Bestimmt würde man noch Wochen später von diesem Tanztee sprechen, dachte sie. Ihre Fantasie tischte üppig auf, und sie malte sich aus, wie der Saal mit fröhlichen Girlanden geschmückt und erfüllt von Lachen war und eine Gruppe Musikanten flotten, heiteren Schlager spielte. In den Revers der Herren steckten Blumen, und die Kleider der Frauen fächerten bei jeder Drehung auf. Doch die bunten Lichter würden ohne sie funkeln, die Musik ohne sie spielen, die Gläser ohne sie klirren.

War es unvernünftig von ihr, sich zu sträuben, mit Armin zu dieser Veranstaltung zu gehen? Ihre Tante hatte recht. Er war ein attraktiver Mann im besten Alter, der erfolgreich dabei war, sich eine gute Zukunft aufzubauen. Aber egal wie sehr sie sich bemühte, sich in diese Zukunft hineinzudenken, sie sah sich einfach nicht an seiner Seite. Wenn sie sich vorstellte, Händchen haltend mit ihm über die Augustusbrücke zu spazieren, dann verspürte sie einen leichten Druck im Bauch, als wäre dieses Bild einfach nicht richtig. Und sie wollte auch nicht Manfred fragen, ob er sie begleitete, auch wenn er das Herz am rechten Fleck hatte. Bestimmt gab es eine Frau, die er sehr glücklich machen könnte, aber das war nicht sie. Und deshalb hatte sie keinen der beiden Männer gefragt.

Sie könnte alleine hingehen, sagte sie sich. Aber die Vorstellung bereitete ihr Unbehagen. Es wäre das erste Mal, dass sie nach Leos Verschwinden zu einer Tanzveranstaltung gehen würde. Sie brauchte jemanden an ihrer Seite, der sie ablenkte, ansonsten würde sie den ganzen Abend daran denken, wie er einst beim Sommerball in seinem perfekt sitzenden schwarzen Anzug vor ihr gestanden und sie um einen Tanz gebeten hatte. Sie fragte sich, ob der Schmerz bei der Erinnerung an ihn irgendwann nachlassen würde.

Es klopfte an ihrer Tür. Sie vermutete, dass es ihre Tante war, um ihr zu sagen, wie enttäuscht sie von ihr sei und dass Lotte es sich nicht erlauben könne, wählerisch zu sein. Sie schloss die Augen und reagierte nicht.

Trotzdem ging die Tür auf, nur war es Jakob, der den Kopf hereinsteckte. »Hier bist du«, sagte er. »Um ehrlich zu sein, ist es unerwartet seltsam, wenn du mir nicht in der Küche das Ohr abquasselst und dich stattdessen in dein Zimmer verkriechst.«

»Es geht mir gut. Ich bin nur etwas müde.« Sie drückte ihr Kissen an den Bauch.

»Das glaube ich dir nicht.« Er schloss die Tür hinter sich. »Ist es wegen des Tanztees, zu dem du nicht gehst?«

Manchmal wäre es leichter, wenn Jakob nicht so aufmerksam sein würde, dachte sie. »Ja, schon«, murmelte sie. »Ich hatte es mir schön vorgestellt, mal wieder auszugehen, zu tanzen und einen halbwegs normalen Abend zu verbringen. Aber ich habe es mir selbst zuzuschreiben, dass ich nun heute hierbleibe. Ich hätte Armin oder Manfred fragen können, ob sie mich begleiten. Aber ich wollte keinem von beiden falsche Hoffnungen machen und … Ach, egal.«

»Was denn?«

Und sie hoffte noch immer, dass Leo eines Tages zu ihr zurückkommen würde. War das der eigentliche Grund, weshalb sie es sich nicht vorstellen konnte, sich auf einen Mann einzulassen?

»Sowohl Armin als auch Manfred sind in Ordnung, aber ich will niemanden an meiner Seite, den ich nur ›in Ordnung‹ finde«, wich sie aus. »Aber das wird meine Tante nicht verstehen. Sie selbst hat meinen Onkel geheiratet, als sie noch sehr jung war. Er war wohlhabend und angesehen, und das hat ihr genügt, um jahrelang stumm seine Affären zu ertragen.«

Jakob setzte sich auf die Bettkante. »Wie traurig es sein muss, ein solches Leben zu führen.«

Sie nickte. »Ich will nicht jemanden heiraten, nur um verheiratet zu sein. Lieber sorge ich für mich selbst.«

Insgeheim zweifelte sie daran, dass sie ein ganzes Leben allein bewältigen könnte. Wahrscheinlich hatte ihre Tante recht. Früher oder später würde sie ihre hohen Ansprüche an die Liebe herunterschrauben müssen und den nächstbesten Mann nehmen, und das nur, weil sie eine Schulter zum Anlehnen brauchte.

Sie schwiegen einen Moment, bis Jakob aufstand und ihr die Hand reichte. »Komm, genug Trübsal geblasen. Wir müssen uns beeilen.«

»Womit müssen wir uns beeilen?«

»Uns für den Tanztee herzurichten. So nehme ich dich nicht mit.«

Sie sah ihn fragend an. »Wir beide gehen dorthin? Gemeinsam?«

»Ja. Dann hast du eine Begleitung für heute Abend, und deine Tante ist zufrieden mit dir, weil du ausgehst. Damit mache ich also auf den Schlag zwei Frauen glücklich. Wie könnte ich mich da sträuben?«

»Aber du wolltest doch gar nicht hingehen. Du tanzt doch nicht gerne.«

»Dir zuliebe würde ich sogar ein Lied lang tanzen, aber du musst damit rechnen, dass ich dir aus Versehen ein paarmal auf die Füße trete.«

»Ist das dein Ernst?« Sie legte ihre Hand in seine und ließ sich von ihm auf die Füße ziehen. »Du willst wirklich mit mir da hingehen?«

»Ja. Du wirst mir auf ewig etwas schuldig sein.«

Kurz zögerte sie, dann schlang sie die Arme um seinen Hals. »Danke.«

Es schien, als würde er einen Moment nicht wissen, wie er reagieren sollte, und sie fragte sich, wie lange er schon nicht mehr umarmt worden war. Dann strich er sanft über ihren Rücken. »Schon gut. Sehen wir einfach zu, dass es ein schöner Abend wird.«

Der Spiegel in ihrem Zimmer war von einem Riss durchzogen und teilte ihr Gesicht in zwei Hälften. Sie hatte sich an einer Flechtfrisur versucht. Ihre Haut war fahl, dunkle Ringe hingen unter ihren Augen.

Ihr Spiegelbild verblasste, und einen Moment lang sah sie eine jüngere Version von sich selbst. Sie tauchte wieder ein in den Abend, an dem sie sich für den Sommerball hergerichtet hatte, sah, wie sie mit glänzenden Augen Parfüm und Rouge auftrug. Dabei waren ihre Wangen ohnehin gerötet gewesen, weil ihr Herz vor Aufregung kräftig in ihrer Brust gehämmert hatte. Damals hatte sie nicht wahrgenommen, wie rosig ihre Haut gewesen war, hatte nicht wahrgenommen, wie filigran ihre Schlüsselbeine waren oder dass sie eine kleine, niedliche Stupsnase hatte. Sie hatte nicht mal die rostroten Strähnen in ihrem braunen Haar gemocht. Sie hatte nur die Makel an sich gesehen. Was für ein Fehler, dachte sie. Könnte sie dem jungen Mädchen, das sie damals gewesen war, einen Rat geben, dann würde sie ihm sagen, dass es jeden Moment voll und ganz auskosten müsse. Dass Glück zerbrechlich und flüchtig sei wie ein Schmetterling.

Sie schloss die Augen und fuhr mit den Fingerspitzen über die Stelle an ihrem Hals, an der Leo sie so intensiv geküsst hatte, dass dort ein violetter Fleck geblieben war, als hätte er sie auf diese Weise als die seine markiert. Sie lächelte, als sie daran dachte, wie sie den Fleck den Abend über mit einem Halstuch zu verbergen versucht hatte.

Viktoria war gerade dabei, den Kragen von Jakobs Hemd zu richten, als Lotte in die Küche kam. Ihre Tante trat einen Schritt beiseite, und da stand er, Jakob, oder vielmehr eine völlig neue Version von ihm, in einem weißen, frisch gewaschenen Hemd und einer ordentlichen dunklen Stoffhose. Er war frisch rasiert, und seine Haut hatte die ersten Sonnenstrahlen eingefangen. Er sah gesund aus.

Als Jakob sie erblickte, zuckten seine Mundwinkel leicht.

»Sehe ich albern aus?«, fragte sie und rieb unsicher mit dem Daumen über ihre Fingerknöchel.

»Nein, du siehst … sehr vornehm aus.« Mit einer Hand auf dem Rücken verneigte er sich.

Sie trug eines der Kleider, die ihre Tante in ihrem Notfallkoffer in der Bombennacht gerettet hatte. Es war nicht so, dass das Modell nicht hübsch gewesen wäre, aber mit seinem Stehkragen und den langen Ärmeln stammte es aus einer anderen Zeit. Sollte sie tanzen, würde sie darin umkommen vor Hitze. Aber in ihrem schlichten und zerschlissenen Alltagskleid hatte sie nicht auf den Tanztee gehen wollen.

Jakob hielt ihr den Arm hin, damit sie sich bei ihm einhaken konnte. »Das wird ein guter Abend«, sagte er, aber es klang, als würde er versuchen, sich selbst zu überzeugen.

Es war erstaunlich, wie erfinderisch Menschen in der Not wurden. Der Eingang des unversehrten Gebäudes, in dem der Tanztee stattfand, war mit Girlanden aus bunten Stoffresten verziert. Die Tische waren geschmückt mit kleinen Sträußen aus Löwenzahn, wilder Möhre und Gänseblümchen, die in Konservendosen steckten. Das Orchester, bestehend aus zwei Trompeten, einem Bass und einer Gitarre, spielte beschwingte Musik, und der hübschen Sängerin mit der rauchigen Stimme gelang es schon bald, mit den heiteren Schlagertexten die ersten Wagemutigen auf die Tanzfläche zu locken.

Vor allem Frauen brachten es zu kreativen Höchstleistungen, wenn es um ihre Garderobe ging, stellte Lotte fest. Gardinen, Bettwäsche oder Tischdecken waren zu hübschen Kleidern umgenäht worden. Lotte zupfte an einem der langen Ärmel ihres Kleides und spürte, dass ihr schon jetzt der Schweiß den Rücken hinablief.

Ihr entging nicht, dass einige der anwesenden Damen im Raum Jakob begutachteten, als wäre er ein wertvolles Stück auf einer Auktion. Zwei junge Frauen rückten stetig näher, nippten an ihrer Brause und warfen ihm immer wieder Blicke zu, wobei sie albern kicherten.

Wie schön es war, die Tanzenden zu beobachten. Ein Paar wirkte verlegen und wagte es kaum, sich in die Augen zu sehen. Ganz in ihrer Nähe führte ein älterer Herr eine Frau so gekonnt über das Parkett, als hätten sie früher professionell bei Wettkämpfen getanzt. Ein Stück weiter zählte ein Halbstarker, der mit einem Vollweib tanzte, verzweifelt die Schritte mit. Einmal wirbelte ein Mann seine Partnerin so wild herum, dass ihr Rock auffächerte und der Spitzenansatz ihrer Unterwäsche zu sehen war. Das Tanzpaar musste selbst so heftig lachen, dass es mit einem zweiten Paar zusammenstieß.

Doch der Großteil ihrer Aufmerksamkeit galt Jakob. Immer

wieder sah sie zu ihm, um herauszufinden, ob er sich wohlfühlte oder den Eindruck machte, lieber wieder nach Hause zu wollen. Sie hätte sich gerne zu den Tanzenden gesellt, aber sie wollte ihn auch nicht alleine lassen und nahm an, dass er gewiss keine Lust hatte, sich den heiteren Paaren anzuschließen. Es war schon sehr zuvorkommend von ihm, dass er sie überhaupt zu dieser Veranstaltung begleitete, und sie wollte ihn nicht überstrapazieren. Am Ende würde ihn nur sein Bein schmerzen, wenn er es beim Tanzen belastete.

Jakob holte ihnen an der Bar zwei Apfelsaft, dann bahnten sie sich einen Weg zu den Tischen und setzten sich in eine schummrige Ecke. Mit einem erleichterten Seufzen sank Jakob auf die Bank. Er schmunzelte sogar ein klein wenig und wirkte entspannt.

»Hast du denn früher gerne getanzt?«, fragte sie ihn über die laute Musik hinweg.

Er nahm einen kräftigen Schluck. »Nein, dabei wäre Marietta gerne tanzen gegangen. Aber ich war meistens zu erschöpft. Die Vorstellungen im Kino gingen bis spätabends, auch am Wochenende.«

»Aber an ihrem Geburtstag hast du schon eine Ausnahme gemacht, oder?«, fragte sie, während sie sich gleichzeitig daran erheiterte, wie eine Wuchtbrumme von Frau ihren schmächtigen Partner über das Parkett führte.

Jakob schüttelte den Kopf. »Ich dachte, ein Strauß Rosen tut's auch. Schau mich nicht so an. Ich kann nicht mal tanzen.«

»Das ist keine Entschuldigung. Zu einem ruhigen Lied kann jeder tanzen, man muss ja nur das Gewicht von einem Fuß auf den anderen verlagern.«

Sein Blick blieb an einem Blumenstrauß hängen. »Glaub mir, wenn ich die Zeit zurückdrehen könnte, würde ich jeden Abend mit ihr tanzen gehen.«

Seine Hand lag nah neben ihrer auf dem Tisch, und sie überlegte, ob sie sie nehmen sollte, um ihn aufzumuntern. Aber sie traute sich nicht. Wenn seine Hand dort in fünf Sekunden noch immer lag, dann würde sie es tun. Fünf, vier, drei, zwei, eins …

Noch immer lag sie dort, aber trotzdem schob sie ihre Hände unter die Oberschenkel.

Sie unterhielten sich eine Weile, beobachteten gemeinsam die Paare, überlegten, über was diese wohl redeten, ob sie verliebt waren oder nur aus Spaß miteinander tanzten.

Eine junge Frau in einem roten Rock, einer weißen Bluse und einem schwarzen Bolero steuerte auf sie zu. »Lotte Spatz, bist du's wirklich?«

Es dauerte einen Moment, bis Lotte sie erkannte. Rosige Wangen, das dicke blonde Haar zu einem Zopf geflochten, eine Schleife darin. Auf einmal war Lotte wieder siebzehn Jahre alt und verspürte den riesigen Druck, all ihre Makel zu verbergen, sich irgendwie aus ihrer Haut zu schälen und eine schönere, geistreichere Version überzustreifen, die besser verstand, wie man dazugehörte. »Gerda! Das ist ja eine Überraschung!«

»Schön, dich hier zu treffen. Dabei bist du doch früher nicht viel ausgegangen.«

Lotte lächelte und dachte daran, wie Gerda sie von einem Tag auf den anderen nicht mehr gegrüßt hatte, nur weil sie mit Leo befreundet gewesen war. »Wir sind zusammen auf die Sekretärinnenschule gegangen«, erklärte sie Jakob, der zwischen ihnen hin- und hersah. Natürlich war ihm auch nicht ihre plötzliche Anspannung entgangen.

Gerdas Blick ließ nicht das kleinste Detail an Jakob aus, wobei sie ihre geschminkten Lippen spitzte. »Lotte hat immerzu die Nase in Bücher gesteckt«, sagte sie dann lachend. »Und kaum ein Wort gesprochen.«

Gerda mit ihrem alles überschattenden Selbstbewusstsein hatte sie so eingeschüchtert, dass sie jedes Mal, wenn sie etwas hatte sagen wollen, fünf Minuten darüber nachgedacht hatte, bis der Moment vorbei gewesen war.

»Jakobs Vater hat übrigens das Lichttheater gehört«, bezog Lotte ihn nun ins Gespräch mit ein.

»Jakob heißt also dieser gut aussehende Mann an deiner Seite.«

Es war ihr ein kleiner Triumph, besitzergreifend eine Hand auf Jakobs Schulter zu legen.

Gerdas Augen blitzten. »Oh. Verstehe. Wie habt ihr euch kennengelernt?«

Sie befürchtete, dass Jakob die Situation richtigstellte, doch zu ihrem Erstaunen legte er einen Arm um sie und schien sich zu amüsieren. »Wie war das noch mal? Das war doch …«

»Im Brühlschen Garten«, sagte sie. »Als er in voller Blüte stand.«

»Stimmt. Du hattest dieses atemberaubende Kleid an.«

Sie lächelte ein bisschen. »Leuchtend rot.«

»Ein unvergesslicher Anblick. Ich habe dich gesehen und wusste, dass ich dich nie aus dem Kopf bekommen würde. Ich musste dich ansprechen, sonst wäre ich verloren gewesen.«

Seine Worte waren so schön, dass sie fast schmerzten. Sie vibrierten durch ihren ganzen Körper. Einen Moment lang wagte sie es nicht, Jakobs Blick zu erwidern, denn für ihn war es nur ein Spiel. Sie befürchtete, er könnte ihr anmerken, wie kräftig ihr Herz pochte. Dann wagte sie es doch, ihn anzusehen, erschrak über sich selbst und senkte den Blick schnell wieder.

»Wie romantisch«, zerschnitt Gerdas Stimme den Moment. »Amüsiert ihr euch denn gut?«

»Wir sind gerade erst gekommen, also …«

»Der Abend ist gelungen, nicht wahr?«, fiel Gerda ihr ins Wort. »Ich habe alles organisiert. Das war viel Arbeit, sage ich euch.« Sie sagte *euch*, schien aber nur noch mit Jakob zu sprechen. »Die Girlanden habe ich aus dem Stoff eines Fallschirms gemacht, den ich ein paar Tage nach dem Angriff auf unsere Stadt unter der Albertbrücke gefunden hatte. Auch meine Kleidung ist selbst genäht.« Sie drehte sich zu beiden Seiten, sodass der Rock um ihre schlanken Beine schwang.

»Rot, Schwarz, Weiß – interessante Farbkombination«, erwiderte Lotte. »Die Flagge, aus der das Set gemacht ist, lag noch bei euch auf dem Speicher, oder?«

Während Lotte zuckersüß lächelte, bröckelte Gerdas Lächeln hingegen. »Viel Spaß noch.« Sie machte auf dem Absatz kehrt und tauchte in der Menge ab.

»Danke«, sagte sie zu Jakob. »Dafür, dass du mich nicht wie eine Idiotin hast dastehen lassen. Du hast ja doch eine romantische Seite.«

»Glaub mir, das hat mich ebenso überrascht wie dich. Das muss dein Einfluss sein.«

Sie hätte gerne gewusst, wie Jakob als Ehemann gewesen war. War er liebevoll gewesen? Aufmerksam? Oder war er einer dieser Männer gewesen, die erwarteten, dass abends auf dem Tisch eine warme Mahlzeit stand und immerzu alles so lief, wie er es wünschte? Nein, so war er nicht, dachte sie. Er war vielleicht nicht perfekt und hatte gewiss seine Ecken und Kanten, aber wer hatte die nicht? Sie war überzeugt, dass er ein guter Zuhörer war und sich um seine Frau gekümmert hatte.

Es war so warm in dem Saal, dass sie ihren Apfelsaft schon bald geleert hatte.

»Diesmal bin ich dran, uns Getränke zu holen«, sagte sie, nahm ihre Tasche und erhob sich.

Jakob war der Ansicht, es sei besser, etwas ohne Alkohol zu trinken, damit ihre Tante keinen schlechten Eindruck von ihm hatte, also bestellte sie Fruchtbowle, daran würde er ja nichts auszusetzen haben. Mit einem Suppenlöffel füllte die rotwangige Frau hinter dem Tresen zwei Gläser mit dem Getränk mit wilder Minze, in dem sogar ein paar Waldbeeren schwammen. Neben ihr teilten sich zwei junge Kerle eine Zigarette und sprachen aufgeregt über ein Mädchen, »die Schönste im ganzen Saal«, wie der größere der beiden sie nannte.

Als sie das erste Glas in den Händen hielt, nahm sie einen Schluck. Die Mischung war fruchtig und süß und wunderbar erfrischend in der Hitze des Saals.

Lotte knöpfte gerade ihren selbst genähten Geldbeutel auf, als auf einmal jemand neben ihr sagte: »Das geht auf mich.«

Ein groß gewachsener Mann reichte der Frau ein paar Münzen und wandte sich dann Lotte mit charmantem Lächeln zu. »Guten Abend, Lotte.«

Ihr Blick wanderte an dem Mann hinauf, über sein blütenweißes Hemd und das nachtschwarze Jackett, über seine schmalen Lippen bis hin zu den grauen Augen. »Armin! Du bist auch hier?«

Er ließ seine Geldbörse in der Innentasche seines Jacketts verschwinden. »Ja, das erstaunt mich selbst. Aber ich hatte gehofft, dich hier anzutreffen. Deine Tante war so freundlich, mich vor ein paar Tagen darüber zu informieren, dass heute diese Veranstaltung stattfindet und du darüber nachdenkst hinzugehen.«

»Oh. Nett von ihr.« Ein paarmal hatte Viktoria gemeinsam mit Jakob die Wohnung verlassen, und es hatte keine Komplikationen gegeben. Es war also gut möglich, dass diese raffinierte Frau sich allein hinausgewagt hatte, um Armin auf der Arbeit aufzusuchen, während Lotte mit Jakob auf der Baustelle gewesen war.

»Ja, das war es. Du hättest mich fragen sollen, ob ich dich begleite.«

»Ich dachte, du tanzt nicht gerne«, rechtfertigte sie sich.

»Das stimmt, aber ich genieße trotzdem deine Gesellschaft. Und für dich würde ich sogar eine Ausnahme machen.« Er betrachtete sie einen Moment lang. »Es ist schön, dich zu sehen. Wie geht es dir?«

»Gut. Und dir?« Sie nippte an dem kühlen Getränk.

»Sehr gut. Ich bin bei der SED-Kreisleitung aufgestiegen.«

»Das ist wunderbar! Ich gratuliere.«

»Danke. Bist du alleine hier?«

»Nein, Jakob begleitet mich.«

»Schön.« Zwei senkrechte Falten waren zwischen Armins hellen Augenbrauen aufgetaucht. »Würdest du mir trotzdem die Freude machen, mit mir zu tanzen?«

»Oh, ich …« Sie schwenkte die Bowle in ihrem Glas und ließ die Beeren darin kreisen. Vielleicht musste sie sich einfach mehr anstrengen, um eine Verbindung zu Armin herzustellen, sagte sie sich. »Das ist lieb von dir. Ich bringe nur schnell die beiden Gläser zu unserem Tisch.«

Obwohl sie Armin seit Jahren kannte und ihn schätzte, war es merkwürdig, ihm so nahe zu sein, dass kaum Abstand zwischen ihren Körpern war. Mit ihm zu tanzen, fühlte sich steif an, als würde er strikten Regeln folgen, die keinerlei Spontaneität oder Lebendigkeit zuließen.

Als das Lied endete, atmete sie auf. Sie wollte ihm höflich für den Tanz danken und noch einen schönen Abend wünschen, aber Armins Griff um ihre Hand wurde fester. Also ließ sie noch ein zweites und sogar noch ein drittes Lied über sich ergehen.

Dann kündigten die Musiker den nächsten Schlager an, »eine Einladung an all die Verliebten hier, um sich näherzukommen«, wie die Sängerin mit einem Augenzwinkern sagte. Als der Gitarrist seinem Instrument die ersten sanften Klänge entlockte, überlegte sie fieberhaft vorzutäuschen, dass ihre Füße schmerzten. Armins Hand wanderte auf ihrem Rücken ein Stück tiefer, schob sie noch näher an ihn heran.

»Dürfte ich um den nächsten Tanz bitten?«

Jakob war neben ihnen aufgetaucht. Er sah Armin nicht mal an, nur sie, als läge die Entscheidung bei ihr allein.

»Ja«, hauchte sie. »Natürlich. Ich habe dich ja schon eine ganze Weile allein am Tisch gelassen.«

Kurz war Armins Griff um ihre Hand so fest, dass er ihre Finger unangenehm aneinanderdrückte, bis er schließlich einen Schritt zurücktrat. Er verneigte sich steif, warf Jakob einen Blick zu, in dem keinerlei Freundlichkeit lag, und überließ ihm seinen Platz.

»Du freiwillig auf der Tanzfläche?«

»Du hast gesagt, zu einem ruhigen Lied kann jeder tanzen«, erwiderte er. »Vielleicht liegt es aber auch einfach an dem Alkohol in der Bowle.«

»Da ist Alkohol drin?«

»Wusstest du das nicht?« Er lachte. »Das kann ja heiter werden mit dir.«

Ihre Finger verschränkten sich, die andere Hand legte Jakob auf ihre Taille. Seine sanfte Berührung stand in scharfem Kontrast zu Armins festem Griff.

»Du hast nicht so ausgesehen, als hättest du Spaß«, sagte er. »Deshalb habe ich mich auf die Tanzfläche gewagt.«

»O nein, das hat man gemerkt?«

»Er vermutlich nicht, keine Sorge.«

»Danke, dass du mir geholfen hast«, sagte sie.

Die Paare schmiegten sich aneinander, und kurz überlegte sie, ob sie auch ihre Wange an Jakobs Schulter legen sollte.

Jakob sah sie mit seinen unergründlichen Bernsteinaugen an, und etwas Seltsames geschah. Einerseits fühlte sie sich so befreit und wach wie schon lange nicht mehr, gleichzeitig war sie angespannt. Ihre Geschmeidigkeit war vermutlich mit der einer Straßenlaterne vergleichbar, und in dem verfluchten Kleid ihrer Tante schwitzte sie. Als Jakob sein Kinn an ihre Schläfe legte, spürte sie ein leichtes Kribbeln in der Magengegend. Hoffentlich vertrug sie die Bowle, dachte sie.

»Entspann dich«, sagte er.

»Ich bin entspannt.«

»Ja klar. In etwa so entspannt wie ein Stromwerk.«

»Jetzt fühle ich mich gleich viel wohler, danke.«

Es war schön, mit Jakob zu tanzen. Mehr als das. In seinen Armen fühlte sie sich sicher und geborgen. Als das Lied zu Ende war, befürchtete sie, er würde zurück zu seinem Platz wollen. Aber er blieb, mehr noch, auch in ihm schien etwas zu erweichen. Ein zweites ruhiges Lied wurde angestimmt. Er strich sanft über ihren Rücken und forderte sie so stumm auf, den Kopf an seine Schulter zu legen. Auch ihr gelang es nun, sich dem ruhigen, sehnsuchtsvollen Rhythmus hinzugeben. Hier, in einer fremden Umgebung, nahm sie seinen Duft wahr. Er roch nach zu Hause. Sie vergaß alles um sich herum, vergaß die Last der letzten Monate und Jahre. In diesem Moment war sie einfach nur eine junge Frau, die mit einem Mann tanzte.

Es stimmte alles. Das Licht. Die Musik … Doch auf einmal hielt Jakob in der Bewegung inne. Sie hatte nicht gemerkt, dass auch dieses Lied schon zu Ende war. Eine tiefe Falte war auf seiner Stirn aufgetaucht, was bedeutete, dass er Schmerzen hatte.

»Setzen wir uns wieder«, sagte sie.

Sie hatte ohnehin schon viel mehr geschenkt bekommen, als sie zu hoffen gewagt hatte.

»Um ehrlich zu sein, erinnert Viktoria mich manchmal an meine

Großmutter«, sagte Jakob später, als sie nebeneinander durch die Nacht nach Hause liefen. »Einmal hat sie zu mir gesagt: ›Man sucht nicht nach einem anderen Menschen, der zu einem passt. Sondern man entscheidet sich für jemanden und setzt alles daran, dass es funktioniert.‹«

»Und war sie glücklich verheiratet?«

Er schob die Hände in die Taschen seiner Hose und trat nach einem Stein. »Ja, soweit ich das einschätzen kann.«

»Aber du hast dich trotzdem nicht an ihren Rat gehalten.«

»Dass Marietta sich überhaupt für mich interessiert hat, war für mich das ganz große Los.«

Eine Weile schwiegen sie, und Jakob schoss noch immer den Stein vor sich her. »Armin ist ein seltsamer Kerl, wenn du mich fragst.«

»Aber er ist nicht unrecht. Er hatte keine leichte Kindheit.«

»Trotzdem … Er hat etwas an sich, was mir nicht behagt.« Es schien, als hätte der Alkohol in der Bowle Jakobs Zunge etwas gelockert, und auch sie spürte ihn angenehm in ihrem Blut kreisen.

Sie hatte das Gefühl, Armin verteidigen zu müssen. »Würdest du ihn besser kennen, würdest du ihn vielleicht mögen.«

»Hat deine Tante dir denn immer reingeredet, was deine Partnerwahl anging?«, fragte Jakob.

Sie nestelte am langen Ärmel ihres Kleides. »Ich … Ich hatte noch nie einen Partner. Was bestimmt auch daran lag, dass sie nicht jeden Mann an meiner Seite geduldet hätte.«

»Du hattest noch nie einen Partner?«, fragte er verwundert.

Sie schüttelte den Kopf. »Nein. Zwar gab es vor dem Krieg jemanden, den ich gernhatte, aber wir waren nicht wirklich ein Paar. Nicht offiziell zumindest.«

»Dein Freund Leo, nicht wahr?«

Sie nickte. Schweigend liefen sie weiter, und Lotte befürchtete, Jakob würde sie fragen, was mit Leo geschehen war.

Doch stattdessen entschuldigte er sich nach einer Weile unerwartet bei ihr. »Ich hoffe, ich habe mit meiner Fragerei keine Wunde aufgerissen. Wenn doch, tut's mir leid.«

Sie wich einem Metallrohr aus, das auf dem Boden lag. »Schon gut. Du bist der Einzige, mit dem ich darüber reden kann, ohne dass sich mir sofort die Kehle zuschnürt. Ich weiß, dass während des Krieges viele Frauen Beziehungen mit Soldaten begonnen haben, aber …« Sie verstummte.

»Dein Herz war nicht frei«, vollendete er den Satz für sie.

»Ja. Hin und wieder hat meine Tante mir Männer vorgestellt, natürlich in der Hoffnung, dass sie sich für mich interessieren würden. Aber ich habe mich lieber in mein Zimmer zurückgezogen und gelesen.« Sie lachte und sah ihn von der Seite an. »Jetzt hältst du mich vermutlich für schrecklich langweilig.«

Er war stehen geblieben und betrachtete sie einen Moment lang. »Nichts an dir ist langweilig. Ich habe nur Mitleid mit den Männern, die dir vorgestellt wurden und bestimmt hin und weg von dir waren, aber keine Chance hatten, dein Herz zu erobern.«

Sie liefen durch die Nacht, und sie verspüre den Drang, seine Hand zu nehmen. Viel zu schnell erreichten sie die Wohnung.

»Danke«, sagte sie. »Das war ein schöner Abend.«

»Fand ich auch.«

Sie wollte schon die Eingangstür öffnen, als er sagte: »Warte noch.« Er legte den Kopf in den Nacken und schloss die Augen, als würde er Sonnenstrahlen genießen, aber es war silbernes Mondlicht, das sein Gesicht erhellte. »Lass uns noch einen Moment hierbleiben.«

»Bist du denn nicht müde?«

Er schmunzelte. »Ein bisschen. Aber ich will noch nicht rein.

Ich will nicht, dass dieser Abend endet. Ich genieße es zu sehr, einfach nur ein Mann zu sein, der mit einer hübschen Frau tanzen war.«

Ein Wind fuhr durch den Apfelbaum, der vor ihrem Zuhause wuchs, und löste die zarten weißen Blütenblätter, die sie umwirbelten wie Schmetterlinge.

Sie spürte, dass Jakob sie ansah, und brauchte einen Moment, ehe sie dazu bereit war, seinen Blick zu erwidern. »Was ist?«, fragte sie. »Habe ich etwas im Gesicht?«

Er löste ein Blütenblatt aus ihrem Haar. »Nein, du siehst hübsch aus.«

Auf einmal hatte sie Angst. Nicht vor Jakob, sondern davor, dass etwas Großes geschah, das ihre Welt komplett durchrütteln würde, mehr als alles, was sie zuvor erlebt hatte. Da war dieses Kribbeln in ihrem Bauch, als hätte sie innerlich eine Gänsehaut. Es war alles perfekt. Der Mond. Die laue Nacht. Der Sternenhimmel. Das Blütenmeer.

»Lotte ...«, begann er auf einmal, und ihr schwindelte. »Ich hätte es nicht für möglich gehalten, aber dank dir fühle ich mich wieder ... mehr wie ich selbst. Lebendig. Danke.«

Einen kurzen Moment lang dachte sie, er würde sie küssen. Aber er umarmte sie nur, und dennoch war diese Umarmung das Intensivste, was Lotte je mit einem Mann erlebt hatte. Sogar noch intensiver als das, was sie bei Leo empfunden hatte, wenn er ihr so nah gewesen war. Sie fühlte sich schlecht, so zu empfinden, als würde sie Leo hintergehen. Trotzdem ließ sie sich in Jakobs Wärme sinken wie früher in ein warmes Schaumbad im Hotel.

Sie schloss die Augen, atmete tief ein, und als sich ihre Lider wieder hoben und sie sich widerwillig von ihm löste, sah sie, dass Jakob sie sanft anlächelte.

»Du bist gerade der einzige Mensch, dem ich voll und ganz vertraue«, sagte er.

Wie Gift breitete sich in ihr das Gefühl aus, dass sie sein Vertrauen nicht verdiente. Noch immer wusste er nichts von Leo, davon, dass sie nicht zu ihm gehalten hatte, als es drauf angekommen war. Und damit war sie genau einer dieser Menschen, die er so sehr verachtete. Aber wie sollte sie ihm die Wahrheit sagen? Wüsste er die Wahrheit, so würde sie ihn am Ende vielleicht verlieren. Und das konnte sie nicht riskieren.

15

1993

Hannah

Es war ein ungeschriebenes Gesetz, dass alles, was eine Frau jemals in ihrer Handtasche suchte, auf mysteriöse Weise geschrumpft und auf den unergründlichen Boden zwischen Deo, Puder, einer Sonnenbrille und ihrem Kalender hinabgesunken war. Hannah wühlte nach einem Taschentuch für Nicole, deren Augen rot geschwollen waren. Eigentlich hatte sie schon seit zehn Minuten einen Termin im Stadtarchiv, wo sie weitere Fotos von der Frau zu finden hoffte, die vielleicht ihre Oma war. Aber heute Morgen hatte Nicole tränenüberströmt vor ihrer Wohnungstür gestanden, und sie hatte es nicht übers Herz gebracht, ihre Freundin zu vertrösten. Seitdem drehte sich alles um Tom, der offenbar Definitionsschwierigkeiten mit dem Begriff »Beziehung« hatte.

»Ich brauche Tom nicht«, schniefte Nicole.

»Natürlich nicht! Du bist eine junge, attraktive und erfolgreiche Frau.«

»Genau! Mir steht die Welt offen!«

In einer raschen Abfolge spiegelten sich die verschiedensten

Gefühle auf Nicoles Gesicht wider. Zuerst nickte sie entschlossen, dann wirkte sie, als würde sie Tom am liebsten an die Gurgel gehen, und schließlich war sie wieder den Tränen nahe. Dieses Wechselbad der Gefühle kannte Hannah nur zu gut.

»Aber warum musste er ausgerechnet mit dieser billigen Blondine fremdgehen, die ihn bei seinem letzten Konzert um ein Autogramm gebeten hat? Das ist ein solches Klischee.«

»Vielleicht genau deshalb. Weil er absolut keine Fantasie hat und eigentlich nur ein erbärmliches Mannsbild ist, das nichts anderes kann, als Klischees zu erfüllen, und jemanden braucht, der ihn anhimmelt. Du warst ihm zu stark und erfolgreich. Du wirst jemand Neues kennenlernen.«

Endlich ertasteten ihre Finger die Packung, und sie reichte ihrer Freundin ein Taschentuch.

»Da hast du recht!« Nicole schnäuzte sich lautstark. »Jemand, der besser aussieht als Tom und Sport macht und eine sichere Arbeit hat. Und sich die Haare im Nacken rasiert.« Ihr eigentlich so hübsches Gesicht verzog sich zu einer unglücklichen Grimasse. »Und was, wenn nicht?«

»Diesen Fall gibt es nicht. Eine Frau wie du muss doch nur mit den Fingern schnippen!«

Nicole schnippte demonstrativ. »Siehst du, hat nicht funktioniert. Probier du's mal, du könntest auch jemanden gebrauchen.«

Seit dem Abendessen bei ihrer Mutter vor über einer Woche hatte Hannah nichts von Malte gehört. So langsam fand sie sich damit ab, dass sie ihn vergessen sollte, und machte Fortschritte. Beispielsweise hatte sie die Fotos, die sie mit ihrer Kamera geknipst und in einem Laden hatte entwickeln lassen, zerschnitten und in den Müll geworfen. Und die Likör-Kirsch-Pralinen, die sie nur gekauft hatte, weil er die so gerne aß, hatte sie der Sekretärin im Baustellenbüro geschenkt. Doch dafür, sich erneut auf jemanden einzulassen, war sie noch nicht bereit. Trotzdem schnippte sie ihrer Freundin zuliebe.

Just in diesem Moment stieß sie gegen einen jungen Mann, der gerade aus der Eisdiele getreten war, an der sie vorbeiliefen.

»Das tut mir so leid, ich … Harry?!«

Harry sah auf sein Hemd hinab, auf dem das Schokoladeneis, das er sich gerade gekauft hatte, einen braunen Abdruck hinterlassen hatte. Der Rest lag vor seinen Füßen auf den Pflastersteinen. Lediglich die Waffel hielt er noch in der Hand.

»O Mist!«

Nicole sah erst Harry an, dann Hannah und blinzelte, als wäre sie gerade Zeugin eines unerklärlichen Naturphänomens geworden.

»Ich kaufe dir ein neues!«

»Don't worry.« Harry schmunzelte und kniff dabei leicht die Augen zusammen, als würde er in die Sonne blicken. »Ich glaube, jetzt sind wir quitt. Die Marmelade auf deiner Bluse?«, erklärte er, als sie nicht verstand, worauf er anspielte. »Mein erster Tag auf der Baustelle?«

»Das habe ich bei allem, was zurzeit los ist, schon vergessen.«

Nicole ergriff die Initiative und streckte Harry mit kokettem Augenaufschlag die Hand hin. Sie wirkte gar nicht mehr am Boden zerstört. »Hallo, ich bin Hannahs beste Freundin Nicole. Hannah hat mir verschwiegen, dass sie hier in Dresden einen Bekannten aus dem Ausland hat. Wie aufregend.«

»Wir sind Kollegen«, sagte Hannah.

»Und Freunde«, verbesserte Harry sie grinsend. »Du hast dir heute also freigenommen?«

»Ja, um meinen Termin im Stadtarchiv wahrzunehmen. Ich hoffe, dort mehr über das Foto zu erfahren, auf das ich auf der Baustelle gestoßen bin, oder vielleicht sogar, ob die Frau darauf wirklich meine Großmutter ist. Und warum bist du nicht auf der Baustelle?«

»Wir wurden heute nach Hause geschickt, weil in den Trümmern eine Stabbrandbombe entdeckt wurde, die erst entschärft und gesichert werden muss.«

»Oh. Da bin ich einmal nicht da und verpasse gleich so etwas!«

»Wie aufregend.« Nicole wickelte sich eine Haarsträhne um den Finger. »Und was machst du heute an deinem freien Tag noch, Harry?«

»Nicht viel. Ich bin ein gestrandeter Engländer, der so gut wie keine Menschenseele in dieser Stadt kennt.«

»Du kennst uns«, zwitscherte Nicole.

»Stimmt.« Er hatte begonnen, einer Taube kleine Stücke der Waffel hinzuwerfen. »Würdest du mich mit Eisfleck auf dem Hemd denn mit ins Stadtarchiv nehmen?«, fragte er Hannah.

Nicoles Lächeln bröckelte. Das hatte sie wohl nicht gemeint.

»Hast du denn nichts Besseres zu tun, als an deinem freien Nachmittag in einem stickigen Raum zu sitzen und alte staubige Aufzeichnungen zu durchforsten, wenn draußen die Sonne scheint?«

Er tat so, als müsste er nachdenken. »Nein. Ich kann mir absolut nichts Besseres vorstellen.«

Ihrer Freundin dagegen konnte sie es nicht schmackhaft machen, zwischen verstaubten Regalen Ordner und Kisten mit Archivmaterial durchzusehen. Zum Abschied umarmte sie Nicole fest und versprach, später am Abend noch einmal bei ihr vorbeizukommen. Sie sah ihrer Freundin nach, die noch ein paarmal schnippte, ehe sie um die Ecke bog und verschwunden war.

Als sie vor fünf Tagen das erste Mal im Stadtarchiv gewesen war, um ihre Suche anzumelden, hatte man ihr keine großen Hoffnungen gemacht.

»Sie wollen herausfinden, wer die Frau da auf dem Foto ist?«

Hannah zeigte der Mitarbeiterin mit dem fetzigen Kurzhaarschnitt die Kopie der Aufnahme in der Hoffnung, dass sie ebenso berührt von dem Liebespaar wäre wie sie selbst und sie tatkräftig bei ihrer Recherche unterstützen würde. Aber die Frau sah sie verständnislos über den Rand ihrer rot gerahmten Brille hinweg an.

»Ja, genau genommen würde ich gerne herausfinden, ob sie mit mir verwandt ist«, erwiderte Hannah. »Ich habe die Hoffnung, dass ich noch andere Fotos von ihr finde. Deshalb interessieren mich vor allem die Aufnahmen eines Fotografen, aber ich kenne leider nur seine Initialen.« M.P. Mehr hatte sie auf der Rückseite der Aufnahme nicht gefunden, aber immerhin war es ein Anhaltspunkt. »Vielleicht gibt es auch Zeitungsartikel über ihn und seine Arbeit. Oder vielleicht könnten Sie herausfinden, ob eine gewisse Lotte Spatz als Trümmerfrau gearbeitet hat? Ich bin wirklich für jede Information dankbar.«

Die Angestellte klickte unaufhörlich mit dem Kugelschreiber und kaute dabei Kaugummi. »Das kann aber ein paar Tage dauern, bis wir alles rausgesucht haben.«

»Kein Problem.«

Kommentarlos hatte die Mitarbeiterin den Zettel, auf dem Hannah notiert hatte, was sie suchte, entgegengenommen und beiseitegelegt.

Nun erwarteten sie drei große Stapel mit Archivmaterial auf einem Tisch. Eine zweite Mitarbeiterin rollte einen Wagen mit weiteren Unterlagen herbei. »Wir schließen um fünf«, sagte sie emotionslos.

Hannah pustete sich eine Haarsträhne aus dem Gesicht. »Jetzt bin ich wirklich froh, dass du mir hilfst«, sagte sie zu Harry.

Er rieb sich die Hände. »Dann machen wir uns mal ans Werk.«

Es machte unerwartet viel Spaß, gemeinsam mit Harry die Zeugnisse vergangener Zeiten zu sichten. »Schau mal.« Er zeigte ihr ein Foto einer Straße, die unmöglich zu identifizieren war. Jedes einzelne der mehrstöckigen Gebäude war vollkommen zerstört, teils stand nur noch das ausgebrannte Erdgeschoss. Ein Mann balancierte über das Meer aus Steinen, herausragenden Stahlpfeilern und Kabeln.

»Unvorstellbar …«, sagte Hannah. Sie konnte nicht aufhören, das Foto anzustarren, obwohl sie eigentlich gleichzeitig den Drang verspürte wegzusehen. Der Anblick von so viel Zerstörung und Leid war nur schwer zu verkraften.

Sie zog eine Mappe mit alten Zeitungsartikeln aus der Nachkriegszeit heran und begann, sie durchzublättern. Darin fand sie einen Aufruf zur Trümmerarbeit. *Wiederaufbau ist Volkssolidarität!* lautete der Titel. Auf dem dazugehörigen Schwarz-Weiß-Foto hob eine hübsche, frisch aussehende Frau mit Kopftuch einen Ziegelstein auf einem Schuttberg und lächelte in die Kamera. Sie zeigte Harry das Foto.

»Die Frau wirkt, als wäre die Arbeit kein bisschen anstrengend, sondern reiner Spaß«, meinte er.

»Sie müssen ruhig sein«, sagte eine der Mitarbeiterinnen, die mit einem Stapel Bücher auf dem Arm vorbeikam.

Hannah wartete, bis sie hinter den Regalen verschwunden war, und rückte dann ein Stück näher an Harry ran. »Nicht wahr?«, sagte sie mit gesenkter Stimme. »Dabei war das bestimmt nicht der Fall.«

In der Mappe fand sie eine ganze Reihe Fotos von nur dieser Frau, was danach schrie, dass die Situation gestellt war.

»Wie lange hast du eigentlich vor, in Dresden zu bleiben?«, fragte sie nach einer Weile.

»Mein Praktikum ist erst mal auf einen Monat begrenzt, aber Torsten meinte, ich kann gerne länger bleiben, wenn mir danach ist. Zum Glück bin ich flexibel, weil ich in meinem Wohnmobil schlafe.«

»Dein Ernst?« Sie grinste vor allem deshalb so breit, weil sie schon ein paarmal gedacht hatte, wie gut ein VW-Bus zu ihm passen würde.

»Ja, es steht auf der Baustelle.«

Sie wartete darauf, dass er ihr sagte, dass das ein Witz sei, aber er schwieg und blies die Backen auf, als er sah, wie viele Ordner sie noch vor sich hatten.

»Dieser Bus gehört dir?«

»Ja. Warum lachst du so?«

»Na ja, ich dachte, du hättest in Dresden eine Wohnung gemietet.«

»Es ist nicht gerade leicht, im Zentrum eine Wohnung zur Zwischenmiete zu finden. Vor allem für so kurze Zeit. Erst war ich auf einem Campingplatz, aber dann wurde mir angeboten, mich auf die Baustelle zu stellen. In den Containern habe ich alles, was ich brauche.«

Ungläubig schüttelte sie den Kopf. Dieser junge Engländer war wirklich ein besonderer Kerl!

»Und wie geht's bei dir weiter, wenn du wieder in England bist?«

»Danach gehe ich nach Hause zurück und baue einen alten Hof aus. Er liegt ein bisschen außerhalb, dort gibt es nur Hühner und Schafe und die satte englische Landschaft.«

»Du allein, oder hilft dir deine Freundin? Wie heißt sie noch mal?«

Einen Moment lang zögerte Harry. »Anne. Und nein, wahrscheinlich hilft sie eher nicht …«

»Warum nicht?«

»Weil …«

»Psst«, wurde er von der Mitarbeiterin unterbrochen, die wie aus dem Nichts erneut hinter ihnen aufgetaucht war.

»Entschuldigung«, sagte Hannah und tauschte ein kleines schuldbewusstes Lächeln mit Harry aus.

Sie schlug die nächste Mappe auf, in der weitere Bilder der Nachkriegszeit sowie dazugehörige Zeitungsartikel archiviert waren, und überflog ein paar davon. Am liebsten hätte sie jeden einzelnen in Ruhe gelesen, um das Leben damals besser zu verstehen.

Währenddessen begann Harry zu erzählen. »Das ist eine längere Geschichte. Es ging damit los, dass sie ziemlich viel Zeit mit meinem besten Kumpel verbracht hat und …«

Auf einmal war es ihr, als hätte jemand die Lautstärke seiner Stimme heruntergedreht. Ihre volle Aufmerksamkeit galt nun einem Foto. Es zeigte dieselbe junge Frau, die sie auch auf dem anderen Foto gesehen hatte. Nur war auf diesem Bild, auf dem sie direkt in die Kamera sah, die Ähnlichkeit zu ihrer Mutter und auch ihr selbst noch verblüffender. Sie wirkte, als wäre sie überrascht, dass man sie fotografiert hatte.

Hannah legte eine Hand auf Harrys Schulter, der gerade irgendetwas von einer Nacht am Lagerfeuer erzählt hatte und nun verstummte.

»Entschuldige, aber … Sieh mal!«

Harry verglich die Frau auf dem Bild mit Hannah. »Ihr seid eindeutig miteinander verwandt!«

»Wie aufregend«, hauchte sie und konnte nicht aufhören, das Foto anzusehen. So viele Fragen gingen ihr durch den Kopf. War diese Frau wirklich ihre Oma? Was hatte sie alles erlebt und durchgemacht? Wie hatte sie in einer so tristen Umgebung nicht die Hoffnung verloren? Und wer war der Mann, den sie auf der ersten

Aufnahme, die Hannah gefunden hatte, so sehnsuchtsvoll ansah? Ein Teil von ihr hoffte, dass die beiden ein Liebespaar gewesen waren, denn sie sahen wunderschön zusammen aus. Ein anderer Teil von ihr rief sich in Erinnerung, dass das unwahrscheinlich war, allein deshalb, weil das Leben meistens anders verlief, als man es sich erträumte.

Eines wusste sie jedoch gewiss: Sie musste mit Lotte sprechen.

16

Der Andrang im traditionsreichen Schillergarten war an einem Sonntag wie diesem, an dem der Sommer seine ganze Pracht bewies, groß. Hannah brauchte fast zehn Minuten, um ihre Mutter im Biergarten zu entdecken, was jedoch auch daran lag, dass diese gerade mal wieder von einer Traube Dresdner Bürger umgeben war, mit denen sie freundlich plauderte.

Marlene Spatz trug einen makellos weißen Rock, in dem sie einen für ihr Alter fast schon unverschämt knackigen Po hatte, und eine blau gestreifte, kurzärmelige Bluse. Sie strahlte vor Energie.

Hannah bahnte sich einen Weg zum Tisch ihrer Mutter und umarmte sie zur Begrüßung, als sie endlich allein waren. Sie hatte Marlene vor ein paar Tagen angerufen, um zu fragen, ob sie bald mal ein, zwei Stunden Zeit für sie hätte. Sie wollte ihrer Mutter endlich das Foto zeigen und erfahren, was zwischen ihr und Lotte vorgefallen war, dass die beiden Frauen keinen Kontakt mehr miteinander hatten. Doch ihre Mutter hatte kurzerhand entschieden, an einem schönen Tag wie diesem einen Biergarten zu besuchen. Nicht gerade der beste Ort, um sie auf diesen Teil ihrer Vergangenheit anzusprechen.

»Du warst beim Sport?« Hannah deutete auf die große Tasche, die auf einem der Stühle stand und aus der ein Paar weiße Turnschuhe herausragten.

»Ja, das hat gutgetan! Kommst du nächstes Mal mit?«

»Vielleicht.« Es war nicht so, dass Hannah unsportlich war. Die Arbeit auf der Baustelle war ihr Sportprogramm. Hin und wieder besuchte sie einen Gymnastikkurs, aber hauptsächlich deshalb, weil ihre Mutter zweimal in der Woche dort hinging und darauf bestand, dass ihre Tochter sie wann immer möglich begleitete.

Ihre Mutter war ständig in Bewegung. Früher, wenn Hannah sich einen Film angeschaut hatte, hatte ihre Mutter neben dem Sofa gebügelt oder auf dem Fernsehtisch Besteck poliert. An Hannahs achtzehntem Geburtstag hatte sie ihre alte Wohnung frisch geweißelt. »Na, Spätzchen, schmeckt der Kuchen?«, hatte sie gerufen und dabei auf einer der obersten Sprossen der Leiter balanciert. Wenn Marlene nicht gerade im Wahlkampf aufging, dann machte sie Sport oder besuchte einen Italienischkurs.

»Und, was macht die Arbeit?«, fragte ihre Mutter.

Hannah warf einen Blick auf ihre schmale Armbanduhr. »Herzlichen Glückwunsch, ein neuer Rekord! Diesmal hast du ganze fünf Minuten durchgehalten, ehe du mich nach meiner Arbeit gefragt hast.«

»Ich interessiere mich nun mal für meine Tochter, und die Arbeit ist Bestandteil deines Lebens.« Sie winkte jemandem hinter Hannah.

»Alles beim Alten«, murmelte Hannah und atmete auf, als eine große Tasse Milchkaffee und ein Stück Erdbeerkuchen mit Sahne vor ihr platziert wurden.

»Bei deinen Beschreibungen hat man immer das Gefühl, als wäre man selbst dabei gewesen.« Ihre Mutter rollte ihr Besteck aus der Serviette und spießte mit der Gabel eine Tomate in ihrem Salat mit Hühnchenbrust auf.

Hannah rührte einen Löffel Zucker in den Kaffee. »Es gibt nun mal nicht viel zu berichten.« Wobei … Eine Sache gab es. Sollte sie ihrer Mutter jetzt von dem Foto erzählen, oder war es noch zu früh? Eine Hand bereits in ihrer Tasche, um die Kopie herauszuholen, hielt sie jäh inne. Die Bedienung, eine zierliche Frau mit wilden grauen Haaren, war schüchtern zu ihnen an den Tisch getreten, um zu fragen, ob sie noch etwas wünschten. »Mir gefallen Ihre starken Reden«, sagte sie schließlich und trat von einem Fuß auf den anderen. »Eine Frau an der Spitze dieser Stadt, das wäre doch mal was!«

»Danke, das ist sehr freundlich von Ihnen.« Ihre Mutter schüttelte der Frau die Hand, und innerhalb weniger Minuten hatte sie ihr entlockt, dass sie drei Kinder hatte, bis vor Kurzem Sekretärin gewesen war und nun hier arbeitete, weil ihr Chef eine Jüngere eingestellt hatte.

Währenddessen wartete Hannah mit geduldigem Lächeln, schirmte die Augen mit der flachen Hand vor dem grellen Licht ab und ließ den Blick schweifen. Gemächlich floss die Elbe am Biergarten vorbei, die Sonne glitzerte auf dem bewegten Wasser. Hinter sattgrünen Linden erstreckte sich das Blaue Wunder und verband die beiden Villenviertel Loschwitz und Blasewitz miteinander.

»Bei dir ist viel los zurzeit, oder?«, fragte sie ihre Mutter, als die Bedienung ins Innere der Gaststätte verschwand.

»Das kannst du laut sagen! Ich eile von Interview zu Interview. Am liebsten würde ich mich aufteilen können, um mich überall blicken zu lassen.«

»Wird es dir zu viel?«

»Nein, das habe ich mir ausgesucht. Ich glaube wirklich, dass wir etwas bewirken können. Dresden ist eine großartige Stadt, aber sie ist unter diesen alten Männern in schlecht sitzenden Anzügen einfach zurückgeblieben. Ich will, dass sie wieder erblüht in all ihren Farben. Weißt du, früher, vor dem Krieg, war Dresden in aller Munde. Selbst in Amerika sprach man über die wunderschöne Kulturstadt. Ich würde mir wünschen, dass Dresden wieder zu seinem alten Ich zurückfindet. Es gibt Planungen, den Neumarkt wieder so zu gestalten, wie er früher war. Ein lebendiger Platz, auf dem sich Jung und Alt tummeln, mit Cafés mit Blick auf die Frauenkirche, die du wiederaufbaust.«

Hannah schmunzelte. »Na ja, nicht ich allein.«

Sie schwiegen einen Moment lang, und ihre Mutter betrachtete sie. Für andere waren diese mandelförmigen Augen bestimmt sehr anziehend, Hannah jedoch empfand ihren Blick oft als Prüfung, und prompt bereute sie es, ein bequemes T-Shirt angezogen zu haben und nicht eine ihrer schicken Blusen. Vermutlich erwartete ihre Mutter, dass sie lächelte, aber es wollte ihr nicht gelingen.

Ihre Mutter legte den Kopf schief. »Was ist los?«

»Nichts. Ich habe nur viel zu tun.« Sie teilte mit der Gabel ein großes Stück Kuchen ab, tunkte es in die Sahne und schob es sich in den Mund.

Die Wahrheit war, dass sie sich seit Tagen fühlte wie ein Pendel, das von einem Extrem zum anderen schwang. Mal war sie voller Energie und nahm sich vor, in den Urlaub zu fahren, eine Diät zu machen und sich ruhig mal etwas gewagter zu schminken. Dann schlug das Pendel in die andere Richtung aus, wie heute, und sie hatte das Gefühl, als würde die Zeit nur so davonrasen, und ehe sie sichs versah, würde sie einsam und alleine enden. Sie ärgerte sich über sich selbst, weil sie insgeheim wusste, dass sie launisch war. Was waren schon ihre Probleme im Vergleich zu denen ihrer Mutter, als sie in ihrem Alter gewesen war? Marlene hatte ein Kind alleine großziehen müssen, kaum berufliche Aussichten gehabt und noch dazu in einem System gelebt, das die Menschen überwacht und einem das Leben zur Hölle gemacht hatte, wenn man sich nicht angepasst hatte. Sie hingegen hatte das große Glück, dass es die Mauer nicht mehr gab. Sie konnte reisen, anziehen, was sie wollte, und ihre Zukunft nach Lust und Laune gestalten. Und trotzdem saß sie hier, unzufrieden, quengelig. Sie hatte das Gefühl, ihr Leben nicht mehr unter Kontrolle zu haben.

»Kommt ihr denn auf der Baustelle gut voran?«, erkundigte sich ihre Mutter.

»Ja.« Hannah nickte. »Vor zwei Tagen haben wir die Dose vom Turmkreuz gefunden und geöffnet.«

»Und?« Ihre Mutter beugte sich verschwörerisch vor. »War denn etwas Überraschendes oder Geheimnisvolles darin?«

»Nur ein paar olle Münzen.« Hannah schob sich Schlagsahne in den Mund. »Wobei ich auf etwas anderes gestoßen bin. Und zwar …«

Sie verstummte, als ein Mann mit wildem Einstein-Haar auf einmal neben ihrem Tisch stand, ihrer Mutter die Hand schüttelte und ihr sagte, wie sehr er ihre Arbeit schätze. Wobei er eher mit ihrem Ausschnitt zu sprechen schien.

»Hannah …«, begann ihre Mutter, als Einstein sich wieder zu seiner Familie gesetzt hatte.

O nein, sie kannte diesen Ton. Es würde ein Vortrag folgen.

»Ich würde mir wirklich wünschen, dass du mehr aus deinem Leben machst.«

Das war unfair. »Es ist doch nicht so, dass ich nichts mache! Ich habe eine tolle Arbeit!«

»Ja, und es scheint, als wäre diese Arbeit dein ganzes Leben.«

»Das sagt die Richtige.«

»Im Gegensatz zu dir habe ich auch noch eine Tochter und bin ständig unter Leuten. Triffst du dich denn zurzeit mit jemandem?«

Falsche Frage. »Nein. Und das will ich auch nicht.«

»Was ist denn mit diesem Harry? Der wirkt doch sehr nett.«

Meinte sie das ernst? Eigentlich hatte Hannah angenommen,

dass Harrys Anblick ihrer Mutter Bauchschmerzen bereiten würde.

»Er hat ein hübsches Gesicht und Manieren bewiesen. Er scheint auch nicht auf den Kopf gefallen zu sein, immerhin wusste er, wer Gloria Steinem ist. Im Gegensatz zu diesem Dirigenten, der recht arrogant wirkt, wenn du mich fragst.«

Eltern. Sie erstaunten einen immer wieder.

»Du tust ja gerade so, als wäre mein Leben völlig unspektakulär, und ich würde nichts Spannendes erleben.«

»Das habe ich so nicht gesagt. Aber ich mache mir Sorgen. Du wirkst irgendwie … unglücklich.«

Hannah hatte Mühe, das Kuchenstück runterzuschlucken, das sich in ihrem Mund auf einmal fast unbezwingbar groß anfühlte. Es war ja nett von ihrer Mutter, dass sie sich Sorgen machte, aber bei Marlene fühlte sich alles immer wie Kritik an. Prompt fügte sie auch hinzu: »Sonst ziehst du dich doch gerne lebendig an und schminkst dich.«

Schämte ihre Mutter sich für sie? Gut, sie sah nicht frisch aus wie die Frauen auf der *Brigitte*. Aber sie mochte das nostalgische T-Shirt mit David Bowie darauf, das zwar schon ausgewaschen war und enger saß als vor sechs Jahren, als sie es sich auf seinem legendären Konzert in Ostberlin gekauft hatte. Sie hatte auch keine Lust gehabt, ihr Haar zu waschen, sondern es einfach nur zu einem Dutt zusammengebunden. Auch wenn sie wusste, dass solche Outfits das Schicksal provozierten. Es hätte sie nicht gewundert, wenn heute der Tag gewesen wäre, an dem Malte Schumann beschloss, seinen doppelten Espresso mal wieder im Schillergarten zu trinken. Deshalb bereute sie ihre Kleiderwahl inzwischen und sah sich immer wieder nervös um.

Manchmal wünschte sie, sie hätte mehr von dem Kampfgeist ihrer Mutter, die sich nie unterkriegen ließ, nicht mal damals, als dieser Typ der gegnerischen Partei sie in der Öffentlichkeit richtig fies angegriffen hatte. Wie sollte eine Frau, die mal im Gefängnis gesessen hatte, eine Stadt gut repräsentieren? Aber genau das hatte ihrer Mutter die Sympathien der Dresdner geschenkt. Ihre Mutter hatte gegen das System der DDR rebelliert und war deshalb sogar mal zwei Tage lang eingesperrt gewesen. Eine Nachbarin hatte sich damals um Hannah gekümmert. Da war sie gerade mal dreizehn Jahre alt gewesen und hatte schreckliche Angst um ihre Mutter gehabt.

Hannah zerteilte ein Stück Kuchen mit der Gabel. Auf einmal hörte sie sich sagen: »Es gibt tatsächlich etwas, das mich beschäftigt. Ich bin auf der Baustelle im Archivmaterial auf ein Foto gestoßen.«

»Und, was zeigt es?« Ihre Mutter nahm einen Schluck von ihrer Rhabarberschorle.

»Eine Frau bei der Enttrümmerung. Ich glaube, dass es sich bei ihr um Großmutter handelt.«

Immerhin hatte sie nun die ungeteilte Aufmerksamkeit ihrer Mutter. »Das wäre ja wirklich ein Zufall. Was macht dich so sicher, dass sie es ist?«

Eigentlich hatte sie vorgehabt, ihre Mutter vorsichtig darauf anzusprechen. Sie wusste ja, dass Marlene nicht gern darüber redete. Nun war die Stimmung jedoch gereizt.

»Die Ähnlichkeit zu dir ist nicht zu leugnen. Ich habe eine Kopie dabei. Möchtest du sie sehen?«

»Nein.« Ihre Mutter strich eine Falte in der Tischdecke glatt.

»Warum nicht? Es ist wirklich ein tolles Bild von ihr.«

»Ich will nicht, dass alte Wunden aufgerissen werden, Hannah.«

Hannah beugte sich ihrer Mutter entgegen. »Was ist damals zwischen euch vorgefallen?«

»Das ist hier nicht der richtige Ort, um darüber zu sprechen.«

»Das sagst du jedes Mal, wenn ich dich auf Oma anspreche.«

Ihre Mutter schien mit sich zu ringen. »Deine Oma Lotte hat mich damals im Stich gelassen, als ich mit dir schwanger war«, erzählte sie schließlich leise, sodass keiner an den Nachbartischen sie hören konnte. »Ich war gerade vierzehn Jahre alt und noch nicht mal mit der Schule fertig, als ich von zu Hause ausgezogen bin. Ich hatte nichts.«

»Oma hat dich einfach so gehen lassen, obwohl du selbst noch ein Kind und dazu schwanger warst?«, fragte Hannah fassungslos. Mit vierzehn hatte sie noch Fotografien ihrer Lieblingsbands aus Zeitschriften ausgeschnitten und an die Wand geklebt oder eine Ewigkeit vor dem Radio gesessen, um angesagte Lieder auf Kassette aufzunehmen.

»Ja.« Ihre Mutter hatte sichtlich Mühe, die Fassung zu bewahren. Sie blinzelte ein paarmal und atmete tief durch, ehe sie sich straffte und die Hände wie zum Tischgebet faltete. »Ich bin eine Weile bei einer Freundin untergekommen, deren Eltern mich unterstützt haben«, sagte sie in einem sachlichen Tonfall, der an den eines Nachrichtensprechers erinnerte. »Ich habe in einer Buchhandlung gearbeitet und hatte irgendwann genug, um uns eine Wohnung zu mieten. Es war eine Bruchbude, aber immerhin hatten wir ein eigenes Heim. Ein Gutes muss man der DDR lassen, die Mieten waren wirklich günstig.«

Hannah konnte sich an die kleine Dachgeschosswohnung erinnern, in der es im Sommer brütend heiß und im Winter bitterkalt gewesen war. Außerdem hatte es in ihrem Zimmer leicht modrig gerochen, und es hatte in der Heizung gegluckert.

»Aber warum hat Oma dich fortgeschickt? Weil du schwanger warst und sie enttäuscht von dir war?«

»Sie hat mich nicht fortgeschickt, ich bin nach einem schlimmen Streit abgehauen. Aber wir hatten schon davor unsere Schwierigkeiten. So, nun weißt du Bescheid. Genug jetzt.« Ihre Mutter, die noch kaum etwas von ihrem Salat angerührt hatte, winkte der Kellnerin, um die Rechnung zu verlangen.

»Lebt sie hier in Dresden?«, fragte Hannah.

Marlene nahm ihre Sonnenbrille aus der Tasche und setzte sie auf. »Sie ist nicht die niedliche Oma, die du dir wünschst.«

»Das ist keine Antwort auf meine Frage. Hast du ihre Adresse?«

Ihre Mutter presste die Lippen aufeinander.

»Ja oder nein?«

»Ja, habe ich. Zumindest wenn sie noch in dem Haus wohnt, in das wir damals gezogen sind, nachdem mein Vater von einem Tag auf den anderen verschwunden war. Wenn du unbedingt willst, gebe ich dir die Adresse.« Ihre Mutter erhob sich vom Tisch und nahm ihre Tasche, um zu zahlen. »Aber glaub mir, du wirst von Lotte enttäuscht sein.«

Sie brauchte frische Luft, brauchte dringend einen klaren Kopf. Die halbe Nacht hatte sie nicht geschlafen, weil das gestrige Gespräch mit ihrer Mutter sie beschäftigt hatte. Bisher hatte sie nur gewusst, dass ihre Mutter mit Lotte seit vielen Jahren keinen Kontakt mehr hatte. Den Grund dafür hatte sie nicht gekannt. Die Vorstellung, dass Marlene mit nur vierzehn Jahren und noch dazu schwanger auf der Straße gestanden hatte, machte sie fassungslos. Wie hatte ihre Großmutter so herzlos sein können?

Sie lief einfach drauflos, den Blick auf den grauen Asphalt gerichtet, die Hände tief in die Taschen ihres Pullovers geschoben. Die Altstadt war an diesem vielversprechenden Morgen erfüllt von Turtelei wie sonst von Straßenmusik oder dem Gurren der Tauben. In der Bäckerei fütterte ein junger Kerl seine Freundin mit einem Butterhörnchen. Sie nahm ein Rosinenbrötchen, aber es schmeckte ihr nicht so gut wie sonst. Sie lief weiter, ziellos, ohne etwas um sich herum wahrzunehmen, und kam an der Prager Straße heraus. An einer roten Fußgängerampel blieb sie stehen.

Und dort sah sie es: Ein großes Plakat überspannte die viel befahrene Straße und bewarb eine Konzertreihe, die in zwei Monaten in der Semperoper aufgeführt werden würde. Malte lächelte sie von dem Plakat an, selbstbewusst, charmant. Es war das Lächeln eines Mannes, der stets bekam, was er wollte. Ein Schlag ins Gesicht. Sie sah zu ihm hinauf und dachte, wie ungerecht es war, dass sein Leben auf so glamouröse und großartige Weise weiterging, während sie selbst Wochen später noch immer Energie darauf verschwendete zu hoffen, dass er anrief oder vor ihrer Tür stand. Dabei sollte sie sich auf seine unangenehmen Eigenschaften konzentrieren. Beispielsweise darauf, dass er sich offenbar nicht mal gemerkt hatte, wann ihr Geburtstag war. Noch immer hatte er sich nicht bei ihr gemeldet. Wahrscheinlich würde er das auch nicht, weil Nicole recht hatte und er zu feige war, seiner Frau die Wahrheit zu sagen.

Sie machte kehrt, lief nun so schnell, dass sie bald Seitenstechen bekam. Keuchend hielt sie inne und stützte sich am steinernen Geländer der Augustusbrücke ab. Ein junger Mann tippte ihr auf die Schulter und fragte, ob sie ein Foto von ihm und seiner Freundin knipsen könne. Natürlich, sagte sie, stellte sich so, dass die Silhouette der Stadt im Hintergrund zu sehen sein würde, und sah durch den Sucher, wie sich das Pärchen küsste.

Sie lief weiter, vorbei an einem Künstler, der Namen in Küchenbretter aus Olivenholz gravierte, und erreichte schließlich die Uferseite der Neustadt, wo sich die Sonnenhungrigen auf der Wiese tummelten.

Ihr Blick blieb an einem jungen Kerl hängen, der lang ausgestreckt auf der Wiese lag. Er hatte seine Jeansjacke mit bunten Stickern darauf als Kissen unter seinen Kopf gefaltet. Kopfhörer saßen auf seinen Ohren, auf seinem Bauch lag sein Walkman, neben ihm eine leere Kassettenhülle. Harry.

Erst fand sie es seltsam, dass er offenbar nichts anderes an diesem Tag zu tun hatte, als einfach so in der Sonne zu liegen. Aber dann wurde ihr bewusst, dass sie ihn eigentlich darum beneidete. Er wirkte so … zufrieden. Sie hätte gerne gewusst, welche Musik er hörte. Vielleicht war es eine Art Kunst, dazu fähig zu sein, seine Zeit auch einfach mal vertrödeln zu können. In ihrem Leben herrschte nur selten Ruhe. Kaum betrat sie ihre Wohnung, ließ sie sich vom Fernseher oder vom Radio berieseln, entkalkte das Badezimmer oder sortierte ihre Klamotten im Schrank neu. Das, was sie an ihrer Mutter am wenigsten leiden konnte, hatte sie sich offenbar von ihr abgeschaut.

Er merkte nicht, dass sie auf ihn zuging, und auch nicht, als sie neben ihm stand. Sie nutzte den Moment, um ihn zu betrachten, seine dunklen Wimpern und den leichten Bartansatz. Sie ging neben ihm in die Hocke und kitzelte ihn mit einem Grashalm an der Wange. Es dauerte eine Weile, bis er reagierte. Erst rümpfte er die Nase und fuhr sich mit einer Hand über das Gesicht, ehe sich seine Lider hoben.

»Ist ja verrückt!«, sagte er, richtete sich auf und schirmte die Augen mit der Hand vor der Sonne ab. »Ich habe gerade an dich gedacht.«

Merkwürdigerweise errötete sie ein bisschen. »Wirklich? Was hast du denn gedacht?«

»Ich habe mich gefragt, ob du schon mit deiner Mutter gesprochen hast.«

»Ja«, erwiderte sie. »Gestern.«

Galant breitete er seine Jeansjacke für sie aus, damit sie sich daraufsetzen konnte. »Erzähl. Wie ist es gelaufen?«

Sie setzte sich, zog die Beine an und legte die Hände auf die Knie. »Viel habe ich nicht von ihr erfahren. Wie erwartet hat sie eigentlich sofort dichtgemacht. Alles, was ich weiß, ist, dass sie mit vierzehn nach einem schlimmen Streit mit Lotte von zu Hause ausgezogen ist. Damals war sie schwanger mit mir.«

»Oh. Das muss ziemlich hart für sie gewesen sein.«

Hannah nickte, pflückte ein Gänseblümchen und drehte es gedankenversunken zwischen Daumen und Zeigefinger. »Welche Mutter lässt ihre minderjährige schwangere Tochter von zu Hause ausziehen?«

»Auch wenn ich es nicht gutheiße, so was hört man immer wieder. Und damals waren die Zeiten auch noch andere.«

»Du meinst, weil es in der DDR normal war, früh Familie zu gründen? So früh aber auch wieder nicht.«

»Das meine ich nicht. Damals war der Krieg noch nicht so lange her, und vor allem die älteren Leute waren noch entsprechend konservativ.«

»Glaubst du, Oma Lotte hat mit meiner Mutter gebrochen, weil Marlene unehelich schwanger war?«

Er zuckte mit den Schultern. »Ich weiß es nicht, wäre aber möglich. Jedenfalls Hut ab vor deiner Mutter. Sie hat die Situation gemeistert, eine wundervolle Tochter großgezogen und an ihrer Karriere gearbeitet.«

Hannah verfolgte, wie eine Ente sich an einen Mann heranpirschte, der schräg vor ihnen ein belegtes Brot aß. »Meine Mutter ist eine richtige Kämpferin. Sie war schon früh politisch aktiv und hatte Kontakt zur Friedensbewegung. Sie war auch in erster Reihe bei einer Friedensaktion vor der Ruine der Frauenkirche dabei.«

Das war 1982 gewesen, im Rahmen einer Gedenkfeier zum Jahrestag der Bombardierung der Stadt. Tausende Menschen aus der ganzen DDR waren in dieser Nacht zur Kreuzkirche und später zur Frauenkirche gepilgert, wo sie in der Stunde des ersten Bombenangriffs Kerzen und Blumen an der Ruine abgelegt und *We Shall Overcome* gesungen hatten. Selbst die Westpresse war vor Ort gewesen. Das war eine der größten Aktionen der Friedensbewegung in der DDR gewesen. Man hatte gegen die zunehmende Militarisierung der Gesellschaft protestiert.

»Der Staat war damals ziemlich beunruhigt, weil sich landesweit immer mehr Oppositionsgruppen gegründet hatten. Meine Mutter ist verhaftet, verhört und körperlich massiv bedroht worden.«

»Wie alt warst du da?«

»Dreizehn.«

»Das ist ziemlich jung, um so etwas mitzubekommen. Bestimmt hattest du große Angst um sie.«

»Ja. Das kann man wohl sagen.«

»Klingt jedenfalls, als wäre deine Mutter eine starke Frau.«

Hannah nickte. »Ich habe großen Respekt davor, dass sie nie aufgegeben hat. Ich hätte diesem Druck vermutlich nicht standgehalten.«

Aber das war auch der Grund, weshalb sie zu ihrer Mutter ein so distanziertes Verhältnis hatte. Als wäre eine unsichtbare Mauer zwischen ihnen. Seit jeher hatte Marlene von ihr erwartet, dass Hannah ihr Leben alleine auf die Reihe bekam, selbst als Hannah noch ein kleines Mädchen gewesen war und jemanden gebraucht hätte, der auch mal abends auf dem Sofa mit ihr kuschelte oder ihr Pudding kochte und sich die Dramen eines Backfischs anhörte, so banal sie auch gewesen sein mochten. Abgesehen davon fühlte sie sich manchmal neben ihr wie eine Versagerin, obwohl Marlene Spatz ihr nie etwas Derartiges an den Kopf geworfen hatte.

»Ihr politischer Erfolg stand immer an erster Stelle.« Ihre Unterschenkel drohten ihr einzuschlafen, weshalb sie die Beine ausstreckte und sich hinter dem Rücken auf die Hände stützte. »Tut mir leid, dass ich so viel von mir rede.«

»Ich höre dir jederzeit gerne zu.«

»Das ist lieb von dir.«

Harry schwieg. Das tat er gerne mal, aber nie war es ein unangenehmes Schweigen. Es war vielmehr so, als würde er ihr den Raum lassen, sich selbst über etwas klar zu werden.

Helles Sonnenlicht reflektierte von der Elbe und blendete sie. Sie blinzelte und sah dann Harry an, dessen Nasenrücken ein paar Sommersprossen sprenkelten, wie ihr auffiel. »Und wie ist deine Familie so?«

Sie kannten sich seit ein paar Wochen, und er hatte bereits ihre Mutter, ihren Ex-Liebhaber und ihre beste Freundin seit Kindheitstagen kennengelernt, sie hingegen wusste noch so gut wie nichts über ihn.

Das war das erste Mal, dass Harry nicht entspannt wirkte. Er begann, das Kabel seiner Kopfhörer um den Walkman zu wickeln. »Schicksalsgeplagt wie wohl so einige Familien. Meine Eltern haben sich vor ein paar Jahren getrennt.«

»Das tut mir leid. Was war der Grund? Du musst das natürlich nicht erzählen, wenn du nicht willst.«

»Schon gut. Ich hatte eine Schwester, sie hatte Leukämie und ist gestorben. Ich dachte, dass wir das zusammen durchstehen und uns näherkommen, aber stattdessen haben sich meine Eltern nur noch gestritten.«

Hannah legte die Hände vors Gesicht. »O Gott, das ist schrecklich. Ich hätte nicht fragen sollen.«

»Das konntest du ja nicht wissen. Mein Vater hat sich dann einen Sportwagen gekauft und eine neue Freundin gefunden, die jünger ist als ich und mich ›Darling‹ nennt, als wäre ich ihr Sohn, seitdem habe ich kaum noch was mit ihm zu tun.«

Inzwischen stand die Sonne schon fast im Zenit, und Hannah begann zu schwitzen.

»Weißt du, manchmal habe ich das Gefühl, dass das mit dem Unglück wie ein Dominoeffekt ist«, sagte er. »Wenn man nicht sehr gut aufpasst, auch aufeinander aufpasst, folgt eine schlimme Sache der anderen. Vielleicht war es in deiner Familie auch so. Deine Oma hat den Krieg mitgemacht, und das hat sie bestimmt auf dramatische Weise geprägt, so wie meinen Großvater. Und auch wenn ich nicht ans Schicksal glaube, so hat es am Ende einen Grund, dass du auf dieses Foto gestoßen bist. Vielleicht ist das eine Chance, dass deine Familie wieder zusammenfindet. Sprich mit Lotte. Sonst wirst du wohl nie erfahren, was genau vorgefallen ist.«

Sie nickte. »Danke.«

Ihre Blicke verschränkten sich.

»Stets zu Diensten«, sagte er.

17

1947

Lotte

Der Wind trug einen herrlich leichten Duft mit sich, der von den Knospen an den Apfel- und Birnbäumen kam. Überall hörte man es zwitschern. Die Leute lächelten einen im Vorbeigehen an, und sogar Jakob wirkte munter. Lotte nahm es an seiner Haltung wahr, die aufrechter war als sonst. Sein Gang war leichter. Außerdem neckte er sie noch öfter als sonst, aber besonders gern forderte er sie mit Diskussionen heraus.

Einmal, als sie gemeinsam von der Arbeit nach Hause liefen, sahen sie, wie ein Mann ein Plakat an die Mauer einer Gasse leimte. Es war ein Plakat der vor einem Jahr gegründeten Partei: *SED Deutschland – für Einheit und Aufstieg* stand in dicken Lettern darauf. Daneben eine Faust, die einsatzbereit in die Höhe gereckt war.

»Die versprechen, dass bald alles besser wird«, sagte der Mann und wischte sich mit dem Ärmel über die laufende Nase. »Schaun Se mal, vielleicht ist das ja was für Sie.« Er wies auf einen Aufruf, den er als Nächstes aufhängen wollte. Darauf suchte man nach Lehrerinnen und Lehrern. »Da müssen Se nur linientreu sein.«

»Was hältst du von der SED?«, fragte Jakob, als sie weitergingen.

Viel wusste sie nicht über die neue Partei, nur das wenige, was Armin ihr über sie erzählt hatte, als Lotte etwas über seine Arbeit bei der Kreisleitung hatte erfahren wollen. Die SED sei eine Vereinigung der KPD und SPD, hatte er ihr leicht genervt erklärt, und mit ihr an der Spitze würde es endlich bergauf gehen.

»Ich weiß nicht.« Bisher hatte sie noch nie jemand nach ihrer politischen Meinung gefragt. Von ihrer Tante war Lotte eingetrichtert worden, dass eine Frau keine Meinung zu haben hatte und sie die Politik den Männern überlassen sollte.

Jakob wirkte enttäuscht. »Dann sieh zu, dass du dich informierst. Ob du's glaubst oder nicht, es geht um dein Leben und deine Zukunft.«

Sie fand, dass er etwas hochtrabend klang, aber gleichzeitig war ihr klar, dass er recht hatte. Und je mehr sie darüber nachdachte, desto mehr schämte sie sich, weil ihr bewusst wurde, dass er am eigenen Leib erfahren hatte, was geschehen konnte, wenn die falsche Partei an die Macht kam. Auch ihr Leben war stark davon beeinflusst worden.

Schon bald zeigte Jakobs Enttäuschung darüber, wie schlecht sie informiert war, Wirkung. Sie begann, sich zu informieren und regelmäßig Zeitung zu lesen. Sie hatte herausgefunden, dass es Lesezirkel gab, in denen man sich kurzzeitig die begehrten aktuellen Journale ausleihen konnte. Jakob erweckte den Eindruck, es zu genießen, sich mit ihr austauschen zu können. Zumindest stellte er ihr Fragen, hörte ihr zu und war nicht abgeneigt, mit ihr zu diskutieren, wenn er anderer Ansicht war. Er ließ es nicht zu, dass sie zu einem Thema keine Meinung hatte.

Vor allem der Wiederaufbau der Stadt begann sie immer mehr zu interessieren. Von Manfred wusste sie, dass es bereits erste

Ideen dazu gab. Stadtplaner, Architekten, Denkmalpfleger, Bürger und Funktionäre hatten jedoch sehr unterschiedliche Ansichten. Man hatte wohl sogar schon überlegt, ein völlig neues Dresden außerhalb der Stadt aufzubauen. Aktuell sah der Plan vor, den historischen Grundriss der Altstadt zu behalten, jedoch wollte man moderne, mächtige Gebäude errichten und gleichzeitig Straßenzüge stark verbreitern. Dafür sollten einige Ruinen einst bedeutender Gebäude abgerissen werden. Darunter auch die Frauenkirche.

»Aber das können die doch nicht machen!«

»Können die schon«, hatte Manfred erwidert. »Die wollen das Land ganz nach ihrem Geschmack neu gestalten.«

»Und in diesem neuen Land haben Kirchen keinen Platz?«

»Lotte, das geht uns nichts an. Überlass das mal den Mächtigen.«

Es überraschte sie, wie sehr sie sich darüber ärgerte, dass man den Bürgern offenbar keinerlei Mitspracherecht einräumte. Dass sie sich überhaupt dafür interessierte, wie es mit dieser Stadt weiterging, war allein Jakobs Verdienst. Vor ein paar Jahren hätte sie sich kein bisschen für eine solche Thematik interessiert.

Jedes Journal las sie nicht nur aufmerksam, sondern durchforstete es auch nach Veranstaltungshinweisen. Weil sie weder Stift noch Papier besaß, um sich Ort und Datum der Veranstaltung zu notieren, murmelte sie die Annoncen so lange vor sich hin, bis sie sich alles Wichtige eingeprägt hatte. Seit dem Tanztee war Jakob offener dafür geworden auszugehen, aber inzwischen hatten sie so ziemlich alles abgegrast, was infrage kam. Und Jakob war schwer zu begeistern. Vor zwei Wochen hatte er mit ihr eine Vorstellung im Theater besucht. Die Aufführung dauerte etwa eine Stunde, und kaum hatten sie das Wirtshaus verlassen, in dem die Veranstaltung stattgefunden hatte, meinte Jakob, das sei der größte Dreck gewesen, den er je gesehen habe.

»Was hat dich denn gestört?«, fragte sie.

Er sah sie an, als hielte er sie für begriffsstutzig. »Muss ich dir das wirklich erklären?«

Sie vermutete, dass er darauf anspielte, wie ideologisch gefärbt das Stück gewesen war. Es hatte davon erzählt, wie ein armer Bauer es durch Fleiß und harte Arbeit am Ende zu einem guten Leben brachte. Sie war genervt davon, dass Jakob in allem das Haar in der Suppe fand, und stellte sich deshalb absichtlich dumm, weil sie wusste, dass sie ihn damit zur Weißglut treiben konnte. »Was denn? Der Bauer war doch sympathisch.«

Er hatte den Mund geöffnet, als wollte er zu einem Vortrag über Ideologien in der Kunst ansetzen, aber dann hatte er sie durchschaut und das Kinn gesenkt. »Ja. Ein ganz reizender Genosse.«

Besser lief es, als sie ihn zu einem Liederabend mitnahm. Ein Pianist spielte klassische Stücke. Die Musik schien ihn abzulenken. Sie genoss es, Jakob heimlich dabei zu betrachten, wie er sich auf die sanfte Melodie konzentrierte, denn dann waren endlich mal nicht diese misstrauischen zwei Falten zwischen seinen Augenbrauen.

»Warum kümmert es dich so sehr, wie es ihm geht und was aus ihm wird?«, fragte Armin sie, als er sie am Abend des 1. Mai nach der Demonstration auf der Wilsdruffer Straße nach Hause begleitete.

Er hatte ihr angeraten, sich dort blicken zu lassen, wenn sie schon nicht in die Partei eintrat, und sie hatte zugesagt, denn die Alternative wäre gewesen, diesen trüben Tag in der Wohnung zu verbringen, und das mit ihrer schlecht gelaunten Tante und einem noch schlechter gelaunten Jakob. Es hatten erstaunlich viele Menschen an der Demonstration teilgenommen. Ständig hatte sie den Schildern mit Parolen darauf ausweichen müssen. *Enteignung der*

Betriebe der Kriegs- und Naziverbrecher! hatte auf einem gestanden. *Junkerland in Bauernhand!* auf einem anderen.

»Ich kümmere mich um ihn, weil ich ihn mag«, erwiderte sie. »Ich würde dasselbe für dich tun, wenn du in seiner Lage wärst.«

Armin hielt den Regenschirm über sie, weil es leicht tröpfelte. »Ich hoffe nur, dass er deine Mühe auch zu schätzen weiß und dich nicht ausnutzt.«

»Bisher hat er mich kein bisschen ausgenutzt, ganz im Gegenteil. Aber ich verspreche, darauf zu achten«, sagte sie beschwichtigend, um dieses Gespräch zu beenden.

Jakob und sie hatten so etwas wie eine Routine gefunden. Sie waren eingespielte Partner und kannten einander inzwischen so gut, dass sie eine Konversation nur mit Blicken führen konnten. Als Hartmut letztens das Ende der Gesellschaft prophezeit hatte, weil Frauen jetzt arbeiteten und manche sogar Hosen trugen und gesagt hatte: »Und wer soll denn dann die Kinder bekommen und großziehen?«, da hatten sie sich angesehen, und ihr Blick hatte gefragt: »Sollen wir uns auf die Diskussion einlassen?« Und sein Blick hatte geantwortet: »Nein, das ist die Mühe nicht wert.« Ihr feines Lächeln hatte ihm recht gegeben.

Sie konnte Jakobs Gesicht lesen, kannte seinen ernsten Ausdruck, wenn er misstrauisch war, und die feinen Lachfältchen, die hin und wieder seine Augen umfächerten wie Sonnenstrahlen, die plötzlich zwischen einer Wolkendecke hervorgebrochen waren. Wenn er die Brauen zusammenzog, die Schultern leicht anhob und gleichzeitig irgendwie kleiner wirkte, hatte er Schmerzen, und wenn er ihren Blicken auswich, dann brauchte er Ruhe. Noch immer war Jakob oft nicht ganz anwesend und kämpfte gegen dunkle Erinnerungen und düstere Gedanken an.

Er verbrachte neuerdings hin und wieder Zeit in der Jüdischen

Gemeinde. In der Politik dachte man endlich über Entschädigungen für die jüdischen Opfer der Nationalsozialisten nach, und Jakob erzählte, dass es ein paar Mitglieder in der Gemeinde gab, die sich offenkundig dafür einsetzten, auch wenn sie damit bei einigen Vertretern in der Politik aneckten. Manchmal saß Lotte abends nun allein mit Viktoria in der Küche und war erstaunt darüber, wie sehr sie es dann vermisste, mit Jakob über Rosa Luxemburg oder die Kolonialisierung oder auch nur den Anbau von Tomaten zu diskutieren.

So verging die Zeit, und von einem Tag auf den anderen rollte der Sommer an wie eine Urgewalt und bescherte dem Land eine große Dürre. Die Luft war staubig und trocken, und bereits nach ein paar Tagen begannen die Elbwiesen zu verdorren. In ihrer Mittagspause drängte sie sich mit ihren Freundinnen in den Schatten der Ruinen, wo es bis zu dreißig Grad heiß war. Der Wind blies ihr den Staub ins Gesicht, der in den Augen kratzte. Durch den leichten Schweißfilm blieb er zudem auf ihrer Haut kleben. Es war die Art von Hitze, die erschöpfte, selbst wenn man nichts gearbeitet hatte. Vermutlich war ihr deshalb seit ein paar Tagen schwindelig. Am liebsten hätte sie sich an Ort und Stelle zusammengerollt und wäre eingeschlafen, was untypisch für sie war. Eigentlich war sie niemand, der Arbeit scheute.

»Alles gut bei dir?«, fragte Jakob sie besorgt, als sie eines Morgens die Baustelle erreichten. »Du bist blass.«

»Alles in Ordnung. Es ist nur diese anhaltende Hitze, die erschöpft mich …«

Ihre Sinne waren überempfindlich. Die Sonne brannte auf ihrer hellen Haut, und das Rattern der Trümmerbahn, die an ihnen vorbeirollte, erschien ihr lauter als gewöhnlich. Das Fauchen und Pfeifen, wenn die Loks durch die Stadt fuhren, die Loren vollgepackt mit Steinen und Schutt, gehörte inzwischen fest zur Atmosphäre des Dresdner Lebens. Die Bahnhöfe befanden sich in den Ruinen des Altmarkts, vor allem in den beiden ehemaligen Kaufhäusern Renner und Metzler.

In der Mittagspause pflückten ihre Mädels und sie ein paar Beeren im ehemaligen Zwingerpark und naschten sie im Schatten eines Torbogens an der Baustelle.

»Sogar mit markenfreiem Fleisch«, sagte Kerstin.

Als Susi sie fragend ansah, wies Kerstin auf eine Made in ihrer Beere, die sie sich aber trotzdem in den Mund schob. Susi kreischte vor Ekel.

»Stell dich dorthin«, zog auf einmal die Stimme eines Mannes Lottes Aufmerksamkeit auf sich. In einer Hand hielt er einen hochwertigen Fotoapparat, mit der anderen deutete er auf den Stapel Ziegelsteine, den Kerstin vorhin mühsam errichtet hatte. »Und nimm einen der Ziegel, genau.«

Inmitten des Gerölls posierte kokett eine junge Frau mit rosigen Wangen. Sie war hübsch, wohlgenährt, geschminkt und frisiert. Im Hintergrund ragte ein Schild empor, das zuvor dort noch nicht gestanden hatte: *Wiederaufbau ist Volkssolidarität.*

»Schon wieder ein so fürchterlich feines Mannequin. Zum Kotzen«, fluchte Kerstin.

»Das ist es noch nicht …« Als der Fotograf sich umsah, als wäre er unzufrieden und würde nach einem besseren Fleck für die Aufnahmen suchen, ließ die junge Frau sogleich den Ziegelstein fallen und klopfte sich gelangweilt die Hände ab.

»Als ob die wüsste, was harte Arbeit ist. Der geht doch schon nach ein paar Minuten die Puste aus. Ihr Kleid ist nicht mal schmutzig.« Susi presste ihre rot bemalten Lippen zu einem Strich zusammen und schüttelte den Kopf.

Die Männer gesellten sich zu ihnen, um das Model zu bestaunen. Ein Halbstarker mit zartem Bartflaum an der Oberlippe, der erst seit Kurzem ihrer Brigade angehörte, musste sich dem Anschein nach vor den Älteren profilieren und pfiff laut, woraufhin ihm Hartmut einen Klaps auf den Hinterkopf gab.

»Was ist denn hier los?« Jakob war neben ihr aufgetaucht.

»Ach, das ist eine Kampagne für die Zeitung«, erklärte sie. »Die Leute sollen denken, dass die Trümmerarbeit spaßig und überhaupt nicht anstrengend ist.«

»Die hätten lieber Lotte nehmen sollen. Hübsch genug wäre sie auf alle Fälle, nicht wahr, Jakob?« Susi lächelte und klimperte mit den langen Wimpern.

Als hätte Susis Bemerkung sie nicht schon genug in Verlegenheit gebracht, betrachtete Jakob sie mit diesem Blick, den sie mit jeder Faser ihres Körpers spürte.

»Also, ich sehe hier ein paar hübsche Frauen, die allemal besser geeignet wären«, erwiderte er schließlich souverän.

»Nimm die Schaufel«, wies der Fotograf das Model an. »Und vergiss nicht zu lächeln. Ja, genau, du bist motiviert!«

Gudrun schüttelte verständnislos den Kopf. »Warum brauchen die überhaupt eine solche Kampagne?«

Kerstin biss in ihr belegtes Brot und sagte mit vollem Mund: »Na, um das schlechte Bild loszuwerden, das der Trümmerarbeit anhaftet. Trümmerarbeit war doch Zwangsarbeit.«

Als die Schnitten und die Beeren aufgegessen waren, wischte sich Kerstin die Hände an ihrem Arbeitskleid ab. »Machen wir uns wieder an die Arbeit.«

Lotte war die Erste, die den Trümmerberg erklomm. Erschöpft von der Hitze, stieg sie die Holzleiter, die zur nächsthöheren Ebene führte, hinauf. Der verschüttete erste Stock des Gebäudes war inzwischen bewachsen mit Gestrüpp.

Auf einmal ging alles viel zu schnell. Aus dem Augenwinkel nahm sie eine Bewegung wahr. Ihr Körper schien vor ihrem Kopf zu begreifen, was hier gerade geschah, denn sie wollte wegrennen, doch sie stolperte über einen größeren Stein, verlor das Gleichgewicht und fiel auf die Hände. Dann ein ohrenbetäubend lauter Knall.

Jemand schrie.

Sekunden, die sich wie Minuten anfühlten.

Steine rollten den Berg hinab. Einer von ihnen riss die Leiter mit sich und krachte gegen die Trümmerbahn.

Nach und nach drang zu ihr durch, was passiert war. Der obere Teil der Hauswand, die vor ihr in die Höhe geragt hatte, war eingestürzt. Langsam sank um sie herum der Staub, der aufgewirbelt worden war, zu Boden. Sie hustete. Zitterte am ganzen Körper. Es ist alles gut, sagte sie sich wieder und wieder wie eine Beschwörungsformel. Ihr war nichts geschehen.

»O Gott, Lotte! Bist du verletzt?«, hörte sie Susi wie von fern rufen.

»Nein …«, presste sie hervor. »Wie geht es euch? Seid ihr in Ordnung?«

»Uns ist nichts passiert.«

Sie musste schleunigst von dem Trümmerberg runter, nicht, dass sich noch weitere Steine lösten. Aber der Schreck saß so tief in ihren Knochen, dass sie wie erstarrt war. Sie konnte nicht mal aufstehen.

»Bleib, wo du bist!« Das war Jakob. Allein seine Stimme zu hören, war so beruhigend, dass Tränen in ihre Augen stiegen.

Ihr Blick fand ihn. Mit Anlauf zog er sich den Vorsprung hinauf, wo bis vor wenigen Augenblicken noch die Leiter gestanden hatte. Und dann war er bei ihr. »Ich bin hier«, erdete seine Stimme sie. »Kannst du aufstehen?«

Sie nickte. »Ich denke schon.«

Er half ihr auf die Füße. Ihre Hand in seiner. Einen Arm um sie gelegt, geleitete er sie den Berg hinab.

»Glaubst du, du kannst das letzte Stück springen?«

Sie schüttelte den Kopf, befürchtete, dass ihre Beine nachgeben würden.

»Ich fange dich auf, versprochen. Dir wird nichts geschehen.«

Er sprang den Vorsprung hinunter, wandte sich zu ihr um und breitete die Arme aus. Zögerlich trat sie einen Schritt vor. Eins, zwei … zählte sie innerlich. Drei.

Ein Schritt nach vorne, eine Sekunde lang fiel sie, ehe sie im nächsten Moment von Jakobs starken Armen aufgefangen wurde. Langsam ließ er sie herab, und obwohl sie wieder Boden unter den Füßen spürte, obwohl er sie nach wie vor hielt, hatte sie seltsamerweise noch immer das Gefühl, als würde sie fallen. Ohne auch nur die geringste Kontrolle über ihren Körper zu haben, schlang sie die Arme um ihn und schmiegte das Gesicht an seine harte Brust. »Danke.«

Sie sah zu ihm auf, und ihre Blicke verschränkten sich. Zwei, drei Herzschläge lang. Als seine Wärme auf sie überging, sie seine Kraft spürte, drang endlich zu ihr durch, dass sie in Sicherheit war.

»Kommst du klar?«, fragte er sanft.

»Ja. Danke«, erwiderte sie und konnte nicht aufhören, ihn anzusehen.

Noch immer dachte sie ständig an Leo und hoffte, ihn eines Tages wiederzusehen. Und auch Jakob war gewiss noch nicht über den Verlust seiner Frau hinweg. Und doch war da dieses warme Gefühl in ihrer Brust … Das Gefühl, dass das Leben, so brutal, karg und trist es auch sein mochte, doch auch wunderschön war. Vielleicht war es brutal schön.

Klack. Licht blitzte neben ihnen auf. Der Fotograf hatte den Moment mit seiner Kamera festgehalten. Sie hatte nicht mal gemerkt, dass er in ihrer Nähe stand, sie hatte ja nur Augen für Jakob gehabt.

»Das wird das Foto meines Lebens«, hörte sie den Mann zu sich selbst sagen.

18

»Ich bin an deiner Seite«, sagte sie, hakte sich bei Jakob unter und lächelte ihn aufmunternd an, aber er ließ sich noch immer nicht dazu bringen, die paar Stufen hinaufzusteigen.

Mehrmals atmete er ein und aus, sah das stattliche Gebäude aus dunklem Sandstein an, die Stirn von Falten zerfurcht. Hinter den unzähligen Fenstern diktierten Männer in Anzügen ihren Sekretärinnen Briefe, die diese eifrig auf ihren Schreibmaschinen tippten, und entschieden über die Zukunft der Bürger.

»Sollen wir lieber nach Hause gehen?«

»Nein.« Sie sah, wie sich seine Brust hob und wieder senkte, als er tief Luft holte. »Du hast ja recht. Einen letzten Versuch, eine Entschädigung für das Kino meiner Eltern zu bekommen, kann ich noch wagen.«

Sie wünschte sich von ganzem Herzen, dass ihre Hoffnung nicht enttäuscht würde, dass man Jakob zumindest endlich einmal zuhören und ihn nicht sofort wieder abspeisen würde. Im besten Fall würde er sogar ein bisschen Wiedergutmachung erfahren, auch wenn nichts auf dieser Welt die Grausamkeiten, die ihm zugefügt worden waren und die ihn auf ewig prägen würden, ungeschehen machen könnte.

»Diesmal haben wir mehr Glück«, versprach sie.

Lotte musste sich mit ihrem ganzen Gewicht gegen die mit

Holzornamenten verzierte Tür stemmen, um sie aufzubekommen. Wie auch letztes Mal herrschte in dem langen Flur ein spezieller Geruch nach abgestandener Luft, frischer Farbe und einem scharfen Putzmittel, das in der Nase juckte. Aber darunter nahm sie auch einen verführerischen Hauch von Kaffeeduft wahr.

Das Gebäude war so groß, dass es leicht war, sich darin zu verlaufen. Doch inzwischen wusste sie, wohin sie mussten. Gerade gab es Strom, deshalb flimmerte über ihnen ein kaltes Licht. Das Büro, in dem sie den Termin hatten, lag am Ende des Flurs, zwischen zwei SED-Plakaten.

Es versetzte ihr jedes Mal einen Stich, wenn sie in Jakobs Gesichtsausdruck sah, wie unsicher er war, wenn er mit Menschen zu tun hatte, die er nicht kannte und die über sein Leben entscheiden konnten. Dabei war er doch ein so großer, starker Mann, der eigentlich vor Stolz und Selbstbewusstsein strotzen sollte. Aber das hatte man ihm genommen.

»Ich bin bei dir.« Sie gab sich einen Ruck und wagte es, sanft seine Hand zu drücken, ehe sie sich straffte und klopfte.

»Herein«, brummte eine verraucht klingende Männerstimme.

Herr Jander, der diesmal für sie zuständig war, war ein kleiner, schmächtiger Mann mit einer Brille, deren Gläser in etwa so dick waren wie eine Scheibe Brot. Sein Büro war nicht besonders groß, weshalb Lotte das unangenehme Gefühl hatte, ihm auf die Pelle zu rücken, kaum hatten sie den Raum betreten. Sie stellte sich vor, wie sich der Beamte jeden Morgen pünktlich zu Arbeitsbeginn am Schreibtisch vorbeiquetschte und auf den Holzstuhl fallen ließ, der bei jeder Bewegung knarzte. Sie überlegte, ob sie lieber draußen warten sollte, aber Jakob trat unbehaglich von einem Fuß auf den anderen. Nein, sie würde nicht von seiner Seite weichen.

»Guten Tag, Herr Jander«, sagte sie so freundlich wie nur möglich und schüttelte dem Mann die Hand.

»Sie haben aber einen festen Händedruck!«, sagte er. »Gefällt mir.«

»Das kommt gewiss von der Arbeit auf der Baustelle.«

»Den Einsatz für unser Land lobe ich mir!«

Das fing doch schon mal gut an, dachte Lotte und atmete ein wenig auf. Sie schenkte dem Sachbearbeiter ihren bezauberndsten Augenaufschlag und hielt ihre kleine Handtasche, die sie sich von ihrer Tante geliehen hatte, adrett vor den Bauch. Sie schämte sich Jakob gegenüber für ihr Verhalten, aber im besten Fall würde es sich auszahlen. Von Viktoria hatte sie gelernt, dass es für Frauen nur einen Weg gab, etwas zu erreichen, und der war, einem Mann mit Einfluss schöne Augen zu machen.

»Nehmen Sie doch Platz.« Herr Jander wies auf den einzigen freien Stuhl.

Jakob bestand darauf, dass sie sich setzte, obwohl es vermutlich klüger gewesen wäre, wenn er nicht so baumgroß und breitschultrig vor dem kleinen Beamten aufgeragt wäre.

In dem engen Büro roch es nach einer üblen Mischung aus Schweiß und Zigarettenrauch, und als die Tür aufging und die Sekretärin eine Akte hereinbrachte, wurde der Geruch kurzzeitig von süßem Parfüm überdeckt, bis sich die Tür wieder mit einem leisen Klicken schloss. Lottes Magen kreiste. Herr Jander fuhr über die Aktenrücken des Stapels auf seinem Schreibtisch und zog schließlich eine dünne Mappe daraus hervor, ehe er sich den Zeigefinger leckte und begann, gewichtig darin zu blättern. Lotte fragte sich, ob in der Akte etwas über Jakob stand und seine vorherigen Besuche auf dem Amt.

»Wie kann ich Ihnen helfen?« Herr Jander legte die Hände wie zum Gebet aneinander. Es war geradezu beeindruckend, wie viel ein Lächeln gleichzeitig ausdrücken konnte, nämlich, dass er doch eigentlich genau wusste, weshalb sie hier waren, und dass er am längeren Hebel saß. Aber vielleicht hatte Jakob sie inzwischen auch nur mit seinem Misstrauen angesteckt.

»Wir haben gehört, dass darüber diskutiert wird, den Opfern des Nationalsozialismus eine Entschädigung zu zahlen.«

Herr Jander zog abfällig die Augenbrauen hoch und lehnte sich in seinem Stuhl zurück. »Geld, Geld, Geld. Immer geht es nur ums Geld.« Er presste seine Lippen zu einem schmalen Strich zusammen und schüttelte dabei den Kopf.

Da Jakob daraufhin nichts sagte, sondern den Mann nur anstarrte, ergriff Lotte das Wort. »Es geht uns nicht um Geld. Es geht uns um Wiedergutmachung.« Sie sah Jakob an und nickte ihm aufmunternd zu, damit er dem Sachbearbeiter seinen Fall schilderte.

»Meiner Familie und mir wurde unter der Herrschaft der Nationalsozialisten unser ganzer Besitz genommen«, sagte er schließlich. »Unsere Möbel, der Familienschmuck meiner Großmutter, unsere Wohnung und auch das Kino, das mein Vater mit viel Herzblut aufgebaut hatte. Einfach alles.«

»Das ist natürlich dramatisch, aber kein Grund, von uns nun eine Entschädigung zu verlangen«, erwiderte Herr Jander trocken. »Als antifaschistische Regierung sind wir gewiss keine Rechtsnachfolge des NS-Regimes.«

»Das ist uns bewusst«, erwiderte Lotte, »aber …«

»Laut meinen Aufzeichnungen gehört Ihnen das Grundstück wieder«, fiel Herr Jander ihr ins Wort. »Ist das nicht schon Entschädigung genug?«

Aus dem Augenwinkel sah sie, dass Jakob die Hände zu Fäusten ballte, und auch ihr Puls war in die Höhe geschnellt. »Das Grundstück, auf dem ein vollkommen zerstörtes Gebäude steht«, entgegnete er. »Für das ich Grundsteuern zahlen soll, obwohl ich nichts besitze. Weil mir eben alles von den Nazis genommen wurde. Ich besitze nicht mal mehr meinen Ehering.«

Lotte rutschte auf dem Stuhl nach vorne, senkte leicht das Kinn und versuchte, den Reiz ihrer blauen Augen auf Herrn Jander wirken zu lassen. »Könnten Sie ihm denn nicht als Ausgleich ein anderes Kino geben, das noch steht und das einem Nazi gehört hat? Das am Münchner Platz beispielsweise, das hat nur Propagandafilme gezeigt.«

Dann hätte Jakob zumindest wieder eine Aufgabe, die ihn erfüllte. Zwar lenkte ihn die Arbeit auf der Baustelle von seinen düsteren Gedanken ab, aber jedes Mal, wenn er von dem Kino seines Vaters erzählte, spürte sie, wie sehr er Filme liebte und die Emotionen, die sie in Zuschauern auslösten.

Herr Jander lachte, als wäre Lotte ein kleines, ahnungsloses Kind. »Wie stellen Sie sich das vor? Das ist höchstes Volkseigentum.« Herr Jander schlug die Beine übereinander und wandte sich Jakob zu. »Sie meinten vorhin, Sie hätten eine Wohnung sowie ein Kino besessen, das klingt mir sehr nach Bourgeoisie.« Er teilte das Wort in drei Silben und sprach es mit übertriebenem französischem Akzent aus.

Auf einmal hatte Lotte einen bitteren Geschmack im Mund. Jetzt bereute sie es, Jakob davon überzeugt zu haben, sich nach einer Entschädigung zu erkundigen. Nicht nur, dass es offenkundig aussichtslos war. Nun hielt man Jakob seinen ehemaligen Besitz auch noch vor.

Herr Jander hatte begonnen, einen Bleistift zu spitzen, und schimpfte dabei leise. »Wie dieser ungarische Jude auf Rügen, dem mehrere Hotels gehört haben. Hat sich im Ausland in Sicherheit gebracht, während Genossen mutig für den Widerstand gekämpft haben. Und dann kommt er wieder, und das Erste, was er tut, ist, eines seiner Hotels zurückzukaufen. Ist das zu glauben?«

Jakob hatte die Kiefer fest aufeinandergepresst. Als er sprach, klang es fast wie ein Knurren. »Wenn es ihm gelungen ist, zumindest einen Teil seines rechtmäßigen Besitzes wiederzuerlangen, dann gönne ich es ihm von Herzen. Und es ist auch gewiss nichts falsch daran, dass dieser Mann durch eine Flucht ins Ausland sein Leben gerettet hat.«

»Während die wahren Opfer des Nationalsozialismus, die Kommunisten, geblieben sind und sich gewehrt haben.«

»Hören Sie«, lenkte Lotte mit möglichst sanfter Stimme ein. »Mein Freund ist in diesem Teil des Landes geblieben, weil er an die Werte des Kommunismus glaubt. Er ist überzeugt davon, sich nur hier eine bessere Zukunft aufbauen zu können.« Manchmal durfte man zu einer kleinen Lüge greifen, wenn man dadurch etwas Gutes bewirken wollte, sagte sie sich.

»Aber diese bessere Zukunft bauen wir nicht auf, wenn jeder nur an sich selbst denkt.«

Lotte spürte, dass ihr Blut in Wallung geriet. »Es geht uns um Gerechtigkeit. Und Gerechtigkeit ist doch das, was die Kommunisten sich auf die Fahnen schreiben!«

»Gerechtigkeit im Sinne von Gleichheit. Sie aber denken nur an Ihren Besitz und wie Sie so schnell wie möglich wieder zu Wohlstand kommen können.« Er beugte sich zu Lotte vor, als würde er ihr nun etwas sehr Wichtiges erklären. »Der Kapitalismus ist das, was unsere Gesellschaft verseucht. Das war schon früher so, daran hat sich nichts geändert, und deshalb müssen wir hart durchgreifen.« Er blätterte wieder in seinem Ordner. So langsam fragte Lotte sich, was darin stand. »Sie sind nicht in der Partei? Warum nicht?«

Jakob sah den Mann an, als wäre ihm mit Entsetzen etwas klar geworden. »Sie haben recht. Nichts hat sich geändert.«

»Sie sollten vorsichtig mit Ihren Aussagen sein. Man könnte Sie fast für einen Feind des Kommunismus halten. Lassen Sie mich eines deutlich sagen: Sie sind ein Opfer des Faschismus, und das mag tragisch sein. Aber es gab auch die roten Kämpfer gegen den Faschismus. Diese Männer und Frauen, diese Genossen sind wahre Helden. Sie sind diejenigen, denen unser Land Dank erweisen sollte!« Spucke flog über den Tisch.

Wie naiv sie gewesen war zu hoffen, dass man Jakob zuhören und ihm unter die Arme greifen würde.

»Wir haben verstanden«, sagte Lotte und erhob sich ruckartig von ihrem Stuhl. »Ich danke Ihnen für Ihre Zeit.« Sie packte Jakob am Oberarm, ehe er noch eine unüberlegte Bemerkung von sich geben konnte, und schob ihn aus dem engen Büro.

Als sie das Gebäude verließen, war Jakobs Gesicht starr, fast wie erfroren. Er strengte sich an, schnell zu gehen, schaffte es aber nicht, weil sein rechtes Bein einfach nicht mitmachte.

»Jakob …«, rief sie ihm nach, als sie wieder draußen waren.

»Was, Lotte?«, fuhr er sie scharf an, wandte sich dann leicht ab und schüttelte den Kopf. »Ich hätte es wissen müssen.«

»Wir finden etwas anderes für dich. Du hast doch gesagt, dass einer der Männer in der Jüdischen Gemeinde demnächst eine Buchhandlung eröffnen möchte. Vielleicht kannst du ihm helfen.«

Er fuhr sich mit beiden Händen über das Gesicht und ließ sie dann auf seiner Stirn liegen. »Ich wohne schon über ein halbes Jahr bei euch. Eigentlich sollte es doch nur vorübergehend sein.«

»Uns störst du nicht. Im Gegenteil. Du hast uns so viel geholfen und meinen Alltag leichter gemacht. Und nur weil dieser Mann …«

»Lotte, mach die Augen auf! Es geht mir gar nicht mehr nur um das Kino oder darum, dass ich eine Entschädigung bekomme. Du hast doch gerade gehört, wie dieser Kerl geredet hat. Die wollen einfach kleinreden, was uns angetan wurde, und uns als Opfer zweiter Klasse behandeln. Mehr noch: Sie stellen uns ein weiteres Mal in eine Ecke und klagen uns an.«

Sie nahm seine Hände. »Hör einfach nicht auf sie.«

»Aber andere werden es tun. So war es schon einmal, und ich habe Angst, dass es wieder so sein wird. Ich habe Angst, dass sie einfach nur die Uniformen und Fahnen gewechselt haben.«

Ihr wollte nichts einfallen, was sie darauf erwidern konnte. Die Aussagen des Mannes bereiteten ihr selbst Sorgen.

»Weißt du, Lotte«, sagte Jakob kraftlos, »ich will einfach nur in Frieden leben.«

»Ich weiß.« Sie legte die Arme um ihn und hielt ihn fest. »Ich bin bei dir. Gemeinsam finden wir eine Lösung.«

19

»Schau mal, wer wieder da ist«, sagte Susi fröhlich, als Lotte sich an jenem Morgen auf der Baustelle zu ihren Freundinnen gesellte. Die quirlige Blondine trat einen Schritt beiseite, um den Blick auf Carola freizugeben.

»Oh, ich freue mich, dass es dir wieder besser geht!« Vorsichtig umarmte Lotte die junge Frau. »Was macht dein Bein? Ist der Bruch gut verheilt?«

»Ich muss noch aufpassen und darf es nicht zu sehr belasten. Aber Ziegel klopfen kann ich.« Sie nahm Lottes Hände in ihre. »Ihr glaubt gar nicht, wie gut es tut, euch wiederzusehen. Wer hätte gedacht, dass ich die Arbeit auf der Baustelle vermissen würde?«

»War auch an der Zeit, dass du zurückkommst«, meinte Kerstin scherzhaft. »Hast uns lang genug alleine schuften lassen.«

»Manfred hat mir vorhin erzählt, dass jemand neu zu unserer Brigade dazugestoßen ist?«, sagte Carola. Eine helle Röte stieg von ihrem Hals in ihre Wangen. »Ein junger Mann, meinte er.«

»Ja, sein Name ist Jakob«, erwiderte Lotte. »Er ist bei meiner Tante und mir untergebracht. Wenn du willst, mache ich euch bekannt.«

»Das wäre nett von dir.«

Just in diesem Moment schwang die Tür des Bauwagens auf, und Jakob stieg hinter Manfred die drei Stufen hinab. Er hatte sein

Hemd etwas aufgeknöpft, sodass ein Teil seiner gebräunten Brust zu sehen war. »Da ist er ja.«

Sie rief nach ihm, Carola wandte sich um, und Jakob erstarrte. Sie sahen einander an, als wären sie sich schon einmal begegnet. Es vergingen ein paar Atemzüge, vielleicht sogar eine ganze Minute, in der irgendetwas zwischen ihnen geschah, als würden ihre Augen miteinander sprechen, während Lottes Blick verwirrt von Jakob zu Carola und wieder zurück wanderte.

Schließlich ging Jakob auf Carola zu, ohne auch nur eine Sekunde die Verbindung abreißen zu lassen, als wäre alles um sie beide herum für ihn verschwunden. »Hallo.« Seine Stimme war nur ein Hauchen.

»Jakob, das ist Carola, Carola, das ist Jakob«, stellte Lotte die beiden einander vor, unsicher, ob sie sie überhaupt hörten.

Carola legte eine zitternde Hand vor den Mund. »Ich kann es kaum glauben. Ich … Ich muss mich setzen.«

»Du heißt also Carola.« Jakob sah die zarte Schönheit auf eine Weise an, als trüge sie einen Heiligenschein.

»Ja. Freut mich. Es freut mich wirklich sehr.«

Eine Ewigkeit lang schüttelten sie einander die Hände. Und dann sagte Jakob auch noch: »Ich habe ständig an dich gedacht.«

»Ja?«

»Ja. Ich habe gehofft, dass wir uns eines Tages wiedersehen.«

»Das ehrt mich, aber ich habe doch nichts Bewegendes getan.«

»Doch. Das, was du für uns getan hast, war unglaublich. Ich wollte dir so gern danken. Aber gleichzeitig bin ich diese Straße nicht noch einmal entlanggelaufen, um dich zu schützen. Ich wollte nicht, dass du dich in Gefahr begibst. Für einen Fremden.«

Lotte hatte auf einmal einen faden Geschmack im Mund.

»Kann uns mal jemand aufklären, was hier los ist?«

Jakob wirkte, als hätte Susis Stimme ihn aus einer Art Trance gerissen. Er wandte sich Lotte zu. In seinen Augen lag ein Glanz, als wäre er gerade Zeuge eines Wunders geworden. »Lotte, das glaubst du nicht! Carola ist die Frau, von der ich dir erzählt habe. Die mir heimlich die Lebensmittelmarke zugesteckt hat.«

»Das ist ja wirklich unglaublich, dass ihr euch hier begegnet!«, schaffte Lotte zu sagen.

In den vergangenen Monaten hatte sie alles darangesetzt, Jakob glücklich zu sehen, sei es auch nur einen flüchtigen Moment lang. Doch nun schmerzte der Anblick seines Lächelns. Warum konnte sie sich nicht einfach mit ihm freuen? Da ahnte sie, dass sie drauf und dran war, sich in Jakob zu verlieben.

Von diesem Tag an wichen Carola und Jakob während der Arbeit einander nicht mehr von der Seite. Da sie sich beide schonen mussten, teilte Manfred sie ohnehin zu denselben Arbeiten ein. Meistens klopften sie zusammen Ziegel. Die Mittagspausen verbrachten sie ebenfalls manchmal zusammen. Sie suchten sich ein schattiges Plätzchen und vertrauten einander ihre Geschichte an. Jedes Mal, wenn Lotte sah, wie die beiden in ein intensives Gespräch vertieft waren, spürte sie einen Stich in der Brust. Mir hat er sich nicht so schnell anvertraut, dachte sie. Mich sieht er auch nicht so an.

Eines Abends fragte Carola Jakob, ob er ihr helfen könne, in ihrer Wohnung ein Loch in der Zimmerdecke zu reparieren, durch das es an Regentagen tropfte.

»Natürlich«, sagte er, und Lotte sah mit an, wie er mit Carola nach Hause ging.

»Ich hab's dir von Anfang an gesagt«, hörte sie Susi sagen, die ihrem Blick gefolgt war. »Halt dich ran, sonst schnappt ihn sich eine andere.«

Eines Abends liefen sie wie üblich gemeinsam mit Kerstin, Gudrun und Susi bis zum Käthe-Kollwitz-Ufer, wo sie sich trennen und in unterschiedliche Richtungen nach Hause gehen würden.

Jakob erwies sich als ungewöhnlich gesprächig und plauderte munter mit den drei Frauen über Charlie Chaplin und Willy Wabnik, den stadtbekannten Polizisten, der früher auf der Prager Straße den rauschenden Verkehr geregelt hatte. Willy war auch deshalb eine Berühmtheit gewesen, weil er fast zwei Meter groß gewesen war. Er hatte die Aufmerksamkeit genossen und auch gerne mal in seiner Uniform für Fotos posiert.

An jedem anderen Tag hätte Lotte Jakob vielleicht mit Fragen über die Eigenheiten mancher Schauspieler gelöchert oder von ihm wissen wollen, welcher Streifen sein Lieblingsfilm war, nur an diesem Abend fühlte sie sich, als wäre sie von einer grauen Regenwolke umgeben. Sie vermutete nämlich, dass Jakobs gute Laune mit Carola zu tun hatte.

»Und was sind deine Pläne fürs Wochenende?«

Es dauerte einen Moment, bis Lotte begriff, dass Jakob mit ihr gesprochen hatte.

Sie hatte gerade das angebissene Stück Brot, das noch von der Mittagspause übrig war, aus dem Rucksack geholt und schlug das Butterbrotpapier auf. »Na ja, erst gehe ich ins Kino oder in einem schicken Restaurant etwas essen, und dann werde ich tanzen gehen. Vielleicht fahre ich aber auch mit dem Nachtzug nach Paris, mal sehen.« Sie zuckte mit den Schultern. »Du weißt doch, was ich mache. Ich werde mich wahrscheinlich um das Beet kümmern und die reifen Tomaten einkochen.«

»Wenn du willst, kannst du mich in die Stadthalle am Nordplatz begleiten«, bot Kerstin ihr an. »Da ist doch diese Kunstausstellung *Das neue Dresden*. Die wollte ich mir anschauen.«

»Oder du begleitest Alexej und mich zu einem Auftritt der Dresdner Philharmonie.«

»Danke, aber ich denke, ich bleibe einfach zu Hause.«

»So wie letztes Wochenende?«, fragte Jakob. »Und das Wochenende davor?«

»Gudrun geht auch nicht aus, oder?« Sie sah die ältere Dame an.

»Also, mein Horst und ich fahren aufs Land zu Bekannten, die Hühner haben«, erzählte Gudrun begeistert, als hätte sie nur auf den Moment gewartet, dass jemand sie nach ihrer Wochenendplanung fragte. »Auf ihrem Hof sind Küken geschlüpft, und vielleicht nehmen wir uns zwei mit, damit wir jeden Tag frische Eier haben.«

Siehst du?, sagte Jakobs Blick.

Langsam begann dieses Gespräch, ihr auf die Nerven zu gehen. »Du tust so, als würde ich nie etwas unternehmen. Dabei war ich mit dir auf ein paar Veranstaltungen, nur hattest du an ungefähr der Hälfte etwas auszusetzen.«

»Zu Recht hatte ich das. Und außerdem waren das alles Dinge, die du mir zuliebe getan hast. Du machst nie mal etwas einfach nur für dich.«

»Und was bitte soll ich deiner Meinung nach unternehmen?«

Sie sah ihm an, dass er eine schlagfertige Antwort auf den Lippen hatte, aber Susi kam ihm zuvor. »Schaut mal«, sagte sie und deutete auf ein selbst gemaltes Schild, das oberhalb des Eingangs eines halbwegs intakten Gebäudes hing. »Träume ich, oder ist das wahr?«

Auch die anderen waren stehen geblieben. »Reisebüro«, las Kerstin vor.

»Wenn bei Capri die rote Sonne im Meer versinkt«, begann Gudrun, den Schlager von Rudi Schuricke zu singen. Und dann stimmte auch noch Susi ein: »Bella, bella, bella, Marie, bleib mir treu, ich komm zurück morgen früh!«

»Italien …«, seufzte Kerstin sehnsüchtig.

Hin und wieder hatte Leo Lotte von seinen Reisen erzählt und wie sehr er das Meer liebe, und sie hatte ihm zugehört und sich ausgemalt, eines Tages selbst die Füße in dem warmen Sand zu vergraben und sich von dem kraftvollen Rauschen der Wellen hypnotisieren zu lassen. Sie hatte vom Duft von wildem Rosmarin geträumt, von lauen Nächten, berauscht vom italienischen Wein, von Gardinen, die im Wind flatterten, und weißen Laken, auf denen Leo das Meersalz von ihrer sonnengewärmten Haut küsste.

Lotte schüttelte den Kopf, als könnte sie so die Bilder vor ihrem inneren Auge loswerden.

»In den nächsten Jahren werden Zugverbindungen in den Schwarzwald vermutlich das höchste der Gefühle sein«, sagte Kerstin.

»Immerhin etwas«, meinte Jakob und sah Lotte herausfordernd an. »Du könntest mal übers Wochenende in eine andere Stadt fahren.«

Sie lachte. »Und wie bitte soll ich das anstellen?«

»Indem du in dieses Reisebüro gehst.«

»Ein großartiger Plan!« Ihre Stimme triefte vor Sarkasmus. »Und hast du auch eine Idee, von welchem Geld ich die Fahrt bezahlen soll?«

»Du hast ein bisschen was gespart, hast du mal erzählt.«

Was sollte das? Wahrscheinlich meinte Jakob es nur gut, aber war ihm wirklich nicht bewusst, wie absurd sein Vorschlag war? Das Geld, das sie gespart hatte, war für den Notfall. Was, wenn sie wie Carola einen Unfall auf der Baustelle hätte und nicht arbeiten könnte? Noch immer dachte sie mit Schrecken daran, wie auf einmal neben ihr Teile der Hauswand eingestürzt waren und sie fast unter sich begraben hatten. Sollte ihr etwas zustoßen, dann würden sie oder ihre Tante auf ihren Notgroschen zurückgreifen müssen. Und abgesehen davon, wie sollte sie es Manfred erklären, wenn sie ein paar Tage fehlen würde? Überhaupt würde Tante Viktoria nicht alleine zurechtkommen.

»Ach, vergiss es. Du machst das eh nicht«, stichelte Jakob.

Sie funkelte ihn wütend an. Kurz war sie versucht, aus reinem Trotz in das Reisebüro zu gehen und sich unverbindlich zu erkundigen. »Ich bin zufrieden, so wie's ist«, sagte sie dann jedoch. Ohne dass sie es richtig verstand, brannten Tränen in ihren Augen. »Und ich brauche auch niemanden, der mir sagt, was ich tun soll.«

Zu Hause ging sie Jakob aus dem Weg und ließ in der Küche ihren Frust an den getrockneten Löwenzahnwurzeln aus, die sie mit einem Mörser zu Kaffee-Ersatz mahlte. Vielleicht hatte er ja recht. Ihr Leben zog an ihr vorbei, aber es war ja auch nicht so, dass sich ihr viele Möglichkeiten boten. Sie hatte sich das alles auch anders vorgestellt. Als kleines Mädchen hatte sie sich ausgemalt, dass sie mit fünfundzwanzig bestimmt schon verheiratet war, einen liebevollen Ehemann und eine reizende Tochter hatte.

Jakob trat neben sie. Er betrachtete sie so lange, bis ihre Ohren schließlich unter seinem prüfenden Blick rot anliefen und sie es nicht mehr aushielt.

»Weißt du, ich hätte auch zu dir fies sein können«, platzte es auf einmal aus ihr heraus. »Ich hätte den Mädels erzählen können, dass du selbst so gut wie nichts unternimmst und kaum unter Menschen gehst.«

»Das hättest du, und vermutlich hätte ich das auch verdient. Aber bei dir ist es etwas anderes.«

»Ach, und warum?«

»Weil ich bereits mehr vom Leben gehabt habe als du. Ich hatte eine Frau, die ich über alles geliebt habe. Ich hatte den Beruf gefunden, der mich erfüllt hat, hatte mir ein Zuhause geschaffen. Ich habe ein bisschen was von der Welt gesehen. Aber du kümmerst dich immer nur um andere.«

»Das wirfst du mir vor?«

»Nein, ich schätze das an dir. Aber ich habe auch den Eindruck, dass du dich dahinter versteckst. Dass du dir selbst damit jedes bisschen Glück geradezu verweigerst.«

Sie zerrte die Schlaufe ihrer Schürze auf, knüllte sie zusammen und donnerte sie auf den Küchentresen. »Meine Güte, ich wünschte wirklich, du würdest aufhören, mir ins Gewissen zu reden.«

»Wer hat hier wem ins Gewissen geredet, als ich an der Augustusbrücke stand? Du bist noch so jung. Ich würde mir nur wünschen, dass du das Leben mehr genießen würdest.«

»Und was bitte soll ich deiner Meinung nach tun?«

»Du könntest dich irgendwo als Sekretärin bewerben, immerhin hast du den Abschluss dafür. Oder du könntest mit Männern ausgehen.«

»Hast du dich nun mit meiner Tante gegen mich verschworen?«

»Nein, aber ich finde, sie hat auch ein bisschen recht. Oder du könntest einfach mal wegfahren, und sei es nur bis nach Radebeul. Willst du wirklich nichts von dieser Welt sehen?«

Und wie sie das wollte. Aber es erschien ihr zu viel verlangt.

»Und es tut mir leid, wenn ich dich verletzt habe«, entschuldigte er sich. »Ich wollte dich nur ein bisschen herausfordern, aber ich bin dabei zu weit gegangen.«

Sie nickte. »Schon gut.«

»Ich habe eine Überraschung für dich«, sagte Jakob eine Woche später. Er bestand darauf, ihr ein gefaltetes Tuch um den Kopf zu binden, damit sie garantiert nichts sah. »Du kennst mich doch«, sagte er, als sie darüber lachte. »Keine halben Sachen. Und zu einer ordentlichen Überraschung gehört, dass man der anderen Person die Augen verbindet.«

Außerdem machte er sich einen Spaß daraus, sie ein paarmal zu drehen, damit sie die Orientierung verlor und nicht mehr nachvollziehen konnte, in welche Richtung er sie führte. Das Tuch hatte zur Folge, dass sie zwar nichts mehr sah, dafür schärften sich jedoch ihre anderen Sinne, und sie hörte, aber vor allem fühlte sie intensiver. Mit jeder Faser ihres Körpers spürte sie, wie er eine Hand auf ihre Schulter, die andere an ihre Taille legte, um sie zu führen.

»Achtung, Stufe.«

»Jetzt weiß ich es. Du führst mich in den Hinterhof.«

»Tu ich nicht.«

»Doch. Durchschaut.«

Als er lachte, spürte sie, wie sein Atem ihren Hals streifte, zart wie ein Schmetterlingsflügel, und ein angenehmer Schauer lief ihren Rücken hinab. Er hielt inne, und sie konnte seinen Herzschlag spüren, ganz nah an ihrem, beide im gleichen Takt. Spürte er es auch?

Er nahm ihr das gefaltete Tuch vom Kopf. »Jetzt darfst du schauen.«

Es dauerte einen Moment, ehe sich ihre Augen an das intensive Licht der Mittagssonne gewöhnt hatten, und dann konnte sie seine Überraschung ausmachen. Ein Fahrrad!

Sie schlug die Hände vor den Mund. »Ist das etwa für mich?«

»Für dich ganz allein.«

Ehrfürchtig strich sie über den Lenker. Der Ledersattel war aufgeplatzt, aber Jakob hatte ihn mithilfe eines robusten Lumpens geflickt. »Wo hast du das denn aufgetrieben?«

»Ein alter Mann aus der Jüdischen Gemeinde hat es mir geschenkt. Es war ziemlich kaputt. Er konnte es nicht reparieren und meinte, dass ich mehr damit anfangen könne. Vorne und hinten habe ich Teile eines alten Gartenschlauchs auf die Felgen gezogen.«

»O Jakob!« Sie schlang die Arme um ihn. »Danke!«

»Mach bitte keine große Sache draus«, sagte er, aber gleichzeitig wurde sie das Gefühl nicht los, dass er ihre Umarmung eigentlich genoss. »Ich wollte *dir* damit Danke sagen.«

Sie sah zu ihm auf. »Aber wofür denn?«

»Du hast so viel für mich getan. Du warst für mich da, als ich am meisten Hilfe gebraucht habe, und bist nicht von meiner Seite gewichen.«

Immer wenn sie ihn ansah, hatte sie das Gefühl, ihn das erste Mal zu sehen. Am liebsten würde sie sein Gesicht ganz genau studieren, die zarten Falten um seine Augen, die leichten Bartstoppeln, seine Lippen, die sich auf einmal zu einem Lächeln hoben.

»Wie wär's mit einer kleinen Spritztour?«, fragte er.

Es war ungewohnt, mit Reifen aus einem Gartenschlauch zu fahren, und anfangs etwas holprig, aber letztendlich funktionierte es erstaunlich gut. Vor allem machte es Spaß. Die Sonne schien. Sie war satt. Und sie hatte ein Fortbewegungsmittel. Das war der beste Tag seit Langem.

»Das ist mein erstes eigenes Rad«, rief sie begeistert aus, als sie vor Jakob bremste. »Meine Tante fand, dass es sich als junge Frau nicht gehört, Fahrrad zu fahren.«

»Und wie kommt es dann, dass du fahren kannst?«

»Leo hat es mir beigebracht.« Sie schüttelte lachend den Kopf, als sie daran dachte, dass sein Rad eigentlich zu groß für sie gewesen war. Aber irgendwie war es ihm gelungen, ihr nach ein paar schmerzhaften Stürzen das Radfahren trotzdem beizubringen.

Nachdem sie ein paar kleine Runden gedreht hatte, schlug Jakob vor, ein bisschen Landluft zu schnappen. »Ich fahre, und du Fliegengewicht setzt dich auf den Lenker.«

Sie war unsicher. »Ist das nicht gefährlich? Ich hab das noch nie gemacht.«

»Ich auch nicht.«

»Das ist nicht gerade beruhigend. Was, wenn wir stürzen und uns Hals und Bein brechen?«

»Und was, wenn nicht? Dann haben wir gemeinsam einen netten Ausflug gemacht. Komm schon, sei nicht so ein Angsthase.«

Diese abenteuerliche Seite an ihm war ihr neu, und sie erhaschte einen Blick auf den Menschen, der er früher gewesen war. Jakob setzte sich zuerst auf das Fahrrad, dann kletterte sie etwas unsicher vom Sockel einer zerstörten Straßenlaterne aus auf den Lenker. Sie war so aufgeregt, dass sie das Gefühl hatte, elektrischer Strom würde durch ihren Körper fließen.

Zum Glück war der Weg die Elbe entlang eben. Nach einer Weile hatte sich ihre Angst gelegt, und sie konnte das kleine Abenteuer genießen. Sie fuhren am ehemaligen Rosengarten vorbei, in dem nun von der Bevölkerung Obst und Gemüse angebaut wurden. Sie hatten den Wind im Rücken und das Gefühl, alles sei leicht.

Nach und nach wurde der Weg immer holpriger, dicke Grasbüschel ließen sie Slalom fahren. Jakob schlug vor, die Sonne noch ein bisschen am Wasser zu genießen. Sie folgten dem Weg aus den gelben Blüten eines Goldregens und legten sich nebeneinander ins Gras. Die Grillen zirpten, der Fluss rauschte, und hinter ihnen schienen die jungen Linden miteinander zu flüstern, über dieses seltsame Paar, das so vertraut wirkte und dennoch auf gewisse Weise Abstand wahrte. Ihre Blätter berührten einander, hauchzart wie die Berührung eines anständigen Fräuleins, das seinem

Liebsten zu verstehen geben wollte, dass es ihm zugeneigt war. Sie wünschte, sie könnte Jakob auf diese Weise berühren.

»Erzähl mir von einem deiner schönsten Tage«, bat sie ihn.

»Wahrscheinlich sollte ich dir jetzt von meinem Hochzeitstag erzählen, aber zu dem Fest waren so viele Gäste eingeladen, dass ich mit Marietta kaum eine ruhige Minute fand.« Jakob verschränkte die Arme unter dem Kopf. Sonnenlicht fiel zwischen dem Blätterdach hindurch und sprenkelte sein Gesicht. »Einer der schönsten Tage, die ich erleben durfte, war auf Rügen. Die Natur dort hat irgendetwas in mir ausgelöst. Diese wahnsinnig schönen weißen Kreidefelsen, die Strände, das wilde Meer …«

Über ihnen tollten zwei Falken durch die Lüfte. Lotte lauschte Jakobs Erzählungen und stellte sich vor, es wären Möwen, die immer wieder ins Wasser hinabstießen und Fische schnappten. Er erzählte ihr, wie Marietta barfuß durchs Watt gewandert war, bis ihr hübsches Kleid dreckig gewesen war. Sie schloss die Augen und sah Jakobs Frau laut lachen, eine Hand auf den Sonnenhut gelegt. Auf einmal verblasste das Bild, und sie sah sich selbst ihr Kleid raffen und bis über die Knöchel im Schlamm versinken. Sie sah das Schilf, das sich im salzigen Wind wiegte. Seltsam, dass man einen Ort vermissen konnte, an dem man noch nie gewesen war.

»Klingt wunderschön«, sagte sie.

»Ja. Das war es.«

Sie sah in den weiß-blauen Himmel und betrachtete die Wattewolken. »Wäre es nicht schön, wenn man Momente wie die auf Rügen in Marmeladengläsern einfangen könnte?«, dachte sie laut nach.

»Dieser Moment hier ist auch nicht schlecht, den könnte man auch in ein Marmeladenglas packen.« Sie konnte das Lächeln in seiner Stimme hören.

»Und dann könnte man diese Momente immer wieder betrachten.« Sie beobachtete die Wolken bei ihrem Spiel, wie sie sich immer wieder neu formierten, wie sie eins wurden und wieder auseinanderrissen. Und dazwischen immer wieder die Falken und ab und an eine Biene. »Und andere würde man am liebsten in diesem Marmeladenglas einfach in die Elbe werfen und sehen, wie sie für immer forttreiben.«

Das Gras raschelte, als er den Kopf zur Seite drehte und sie ansah. »Welcher Moment wäre das bei dir?«

Die Frage traf sie unvorbereitet. Sie hatte keine Gelegenheit gehabt, innerlich eine Mauer hochzuziehen, und so lief ihr Herz voll mit Trauer, so schwer, als säße ein Sandsack auf ihrer Brust.

»Da gäbe es wohl mehrere«, sagte sie unbestimmt.

Noch immer spürte sie seinen Blick auf sich, als würde er sie mal wieder durchschauen und wüsste, dass sie auswich. Sie tat so, als würde sie seinen Blick nicht bemerken, und senkte die Lider.

Als der Wind abkühlte, erhob sie sich und klopfte den Dreck vom Rock. »Komm, fahren wir wieder nach Hause.«

Sie reichte ihm die Hand. Diesen einen Moment musste er ihr gönnen, diese eine Berührung, Hand in Hand, auch wenn er irgendwie erschwindelt war.

Sie zog ihn auf die Beine, und er hielt ihre Hand noch einen Augenblick fest. »Vielleicht erzählst du mir ja irgendwann einmal, welche Erinnerung du am liebsten loswerden würdest.«

20

Ehe sie sichs versah, war der Sommer vorbei, so schnell, wie sie früher an einem heißen Tag im Schatten des Hotelpavillons ein Glas eisgekühlte Fruchtbowle geleert hatte. Anfang November wurde in Dresden die erste O-Bus-Strecke feierlich eröffnet. Seit Tagen war auf den Straßen kein anderes Thema zu hören.

»Der Oberleitungsbus wird vom Münchner Platz bis nach Loschwitz fahren, stell dir das mal vor! Endlich kann ich meine Schwester besuchen, ohne über eine Stunde zu Fuß durch die Stadt marschieren zu müssen!«, hörte Lotte eine kleine, dralle Frau enthusiastisch zu ihrer groß gewachsenen Freundin sagen. Die beiden standen neben ihr vor dem Aushang, auf dem die Waren aufgelistet waren, die in der nächsten Woche erhältlich sein würden. Im Austausch einer Lebensmittelmarke gab es Brot, Fett und Kaffee-Ersatz.

Für die Dresdner war der O-Bus eine große Erleichterung, weshalb dieses Ereignis mit einer kleinen Feier begangen werden sollte. Auch Lotte spürte eine gewisse Begeisterung, als läge das Versprechen in der Luft, dass es nun wirklich bergauf ging. Ja, irgendwann würde wieder so etwas wie Normalität einkehren.

Armin hatte sie gefragt, ob sie ihn zu dem Fest begleiten wolle. »Es ist wichtig, sich dort zu zeigen, um zu demonstrieren, dass man an der Zukunft der Stadt interessiert ist.«

Sie hatte es sich verkniffen zu erwidern, dass sie ihr Interesse an der Zukunft der Stadt schon damit ausdrückte, dass sie jeden Tag Trümmer schleppte. Sie nahm sich Jakobs Worte, dass sie mehr ausgehen und am Leben teilhaben sollte, zu Herzen. Und vielleicht, wenn sie nur mehr Zeit mit Armin verbrachte und ihn besser kennenlernte, würde sie sich eine Zukunft mit ihm vorstellen können oder sogar Gefühle für ihn entwickeln. Deshalb hatte sie zugesagt, auch wenn sie solche Veranstaltungen nicht leiden konnte, weil sie auch immer etwas mit Meinungsbeeinflussung zu tun hatten.

»Magst du uns begleiten?«, fragte sie Jakob, als sie im Flur in ihren Mantel schlüpfte.

»Fragst du mich gerade, ob ich freiwillig raus in dieses Novemberwetter gehe, um einen Bus anzuglotzen?«

»Ich frage dich, ob du gemeinsam mit anderen Menschen ein bisschen feiern möchtest. Du kannst dort heiterer Musik lauschen und den Duft von Bratwürsten einatmen, die man sich dann doch nicht leistet.«

Er tat so, als würde er es sich durch den Kopf gehen lassen. »Auch wenn das verführerisch klingt, lehne ich dennoch dankend ab.«

»Deine Begeisterung ist geradezu ansteckend.«

»Ist es dir wichtig, dass ich mitkomme?«, fragte Jakob, als sie bereits eine Hand auf die Türklinke gelegt hatte.

Sie war unsicher, was sie darauf erwidern sollte. Natürlich würde sie sich freuen, wenn Jakob mitkäme. Aber sie wollte auch nicht, dass er sich verpflichtet fühlte. »Ich habe dich immer gern dabei. Ohne dich wird es nur halb so lustig. Aber ich verstehe es, dass dir dort zu viele Menschen sein werden. Und Armin wird sich schon um mich kümmern.«

Jakob nickte. Seine Miene war undurchschaubar. »Gut.«

Armin war so nett, sie abzuholen. Wie immer sah er gut aus. Er trug neuerdings eine markante Brille, die seinem Gesicht schmeichelte und ihn älter wirken ließ. Er hatte ihr eine rote Nelke mitgebracht, wo auch immer er die um diese Jahreszeit aufgetrieben hatte. Weil sie keine Lust hatte, die Blume den ganzen Nachmittag über in der Hand zu halten, steckte sich sie in den Zopf.

Es war erstaunlich, mit wie wenig man die Menschen begeistern konnte. Eigentlich gab es auf der Eröffnungsfeier nicht mehr zu sehen als einen mit Girlanden aus Efeu, Mistel- sowie Tannenzweigen behängten cremeweißen Bus, der an die Oberleitung angeschlossen war. Trotzdem tummelten sich Jung und Alt auf dem Münchner Platz, eingepackt in dicke Mäntel und Schals, um das moderne Gefährt zu bestaunen.»Wie geht es Jakob?«, erkundigte sich Armin, als die Blaskapelle einen russischen Marsch spielte.

»Gut. Er ist auf der Baustelle eine große Hilfe.«

»Weißt du inzwischen mehr über ihn?« Armin zog an seiner Zigarette.

»Ja. Natürlich.«

Er blies den Rauch langsam aus. »Und was erzählt er so?«

»Das geht nur ihn und mich etwas an.«

»Verstehe.« Armin sah sie mit leicht zusammengekniffenen Augen an, als müsste er sie neu bewerten, ließ die Zigarette auf den Boden fallen und trat sie aus. »Die Rede geht gleich los.«

»Liebe Genossen, das ist erst der Anfang!«, versprach Bürgermeister Weidauer, ein wohlgenährter Mann mit Schlupflidern, von seinem Podest herab. »Um den Bürgern unserer Stadt den Alltag zu erleichtern, planen wir, die Oberleitungsstrecke bis Löbtau im Westen und Weißig im Osten zu verlängern.«

Lotte fragte sich, was Jakob wohl zu der Rede sagen würde. Bestimmt würde er die Tatsache kommentieren, dass der Bürgermeister im Vergleich zur restlichen Bevölkerung recht wohlgenährt war. Sie bemühte sich, interessiert zu wirken und ein paar Fetzen aufzuschnappen, über die sie später mit Armin sprechen könnte. Aber es dauerte nicht lange, und sie ließ den Blick schweifen. Ein paar Journalisten waren anwesend, darunter auch ein Vertreter des Mitteldeutschen Rundfunks und ein Fotograf, der eifrig Bilder von der Veranstaltung schoss. Sie sah die zerfurchten, erschöpften und gleichzeitig hoffnungsvollen und enthusiastischen Gesichter der Anwesenden und fühlte sich auf gewisse Weise verbunden mit diesen Fremden. Sie alle hatten den Krieg und die Zeit danach überlebt, hatten geliebte Menschen verloren, Krankheit überstanden und jeden Tag darum gekämpft, dass es irgendwie weiterging. Lotte lächelte, als sie sah, wie eine Horde Kinder begeistert um den neuen Bus hüpfte. Würde sie irgendwann selbst Kinder haben? Früher hatte sie immer von einer großen Familie geträumt, von Sonntagen, die man zusammen im Garten an einem üppig gedeckten Tisch im Schatten eines alten Baumes verbrachte. Sie würde Kuchen backen und hübsch dekorieren und ihre Kinder liebevoll schimpfen, weil sie Grasflecken an den frisch gewaschenen Hemden hatten.

Beifall setzte ein und holte Lotte ins Hier und Jetzt zurück. Als der Bürgermeister das Podest verließ, klatschte Armin bemüht laut. Selten hatte sie ihn so leidenschaftlich gesehen.

»Eine nette Veranstaltung«, sagte er zu ihr.

Sie lächelte. »Ja, wirklich.«

Stille senkte sich zwischen ihnen herab. Mit Jakob zu schweigen, fühlte sich gut an, aber bei Armin hatte sie jedes Mal das Gefühl, als würde ihr Gespräch absterben wie ein Motor, und sie müsste es irgendwie wieder zum Laufen bekommen.

Ein Ehepaar gesellte sich zu ihnen und stellte sich als Wilhelm und Hannelore Trug vor. Wilhelm Trug war einer dieser Menschen, deren Stimme so laut war, als würden sie eigentlich zu einer größeren Menschengruppe sprechen. »Na, wenn das kein Fortschritt ist, dann weiß ich auch nicht, was?«, sagte er bellend zu Armin, woraufhin die beiden zu fachsimpeln begannen.

Hannelore Trug nickte bei jedem Satz ihres Mannes eifrig, sprach aber selbst nicht ein Wort.

Lotte bemühte sich. Sie bemühte sich wirklich, interessiert zu wirken, um einen guten Eindruck zu hinterlassen. Doch mit jeder Minute, die verstrich, fühlte sie sich mehr wie ein Requisit, auf das Armin dann und wann zeigen konnte, um zu demonstrieren, dass er nicht alleine gekommen war. Ihr war langweilig, kalt, und sie konnte es kaum erwarten, ihre steifen Hände zu Hause am Ofen zu wärmen.

Sie überlegte gerade, ob sie sich jetzt schon von Armin verabschieden konnte, als sich die Menge wie durch Magie teilte und den Blick auf einen Mann freigab. Sie blinzelte ein paarmal, unsicher, ob ihre Augen ihr einen Streich spielten. Aber nein. Dort stand Jakob. Er hatte die Hände in die Hosentaschen geschoben und den Kopf leicht schief gelegt. Sein Lächeln sagte: Also gut, jetzt bin ich hier, machen wir das Beste draus.

Sie sah kurz nach Armin, der die Hände auf dem Rücken verschränkt hatte, dem Monolog seines Gegenübers interessiert lauschte und wahrscheinlich nicht mal bemerken würde, dass sie nicht mehr an Ort und Stelle wäre. Langsam ging sie auf Jakob zu. Seltsamerweise war sie auf einmal leicht nervös und hatte das Gefühl, ihre Füße würden geradezu nach jeder Unebenheit im Boden tasten.

»Da bist du ja doch.« Ihre Stimme war nur ein Hauchen, ein kleines Eingeständnis.

»Ein solches Ereignis kann ich ja wohl kaum verpassen. Gibt's denn eine feierliche Probefahrt?«

»Das wäre vermessen. Wir dürfen doch keinen Strom verschwenden. Aber man darf im Bus Probe sitzen.«

»Na, das werden wir uns auf keinen Fall entgehen lassen!«

Sie stiegen die zwei Stufen in den Bus hinauf, wo außer ihnen noch ein Pärchen eine kurze Zuflucht aus der Kälte gesucht hatte, und setzten sich auf die vorderste Bank, von wo aus sie die Menschen durch die große Frontscheibe beobachten konnten. Es hatte zu tröpfeln begonnen. Armin spannte einen Schirm auf und bot ihn Hannelore Trug an. Dann suchte sein Blick nach Lotte. Direkt vor ihnen schlotterten zwei Frauen und schienen darauf zu hoffen, dass ihre Männer bald dazu bereit wären, nach Hause aufzubrechen. Der kalte Wind peitschte den dünnen Regen gegen die Scheibe.

»Du hast eisige Hände«, sagte Jakob und versuchte, sie zu wärmen, indem er auf ihre Finger pustete. »Wohin fahren wir denn eigentlich?«, fragte er dann.

Sie sah ihn fragend an.

»Stellen wir uns vor, dieser Bus könnte uns überall hinbringen«, sagte er. »Komm schon, es ist nur ein Spiel.«

Sie dachte nach und fuhr dabei mit dem Daumen über die von der Kälte geröteten Knöchel ihrer Hand. »Ich weiß nicht … Vielleicht würde ich nach Italien fahren. Ja, sehr wahrscheinlich nach Italien.« Sie dachte an das Lied von Rudi Schuricke über Capri, das Gudrun gerne auf der Arbeit sang. »Ich würde so gerne mal das Meer sehen.«

»Dann schließ die Augen. Na los, mach schon.«

Sie seufzte und senkte die Lider.

»Stell dir vor, wie wir beide in diesem Bus bis nach Venedig fahren. Du hast Brote geschmiert.«

Sie schmunzelte. »Mit dick Käse und Essiggürkchen.«

»Genau. Und obwohl wir noch gar nicht lange unterwegs sind,

ist die Hälfte davon schon verputzt. Dein Haar flattert im Wind, der durch die offene Fensterscheibe hereinströmt. Du kannst schon das Salz in der Luft riechen.«

Immer weiter entführte Jakobs Stimme sie in ein fremdes Land. Vor ihrem inneren Auge sah sie alles ganz genau vor sich.

»Und auf einmal taucht es vor dir auf, das Meer«, sagte er. »Es funkelt in der Sonne. Der Bus hält, und du steigst aus. Du ziehst deine Schuhe aus und spürst den warmen Sand unter den Füßen.«

»Ich weiß, was du hier gerade tust«, seufzte sie ergeben. »Du weckst meine Sehnsucht.«

»Soll ich aufhören?«

»Nein, es ist zu schön.«

Sie spürte sein Schmunzeln am ganzen Körper.

»Unter deinem Sommerkleid trägst du einen Badeanzug. Du ziehst dein Kleid aus, lässt es in den Sand fallen und wagst dich ins Meer. Und dann tauchst du ein ...«

Sie glaubte, das Wasser zu spüren. Draußen wütete der November, aber hier in diesem Bus hatte Jakob den Sommer für sie zurückgeholt. Sie hob die Lider wieder, sah ihn an, und in seinen goldenen Augen erkannte sie den Sonnenuntergang.

»Wie läuft es mit dir und Armin?«, fragte Jakob unerwartet und beobachtete ihn durch die Scheibe, als würde er eine Studie über ihn anfertigen.

»Er ist nett und zuvorkommend.«

»Nett und zuvorkommend«, wiederholte er.

»Er ist in Ordnung, ehrlich. Er kann nur schwer aus seiner Haut.«

»Stell ihn mir doch noch mal vor. Ich habe ihn zwar zweimal gesehen, einmal zu Hause, das andere Mal auf dem Tanztee, aber beide Male habe ich kein Wort mit ihm gewechselt.«

Jakobs Enthusiasmus überraschte sie. »Soll ich ihn dir etwa jetzt vorstellen?«

»Ja, das bietet sich doch an. Ich würde ihn gerne ein bisschen besser kennenlernen.«

Als sie ausgestiegen waren, tat Armin so, als würde er nicht bemerken, dass sie auf ihn zukamen, aber da sich seine Haltung versteifte, durchschaute sie ihn.

»Sieh mal, wer sich diese Feier auch nicht entgehen lassen wollte«, bemühte sie sich, die Situation etwas aufzulockern. »Das sind Herr und Frau Trug. Herr Trug ist Mitglied des Ortsvorstandes der SED. Und Armin kennst du ja schon.«

Jakob tippte sich zum stummen Salut mit einem Finger an die Stirn, Armin nickte einmal.

»Freut mich«, sage Armin in einem Ton, der nahelegte, dass er das Gegenteil meinte. »Ich habe gerade beschlossen, bei mir zu Hause einen spontanen Umtrunk zu geben. Möchtest du dich zu uns gesellen?« Er sprach nur zu Lotte.

Lieber hätte sie sich einer Wurzelbehandlung unterzogen. Doch so, wie er ihr den Arm hinhielt, damit sie sich bei ihm einhaken konnte, schien er es gar nicht in Betracht zu ziehen, dass sie ablehnen könnte. Doch sie würde Jakob bestimmt nicht allein lassen, nachdem er sich überwunden hatte herzukommen. »Das wäre nett. Aber Jakob und ich möchten uns nicht aufdrängen.«

Armins Kiefer mahlte. »Ihr seid *beide* herzlich willkommen.«

Eigentlich war sie sich sicher, dass Jakob sich höflich entschuldigen würde. Aber erneut überraschte er sie. »Danke für die Einladung«, entgegnete er und lächelte dabei, als führte er etwas im Schilde. »Wir kommen gerne mit.«

Es war das erste Mal, dass Lotte sah, wie Armin wohnte. Er musste gute Kontakte haben, denn er war im Erdgeschoss eines zweistöckigen Familienhauses in Blasewitz untergekommen. Neben Küche und Schlafzimmer konnte er ein Wohnzimmer, ein kleines Bad sowie eine Terrasse mit einem quadratischen Fleck Garten sein Eigen nennen. Das war also einer der Vorteile, wenn man offenkundig der SED und den Sowjets zugeneigt war.

Außer dem Ehepaar Trug hatte sich ihnen noch ein weiteres Pärchen angeschlossen, das jünger war und recht offen wirkte. Sie setzten sich auf das Ledersofa im Wohnzimmer, und Armin holte aus seinem Spirituosenschrank eine Flasche Schnaps sowie mehrere Gläser. Bereits nach dem ersten Glas kam das Thema auf die Politik.

»Also, wenn Sie mich fragen, wird Deutschland nie wieder eins werden«, prophezeite Herr Trug gewichtig.

»Zumindest nicht, wenn die Amerikaner nicht kooperieren und dieses Land weiterhin politisch zu spalten versuchen«, meinte der junge, groß gewachsene und schlaksige Mann. Lotte glaubte sich daran zu erinnern, dass er sich ihr als Max Uhrig vorgestellt hatte.

Es war seine Freundin, eine Frau mit fuchsrotem Haar, die Jakob auf seine Vergangenheit ansprach, nachdem sie zufällig die Tätowierung an seinem Unterarm gesehen hatte. Der Schnaps hatte offenbar ihre Zunge gelockert. »Sagen Sie, waren Sie auch in einem dieser schrecklichen Lager? Meine Nichte in Westberlin musste vor einer Woche in der Schule einen Film darüber ansehen. Den Rest des Tages war das arme Ding kaum ansprechbar, so aufgewühlt war sie, meinte meine Schwester.«

»Judith! Herr Sternlieb möchte gewiss nicht daran erinnert werden«, ermahnte sie ihr Partner.

Fieberhaft überlegte Lotte, wie sie Jakob aus dieser misslichen Lage befreien könnte, aber zu ihrem Erstaunen wirkte er nicht wie erwartet in sich zurückgezogen, sondern sogar recht aufgeschlossen.

»Schon in Ordnung. Und ja, ich war in einem Konzentrationslager. Anfangs, nachdem ich endlich wieder nach Dresden zurückgekehrt war, hatte ich keine Chance, mir wieder ein Leben aufzubauen. Ich hatte keinen Pfennig in der Tasche, kein Dach über dem Kopf, keine Familie. Zum Glück lief mir diese Frau hier über den Weg und hat sich beharrlich an meine Fersen geheftet.« Er sah Lotte an, und sein Blick war so voller Zuneigung, dass etwas in ihr schmolz. »Es ist mir immer noch ein Rätsel, warum sie mich nicht einfach meinem Schicksal überlassen hat, so unfreundlich, wie ich zu ihr war.«

»Das nenne ich Volkssolidarität!«, rief Herr Trug. »Darauf stoßen wir an!«

Die Gläser klirrten.

»Auch wenn ich mir gut vorstellen kann, dass die Bilder, die Ihre Nichte in der Schule gesehen hat, aufwühlend für sie waren, finde ich es doch richtig, dass über das, was den Juden unter Hitler angetan wurde, gesprochen wird. Vor allem in Schulen«, fuhr Jakob fort. »Denn es scheint seltsamerweise niemand in diesem Land etwas von den Deportationen und den Konzentrationslagern gewusst zu haben, und deshalb ist es umso wichtiger, dass die breite Öffentlichkeit davon erfährt, damit so etwas nie wieder geschieht.«

»Also ich wusste wirklich von nichts!«, sagte Herr Trug, woraufhin seine Frau eifrig nickte und ihm zustimmte. »Wir sind aus allen Wolken gefallen, als wir von den grausamen Verbrechen der Nationalsozialisten hörten!«

Jakob sah auf sein Getränk hinab. »Wissen Sie, mir ist bewusst, dass sich das, was in den Vernichtungslagern geschah, weit entfernt von den Blicken der deutschen Durchschnittsbürger abspielte. Ich kann mir allerdings nur schwer vorstellen, dass die unbescholtenen Bürger gar nichts von den Verbrechen der Nationalsozialisten wussten oder nicht zumindest etwas geahnt haben. Tagein, tagaus liefen Menschen, gebrandmarkt mit dem gelben Stern, vor ihrer Haustür vorbei. Es gab auch andere Schicksale, die sich direkt vor den Augen aller abgespielt haben.«

»Was erwartest du? Dass man die ganze Bevölkerung ins Zuchthaus steckt?« Armin klang defensiv.

»Ich erwarte, dass die Entnazifizierung mit der nötigen Gewissenhaftigkeit durchgeführt wird«, erwiderte Jakob ruhig. »Bisher scheint sie sich weitgehend auf die nationalsozialistische Führungsschicht zu beschränken.«

In Armins Kiefer begann ein Muskel, hartnäckig zu zucken. »Da bin ich anderer Meinung. In Gegensatz zum Westen geht man bei uns in der Sowjetischen Besatzungszone außerordentlich gründlich bei der Entnazifizierung vor. Es waren nun mal vor allem die politischen und wirtschaftlichen Eliten, die durch den Faschismus ihre Macht sichern wollten und die das einfache Volk missbraucht und verführt haben. Und diese Eliten gibt es im Sozialismus nicht mehr.«

»Mit dieser Einstellung haben automatisch alle Mitläufer und NS-Profiteure eine weiße Weste.«

»Sie tun ja gerade so, als würde es sich unser Land zu leicht machen.« Herr Uhrig ließ den Schnaps in seinem Glas kreisen. »Erst im Juni und Juli gab es hier in Dresden noch einen großen Euthanasie-Prozess.«

Neunzehn Ärzte, Pfleger und Krankenschwestern der Anstalten Großschweidnitz und Pirna-Sonnenstein waren wegen Krankenmordes angeklagt gewesen. Zwei Ärzte waren zum Tode verurteilt worden, ein weiterer Arzt hatte sich vor Prozessbeginn das Leben genommen.

»Das ist richtig, aber bereits einen Monat später wurde beschlossen, dass wegen des Mangels an Fachkräften eine Amnestie für die weniger Belasteten erlassen wird«, wandte Jakob sachlich ein. »Wie soll in diesem Land ernsthaft eine Demokratie entstehen, wenn man ehemaligen Nazis verspricht, ihre Vergangenheit nicht weiter in Betracht zu ziehen, solange sie sich in mustergültige sozialistische Persönlichkeiten verwandeln?«

Armin ließ den Kopf kreisen, als wäre sein Nacken verspannt. »So einfach ist das nicht.«

»Ach nein? Das glaube ich schon. Man hat ja sogar einfach den Namen der Hitlerjugend-Zeitschrift *Junge Welt* für die Zeitschrift der neu gegründeten FDJ übernommen. Die Vorstellung, dass ehemalige Nazis daran beteiligt sind, dieses Land aufzubauen, bereitet mir einfach Sorgen. Wie soll sich die jüdische Bevölkerung in diesem Land wieder sicher und heimisch fühlen?«

So langsam dämmerte Lotte, weshalb Jakob mitgekommen war. Er wollte auf die schwierige Lage seiner Gemeinde aufmerksam machen, auch wenn er sich damit weit aus dem Fenster lehnte. Er stand offen Rede und Antwort und war auch bereit, sich die andere Seite anzuhören.

»Ein gewisses Vertrauen in das neue System gehört nun mal dazu. Nimm dir ein Beispiel an unserem Genossen Klemperer. Er ist auch Jude und hat unter den Nazis alles verloren, aber direkt nach dem Krieg ist er in die KPD eingetreten. Und nun hat er eine Professorenstelle.« Armin schnippte die Asche von seiner Zigarette in einen Becher aus schwarzem Stein. »Oder stehst du am Ende hinter den Juden, die ihren eigenen Staat fordern, anstatt Teil des Kollektivs werden zu wollen?«

»Ich bin kein Zionist. Meine Lösung und die meiner Familie war schon immer, sich zu integrieren und anzupassen. Das meine ich, wenn ich sage, ich fühle mich in erster Linie als Deutscher und erst dann als Jude. Das ändert jedoch nichts daran, dass es Judenfeindlichkeit schon sehr, sehr lange gibt. Weder Bildung noch Patriotismus, nicht mal die Taufe hat uns Juden bisher zu gleichberechtigten Bürgern gemacht. Es ist also kein religiöses Problem, sondern ein nationales. Und es scheint, dass dieses Problem nicht gelöst werden kann, wenn man sich nicht endlich gründlich damit beschäftigt. Deshalb kann ich zumindest nachvollziehen, dass ein Teil der jüdischen Bevölkerung sich nach einem eigenen Staat sehnt.«

»Aber ein eigener Staat erscheint mir doch recht vermessen.« Herr Uhrig schlug die Beine übereinander. »Wo kommen wir hin, wenn auf einmal jede Minderheit ein eigenes Land fordert?«

»Es geht darum, einen Staat zu gründen, in dem die jüdische Bevölkerung endlich, nach Jahrzehnten der Verfolgung und Ermordung, in Sicherheit und Freiheit leben kann.«

Armin starrte Jakob durch den Rauch hinweg an. »Aber um einen neuen Staat zu gründen, muss man einem anderen Land Gebiet wegnehmen. In dem Fall Palästina. Wie soll das gerecht sein? Also für mich klingt das nach Kolonialisierung.«

»Ich bitte dich, das ist keine Kolonialisierung, sondern eine Fluchtbewegung«, warf Lotte ein. »Und wir als Deutsche sitzen da ja wohl im Glashaus und sollten besser nicht mit Steinen werfen. Es ist nicht so, dass die jüdische Bevölkerung …«

»Ich glaube nicht, dass es dir zusteht, über dieses Thema zu sprechen«, schnitt Armin ihr das Wort ab und drückte seine Zigarette aus.

Mehrere Atemzüge lang herrschte betretenes Schweigen, in dem ihre Wangen glühten.

»Aber Lotte hat recht«, ließ Jakob nicht locker. »Es geht den Juden nicht um ein wildes Sich-breit-Machen. Es wäre eine Rückkehr ins verheißene Land. Der Wunsch danach ist so alt wie das fast zweitausendjährige Exil nach der Vertreibung der Juden aus Palästina. Wie gesagt, ich persönlich wähle einen anderen Weg. Ich wünsche mir nichts mehr, als in Deutschland, meinem Heimatland, in Frieden zu leben.«

Hannelore hob nervös die Hand, um ihre Frisur in Ordnung zu bringen. »Dieses Thema ist einfach zu nervenaufreibend.«

»Für meine Frau ist alles nervenaufreibend«, sagte Herr Trug und lachte. »Sogar die Sportnachrichten.«

Die Spannung löste sich langsam auf, Armin füllte die Gläser nach. Sein Lächeln war eisig.

»Du hast wirklich heimlich Ameisen in seine Stiefel geschmuggelt?«, fragte Lotte lachend.

»Der Mann hatte meinem Opa absichtlich schlechte Eier eingepackt. Er war einer der ersten Nazis in Dresden.«

Sie waren auf dem Weg nach Hause, was für Lotte bedeutete, dass sie endlich wieder frei atmen konnte. Sie liefen gerade über die Augustusbrücke, an der noch immer Renovierungsarbeiten stattfanden. Obwohl sie ein ganzes Stück zu Fuß zu gehen hatten und es kalt war, war sie glücklich, denn diese Nacht erinnerte sie daran, wie schön Nächte sein konnten: Der Mond war voll und rund, die Elbe glitzerte in seinem silbernen Licht. Über ihnen eine funkelnde Pracht, die ihr den Atem verschlug.

Jakob beschleunigte seine Schritte und drehte sich um, sodass er rückwärts vor ihr lief und sie ansehen konnte. »Und jetzt du.«

»Was meinst du?«

»Ich will etwas über deine dunkle Seite hören.«

»Ich habe keine dunkle Seite.«

»Jeder hat eine. Raus damit! Ich verrate es auch niemandem.«

Sie dachte kurz nach. »Wenn ich das Ende eines Romans kaum erwarten kann, lese ich die letzten Seiten vorab.«

Jakob riss mit gespieltem Entsetzen die Augen auf. »Du Teufelsbraut!«

»Und früher habe ich in Büchern Sätze, die mir gut gefallen haben, farblich markiert. Und ich mache Eselsohren, wenn ich gerade kein Lesezeichen parat habe.«

»Ich weiß nicht, ob wir nach diesem Geständnis noch befreundet sein können.«

Gut, dachte sie, dann ist meine dunkelste Seite wohl, dass ich manchmal davon träume, wie du mich berührst, mich küsst, gegen die Wand drückst und die Dinge mit mir tust, die Mellors mit Lady Chatterley tat.

Jakob blieb stehen. »Lotte, wir müssen an deiner dunklen, rebellischen Seite arbeiten.« Er streckte die Arme über den Kopf, sodass seine Schulterblätter knackten. »Armin hat definitiv eine dunkle Seite.«

»Was magst du an ihm nicht?«, fragte sie.

»Ich werde einfach nicht warm mit ihm, aber das beruht vermutlich auf Gegenseitigkeit. Er hat Gefühle für dich.«

Verlegen klemmte sie sich eine Haarsträhne hinters Ohr. »Er hat mich einfach nur gern.«

»Das ist untertrieben. War er schon immer so …« Jakob suchte nach den richtigen Worten.

»Ernst?«, schlug sie vor. »Ja, seit ich ihn kenne. Ich hatte ja schon mal erwähnt, dass er keine leichte Kindheit hatte. Seine Mutter hat die Familie von einem Tag auf den anderen verlassen, und er war allein mit seinem Vater, der getrunken und ihn mit dem Gürtel verprügelt hat.«

»Das erklärt einiges.«

Sie blieb stehen, legte die Hände auf das kühle Steingeländer. Der samtblaue Himmel trug fast schon verschwenderisch viele Sterne, als könnte sie eine Handvoll davon wie Mirabellen vom

Baum pflücken und ihre Taschen damit füllen, und es würde gar nicht auffallen, dass ein paar fehlten.

Jakob hatte die Augen geschlossen und lauschte dem sehnsuchtsvollen Ruf eines Käuzchens. »Das wäre doch auch ein guter Moment für ein Marmeladenglas.«

Sie lächelte und dachte daran, wie alles hier begonnen und wie sehr sich ihr Leben durch Jakob verändert hatte.

»Ich bin froh, nicht gesprungen zu sein«, sagte Jakob auf einmal.

Überrascht schaute sie zu ihm.

»Manchmal habe ich so eine Ahnung, wie es sich angefühlt hat, glücklich zu sein, und dann fühle ich mich Marietta gegenüber schlecht. Als würde das bedeuten, dass ich sie nicht mehr so stark vermisse.«

Sie verstand nur zu gut, wie er sich fühlte. »Marietta wird immer ein wichtiger Teil von dir sein, immer, und trotzdem dreht sich die Welt weiter.«

Er nickte schwach. »An manchen Tagen bekomme ich diesen Spagat besser hin, an anderen Tagen reibe ich mich daran auf. Mal kann ich mit dem Schmerz leben, dann holt er mich ein und wirft sich über mich wie eine hohe Welle.«

Sie nickte gedankenversunken und sah auf das schimmernde Wasser. Schweigen senkte sich zwischen ihnen hinab. Auf einmal huschte eine Sternschnuppe über den Himmel.

»Wünsch dir was!«, sagte sie. »Aber nicht verraten, was, sonst erfüllt es sich nicht!«

Er schmunzelte und sah sie an, und auf einmal war da dieser Moment. Vielleicht spürte nur sie es, vielleicht war es diese verflixt romantische Nacht, die in ihrem Herzen einen ganz eigenen Film ablaufen ließ, vielleicht war es ihre leichte Betrunkenheit, die sich über ihre Schüchternheit und Hemmungen gelegt hatte wie eine

Decke; jedenfalls brachte sie ihre Hand ein kleines Stück näher an seine. Entweder er bemerkte es nicht oder sah keinen Grund, darauf zu reagieren, also rückte ihre Hand noch ein kleines Stück näher, doch noch immer geschah nichts. Schließlich, die größte Hürde, berührten sich ihre Finger. Sie war so aufgeregt, dass sie kaum atmen konnte. Sie staunte, wie es möglich war, sich einer Sache ganz sicher zu fühlen und gleichzeitig das Gefühl zu haben, als würde ihre Welt von einem Erdbeben erschüttert.

Plötzlich verschränkte Jakob ihre Finger miteinander und sah sie an, vielleicht nur ein paar Atemzüge lang, vielleicht aber auch eine Ewigkeit, und dieser Blick war es, der ihr eine neue Welt eröffnete, mit neuen Möglichkeiten und neuen, schönen Geschichten, die geschrieben werden würden.

Und auch wenn er in diesem Moment sagte »Es wird kalt, lass uns nach Hause gehen«, so hatte sie in seinen Augen gesehen, dass er zumindest darüber nachgedacht hatte, sie zu küssen, und das war schon mehr, als sie sich von der Sternschnuppe zu wünschen gewagt hatte.

Als sie nach Hause kamen, fiel aus dem Zimmer ihrer Tante durch den schmalen Türspalt schwaches Licht. Das überraschte Lotte, war sie doch eigentlich davon ausgegangen, dass Viktoria schon tief und fest schlief. Während Jakob im Hinterhof von der Pumpe Wasser holte, wollte sie nach ihrer Tante sehen.

»Tante Viktoria? Bist du noch wach?«

Als es still blieb, schob sie vorsichtig die Tür auf und warf einen Blick ins Zimmer. Der kurze Stummel einer Kerze brannte auf dem Nachttisch, das Wachs war über den schmalen Rand des Leuchters gelaufen und hatte eine gelbe Pfütze auf dem Holz hinterlassen, die getrocknet war. Viktoria lag auf dem Bett und war offenbar eingeschlafen.

Alles in Ordnung, ihre Tante hatte nur vergessen, die Kerze zu löschen. Lotte wollte schon die Flamme auspusten, da begriff sie, was an dem Bild nicht stimmte. Wie bei einem Puzzlespiel setzte sich in ihrem Kopf nach und nach alles zusammen. Ihre Tante trug noch immer ihr Haushaltskleid. Außerdem hatte sie eine Hand auf ihr Brustbein gelegt. Ihr Gesicht wirkte eingefallen, die Nase spitz, die Haut wächsern.

Lottes Puls beschleunigte sich. Sie strich ihrer Tante über die Wange. »Viktoria!«, versuchte sie, sie zu wecken. »Du musst dich noch umziehen.«

Sie reagierte nicht.

»Bitte … Wach auf!« Lotte rüttelte an ihr.

Ab da verlor sie jegliches Zeitgefühl. Ihre Gedanken waren hinterher, weil einfach nicht zu ihr durchdringen wollte, was das hier bedeutete. Dafür schien ihr Körper die Situation sofort zu begreifen, weil sie zitterte und ihre Knie sich wie Gummi anfühlten und sie auf die Bettkante sank und den kalten Körper umarmte, ihn festhielt, als würde er sonst verschwinden.

Auf einmal war Jakob neben ihr. Im Gegensatz zu ihr schien er zu verstehen, was hier geschah, denn sein Blick sagte: »Es tut mir so schrecklich leid.«

Sie schüttelte den Kopf. Nein, hier lag ein Fehler vor. Die Frau vor ihr auf der Matratze, das war nicht ihre Tante, der einzige Mensch aus ihrer Familie, den sie noch hatte, das war nicht die Frau, die nach außen hin kalt wirken konnte, aber im Grunde doch ein gutes Herz hatte, die sich damals gegen ihren Mann durchgesetzt und Lotte aufgenommen hatte, anstatt sie ins Waisenhaus zu schicken. Diese Frau hier wirkte kleiner und sah Viktoria vielleicht ähnlich, aber das war's auch schon.

Lotte hatte ihr noch gar nicht all die Fragen gestellt, die sie ihr noch stellen wollte. Wie sie immer so weiche Haut gehabt hatte.

Oder was dazu geführt hatte, dass sie und Lottes Mutter kaum noch ein Wort miteinander gewechselt hatten, obwohl sie keine hundert Meter Luftlinie am Neumarkt voneinander entfernt gelebt hatten.

Sie wollte, dass Jakob ihr erklärte, was hier vor sich ging, dass er eine Lösung hatte, dass er sie aus diesem Raum führte, in einen anderen Raum hinein, in die Küche vermutlich, wo Viktoria sie an ihrem Stammplatz am Fenster erwartete und ihr einen Vortrag darüber hielt, dass Lotte endlich einen Mann finden solle. Aber Jakob hielt sie nur fest, ganz fest, und da begriff sie, dass das hier wirklich ihre Tante war, und da brach ihre Welt entzwei, fiel einfach auseinander.

»Ich bin da«, sagte Jakob, wieder und wieder, vielleicht sagte er es aber auch nur einmal, und die Worte hallten in ihrem Kopf nach, der völlig leer und gleichzeitig zum Bersten voll war, sodass darin einfach nur Chaos herrschte.

Und auf einmal musste sie unbedingt auf etwas einschlagen, aber sie brüllte nur und war gleichzeitig wie erstarrt, und das half kein bisschen. Sie hatte keine Kontrolle mehr über sich.

Sie musste hier raus, sofort. Sie kämpfte sich frei, stolperte aus der Wohnung. In ihrem Kopf war ein lautes Summen, das alles verschwimmen ließ. Sie rannte einfach drauflos, damit dieses Geräusch aufhörte, aber auf einmal gaben ihre Beine nach, und sie stürzte zu Boden. Sie schaffte es nicht aufzustehen. Also ließ sie sich zur Seite fallen und blieb einfach so liegen, bis Jakob sie fand. Er hob sie hoch. Sie klammerte sich an ihn wie ein Kind, und dann trug er sie nach Hause.

Die Tage nach Viktorias Tod zogen an ihr vorbei wie Nebel, seltsam verschwommen, ohne Anfang und Ende, nichts, an dem man sich festhalten konnte. Selbst ihre Sinne funktionierten nicht mehr. Das Essen schmeckte nach nichts, und sie sah auch nicht mal mehr richtig, sie öffnete nur die Augen, und dann fielen Bilder in ihr Innerstes, die nichts in ihr zum Klingen brachten. Ihr Körper war zu einer Hülle geworden, von der irgendeine unbekannte Kraft Besitz ergriffen hatte. Wie mechanisch stand sie morgens auf, wusch sich, ging zur Arbeit, und das, obwohl sie nachts kaum schlief.

Nur vereinzelt drang etwas zu ihr durch, und dann sah sie Manfred, der ihr sagte, sie solle endlich nach Hause gehen, oder Jakob, der sie durch den Tag lotste, ihr Frühstück vorsetzte, sich um die Wäsche kümmerte sowie um den Kohl und den Kürbis, die im Beet im Hinterhof wuchsen. Sie hatte ihm Zuversicht schenken wollen, und nun war sie ihm zur Last geworden.

Viktoria wurde auf dem Heidefriedhof am nördlichen Stadtrand beerdigt. Am liebsten wäre Lotte während der Zeremonie nach Hause gerannt, weil sie es kaum ertrug, wie unwürdig die Trauerfeier war. Einfach alles daran. Die müde Rede des Pfarrers. Der kümmerliche Haufen, der um das Grab herumstand: Susi und Kerstin, Armin, Jakob und sie. Und während der Pfarrer davon sprach, dass Viktoria Falkenberg nun an einem besseren Ort war, erschlug sie auf einmal der Gedanke, dass ihre Tante wirklich kein schönes Leben gehabt hatte. Onkel Ernst hatte sich nicht für sie interessiert, und sie selbst hatte sich so fest in die Schablone der Gesellschaft gedrückt, bis sie keine Ecken und Kanten mehr gehabt hatte. Nach dem Krieg hatte sie in diesem Nichts vor sich hin vegetiert und auf bessere Tage gehofft, die sie nicht mehr erleben sollte.

Und dann kam ihr in den Sinn, dass sie kaum etwas über ihre Tante wusste. Nur dass sie früher am liebsten im vornehmen Palmenhof der Konditorei Rumpelmayer Kaffee mit Sahne und schokoladenüberzogene Erdbeeren bestellt und dabei stets den Blick hatte schweifen lassen, ob jemand von Bedeutung anwesend war.

Oder dass sie immer gezwinkert hatte, wenn Onkel Ernst ungerecht streng mit Lotte gewesen war, als hätte sie damit sagen wollen: »Nimm's dir nicht zu Herzen.« Aber wie war ihre Kindheit gewesen? Wie hatte sie ihren Mann kennengelernt? War sie damals verliebt gewesen?

Lotte wünschte, sie hätte sich besser um sie gekümmert, wäre mit ihr zum Arzt gegangen, hätte ihr mehr zugehört, ihr vielleicht noch einmal einen viel zu teuren Kaffee gekauft, anstatt das Geld immer nur zu sparen.

Erst als jemand sanft ihre Hand drückte, merkte sie, dass sie bitterlich zu weinen angefangen hatte. Sie sah zu Jakob und wurde auf einmal erschüttert von dem Gedanken, dass sie ein Stück Treibholz war und dass Jakob der Einzige war, der ihr die Hand reichen und sie halten konnte.

21

1993

Hannah

Es schlug elf Uhr vormittags, als sie die Handbremse an dem leichten Hang anzog. Sie umklammerte das Lenkrad und redete sich ein, dass es ein Fehler gewesen sei hierherzukommen. Was, wenn ihr ein verbittertes, herzloses Biest die Tür öffnen würde? Wenn ihre Mutter allen Grund gehabt hatte, den Kontakt zu Hannahs Großmutter abzubrechen?

Aber Hannah würde nie Ruhe finden, wenn sie nicht zumindest ein Mal versucht hatte, mit ihrer Großmutter zu sprechen. Seit sie denken konnte, wünschte sie sich eine große Familie. Als sie als kleines Mädchen zu Weihnachten eine Wunschliste geschrieben hatte, hatte sie zwar eine Tiemi-Puppe oder einen Besuch im Zoo in ihrer schönsten Schreibschrift notiert, aber eigentlich hatte sie sich eine Oma und einen Opa gewünscht, bei denen sie übernachten konnte, wenn ihre Mutter lange arbeiten musste oder mal ausging. Jemand, bei dem es stets nach deftigem Essen und frischer Wäsche roch. Jemand, der ihr Vanillepudding kochte, den sie vor dem Fernseher aß. Der ihr Socken häkelte oder hin und wieder ein bisschen Taschengeld zusteckte, damit sie sich eine Tafel Schokolade oder einen *Fetzer* kaufen konnte. Jemand, der zu ihrer strengen Mutter sagte: »Ach, nun lass sie doch …«

Hannah hatte sich den VW ihrer Mutter geliehen, die kommentarlos Lottes Adresse notiert hatte, als Hannah sie darum gebeten hatte. Sie war nicht oft in dieser Gegend Dresdens, in der die Häuser alle sehr gepflegt waren und kleine Vorgärten hatten. Sie dachte an das Mietshaus, in dem sie wohnte, an die vernachlässigte Post und die vergessenen Zeitungen, die sich auf der Treppe im Eingang stapelten, und an das Durcheinander von Schuhen vor den Wohnungstüren.

Lottes Haus war klein und bescheiden. Der Wind wiegte das schmiedeeiserne Tor leise quietschend hin und her. Dahinter lag ein kleiner, liebevoll gepflegter Garten, voll mit bunten Blumen, in dem es so laut summte, dass Hannah es bis zum Auto durch das offene Fenster hörte. An der Hauswand standen eine Reihe Tomatenpflanzen in Kübeln.

Hier wohnt deine Großmutter.

Ihr war beinahe schlecht bei der Vorstellung, ihr gegenüberzutreten. Die ganze Fahrt über hatte sie an ihren Fingernägeln gekaut. Eine unschöne Angewohnheit, die sie sich seit Jahren abzugewöhnen versuchte, die aber immer wieder zurückkehrte, wenn sie in stressigen Situationen war.

Werde ich am Ende des Treffens Oma zu ihr sagen?

Was, wenn sie mich nicht mag?

Was, wenn sie mir die Tür vor der Nase zuschlägt?

Was, wenn sie einen Herzinfarkt bekommt, weil dieser unerwartete Besuch solchen Stress in ihr auslöst?

Wie sagte man jemandem überhaupt, dass man mit ihm verwandt war? Sollte sie einfach mit der Tür ins Haus fallen? »Hallo, Lotte, wir kennen uns nicht, aber ich bin deine Enkelin.«

Hannah lauschte dem Ticken, mit dem der Motor abkühlte. Sie schwitzte, aber zum Glück hatte sie sich für die weiße Bluse entschieden, da fiel es nicht allzu sehr auf.

»Also, dann mal los«, sagte sie zu sich selbst, kurbelte das Fenster hoch, wischte sich die feuchten Hände an der Jeans ab und stieg aus.

Nachdem sie geklingelt hatte, dauerte es eine Weile, bis Schritte zu hören waren. Dann ging die Tür auf, und dort stand sie.

Hannah könnte nicht genau sagen, was sie erwartet hatte, vielleicht eine faltigere Version ihrer Mutter mit gnadenlosem Blick, einem bitteren Zug um den Mund, altbackenem Haarschnitt und einer Strickjacke, die nach Mottenkugeln roch.

So war Lotte nicht. Sie mochte um die siebzig Jahre alt sein, aber sie hatte eine sehr aufrechte Haltung. Nur ihr silbergraues Haar, das sie zu einem lockeren Dutt gebunden hatte, deutete auf ihr wahres Alter hin. Sie trug einen königsblauen Pullover mit V-Ausschnitt und eine weiße Strickjacke mit Gürtel über einer gut geschnittenen Hose.

Lotte wirkte, als hätte sie gerade geschlafen, und die Verwirrung in ihren Augen sagte Hannah, dass sie nicht mit Besuch gerechnet hatte. »Ja bitte?«, fragte sie höflich.

Hannah schöpfte Hoffnung. Lotte wirkte gar nicht kalt und abweisend, wie ihre Mutter sie beschrieben hatte.

»Hallo. Mein Name ist … Hannah.« Sie verzichtete auf ihren Nachnamen, denn sie wollte sich erst einmal ein Bild machen, ehe sie sich zu erkennen gab. Immerhin wusste sie bisher nur vage, was zwischen ihrer Mutter und Lotte vorgefallen war.

Sie streckte die Hand aus, und Lotte entspannte sich ein wenig, als hätte Hannah eine Prüfung bestanden. »Es tut mir leid, Sie so zu überfallen. Aber ich bin auf etwas gestoßen, das Sie interessieren dürfte.«

Lottes hellblaue Augen waren schön, auch wenn in ihnen ein matter Ausdruck lag. Es waren Augen, die schon sehr viel gesehen hatten und müde waren. Sie runzelte leicht die Stirn, als würde sie überlegen, von was Hannah sprechen könnte. »Und was soll das sein?«

»Dürfte ich vielleicht einen Moment hereinkommen?«, wagte Hannah zu fragen.

Diese Frage stellten auch die nervigen Vertreter, die einem Versicherungen oder Staubsauger zu verkaufen versuchten. Das war vermutlich auch der Grund, weshalb Lotte misstrauisch die Augen zusammenkniff, sich straffte und eine Hand auf die Türklinke legte. »Versuchen Sie erst gar nicht, mich über den Tisch zu ziehen.«

»Das habe ich auch nicht vor. Versprochen. Meine Mutter hat früher immer gesagt, dass man mir genau ansieht, wenn ich lüge, weil dann meine Ohren rot werden. Also wäre ich wohl eine denkbar schlechte Betrügerin.«

Lotte maß sie so lange mit einem Blick, dass Hannah schon kurz davor war, sich zu erkennen zu geben. Schließlich trat sie beiseite. »Von mir aus. Aber ziehen Sie bitte die Schuhe aus.«

Das kleine Haus wirkte wie eine Art Museum oder Ausstellungsraum. Überall, selbst auf dem Rahmen des großen Spiegels im Flur, standen Silberdöschen, Porzellanskulpturen oder Kerzen, aber Hannah entdeckte auch Serviettenhalter, eine Briefwaage sowie eine Sanduhr. Einiges davon hätte man eigentlich wegwerfen können, aber hier schienen diese Dinge darauf zu warten, noch einmal Verwendung zu finden. An den Wänden im Flur hingen kitschige Landschaftsbilder und Stickereien, ein paar davon mit Bibelsprüchen versehen. Während Hannah den Blick schweifen ließ, dachte sie, dass irgendetwas seltsam an der Einrichtung war, aber auf die Schnelle kam sie nicht darauf, was es war.

»Kann ich Ihnen etwas zu trinken anbieten?«, fragte Lotte.

»Ein Wasser vielleicht. Danke.« Ihr Hals war ganz trocken.

Hannah folgte der älteren Dame in die Küche, damit sie keine Angst haben musste, sie würde etwas in ihrer Handtasche verschwinden lassen. Immerhin war sie eine völlig Fremde. Es war eine kleine, gemütliche Küche mit einer Eckbank und einem altbackenen Schrank, auf dem eine Kaffeemühle und eine Milchkanne standen. Auf einem weiß lackierten Regal, an dessen Kanten mit Stecknadeln eine Bordüre befestigt war, reihten sich bunte Sammeltassen. Hannah dachte an die nüchterne Wohnung ihrer Mutter, die im Vergleich zu Lottes Einrichtung fast leer wirkte.

Lotte schwieg, deshalb begann Hannah zu plaudern, über das schwüle Wetter, Heuschnupfen, die vielen Bauarbeiten in der Stadt. Die ältere Dame wirkte etwas abwesend, sagte kaum etwas, und zweimal fragte sie, wo Hannah denn wohne, als hätte sie die Antwort vergessen. Hannah überlegte, ob sie vielleicht dement wurde. Wenn das der Fall war, dann war es umso wichtiger, dass sie heute hier war und mit ihr sprach.

Sie gingen ins Wohnzimmer, das dazu einlud, ganze Nachmittage darin verstreichen zu lassen. Hannah stellte sich vor, wie sie als kleines Mädchen das Puzzle mit dem Blumenmotiv aus dem Wandschrank genommen und es sich auf dem Sofa mit den bestickten Kissen gemütlich gemacht hätte. Oder sie hätte mit Lotte ein Brettspiel gespielt, und ihre Oma hätte sie gewinnen lassen.

Auf dem niedrigen Tisch stapelten sich auf einer Seite Zeitschriften und Prospekte, daneben stand eine offene Dose mit einem Sammelsurium an Knöpfen. Auf der anderen Seite lag ein Kartenspiel, als hätte Lotte vorhin hier gesessen und gegen sich selbst gespielt.

»Also«, begann Lotte. »Was ist es, auf das Sie gestoßen sind und das mich interessieren könnte?«

Hannah nahm ihre Tasche, zog die in Klarsichtfolie gehüllte Kopie des Fotos daraus hervor und hielt sie ehrfürchtig in den Händen.

Die Farbe aus Lottes Gesicht wich so schnell, dass Hannah schon befürchtete, sie würde gerade einen Herzinfarkt erleiden. »Wo haben Sie das her?«

»Ich arbeite beim Wiederaufbau der Frauenkirche. Ich habe es dort in einem Ordner mit altem Bildmaterial gefunden. Sind Sie die Frau auf dem Foto?«

Lotte schien sie kaum zu hören. Ihr Blick war wie abwesend und gleichzeitig erbittert auf das Foto geheftet. Hannah wandte sich leicht ab, ohne genau zu wissen, warum. Das Ticken der Pendule wurde immer lauter. Inzwischen hatte Hannah Hitzewallungen.

»Wie kommen Sie darauf, dass ich diese Frau sein könnte?«, antwortete Lotte schließlich mit einer Gegenfrage und klang unendlich erschöpft dabei.

Am besten blieb Hannah bei der Wahrheit. Lotte wirkte misstrauisch und würde ihr vermutlich ohnehin nicht glauben, wenn Hannah ihr irgendeine Geschichte auftischte, zumal sie wirklich eine denkbar schlechte Lügnerin war. »Sie haben große Ähnlichkeit mit Marlene Spatz, der Bürgermeisterkandidatin.«

Lotte lächelte traurig, nahm die Fotografie und strich mit trübem Blick darüber. Als sie wieder zu Hannah sah, war etwas in ihrer Miene passiert. Obwohl sie den Eindruck machte, sich zusammenzureißen, verrieten ihre Augen, wie heftig die Gefühle waren, die so unerwartet über sie hereinbrachen. »Ich danke Ihnen, dass Sie sich die Mühe gemacht haben, mich zu suchen und mir dieses Foto zu geben.« Es klang so, als würde sie wollen, dass Hannah ging.

Hannah schluckte, sammelte sich innerlich. »Da wäre noch etwas … Ich bin …«

»Du bist Marlenes Tochter.«

Innerhalb von Sekunden ergriffen die verschiedensten Emotionen von Hannah Besitz. Erstaunen. Hoffnung. Ernüchterung. Denn Lotte saß vollkommen steif da und wirkte, als hätte sie sich tief in sich zurückgezogen. Vermutlich war es einfach nur naiv gewesen sich auszumalen, Lotte würde ergriffen sein, sie kennenzulernen. Aber Hannah hatte es trotzdem gehofft.

»Ihr jungen Leute denkt immerzu, Senioren wären nicht mehr ganz fit im Kopf, und auf manche trifft das vielleicht sogar zu. Aber ich habe dich schon an der Tür erkannt. Du siehst meiner Marlene sehr ähnlich.«

»Es stimmt«, sagte Hannah. »Ich bin deine … Ihre … Enkelin?« Sie hob ihre Stimme am Ende des Satzes, eine Frage, ob Lotte sie überhaupt als Enkelin akzeptieren wollte.

»Ich weiß nicht, was ich … was ich sagen soll …« Lotte fasste sich an die Schläfe, ihre Hand zitterte leicht.

»Ich weiß, dass das gerade sehr viel ist. Aber ich …«

»Bitte geh jetzt.«

Die Worte hallten durch den kleinen Raum.

»Es tut mir leid, dass ich dich so überfalle, aber …«

»Bitte, Hannah.« Die Fotografie in ihrer Hand zitterte. »Ich will allein sein.« Lotte atmete tief ein und legte eine Hand auf ihr Brustbein. Ihre Lider senkten sich, und auf einmal wirkte sie wie in sich zusammengefallen.

»Dürfte ich denn wiederkommen?«, wagte Hannah vorsichtig zu fragen. »Es wäre mir wirklich wichtig zu erfahren, was genau zwischen dir und meiner Mutter geschehen ist. Sie spricht nicht darüber.«

»Deine Mutter hat jeden Grund, wütend auf mich zu sein und enttäuscht. Es war das Beste für sie, ihren eigenen Weg zu gehen.«

Lotte sah Hannah unerbittlich an. Plötzlich hatte sie das Bild ihrer Mutter vor sich, wie sie Hannah zornig und frustriert anfunkelte, und einen Moment lang blieb ihr die Luft weg.

»Du würdest es nicht verstehen, so wie es deine Mutter damals nicht verstanden hat. Und ich will und kann nicht mehr darüber sprechen. Manche Dinge im Leben muss man einfach abhaken, sonst bringen sie einen innerlich um. Und jetzt wühlt dieses Foto wieder alles auf …« In ihren Augen schwammen auf einmal Tränen. »Geh jetzt. Bitte.«

Hannah fühlte sich, als hätte ihr jemand in den Bauch getreten. Die daraufhin einsetzende Stille war beinahe mit Händen zu greifen. »Ich verstehe. Es tut mir leid, dich gestört zu haben.«

Sie saß bereits wieder im Auto und umklammerte wütend und enttäuscht das Lenkrad, als ihr auf einmal bewusst wurde, was seltsam an der Einrichtung gewesen war: Obwohl jedes Zimmer voll mit Dekoration und Ramsch war, hatte sie kein einziges Foto gesehen, das geliebte Menschen zeigte. Nur ein einziges Bild hatte auf der Fensterbank gestanden. Es zeigte ihre Mutter als junges Mädchen auf einem Fahrrad, frech in die Kamera lächelnd. Dass Lotte dieses Foto aufgestellt hatte, bedeutete doch, dass sie an ihrer Tochter hing. Der Bilderrahmen daneben war leer gewesen. Vielleicht gab es dafür eine einfache Begründung, aber auf Hannah wirkte es, als hätte die ältere Dame sonst niemanden in ihrem Leben, der ihr nahestand, und das ließ Hannahs Herz vor lauter Mitleid schwer werden.

Sie konnte nicht anders. Auf einem Zettel hinterließ sie Lotte eine kurze Nachricht. *Es tut mir leid, dich so überfallen zu haben. Aber ich würde dich wirklich gerne kennenlernen. Deine Hannah.* Darunter notierte sie noch ihre Telefonnummer und ihre Adresse, für den Fall, dass Lotte es sich anders überlegte und Kontakt aufnehmen wollte.

Noch einmal folgte sie dem Kiesweg zur Haustür. Sie warf einen Blick zum Fenster und bemerkte, dass die Gardinen sich verdächtig bewegten. Dann schob sie den Zettel unter der Haustür durch.

22

»Wie sehe ich aus?«, fragte Nicole und nestelte dabei an ihren großen Kreolen. Ihre Freundin hatte ihre hellbraunen Augen mit passendem Lidschatten betont und trug Sandalen mit hohem Absatz.

»Sehr hübsch«, antwortete Hannah und riss unauffällig das Preisschild ab, das noch am Rückenausschnitt von Nicoles kurzem Sommerkleid gehangen hatte.

So herausgeputzt könnte ihre Freundin problemlos in ein feineres Restaurant oder eine Bar gehen, aber hier in der nüchtern gehaltenen Vorhalle des Museums fiel sie auf wie eine funkelnde Discokugel.

Im Gegensatz zu draußen, wo der Asphalt von der Mittagssonne erhitzt war, war es hier angenehm kühl. Hannah mochte die ehrfürchtige Ruhe, die ein Museum erfüllte, so wie auch Bibliotheken oder Kirchen. Eigentlich hatte sie allein mit ihrer Freundin die Ausstellung über Gegenstände der Nachkriegszeit ansehen wollen, aber Nicole hatte darauf bestanden, dass Hannah Harry fragte, ob er sie begleiten wolle.

»Du wirkst irgendwie bedrückt heute«, stellte Nicole fest.

Hannah nahm ihre Sonnenbrille, die auf ihrem Haar leicht rutschte, vom Kopf und klappte sie zusammen. »Ach, ich war gestern bei meiner Oma, um ihr das Archivfoto zu zeigen und sie kennenzulernen. Aber sie wollte nicht mit mir reden.«

»Hast du ihr gesagt, dass du ihre Enkelin bist?«

Sie nickte.

Nicole sah sie mitleidig an und drückte ihre Hand. »Das tut mir leid für dich. Vielleicht hat die Situation sie einfach überfordert?«

»Ja, vielleicht.«

Die Tür ging auf, und der sonnengebräunte Engländer kam in einem kakifarbenen Hemd und Jesuslatschen herein, punktgenau zum fernen Läuten der Kreuzkirche. Er lächelte sie an, und Hannah konnte nicht anders, als dieses Lächeln zu erwidern, was sein Lächeln noch breiter werden ließ.

Sie kauften Karten bei einem ausdruckslosen Herrn, der wirkte, als würde er zur Einrichtung gehören. Hannah verstaute ihren Rucksack in einem der Schließfächer, während Nicole sich im WC noch einmal frisch machte, ehe sie endlich die Ausstellung betraten. Langsam schlenderten sie von Halle zu Halle, betrachteten die Exponate aus der Nachkriegszeit und lasen die dazugehörigen klein gedruckten Texte.

»Faszinierend, was man damals aus Nichts gezaubert hat, oder?«, sagte Harry zu Nicole, als die beiden vor einer Vitrine standen, in der altes Spielzeug ausgestellt wurde. Aus mit Stroh gefüllten Lumpen waren Puppen und aus bemalten Pappresten Autos und Schiffe gebastelt worden.

»Mhh.« Nicole wickelte eine Haarsträhne um den Finger und guckte unbeeindruckt auf einen aus Holz geschnitzten Bären in der Vitrine. »Total.«

»Unvorstellbar, wie es für die Kleinen damals gewesen sein muss«, sagte Hannah gedankenversunken, als sie ein Foto von zwei Kindern sah, einem Jungen und einem Mädchen, beide kaum fünf Jahre alt. Mit ernsten Gesichtern erklommen sie einen Trümmerhaufen. In dem Text darunter stand, dass das Spielen in den Trümmern einerseits aufregend für die Kleinen gewesen war, aber auch ebenso gefährlich, denn der Schutt war durchsetzt gewesen von scharfer Munition oder tiefen Bombentrichtern. »Es scheint, als hätten die Eltern und Großeltern damals ihr ganzes handwerkliches Können unter Beweis gestellt«, sagte sie. »Jedes dieser Spielzeuge hier ist ein Unikat.«

»Heute würde man dazu ›Designerstück‹ sagen«, meinte Harry.

Hannah schmunzelte. »Und ein Schweinegeld dafür verlangen. Schau mal, da ist ja sogar ein Flugzeug!«

Fasziniert betrachtete Hannah die kleinen Dampfschiffe, Lokomotiven und Straßenbahnwaggons, die aus Holz oder Metall und ein paar Schrauben entstanden waren. »Damit waren die Kinder wenigstens etwas beschäftigt, wenn sie tagsüber sich selbst überlassen waren. Ihre Eltern mussten ja arbeiten und waren wahrscheinlich auch für die Enttrümmerung eingeteilt.«

Sie zogen weiter zur nächsten Vitrine, bestaunten die Pfeife, die ursprünglich mal eine Patronenhülse gewesen war.

»Ist das ein Jo-Jo?«, fragte Harry und deutete auf einen Gegenstand, der aus zwei Gasmaskenfiltern und einer Papierschnur zusammengesetzt war. »Wahnsinn, man wusste damals wirklich alles zu nutzen.«

»Und heutzutage wird immer mehr einfach weggeschmissen«, seufzte Hannah.

»Das Gefühl habe ich auch. Die Leute machen sich seltener die Mühe, Dinge zu reparieren.« Als Harry das sagte, wirkte er, als würde er dabei an etwas anderes denken.

»Eine ehemalige Studienkollegin von mir war vor Kurzem in Japan. Sie hat mir von einer Kunstform erzählt, die es dort gibt. Man repariert Zerbrochenes und setzt es zu etwas Neuem, Schönerem zusammen. Hast du davon schon mal gehört?«

Er schüttelte den Kopf.

»Man nennt diese Technik Kintsugi oder so ähnlich, auf jeden

Fall bedeutet es wohl ›goldenes Zusammensetzen‹. Die Narben werden mit Gold bedeckt. Aus alten Keramikstücken entstehen wunderschöne Schalen und Vasen. Total faszinierend.«

»Das klingt toll«, sagte Harry.

»Finde ich auch. Vielleicht arbeite ich deshalb so gerne für den Wiederaufbau oder treibe mich auf Flohmärkten herum. In meinen Augen hat jedes Gebäude, jeder Gegenstand eine Geschichte. Das kann man doch nicht einfach wegwerfen.«

»Manches sollte man sogar wegwerfen«, meldete sich Nicole zu Wort. »Meine Großmutter hat wirklich alles gehortet, ihre Garage ist fast aus allen Nähten geplatzt. Hat sie davon irgendetwas jemals noch mal verwendet? Nein.«

Harry lachte. »Das kenne ich von meiner Oma auch noch!«

Hannah dachte an Lottes Wohnung, die vollgestopft mit Dingen war, in denen ihre Großmutter noch einen Wert zu sehen schien, den Hannah nicht nachvollziehen konnte.

Sie liefen weiter, vorbei an einem Ausstellungskasten mit selbst genähter Kleidung, die aus alten Gardinen, Laken oder Uniformen gefertigt worden war. Nicole blieb etwas zurück, weil sie die Spiegelung einer Vitrine nutzte, um ihr Haar zurechtzuzupfen.

»Wenn ich all diese Gegenstände und die Kleidung sehe, frage ich mich, wie das Leben meiner Oma damals wohl gewesen ist«, sagte Hannah zu Harry.

»Wie lief denn eigentlich das Gespräch gestern mit ihr?«

»Ach, frag nicht. Anfangs war sie nett. Aber als ich ihr das Foto gegeben habe, hat sie total dichtgemacht und mich fortgeschickt. Am Ende hat meine Mutter recht, und sie ist nicht die liebe alte Frau, wie ich es mir wünsche.«

Darüber dachte Harry einen Moment nach. »Über meinen Großvater haben auch alle gesagt, dass der alte Dickschädel immer nur am Nörgeln sei. Aber niemand hat ihm zugehört. Als Kind hatte ich Angst vor ihm, aber dann musste ich mal ein Wochenende bei ihm und meiner Oma bleiben, weil meine Eltern sich nicht um mich kümmern konnten, und irgendwie hat uns das einander nähergebracht. Er hat mich mit aufs Feld genommen, und ich habe ihm völlig unbedarft Löcher in den Bauch gefragt, so wie Kinder das eben machen, und er hat erzählt. Und irgendwie hat das etwas in ihm gelöst, mir gegenüber zumindest. Und um ehrlich zu sein, kann ich's total verstehen, dass er manchmal so streng ist. Jemand, der eine so schreckliche Zeit mitgemacht hat, hat, wenn du mich fragst, jedes Recht der Welt, irgendwie einen Schlag zu haben.«

Sie nickte. Genau das war auch der Grund, weshalb Hannah die Ausstellung über Gegenstände der Nachkriegszeit hatte sehen wollen. Sie hoffte, ihrer Großmutter dadurch ein winziges Stück näherzukommen, auch wenn das vielleicht naiv war. Wie sollte sie ihrer Oma näherkommen, nur weil sie ein Einweckglas betrachtete, das eigentlich eine Glasmine gewesen war? Ein Teil einer alten Gasmaske war nun der Deckel. Ein Gasmasken-Tornister war kurzerhand zur Milchkanne geworden. Aus Patronenhülsen, die es nach dem Krieg gewiss haufenweise gegeben hatte, hatte man Topfuntersetzer gefertigt.

»Wahrscheinlich werden wir nie nachvollziehen können, wie es damals gewesen ist«, sagte Harry. »Wahrscheinlich kann kein Schriftsteller der Welt es treffend in Worte fassen.«

»Da hast du recht.«

Sie sahen einander an. Harry schmunzelte, und Hannah erwiderte kurz sein Lächeln, ehe sie den Blick abwandte auf ein Nudelsieb, das mal ein Stahlhelm gewesen war, dessen Blech man mit Löchern durchsetzt hatte.

»Wenn du mich fragst, solltest du noch mal bei ihr vorbeischauen«, sagte Harry.

»Meinst du wirklich?«

»Ich könnte mir vorstellen, dass sie große Angst hat. Ich weiß nicht, vielleicht kannst du ihr irgendwie das Gefühl geben, dass du sie nicht verurteilen wirst, egal was damals passiert ist. Dass die Vergangenheit die Vergangenheit ist.«

Sie lächelte ihn an. »Danke, Harry«, sagte sie und stellte überrascht fest, wie sehr sie diesen Nachmittag genoss. Zum Teil hatte das mit ihrer besten Freundin zu tun, zum Teil mit der interessanten Ausstellung im Museum, aber vor allem mit den warmen Schokoladenaugen des herzlichen Engländers.

23

1948

Lotte

»Sag mal, wann genau hattest du eigentlich vor, mir zu sagen, dass du in zwei Tagen Geburtstag hast?«

Es war schon dunkel, nur hier und da leuchtete es schwach hinter zugezogenen Vorhängen hindurch aus einer Wohnung heraus und warf einen goldenen Schein auf den schneebedeckten Boden. Der Wind ließ die dicken Flocken tanzen. Es schien, als würden sie von allen Seiten kommen. Wie unzählige kleine Sternschnuppen blitzten sie kurz im Licht einer Straßenlaterne auf, ehe sie eins wurden mit der glatten weißen Schicht auf den Pflastersteinen.

Sie waren nach der Arbeit auf dem Weg nach Hause, folgten den Schienen der Trümmerbahn, die Mantelkragen hochgeschlagen.

Jakob schob die Hände in die Taschen seiner Jacke. »Hat Carola es dir verraten?«

»Sie hat es nicht verraten.« Ihr Atem gefror vor ihrem Mund zu einer weißen Wolke. »Ich habe es durch Zufall erfahren, weil sie gefragt hat, ob wir irgendwas geplant haben. Warum weiß sie, dass du Geburtstag hast, und ich nicht?« Sie versuchte, nicht allzu verletzt zu klingen, aber es traf sie, dass er mit Carola über seinen Geburtstag gesprochen, ihn aber ihr gegenüber nicht mit einer Silbe erwähnt hatte.

»Sie hat gefragt, und ich habe es ihr gesagt«, erwiderte Jakob.

Manchmal hasste sie seinen Pragmatismus.

»Dir steht aktuell sicher nicht der Sinn nach feiern. Und abgesehen davon ist mir mein Geburtstag nicht sonderlich wichtig.«

»Aber mir ist dein Geburtstag wichtig. Und ein wenig Ablenkung vom tristen Alltag tut uns allen gut.«

Der Wind stieß unbarmherzig von der Seite zu, sie schlotterte am ganzen Körper. Seit dem Sommer stand sie neben sich, als würde ihr Körper irgendwie nicht mehr richtig funktionieren. Aber in den letzten Tagen hatte sich ihr Zustand noch mal verschlechtert. Manchmal wachte sie nachts auf und war schweißgebadet, dann wieder war ihr so kalt, dass ihre Zähne klapperten. Und stets dieser fiese Schwindel …

»Bist du sauer deswegen?«, fragte Jakob.

»Nein. Natürlich nicht.« Sie war nur enttäuscht. Sie hatte angenommen, die wichtigste Person in seinem Leben zu sein, und die Vorstellung hatte ihr gefallen. Nun aber beschlich sie das unschöne Gefühl, Jakob immer mehr zu verlieren. Auf der Baustelle war es offensichtlich, wie gut er sich mit Carola verstand.

»Ich würde mir einfach für ihn wünschen, dass er ein paar schöne, unbeschwerte Stunden hat«, klagte sie am nächsten Tag ihren Mädels ihr Leid, als sie eine kurze Pause machten und sich am Ofen im Bauwagen aufwärmten.

»Dann mach doch ein kleines Fest für ihn«, schlug Susi vor.

»Ihr kennt ihn doch inzwischen. Er ist so eigenbrötlerisch. Ich will ihn nicht überfordern.« Sie pustete in ihren warmen Tee, den sie mit beiden Händen umschloss.

»Es muss ja nichts Großes sein, nur eine kleine, lustige Runde. Ungezwungen und gemütlich. Ich denke schon, dass ihm das gefallen könnte.« Kerstin bot ihr eine gekochte Kartoffel an, aber sie schüttelte den Kopf. Seit gestern hatte sie keinen Appetit.

»Wir alle steuern was bei«, meinte Susi, nahm eine Kartoffel von Kerstin und biss hinein.

Lotte grinste. »Gib's zu, du hast einfach nur Lust auf eine Feier!«

Ihre Freundin zuckte mit den Schultern. »Irgendwie müssen wir uns unsere Gemüter doch warm halten!«

Lotte sah zum kleinen Fenster, das von der Feuchtigkeit, die sie hereingebracht hatten, beschlagen war. Eine gemütliche kleine Runde … Vielleicht war es den Versuch wert.

»Ich hatte mir tatsächlich gedacht, dass ich … Ich weiß nicht, ob das total verrückt ist …« Sie zog ihren Rucksack heran, sah sich kurz um und öffnete ihn dann, um den beiden Frauen die Packung Zigaretten zu zeigen, die Armin ihr letztes Jahr bei seinem Besuch mitgebracht und die sie heute Morgen eingepackt hatte. »Damit dürfte ich doch irgendetwas Besonderes für ihn bekommen, meint ihr nicht?«

Kerstin verschluckte sich fast an ihrer Kartoffel. »Du meinst auf dem …« Sie senkte die Stimme. » … Schwarzmarkt?«

»Ja, ich will mich nur mal umsehen. Vielleicht finde ich ja eine Kleinigkeit, die ihm Freude bereitet. Sei es auch nur eine Packung Kaffee.«

»Pass aber bloß auf«, sagte Gudrun mit unheilvoller Stimme. »Es verschwinden immer wieder Leute von der Straße, die bei einer Razzia geschnappt wurden.«

Treffpunkt für den Tauschhandel war die Hellerstraße, ein ganzes Stück außerhalb der Altstadt. Noch kannst du umdrehen, sagte sie sich, als sie am Anfang der Gasse stand. Dunkle Gestalten bewegten sich darin. Sie musste an die dicken schwarzen Kellerspinnen denken, vor denen sie früher große Angst gehabt hatte, wenn ihre Mutter sie Kohle holen geschickt hatte. Sie hatte das Gefühl, eine Höhle zu betreten, von der sie nicht wusste, was sie darin erwarten würde. Gesenkte Stimmen waren zu hören. Der Geruch nach feuchtem Stein und Moder reizte ihren Magen. Kalter Schweiß stand auf ihrer Stirn.

Die Händler hatten sich entlang der Gasse verteilt und ihre Waren vor sich auf Tüchern ausgelegt. Es wurden Lebensmittel wie Brot und Fett angeboten, aber auch solche, die Lotte schon lange nicht mehr gesehen hatte: eingelegte Heringe oder Dosen mit Sahne.

Zigaretten waren eine beliebte Währung, weil Rauchen den Hunger vertrieb. Das wusste sie von Susi, die ihr eingeschärft hatte, sich bloß nicht über den Tisch ziehen zu lassen. Manche Dinge waren jedoch sehr teuer, vor allem bei Lebensmitteln und Kleidung lag der Preis in Zigaretten ziemlich hoch, denn da gab es das kleinste Angebot.

»Für ungefähr acht Zigaretten bekommst du ein Brot«, hatte Susi gewusst. Dosenfleisch könnte sie für zwanzig Zigaretten ergattern, und für fünfundzwanzig Zigaretten bekäme sie ein Paar Schuhe. Lotte vermutete, dass einige der angebotenen Produkte aus alten Armeebeständen stammten. Geschickte Schieber und Hehler konnten sich mit dem Verkauf bestimmt eine goldene Nase verdienen.

Lotte schlug den Kragen ihres Mantels hoch und schob die Hände in die Taschen. Mit einer Hand umklammerte sie die Packung Zigaretten.

Die ersten Minuten verbrachte sie damit, sich so unauffällig wie möglich zu verhalten. Beobachte, sagte sie sich. Und pass dich an. Manche der Leute waren auf der Suche nach etwas Bestimmtem. »Haben Sie eine Decke?« – »Ich bräuchte Nähzeug.« Lotte begriff schnell, dass es unklug war, offen zu erkennen zu geben, wenn man etwas dringend benötigte, denn dann war der Preis besonders hoch. Andere, wie sie, stöberten vielmehr. Sie sah ihre Unsicherheit in so manchem faltigen, vernarbten, eingefallenen Gesicht gespiegelt. Es wurde gefeilscht, diskutiert, geschimpft, gebettelt, geweint.

Ständig hatte sie das Gefühl, angestarrt zu werden. Vielleicht witterte der Verkäufer schräg von ihr mit der üblen Brandnarbe an der Wange ihre Angst.

»Was suchst du denn?«, raunte er ihr zu und wies auf seine Ware. »Einen Koffer? Schuhe? Die dürften ungefähr deine Größe haben.« Außerdem hatte er noch ein Nudelsieb im Angebot, das er selbst gemacht hatte, indem er in einen alten Armeehelm Löcher gestanzt hatte.

Als sie nichts bei ihm fand, was Jakob eine Freude bereiten könnte, schüttelte sie den Kopf und lief schnell weiter, vorbei an einer Frau mit Kopftuch, die um eine Pfanne feilschte. Aber der Händler wusste mit der Silbergabel, die sie dafür bot, nichts anzufangen. »Do konnst no so öft sogen, wie de willst, dass das aus Silber is! Do scheiß isch druf! Ob Silber odar Bläsch, is mir egal, Hauptsach, nützlich is!«

Lotte sah ihr Gesicht in einem Spiegel und erschrak, weil sie ganz fahl wirkte. Dicke Schweißperlen standen auf ihrer Stirn und schrien regelrecht, dass sie ein leichtes Opfer war. Deshalb starrte man sie also so an. Sie musste mehr wie dieser Mann dort drüben wirken, wachsam und selbstbewusst, als hätte er eine gewisse Routine beim Handeln auf dem Schwarzmarkt. Sie tupfte ihre Stirn mit der Spitze ihres Schals und straffte sich.

Eine Frau mit herausfordernd geschminkten Lippen und hohen Schuhen lehnte an der Mauer, spielte mit den Fingern am

Ausschnitt ihres Kleides und suchte Blickkontakt zu einem Mann. »Komm doch mal her, Hübscher.«

Ein Stück weiter huschte eine Ratte drei Stufen hinab, die zu einem Kellerabteil führten, und verschwand in der Dunkelheit. Ein altes, runzliges Weiblein deutete auf einen Wintermantel und sagte mit einem Selbstbewusstsein, über das Lotte nur staunen konnte: »Dafür zahle ich zwei Packungen Zigaretten. Und keine mehr.«

Lotte war hellwach. So unheimlich ihr dieser Ort nach wie vor war, so fasziniert war sie gleichermaßen von der Lebendigkeit, die hier herrschte.

Auf einmal stellte sich jemand direkt vor sie. Vor Schreck taumelte sie einen Schritt zurück. Zwei Atemzüge lang verschwamm alles vor ihren Augen.

»Junges Fräulein, suchen Sie was Bestimmtes?«, hörte sie eine Männerstimme fragen.

Sie schloss die Augen, und als sich ihre Lider wieder hoben, konnte sie klar sehen. Der Mann, der sie aufgehalten hatte, hatte etwas von einer Hyäne. Er war klein und drahtig und trug eine dunkelbraune Lederjacke sowie eine flache schwarze Schiebermütze.

»Ich … Ich suche nichts Bestimmtes. Ich stöbere nur. Ein Freund hat Geburtstag.«

»Na, heute ist dein Glückstag. Ich habe ein Lager, da findet sich bestimmt was für deinen Freund.« Der Zahnstocher zwischen seinen schlechten Zähnen wippte, als er sprach.

»Wirklich?«

Er zwinkerte ihr zu. »Folgen Sie mir.«

Ihr Instinkt schlug Alarm. »Wo ist Ihr Lager denn?«

Ohne eine Erklärung lief er los. Er wusste, dass sie ihm folgen würde, und genau so war es. Wenn auch nur irgendetwas verdächtig war oder ihr Angst machte, würde sie schnellstmöglich verschwinden.

Die Hyäne steuerte auf eine alte Garage zu, vor der ein zweiter, massiger Mann mit finsterem Blick Wache hielt. Die Holztür war von innen mit Blech vernagelt, sodass man nicht hineinsehen konnte. Der Händler zog einen Schlüssel aus der Hosentasche und öffnete damit das große Schloss. Ihr Puls beschleunigte sich. Sie fühlte sich so wie bei hohem Wellengang auf einem Schiff. In was war sie hier nur reingeraten?

»Ich glaube, ich würde lieber …«

»Na komm schon, ich mach dir bestimmt den besten Preis.«

Viel Licht gab es in der Garage nicht, nur das wenige Tageslicht, das von draußen zwischen die Holzbalken hereinfiel. Es duftete herrlich nach Kaffee und Geräuchertem. Als sich ihre Augen an die Dämmerstimmung in der Garage gewöhnt hatten, schnappte sie nach Luft. In greifbarer Nähe reihten sich vor ihr in den Regalen Konserven mit Sahne, Schweinefleisch oder Gewürzgurken, es gab bei Weitem mehr als in jedem Geschäft. Sie sah Milch in Pulverform von Nestlé und sogar eine Flasche Rotwein! Und was würde sie für eine solche Wärmflasche aus Eisen geben! Allein die Vorstellung, abends in ein warmes Bett zu steigen, war so verführerisch, dass sie am liebsten sofort die Zigarettenpackung gezückt und verhandelt hätte.

Halt. Sie sollte hier schnellstmöglich verschwinden. Das hier hatte nichts mehr mit kleinem Handel zu tun wie das, was draußen auf der Straße stattfand. Vor allem der Schwarzhandel mit Lebensmitteln war strengstens untersagt, er wurde als Entwendung von Volkseigentum bestraft. Und sie war von Lebensmitteln umgeben. Sie musste an einen Großhändler geraten sein, der seine Ware über dunkle Kanäle bezog. Vermutlich war sie gestohlen.

Aber sie war nun mal im Paradies gelandet, und sie wollte Jakob zum Geburtstag ein kleines Stückchen Paradies schenken.

»Wie viel kostet eine Packung Kaffee?«, fragte sie.

Da entdeckte sie zwischen einem Fahrradschlauch und einem Koffer die Nähmaschine. Wie viel einfacher es alles machen würde, wenn sie Jakob und sich selbst Kleidung schneidern könnte. Das wäre ein Geschenk, von dem sie alle profitieren würden.

Die Hyäne war ihrem Blick gefolgt. Sein Grinsen war gefährlich und offenbarte zwei Reihen schlechter Zähne. »Die ist ein bisschen teurer als eine Packung Kaffee. Was wäre sie dir denn wert?« Mit dem Zahnstocher pulte er Dreck unter seinen Fingernägeln hervor.

»Ich habe das hier.« Sie zog die Packung Zigaretten aus ihrer Manteltasche.

Er lachte. »Das ist viel zu wenig.«

Unwillkürlich legte sie eine Hand auf den Mond-Anhänger, der auf ihrem Brustbein auflag. Das war alles, was sie von Leo hatte, deshalb würde sie die Kette niemals hergeben.

»Aber du hast doch sicher noch etwas, was du mir anbieten kannst.«

Sie verstand erst, worauf er anspielte, als er eine ihrer Haarsträhnen um seinen Finger wickelte. Ein eisiger Schauer rann ihr den Rücken hinab. Sie schlug seine Hand fort, trat einen Schritt zurück und stieß dabei mit dem Rücken gegen eines der Regale.

»Ach, komm schon. Jetzt bist du doch schon hier und willst die Nähmaschine und vielleicht noch eine Packung Kaffee mitnehmen, nicht wahr?« Er kam näher, sein schlechter Atem schlug ihr ins Gesicht.

Ihre Gedanken rasten. Wenn er sie anrührte, dann würde sie

ihm mit voller Wucht das Knie zwischen die Beine rammen und rennen.

Er machte einen Schritt auf sie zu. Sie sammelte ihre Kräfte. Zählte innerlich. Eins, zwei …

Da ließ ein Geräusch ihn innehalten. Hatte da gerade jemand gepfiffen? Ehe Lotte begriffen hatte, was hier vor sich ging, war der Händler über eine Hintertür auf und davon. Draußen war Tumult zu hören.

»Polizei!«, brüllte jemand.

O Gott. Eine Razzia.

»Mitkommen, Sie sind verhaftet!«

Adrenalin jagte durch ihren Körper. Ehe sie sichs versah, hob sie die Nähmaschine vom Boden auf, drückte das unhandliche Gerät an ihre Brust und folgte dem Händler über die Hintertür hinaus, wo sie in einer parallelen Gasse landete. Ein Wagen mit mehreren Verhafteten stand am Ende, davor zwei Wachmänner. »Halt!«, brüllte einer.

Sie rannte, so schnell ihre Beine sie trugen, in die andere Richtung davon, aber die Nähmaschine war verflucht schwer. Ohne im Geringsten eine Ahnung zu haben, wo sie war, bog sie am Ende der Straße ab. Weiter.

»Bleib stehen!«, schrie jemand hinter ihr, viel zu nah. Einer der Polizisten war ihr also gefolgt.

Wieder bog sie ab. Und landete in einer Sackgasse.

Ihr Herz raste. Ihr wurde schwummrig.

»Hab ich dich.«

Sie drehte sich um, sah einen Mann in Uniform. Dann gaben ihre Beine nach, und alles um sie herum wurde schwarz.

24

Feuer. Überall. Es umzingelte sie, kam immer näher. Es bäumte sich auf, fraß sich gierig durch ihre Kleidung und ihre Haut.

Der Schmerz arbeitete sich durch ihre Beine vor, ihren Rücken, ihre Brust. Ihr Körper fühlte sich unendlich schwer an, als würden ihre Knochen aus Zement bestehen. Das Pochen in ihrem Kopf wurde zu einem schrillen Geräusch und übte heftigen Druck aus, als würde ihr Schädel bald zerbersten.

Wie von fern hörte sie eine Stimme. Sie konnte sie nicht verstehen.

Etwas Kühles legte sich erlösend auf ihre Stirn. Das Feuer zog sich zurück. Dankbar stieß sie heißen Atem aus und wurde empfangen von einem hellen Weiß, das über sie hereinbrach wie eine große Welle rettenden Wassers.

Licht kitzelte ihre Lider. Sie war noch nicht bereit aufzuwachen, sie fühlte sich zu wohl, als wäre sie in einer nach Lavendel duftenden Blase, in der alles gut war.

Es dauerte drei, vier schwere Atemzüge lang, bis sie es schaffte, die Augen zumindest einen kleinen Spaltbreit zu öffnen. Nach und nach nahm sie alles in sich auf. Sie war in ihrem Zimmer, in ihrem Bett. Zwischen ihren Vorhängen fiel ein Streifen silberweißen

Mondlichts hindurch. In der Ferne bellte ein Hund. Ansonsten war es vollkommen still.

Sie blinzelte und sortierte ihren Körper. Das Brennen in ihren Lungen war verschwunden, ebenso die Steine auf ihrer Brust. Sie hatte keine Ahnung, wie viel Zeit vergangen war, seit sie das letzte Mal bei Sinnen gewesen war und etwas wahrgenommen hatte. Überhaupt hatte sie keine Ahnung, was geschehen war. Nun aber fühlte sie sich endlich wieder wach, als hätte sie die letzten Stunden abgeworfen wie einen Mantel.

Sie versuchte, sich etwas zu bewegen, zumindest einmal die Finger zu strecken, und stellte dabei zu ihrer Verwunderung fest, dass jemand neben ihr lag. Es war Jakob. Der Arme hatte keine Decke, nicht mal ein Kissen, und lag knapp an der Kante. Und trotzdem sah es friedvoll aus, so wie ihn das Mondlicht umhüllte.

Ihr fiel auf, wie lange es her war, dass sie so ruhig dagelegen hatte, ohne den inneren Drang zu verspüren, sofort aufzustehen und zur Arbeit aufzubrechen oder Lebensmittel zu beschaffen, einfach irgendetwas zu tun, um zu überleben, um beschäftigt zu sein und das Karussell in ihrem Kopf anzuhalten.

Sie drehte den Kopf ein bisschen und versuchte, sich damit abzulenken, Jakobs friedliches Gesicht zu betrachten. Noch nie war sie ihm so nah gewesen. Nun sah sie seine langen dunklen Wimpern, die Narbe oberhalb seiner rechten Augenbraue und das kleine herzförmige Muttermal an seinem Schlüsselbein.

Als würde er ihren Blick spüren, wachte er auf. Er blinzelte, ehe sich seine Lider hoben.

Ihre Lippen spannten, als sie ein bisschen lächelte. »Guten Morgen.«

»Guten Morgen«, erwiderte er. »Da bist du ja wieder.«

Kaum hatte er sich ein wenig aufgerichtet, vermisste sie schon die Wärme, die er ausgestrahlt hatte. Wenn es nach ihr ginge, hätte sie noch Stunden neben ihm liegen können.

»Habe ich so lange geschlafen?«, fragte sie.

Auch sie stemmte sich auf, deutlich mühsamer als er, und er half ihr, indem er ihr Kissen hinter ihren Rücken stopfte. »So ähnlich. Du hattest ziemlich hohes Fieber und warst nicht ansprechbar.«

Es war keine Spur mehr von Distanz in seiner Stimme oder in seinem Blick, ganz im Gegenteil. Er legte seine kühle Hand auf ihre Stirn.

»Das tut gut …«, seufzte sie.

»Deine Temperatur ist zum Glück deutlich runter. Endlich. Fühlst du dich auch besser? Soll ich dir etwas holen?«

»Bleib …« Das war schneller raus, als ihr bewusst war, was sie da sagte.

Er zögerte einen Moment, ehe er sich mit dem Rücken an das Bettgestell lehnte. So saßen sie nebeneinander, Schulter an Schulter, im Mondenschein.

»Der Arzt meinte, dass du das vermutlich schon eine ganze Weile mit dir rumgeschleppt hast. Deshalb warst du oft so blass.«

Sie strengte sich an und versuchte, sich daran zu erinnern, was geschehen war. Aber in ihrem Kopf herrschte ein schwarzes Loch, was die vergangenen Stunden anging. »Was ist denn passiert?«

»Du bist abends nicht nach Hause gekommen. Ich habe mir Sorgen gemacht und Kerstin zu Hause aufgesucht, um sie zu fragen, ob sie weiß, wo du steckst. Und da hat sie mir gesagt, dass du zum Schwarzmarkt wolltest. Ich hatte ein ungutes Gefühl und bin lieber gleich zu Armin.«

»Das wird dich Überwindung gekostet haben.«

»Für dich würde ich so einiges in Kauf nehmen.«

Dieses Lächeln. Es war so schön, dass sich eine kleine Träne aus ihrem unteren Wimpernkranz löste und ihre Wange hinablief.

»Armin hat in Erfahrung gebracht, dass es eine Razzia gab, und dafür gesorgt, dass du aus dem Gefängnis entlassen wurdest. Du warst wohl kaum bei Sinnen. Ein Wunder, dass du das überhaupt überlebt hast. Bei den grausamen Zuständen dort …«

So langsam klärte sich der Nebel in ihrem Kopf wieder. Der Schwarzmarkt. Die Razzia. »O Gott, dein Geburtstag! Ich wollte dir etwas kaufen …«

»Darüber machst du dir jetzt bitte keine Gedanken. Mach dich lieber auf eine ordentliche Standpauke gefasst, sobald du wieder bei Kräften bist. Vorerst verschone ich dich noch. Was hast du dir nur dabei gedacht? Ehrlich, ich hätte dich für klüger gehalten.«

»Hast du nicht gesagt, dass du mich noch verschonen willst?«

»Tut mir leid.«

»Nein, mir tut's leid«, murmelte sie kleinlaut. »Ich wollte dir keine Sorgen bereiten. Wie lange war ich denn weg?«

»Zwei Tage.«

»Zwei Tage?!« Sie hätte mit ein paar Stunden gerechnet. »O Gott … Gib mir noch fünf Minuten, dann stehe ich auf.«

»Sehr gute Idee. Vielleicht magst du direkt zur Arbeit gehen. Es wäre nett, wenn du dich vorher noch ums Frühstück kümmern könntest.«

Als sie tatsächlich versuchte, die Beine aus dem Bett zu heben, drückte er sie mit sanfter Gewalt zurück. »Du bleibst, wo du bist. Wenn nötig, fessle ich dich ans Bett.«

Stille senkte sich zwischen ihnen herab, und Lotte blickte auf das Blumenmuster der Bettdecke hinab. »Danke …«

»Für was?«

»Dass du dich um mich gekümmert hast.«

»Du warst auch immer für mich da. Es war mal an der Zeit,

dass ich mich revanchieren kann. Abgesehen davon habe ich mich auch nicht allein um dich gekümmert. Susi und Kerstin waren hier und wollten kaum von deiner Seite weichen. Sogar Armin war einmal da, um dir das zu bringen.« Er deutete auf die Kommode, auf der die Nähmaschine stand. »Du hattest sie wohl bei dir, als man dich aufgegriffen hat.«

Lotte fuhr sich mit beiden Händen über das Gesicht, versuchte, ihren Kopf zu sortieren. »Das ist sehr nett von ihm.«

»Ja, das ist es.« Jakob nickte gedankenversunken und strich ihr dann eine Haarsträhne aus dem Gesicht. »Ich hatte ehrlich Angst.«

»Um mich?«

»Nur davor, dass du mich mit den ständig gackernden Frauen auf der Baustelle allein lassen würdest.«

»Da wird mir doch gleich ganz warm ums Herz. Ist das noch das Fieber oder dein Charme?« Obwohl ihr Brustkorb noch schmerzte, lachte sie darüber tatsächlich ein bisschen.

»Gott sei Dank, dieses Lachen habe ich vermisst.« Jakob zog sie an sich und küsste sie auf ihr Haar. »Ist dir denn nicht klar, dass mir das Wichtigste an meinem Geburtstag ist, dass du dabei bist?«

Das war vermutlich das Netteste, was er ihr jemals gesagt hatte. Und gleichzeitig wurde ihr Herz ganz schwer, als würde eine innere Stimme ihr einflüstern, dass sie so viel Zuneigung gar nicht verdiente. »Ehrlich?«

»Ja«, erwiderte er. »Ich …« Unerwartet brach seine Stimme. Er schüttelte den Kopf, wandte sich etwas ab, aber zu spät. Sie hatte die Tränen gesehen, die plötzlich in seinen Augen standen. Es traf sie unvorbereitet, ihn so aufgelöst zu sehen. Normalerweise hielt er seine Gefühle doch wie in einem Tresor eingesperrt.

Als wäre er wütend auf sich selbst, wischte er sie fort. »Ich will nie wieder jemanden verlieren, der mir wichtig ist. Verstehst du das?«

In diesem Moment wurde ihr klar, dass er wirklich gedacht hatte, sie würde sterben, und ohne dass sie etwas dagegen tun konnte, kam ein Schluchzen aus ihrer Kehle.

»Ich kann dich nicht verlieren, Lotte, und deshalb ist es deine Pflicht, auf dich aufzupassen.«

Auch sie konnte die Tränen nun nicht mehr zurückhalten. Ihr selbst war es egal, ob sie noch auf dieser Welt war oder nicht, und sie hatte auch nicht angenommen, dass es für irgendwen einen großen Unterschied machte.

»In Ordnung«, sagte sie.

Sie unterhielten sich noch ein bisschen, dann schlief Jakob ein. Es herrschte eine ganz besondere Atmosphäre, friedvoll und zart. Durch den Spalt der Vorhänge sah sie, dass sich inzwischen sanftes Morgenlicht am Horizont abzeichnete. Schweigend und wunderschön lag der neue Tag vor ihnen. Es war so still im Zimmer, dass sie Jakobs regelmäßigen Atem hörte. Sie fragte sich, wie es sich wohl anfühlte, ihn zu berühren, den Kopf auf seine Brust zu schmiegen, die Augen zu schließen und sich von seinem Herzschlag davontragen zu lassen, an einen Ort, an dem alles gut war, eine Art Zuhause.

Mit dieser Vorstellung schlief auch sie ein.

25

Es war geradezu angsteinflößend, wie schnell die Zeit raste. Auf einmal war ihre Tante schon drei Monate tot, aber noch immer fühlte es sich an, als wäre sie erst gestern gestorben. Manchmal dachte Lotte Dinge wie: Das muss ich Viktoria erzählen! Und dann, wenn die Erkenntnis, dass ihre Tante nicht mehr lebte, wie ein kalter Wolkenbruch auf sie herabstürzte, war sie so traurig, dass sie wie gelähmt war. An anderen Tagen war sie richtig wütend auf ihre Tante, als hätte sie sie im Stich gelassen in dieser ständigen Plackerei.

Ende Februar war die Entnazifizierung offiziell für beendet erklärt worden. Jakob befürchtete, dass sich spätestens mit dieser resoluten Schlussstrichmentalität auch niemand mehr mit seinem eigenen Verhalten während der NS-Diktatur auseinandersetzen würde.

Der April entwickelte sich zu einem sehr launenhaften Monat. Das Wetter spielte verrückt, überraschte sie mit Sonnenschein und dann wieder mit kräftigen Regenschauern, die sich in den Kratern und an den Ruinen zu riesigen Pfützen stauten und den Schutt in braunen Strömen durch die Straßen spülten.

Der Großteil der Arbeit an der Ruine des ehemaligen Kaufhauses war beendet, und bald würde man sie alle an anderen Baustellen einsetzen. Manfred hatte ihr angeboten, weiterhin für ihn zu arbeiten, und sie hatte ihn darum gebeten, ihr mehr Aufgaben zuzuteilen. Kurz vor Feierabend schickte er sie nun täglich auf das Amt, wo sie eine Liste mit Materialien, die benötigt wurden, abgab.

Im Westen war am 3. April ein Aufbauprogramm der USA in Kraft getreten, mit dem durch Dollars in Milliardenhöhe und Hilfsgüter die Wirtschaft stark gefördert werden sollte, während hier im Osten alles stagnierte. So langsam hatte Lotte das Gefühl, dass sie noch ewig schaufeln und dabei »Wenn bei Capri die rote Sonne im Meer versinkt« singen würden, während die Frauen im Westen vermutlich schon bald den Sonnenuntergang auf Capri in echt bewundern würden.

Im Mai erblühte die Stadt im wahrsten Sinne des Wortes, denn überall dort, wo Ruinen abgerissen worden waren, herrschte Brachfläche, die sich die Natur nach und nach zurückerobert hatte und mit Gras und Blumen schmückte.

Am 14. Mai wurde die Unabhängigkeit Israels ausgerufen. Der neue Staat ging aus einem Teil des britischen Mandatsgebiets Palästina hervor. Am nächsten Tag griffen die arabischen Staaten Irak, Libanon, Ägypten, Transjordanien und Syrien gemeinsam Israel an. Seitdem tauchten wieder öfter die tiefen Sorgenfalten auf Jakobs Stirn auf. Er verbrachte viel Zeit in der Jüdischen Gemeinde und kam abends oft erst spät nach Hause.

Kurz nach Feierabend machte Lotte sich mit ihren Mädels auf in den Bauwagen, um ihre Rucksäcke zu holen.

»Was machst du am Sonntag?«, wandte sich Susi an Lotte.

»Nicht viel, ich wollte mich um unseren Garten kümmern, Tomaten und Gurken säen.«

»Dann hättest du also eine Stunde für mich Zeit? Perfekt. Du müsstest nämlich meine Maße nehmen für ein Kleid, das du für mich anfertigen sollst. Du hast doch jetzt eine Nähmaschine. Es geht um ein ganz bestimmtes Kleid.« Susi zog ihre Arbeitshandschuhe von den Händen und präsentierte mit vielsagendem Blick den Ring an ihrem Finger.

Gudruns Augen wurden groß. »Uiii! Sag bloß!«

»Alexej hat mich gestern gefragt, ob ich seine Frau werden möchte. Und ich habe Ja gesagt.«

Lotte umarmte ihre Freundin. »Herzlichen Glückwunsch. Und natürlich nähe ich dein Hochzeitskleid! Ich freue mich darüber!«

Sie hatte zwei-, dreimal ein paar Worte mit Alexej gewechselt, als er Susi nach Feierabend abgeholt hatte, und er hatte nett gewirkt. Von ihrer Freundin wusste sie, dass deutsche Soldaten seine Schwester kurz nach dem Überfall Deutschlands auf die Sowjetunion vergewaltigt und brutal ermordet hatten. Susi war es gelungen, dass Alexejs Herz nicht mehr nur erfüllt war vom abgrundtiefen Hass auf die Deutschen, sondern dass er auch wieder Gefühle wie Freundschaft, Zuneigung und Liebe empfinden konnte. Wenn sie mal verheiratet war, würde ihre Freundin sicher keine Trümmer mehr schleppen, sondern gemeinsam mit ihrem Mann eine Wohnung beziehen und schon bald eine wunderbare Mutter sein. Lotte würde ihre quirlige und zielstrebige Art auf der Arbeit vermissen.

»Danke«, sagte Susi. »Drück mir die Daumen, dass wir ein Standesamt finden. Und natürlich will ich auch unbedingt irgendwo mit euch feiern, sobald ich einen schönen Ort dafür entdeckt habe. Wenn wir schon ein Fest machen, dann muss alles stimmen!«

Gemeinsam malten sie sich Susis Hochzeitskleid und die Feierlichkeit aus.

»Ich muss euch auch etwas sagen«, meinte Kerstin nach einer Weile, als sich die Aufregung ein wenig gelegt hatte. Sie war schon den ganzen Morgen über ungewöhnlich still und in sich gekehrt gewesen. »Mein Gerhard ist aus der Kriegsgefangenschaft heimgekehrt.«

Lotte schlug eine Hand vor den Mund. »Oh, Kerstin! Das ist wunderbar!«

Kerstin kämpfte sichtlich gegen die Tränen an, die in ihre Augen getreten waren. »Ich konnte es kaum glauben. Gestern Abend klopfte es an meiner Tür. Ich dachte, es wäre meine Vermieterin, die ihr Geld einfordert. Aber da stand ein Mann.« Nun schluchzte sie los. »Ich habe ihn erst gar nicht erkannt. Er ist schrecklich dünn und sieht aus wie ein Wilder. Und seine Augen sind so anders. Irgendwie ganz … schwarz.«

Lotte zog sie an sich und umarmte sie, so fest sie konnte. Kerstin ahnte ja nicht, wie viel auch ihr diese Neuigkeit bedeutete. Hin und wieder geschahen eben doch Wunder. Nach inzwischen unzähligen Anfragen beim Suchdienst schöpfte Lotte neue Hoffnung, dass auch Leo eines Tages nach Dresden und damit zu ihr zurückkehren würde.

»Ich freue mich so, dass er wieder bei mir ist. Aber er spricht kaum mit mir. Ich habe Angst, dass er nie mehr der Alte sein wird.«

Lotte sah durch das kleine Fenster zu Jakob, der gemeinsam mit Hartmut eine volle Lore die Schienen entlangschob, und dachte an die Gespräche, die sie über die Vergangenheit und Neuanfänge geführt hatten. »Wahrscheinlich wird er auch nie mehr der Alte sein. Du wirst wohl viel Geduld mit ihm haben müssen. Aber mit der Zeit werdet ihr einen Weg finden, miteinander umzugehen. Und eines Tages wird dein Mann das Glück sehen, das ihm zuteilwurde. Nämlich, am Leben zu sein und noch etwas Zeit mit dir geschenkt bekommen zu haben.«

»Lasst uns heute Abend darauf anstoßen«, schlug Susi vor.

»Und mit was?«, fragte Kerstin.

»Ich hätte da eine Idee …«, meinte Gudrun zurückhaltend. Aus der Tasche ihres Kittels zog sie den Schlüssel für den Schrank, in dem sich der Verbandskasten befand, öffnete die Tür und holte eine Flasche selbst gebrannten Schnaps hervor. »Die hat Manfred mal Hartmut abgenommen und hier verstaut.«

Susi klatschte in die Hände. »Problem gelöst.«

Innerhalb kurzer Zeit staute sich die Hitze im Bauwagen. Inzwischen war nur noch ein kleiner Rest in der Flasche auf dem Tisch übrig. Lotte spürte den Schnaps in ihrem Blut kreisen. Es war eine Ewigkeit her, dass sie Alkohol getrunken hatte, das letzte Mal, als sie mit Jakob bei Armin gewesen war, und sie hatte heute noch nicht gerade viel gegessen. Sie sollte zusehen, dass sie wieder einen klaren Kopf bekam, denn später würde sie alleine nach Hause laufen müssen. Als sie Jakob gefragt hatte, ob er mit ihnen feiern wolle, hatte er nur vage gesagt, er sei schon verabredet, und war direkt nach der Arbeit aufgebrochen.

»Ich schnappe mal etwas frische Luft«, entschuldigte sie sich.

Die Nacht war angenehm kalt. Lotte atmete tief ein, legte den Kopf in den Nacken und betrachtete den Sternenhimmel. Sie dachte daran, wie Leo ihr die Sternbilder beigebracht hatte, und keuchte im nächsten Moment. Heimtückisch hatte diese Erinnerung sie erfasst. Sie schüttelte den Kopf, als könnte sie sie auf diese Weise vertreiben oder wieder zu all den anderen Erinnerungen in den Tresor ihres Herzens verbannen, bis sie vielleicht eines Tages bereit wäre, sich mit ihnen auseinanderzusetzen.

Sie hörte, dass die Tür des Bauwagens erneut aufging. Es war Carola, die zu ihr hinauskam. »Das war eine gute Idee von dir, frische Luft zu schnappen«, sagte sie. »Dadrin ist es so stickig.« Sie rieb sich die Arme. »Ich wollte dich etwas fragen.«

»Nur zu.«

»Weißt du, ob Jakob eine andere Frau gernhat?«

Lotte sah auf ihre Fußspitzen hinab. »Wie kommst du denn darauf?«

»Na ja, er und ich verbringen hier auf der Baustelle viel Zeit miteinander, aber er fragt mich nicht, ob ich mal mit ihm ausgehen möchte.«

»Er braucht einfach noch etwas, um das, was er durchgemacht hat, hinter sich zu lassen. Er hat seine Frau sehr geliebt.«

Das Licht, das aus dem Bauwagen fiel, zerschnitt Carolas Gesicht in zwei Hälften. »Ich habe meinen Verlobten auch sehr geliebt.«

Lotte sah Carola einfühlsam an. »Tut mir leid, ich wollte damit nicht sagen, dass …«

»Schon gut«, fiel Carola ihr ins Wort. »Und was ist das zwischen euch?«

»Was meinst du?«, fragte Lotte unsicher und spürte, wie Hitze von ihrem Hals in ihre Wangen stieg.

»Ihr wirkt so vertraut miteinander. Manchmal sieht er dich an, und du siehst ihn an, und man hat das Gefühl, als wärt ihr zwei in eurer ganz eigenen Welt.«

Dieses Gefühl hatte sie auch oft, aber sie bezweifelte, dass es Jakob ebenso ging.

»Wir verbringen einfach nur viel Zeit miteinander.«

Carola lächelte unsicher. »Dann stört es dich also nicht, dass er mir gefällt?«

Lotte holte Luft und wollte etwas erwidern, wusste aber nicht, was. »Ich kann es gut nachvollziehen, er ist ja auch ein toller Mann«, wich sie schließlich aus.

»Weißt du, ich glaube, es ist Schicksal, dass Jakob und ich uns wieder über den Weg gelaufen sind.«

Lotte hatte einen Kloß im Hals. »Ja. Vielleicht. Euch beide verbindet viel«, schaffte sie es zu erwidern. »Das, was du damals für ihn getan hast, ist wirklich bemerkenswert.«

»Er hat mir einfach schrecklich leidgetan, wie er jeden Tag gebückt an meinem Fenster vorbeigelaufen ist. Ich musste etwas unternehmen.« Sie sah Lotte an. »Was soll ich deiner Meinung nach tun? Soll ich ihn einfach fragen, ob er mit mir ausgehen möchte?«

»Man sollte ihn nicht drängen, da schaltet er auf stur. Ich gebe ihm bei Gelegenheit einen kleinen Stups.«

»Das würdest du für mich tun?«

Lotte dachte daran, wie viel die junge Frau durchgemacht hatte, wie sie Jakob oft mit ihren Rehaugen ansah und was für ein schönes Paar die beiden zusammen abgeben würden.

»Natürlich.« Ihr Lächeln fühlte sich an, als würde sie eine Grimasse schneiden.

»Danke, Lotte«, sagte Carola und drückte ihre Hand. »Du bist eine wahre Freundin.«

»Ich glaube, ich habe den Schnaps nicht vertragen«, entschuldigte Lotte sich nur wenig später bei ihren Freundinnen und huschte schnell aus dem Bauwagen, ehe die anderen protestieren konnten. Sie wollte sich einfach nur von der Nacht aufsaugen lassen. Müde und allein schleppte sie sich nach Hause. Sie sah in den schwarzen Himmel hinauf, und es war ihr, als wären die Sterne verblasst. Sie hatte das Richtige getan. Es war wirklich ein Wunder, dass Carola und Jakob einander wiedergefunden hatten.

Ein leichter Regen setzte ein und vermischte sich mit den Tränen, die sie zurückgehalten hatte.

Als sie an jenem Abend nach Hause kam, war sie so erschlagen, dass sie überlegte, ohne Abendessen ins Bett zu gehen. Zu ihrer Überraschung hörte sie eine ihr unbekannte Männerstimme in der Küche. Hatte Jakob Besuch? Warum hatte er das nicht erwähnt?

Die beiden unterhielten sich mit gesenkter Stimme, aber die Wände der Wohnung waren so dünn, dass es unmöglich war, nicht trotzdem ein paar Fetzen aufzuschnappen, zumal die Tür einen Spaltbreit offen stand.

»Ich mache mir Sorgen ...«, sagte der fremde Besucher.

Sie hielt in der Bewegung inne.

»Was weiß man bis jetzt?« Als sie Jakobs ernste Stimme hörte, sah sie sofort seinen Gesichtsausdruck vor sich, die zwei senkrechten Falten zwischen seinen Augenbrauen und diesen Blick, den sie nur so beschreiben konnte, als würde er alle Fenster und Türen, die er in sich trug, verriegeln.

Das wenige, was sie sonst noch hörte, bereitete ihr Bauchschmerzen, denn darunter waren die Worte »beschattet« und »verhört«.

So leise wie möglich versuchte sie, ihren Mantel aufzuhängen, aber der Holzboden unter ihren Füßen knarzte. Kurz war es still, dann wurden Stühle über den Boden geschoben.

»Danke, dass du extra hergekommen bist«, sagte Jakob.

»Selbstverständlich.«

Im nächsten Moment ging die Tür auf, und ein Mann stand vor ihr. Er war um die vierzig Jahre alt. Sein Mantel hing über einem Arm, seinen Hut hielt er vor dem Bauch. Etwas an seinem Anblick beruhigte sie, vielleicht sein freundliches Gesicht, vielleicht die warmen Augen, die gleichzeitig von einer erschütternden Traurigkeit erzählten.

»Guten Abend«, sagte er. »Sie müssen Fräulein Spatz sein.«

Er hatte einen festen Händedruck.

»Ja, die bin ich. Und Sie sind?«

»Mein Name ist Julius Meyer. Ich bin ein ...« Er sah zu Jakob, der im Türrahmen lehnte, die Arme vor der Brust verschränkt. » ... Bekannter von Jakob.«

Er zog seinen Mantel an und setzte seinen Hut auf den Kopf,

dann wandte er sich Jakob zu. »Ich halte dich auf dem Laufenden. Wir sehen uns bald wieder. Überleg es dir bis dahin.«

Kaum war die Wohnungstür geschlossen, ging Jakob in die Küche, als wäre nichts gewesen. »Du bist etwas früher als erwartet. Wolltet ihr nicht feiern? Hast du Hunger?«

Sie ging nicht darauf ein. »Was sollst du dir überlegen?«

Jakob stützte sich auf den Tresen, sodass sich seine Rückenmuskulatur unter seinem Hemd abzeichnete. »Müssen wir das heute Abend besprechen?«

Die Frage fühlte sich an, als hätte er sie von sich gestoßen. »Es ist in Ordnung, wenn du mir nicht sagen willst, wer dieser Mann war oder was ihr besprochen habt. Aber dann sag mir das direkt und drucks nicht so herum.«

Jakob richtete sich auf und atmete schwer aus. »Es ist besser, wenn du es nicht weißt. Zu deinem eigenen Schutz.«

Inzwischen war sie so wütend und verletzt, dass sie Angst hatte, etwas Gemeines zu sagen. Sie musste an die frische Luft, um wieder zu klarem Verstand zu kommen.

»Was machst du?«

»Ich muss raus.« Sie zog die Wohnungstür etwas zu fest hinter sich zu.

Jakob war ihr keine Rechenschaft schuldig. Er erzählte ja ohnehin kaum etwas, man musste ihm jedes Wort aus der Nase ziehen, bis auf die Momente, in denen er es unerwartet zu genießen schien, sich mit ihr zu unterhalten. Trotzdem hatte sie auf einmal das Gefühl, als würde etwas Ungewöhnliches vor sich gehen, und er würde sie ausschließen.

Nach ein paar Schritten merkte sie, dass Jakob ihr folgte. »Lotte, ich wollte dich damit nicht verletzen. Ganz im Gegenteil.«

Als sie einfach weiterlief, hielt er sie an der Hand fest.

»Warum kannst du mir nicht sagen, was los ist oder wer dieser Mann war und was er von dir wollte?«

Er sah sie fast flehend an. Aber sie würde nicht nachgeben.

»Wir waren beide in Auschwitz«, sagte er schließlich.

O Gott. Das hatte sie nicht geahnt. Sie schloss die Augen, konnte ihn nicht ansehen, so sehr schämte sie sich, ihn dazu gedrängt zu haben, darüber zu sprechen. »Es tut mir leid … Ich wollte nicht …«

»Du wusstest es ja nicht. Julius lebt in Berlin und ist im Vorstand der Jüdischen Gemeinde und ihr Verbindungsmann zum amerikanischen Joint Distribution Committee, das die jüdischen Überlebenden mit Lebensmittelspenden versorgt.« Jakob hatte ihr schon einmal von dieser Organisation der amerikanischen Besatzer erzählt und davon, dass die Sowjets sie zwar noch akzeptierten, aber sie ihnen auch ein Dorn im Auge war.

»Und warum war Julius hier in Dresden?«

»Er …« Jakob rieb sich über die Stirn. »Er hat einen Bekannten aus der Dresdner Gemeinde besucht und kam im Anschluss hier vorbei, um mir etwas anzuvertrauen. Aber damit möchte ich dich nicht belasten. Glaub mir, es ist besser so.«

Sie stemmte die Hände in die Taille. »Ich bin härter im Nehmen, als du glaubst.«

»Das weiß ich.« Trotzdem schwieg er und ließ den Blick schweifen.

»Kannst du mir wenigstens verraten, was du dir überlegen sollst?«

Jakob schloss kurz die Augen, und als er sie wieder ansah, sagte er: »Julius könnte bei seiner Arbeit in Berlin Unterstützung gebrauchen.«

Sie hatte das Gefühl zu stürzen. Hatte keine Ahnung, wie lange sie ihn einfach nur ansah in der Hoffnung, dass er ihr sagen würde, dass sie ihn falsch verstanden hatte. Dass er ihr nicht gerade gesagt hatte, dass er Dresden vielleicht verlassen würde, um nach Berlin zu gehen. Dass er *sie* verlassen würde. Ihre Gedanken rasten wie in ihren Kindheitstagen ein Karussell auf der Vogelwiese.

»Und was hast du ihm geantwortet?«, schaffte sie es schließlich zu fragen.

»Ich habe gesagt, ich denke darüber nach.«

Ihr Herz wurde so schwer, dass sie sich auf die Stufen vor einem ausgebrannten Mietshaus setzte. Erst als sich Luft schmerzhaft in ihrem Brustkorb staute, begriff sie, dass sie aufgehört hatte zu atmen. »Du willst mich alleinlassen?«

Er schüttelte langsam den Kopf und sah sie dabei auf eine so gefühlvolle Weise an, dass ihr das Herz brach. »Ich will nicht, dass du denkst, dich um mich kümmern zu müssen. Ich will dir keine Last sein.«

»Du bist keine Last für mich. Du bist ...« Sie verstummte. Ihre Oberlippe zitterte leicht, wie jedes Mal, wenn sie kurz davor war zu weinen.

»Ich will nicht, dass du dich mir gegenüber verpflichtet fühlst und irgendwann zurückblickst und bereust, dich so lange mit mir herumgeschlagen zu haben. Ich wünsche mir, dass du frei bist und herausfinden kannst, was du für dich in deinem Leben willst«, sagte Jakob.

Davon wollte sie nichts hören. »Du kümmerst dich doch auch um mich! Und was ist mit dem, was du dir hier aufgebaut hast? Dein Zuhause?«

Er setzte sich neben sie, so nah, dass sich ihre Oberarme berührten. »Weißt du, jeden Tag sehe ich all die alten vertrauen Straßen, die Überreste unseres Kinos und der Wohnung, in der ich aufgewachsen bin. Die Schule. Den Großen Garten, das Blaue Wunder, die Elbe. All das sehe ich. Aber die Menschen, aus denen ›mein

Dresden‹ bestand, sind nicht mehr zurückgekehrt. Und deshalb fühlt sich diese Stadt auch nicht mehr wie mein Zuhause an.«

Aber sie hatte in ihm ihr Zuhause gefunden.

Als könnte er ihre Gedanken lesen, wurde sein Blick ganz weich. »Noch ist nichts beschlossen, ich denke nur darüber nach.«

»Und was ist mit Carola?«, fragte sie.

Etwas Herausforderndes lag in seinem Blick. »Was sollte mit ihr sein?«

»Sie mag dich. Das sieht ein Blinder! Und du scheinst sie auch zu mögen.«

Er schwieg, wandte sich ab.

»Du magst sie doch?«, hakte sie nach.

»Ja, sie ist ein lieber Mensch. Aber ich bin noch nicht so weit, Lotte.«

»Aber vielleicht ist es Schicksal, dass ihr euch wiederbegegnet seid. Und ich finde, du solltest diese Chance nicht verstreichen lassen.«

Er sah sie an. »Warum ist dir das so wichtig?«

Stille. Ein, zwei Herzschläge lang.

»Weil du mir wichtig bist. Und es mich traurig machen würde, wenn ein anderer sie dir wegschnappt und du am Ende unglücklich bist.«

»Und was ist mit dir?«

Auf einmal schien der Boden unter ihr zu schwanken. Drei Atemzüge, erst dann schaffte sie es, seinen Blick zu erwidern. »Was soll mit mir sein?«

»Du lässt dich doch selbst auf niemanden ein.«

»Weil ...« Ihre Blicke verschränkten sich. Sie schluckte, schüttelte den Kopf, wie um ihn wieder klar zu bekommen. »Carola ist wirklich eine tolle Frau«, wich sie aus. »Sie ist hübsch, liebenswert und nicht auf den Kopf gefallen. Und sie hat nach dir gefragt. Die

Arme ist schon am Verzweifeln, weil du sie nicht bittest, mit dir auszugehen.«

Jakob sah sie forschend an. »Ich weiß nicht mal mehr, wie man das macht.«

»Was macht?«

»Wie man eine Frau ausführt. Sie überhaupt fragt, ob sie mit einem ausgehen möchte. Ich habe nicht die geringste Ahnung, wie man mit einer Frau einen schönen Abend verbringt.«

»Aber wir hatten doch schöne Abende gemeinsam.«

»Ja, aber … das ist etwas anderes. Bei dir kann ich ich sein.«

Wenn er nur wüsste, welchen Wirbelsturm seine Worte in ihrer Brust auslösten.

Trotzdem sagte sie: »Und bei Carola wirst du dich auch wohlfühlen, wenn du sie besser kennenlernst. Und eine Frau auszuführen, ist nicht sonderlich schwer.« Sie stellte sich vor ihn und reichte ihm die Hand, um ihn auf die Beine zu ziehen. »Pass auf. Du holst sie in einem sauberen Hemd ab und hast ein paar Blumen dabei, die du auf einem Feld gepflückt hast. Einen bunten, wilden Strauß. Du siehst sie an, siehst sie *wirklich* an, als würdest du nur sie sehen.« Zunächst sah er auf den Boden, ehe sie es schaffte, seinen Blick aufzufangen und festzuhalten. »Dann sagst du ihr, was du an ihr magst. Ihr Lachen vielleicht oder dass du dich von ihr verstanden fühlst. Du kannst sie auch an einen schönen Moment erinnern, den ihr hattet. Euch beide verbindet sehr viel, sag ihr das.«

Er schmunzelte, aber sie war noch nicht fertig.

»Du sagst ihr, dass schreckliche Zeiten hinter euch liegen, aber dass nun die guten Zeiten beginnen. Dass ihr gegenseitig eure geschundenen Herzen heilen werdet. Und wenn sie dann näher kommt …« Lotte machte einen kleinen Schritt auf Jakob zu. »Dann nimmst du ihre Hände und küsst sie sanft auf die Wange. Und wenn sie dich dann sehnsuchtsvoll ansieht, dann schenkst du ihr einen richtigen Kuss.« Ihr Atem beschleunigte sich. »Ganz einfach.«

»Ach, Lotte«, sagte er sanft, und es klang, als würde etwas in ihm kapitulieren. Es klang, als würde er eigentlich so viel mehr sagen.

Später, als sie gemeinsam nach Hause liefen, blieb er plötzlich stehen. »Du könntest mit mir nach Berlin kommen.«

Sie sah ihn überrascht an. »Ich soll mit dir nach Berlin?«

»Warum nicht? Du bist viel zu klug für diese tägliche Knochenarbeit. Vielleicht findest du eine Stelle als Sekretärin.«

Berlin … Die lebendige Hauptstadt. Die Vorstellung war verlockend, denn sie wäre bei Jakob. Aber was, wenn Leo nach Dresden zurückkehrte, um sie zu suchen, und sie wäre nicht mehr hier? Es war ihr, als würde diese Entscheidung ihr Herz zerreißen.

»Ich denke darüber nach«, sagte sie.

Drei Wochen später traf ein Brief ein, sie müssten bis nächstes Jahr im Sommer aus der Wohnung raus, da man das Gebäude abreißen würde. Damit war Jakobs Entscheidung gefallen, er würde nach Berlin gehen. Denn was hielt ihn hier noch?

26

Am 25. November wurde in der Kesseldorfer Straße in Löbtau der erste »Freie Laden« der staatlichen Handelsorganisation errichtet. Eifrig waren die Menschen herbeigeströmt, warteten darauf, dass das rote Band durchschnitten und die Eingangstür geöffnet werden würde. Gespannt hielten sie sich an ihren Körben und Taschen fest, denn vielleicht würde man zur Feier des Tages sogar etwas kaufen.

Armin wurde die Ehre zuteil, eine Rede zu diesem feierlichen Ereignis zu halten. Er sprach ruhig, klar und so, als würde er von einem unsichtbaren Blatt ablesen. »Die Planwirtschaft wird uns eine gute Zukunft sichern«, hallte seine Stimme vom Podest herab über die Schaulustigen. »Von der Sowjetunion lernen heißt siegen lernen!«

Ihr fiel auf, dass ein paar der anwesenden Frauen sich in die erste Reihe gedrängt hatten und Armin schöne Augen machten. Einmal mehr dachte sie, wie viel Glück sie hatte, dass ein Mann wie er sich für sie interessierte. Sie hatte sich hübsch gemacht, wie Tante Viktoria es von ihr erwartet hätte. Ihr Kleid hatte sie selbst aus einem warmen rot-braun karierten Baumwollstoff genäht. Dazu trug sie einen orangen Strickschal und eine rote Mütze. Die Farben passten wunderbar zur spätherbstlichen Stimmung. Sie liebte diese Jahreszeit, wenn man wieder dicke Wollstrümpfe unter der Kleidung trug und der kühle Wind in die Bäume fuhr und die bunt gefärbten Blätter mit sich riss. Sie liebte den Duft nach Harz in der Wohnung von dem Holz, das Jakob hereingeholt hatte, um den Ofen einzuheizen. Und sie liebte es, dass die Scheiben morgens beschlagen waren, dann würde sie am liebsten mit dem Zeigefinger ein Herz darauf malen, weil sie keinen anderen Weg fand, ihm zu sagen, wie sie sich fühlte, wenn er sie ansah.

»Der Sozialismus siegt!«, grölte die Menge enthusiastisch und riss sie ins Hier und Jetzt zurück.

Sie konnte die Hoffnung der Menschen nachvollziehen, dass mit einer neuen Gesellschaftsordnung endlich alles besser werden würde. Aber gleichzeitig ahnte sie, was Jakob von dieser Veranstaltung halten würde.

Das Verhältnis zwischen Ost und West hatte sich deutlich verschlechtert. Am 20. Juni 1948 war in den westlichen Besatzungszonen eine Währungsreform in Kraft getreten und die Deutsche Mark als Zahlungsmittel eingeführt worden. Auch in den Westsektoren der Stadt Berlin, die wie eine Insel der Freiheit im sozialistischen Meer lagen. Stalin hatte das als Provokation gegen die Sowjetunion aufgefasst. Bereits am 23. Juni hatte daraufhin auch in der SBZ eine Währungsreform stattgefunden. Zudem belegte die Sowjetunion die Westsektoren der Stadt Berlin mit einer Blockade. Die Stromlieferungen wurden gestoppt, zudem hatte die Rote Armee alle Verkehrsanbindungen von den westdeutschen Ländern nach Westberlin abgeriegelt, sei es über Straßen, Schienen oder Wasser. Noch immer hielt diese Blockade an, dabei brauchten die Menschen in Westberlin dringend Lebensmittel und Kohle zum Heizen, denn der Winter stand vor der Tür. Doch Jakob hatte über einen Bekannten der Jüdischen Gemeinde gehört, dass amerikanische und englische Flieger die Menschen in den westlichen Besatzungszonen der Stadt versorgten, denn die Luftkorridore waren von der Sperrung nicht betroffen. Lotte konnte sich das kaum vorstellen, aber gleichzeitig bezweifelte sie, dass die USA, Großbritannien und Frankreich sich die Blockade der Sowjetunion gefallen lassen würden. Die Zuspitzung des Konflikts zwischen den Siegermächten bereitete ihr Sorgen.

Armin schnitt das Band durch und öffnete die Tür, und nach und nach drängten die Menschen in den ersten »Freien Laden« der Stadt. Auch Lotte bestaunte die Auswahl in den Regalen, lief vorbei an Zuckerhonig und Milchpulver. Am liebsten hätte sie alles in ihre Tasche gepackt. Außerdem gab es Textilien zu kaufen, doch die Preise waren stattlich: Der Mantelstoff kostete neunzig Mark, Unterwäschegarnituren bis zu fünfzig Mark und Lederschuhe, auch wenn sie von sehr guter Qualität waren, zweihundert Mark.

Der Fondant zum Beispiel, ein Konfekt aus Zuckermasse, war erstaunlich schnell vergriffen, ebenso das Fett. Für die eingelegten Heringe interessierte sich hingegen kaum jemand.

Während sie an den Obstkonserven vorbeischlenderte, fragte sie sich einmal mehr, wie es mit ihr weitergehen sollte. Auf einmal schien es ihr, als hätte sich überall die Welt weitergedreht, nur ihre eigene war stehen geblieben. Susi war inzwischen verheiratet, Kerstin hatte ihren Gerhard wieder. Und vielleicht ging Jakob nach Berlin. Sie fühlte sich wie der Restposten im Regal. Auf einmal hatte sie das Gefühl, spüren zu können, wie die Zeit verging. Ihr Herzschlag das Ticken einer Uhr. Sie musste sich endlich mal zusammenreißen und ihr Leben anpacken.

Sollte sie das Angebot von Jakob, mit ihm nach Berlin zu gehen, tatsächlich in Erwägung ziehen? Eigentlich gefiel ihr die Vorstellung recht gut, als Sekretärin zu arbeiten und ihren Kopf zu gebrauchen. Aber sie konnte hier nicht weg, denn was, wenn Leo eines Tages nach Dresden zurückkehrte, um nach ihr zu suchen, und sie wäre nicht mehr hier?

»Wie hat dir die Rede gefallen?«, fragte Armin, der auf einmal neben ihr aufgetaucht war. Sie stand gerade vor einer Vitrine, in der Butterkekse, Milchbrötchen und Torte angeboten wurden.

»Ich befürchte, ich verstehe nicht allzu viel von diesen Dingen«, wich sie aus.

»Dafür verstehst du dich sehr gut darauf, dich hübsch zu machen«, schmeichelte er ihr.

Sie lächelte und dachte, dass sie sich früher vielleicht über dieses Kompliment gefreut hätte.

»Was möchtest du?«, fragte Armin sie.

Sie sah ihn fragend an.

»Such dir etwas aus! Vielleicht ein Stück Torte zur Feier des Tages? Selbstverständlich bezahle ich.« Er winkte die hübsche junge Frau herbei, die die Kasse bediente. »Ein Stück von der Torte, bitte«, bestellte er, ohne ihre Antwort abzuwarten.

Die Bedienung schnitt ein großes Stück ab, legte es auf einen Teller und reichte es Lotte. Allein beim Anblick der Sahne und des luftigen Bodens lief ihr das Wasser im Mund zusammen.

»Deine Vorgesetzten bei der SED-Kreisleitung scheinen dich zu schätzen, wenn sie dich darum gebeten haben, die Rede heute zu halten«, sagte sie.

»Ja, in der Partei weiß man, dass man sich auf mich verlassen kann.« Wie so oft hatte er die Hände auf dem Rücken verschränkt, wodurch er manchmal ein bisschen wie ein alter Mann wirkte. »Und was gibt es bei dir Neues?«

»Wir müssen aus unserer Wohnung raus. Zwar erst nächstes Jahr im Sommer, aber du weißt ja, dass die Wohnungsnot groß ist.«

»Hast du schon eine Idee, wo du unterkommen könntest?«

»Na ja …« Sie zuckte mit den Schultern. »Ich denke darüber nach, nach Berlin zu gehen.«

Armin presste die Lippen zu einem schmalen Strich zusammen.

»Jakob hat einen Kontakt in der Hauptstadt, den er nutzen könnte«, erklärte sie. »Wir hätten sogar eine Unterkunft, ein Zimmer bei …«

»Wir?«, unterbrach Armin sie. »Du würdest mit Jakob zusammen nach Berlin gehen?«

»Ja. Wir wohnen ja auch jetzt zusammen, es würde sich also nicht viel ändern«, sagte sie wie beiläufig, teilte mit der Gabel ein Stück Torte ab und schob es sich in den Mund.

Armin wirkte auf einmal, als würde er innerlich Anlauf nehmen, um eine große Hürde zu überwinden. »Du könntest auch zu mir ziehen.«

Sie sah ihn an, unsicher, ob sie sich vielleicht verhört hatte. In seiner Miene suchte sie nach einem Hinweis darauf, dass er nur höflich sein wollte; dass sein Angebot nur eine freundschaftliche Geste war. Aber er hielt ihrem Blick entschlossen stand.

»Zu dir?«, brachte sie schließlich hervor.

»Ja. Warum nicht? Meine Wohnung ist groß genug, und du könntest sie ganz nach deinem Geschmack gestalten. Ich könnte für dich sorgen.« Er nahm ihr den Teller ab und stellte ihn auf die Theke, um ihre Hände zu ergreifen. »Lotte, wir funktionieren gut zusammen. Das haben wir schon immer. Ich glaube, gemeinsam könnten wir das Leben gut bestreiten.«

Sie sah sich um, suchte nach einem Wink des Schicksals, der ihr verriet, was sie tun sollte. Ja, sie funktionierten zusammen, aber sie hatte sich immer Liebe und Leidenschaft gewünscht. Aber vielleicht war es endlich an der Zeit, erwachsen zu werden und den nächsten Schritt zu gehen.

»Aber … aber willst du das denn auch?«, fragte sie. »Ich meine, mit mir zusammenwohnen?«

»Ja. Natürlich.«

Sie blinzelte. »Das ist … sehr nett von dir. Danke.«

»Du machst nicht den Eindruck, als wärst du begeistert.«

Lotte legte eine Hand an ihre Schläfe. »Es ist alles recht viel in letzter Zeit … Ich muss es nur sacken lassen.« Sie sah Armin an. »Was würde das denn bedeuten, wenn ich zu dir ziehe?«

Die Frage schien ihn einen kurzen Moment lang zu überfordern. Er wirkte schutzlos. »Vermutlich, dass wir … dass wir ein Paar wären.«

27

1949

Lotte

Lotte betrachtete sich in dem kleinen Spiegel, der auf ihrer Kommode stand. Sie strich über den feinen Stoff des Kleides, an dem sie tagelang gearbeitet hatte. Tante Viktoria hätte wahrscheinlich etwas am neumodischen Schnitt auszusetzen gehabt, denn der Rock reichte nur knapp über die Knie, und trotzdem wünschte Lotte, sie wäre hier und könnte sie sehen. Ihr Haar hatte sie mit Lockenwicklern ordentlich gelegt und zudem roten Lippenstift aufgetragen. Nun gab es nichts mehr, was sie an sich würde verbessern können.

Es war seltsam, sich so hübsch zu sehen. Der Anblick war ihr fremd geworden, nur in dem hoffnungsvollen Schimmer ihrer Augen erkannte sie die junge Frau, die sie einst gewesen war.

Nachdem Susi bereits im letzten Jahr standesamtlich mit einer wunderschönen Zeremonie geheiratet hatte, hatte Lotte sich seit Monaten auf das angekündigte Hochzeitsfest gefreut, und heute war es endlich so weit. Sie hatte sogar eine Begleitung. Ein klein wenig hatte sich ihre Welt also inzwischen gedreht. Als sie eine

Hand auf die Türklinke der Küche legte, zitterte sie leicht. Sie spürte ihren Herzschlag so deutlich wie ihren Atem.

Er wartete am Fenster auf sie und wandte sich um, als sie hereinkam. Er sah gut aus in seinem perfekt sitzenden grauen Anzug.

»Ich wäre dann so weit«, sagte sie. »Gefalle ich dir?«

»Ich habe das Glück, die schönste Frau an meiner Seite zu haben«, schmeichelte Armin ihr.

Alexej hatte einen Bus organisiert, der die übersichtliche Schar Gäste am Schloßplatz einsammelte und zum Hochzeitsfest chauffierte. Lotte vermutete, dass sie in einem Gasthaus außerhalb der Stadt feiern würden, weil das Zentrum Dresdens noch immer zu trostlos war.

Mehrmals hatte Susi groß angekündigt, dass ihre Hochzeit auf ewig unvergessen sein würde. Obwohl Lotte versucht hatte, ihr ein paar Details zu entlocken, hatte ihre sonst so gesprächige Freundin kein Wort verraten. »Lasst euch überraschen«, hatte sie stets nur geantwortet.

Armin und sie trafen überpünktlich am Schlossplatz ein und gesellten sich zu Kerstin und ihrem Mann Gerhard. Gerhard hatte dunkle Ringe unter den Augen, als würde er noch immer kaum schlafen, und in seinem Blick lag etwas Lauerndes, Wachsames. Kerstin hatte sich bei ihm eingehakt, als müsste sie ihn stützen. Kurz darauf erschien Gudrun in Begleitung ihres Mannes Horst, dessen Pupillen ganz weiß waren, nachdem er im Ersten Krieg durch Granatsplitter das Augenlicht verloren hatte. Mit einem Stock tastete er die Umgebung ab.

Schließlich trafen auch Jakob und Carola ein. Die junge Frau hatte die Initiative ergriffen und ihm vorgeschlagen, gemeinsam die Hochzeit zu besuchen, und Jakob hatte eingewilligt. Daraufhin hatte Lotte Armin gefragt, ob er sie begleiten wolle. Carola sah strahlend schön aus in dem langen lachsfarbenen Kleid, das am Ausschnitt mit Pailletten besetzt war. Der hauchzarte Stoff ließ die Rundungen ihres kleinen Busens erahnen. Frauen wie sie konnten vermutlich auch einen Kartoffelsack überziehen, und sie würden noch immer den Eindruck erwecken, gehobene Schneiderkunst zu tragen. Lotte betastete ihre Frisur und überlegte, ob sie den Lippenstift doch hätte weglassen sollen.

Als Jakob auf sie zukam, um sie und Armin zu begrüßen, musste sie unwillkürlich lächeln, denn auch er hatte sich Mühe gegeben. Sie mochte es, wenn er weiße Hemden trug, die seine gebräunte Haut hervorhoben. Außerdem war er frisch rasiert. Er gefiel ihr unwahrscheinlich gut.

Sein Mund hatte sich leicht geöffnet, als wollte er etwas sagen, doch er sah sie nur an mit seinen unergründlichen Augen, in denen die Sonne aufging, und in ihrem Magen flatterte ein Schwarm Schmetterlinge auf.

»Sag bloß, es hat dir die Sprache verschlagen?«, sagte sie zu ihm, als Armin ein paar Worte mit Carola wechselte.

»Ich habe mich nur gerade gefragt, wie du einen ganzen Abend mit diesen Absätzen überleben wirst.«

Die Schuhe stammten noch von ihrer Tante. Sie waren ihr etwas zu groß, deshalb hatte sie die Spitzen mit alten Lumpen ausgestopft. Ihre Füße würden ihr heute Abend höllisch wehtun, aber die Alternative wären nur ihre Arbeitsschuhe gewesen. Dann also lieber schmerzende Füße.

»Glaub mir, du wirst noch staunen.«

»Das tue ich jetzt schon.« Es war ein Kompliment, aber er klang dabei seltsam verhalten, so als würde er sich mäßigen. »Die Arbeit an deinem Kleid hat sich gelohnt, du siehst zauberhaft aus.«

»Danke.« Sie drehte sich von links nach rechts, damit der Saum des Rocks schwang, und konnte Jakob dabei nicht mehr ansehen, weil ihr Körper verrücktspielte. Ihr war warm geworden, und ihre Haut prickelte.

»Eins nur«, sagte Jakob. »Versteck dich nicht dahinter.«

Ehe sie protestieren konnte, nahm er ihr den Schal ab, den sie um ihre Schultern gelegt hatte. Sie spürte seine Berührung auf der nackten Haut ihrer Arme, viel intensiver als den lauen Frühlingswind.

»So ist es perfekt.«

Sie sah ihn an und wusste nicht, was sie sagen sollte, vielleicht musste sie auch gar nichts sagen, vielleicht war inzwischen ohnehin schon alles klar, so nervös, wie sie in seiner Nähe war, so laut, wie ihr Herz schlug, so, wie ihr der Atem stockte und ihre Wangen erröteten.

Im nächsten Moment hakte sich Armin besitzergreifend bei ihr ein. »Ich glaube, wir können einsteigen.«

»Weiß denn inzwischen jemand, wohin wir fahren?«, fragte Carola, die im Bus gemeinsam mit Jakob hinter ihnen Platz genommen hatte.

»Nein, Susi hat kein Wort verraten. Sie hat nur gesagt, dass wir …«

»Diesen Abend nie vergessen werden«, vollendete Carola den Satz für sie, und Lotte lachte.

»Ja, das hat sie ungefähr fünfzigmal gesagt!«

Auf der anderen Elbseite befanden sich recht nah beisammen drei wunderschöne Schlösser. Lotte erinnerte sich gut daran, wie einst Touristenbusse kurz vor dem Blauen Wunder gehalten hatten, dann waren Frauen mit Sonnenhüten und Männer mit Fotoapparaten um den Hals ausgestiegen, um das beeindruckende Panorama zu bestaunen. Ein Glück, dass die drei Schlösser von den Bomben der Alliierten verschont geblieben waren. So auch ein paar wunderschöne Villen in Loschwitz, und Lotte fragte sich, ob die Feier vielleicht in einer von ihnen stattfinden würde, denn der Bus fuhr nun über die Brücke in jenen Stadtteil.

Als sie sich dem Schloss Albrechtsberg näherten, wusste Armin zu berichten, dass es im spätklassizistischen Stil erbaut war und dort einst Prinz Albrecht von Preußen mit seiner zweiten Ehefrau gewohnt hatte. Lotte hätte es eher als pompösen Kasten mit zwei seitlichen Türmen beschrieben, mit so vielen Fenstern und Räumlichkeiten, dass sie dankbar war, ihn nicht putzen zu müssen.

Und dann hielt der Bus vor genau diesem pompösen Kasten. Zögerlich stiegen ein paar Gäste aus. Kurz fragte sie sich, ob der Fahrer sich gleich aus dem Fenster beugen und »War nur ein Scherz, alle wieder einsteigen!« rufen würde. Aber als das nicht geschah, setzte sich die Hochzeitsgesellschaft in Bewegung und folgte langsam dem Weg zum Eingang. Lotte bemerkte, dass die Gespräche nun mit andächtig gesenkter Stimme geführt wurden, sodass das Knirschen des Kieses unter ihren Schritten und das Rascheln der Blätter, wenn der Wind in die alten Linden fuhr, sie beinahe übertönten.

Vage hatte Lotte mitbekommen, dass das Schloss vor geraumer Zeit an das Außenhandelsministerium der UdSSR verkauft, renoviert worden und im Dezember letzten Jahres als Hotel eröffnet worden war.

Susi und Alexej erwarteten sie an der hohen Eingangstür des Schlosses. Susi strahlte bis über beide Ohren und war so schön, dass Lotte wünschte, sie hätte einen Fotoapparat bei sich und könnte das Glück ihrer Freundin festhalten.

»Du bist wirklich für Überraschungen gut«, sagte Lotte, als sie ihre Freundin umarmte.

»Alexej hat seine Kontakte genutzt und bewirkt, dass wir hier in einem Saal feiern dürfen. Deshalb hat es auch etwas gedauert, wir mussten ja warten, bis die Renovierungsarbeiten endlich abgeschlossen waren! Ich kann nicht mal sagen, dass er mir damit einen Traum erfüllt hat, denn so etwas hätte ich ja nie zu träumen gewagt!« Sie warf Alexej einen bewundernden Blick zu, dieser reagierte mit einem milden Lächeln, als hätte er nur seine Pflicht getan.

Vielleicht war es eben doch nicht übel, wenn der Ehemann einen gewissen Einfluss hatte, dachte Lotte.

Die Feier fand im sogenannten Gartensaal statt, der so groß war, dass die kleine Gesellschaft aus gerade mal zwanzig Gästen darin leicht verloren wirkte. Die Tische waren mit weißen Decken und hübschen kleinen Blumensträußen dekoriert. Lotte schlenderte durch den Saal, bewunderte jedes Detail, die verschnörkelten Wandleuchter und die Stuckverzierungen, als würden ihre Augen den Anblick dieser ungewohnten Schönheit regelrecht aufsaugen wie die ersten Sonnenstrahlen im Frühling. Gleichzeitig fühlte sie sich ein bisschen wie in einem Museum, in dem man nichts anzufassen wagte, aus Angst, es kaputt zu machen.

Der Saal grenzte an die Südterrasse des Gartens, wo sie zunächst auf das glückliche Paar anstießen und ein paar einfache, aber köstliche Häppchen wie gefüllte Eier sowie mit Kräuterbutter und Schmalz bestrichenes Schwarzbrot gereicht wurden. Zwei russische Soldaten spielten auf der Balalaika.

Während Armin mit Kerstin und ihrem Mann Platz an einem der Tische im Garten nahm, blieb Lotte auf der Terrasse, um den Anblick auf sich wirken zu lassen. Der Flieder und die Rosen des Gartens verströmten einen betörenden Duft. In den Bäumen hingen Lampions, die Susi gemeinsam mit Lotte und Kerstin in stundenlanger Arbeit aus Stoffresten gefertigt hatte. Märchenhaft war die angemessene Beschreibung für diesen Tag.

Carola stand etwas abseits von der Gesellschaft. Sie war fast eine ätherische Erscheinung in ihrem langen Kleid und zart wie die Blätter der Rose, an der sie gerade roch. Lotte fragte sich, ob sie wusste, dass Jakob zu ihr sah. Ob sie vielleicht sogar hoffte, dass er zu ihr kommen würde? Sie fragte sich auch, ob Jakob Carola heute, an diesem perfekten Tag, küssen würde. Sie fragte sich, ob sie Armin küssen sollte.

Alexej klopfte mit seiner Gabel gegen ein Glas, und die Gespräche verebbten.

»Meine lieben Freunde, Bekannten, Genossen«, sagte der Offizier in gebrochenem Deutsch und mit stark rollendem R. »Ich bin kein Mann großer Worte. Seit ich hier in Dresden bin, versuche ich, diese Stadt, dieses Land wiederaufzubauen, und kämpfe für eine lebenswerte Zukunft.«

Lotte nippte an ihrer Fruchtbowle und hoffte insgeheim, dass nun keine Rede über den Sozialismus folgen würde.

»Ich habe meine Pflicht erfüllt, mehr nicht. Aber dann lernte ich dieses bezaubernde Wesen kennen, und auf einmal ergab alles einen Sinn.« Er lächelte Susi sanft an. »Es ergab Sinn, dass ich dieses Land aufbaute, weil ich mir damit auch ein Leben mit ihr aufbaute. Sie hat mich gelehrt, dass die Vergangenheit hinter uns liegt und nur das Hier und Jetzt und die Zukunft zählen. Sie hat mir beigebracht, dass Vergebung eine Tugend ist. Und nun sitzen wir hier alle beisammen, lachen und feiern das Glück der Liebe. Auf die Liebe!«

Jakob, der neben Lotte stand, hielt ihr diskret seine Stoffserviette hin. Ihre Augen waren feucht geworden.

Kerstin wich den ganzen Nachmittag über kaum von der Seite ihres Mannes, als müsste sie ihn vor all den Eindrücken, die gewiss nach einer so langen Zeit der Entbehrung überwältigend für ihn waren, beschützen. Lotte fiel auf, dass ihre Freundin ein beeindruckendes Gespür dafür hatte, wann es ihrem Mann zu viel wurde.

Dann sprach sie ganz sanft mit ihm und hielt seine Hand. Gerhard gab den ganzen Nachmittag über kaum ein Wort von sich, selbst wenn man das Gespräch mit ihm suchte, doch wenn er Kerstin ansah, dann wurde sein Ausdruck jedes Mal weich. Es war faszinierend zu beobachten, wie sich sein Atem nach und nach beruhigte, während sein Blick sich an dem ihren festhielt wie ein Ertrinkender an einem Stück Treibholz.

»Ihr beiden habt eine wunderschöne Verbindung«, sagte Lotte zu Kerstin, als sie sich gemeinsam Nachschub von der Fruchtbowle holten und Kerstin ihnen mit einem Schöpflöffel von dem erfrischenden Getränk in die Gläser gab.

»Ja, aber weißt du, was? Das Verrückte ist, dass wir diese intensive Verbindung erst jetzt haben. Nicht, dass wir uns früher nicht geliebt hätten. Aber wir haben den anderen wohl als selbstverständlich angesehen. Jetzt ist es für uns beide einfach nur das größtmögliche Glück, dass wir einander noch haben.«

Susi und Alexej verließen die Tanzfläche kaum, eigentlich nur, um etwas zu trinken. Inzwischen sorgte ein kleines Orchester für die musikalische Untermalung des Abends. Der Rhythmus ihrer Stücke war recht flott, und Lottes Knie wippte im Takt. Sie lachte, als Alexej Susi herumwirbelte und sie dann hochhob, als würde sie nicht mehr als eine Feder wiegen. Auch Carola und Jakob tanzten zwei Lieder lang. Der ganze Himmel schien in Carolas Augen zu liegen, als sie zu Jakob aufsah, während Lotte sich fühlte, als würde ihr Kleid die Farbe verlieren, als würde alles um sie herum ergrauen, der Himmel über ihr verblassen. Die beiden waren ein so schönes Paar, dass sich ein Knoten in ihrem Bauch bildete.

Sie dachte daran, wie sie mit Jakob getanzt hatte, erinnerte sich daran, wie ihre Wange an seiner Schulter gelegen hatte, wie sie seinen Duft eingeatmet hatte, wie er sich von der Musik hatte forttragen lassen. Der Horizont färbte sich tiefrot, die Nacht sank herab.

Kerzen und Fackeln wurden angezündet, und ein goldener Schein fiel aus dem Saal nach draußen auf die dunkelblaue Wiese. Wenn überhaupt möglich, rückten die Pärchen noch näher zusammen. Es war schön, so viel Liebe um sich zu haben, und gleichzeitig fühlte Lotte sich dadurch schrecklich einsam, und das, obwohl sie mit Armin hier war. Einmal hatte sie ihn gefragt, ob er tanzen wolle.

»Du weißt doch, dass das nichts für mich ist«, hatte er geantwortet, ein schmales Etui aus der Innenseite seines Jacketts geholt und eine Zigarette daraus hervorgleiten lassen.

»Es wundert mich, dich nicht auf der Tanzfläche zu sehen«, sagte Jakob, der schräg von ihr neben Carola saß.

Sie fror leicht und zog ihren Schal enger um sich. »Mir war noch nicht danach«, log sie, aber ihre Wangen wurden dabei warm, und sie senkte den Blick auf ihren Teller.

Jakob durchschaute sie natürlich. »Und wenn ich dich um einen Tanz bitte?«

»Du warst doch vorhin schon auf der Tanzfläche. Ich würde es verstehen, wenn …« Sie verstummte, als er ihr die Hand hinhielt.

»Es wäre kein gelungener Abend, wenn ich nicht zumindest ein Mal mit dir tanzen würde.«

Sie ließ sich von ihm auf die Tanzfläche führen. Einen Moment lang standen sie einander gegenüber und warteten darauf, dass das nächste Lied einsetzte. Und dann: seine Hand auf ihrer Taille. Sein Herzschlag an ihrem. Sein Blick. Alles um sie herum verblasste, sie vergaß Armin und Carola, vergaß sogar ihre schmerzenden Füße in den verflixten Schuhen, die ihr zu groß waren.

Sie wusste nur eines: Sie brauchte diesen Mann in ihrem Leben. Sie brauchte seine sarkastischen Kommentare, sein süffisantes Schmunzeln, die Wärme seiner Bernsteinaugen. Sie konnte es nicht riskieren, ihn zu verlieren. Und deshalb musste sie ihm endlich sagen, was sie fühlte. Während Jakob sie langsam hin- und herwiegte, ging sie in ihrem Kopf alle Möglichkeiten durch, wie sie ihm ihre Gefühle gestehen konnte: Ich weiß, das kommt überraschend … In den letzten Monaten und Jahren warst du mir eine große Stütze und bist es noch immer …

Da wurde ein neues Lied angestimmt. Die zarten Klänge einer Violine ertönten, sanft wie lauer Frühlingswind. Sie erkannte das Lied sofort. Es war das Lied, das Leo vor der Frauenkirche gespielt hatte, damals, als sie ihn von dem Café am Neumarkt aus beobachtet und gedacht hatte, er würde es nicht merken. Diese wunderschöne Melodie, die sie einst so tief berührt hatte, schnürte ihr nun wie ein Strick die Luft ab. Sie keuchte. Befürchtete, ihre Knie würden nachgeben. Sie musste hier weg. Sofort.

»Entschuldige mich bitte.«

Während die anderen Gäste sich aneinanderschmiegten, taumelte sie die Wiese hinab zur Elbe. Erst jetzt bemerkte sie die Feuchtigkeit auf ihren Wangen. Hoffentlich hatte keiner der anderen Gäste gesehen, dass sie weinte. Sie hörte das Blut in ihren Ohren rauschen, lauter als das Plätschern des Wassers. Mücken schwirrten am Ufer. Sie schloss die Augen, versuchte, ihr Herz dazu zu zwingen, sich zu beruhigen, aber das Gegenteil war der Fall. Sie sagte sich, dass das alles schon so lange her sei, dass sie endlich abschließen und weitermachen müsse … Konzentrier dich auf die Natur, auf das Rascheln der Blätter … Aber alles katapultierte sie zurück in die Vergangenheit.

Sie schluchzte.

Und dann hörte sie seine Stimme. »Lotte?«

Sie wandte sich um. Jakob. Im schwachen Mondlicht sah sie nur seine Silhouette.

Sie zwang sich zu lächeln, wollte ihm möglichst unbeschwert

sagen, dass sie nur einen Moment der Ruhe brauche, aber als sie ansetzte, entschlüpfte ihr stattdessen ein jämmerlicher Laut.

»Tut mir leid, ich …«, stammelte sie. »Ich … weiß auch nicht, was mit mir los ist.« Ihre Hände hörten nicht auf zu zittern.

»Setz dich.«

Sie nickte, und als hätten ihre Beine nur auf dieses Kommando gewartet, gaben sie nach, und sie sank zu Boden, wo sie die Arme um die Knie schlang.

Es fiel Jakob sichtlich schwer, sich mit seinem schmerzenden Bein neben sie ins Gras zu setzen. Tröstend legte er einen Arm um ihre Schultern. »Komm her.«

Durch seine Nähe wurde sie ruhiger. Schweigend saßen sie nebeneinander, ihr Verstand war wie eingefroren, und sie war erschöpft. Sie spürte, dass er ihr gelegentlich einen Seitenblick zuwarf, und wünschte, er würde sie nicht ansehen, denn beinahe hörte sie seine unausgesprochene Frage.

Sie wischte sich mit der Hand die Tränen vom Gesicht. »Was machst du denn eigentlich hier? Wo ist Carola?«

»Sie kommt bestimmt auch eine Weile ohne mich klar.«

Sie sah über die Schulter zum Fest zurück. »Geh wieder zu den anderen. Ich komme auch gleich.«

Sie hörte ihn ausatmen. »Lotte, du musst nicht immer tapfer sein. Es ist nicht zu übersehen, dass dich etwas bedrückt.«

»Das sagt der Richtige.«

»Ich habe gelernt, dass man sich ruhig auch mal jemandem anvertrauen kann. Und weißt du, von wem ich das gelernt habe? Von dir.«

»Ich …« Sie schüttelte den Kopf. »Dieses Lied hat mich an Leo erinnert. Ich …« Ihre Stimme brach. Sie schaffte es nicht. Sie konnte ihm nicht die Wahrheit sagen. Sie konnte ja kaum Luft holen, so eng war ihre Kehle. Und schon allein bei der Vorstellung, ihm alles zu gestehen, verkrampfte sich ihr Magen.

Er nickte, als wüsste er genau, was in ihr vorging, und atmete dann tief ein. »Ich werde dir jetzt etwas erzählen, was ich sonst niemandem bisher anvertraut habe. Ich fühle mich schuldig dafür, dass Marietta sterben musste.« Den Satz ließ er einen Moment lang zwischen ihnen beiden schweben, ehe er weitersprach. »Sie war keine Jüdin. Ihr einziger Fehler war, dass sie mit mir verheiratet geblieben ist.«

Das war ihr neu. Sie war einfach davon ausgegangen, dass Marietta Jüdin gewesen war.

»Du weißt ja, dass Mischehen den Nazis ein Dorn im Auge waren. Sie haben alles darangesetzt, dass meine Frau sich von mir scheiden lässt. Die Gestapo hat sie drangsaliert, beschimpft und beleidigt, weil sie einen Juden geheiratet hatte. Sie meinten, es gebe doch genügend ordentliche arische Männer. Ich habe ihr gesagt, ich würde es verstehen, wenn sie nicht mehr kann und sich scheiden lassen will. Aber sie hat sich vehement geweigert. Sie war meine einzige Absicherung, nicht deportiert zu werden.« Er schluckte. »Jeden Tag, jede Stunde verfolgt mich dieser Gedanke wie ein ständiges Summen im Kopf: Warum habe ich mich nicht von ihr getrennt? Dann wäre sie jetzt noch am Leben.«

»Aber sie hätte niemals gewollt, dass du sie verlässt.«

Er nickte gedankenversunken. »Es gibt diesen rationalen Teil in mir, dem das klar ist. Und trotzdem denke ich mir immer und immer wieder, dass ich nur nicht überzeugend oder vehement genug gewesen bin. Vielleicht war ich am Ende ja doch einfach nur egoistisch, weil ich nicht ohne sie sein wollte. Ich wünschte, ich könnte die Zeit zurückdrehen und alles anders machen.«

Er hatte begonnen, über ihren Arm zu streichen, und sie fragte sich, ob diese sanfte Berührung auch ihn beruhigte. »Dass die Nazis meine Frau umgebracht haben, ist das Schlimmste, was mir widerfahren ist. Und deshalb ist es so qualvoll für mich, wenn das Leid, das den Juden oder auch anderen zugefügt wurde, abgetan wird.«

Lotte blinzelte in die Dämmerung. »Gebe ich dir auch das Gefühl?«

»Du bist so ziemlich der einzige Mensch, der mir wirklich zugehört und mich zu verstehen versucht hat. Und ich werde versuchen, dasselbe für dich zu tun.«

Sie griff nach seiner Hand, warm, leicht rau von der Arbeit, und verschränkte ihre Finger miteinander. Und dann erzählte sie es ihm. Sie erzählte ihm von Leo, davon, dass sie ihn geliebt hatte, aber dass sie ihre Beziehung zu ihm geheim gehalten hatte aus Angst vor den Konsequenzen. »Es muss schrecklich für ihn gewesen sein, dass ich nicht mutig genug war, zu ihm zu stehen. Und meine Tante war schon damals der Ansicht, dass Armin eine hervorragende Partie wäre. Ich war jung und hatte keinerlei Rückgrat und habe einfach auf meine Tante und meinen Onkel gehört.« Sie zog ihre Hand zurück und legte sie auf die Kette um ihren Hals. »Ich hatte völlig verlernt, auf mein Herz zu hören.«

Sie machte eine Pause, und auch Jakob schwieg, ließ sie einfach erzählen. Und so kehrte sie zurück in die Nacht, in der sie den ihr bis dahin wichtigsten Menschen verloren hatte.

28

1939

Lotte

Nachdem sie sich nach einem langen, tiefen Kuss von Leo hatte lösen können, war sie nun endlich auf dem Weg zum Hotel, hatte schon fast das Ende der Rampischen Straße erreicht und hielt auf den Neumarkt zu. Majestätisch erhob sich die Frauenkirche schräg von ihr. Hellgelbes Licht brach sich an der runden Kuppel und flutete den Platz. Als Kind war ihr die Kirche noch viel größer erschienen, so, als würde sie den Himmel berühren.

Als sie den Neumarkt überquerte, fragte sie sich, wohin das mit Leo führen sollte. Ihre Gefühle für ihn waren aufrichtig, aber ihre Tante und vor allem ihr strenger Onkel würden eine Beziehung zu Leo niemals gestatten. Sie fürchtete sich vor den Konsequenzen, würden die beiden dahinterkommen, dass sie sich heimlich mit ihm traf. Noch immer saß ihr der Schrecken von jener brutalen Nacht im November letzten Jahres tief in den Knochen. Damals waren nicht nur in Dresden, sondern überall in Deutschland jüdische Geschäfte verwüstet und Synagogen angezündet worden, nachdem ein polnischer Jude in Paris auf den deutschen

Diplomaten Ernst vom Rath geschossen hatte. Nie würde sie das Knirschen unter ihren Sohlen vergessen, als sie in jener Nacht durch die Stadt gelaufen war, weil sie sich zuvor mit Leo getroffen hatte. Unter all den Scherben war mit roter Farbe *Rache für vom Rath* geschrieben gewesen. Mit eigenen Augen hatte sie gesehen, wie ein paar Halbstarke der Hitlerjugend das Antiquitätengeschäft verwüstet hatten, in dem sie so gerne gestöbert hatte. Die Jungs hatten auf den Trümmern dessen herumgeturnt, was wohl mal eine Chaiselongue gewesen war. Das Innenleben war herausgequollen wie Gedärme. Der Besitzer des Ladens hatte versucht einzugreifen, aber wie ein Rudel Wölfe hatten sich die Jungs auf ihn gestürzt und ihn mit einer Schublade und den Scherben einer Vase beworfen. Ein paar Schaulustige waren stehen geblieben, hatten geklatscht und »Jude, verrecke!« geschrien. Andere waren damit beschäftigt gewesen, wertvolle Silberdosen oder Zigarrenkästen zu klauen und damit abzuhauen. Nein, keine Wölfe, kein Tier würde etwas so Schreckliches tun, so sinnlos angreifen, so im Blutrausch und ohne jeglichen Verstand.

Seit jenem Tag verboten ihr Onkel und ihre Tante ihr strengstens den Kontakt zu jüdischen Mitbürgern, selbst zu denen, mit denen sie einst befreundet gewesen waren.

Lotte lief an einem Gemüsestand vorbei, grüßte den Händler, der gerade dabei war, Erdbeeren in eine Holzkiste zu packen, und dann hatte sie das Hotel erreicht. In ihren Augen war es der wohl schönste Bau am Dresdner Neumarkt, und das hatte nichts damit zu tun, dass das Hotel ihrem Onkel gehörte. Es lag zwischen Moritzstraße und Kleiner Kirchgasse, umfasste fünf Stockwerke und endete in einem Mansardendach aus grauem Schiefer. Zur frei stehenden Gebäudeseite hin hatte es hübsche Erker, und der Avantcorps des Gebäudes war mit Rocailledekor versehen. Als junges Mädchen hatte sie stundenlang beobachten können, wie Kutschen oder glänzende Automobile vor dem bogenförmigen Eingang gehalten hatten und Damen mit kleinen Hüten und Pelzmänteln sowie Männer in schicken Anzügen ausgestiegen und im goldenen Schimmer des Vestibüls verschwunden waren, während zwei Pagen sich eifrig darangemacht hatten, das Gepäck auszuladen. Das Hotel – das waren für sie goldene Türknäufe und funkelnde Kronleuchter. Das war das Rascheln eleganter Kleider. Angenehmes Parfüm. Dezente klassische Musik von einem Grammophon. Pagen und Dienstmädchen, die sich bemühten, stets unsichtbar zu sein.

Wie durch Magie öffnete sich die breite Flügeltür, dahinter zwei Angestellte in makellos weißen Livreen. Sie straffte sich, dankte und betrat das Vestibül. Selbst nach Jahren, in denen sie im Hotel täglich ein und aus gegangen war, war das Hotel Elbflorenz für sie noch immer so etwas wie ein Märchenschloss. Der hohe, weitläufige Empfangssaal schien aus reinem goldenem Licht zu bestehen. Neben einladenden Sitzgelegenheiten aus Leder verströmten hohe Amphoren mit exotischen Palmen oder Orchideen einen Hauch Exotik. Die Kommoden und Teetische waren aus glänzend poliertem Mahagoniholz, auf dem überall kleine Silberdosen oder zarte Figuren aus Meissener Porzellan standen. Es duftete angenehm nach Bienenwachs und den üppigen Rosenbouquets, die jeden Morgen frisch geliefert wurden.

Es war für sie das größtmögliche Glück gewesen, dass ihr Onkel und ihre Tante sie bei sich aufgenommen hatten, nachdem ihre Eltern gestorben waren, und ihr zudem ein Leben in einem solchen Luxus ermöglichten. Sie würde den beiden auf ewig dankbar dafür sein und alles daransetzen, ihnen keinen Anlass zu liefern, ihre Entscheidung jemals zu bereuen.

Die Absätze ihrer hohen Schuhe schlugen auf den Steinboden und wurden dann von dem hellen Perserteppich gedämpft, der zur geschwungenen Rezeption führte. Sie zupfte noch einmal das seidene Halstuch zurecht, das Leo ihr aus dem Schrank seiner Mutter geholt hatte. Seine Eltern waren seit Dezember bei Verwandten in Belgien. Leo war wegen seines Musikstudiums geblieben. Und wegen ihr.

Walther, der Concierge des Hauses, war gerade abgelenkt, weil er Gäste empfing. Schnell huschte sie an ihm vorbei und die zweiläufige Bogentreppe am Ende des Saals hinauf in den ersten Stock, in dem die Räumlichkeiten der Familie lagen. Erst als sie die Tür ihres Zimmers hinter sich schloss, atmete sie auf.

Die halbe Stunde, die sie damit verbrachte, sich für den Ball herzurichten, war nichts im Vergleich zu dem Aufwand, den ihre Tante Viktoria für gewöhnlich betrieb, und das lediglich für einen Opern- oder Theaterbesuch. Mittags vor der Vorstellung kam die Friseuse in die privaten Räumlichkeiten des Hotels und manikürte auch gleich die Nägel, die erst mit einer nach Rosen duftenden Creme, dann mit einem speziellen Puder eingerieben und schließlich poliert wurden. Danach konnte die Tante sich nicht mehr die Hände waschen, sonst wäre alles abgegangen. Wenn die Frisur fertig war, durfte man Viktoria auf keinen Fall mehr zu nahe kommen, am Ende würde sich noch eine Strähne lösen. Allein dem Dienstmädchen war es gestattet, sich ihr noch zu nähern, denn irgendwer musste ihr ja dabei helfen, ein elegantes Abendkleid anzulegen.

Mehrmals überprüfte Lotte ihren Anblick im Spiegel und zupfte das Halstuch zurecht, unter dem Leos zarte Kette auftauchte. Sie hatte ihre Wimpern getuscht und etwas Rouge sowie den Lippenstift in einem dezenten Brombeerton aufgetragen, den sie besonders mochte. Er passte wunderbar zu ihrem rötlich braunen Haar. Dabei hatte es ihr eigentlich widerstrebt, sich hübsch zu machen, denn der einzige Mann, der sie interessierte, würde nicht anwesend sein. Aber Tante Viktoria erwartete es von ihr.

Das Kleid, das sie trug, hatte sie gemeinsam mit ihrer Tante für den Frühlingsball ausgesucht. Viktoria war Stammgast in den feinen Modehäusern der Stadt, allen voran im Möbius, Esders oder im Kunde. Doch dieses Modell hatten sie in einer kleinen Boutique am Wiener Platz entdeckt, die ein wahr gewordenes Paradies aus feinstem Stoff, Pelzen, bunten Federn und funkelnden Pailletten war. Mit einem Glas Champagner in der Hand war Lotte durch den Laden geschlendert, vorbei an den wunderschönen, teils extravaganten Modellen, die dezent nach Lavendel geduftet hatten, vorbei an Regalen mit Hüten darin, manche klein, andere mit breiten Krempen und buntem Federschmuck, vorbei an Schuhen mit Riemchen oder großen Schnallen, die ihr den Atem verschlagen hatten. Und dann hatte sie es auf einmal gesehen, ihr Kleid. Langsam war sie darauf zugegangen, hatte eine Hand ausgestreckt und doch nicht gewagt, es zu berühren. Es war aus einem festen Satinstoff und hellblau wie der Himmel an diesem perfekten Sommertag. Das Oberteil saß sehr figurbetont, aber der Rock schwang weit auf und würde bei jedem Schritt um ihre Knie tanzen.

Ihr Mieder zwickte unangenehm, aber es zauberte ihr das, was man eine Wespentaille nannte, und außerdem ein Dekolleté, das man nicht ignorieren konnte. Als sie schließlich die Treppe hinabschritt, eine Hand auf das Geländer gelegt, begrüßte Walther sie mit einem freundlichen Nicken. »Guten Abend, Fräulein Spatz.«

Der ältere Herr mit den gutmütigen Augen gehörte in etwa so fest zum Inventar wie das stolze Familienporträt hinter dem Empfang. Er war dem Ehepaar Falkenberg auch treu geblieben, als die Inflation das Hotel fast ruiniert hatte. Damals war der Lohn täglich in großen Säcken hereingetragen worden, und sogleich waren die Angestellten losgeeilt, um das Geld auszugeben, denn nur wenige

Stunden später war es nur noch als Brennmaterial etwas wert gewesen. Aber das Hotel hatte dank der Unterstützung von Leos Vater überlebt und erstrahlte im alten Glanz. Vielleicht, wenn sie ihren Onkel und ihre Tante vorsichtig daran erinnerte, bestünde am Ende doch die Chance, dass sie eine Verbindung mit Leo akzeptieren würden? Träum weiter, holte sie sich selbst auf den Boden der Tatsachen zurück.

»Wenn ich das sagen darf: Sie sehen bezaubernd aus.«

»Danke, Walther.«

Zwei Diener balancierten auf silbernen Tabletts Häppchen in Richtung Salon, gefolgt vom köstlichen Duft karamellisierter Zwiebeln und geschmolzener Butter. Ihr Magen machte sich bemerkbar. Sie hatte seit dem Frühstück nichts gegessen, weil sie den ganzen Nachmittag mit Leo im Bett verbracht hatte.

»Es ist von absoluter Wichtigkeit, dass die Gäste zu jeder Zeit mit Getränken versorgt sind«, hörte sie Tante Viktorias Stimme. Sie ging gerade ihrer Lieblingsbeschäftigung nach, nämlich die Angestellten wie eine Dompteuse zu dirigieren. Sie wies ein junges Dienstmädchen an, das beflissen nickte und dann mit gesenktem Blick davoneilte.

Alles an ihrer Tante war vornehm und teuer. Angefangen bei ihren schulterlangen blonden Kringellocken, die sie mit einer speziellen Tinktur aus Paris pflegte, über ihre weiche Porzellanhaut bis hin zu den Absatzschuhen aus Mailand.

Sie ließ den Blick schweifen, um zu prüfen, ob alles zu ihrer Zufriedenheit war, und entdeckte dabei Lotte, die sogleich an ihrer Haltung feilte. »Sieh mal einer diese junge Dame an! Dieses Kleid haben wir wirklich sehr gut ausgesucht. Die jungen Männer werden sich um dich reißen.«

»Danke noch mal für deine Hilfe.«

»Nicht der Rede wert. Ich freue mich, wenn mein Rat erwünscht ist.« Die Art und Weise, wie sie das sagte, klang danach, als würde irgendwer keinen sonderlichen Wert auf ihre Meinung legen.

Sie hob Lottes Kinn leicht an und maß sie von Kopf bis Fuß, als würde sie eine unsichtbare Liste abhaken. War das Kleid auch wirklich frisch geplättet? Die Frisur ordentlich? Saß die Naht ihrer Strümpfe gerade?

Die intensive Musterung erinnerte Lotte an all ihre Schwachstellen. Besonders an eine Schwachstelle.

»Was soll dieses Halstuch?«, fragte ihre Tante da auch schon.

»Ich habe mich etwas verkühlt. Wann treffen die Gäste ein?«, wechselte Lotte schnell das Thema.

»Jeden Moment. Bist du aufgeregt?«

»Ein bisschen.«

»Es gibt auch allen Grund dazu. Armin Kahlbach wird anwesend sein. Und es ist ja wohl offensichtlich, dass er ein Auge auf dich geworfen hat.«

»Ach, er hat mir nur ein einziges Mal zu meinem Geburtstag einen Blumenstrauß geschickt, und das auch nur, weil wir gemeinsam zur Schule gegangen sind.«

»Du solltest seine Zuneigung mehr zu schätzen wissen. Immerhin ist er mit Gauleiter Mutschmann befreundet und, soweit ich informiert bin, bei der Polizei aufgestiegen. Ich hörte, dass man ihm trotz seines jungen Alters besondere Fälle zuteilt. Im Übrigen wird auch Herr Mutschmann höchstpersönlich anwesend sein. Und wer weiß, wenn er von unserem Hotel begeistert ist, dann wird vielleicht sogar der Führer uns bei seinem nächsten Besuch in Dresden mit seiner Anwesenheit beehren und nicht mehr im Eden residieren.« Viktoria reckte ihr Kinn und spitzte die Lippen.

Seit Jahren rang das Hotel Elbflorenz mit dem Eden darum, das luxuriöseste Hotel der Stadt zu sein, aber das Eden schien immer die Nase vorn zu haben. An einem traumhaften Sommertag wie diesem wurden die Scheiben im Tagescafé des Hotels im Boden versenkt, und die Gäste saßen wie durch Zauberhand im Freien. Dieser besondere Clou des Hotels wirkte sich jedoch auch auf die Preise aus, die gepfeffert waren. Reiche Ausländer und jeder, der in Dresden etwas auf sich hielt, ließ sich im Eden an der Prager Straße Ei und Kaviar, Lachs und Sekt zum Tagesauftakt schmecken.

Ihrer Tante zuliebe täuschte sie Begeisterung vor. »Oh. Wirklich?«

»Aber bis es so weit ist, muss alles tadellos laufen«, sagte Viktoria mit gesenkter Stimme. »Vor allem heute Abend dürfen wir uns keine Fehltritte erlauben.«

Lotte sah sich um, ob jemand in hörbarer Nähe war, aber bis auf einen Zeitungsjungen, der gerade das Hotel betrat, um den Gästen im Foyer die aktuelle Ausgabe der *Sächsischen Zeitung* anzubieten, waren sie allein. »Aber würde sich das Hotel damit nicht politisch klar bekennen?«

Ihre Tante legte eine Hand an Lottes Wange und lächelte sie traurig an. »Das sind nun mal die Zeiten, Lotte. Ich gebe dir jetzt einen guten Rat. Das Klügste, was eine Frau tun kann, ist, ein naives Dummchen zu sein und sich nicht allzu viele Gedanken zu machen.«

Etwas in Lotte wollte aufbegehren. »Aber …«

»Denk nur daran, was mit deiner Mutter geschehen ist«, erinnerte ihre Tante sie an den schmerzhaften Verlust. »Willst du, dass dir dasselbe passiert?«

Der hohe, dunkel getäfelte Saal war erfüllt vom sonoren Rauschen der Gespräche und dem Klirren der Champagnergläser, von den sanften Klängen, die der Pianist seinem Instrument entlockte, vom

Parfüm der Damen sowie dem Duft der winzigen Pasteten und in Speck gehüllten Datteln.

Mit einem Glas Champagner in der Hand schlenderte Lotte langsam vorbei an einer Reihe goldener Wandleuchter und fuhr zusammen, als auf einmal jemand eine Hand auf ihre Schulter legte.

»Entschuldige, ich wollte dich nicht erschrecken.«

Sie wandte sich um und sah sich einem attraktiven, groß gewachsenen Mann gegenüberstehen. Seine Augen hatten die Farbe von hellem Schiefer, und er hatte feines blondes Haar, das er mit Pomade zur Seite gekämmt hatte.

»Armin! Schön, dich zu sehen! Oder soll ich dich nun Herr Kahlbach nennen, nun, wo du offenbar in so hohen Kreisen verkehrst?«, scherzte sie.

Sein rechter Mundwinkel hob sich leicht zu einem schiefen Lächeln. »Mein Herz würde brechen, würdest du mich so förmlich ansprechen.« Er nahm ihre Hand und deutete einen Kuss an. »Du siehst reizend aus.«

»Danke. Sieh dich an.«

Sein dunkelgrauer Anzug saß perfekt, in seinem Revers steckte ein weißes Stofftuch. Seine rosa, hellblau und weiß gestreifte Krawatte stand ihm sehr gut, sodass Lotte überlegte, ob eine Frau sie für ihn ausgesucht hatte.

»Wo ist nur der schlaksige Junge geblieben?«

»Ich bin froh, dass ich den hinter mir gelassen habe«, erwiderte er. »Es ist eine Weile her, dass wir uns gesehen haben.«

»Ja, erschreckend, wie schnell die Zeit vergeht. Die Ausbildung hat mich in Anspruch genommen.«

Sie plauderten über Unverfängliches, über die Ausstellung im Hygienemuseum und übers Angeln, seine liebste Freizeitbeschäftigung.

»Ist das nicht manchmal langweilig?«, erlaubte sie es sich zu fragen. Leo schien es zu mögen, wenn sie ihn ein bisschen provozierte. Armin hingegen wirkte, als hätte sie ihn aus dem Konzept gebracht, aber nicht auf eine Weise, die ihm behagte.

»Manchen Menschen mag es langweilig erscheinen, ich hingegen genieße die Ruhe. Es macht mir nichts aus zu warten, weil ich weiß, dass früher oder später ein Fisch anbeißen wird. Man braucht nur Geduld.«

Sie hörte ihm zu, stellte dann und wann interessiert Fragen und schmunzelte über seine bemühten Witze, die sie eigentlich nicht lustig fand. Es war die Art Humor über Engländer oder Franzosen, die er sich von der Tageszeitung abgeschaut hatte.

Er ließ den Blick schweifen. »Es sind ja einige feine Leute hier.«

»Onkel Ernst sprach von einer kleinen, feinen Auswahl.« Sie beugte sich ihm verschwörerisch entgegen und verstellte ihre Stimme. »›Wie die Pralinenschachtel Dresdens.‹ Dort drüben auf der Chaiselongue sitzt Thea Thiele, Schauspielerin am Komödientheater. Der Mann, der sich gerade eines der Häppchen nimmt, ist Fred Teschler, der Opernsänger, und neben ihm steht Louis Glück, der Inhaber des großen Automobilhauses in der Prager Straße. Die Frau neben dem Mann mit Monokel ist Gret Palucca, die Tanzpädagogin. Sogar Martin Mutschmann soll eingeladen sein, aber ihr beide kennt euch ja offenbar ohnehin gut.«

»Das ist richtig«, sagte Armin. »Aber ob du's glaubst oder nicht, von all den Anwesenden hier genieße ich deine Gesellschaft am meisten.«

Sein Blick blieb auf einmal an ihrem Hals hängen. War etwa ihr Tuch verrutscht? Nervös zupfte sie daran und hoffte, dass er den verräterischen Fleck nicht gesehen hatte, auch wenn es ihn streng genommen nichts anging. Das Läuten eines Glöckchens rettete sie.

Es wurde dazu aufgerufen, sich an den langen Festtisch im Nebenraum zu setzen.

Nach dem Dessert, einer himmlischen Schokoladenmousse, wagten sich die ersten Gäste zu einem gediegenen Walzer auf das Parkett. Armin bat sie um einen Tanz, und sie legte ihre Hand in die seine und hoffte, dass das Lied schnell enden würde und sie den Rest des Abends ihre Ruhe hätte. Sein Griff war fest, und obwohl er die Schrittfolge perfekt beherrschte, machte es keinen Spaß, mit ihm zu tanzen, weil es schrecklich steif war.

»Dürfte ich übernehmen?«, fragte auf einmal jemand neben ihr, als das Lied zu Ende war.

Leo. *Ihr* Leo. Er trug einen eleganten schwarzen Anzug, und im Revers seines Jacketts steckte eine rote Rose. Lotte blinzelte. Sein Anblick traf sie mit der Heftigkeit eines Pfeiles in die Brust. Selbstsicher nahm er ihre Hand, sodass Armin einen Schritt zurücktreten musste. Er wollte gerade in den Takt des Liedes einsteigen, als auf einmal alles ganz schnell ging.

Ihr Onkel war neben ihnen aufgetaucht. Sein Kopf war hochrot. »Sie haben hier nichts verloren! Verlassen Sie sofort das Hotel.«

»Lotte, was hat er hier zu suchen?« Das war Tante Viktoria.

Lotte war völlig überfordert. Das Orchester war verstummt, dafür hörte sie das aufgeregte Gemurmel der Gäste im Hintergrund. »Ich … ich weiß es nicht«, stammelte sie.

»Hast du noch mit ihm zu tun?«, fuhr ihr Onkel sie an. An seinem Hals trat gefährlich eine Ader hervor.

Der Ausdruck ihrer Tante hatte etwas Flehentliches. Mach uns bloß keine Schande, sagte ihr Blick.

In Lottes Kopf herrschte ein völliges Durcheinander.

Wir dürfen uns keine Fehltritte erlauben.

Ich bin eine Waise und muss dankbar sein …

Willst du, dass dir dasselbe wie deiner Mutter passiert?

Ehe sie sichs versah, schüttelte sie den Kopf. »Nein …«

Etwas in Leos Blick brach, das aufregende Funkeln darin erlosch.

»Schaffen Sie ihn raus!«, hörte sie ihren Onkel wie von fern sagen.

Zwei Angestellte packten Leo an den Oberarmen und schleiften ihn fort.

»Ich wollte doch nur …« Als er sich zu wehren versuchte, griff auch Armin ein und half den beiden Männern, Leo aus dem Saal zu schleifen.

Sie sollte einschreiten. Hier und jetzt sollte sie allen sagen, dass ihr Herz ihm gehörte, niemandem sonst. Aber schon fiel die schwere Flügeltür zu, und Leo war verschwunden.

29

1949

Lotte

Langsam kam sie wieder im Hier und Jetzt an, am Tag von Susis Hochzeitsfest, am Elbufer, wo sie Jakob ihre Geschichte anvertraut hatte.

»Und das war das letzte Mal, dass ich Leo gesehen habe.«

»Du hast also keine Ahnung, was mit ihm geschehen ist?«

Sie schüttelte den Kopf. »Ich weiß nicht, ob er aus Deutschland geflohen ist, wie er es schon ein paarmal angekündigt hatte. Oder ob sie ihn ins Zuchthaus gesteckt haben. Ich weiß es einfach nicht … Und das zermürbt mich jeden Tag.«

»Deshalb bist du jeden Abend zum Suchdienst gegangen? Weil du gehofft hast, ihn darüber zu finden?«

»Ja.« Sie setzte sich seinem Blick aus und war überrascht, keine Verachtung oder Enttäuschung darin zu entdecken. »Ich war nicht besser als die Leute, von denen du oft gesprochen hast. Die, die weggesehen haben.«

Sie rechnete damit, dass Jakob ohne ein weiteres Wort aufstehen und gehen würde, um diese Neuigkeit erst mal zu verarbeiten.

Oder dass er ihr sagen würde, dass er sich in ihr getäuscht habe. Sie rechnete nicht damit, dass er ihre Hand nehmen und ihre Finger miteinander verschränken würde.

»Du musst dich nicht schuldig deshalb fühlen, Lotte. Was hättest du tun sollen?«

Sie schüttelte den Kopf, wollte seine gut gemeinten Worte nicht hören. »Ich hätte zu ihm stehen sollen. Ich hätte meiner Tante und meinem Onkel sagen sollen, dass ich Leo ins Herz geschlossen habe und mir wünsche, dass er mit uns am Tisch sitzt und feiert.«

»Und dann hätte man dich mit Leo an den Pranger gestellt.«

Lotte dachte daran, wie nur wenige Wochen später eine Frau durch die Stadt getrieben worden war, ein Schild um den Hals: *Ich habe mich von einem Juden schänden lassen.*

Sanft strich er mit seinem Daumen über ihren Handrücken. Der Nachthimmel über ihnen war unendlich weit. Ein funkelndes Sternenmeer.

»Lotte, es war nicht deine Schuld. Glaub mir, du hättest nichts tun können. Selbst wenn du eingegriffen hättest, hätte man die Beziehung zu ihm niemals akzeptiert. Du hättest nur dich selbst in Gefahr gebracht.«

Seine Worte hallten in ihr nach. Es war nicht deine Schuld. Der rationale Teil in ihr wusste zwar, dass Jakob vermutlich recht hatte, aber trotzdem war in ihr diese gehässige Stimme, die ihr einredete, dass Jakob sie nur aufmuntern wollte.

Sie schloss die Augen, aber dadurch wurde es nicht besser, denn auf ihren Lidern standen einmal mehr die Worte: *Du bist feige. Du hast kein Rückgrat.*

»Das ist es, was dich schon so lange quält?«, fragte er nach einer Weile. »Weshalb du dich aufarbeitest wie eine Verrückte?«

»Ich tue nicht mehr als andere auch.«

»Nein, Lotte, du verwehrst dir jede Freude.«

Auf einmal weinte sie. Sie spürte, dass sie mit ihren Tränen zumindest einen Teil der Schuldgefühle loswurde, die sie seit Jahren mit sich herumschleppte. Erschöpft legte sie den Kopf an seine Schulter und atmete seinen Duft ein.

»Die Zeiten, die hinter uns liegen, waren so unvorstellbar grausam, dass die nachfolgenden Generationen vermutlich gar nicht wirklich begreifen werden, wie es war. Aber wir dürfen nicht zulassen, dass sie unser Leben bestimmen.«

Das Seufzen, das ihr entschlüpfte, war lang und bebend. Schweigend saßen sie nebeneinander, und sie ließ seine Worte auf sich wirken. Sie hätte so die ganze Nacht sitzen können, die Wärme seiner Hand in ihrer, ihr Kopf auf seiner Schulter, während der Knoten in ihrer Brust sich langsam löste.

Er klemmte ihr eine Haarsträhne hinters Ohr. »Jetzt weiß ich, weshalb du nicht aus dieser Stadt fortwillst. Weil du hoffst, dass Leo eines Tages in seine Heimat zurückkehrt und ihr euch wiederseht.«

Sie sah in den Himmel hinauf, als stünde dort die Antwort. »Wo sonst soll ich ihn suchen?«

Sie spürte, dass er sie ansah. Und sie spürte auch, was dieser Blick ihr sagen wollte. »Lotte, hast du mal in Betracht gezogen, dass er …«

Sie schüttelte den Kopf. Schluckte. Leo durfte nicht tot sein. Sie musste ihm sagen, wie leid es ihr tat …

Jakob fragte sie nicht, ob sie Leo noch liebte, denn er wusste, dass sie das immer tun würde, dass er immer ein Teil von ihr sein würde, so wie Marietta immer ein Teil von ihm sein würde.

»Lass nicht zu, dass diese Geschichte dein Leben bestimmt«, sagte er. »Du hast das Recht, ein glückliches Leben zu führen.«

Seltsamerweise tat es fast weh, das zu hören, als würde er eine Kruste von einer Wunde kratzen.

»Danke«, hauchte sie.

»Wofür?«

»Dass du hier bist und nach mir gesehen hast. Für alles.«

Der Blick seiner hellbraunen Augen versenkte sich in ihren, und sie spürte etwas in sich weich werden.

Auf einmal nahm sie einen winzigen hellen Punkt neben sich wahr. Ein Glühwürmchen. Erst war es nur eines, dann wurden es immer mehr. Es war, als hätten sich die Sterne gelöst und würden um sie herumschwirren.

»Jakob …«, sagte sie. Nur ein Wort, aber eigentlich ließ sie ihn damit direkt in ihr Herz blicken.

Sein Blick huschte hin und her, als würde er in ihrem Gesicht wie in einem Buch lesen. Sie wollte die Sanftheit in seinem Ausdruck nicht verlieren und hob eine Hand zu seinem Gesicht, um mit den Fingerspitzen der Form seiner schönen Wangenknochen zu folgen. Sie spürte die dezente Rauheit an seinem Kinn, wo morgen früh ein leichter Bartansatz sein würde. Dann küsste sie ihn. Es fühlte sich ganz natürlich an, ihre Lippen auf seine zu legen, als hätte sie das schon oft getan. Einen kurzen Augenblick zögerte er, und dann erwiderte er den Kuss. Sie vergaß alles um sich herum. Es gab nur noch Jakob und sie, in dieser lauwarmen Nacht unter Millionen funkelnden Sternen.

Und dann zog er sich zurück.

»Was ist?«, fragte sie unsicher.

»Ich … Wir sollten das lieber lassen.« Ein Hauch Schärfe lag in seinen Worten. »Es tut mir leid.«

Zwei Atemzüge lang wusste sie nicht, wie ihr geschah.

Jakob hatte sich bereits vom Boden erhoben, hielt ihr die Hand hin und half ihr, ebenfalls aufzustehen.

»Was ist los?«

Für einen kurzen Augenblick schloss er die Augen, und als er sie wieder ansah, hatte sich sein Blick verdunkelt. »Wir sollten das nicht tun.«

Sie fühlte sich, als hätte man sie mit dem Kopf wieder und wieder unter Wasser gedrückt, bis sie kaum noch Luft bekam. Sie nickte. Schluckte mehrmals, ehe sie imstande war, etwas darauf zu erwidern. »Verstehe.«

Einen Moment lang wartete sie noch, ob er doch etwas sagen würde, aber er schwieg. Und dann lief sie davon, zurück zum Fest. Sie schämte sich, dass Tränen über ihre Wangen liefen, die sie hektisch fortwischte, ehe sie wieder zu den anderen stieß.

30

Als sie am nächsten Morgen aufwachte, war es ihr nur kurz vergönnt zu glauben, alles sei wie immer, ehe die Erinnerung an den gestrigen Abend auf sie einstürzte. Die Hochzeit. Ihr Geständnis. Der Kuss. Jakobs Zurückweisung.

Kurz nachdem sie zu den anderen Gästen zurückgekehrt war, hatte sie sich von Susi verabschiedet und ihr für das wundervolle Fest gedankt, aber es sei schon spät, und sie habe noch einen ordentlichen Fußmarsch vor sich. Armin hatte darauf bestanden, sie zu begleiten, und obwohl sie allein sein wollte, hatte sie nichts dagegen eingewendet, dafür hatte ihr die Kraft gefehlt. Sie hatte sogar zugelassen, dass er sein Jackett um ihre Schultern gelegt hatte.

Sie zog das Kleid an, das sie vor Kurzem aus weißem Gardinenstoff genäht hatte. Anschließend verbrachte sie mehrere Minuten damit, hin und her zu überlegen, was sie mit ihrem Haar anstellen sollte, und steckte es am Ende hoch. Draußen schüttete es in Strömen. Es war einer dieser Tage, an denen man nur schlechte Laune haben konnte.

Als sie den Flur betrat, sah sie, dass Jakobs Tür offen war. Er war also bereits wach. Doch sie fand ihn weder in der Küche noch im Hinterhof, was bedeutete, dass er die Wohnung schon früh verlassen hatte. Sie wusste nicht, ob sie erleichtert oder enttäuscht sein sollte. Wie sollte es jetzt mit ihnen weitergehen? Abgesehen davon fühlte sie sich miserabel, weil sie doch eigentlich wusste, dass Carola Jakob gernhatte, und sie ihn trotzdem geküsst hatte.

Auch am Nachmittag war Jakob noch nicht zurückgekehrt. Sie versuchte, sich abzulenken, putzte den Boden, scheuerte die Spüle. Schließlich deckte sie den Tisch in der Küche, um guten Willen zu demonstrieren. Sie wollte ihm auf diese Weise zeigen, dass, egal was zwischen ihnen passiert war oder wie es mit ihnen weitergehen würde, sie sich wünschte, dass sie normal miteinander umgehen konnten. Als es bereits dämmerte, hörte der Regen endlich auf. Mit einer Wolldecke um die Schultern und einer Tasse Kräutertee setzte Lotte sich auf die Bank im überdachten Teil des Hinterhofs. Fragen über Fragen gingen ihr durch den Kopf. Hing er noch immer zu sehr an seiner verstorbenen Frau, um sich auf Lotte einzulassen? Hatte er Gefühle für Carola? Oder lag es daran, dass er noch immer mit dem Gedanken spielte, nach Berlin zu gehen? Bald würden sie aus der Wohnung rausmüssen, spätestens dann würde er eine Entscheidung treffen.

Sie hatte keine Ahnung, wie spät es war, als sie endlich die Haustür hörte. Müde Schritte. Jeder kleinste Muskel in ihr war angespannt. Sie fragte sich, ob er sich direkt in sein Zimmer zurückziehen würde, aber nein, so war er nicht.

Als er zu ihr in den Hinterhof trat, bemühte sie sich zu lächeln. »Da bist du ja.«

Sie sah es sofort. Sah ihm an, dass er wieder eine Mauer hochgezogen hatte.

»Ich habe mich schon gefragt, wo du steckst«, sagte sie unsicher und betrachtete dabei den hauchzarten Dampf, der von ihrem Tee aufstieg.

Er hielt die Flasche Milch hoch, die man als Lohn bekam, wenn man sonntags freiwillig bei der Enttrümmerung half. Er hatte also lieber gearbeitet, und das trotz des Regens, als den Tag mit ihr zu verbringen.

»Du hättest nicht mit dem Abendessen auf mich warten müssen«, sagte er.

Sie fühlte sich, als hätte er sie in kaltes Wasser gestoßen.

»Tut mir leid«, sagte er noch, und sie war sich nicht mal sicher, was genau er damit meinte.

Trotzdem nickte sie. »Schon gut.«

Am 23. Mai wurde die Bundesrepublik Deutschland gegründet. Bereits eine Woche später tagte in Ostberlin der Volkskongress, und die Delegierten bestätigten die Verfassung für eine zukünftige Deutsche Demokratische Republik. Damit war Deutschland offiziell ein geteiltes Land. Die Fronten zwischen Ost und West verhärteten sich, und das bereitete Lotte Sorgen. Normalerweise hätte sie mit Jakob über dieses wichtige politische Ereignis gesprochen, aber mit jedem Tag, der verstrich, zog er sich mehr in sich selbst zurück. Er ging höflich, aber distanziert mit ihr um, und langsam stellte sich bei ihr das Gefühl ein, über ein dünnes Seil zu balancieren. In den letzten Monaten waren sie einander so vertraut geworden, dass sie nicht mehr überlegt hatte, was sie sagen oder wie sie sich verhalten sollte. Sie hatte sich in seiner Gesellschaft so wohlgefühlt wie mit niemandem sonst. Nun aber schien ihr Kuss zwischen ihnen zu stehen wie ein Geist. Du bist so dumm, sagte sie sich wieder und wieder, ein ewiges Echo in ihrem Kopf. Wie hatte sie ernsthaft davon ausgehen können, dass Jakob Gefühle für sie entwickelt hatte? Carola war bescheiden und sanftmütig und wunderschön. Sie war die perfekte Frau und himmelte Jakob an. Und sie? Sie war nichts Besonderes. Sie versuchte einfach nur immerzu, es allen recht zu machen.

Inzwischen war Susis Hochzeitsfest schon zwei Wochen her,

und Jakob und sie hatten kaum ein Wort miteinander gewechselt, zumindest nichts, was Bedeutung hatte. Sie sprachen darüber, dass Lottes wertvollster Fund in den Trümmern eine Dose mit Knöpfen gewesen war oder dass Marietta die Angewohnheit gehabt hatte, am Ende eines Kinofilms aus Respekt auch immer den Abspann mit all den Namen, die am Werk mitgewirkt hatten, anzuschauen. Jakob sprach mehr von ihr als je zuvor. Zudem verbrachte er viel Zeit in der Jüdischen Gemeinde. Sie hatte den Eindruck, dass ihn etwas beschäftigte, aber er vertraute sich ihr nicht an. Weil sie begann, sich Sorgen zu machen, besuchte sie eines Sonntags Carola, um sie zu fragen, ob sie vielleicht etwas wusste.

»Wie kommst du darauf, dass ich mehr weiß als du?«, fragte sie erstaunt.

»Na ja, ich dachte, vielleicht seid ihr … ein Paar?«

Carola verzog die Mundwinkel. »Nein. Er hat mir am Abend von Susis Hochzeit gesagt, dass er mich sehr schätzt, aber keine romantischen Gefühle im Spiel sind. Ich hätte es merken sollen.«

Als Lotte sie daraufhin einfach nur anstarrte, sagte sie: »Das erstaunt dich wirklich?« Sie schnaubte. »Lotte, er hat *dich* gern. Ich wollte es nur nicht wahrhaben. Und du offenbar auch nicht.«

Einerseits überwältigten Carolas Worte sie, andererseits fühlte sie sich schlecht, weil ihre Freundin verletzt wirkte. »Es tut mir leid.«

»Mach einfach das Beste draus.«

Doch das Schweigen zwischen Jakob und ihr wurde immer lauter, bis sie es eines Abends nicht mehr aushielt.

»Was ist los, Jakob?«, fragte sie ihn, als sie gerade das Geschirr abspülten.

Er nahm den Teller, den sie ihm reichte, und trocknete ihn ab. »Was meinst du?« Er wusste, wovon sie sprach, deshalb konnte er sie auch nicht ansehen.

»Du redest kaum noch mit mir. Ich scheine plötzlich unbedeutend für dich geworden zu sein.«

»Das bist du nicht«, sagte er. »Das wirst du auch niemals sein.«

Sie tauchte ein Glas in das Seifenwasser und nahm dabei innerlich Anlauf. »Was hat dir unser Kuss bedeutet?«

Er stellte den Teller auf die Anrichte und legte das Küchentuch ab. Sie spürte seine Anspannung wie eine Ohrfeige. »Der Kuss war ein Fehler«, sagte er. »Du warst aufgewühlt und standest neben dir. Ich hätte dich nicht küssen sollen.«

Wie mechanisch fuhr sie mit dem Schwamm über den Glasrand und spülte mit klarem Wasser nach. Sollte sie ihm sagen, dass sie den Kuss mehr als alles andere gewollt hatte? Einfach nur, damit er es wusste? Aber das wäre wohl, wie mit Anlauf eine Klippe hinabzuspringen.

»Sind wir denn nicht mal mehr Freunde?«, fragte sie.

»Natürlich sind wir das. Aber du solltest dir nichts anderes von mir erhoffen.«

Sie hörte auf zu atmen. Fühlte sich, als würde sie innerlich verbluten.

Und dann verpasste er ihr den Todesstoß.

»Ich finde auch, dass du Armins Angebot annehmen und zu ihm ziehen solltest.«

Auf Susis Hochzeit hatte Armin sie noch mal an seinen Vorschlag, zu ihm zu ziehen, erinnert, woraufhin sie ihm unverbindlich gedankt und an ihrer Bowle genippt hatte.

Ihre Oberlippe zitterte, aber sie wollte nicht weinen, wollte sich diese Blöße nicht geben. Sie schrubbte das Glas so fest, dass sie schon befürchtete, es könnte zerbrechen. »Und was hast du vor? Wirst du nach Berlin zu deinem Bekannten ziehen?«

Er nickte. »Wahrscheinlich.«

Auf einmal überkam es sie. Sie stellte das Glas ab, legte eine

Hand an ihre Schläfe. »Ich bin davon ausgegangen, dass wir ... Ich habe gehofft ...« Das Geständnis war zu groß, sie schloss die Augen und sammelte innerlich Kraft. »Dass wir beide zusammenleben würden.«

»Das mit uns hat keine Zukunft.« Sie glaubte, an seiner Stimme zu hören, dass ihm seine Worte leidtaten, aber vielleicht wünschte sie sich das auch nur. Gleichzeitig hatte sie das Gefühl, ihn nicht mehr zu kennen.

Ihre Lider hoben sich, und sie lieferte sich dem Anblick seiner schönen Augen aus, die ungewöhnlich dunkel waren. »Aber warum? Ich verstehe es nicht, erklär's mir bitte.«

Wieder nur dieses Schweigen, diese Mauer, an der sie abprallte. Sie nahm das nächste Glas, wollte es ins Wasser tauchen, aber plötzlich wurde sie von ihren Gefühlen überwältigt. »Warum bist du dann noch hier? Du hättest schon längst gehen können! Schon vor Monaten!« Sie war laut geworden. »Dann geh doch! Geh!«

Und Jakob ging, und das wunderbare Gefühl, das sie in seiner Nähe hatte, dass das Leben es vielleicht gut mit ihr meinen könnte, strömte aus ihr heraus wie Blut.

Das Glas fiel ihr aus der Hand, zerbrach auf dem Boden. Mit beiden Händen stützte sie sich am Spülbecken ab, und lange Zeit war alles, was sie schaffte, zu atmen und dann und wann zu blinzeln. Es war ihr, als würde die Welt zugrunde gehen, als würden die Bäume absterben, der Himmel seine Farbe verlieren und die Vögel tot aus der Luft herabfallen.

Die Zeiger der Armbanduhr, die einst ihrer Tante gehört hatte und die nun an Viktorias Stammplatz auf der Fensterbank lag, rückten auf Mitternacht vor. Das leise Ticken schwoll in ihren Ohren an, wurde immer lauter. Lotte stand am Fenster und sah hinaus, die Arme vor der Brust übereinandergelegt. Bei jedem Geräusch dachte sie, dass Jakob endlich nach Hause kommen würde, aber am Ende war es doch wieder nur der Wind, der durch die Ruinen pfiff, eine einsame dunkle Gestalt, die mit hochgeschlagenem Kragen schnellen Schrittes nach Hause eilte, oder eine Katze, die eine Ratte jagte.

Sie bereute es, so die Beherrschung verloren und Jakob hinausgeworfen zu haben. Mit jeder Minute, die verstrich, wuchs ihre Sorge um ihn. In den vergangenen Tagen hatte sie ihn kaum wiedererkannt, er war erneut zu dem verschlossenen, abweisenden Mann geworden, der er einst gewesen war, als sie ihn auf der Brücke aufgesammelt hatte. Aber er würde nicht erneut versuchen, sich das Leben zu nehmen. Oder? Sie hielt es nicht mehr aus. Sie musste wissen, was mit ihm war, ob es ihm gut ging. Deshalb nahm sie ihre Jacke vom Haken und lief hinaus in die kalte Nacht.

Wie erwartet fand sie ihn in der Ruine des Kinos. Er lag auf einer Wolldecke, die er auf dem Boden am Ende der letzten verkohlten Sitzreihe ausgebreitet hatte, und schlief. Vor ihm eine Kerze sowie eine Packung Streichhölzer.

Sie ging neben ihm in die Knie und wollte ihn gerade sanft wecken, als er auf einmal zusammenzuckte und hochfuhr. Es dauerte einen Moment, bis er sich zurechtfand, sich erinnerte, wo er war, und sein Atem sich beruhigte.

»Du hast in unserer Wohnung ein Bett«, sagte sie und ließ es wie eine Entschuldigung klingen.

Er fuhr sich mit beiden Händen über das Gesicht. »Geh nach Hause, Lotte.«

Aber sie setzte sich, zog die Beine an und schlang die Arme darum. »Weißt du, die Nacht, in der du mich geküsst hast, das war …« Hilflos zuckte sie mit den Schultern. »Ich war so glücklich. Ich dachte, so viel Glück ertrage ich gar nicht.« Ihre Kehle wurde eng. »Ich dachte wirklich, dass du Gefühle für mich haben könntest.«

Sie sah ihn an und stellte fest, dass er die Augen geschlossen hatte, als könnte er sich auf diese Weise innerlich besser abschotten.

»Als du dich immer mehr von mir zurückgezogen hast, dachte ich, du willst mich nicht«, fuhr sie fort. »Aber dann kam mir auf einmal ein anderer Gedanke. Was, wenn du mich vor etwas schützen willst? Du hast damals, als dein Bekannter in unserer Wohnung war, gesagt, dass es besser für mich wäre, wenn ich nicht Bescheid wüsste.«

Sie setzte alles auf eine Karte, wandte sich ihm zu und rückte dabei noch ein kleines Stück näher an ihn heran. Sanft legte sie eine Hand an seine Wange, um sein Gesicht leicht zu drehen. Sie wollte, dass er sie ansah, wollte in seinen Augen die Wahrheit lesen. »Was ist, wenn du mich eigentlich doch gernhast, aber aus irgendeinem Grund, den du mir nicht nennen willst, von mir fortbleiben musst?«

Feuchtigkeit glänzte in seinen Augen. »Ich bin so kaputt, Lotte«, brach es auf einmal aus ihm heraus. »Sieh mich an. Alles, was ich mal besessen habe, ist eine Ruine. Ich werde mein Leben lang humpeln. Was kann ich dir schon bieten, ganz zu schweigen von den seelischen Narben, die mich oft unausstehlich machen? Es werden immer wieder schlechte Tage kommen. Du verdienst jemanden an deiner Seite, der gut auf dich aufpasst, dich zum Lachen bringt.«

»Du bist es doch, der mir all das gibt.«

Er schüttelte den Kopf.

»Jakob«, sagte sie, »liebst du mich?«

Er schloss erneut die Augen, schüttelte den Kopf, aber schmiegte sich gleichzeitig in ihre Hand.

»Schau mich an … Ich vermisse dich. Und ich brauche dich. Weil ich dich nämlich liebe. Und deshalb bitte ich dich, nach Hause zu kommen.«

»Nach Hause …«, wiederholte er leise und so, als würde er sich des Wortes genau bewusst werden. Dann sah er sie an. »Nach Hause.«

Sie strich über sein Haar, küsste ihn sanft auf die Stirn.

»Das habe ich mir damals gewünscht«, sagte er. »In der Nacht, in der die Sternschnuppe über uns hinweghuschte.«

Sie lächelte, auch ihre Augen waren feucht geworden. »Ich mir auch.«

Sein Atem streifte ihre Lippen, und sie vergaß völlig, wo sie waren, dachte nur, dass sie diesen Atem auch an ihrem Hals, ihrem Bauch, ihren Oberschenkeln, einfach überall spüren wollte. Sie legte die Hände an seine Wangen, verschränkte ihren Blick mit seinem und berührte mit ihren Lippen seinen Mund, ungläubig, wie viel man gleichzeitig empfinden konnte. Zunächst war es ein sanfter Kuss, mehr eine Frage, ob er diesmal seine Gefühle zulassen würde. Als er sie näher an sich heranzog, sodass sie auf seinem Schoß saß, vertiefte sie den Kuss, öffnete seine Lippen mit ihrer Zunge und entlockte ihm ein wohliges Stöhnen.

Nach einer Weile löste Jakob sich leicht von ihr, aber nur, um sie auf die Stirn zu küssen, auf die Schläfe, die Nase … Sanft wischte sie eine Träne fort, die über seine Wange lief.

Verlangend wanderten seine Hände über ihre Taille. »Ich muss mich beherrschen«, keuchte er.

»Nein, hör nicht auf.«

»Aber …«

»Bitte, hör nicht auf«, wisperte sie.

Gemeinsam sanken sie zurück auf die Decke. »Lotte«, seufzte

er, als hätte sich der Widerstand in ihm endgültig aufgelöst. »Lotte …« Nur ein Wort, aber damit sagte er ihr alles.

31

1993

Hannah

Mit gesenktem Kopf trat sie in die Pedale ihres alten Fahrrads, das sie zum sechzehnten Geburtstag geschenkt bekommen hatte, und verfluchte sich selbst dafür, beim Frühstück den Wetterbericht im Radio abgestellt und stattdessen die neue Kassette mit Liedern von Tina Turner in den Rekorder eingelegt zu haben. Zu diesem Zeitpunkt hatten am weiß-blauen Himmel ein paar niedliche kleine Wattewolken gehangen, die etwas von einer Schafherde gehabt hatten. Es würde ein guter Tag werden; um das zu wissen, brauchte sie keinen Wetterfrosch, hatte sie gedacht und prompt die Rechnung bekommen. Denn kaum hatte sie das Blaue Wunder hinter sich gelassen, vereinten sich die Schäfchen zu einer einzigen großen Monsterwolke mit verräterisch dunkler Farbe, und nur wenige Minuten später öffnete sich die Himmelsschleuse, und es regnete wie aus Kübeln auf sie herab. Sie sagte sich, dass es nicht mehr schlimmer kommen könne, da rauschte ein Auto an ihr vorbei und spritzte sie mit einer hohen Fontäne nass.

»Du Idiot!«, schrie sie ihm nach, aber da war der Wagen schon um die nächste Kurve verschwunden.

Sie kämpfte sich den Berg hinauf und erreichte außer Atem das kleine Haus, in dem Lotte wohnte. Sie würde Harrys Rat befolgen und ein letztes Mal versuchen, mit ihrer Oma zu sprechen.

Als sie ihr Fahrrad ankettete, versuchte sie stoisch zu ignorieren, wie der Regen auf sie herabprasselte. Das schmiedeeiserne Gartentor war nur angelehnt. Hannah holte tief Luft, hielt sich an den Trägern ihres Rucksacks fest und folgte dem Weg durch den gepflegten Vorgarten. Sie klingelte, doch im Haus blieb es still.

Sie versuchte es noch einmal. »Lotte? Bist du …«, rief sie und verstummte dann, weil sie unsicher war, ob sie ihre Großmutter nicht doch lieber siezen sollte, immerhin kannten sie sich kaum.

Es hatte keinen Sinn, sie war nicht zu Hause. Die andere Möglichkeit, dass Lotte sie durchs Fenster gesehen hatte und ihr schlichtweg nicht öffnen wollte, schob sie in ihrem Kopf beiseite.

»Du bist ganz schön hartnäckig«, hörte sie Lotte auf einmal hinter sich sagen. In einer Hand hielt sie eine vollbepackte Einkaufstasche, in der anderen einen fröhlich gepunkteten Regenschirm. »Wie deine Mutter.«

Hannah lächelte entschuldigend. »Ich will nicht aufdringlich ein. Aber ich würde wirklich gerne noch einmal in Ruhe mit dir reden. Mein Überfall letztens tut mir ehrlich leid. Ich weiß nicht, was genau zwischen meiner Mutter und dir vorgefallen ist, aber ich weiß, dass du in einer Zeit groß geworden bist, die alles andere als leicht war, und dass du wahrscheinlich Schreckliches gesehen und erlebt hast. Und das ist sicher nicht spurlos an dir vorbeigezogen.«

Lotte wirkte hin- und hergerissen.

»Was auch immer damals geschehen ist«, sagte Hannah, »ändert nichts daran, dass ich dich kennenlernen will.«

Lotte sah sie an, und es war, als hätte die Mauer, die sie innerlich hochgezogen hatte, einen Riss bekommen, durch den etwas Licht hindurchdrang. Sie zog den Schlüsselbund aus ihrer Jackentasche und lief an Hannah vorbei, und kurz befürchtete Hannah, sie würde sie im wahrsten Sinne des Wortes im Regen stehen lassen.

»Kennst du dich zufällig mit Technik aus? Ich habe ein neues Radio gekauft, aber all die Knöpfe überfordern mich.«

Erleichterung durchströmte sie. »Das bekomme ich hin«, sagte Hannah und nahm Lotte die Tasche mit den Einkäufen ab.

»Gut.« Lotte nickte. »Gehen wir schnell rein, nicht, dass du noch krank wirst.«

Eine halbe Stunde später nahm Hannah in einem kuscheligen Hausanzug auf dem Sofa Platz, ihre Füße steckten in dicken, selbst gehäkelten Socken. Während Lotte eine Kanne Tee zubereitet hatte, hatte Hannah ihr das Radio in der Küche erklärt und einen Sender eingestellt.

Auf einem Tablett trug Lotte Geschirr sowie einen Teller mit Gebäck ins Wohnzimmer. »Jetzt trinkst du erst mal eine schöne Tasse Tee zum Aufwärmen«, sagte sie und platzierte eine filigrane Porzellantasse auf einem Unterteller und einen am Griff verschnörkelten Löffel ordentlich daneben.

»Es ist gemütlich bei dir«, sagte Hannah.

»Gefällt es dir?« Lotte setzte sich in den mit cremefarbenem Stoff bezogenen Sessel neben Hannah. »Es ist das Haus, in dem deine Mutter aufgewachsen ist. Ich habe es gekauft, nachdem mein Mann fort war. In der Wohnung in der Altstadt konnte ich nicht bleiben, weil es mich zu sehr belastet hat. Ich hatte großes Glück, dass ich es bekommen habe. Damals war es so gut wie unmöglich, Wohnraum zu finden, vor allem als alleinerziehende Frau.« Sie strich mit beiden Händen über ihren hübschen roséfarbenen Bahnenrock mit großen Knöpfen darauf. Sie hat einen guten Geschmack, dachte Hannah.

»Ich muss mich entschuldigen, das letzte Mal so abweisend gewesen zu sein. Aber ich war schrecklich aufgewühlt, als ich das Foto gesehen habe. Auf einmal kam alles wieder hoch …«

Der Regen war inzwischen zu einer Sintflut geworden und trommelte gegen die Scheiben. Hannah sah ihrer Oma dabei zu, wie sie ihnen beiden Tee einschenkte und bei sich selbst einen Schuss Sahne sowie einen Löffel Honig hinzugab. So wie sie in der Tasse rührte und den Löffel ablegte, hatte es fast etwas Zeremonielles, sodass Hannah sich fest vornahm, ab sofort ihren Tee nur noch so zuzubereiten.

Hannah fiel auf, dass Lotte die Kopie des Fotos, das sie und den fremden Mann zeigte, eingerahmt hatte. Es stand auf der Fensterbank neben dem Foto von der jungen Marlene.

Sie deutete auf das Bild. »Du hast also als Trümmerfrau gearbeitet?«

»Ja, viele Jahre lang.«

»Und warst du auch in Dresden, als die Alliierten die Stadt angegriffen und vollkommen zerstört haben?« Ihre Frage hatte etwas Schamloses, und Hannah befürchtete, dass sie zu weit gegangen war. Sie war kurz davor, sich zu entschuldigen, als Lotte zu sprechen begann.

»Ja, das war ich. Ich war mittendrin in dieser Hölle, aber ich hatte eine ganze Armee an Schutzengeln.« Auf einmal wirkte Lotte viel älter. »Weißt du, in gewisser Weise ist der Krieg nie zu Ende gegangen. In den Schulbüchern oder in der Fachliteratur wird er zwar von Daten eingegrenzt, aber ich kann dir sagen, dass Frieden, so wie man ihn kennt, nie zurückkehrt, weil das, was im Krieg geschieht, niemals wiedergutgemacht werden kann. Aber das wird einem erst bewusst, wenn man zurückblickt.«Lotte nippte an ihrem Tee und stellte die Tasse wieder auf den Unterteller ab. »Was war der schlimmste Tag in deinem Leben?«, fragte sie auf einmal.

Erstaunt über diese unerwartete Frage, dachte Hannah einen Moment lang nach. »Gerade ist mir danach zu antworten, dass der Tag, an dem ich herausfand, dass mein Freund verheiratet ist, der wohl schlimmste Tag in meinem Leben war. Aber das ist Unsinn, es gab andere Dinge, die mich noch mehr erschüttert haben.«

Sie dachte an den Tag, an dem eine Nachbarin ihr mitgeteilt hatte, dass ihre Mutter im Gefängnis saß. Diese unbeschreibliche Angst würde sie nie vergessen, und manchmal glaubte sie, dass ein Teil davon ihr sogar noch immer in den Knochen saß.

»Und was war der schönste Tag in deinem Leben?«, hakte Lotte weiter nach.

Auf was wollte sie hinaus?

»Puhh …« Hannah pustete sich eine Strähne ihres fransigen Ponys aus dem Gesicht. »Vielleicht …? Nein … Schwer zu sagen …«

»Siehst du? Die meisten von uns können sofort sagen, welcher der schlimmste Tag in ihrem Leben war, aber fragt man sie, was der schönste Tag war, dann stocken sie. Wir messen dem, was uns schadet, oft mehr Bedeutung zu als dem, was uns glücklich macht. Und deshalb weißt du nun auch, warum der Krieg und all das Leid, das er mit sich gebracht hat, so lange in uns nachhallt.« Lotte lehnte sich in ihrem Sessel zurück. »Wenn du willst, erzähle ich dir von früher. Es könnte nur etwas länger dauern. Hast du denn etwas Zeit mitgebracht?«

Bestimmt war Lottes Tee, den sie noch immer auf der Untertasse in den Händen hielt, schon kalt geworden, während sie die Geschichte einer jungen Frau auferstehen ließ, deren Eltern viel zu früh gestorben waren und die deshalb bei ihrem strengen Onkel und ihrer unterwürfigen Tante aufgewachsen war. Es war die Geschichte einer Frau, die mit dem Gefühl groß geworden war, weniger wert zu sein und es immerzu allen recht machen zu müssen.

Lottes knapper Bericht darüber, wie Hitler an die Macht gekommen war und sich die braune Gesinnung ausgebreitet hatte wie ein Virus, Freunde auf einmal zu Feinden geworden waren, wurde begleitet von dem leisen Geräusch, wenn der Regen gegen die Scheiben prasselte und sie ihren Tee mit dem Löffel umrührte. »Als junges Mädchen hat mich Politik kein bisschen interessiert. Ich habe zwar dann und wann etwas mitbekommen, aber um ehrlich zu sein, habe ich es mit einem Schulterzucken abgetan. Oh, wie schrecklich naiv ich war!«

Sie verliebte sich in einen jungen Mann namens Leo, der ihr endlich das Gefühl gab, wertvoll zu sein. Doch weder ihre Tante noch ihr Onkel hießen diese Verbindung jemals gut, denn Leo war Jude. Und so blieb die Beziehung über Monate hinweg ihr Geheimnis, obwohl sie wusste, dass Leo darunter litt, dass sie ihn auf offener Straße zwar knapp grüßte, ihn aber nie berührte oder auch nur ein paar Worte mit ihm wechselte. Sie war siebzehn Jahre alt und viel zu eingeschüchtert, um zu rebellieren.

Hannah hörte ihr hingerissen zu, und Lotte sprach, als hätte sie ihre Geschichte eigentlich schon vor Jahren erzählen wollen. Währenddessen knabberte Hannah an einem Keks und fragte sich, ob es Malte ebenso schwergefallen war, seine Gefühle für Hannah geheim zu halten, und ob er überhaupt Gefühle für sie gehabt hatte oder sie am Ende doch nur eine Zerstreuung, eine nette Abwechslung vom Alltag für ihn gewesen war.

Die Geschichte wurde immer dramatischer, Lottes Stimme immer leiser. Als sie davon erzählte, wie Leo am Abend des Sommerballs im Hotel aufgetaucht war und sie tatenlos mitangesehen hatte, wie man ihn packte und vor die Tür setzte, brach sie ab. Sie schluckte ein paarmal und sah Hilfe suchend zum Fenster hinaus, die Augen feucht. »Nach diesem Abend habe ich ihn nie wiedergesehen. Ich war bei ihm zu Hause, doch dort war niemand. Und auch auf der Straße habe ich ihn nie mehr getroffen. Ich wusste jahrelang nicht, was mit ihm geschehen war. Alles, was mir von ihm geblieben ist, ist diese Kette.« Sie berührte mit den Fingerspitzen den filigranen goldenen Anhänger, einen Halbmond, der auf ihrem Brustbein auflag. »Die hat er mir geschenkt.«

Es war eine Geschichte, die sich im Laufe der Jahre geradezu verselbstständigt hatte, und obwohl Hannah nicht alles verstand, wollte sie nicht unterbrechen, um nachzufragen. Sie hoffte, sie könnten sich ab jetzt öfters sehen, und sie würde noch einmal die Gelegenheit haben, mit Lotte über ihre Vergangenheit zu reden.

»Und dann wurde Dresden zerstört, und lange Zeit gab es nichts Schönes mehr. Die Menschen wurden zu Geistern. Huschten mit gesenktem Blick durch die Straßen. Eines späten Abends lernte ich Jakob kennen …«

Sie erzählte, wie sie Jakob davon abgehalten hatte, sich das Leben zu nehmen. Wie sie ihn bei sich aufgenommen und sich nach und nach in ihn verliebt hatte.

»Er war ebenfalls Jude, und ich hatte schreckliche Angst davor, dass er herausfand, wie feige ich Leo im Stich gelassen hatte. Aber eines Tages konnte ich es nicht länger für mich behalten und habe ihm von Leo erzählt. Er hat mich getröstet. Er war der wundervollste und gütigste Mann, der mir je begegnet ist. Ich hätte es nicht für möglich gehalten, aber mit ihm habe ich mich daran erinnert, wie es sich anfühlt, glücklich zu sein. Wirklich glücklich zu sein. Ich dachte, ich würde nie wieder jemanden so sehr lieben wie Leo, aber das mit Jakob, das war anders. Es ist langsam gewachsen und war dafür tief verwurzelt. Ich dachte, nichts könnte uns auseinanderbringen.« Als sie die Augen schloss, liefen Tränen über ihre Wangen und tropften von ihrem Kinn auf den Rock. Die Tasse klackerte auf ihrem Unterteller, ihre Hände zitterten. »Das Foto, das du mir gebracht hast, ist das erste Foto, das ich von ihm habe. Nach dem Krieg hatten wir keinen Fotoapparat. Deshalb bedeutet es mir so wahnsinnig viel.«

Lotte wirkte auf einmal ganz klein und in sich zusammengefallen, als würde ein heftiger Regenschauer über ihr herabgehen, sodass Hannah sich auf die Lehne des Sessels setzte und einen Arm um sie legte. Einen Moment lang schien Lotte überrascht, dann legte sie ihre Hand auf Hannahs.

»Aber jetzt erzähl du, was ist mit diesem Mann, der dich unglücklich macht?«, sagte Lotte.

»Ach, das ist schon vorbei …«

»Aber du hängst noch immer an ihm?«

Hannah nickte. »Ich weiß nicht mal, warum.«

Lotte sah hinab auf ihren Tee, als stünde darin eine Botschaft, die sie nun leise vorlas. »Die unbeschwerte Jugend ist so schrecklich schnell vorbei, und das wahre Leben beginnt.« Sie stellte ihre Tasse ab und rutschte vor auf die Sesselkante. »Verschwende sie nicht an jemanden, der es nicht wert ist. Du bekommst sie nicht zurück.«

»Wann weiß ich denn, ob es jemand wert ist?«, fragte Hannah.

Lotte lächelte ein bisschen. »Dann stellt sich diese Frage gar nicht.«

Inzwischen wurde es draußen dunkel, und Hannah musste aufbrechen, sie versprach jedoch, bald wiederzukommen.

»Eine Frage noch«, sagte sie an der Haustür. »Was wurde aus Jakob?«

Lottes Blick wurde matt, und sie hielt sich an der Klinke fest. »Bereits nach wenigen Jahren hat sich die Geschichte wiederholt.

Nur dieses Mal habe ich alles darangesetzt, den Mann, den ich liebe, zu retten.«

32

Es war einer dieser Tage, an denen man selbst im Schatten schwitzte. Die Luft war zum Schneiden, die Sonne prallte auf die Baustelle herab und wurde von den Containern und den schweren Gerätschaften reflektiert. Hitze staute sich zwischen den Ruinenresten. Hannah träumte von eisgekühlter Limonade mit erfrischender Minze, und die Vorstellung, dass hinter den mehrstöckigen Häusern die Elbe floss, war so verführerisch, dass Hannah am liebsten sofort ihre Arbeitsmappe beiseitegelegt hätte und baden gegangen wäre. Die zwei Stücke Kuchen, die sie gefrühstückt hatte, lagen schwer in ihrem Magen. Harry hatte heute Morgen aus seinem Rucksack einen englischen Pound Cake gezaubert, der einem Sandkuchen ähnlich war und, wie er zu berichten wusste, traditionell für die jährliche Gartenfeier der Queen gebacken wurde.

Heute Morgen hatten ihre Kollegen und sie lange darüber diskutiert, wie man bei dem noch erhaltenen Bogen im südwestlichen Bereich der Baustelle vorgehen sollte. Es wäre zu riskant, ihn als zusammenhängendes Fundstück zu transportieren und einzulagern, deshalb würden sie ihn vorsichtig abtragen.

Als der umliegende Schutt mit einem großen Sauger entfernt wurde, dachte sie an den Brief, den Malte ihr geschrieben und den sie heute Morgen in ihrem Briefkasten gefunden hatte. Wenn man ein gefaltetes Blatt Papier mit einem einzigen Satz darauf überhaupt als Brief bezeichnen konnte. Seitdem kreisten ihre Gedanken immer wieder um diese vier Wörter: *Ich will dich sehen.* Das konnte alles bedeuten. Es konnte ausdrücken, dass er sie vermisste, konnte aber auch einfach nur heißen, dass er sie wieder ins Bett bekommen wollte. Es ärgerte sie, dass er noch immer so viel Macht über sie hatte. Warum konnte sie nicht einfach einen Haken hinter ihn setzen? Sie wollte sich auf ihre Arbeit und Lottes Geschichte konzentrieren und darauf, wie es ihr gelingen könnte, ihre Mutter mit Lotte zu versöhnen.

Sie fächerte sich mit ihrem Käppi Luft zu und spürte, wie eine Schweißperle zwischen ihren Brüsten verschwand. Harry schirmte die Sonne mit der Hand ab und sagte etwas zu ihr.

»Was?«, fragte sie über den Lärm des Saugers hinweg. »Ich kann dich nicht verstehen.«

Genau in dem Moment, in dem der Lärm jäh verstummte, rief Harry erneut: »Du solltest mal eine Pause machen!«

Das hatte nun wirklich jeder gehört, selbst Torsten, der vom Trümmerberg aus den Bogen fotografierte.

»Gute Idee, Harry«, rief er zu ihnen runter. »Machen wir eine kurze Pause und trinken was.«

Als Harry und sie erschöpft von der Hitze vor dem Container auf den Klappstühlen saßen und Hannah schon wieder an Maltes Brief dachte, trat Torsten aus dem Bürokomplex. Er hatte ein kleines Paket bei sich, das er Harry reichte. »Das kam übrigens vorhin für dich an.«

Es war herzerwärmend zu sehen, wie sehr Harry sich darüber freute. Er strahlte richtig, hielt das Paket ans Ohr und schüttelte es leicht. Etwas schepperte darin. »Von meiner Oma«, sagte er und wollte es in seinem Rucksack verstauen.

»Magst du es denn nicht aufmachen?« Hannah war neugierig, was darin war.

In dem Paket waren eine Packung Shortbread sowie ein schwarz-gelb gestreifter Pullover, der dem Anschein nach selbst gehäkelt war und der seine Ohren leicht rot anlaufen ließ.

»Hast du deiner Oma gesagt, dass bei uns im Sommer Schnee liegt?«, fragte sie ihn scherzhaft.

Er riss die Packung Shortbread auf und bot ihr einen Keks an. »Omas haben doch immer Sorge, dass man nicht warm genug angezogen ist. Meine trägt selbst im Sommer diese dicken Strümpfe.«

Sie wusste nicht, um was sich Omas sorgten, aber vielleicht würde sie es herausfinden, wenn sie Lotte besser kennenlernte.

Gerade als sie in das buttrige, süße, aber auch leicht salzige Gebäck biss, kam ihr ein Gedanke. Das Paket. Der Kuchen. Sie schluckte. »Sag bloß, du hast heute Geburtstag?«

Er grinste. »Na ja, schon …«

»Warum sagst du denn nichts? Das müssen wir feiern! Was machst du heute Abend?«

Er zuckte mit den Schultern. »Nichts. Ich kenne hier doch so gut wie niemanden.«

»Du kennst mich. Auf was hast du Lust?«

»Eigentlich feiere ich nie groß. Ich esse mit meiner Familie Kuchen, lasse mich von meiner Tante zu oft auf die Wange knutschen und höre mir versaute Witze von meinem Onkel an. Das war's.«

»Wir müssen ja auch nicht groß feiern. Wir gehen einfach was trinken und stoßen an. Morgen ist Wochenende, du kannst sogar ausschlafen. Sag Ja.«

Da waren sie wieder, diese zwei Grübchen, süß wie Schokolade. »Also gut. Aber nur ein Drink!«

Sie lud Harry ins Ritterstübchen ein, eine Kneipe am Neumarkt, wo es gute Hausmannskost zu fairen Preisen gab und wo die Besitzerin seit über fünfzig Jahren selbst jeden Abend bis in die Puppen hinter der Theke stand und Bier zapfte. Hannah fragte sich, wie es Malte hier wohl gefallen würde. Sie war nie auf die Idee gekommen, mit ihm hierherzugehen, weil er schicke Bars und Restaurants bevorzugte. Aber hin und wieder hatte er sie auch überrascht, beispielsweise als er ihr gestanden hatte, dass es abends für ihn nichts Besseres gab als eine Scheibe Brot mit Dosensardinen und dazu eine Flasche Bier.

Im Ritterstübchen waren die Wände und Gardinen von dem jahrelangen Zigarettenrauch vergilbt. Es gab einen alten Musikautomaten mit Hits von Madonna und Elvis, den aber niemand benutzte und der vielleicht auch gar nicht mehr funktionierte. An den Wänden hingen neben ausgestopften Mardern lustige Trinksprüche auf Holztafeln.

»*Wasser macht weise, lustig der Wein, drum trinken wir beides, um beides zu sein*«, las Harry vor und nickte anerkennend, als würde es sich um ein tiefgründiges Zitat von Shakespeare handeln.

In der schummrigen Ecke spielten ein paar Männer Karten bei Bier und Schnaps, während kontinuierlich Rauch von den Zigaretten zwischen ihren Lippen aufstieg. Am Tisch neben ihnen stritt ein Ehepaar, weil der Mann einem Urlaub mit seinem Fußballverein zugesagt hatte. »Ich fasse es einfach nicht! Wie kannst du ernsthaft in Betracht ziehen, an unserem Hochzeitstag mit deinen Kumpeln wegzufahren!«

»Was bitte ist ›Tote Oma‹?« Harry deutete auf eines der Gerichte auf der Karte.

»Ein DDR-Klassiker. Probier's aus.«

»Ich glaube, ich lasse die Oma lieber leben und nehme den Sauerbraten.« Er schlug die Karte zu. »Was gibt es eigentlich Neues von Lotte? Hast du sie noch mal getroffen oder es doch lieber gelassen?«

Bei Würzfleisch und Sauerbraten erzählte sie ihm von ihrem letzten Besuch bei ihrer Oma.

»Das ist doch super!«, freute er sich. »Siehst du, sie ist keine alte Schreckschraube. Darauf stoßen wir an!«

»Und natürlich auf deinen Geburtstag.« Sie erhob ihr Glas und achtete darauf, Harry in die Augen zu schauen, als sie anstießen. »Wie kommt es eigentlich, dass deine Freundin heute nicht hier ist, um mit dir zu feiern? Waren die Flüge zu teuer?«

Die Frage war ziemlich forsch, fiel ihr auf, und sie überlegte, ob sie sich entschuldigen sollte, weil Harry daraufhin einen ziemlich großen Schluck Bier nahm.

»Tut mir leid, das geht mich nichts an.«

»Alles gut. Wir sind nicht mehr zusammen.«

Das kam überraschend. »Oh, entschuldige. Seit wann?«

»Seit ich aus England weg bin.«

»Aber … aber du hast gar nichts gesagt! Du hast mich in dem Glauben gelassen, dass ihr noch zusammen seid«, stammelte sie verwirrt.

»Ich wollte es dir im Archiv sagen, aber da warst du so beschäftigt. Und es ist alles noch recht frisch. Als ich gegangen bin, hat sie mich gebeten, die Trennung noch mal zu überdenken.«

»Warum seid ihr nicht mehr zusammen?«, fragte sie und tunkte ein Stück Brot in die Soße. »Du musst natürlich nicht drüber reden, wenn du nicht willst.«

»Schon gut. Seit ich hier bin, fällt es mir leichter, darüber zu sprechen. Sie hat mich mit meinem besten Freund betrogen.«

Hannah sog scharf Luft ein. »Autsch …«

»Ja, das hat ziemlich wehgetan. Aber wenn ich ehrlich bin, hat es schon davor wahrscheinlich zwischen uns nicht mehr gepasst. Wir haben uns einfach unterschiedlich entwickelt, nur wollte ich das nicht wahrhaben. Sie wollte sich auf ihre Karriere konzentrieren und nach London ziehen, und ich wollte einfach nur meinen VW-Bus weiter ausbauen. Na ja, jedenfalls ist eine Trennung immer ziemlich mies, und noch mieser ist sie, wenn man in einer kleinen Ortschaft wohnt, in der jeder sofort Bescheid weiß. Ich habe es nicht mehr ausgehalten, dass die Dame an der Supermarktkasse mir ständig aufmunternd die Hand getätschelt und Schokoriegel geschenkt hat. Also habe ich meinen Bus startklar gemacht.«

»Und jetzt bist du hier«, sagte sie lächelnd.

»Ja, jetzt bin ich hier.«

»Als Trost hole ich uns noch eine Runde!«

Am Tresen bestellte sie zwei Bier. Weil ihre Zunge schon etwas gelockert war und sie der Besitzerin der Kneipe steckte, dass Harry Geburtstag hatte, wurden sie auch noch auf eine Runde Schnaps eingeladen. Sie plauderten noch ein bisschen über Harrys Großvater und seine Ex-Freundin, und Harry erzählte von englischen Schafen und Gin und Rocky, einem Fischer, der Dorsche mit der bloßen Hand fangen konnte. Und sie sprachen natürlich von Malte, obwohl sie das eigentlich nicht wollte. Jedes Mal fühlte sie sich ein bisschen armselig, weil sie das alles noch so sehr beschäftigte.

Nach der dritten Runde zahlten sie und brachen auf in die lauwarme Nacht, ließen sich einfach treiben und verloren sich in den Gassen der Neustadt. Sie spürte den Alkohol angenehm in ihrem Blut kreisen und staunte über das Gefühl, das sie in sich trug, dass alles schon irgendwie gut werden würde, dass sie einfach alles auf sich zukommen lassen würde. Auf einmal war es ihr egal, dass sie seit Wochen vor sich herschob, endlich eine Haftpflichtversicherung abzuschließen, und dass ihr Wasserkocher heute Morgen den Geist aufgegeben hatte. Und es war ihr sogar egal, dass Malte eine Frau hatte. Egal, egal, egal! Sie hatte keine Ahnung, wo diese innere Gelassenheit plötzlich herkam, vielleicht davon, dass diese so ungeplante Nacht sie in der Zeit zurückspringen ließ und sie auf einmal wieder unbeschwerte siebzehn war und mit einem jungen Kerl nachts durch die Straßen schwankte. Worin auch immer der Zauber lag, sie hoffte, er würde so lange wie nur möglich erhalten bleiben.

»Scheiße«, hörte sie Harry noch sagen.

Und dann sah sie das Plakat. Es überspannte direkt vor ihnen die Wiesentorstraße. War denn die ganze Stadt voll mit Plakaten zu Maltes Konzertreihe?

»Der erste Preis geht damit an dich. Das ist definitiv schlimmer als die kostenlosen Schokoriegel im Supermarkt.« Harry legte die Hände auf ihre Schultern und wollte sie von hier wegschieben, aber sie blieb stehen und drehte sich zu ihm um.

»Und was gewinne ich?« Sie erschrak selbst ein bisschen darüber, wie hcrausfordernd sie Harry ansah.

Er blinzelte. Sie sah seinen Kehlkopf auf und ab hüpfen, als er schluckte. Sie hatte ihn also ein bisschen durcheinandergebracht. »Was wünschst du dir denn?«

»Lass uns etwas Verrücktes tun.«

»Und was schwebt dir vor?«

Gute Frage. Sie ließ den Blick schweifen, als würde sie hier irgendwo die Antwort finden. Und tatsächlich sah sie in nicht allzu weiter Ferne ein dezentes silbernes Funkeln, als würde dort wie am Ende eines Regenbogens ein Schatz verborgen liegen.

»Ich hab eine Idee«, sagte sie.

»Und du bist dir wirklich sicher, dass man hier baden darf?«, fragte Harry. »Und dass die Elbe auch keine gefährlichen Strömungen hat, von denen du nichts weißt?«

Sie standen am Neustädter Ufer und starrten beide leicht unsicher ins Wasser. Aber sie wollte in dieser Nacht unbedingt etwas Verrücktes tun. Etwas, woran sie sich in ein paar Jahren kopfschüttelnd erinnern und sich denken würde, wie mutig sie damals gewesen war. Vielleicht war es das, was die Leute meinten, wenn sie sagten, sie wollten einfach ›völlig im Moment sein‹ oder ›das Leben spüren‹.

»Hier baden ständig Leute«, antwortete sie.

Trotzdem zögerte sie, sich auszuziehen. Wenigstens war es dunkel, aber der Mond hing voll und rund am Himmel, und sein silberblaues Licht würde wahrscheinlich jedes Speckröllchen unvorteilhaft ausleuchten.

Harry knöpfte sein Hemd auf. »Okay, aber lass mich vorher noch ein paar Liegestütze machen.«

Sein Humor nahm ihr die Befangenheit. Ehe sie es sich doch wieder anders überlegen konnte, zog sie sich bis auf die Unterwäsche aus und streckte testweise einen Fuß ins Wasser. »O Mann, das Wasser ist unerwartet kalt! Das war eine dumme Idee von mir.«

»Sag mir nicht, dass du einen Rückzieher machen willst. Jetzt sind wir schon hier und halb nackt.«

»Also gut. Auf drei. Eins, zwei … drei!«

Irgendwie hatten sich ihre Hände verschränkt, als sie gemeinsam ins Wasser wateten und dabei kicherten wie Kinder, die einen Streich ausgeheckt hatten. Schließlich ließ sie sich mit dem Rücken voraus ins Wasser gleiten und sah aus dem Augenwinkel, wie Harry neben ihr untertauchte.

Vielleicht lag es am Alkohol. Oder vielleicht lag es an ihrem Gespräch mit Lotte. Die unbeschwerte Jugend ist so schrecklich schnell vorbei, hatte sie gesagt. Nutze diese Zeit.

Vielleicht lag es aber auch einfach daran, dass sie ohnehin schon halb nackt waren und dass Harry schon ziemlich sexy aussah, als er auftauchte. Er strich sein nasses Haar aus dem Gesicht, dabei zeichnete sich seine feine Muskulatur an Brust, Oberarmen und Schultern ab. Jedenfalls schlang sie auf einmal ihre Arme um ihn und küsste ihn. Sie spürte seine Überraschung und dachte, dass sie vielleicht die erste Frau war, der er seit seiner schmerzhaften Trennung so nah war. Auch für sie fühlten sich seine Lippen ungewohnt, aber trotzdem gut an.

»Das war eine Ausnahme«, sagte sie, als sie sich von ihm gelöst hatte.

»Sure.« Er nickte. »Können wir noch eine Ausnahme machen?«

Und dann küsste er sie zurück. Er legte die Hände an ihr Gesicht, und sie drückte sich an ihn, spürte seine Zunge, biss ihm sanft in die Unterlippe, was ihm ein leises Keuchen entlockte. Heißhungrig fielen sie übereinander her.

Erst das Licht einer Taschenlampe trennte sie voneinander. Ein Polizist kam über die Wiese auf sie zu. »He, verzieht euch!«

Harry begleitete sie nach Hause. Sie brauchten eine Ewigkeit für den Weg, weil sie immer wieder innehielten und sich küssten. Sie fragte sich, auf was das zwischen ihnen wohl hinauslaufen würde, aber sie wollte ihn. Bereitwillig nahm sie in Kauf, im schlimmsten Fall schon morgen früh diese Nacht zu bereuen. Aber so fühlte es sich nicht an. Im Gegenteil. Harry zu küssen, fühlte sich so unerwartet richtig an, dass sie darüber nur staunen konnte.

Als sie am nächsten Morgen vom Sonnenlicht wachgekitzelt wurde, nahm sie als Erstes das Dröhnen in ihrem Kopf wahr, als hätte sich darin ein Bienenvolk eingenistet. Außerdem hatte sie einen faden Geschmack im Mund. Sie gab ein leises Stöhnen von sich und rollte sich umständlich auf die Seite.

»Good morning«, sagte auf einmal jemand.

Sie schlug die Augen auf. Harry lag neben ihr. Er war splitterfasernackt. Und er lächelte ziemlich süß.

»Guten Morgen«, murmelte sie verlegen. Das letzte Mal hatte sie vor zwei Jahren einen Kerl, den sie nachts in einer Bar aufgegabelt hatte, mit nach Hause genommen.

Sie fuhr sich mit beiden Händen über das Gesicht. Nach und nach kam die Erinnerung an die vergangene Nacht zurück. Das Ritterstübchen. Der Schnaps. Das Plakat mit Malte darauf. Nacktbaden in der Elbe. Der Kuss.

Sie hatte die Nacht mit Harry genossen. Es war ganz anders gewesen als mit Malte. Das erste Mal mit einem anderen Mann verlief immer etwas holprig, aber sie hatte sich bei Harry wohlgefühlt. Als sie sich ausgezogen hatte und dabei fast über ihre Jeans am Boden gestolpert war, hatte sie sich nicht für ihre Tollpatschigkeit geschämt, sondern mit ihm darüber lachen können.

»Wie fühlst du dich?«, fragte er.

»Gut. Mein Kopf tut etwas weh. Und wie geht's dir?«

»Genauso.«

Sie schwiegen beide verlegen.

»Wie wär's mit Kaffee?«, fragte sie.

»Hast du Tee?«

»Klar. Ganz vergessen, ihr Engländer und euer Tee …«

Genau deshalb hatte sie nichts mit Harry anfangen wollen. Sie wollte nicht, dass es zwischen ihnen seltsam war, dass sie auf einmal nichts mehr zu reden hatten, als hätte sich mit letzter Nacht ein schwarzes Loch aufgetan und all die interessanten Gesprächsstoffe, die sie verbunden hatten, wären davon aufgesogen worden.

Sie wollte schon aufstehen, da hielt Harry sie am Unterarm fest. Er wirkte auf einmal wie ein kleiner Junge, der im Schwimmbad auf dem Zehnmeterbrett stand. »Ich fand's schön mit dir«, stieß er hervor, als hätte er zuvor die Luft angehalten.

Ihr wurde warm ums Herz. »Das fand ich auch.«

Sie würden das hinbekommen, sagte sie sich. Auf der Arbeit würden sie ganz normal miteinander umgehen, und sie würden sehen, wie sich das zwischen ihnen entwickelte, bis Harry nach England zurückkehrte. Bei dem Gedanken daran, dass er bald wieder in seinen Bus steigen und nach Hause fahren würde, wurde ihr ein bisschen flau im Magen, aber gut möglich, dass das auch eine Nachwirkung des Alkohols war.

Harry sah niedlich aus, wie sein braunes Haar mit den sonnengebleichten Strähnen darin in alle möglichen Richtungen abstand. Auf einmal verspürte sie den Drang, ihre Finger darin zu vergraben. Vielleicht hätte sie es sogar getan, hätte es nicht in genau diesem Moment an der Tür geklingelt.

»Vermutlich die Post«, sagte sie, schwang die Beine aus dem Bett und zog sich ihr Schlafshirt über. Seufzend folgte sie der Spur aus ihrer Unterwäsche, Harrys Hemd und ihrer Bluse, die bis in den Flur führte.

Sie öffnete die Tür. Und glaubte zu träumen. Vor ihr stand Malte, in den manikürten Händen hielt er einen übertrieben großen Strauß Rosen. Er trug die cognacfarbene Lederjacke aus Mailand, die sie so an ihm mochte, und sah unverschämt gut aus.

»Guten Morgen«, sagte er.

»Morgen …« Sie fuhr sich verlegen mit einer Hand über den Nacken und verschränkte dann die Arme vor ihrem Busen, der sich deutlich unter ihrem Schlafshirt abzeichnete.

»Habe ich dich geweckt?« Er warf einen Blick auf seine teure Armbanduhr.

Wie spät war es überhaupt? »Nein … Ein bisschen vielleicht …«

»Darf ich trotzdem kurz reinkommen? Auf einen Kaffee vielleicht?« Er sah sich um, als würde er befürchten, dass neugierige

Nachbarn ihre Augen an den Spion drückten und beobachteten, wie der Stardirigent Dresdens mit einem großen Blumenstrauß vor einer jungen, halb nackten Frau stand.

»Gerade ist es schlecht, um ehrlich zu sein.«

Sie wusste, dass sie ihn wegschicken sollte. Aber die letzten Tage hatte sie damit verbracht zu hoffen, dass genau das passierte. Dass er mit einem Blumenstrauß vor ihrer Tür stehen würde. Dass er um sie kämpfen würde. Nun war es so weit, aber es geschah zum denkbar ungünstigsten Zeitpunkt. Sie war überfordert. Einerseits wollte sie mit Harry den Morgen gemütlich verbringen, andererseits wollte sie zumindest einmal hören, was Malte ihr zu sagen hatte und ob ihm überhaupt bewusst war, wie sehr er sie verletzt hatte. »Wir können kurz im Hausflur miteinander reden.«

Sie sah ihm an, dass er protestieren wollte, aber sie kam ihm zuvor: »Das ist mein einziges Angebot. Entweder der Hausflur oder gar nicht.«

»Also gut«, gab er sich geschlagen.

Als sie in ihre Ballerinas schlüpfte, warf sie unauffällig einen Blick in den Spiegel und war erschüttert, wie sie aussah. Nach dem vielen Alkohol war ihr Gesicht verquollen, ihr Haar zerzaust und die Wimperntusche unter ihren Augen verschmiert.

»Also?«, sagte sie und zog die Haustür hinter sich zu, sodass sie nur noch einen kleinen Spalt offen stand. »Was soll der Auftritt?«

»Ist das nicht offensichtlich? Ich vermisse dich, Hannah.« Er sagte das so leise, dass sie Mühe hatte, ihn zu verstehen. »Ich will mit dir zusammen sein.«

»Du bist schon mit jemandem zusammen, und zu dritt ist es etwas eng in einer Ehe.«

So hatte sie noch nie mit Malte geredet, aber seine Aufmerksamkeit galt ohnehin nicht ihr, sondern Harry, der sich angezogen hatte und hinter ihr aufgetaucht war, eine Hand an der Kante der Wohnungstür, die andere auf den Holzrahmen gelegt.

»Alles in Ordnung?«, fragte er.

»Ja.« Sie versuchte, ihm mit ihrem misslungenen Lächeln zu sagen, wie leid es ihr tat, dass Malte gerade jetzt hier aufgetaucht war.

Malte sah Harry an, als wäre er ein Insekt. »Du schon wieder. Wolltest du gerade gehen?«

»Harry bleibt zum Frühstück«, sagte sie entschlossen.

Aber Harry schlüpfte in seine Sandalen. »Schon gut. Ich lasse euch dann mal. Ihr habt bestimmt einiges zu bereden.« Als wäre er auf der Flucht, war er im nächsten Moment schon aus der Wohnung und die Treppe hinab.

Sie beugte sich über das Geländer. »Warte doch!«

Er hielt inne, sah sie jedoch nicht an.

»Sehen wir uns später?«, fragte sie.

Sie konnte seinen Kiefer mahlen sehen. »Klär erst mal deine Angelegenheiten.«

Selbst als sie ihn nicht mehr sehen konnte, lauschte sie noch seinem federnden Gang die Treppen hinab, Stockwerk für Stockwerk, bis im Erdgeschoss die Eingangstür zufiel.

33

1949

Lotte

Der Moment, in dem der erste Schnee fiel, hatte jedes Mal etwas Zauberhaftes. Lotte liebte diesen Augenblick, in dem man ans Fenster trat und die glitzernden Flocken bewunderte, die wie in Zeitlupe vom Himmel taumelten. Das Laufrad, in dem man sich unaufhörlich befand, hielt ein paar wunderbare Atemzüge lang an, und auf einmal war man wieder Kind und Teil von etwas Magischem.

An jenem Sonntagmorgen Ende November lag Lotte im Bett, als sie durch das Fenster sah, wie der erste Schnee durch die Luft trieb. Sie könnten einen wunderbaren Winterspaziergang machen und sich darauf freuen, mit roten Wangen nach Hause zu kommen und sich am Ofen mit einer Tasse Tee zu wärmen. Und da begriff sie, welches Gefühl es war, das sie erfüllte. Sie war … glücklich. Sie war tatsächlich glücklich. Vor ein paar Jahren hätte sie nicht geglaubt, dass das noch möglich war.

Die Tür zum Schlafzimmer ging auf, und Jakob kam herein. Sein Haar war auf eine Art zerzaust, die sie unwillkürlich an die vergangene Nacht denken ließ. Sie rekelte sich zufrieden im Bett, kuschelte sich tiefer in ihr Kissen und genoss die Erinnerung daran.

»Guten Morgen«, sagte er, setzte sich neben sie und reichte ihr eine Tasse Kaffee-Ersatz.

Sie blinzelte schlaftrunken und richtete sich auf, um die Tasse entgegenzunehmen. »Guten Morgen.«

Er hatte sich gewaschen, und sein Hemd lag mit einem Hauch Feuchtigkeit auf seiner Haut, die vom Sommer noch ganz leicht gebräunt war. Sie strich andächtig darüber wie über ein Foto, das sie an die gemeinsamen schönen Tage auf dem Land erinnerte oder an die Stunden am Ufer der Elbe, wo er ihr beigebracht hatte, mit Steinen zu flitschen.

Nachdem sie aus ihrer Wohnung in Johannstadt hatten ausziehen müssen, hatte die Verwaltung ihnen im Stadtteil Strehlen im ersten Stock eines Mietshauses ein Dach über dem Kopf zugeteilt. Es war eine kleine Wohnung mit Küche, Wohnzimmer und einem Schlafzimmer. Die Toilette lag im Erdgeschoss, und sie teilten sie sich mit den anderen Hausbewohnern, einem jungen Ehepaar mit Säugling sowie einer alten Dame mit Hund. Noch immer arbeitete Lotte unter Manfred bei der Enttrümmerung der Stadt, inzwischen war sie aber bei einer anderen Baustelle eingeteilt. Es kursierten Gerüchte, dass die Zentren anderer Städte wie beispielsweise München bis auf wenige Reste bereits schuttfrei waren, und langsam bekam Lotte das Gefühl, dass keine andere Stadt so lange zum Enttrümmern brauchte wie Dresden, aber ihnen stand ja auch kaum Großgerät zur Verfügung.

Mit Unbehagen dachte sie daran zurück, wie sie Armin damals mitgeteilt hatte, dass sie nicht mit ihm zusammenziehen würde, sondern vorhatte, sich mit Jakob ein Leben in Dresden aufzubauen.

»Und du und Jakob, ihr seid nun …« Er hatte den Satz nicht vollendet, sondern hatte sie einfach nur angesehen, die Augen leicht zusammengekniffen, während grauer Rauch von seiner Zigarette aufgestiegen war.

»Ein Liebespaar«, hatte sie das Wort ausgesprochen, das er nicht über die Lippen gebracht hatte.

»Schön«, hatte er geantwortet und in den schweren Messingbecher auf seinem Tisch geascht. Sein Lächeln war eisig gewesen.

Aber daran wollte sie jetzt nicht denken. »Hast du gesehen, dass es schneit?«, sagte sie begeistert zu Jakob. »Lass uns nach dem Frühstück rausgehen.«

»Das trifft sich gut. Ich wollte ohnehin einen kleinen Ausflug mit dir machen.«

»Und wohin?« Sie biss sich auf die Lippe.

»Lass dich überraschen.«

Nach dem Frühstück packten sie sich warm ein, schlüpften in ihre Wintermäntel, schlangen Schals um den Hals und zogen Mützen auf. Ein kleines Stück spazierten sie durch den Großen Garten, und einmal blieb Lotte stehen, um den Kopf in den Nacken zu legen und die Flocken aus dem grauweißen Himmel auf sich herabsinken zu sehen. Sie fing mit der Hand eine Flocke auf, die schon geschmolzen war, ehe sie die feinen Verästelungen hatte bewundern können, und hoffte, dass sich das mit dem Glück, das ihr zuteilwurde, anders verhielt. Jakob nahm ihre Hand und schob sie in die tiefe Tasche seines Mantels, um sie dort zu wärmen.

Ein Fußball rollte auf sie zu, eine Horde kleiner Jungs rannte mitten auf der Straße hinterher. Autos gab es ja noch immer kaum. Die roten Tücher um ihren Hals verrieten, dass sie Thälmannpioniere waren. Vor etwa einem Jahr war die Pionierorganisation Ernst Thälmann gegründet worden, und Lotte konnte nicht anders, als daran zu denken, wie die Kinder und Jugendlichen früher die Uniform der Hitlerjugend getragen hatten. Jakob schoss den Ball zu ihnen zurück und schmunzelte.

Schließlich hielt er vor dem Olympia-Kino inne. Inzwischen hatten sie so ziemlich jedes intakte Lichtspielhaus der Stadt abgeklappert, um zu fragen, ob vielleicht eine Stelle für Jakob frei sei, aber jedes Mal hatte der Besitzer nur den Kopf geschüttelt. Im Sommer waren sie bereits einmal am Olympia-Kino vorbeigelaufen, als sie Gudrun, die in der Nähe wohnte, einen Besuch abgestattet hatten. Damals hatten sie gestaunt, weil die Schlange vor dem Eingang des Lichtspielhauses mehrere Meter lang gewesen war. Auch wenn das Geld allgemein knapp war, so dürstete es die Leute ganz offensichtlich nach Unterhaltung.

»Was machen wir hier?«, fragte sie Jakob.

»Wir schauen einfach mal rein.«

»Ist denn so früh überhaupt schon geöffnet?«

Jakob zog einen Schlüssel aus der Hosentasche und lächelte sie an.

»Sag bloß!«, rief sie aus. »Heißt das, dass du hier arbeitest?«

Er nickte. »Der Besitzer hat jemanden für die Abendvorstellung gesucht, der hinterher abschließt. Und wenn ich mich gut schlage, dann wird er mir noch etwas mehr Aufgaben anvertrauen.«

Sie schlang die Arme um seinen Hals und küsste ihn. »Das ist großartig! Herzlichen Glückwunsch.«

Auf einmal wirkte Jakob angespannt. Sein Blick war auf etwas hinter ihr gerichtet. Sie wandte sich um und sah einen Mann im Mantel um die nächste Ecke verschwinden.

»Ist etwas?«

»Nein, alles in Ordnung …«, sagte er geistesabwesend, weshalb sie ihm seine Antwort nicht abnahm.

Mit dem neuen Jahr begann die Großflächenenttrümmerung. Dort, wo vor dem Krieg lebendige Plätze, hübsch dekorierte Schaufenster oder Cafés, aus denen es verführerisch duftete, gewesen waren, herrschte nun weite, freie Fläche. Kilometerlang fuhr die Straßenbahn durch Niemandsland. Da es ja so gut wie keine bewohnten Häuser oder Geschäfte gab, hielt sie auch nur an den wichtigen Umsteigepunkten. In den vergangenen Jahren hatte sich die Natur zurückerobert, was einst ihr gehört hatte. Wenn man genau hinsah, entdeckte man hier und da Kaninchenbaue. Schäfer ließen ihre Schafe mitten in der Stadt weiden, als wäre hier nie etwas gewesen, auch vor der Ruine der Frauenkirche. Sogar die Überreste des einst für die Stadt so bedeutenden Monuments hatten abgerissen werden sollen, denn entlang der Gleise der Trümmerbahn sollte alles verschwinden, was im Weg stand. In den meisten Fällen hatte die Denkmalpflege das Nachsehen, was Lotte jedes Mal das Herz brach. Gemeinsam mit anderen engagierten Bürgern hatte sie jedoch mutig gegen den Abriss der Frauenkirche protestiert und gewonnen. In letzter Sekunde hatte der drohende Verlust noch einmal abgewendet werden können.

So verging die Zeit, und schon bald waren seit Susis wunderschönem Hochzeitsfest beinahe zwei Jahre ins Land gezogen. Ein paarmal hatte Lotte Armin bei ihm zu Hause besucht, aber seit er erfahren hatte, dass sie mit Jakob zusammen war, war die Atmosphäre zwischen ihnen angespannt, als würde er sie still und leise dafür verurteilen. Er arbeite sehr viel, hatte er bei ihrem letzten Treffen gesagt, die Beine übereinandergeschlagen und sich damit profiliert, beruflich aufgestiegen zu sein und einen bedeutenden Posten innezuhaben, auf den er jedoch nicht näher eingegangen war.

1951 wurde das sogenannte Aufbaugesetz erlassen, das erlaubte, Grundstückseigentümer zu enteignen. Sie erhielten kaum mehr als ein paar Pfennig, denn die Kosten der Enttrümmerung wurden vom Grundstückswert abgezogen. So kam der Tag, an dem Jakob das letzte Mal vor der Ruine des Kinos stand, das sein Vater aufgebaut hatte. Auch die Ruine des Hotels Elbflorenz wurde abgerissen. Es hatte bereits wehgetan, dieses einst so prächtige Gebäude zertrümmert und verkohlt zu sehen. Ihr Zuhause. Aber zu wissen, dass man nun jeden einzelnen Stein abtragen und fortschafften würde, erfüllte sie mit einem dumpfen Schmerz, als würde man einen Roman zuschlagen und die schöne Welt darin endgültig verlassen.

Jakob war oft mit seinen Gedanken woanders, die ernsten Falten auf seiner Stirn wollten nicht weichen. Von Woche zu Woche verbrachte er mehr Zeit in der kleinen Jüdischen Gemeinde der Stadt. Ihr fiel auf, dass er sich manchmal umsah, wenn sie unterwegs waren, als erwartete er, dass ihnen jemand folgte. Manchmal, und das war wohl das Schmerzhafteste für sie, war er wieder distanziert und speiste sie mit knappen Antworten wie »Mach dir keine Sorgen« ab, wenn sie fragte, was ihn beschäftige.

Ein ungutes Gefühl beschlich sie. Das Gefühl, dass Unheil heraufzog wie ein Gewitter, und ihr blieb nichts anderes übrig, als zuzusehen, wie die Wolken immer dunkler wurden, und zu warten, bis es über sie hereinbrechen würde.

34

1952

Lotte

Im Mai 1952 riegelte die DDR die innerdeutsche Grenze mit Stacheldraht ab und kappte über Nacht sämtliche Verbindungswege nach Westen. Sperranlagen wurden errichtet und Tausende Familien gezwungen, ihre Häuser im Grenzgebiet zu verlassen. Den Bürgern wurde die Maßnahme als Schutz vor westlichen Agenten und Spionen verkauft, vor dem bösen Kapitalismus. Doch Lotte hatte vielmehr das Gefühl, als würde man sie in ihrer Heimat einsperren. Zumal sie gehört hatte, dass es eine Art Geheimpolizei gab, die mit teils grausamen Maßnahmen Sabotageakte und Republikflucht bekämpfte. »Ministerium für Staatssicherheit« nannte sich diese Institution. Besonders Jakob verfolgte die neuesten Entwicklungen sorgenvoll. Von einem Tag auf den anderen floh Kerstin mit ihrem Mann nach Westberlin, und Lotte beschlich das Gefühl, dass auch Jakob über Flucht nachdachte. Er wagte es nur nicht auszusprechen, da sie gerade erst eine neue Stelle als Sekretärin beim Institut für Denkmalpflege angetreten hatte, worauf sie besonders stolz war. Manfred hatte dort ein gutes Wort für sie eingelegt. Endlich hatte sie eine Arbeit gefunden, die sie erfüllte und bei der sie hoffentlich wirklich etwas bewirken konnte. Es waren bereits zu viele eigentlich aufbaufähige Ruinen an der Prager Straße, am Altmarkt und vielen anderen Orten gnadenlos abgerissen worden. Auch die Fläche an der Bürgerwiese, an der vom berühmten Semperschen Palais Kaskel-Oppenheim die Umfassungsmauern erhalten geblieben waren, hatte man gegen den erbitterten Widerstand von Denkmalpflegern, Architekten und Bürgern zum Großräumungsgebiet erklärt und schließlich die Ruine ohne Genehmigung des Instituts für Denkmalpflege gesprengt, da man darauf ein monumentales Haus der Jungen Pioniere bauen wollte.

Inzwischen wurde das geborgene Baumaterial zunehmend für die Instandsetzung und den Neubau von Wohnungen verwendet. Vor allem die Neubauten der Grunaer Straße hatten Begeisterung ausgelöst. In den nächsten Jahren sollten hier sechshundert dringend benötigte Wohnungen entstehen, die ersten überglücklichen Mieter waren sogar schon in die komfortablen neuen Heime eingezogen. Auf den großen Lastkraftwagenkolonnen und Greifbaggern, die überall in der Stadt zu sehen waren, prangte nun das Symbol des Fünfjahrplans: die Zahl fünf, umgeben von einem Ährenkranz.

Eines Abends, als sie erschöpft von einer langen Besprechung im Institut nach Hause kam, fand Lotte auf dem Küchentisch einen Zettel vor, auf dem knapp stand: *Es wird spät, warte nicht auf mich.*

Sie hatte keine Ahnung, wie lange sie auf diese Worte starrte, vielleicht nur ein paar Atemzüge lang, vielleicht aber auch mehrere Minuten. Sie wollte nicht eine dieser Frauen sein, die darauf bestanden, über jeden Schritt ihres Mannes informiert zu sein, oder darauf, dass er ihr alles anvertraute. Sie wollte ihm seinen Raum lassen. Aber ihr Gefühl sagte ihr, dass ihn etwas belastete.

Sie vermutete, dass er nicht mit ihr darüber sprach, um sie zu schützen. Aber sie war härter im Nehmen, als er dachte. Und sie würde nicht zulassen, dass etwas zwischen ihnen stand und ihre Beziehung gefährdete.

Kurzerhand zog sie ihren Mantel wieder an und verließ die Wohnung. Zunächst lief sie zum Olympia-Kino, in dem Jakob angestellt war, aber dort war alles dunkel und die Eingangstür verschlossen. Wo könnte sie noch nach ihm suchen? Ihr kam das Gebetshaus auf dem Friedhof in der Friedrichstraße in den Sinn, das zu einer Synagoge umgebaut worden war. Inzwischen war ihr bitterkalt, dennoch machte sie sich auf den Weg. Obwohl das Gebäude dunkel vor ihr lag, ließ sich zu ihrem Erstaunen die Eingangstür öffnen.

»Hallo?«, rief sie.

Es blieb still. Sie wollte schon wieder gehen, da bemerkte sie den schwachen Lichtschimmer am Ende des Flurs. Er kam von einer einsamen Glühbirne, die an der niedrigen Decke über einer Steintreppe hing, die in den Keller des Gebäudes führte. Die Treppe machte einen Knick, deshalb konnte sie das Ende nicht sehen. Ihr war unwohl bei der Vorstellung, dort hinunterzugehen, ohne zu wissen, wer oder was sie im Keller erwartete, aber wo sonst sollte sie nach Jakob suchen?

»Ist da jemand?«, rief sie die Stufen hinab und setzte sich zögerlich in Bewegung. »Hallo?«

Sie hatte das Gefühl, den Kopf einziehen zu müssen, als sie unten ankam. Zu ihrer Linken befand sich eine sehr schmale Kammer, in der sich alte Holzlatten und Blech sammelten. Daneben war eine mit einem Schloss verriegelte Gittertür. Zu ihrer Rechten sah Lotte eine robuste Metalltür mit der Aufschrift *Privat*. Es roch leicht modrig, und Lottes Instinkt drängte sie umzukehren, da hörte sie leise Stimmen.

»Hallo?«, rief sie noch einmal. »Ist da wer?«

Ihr Puls beschleunigte sich, als sich kurz darauf leise quietschend die Metalltür einen Spaltbreit öffnete und ein Mann vor ihr stand, der sie argwöhnisch anstarrte. Eine schlecht verheilte Narbe zog sich über seine linke Wange. »Wer sind Sie? Was haben Sie hier zu suchen?«

Sie versuchte, sich ihre Angst nicht anmerken zu lassen, und straffte sich leicht. »Ich suche meinen Mann. Sein Name ist Jakob Sternlieb. Ist er hier?«

Die Tür öffnete sich nun ganz, und Jakob war hinter dem fremden Mann aufgetaucht. Er sah sie erstaunt an. »Was machst du hier?«

»Ich suche nach dir«, sagte sie und hielt sich mit beiden Händen an ihrer Handtasche fest.

»Wer ist das?«, rief jemand im Hintergrund.

»Das ist Lotte«, antwortete Jakob und trat beiseite, um den Blick auf sie freizugeben. »Meine Freundin.«

In einem kleinen Raum mit grauen, steinernen Wänden und ohne Fenster saßen vier Männer an einem quadratischen Tisch. Darunter erkannte sie Julius Meyer, der Jakob vor etwa vier Jahren abends bei ihnen in der Wohnung besucht hatte. Aus Jakobs Erzählungen wusste sie, dass er nicht nur Präsident des Verbandes der Jüdischen Gemeinden war, sondern auch für die SED in der Volkskammer saß.

Auch den Mann neben Julius kannte sie. Sein Name war Leon Löwenkopf. Er erhob sich höflich vom Tisch, um Lotte die Hand zu schütteln. »Es ist mir eine Freude, Sie wiederzusehen.«

Herr Löwenkopf war der erste Vorsitzende der Jüdischen Gemeinde in Dresden und ein sehr engagierter Mann. Seinem Einsatz war der Bau der Synagoge vor zwei Jahren zu verdanken, bei deren Einweihung Lotte ihm das erste Mal begegnet war. Zudem arbeitete er im Ortsausschuss der Opfer des Faschismus und gehörte zu den Mitbegründern der Vereinigung der Verfolgten des Naziregimes in der Sowjetischen Besatzungszone.

Sie befürchtete kurz, dass Jakob wütend sein könnte und das Gefühl hatte, sie würde ihm nachzuspionieren. Tatsächlich war sein Blick jedoch nur sorgenvoll.

»Was geht hier vor sich?«, fragte sie. »Was ist das für ein offensichtlich geheimes Treffen?«

Jakob wirkte hin- und hergerissen.

»Ich bin deine Freundin«, sagte sie. »Ich mache mir Sorgen um dich. Ich merke doch, dass dich etwas belastet. Aber ich kann nur für dich da sein, wenn ich eingeweiht bin.«

Dem Mann mit der Narbe im Gesicht war anzusehen, dass er ihr misstraute.

»Du hast recht«, sagte Jakob und klang unendlich erschöpft. Er wandte sich zu den Männern um. »Sie sollte informiert sein. Wenn sich wirklich bewahrheitet, was wir befürchten, dann wird es auch auf ihr Leben Auswirkungen haben. Sie sollte entscheiden können, ob sie …« Seine Stimme bebte leicht, er räusperte sich. Und dann sprach er das, was er sagen wollte, so schnell aus, als hätte er innerlich Anlauf genommen, um sich zu überwinden. » … ob sie bei mir bleibt.«

Er wechselte mit Julius einen Blick, der daraufhin nickte. »In Ordnung.«

»Wir befürchten, dass sich erneut etwas zusammenbraut«, begann Herr Löwenkopf. Sein Gesicht war von Falten zerfurcht. »Sobald irgendwo hebräische Texte auftauchen, seien es auch nur Gebetbücher, dann zieht das sofort die Aufmerksamkeit der Behörden auf sich. Prompt wird man zionistisch-imperialistischer Kontakte beschuldigt.«

Sie verstand nicht, worauf er hinauswollte. »Und was bedeutet das?«

»Konkret gehen wir davon aus, dass dieses Land etwas gegen Juden hat und wir in Gefahr sind«, erklärte Julius.

Sie schüttelte den Kopf, als könnte sie ihn auf diese Weise klar bekommen. Das, was Julius Meyer da gerade gesagt hatte, war unmöglich. Wie sollte bereits so wenige Jahre nach dem schrecklichen Leid, das die Nazis den Juden angetan hatten, erneut judenfeindliche Hetze verbreitet werden?

»Es gab Verhaftungen von Juden, die meisten von ihnen waren in gehobenen Positionen tätig, wie der Journalist Bruno Goldhammer«, erläuterte Julius. »Oder wie Leon, der vor zwei Jahren verhaftet worden ist. In der Tschechoslowakei gab es einen großen Prozess. Den Angeklagten wird vorgeworfen, westliche Agenten zu sein und eine Verschwörung gegen den kommunistischen Staat der Tschechoslowakei geplant zu haben. Elf der angeblichen Staatsfeinde wurden zum Tode verurteilt. Fast alle sind Juden.«

»Und nun wurde unser Freund Paul Merker verhaftet und in die Untersuchungshaftanstalt des Ministeriums für Staatssicherheit gebracht«, sagte Jakob.

Er hatte den Namen schon mal erwähnt, aber sie wusste nur noch, dass er sich für die Rückgabe arisierten Eigentums sowie Entschädigungszahlungen ausgesprochen hatte.

»Er war das einzige Mitglied des Politbüros und des Zentralkomitees, das die Gründung des jüdischen Nationalstaates Israel befürwortet hat«, erklärte Jakob. »Damit hat er einige Leute gegen sich aufgebracht.«

»Und jetzt beschuldigt ihn das Zentralkomitee der SED, nicht nur an der in Prag enthüllten ›Verschwörung‹ mitgewirkt zu haben, sondern sogar deren Anführer in der DDR gewesen zu sein. Auch er soll ein westlicher Agent sein. Ist das zu fassen?«

Lotte hielt sich mit einer Hand am Türrahmen fest. »Aber … was bedeutet das?«

»Wir befürchten, dass das nur der Anfang ist«, sagte Julius und atmete schwer. »Wir haben Angst, dass sich die Geschichte wiederholen könnte.«

Es war mitten in der Nacht, als sie aufwachte. Sie tastete nach Jakob, aber die Betthälfte neben ihr war leer. Er stand am Fenster, das silberne Mondlicht sammelte sich in den Kuhlen seines Schlüsselbeins.

Sie richtete sich auf. »Kannst du nicht schlafen?«

Er schüttelte den Kopf und sah sie über die Schulter an. »Es tut mir leid, ich wollte dich nicht wecken.«

Sie schob die Decke von den Beinen, ging zu ihm und schlang die Arme um seinen nackten Oberkörper, auf dem noch immer deutlich die Narben von den tiefen Wunden zu sehen waren, die man ihm in Auschwitz zugefügt hatte.

»Ich will das nicht noch mal durchmachen, Lotte. Und ich will nicht zulassen, dass du dich wegen mir in Gefahr bringst. Das Beste wäre, wenn …«

»Nein«, unterbrach sie ihn. »Denk nicht mal darüber nach.«

Er wandte sich zu ihr um, und sein Blick brach ihr das Herz. »Ich habe diesen Fehler schon einmal begangen. Marietta wäre noch am Leben, wenn ich …« Er schüttelte den Kopf, schloss die Augen. Als er sie wieder ansah, lag fast eine gewisse Härte in seinem Blick. »Ich werde sicher nicht noch einmal zusehen, wie der Mensch, den ich am meisten liebe, so sehr leidet und dann …« Seine Stimme brach.

»Ich habe mich für ein Leben mit dir entschieden«, sagte sie entschlossen. »Und zwar mit allen Höhen und Tiefen, mit allen Schwierigkeiten und Hindernissen, und wenn ich dafür Kopf und

Kragen riskiere: Niemand wird mich von deiner Seite bringen. Sobald wir auch nur irgendwie das Gefühl haben, dass sich die Lage verschlimmert, verlassen wir das Land.«

»Ich würde es verstehen, wenn du …«

»Sieh mich an«, unterbrach sie ihn und legte die Hände an sein Gesicht. »Ich will mein Leben mit dir verbringen, Jakob Sternlieb, mehr als alles andere auf dieser Welt.« Und dann, ehe ihr bewusst wurde, was sie da tat, sagte sie: »Heirate mich.«

Innerhalb kürzester Zeit spielten sich die unterschiedlichsten Emotionen auf seinem Gesicht ab. Verwirrung. Ungläubigkeit. Und dann reines Glück. Obwohl Tränen in seinen Augen glänzten, warf er den Kopf in den Nacken und lachte laut. »Hast du mir gerade einen Antrag gemacht?«

»So sieht es wohl aus.« Sie ließ die Fingerspitzen über seine breiten Schultern und seine Oberarme hinabgleiten, um schließlich ihre Hände miteinander zu verschränken.

»Oh, Lotte … Du bist wirklich etwas ganz Besonderes.«

»Heißt das nun ja oder nein?«, fragte sie, dabei hatte sie die Antwort ohnehin schon in seinen Augen gesehen.

»Ja«, sagte er dann. »Ich will mein Leben mit dir verbringen, Lotte.«

Einen Monat später besuchte sie nach Feierabend Jakob im Kino. Die Glocke läutete, als sie die Tür aufdrückte, und Jakob, der gerade dabei war, den Boden im Foyer zu fegen, sah zu ihr auf.

»Was für ein schöner Anblick.« Sein Lächeln ließ ihr Herz hüpfen.

Sie setzte sich auf den Tresen zwischen die Kasse und die großen Gläser mit Knusperflocken und Brausepulver, das herrlich auf der Zunge prickelte. »Ich war gerade bei Gudrun, die ja nicht weit von hier wohnt, und dachte, ich schaue danach mal bei meinem zukünftigen Mann vorbei. Während du hier klar Schiff machst, könnten wir vielleicht besprechen, wen du zu unserer Hochzeit einladen möchtest.«

Jakob stellte den Besen ab, stemmte sich mit den Händen rechts und links neben ihren Oberschenkeln gegen den Tresen und sah sie mit diesem Blick an, den sie in jeder Faser ihres Körpers spürte und der dieses angenehme Ziehen in ihrem Unterleib erweckte, selbst nach den drei Jahren, die sie inzwischen ein Paar waren.

»Dann schreibe ich morgen Abend die Einladungen und werfe sie am Wochenende in die Briefkästen«, versuchte sie, bei der Sache zu bleiben, während er ihren Hals küsste. Die Berührung seiner Lippen fühlte sich an wie Flammen auf ihrer Haut. Sie hatte gerade noch etwas sagen wollen, aber sie hatte vergessen, was es gewesen war. Und irgendwie umschlangen ihn auf einmal ihre Beine, und er küsste ihr Lächeln, während seine Hände sich unter ihr Kleid schoben.

»Heb dir das für später auf«, sagte sie und lachte.

»Später fühlt sich an wie eine Ewigkeit.«

»Vielleicht könnte ich dir ja hier helfen, damit du schneller nach Hause kommst?«, fragte sie mit unschuldigem Augenaufschlag.

»Wenn du willst, kannst du den Besen in die Kammer zurückbringen, während ich noch schnell den Tresen wische.«

Gerade als sie das Licht ausknipste und die Tür der Kammer wieder schloss, hörte sie, dass die Glocke an der Eingangstür des Kinos erneut ging. Sie rechnete damit, dass Jakob den Gästen freundlich erklären würde, dass das Kino bereits geschlossen habe. Stattdessen blieb es drei, vier Atemzüge lang still.

Ohne zu wissen, warum, hatte sie auf einmal ein seltsames Gefühl. Gänsehaut überzog ihre Unterarme.

Und dann: »Herr Sternlieb, kommen Sie bitte mit uns.«

Lotte rannte den Flur entlang. Als sie das Foyer erreichte, sah sie gerade noch, wie zwei uniformierte Männer Jakob packten. Er war so blass geworden, dass er aussah wie ein Geist. Ein schwarzer Wagen parkte draußen auf der Straße.

Nein. Neinneinnein.

Es ging alles so schnell, viel zu schnell, unmöglich, es zu realisieren. Jakob wand sich, versuchte, sich aus dem festen Griff der Männer zu befreien. »Sie können mich nicht einfach grundlos mitnehmen!«

»Was soll das?«, hörte sie sich schreien. »Lassen Sie ihn sofort los!«

»Halten Sie sich da raus«, befahl einer der Männer und stieß sie unsanft zur Seite.

Jakob wehrte sich heftiger. »Ich mache das nicht noch einmal mit … Bitte …« Noch nie hatte sie einen solchen Blick gesehen, die reine Panik. Er schlug um sich und versuchte, nach den Männern zu treten.

»Halten Sie sich ruhig, sonst müssen wir von der Schusswaffe Gebrauch machen.«

Im Nachhinein wusste Lotte nicht, wie es geschehen war. Sie konnte sich nicht mehr wirklich erinnern, wusste nur, dass sie an einem der Männer gezerrt hatte, und vielleicht hatte sie sich auch auf ihn geworfen, jedenfalls hatte der Größere der beiden ausgeholt und sie so heftig geohrfeigt, dass sie zu Boden gegangen war.

»Nein! Lotte!«

Kurz war alles schwarz. Ein hohes Piepen schien ihren Schädel zu sprengen.

Schwankend kam sie wieder auf die Beine. Nur verschwommen konnte sie die Eingangstür ausmachen, aber im nächsten Moment stand sie auf der Straße. Der Wagen raste an ihr vorbei, verfehlte sie nur um Millimeter.

Das Letzte, was sie von Jakob sah, war sein blasses Gesicht hinter der Fensterscheibe des Wagens.

Es dauerte zwei ganze Tage, bis sie herausfand, wohin man ihn gebracht hatte. Nur mithilfe eines guten Bekannten von Manfred, der bei der Polizei arbeitete, erfuhr sie, dass man Jakob in die Untersuchungshaftanstalt gesteckt hatte. Man verweigerte ihr, ihn zu besuchen. Egal wie sehr sie flehte, schimpfte oder damit drohte, den Zentralrat der Juden im Westen über dieses Unrecht zu informieren, man blieb beharrlich. Ihre letzte Hoffnung war Julius Meyer. Über Leon Löwenkopf erfuhr sie Julius' Adresse in der Hauptstadt. Ihm einen Brief zukommen zu lassen, würde viel zu lange dauern, sie hatte das Gefühl, als würde die Zeit wie Sand durch ihre Finger rieseln. Und so stieg sie am nächsten Tag in aller Herrgottsfrühe in den Zug nach Berlin.

Das Taxi fuhr vorbei an einem brachen Trümmerfeld, auf dem sich eine Horde Kinder ein Wettrennen lieferte. Nur ein Mal war sie mit Tante Viktoria in Berlin gewesen, deshalb hatte sie nicht gerade viel Ahnung von der Hauptstadt. Sie wusste lediglich, dass auf dem großen Platz, den sie gerade passierten, einst das prächtige Stadtschloss gestanden hatte. Neuerdings nannte er sich Marx-Engels-Platz, wie der Fahrer zu berichten wusste. Lottes Atem beschlug an der kalten Scheibe des Wagens. Sie sah Panzer und Häuser mit Einschusslöchern, aber sie sah auch, dass das Leben in der Hauptstadt nach dem Krieg weitergegangen war. Dennoch war ihr noch nie eine Stadt so abweisend erschienen. Die Menschen eilten durch die kalte Winterluft, die Mantelkragen hochgeschlagen, die Gesichter hinter Schals halb verborgen.

Wenn sie daran dachte, dass Jakob in einer engen Zelle eingesperrt war, wie vermutlich seine Vergangenheit in ihm wieder hochkam und er um sein Leben fürchtete, dann schnürte sich ihr die Luftröhre zu, und ihr ganzer Körper schien zu brodeln vor Wut über diese Ungerechtigkeit, aber auch vor Verzweiflung, weil sie sich so schrecklich machtlos fühlte. Sie gestattete sich nicht den Gedanken, was wäre, wenn Julius ihr nicht würde helfen können.

Schließlich hielt der Wagen vor einem eleganten Haus, das sogar einen kleinen Vorgarten hatte. So wohnen die Funktionäre, dachte sie. Aber sie gönnte dieses Glück Julius und seiner Frau von Herzen, wusste sie doch von Jakob, dass die beiden Schreckliches durchgemacht hatten. Zudem leistete Julius der jüdischen Bevölkerung mit seinem Engagement große Dienste.

Sie bezahlte den Taxifahrer und stieg aus in die Kälte. Eine Frau mittleren Alters öffnete ihr die Tür. Das musste Ruth sein, Julius' Ehefrau.

»Entschuldigen Sie die Störung«, sagte Lotte. »Ich würde gerne Ihren Mann sprechen. Ist er zu Hause?«

»Ja. Kommen Sie rein.« Ruths Blick war besorgt, als würde sie befürchten, dass Lotte jeden Moment zusammenbrechen könnte. Lotte hatte selbst im Rückspiegel des Fahrers gesehen, wie blass sie war. »Mein Mann ist gerade in seinem Arbeitszimmer. Ich hole ihn schnell.«

»Danke.«

Während Lotte in dem kleinen Vorraum mit bunten Glasfenstern wartete, nahm sie den köstlichen Duft von Kaffee und einem süßen Gebäck wahr. Sie konnte sich nicht daran erinnern, wann sie das letzte Mal etwas Richtiges gegessen hatte. Gestern früh hatte sie ein Glas Milch und etwas Brot zu sich genommen, aber nicht mal diese spärliche Mahlzeit hatte sie bei sich behalten können und auf der Toilette erbrochen.

»Guten Morgen, Lotte.« Julius schüttelte ihr die Hand, sein Blick war verwundert. »Das ist ja eine Überraschung. Komm herein.«

»Danke. Entschuldige bitte den Überfall.«

»Mach dir darüber keine Sorgen.« Er sah an ihr vorbei. »Du bist ohne Jakob hier?«

Sie schmeckte Salz und befürchtete kurz, ihre Beine würden nachgeben. »Ja. Sie haben ihn verhaftet. Auf einmal stürmten zwei Männer ins Kino und haben ihn gewaltsam mitgenommen.«

Sie rechnete damit, dass Julius schockiert wäre, und einen kurzen Augenblick lang wirkte er auch so, aber dann ging er dazu über, ihr galant aus ihrem Mantel zu helfen. »Beruhige dich. Bestimmt liegt ein Missverständnis vor.«

»Aber …«, setzte Lotte verzweifelt an, doch Julius schnitt ihr das Wort ab.

»Setzen wir uns erst mal. Du musst durstig sein.«

Er schloss die Tür. Doch ihr entging nicht, dass er noch mal einen Blick auf die Straße geworfen hatte, als rechnete er damit, beobachtet zu werden.

Julius führte sie in sein Arbeitszimmer, das zu drei Seiten von Bücherregalen gesäumt war. Von der Gelassenheit, die er vorhin noch an den Tag gelegt hatte, war nun nichts mehr übrig. »Es kann sein, dass sie unser Haus beobachten, deshalb konnte ich an der Tür nicht offen sprechen.«

Sie überlegte, sich zu setzen, aber die Anspannung machte ihr das unmöglich. Stattdessen hielt sie sich mit einer Hand an der Rückenlehne des Stuhls vor dem Schreibtisch fest, für den Fall, dass ihre Kraft sie verließ. »Julius, was geht da vor sich? Warum wurde Jakob verhaftet?«

»Ich weiß nicht, warum sie ausgerechnet Jakob verhaftet haben. Vielleicht, weil er hin und wieder daran beteiligt war, die Abgaben der amerikanischen Hilfsorganisation Joint in Dresden zu verteilen, oder am Ende auch nur, weil er Kontakt mit mir hat. Man hat mich im Visier.« Er trat ans Fenster, schob mit Zeige- und Mittelfinger die Gardinen aus weißem Volant auf und warf einen Blick nach draußen. »Die Fronten Ost–West haben sich noch mehr verhärtet. Wir Funktionäre der Jüdischen Gemeinden müssen bei jeder Gelegenheit unsere Solidarität mit der Sowjetunion ausdrücken, ansonsten stehen wir sofort unter Verdacht, eine Verschwörung zu planen. Ich und ein paar andere besonders. Es wurde nicht gerade gut aufgenommen, dass ich mich in den letzten Jahren so stark für Entschädigungszahlungen an die jüdische Bevölkerung eingesetzt habe. Man wirft mir vor, mit der amerikanischen Agentenzentrale in Verbindung zu stehen und ein jüdischer Nationalist zu sein.« Er wandte sich wieder zu Lotte um und verschränkte die Hände hinter dem Rücken. »Das, was ich dir jetzt sage, weißt du nicht von mir. Verstanden?«

Sie nickte.

»Vor Kurzem wurde ich von einem Mitglied der sowjetischen Militärverwaltung verhört. Fünf Stunden lang.«

»Was wollte der von dir?«, fragte Lotte.

»Zunächst wollte er etwas über die Organisation der Jüdischen Gemeinden wissen, aber auch über meine Verbindung zu Joint. Und dann hat er sich sehr für meine Meinung zur Verhaftung Slánskýs in der Tschechoslowakei interessiert.«

Die Tür ging auf, und Ruth kam herein. Schweigend stellte sie ein Tablett mit Tee und Buttergebäck auf dem Tisch vor dem Sofa ab, und sie setzten sich.

»Vor zwei Tagen habe ich von einer Meldung erfahren, die die sowjetische Nachrichtenagentur verbreitet hat«, fuhr Julius fort. »Sowjetische Behörden sollen eine Verschwörung einflussreicher Ärzte des Kreml-Krankenhauses aufgedeckt und die Anführer verhaftet haben. Den Ärzten wird vorgeworfen, kommunistische Funktionäre ermordet zu haben, indem sie sie bewusst falsch behandelt haben. Man hat zwei Namen der Opfer veröffentlicht, die bizarrerweise schon seit mehreren Jahren tot sind. Von den sieben verhafteten Ärzten sind vier Juden, die drei anderen wurden öffentlich als ›verkappte Juden‹ bezeichnet. Und: Angeblich hatten sie Verbindungen zur Joint-Organisation, die von Stalin offen der Spionage beschuldigt wird.«

Lotte legte eine Hand an ihre Stirn. Das alles musste sie erst mal verarbeiten.

»Und nun macht eine landesweite Kampagne Stimmung gegen Juden. In der gesamten Sowjetunion weigern sich die Menschen, sich von jüdischen Ärzten behandeln zu lassen. Vereinzelt ist es offenbar sogar schon zu Übergriffen gekommen. Der Prozess wird im März stattfinden.«

Ruth wirkte völlig in sich zusammengefallen. »Es geht wieder los«, sagte sie wie zu sich selbst. »Das nimmt kein gutes Ende.«

Lottes Oberkörper fiel nach vorne, sie stützte sich mit den Ellenbogen auf die Knie, legte die Hände an die Schläfen. »Und wie geht es jetzt weiter?«

»Wenn du mich fragst, ist die Sicherheit für uns Juden in der DDR nicht mehr gewährleistet. Ich rate allen, das Land zu verlassen und sich im Westen ein neues Leben aufzubauen.«

»Und Jakob? Was soll ich denn jetzt tun?«, hauchte sie.

»Hoffen wir, dass er bald auf freien Fuß kommt.«

»Und wenn nicht? Er hat nichts verbrochen. Nichts! Ich werde nicht zulassen, dass er unschuldig im Gefängnis bleibt!«

Sie sah Julius an, wie leid ihm tat, was er nun sagen würde. »Ich befürchte, ich kann nichts für ihn tun.«

Als sie abends aus dem Zug stieg, erschien ihr ihr geliebtes Dresden mit einem Mal abstoßend. Die Menschen, die ihr am Hauptbahnhof entgegenkamen, hatten etwas Feindseliges. Auch wenn der Betrieb hier wieder aufgenommen worden war, so glich das Gebäude noch immer einer Ruine. Die einst so prächtige Kuppelhalle war provisorisch mit Pappe, Holz und Schiefer verschlossen worden.

Als Lotte aus dem Skelett der Halle in die eisige Schneeluft trat, breitete sich vor ihr kilometerweit Steppe aus, bis zum Altmarkt. Bei Tageslicht stand dem Blick zur Kreuzkirche hin so gut wie nichts im Weg. Sie kannte Dunkelheit, und sie kannte Stille, aber die Dunkelheit und Stille in diesem Nichts gingen noch mal ganz anders unter die Haut. Schwach machte sie in der Ferne, dort, wo die Prager Straße verlief, ein einsames Haus aus: das Excelsior, das bisher einzige Hotel der langsam wieder zum Leben erwachenden Stadt. Lotte hatte gehört, dass es recht komfortabel sein sollte, sogar warmes Wasser und Strom und Bäder in den Gängen hatte.

Ihr war so kalt, dass sie glaubte, ihr würde nie wieder warm werden. Ihre Tasche wog unendlich schwer. Seit dem Gespräch mit Julius hatte sie vollends den Glauben daran verloren, dass dieser so junge Staat demokratisch war, auch wenn sein Name das behauptete.

Auf einmal hielt ein Wagen neben ihr. Die Beifahrertür öffnete sich, und ein Mann mit langem Mantel und Hut stieg aus. »Mitkommen«, sagte er und öffnete die Tür zur Rückbank.

»Wohin?«, fragte sie.

Keine Antwort. Was wollte man von ihr? Würde man sie zu Jakob bringen? Oder würde man auch sie einsperren? Sie überlegte zu fliehen, vielleicht durch den Bahnhof, aber so unendlich erschöpft, wie sie war, wäre es ein Kinderspiel, ihr zu folgen und sie einzufangen.

»Das ist ein Befehl von oben«, sagte der Mann, als sie sich nicht in Bewegung setzte.

»Habe ich eine Wahl?«

»Nein.«

Und so setzte sie sich auf die Rückbank des Wagens und fragte sich, ob sie Jakob noch einmal sehen würde und die Chance hätte, ihm zu sagen, dass sie schwanger war.

35

Auf ewig würde sie den Anblick ihrer braunen Lederstiefel mit einem Gefühl der Machtlosigkeit verbinden, als sie von einem Wachmann in Uniform den langen Flur entlanggeführt wurde und ihr Blick sich an der Schnürung und den Metallösen festhielt und sonst nichts sehen wollte. Der Griff des finster dreinblickenden Mannes schmerzte an ihrem Oberarm. Der Linoleumboden quietschte unter ihren Sohlen. Die Luft war abgestanden, das Licht grell. Es flimmerte leicht. Nicht ein Fenster.

Würde man sie verhören, und wenn ja, sollte sie erwähnen, dass sie ein Kind in sich trug? Sie wusste es seit ein paar Tagen, seit sie festgestellt hatte, dass ihre Blutung ausblieb, und deshalb einen Arzt aufgesucht hatte. »Herzlichen Glückwunsch, Sie sind schwanger«, hatte der gesagt.

Es hatte einen Moment gedauert, bis diese Nachricht wirklich zu ihr durchgedrungen war. Schwanger. Für manche Frauen mochte das einer der schönsten Augenblicke ihres Lebens sein. Sie hatte darauf gewartet, dass sich auch in ihr dieses unbändige Glücksgefühl einstellte, von dem Susi berichtet hatte, als sie das erste Mal schwanger gewesen war. Doch alles, was sie gefühlt hatte, war totale Überforderung gewesen. Erst abends, als sie auf dem Sofa gesessen und eine Hand auf ihren Bauch gelegt hatte, hatte sie noch ein anderes Gefühl wahrgenommen. Freude. Es wuchs tatsächlich neues Leben in ihr heran. Jakobs Kind. Ein kleines Wunder.

Sie hatte auf den richtigen Moment gewartet, es Jakob zu sagen. Einen Moment, in dem seine Stirn nicht von Sorgen zerfurcht gewesen war. Jetzt bereute sie es, gewartet zu haben.

Am Ende des Flurs hielt der Wachmann inne und klopfte an einer Tür.

»Herein.«

Sie dachte noch, dass ihr die Stimme bekannt vorkam, und dann hatte der Wachmann die Tür bereits geöffnet, und sie sah Armin. Er saß an einem Schreibtisch aus gelblich braunem, dünnem Holz.

»Du …?«, hauchte sie.

Schräg vor ihm stand eine Schreibmaschine, daneben lag ein akkurater Stapel dünner Aktenordner. Er besaß sogar ein Telefon. Eine Zigarette, aus deren Spitze ein dünner grauer Rauchfaden aufstieg, lehnte an einem halb vollen Aschenbecher. Außerdem war da noch ein Bilderrahmen, doch sie konnte das Foto darin nicht sehen.

Er war offenbar gerade dabei gewesen, einen Brief zu verfassen, denn er hielt einen Füllfederhalter in der Hand und sah sie mit diesem für ihn ganz charakteristischen Lächeln an, das nie ein wirkliches Lächeln war, sondern vielmehr nur ein Heben seiner Mundwinkel, während seine Augen ausdruckslos blieben.

»Komm rein.« Armin gab dem Wachmann ein Zeichen, sie allein zu lassen. Mit einem dumpfen *Klack* wurde die Tür hinter ihr geschlossen.

Sie war erleichtert, ihn zu sehen, auch wenn sie in den vergangenen drei, fast vier Jahren kaum Kontakt zu ihm gehabt hatte.

Zögerlich machte sie zwei Schritte auf ihn zu. Der Griff um ihre Handtasche war so fest, dass ihre Knöchel weiß hervortraten.

»Das meintest du also damit, als du gesagt hast, du wärst aufgestiegen.« Genau hatte er sich nie ausgedrückt, und sie hatte auch nie weiter nachgehakt. »Ich habe einen gehörigen Schreck bekommen, als ich in diesen Wagen steigen musste. Und nun sitzt du hier vor mir, und ich muss gestehen, dass ich ordentlich überrumpelt bin.«

Er drehte den Deckel auf den Füllfederhalter, legte ihn auf das beschriebene Papier und lehnte sich in seinem Stuhl zurück. »Das tut mir leid. Ich dachte, es wäre komfortabel für dich, wenn man dich abholt.«

»Das wäre es sicher gewesen, wenn ich informiert gewesen wäre«, sagte sie mit einer gewissen Schärfe in der Stimme. Mäßige dich, sagte sie sich. Du bist von den vergangenen Tagen aufgewühlt und gereizt. »Warum holst du mich hierher, Armin? Wenn du mich sprechen möchtest, kannst du mich auch bei mir zu Hause besuchen.«

»Mein Büro erschien mir passender. Wir haben uns lange nicht mehr gesehen.«

Ihr schlechtes Gewissen meldete sich zu Wort. Er bedeutete ihr, sich ihm gegenüberzusetzen, und verschränkte die Hände auf dem Tisch. Als würde eine unsichtbare Macht sie herabdrücken, sank sie auf den Stuhl.

»Du siehst blass aus«, bemerkte er.

Sollte sie ihm anvertrauen, dass man Jakob verhaftet hatte? Vermutlich wusste er es ohnehin, warum sonst sollte er sie in diesem Rahmen sprechen wollen?

»Um ehrlich zu sein, bin ich krank vor Sorge«, begann sie. »Jakob ist in Untersuchungshaft. Grundlos.«

»Grundlos, sagst du.« Er nahm die Akte zur Hand, die oben auf dem Stapel lag, und blätterte darin. Die Sekunden schienen sich ewig hinzuziehen. »Er kooperiert also nicht mit den Amerikanern?«

»Was? Nein!« Fassungslos schüttelte sie den Kopf. »Warum sollte er?«

»Hier steht auch, dass er Kontakt zur amerikanischen Hilfsorganisation Joint hat und ein bekennender Zionist ist. Die Sowjets halten ihn für einen Spion.«

Die Temperatur im Raum schien schlagartig um ein paar Grad gesunken zu sein. Woher wusste Armin so genau über alles Bescheid?

»Das wirft man ihm vor?« Ihr wurde flau im Magen. »Nur weil er ein-, zweimal geholfen hat, Hilfspakete zu verteilen? Jakob ist sicher kein Zionist oder Spion der Amerikaner. Das weißt du doch! Er ist Deutscher jüdischen Glaubens, und er wünscht sich nur, diesen Glauben ausüben zu können und in Freiheit und Sicherheit in der DDR zu leben. Er hat gewiss nicht vor, dem Staat zu schaden. Im Gegenteil! Er will, dass es für uns alle bergauf geht.«

Wie viel konnte sie ihm anvertrauen? Sie dachte daran, dass er sie einmal aus dem Gefängnis der Sowjets geholt hatte, nachdem man sie bei der Razzia auf dem Schwarzmarkt geschnappt hatte. Er war um ihr Wohlergehen besorgt. Und so wie es aussah, war er ihre einzige Chance, Jakob aus der Untersuchungshaft zu befreien.

Sie beugte sich Armin entgegen und legte die Hände auf den Tisch. »Kann ich offen mit dir sprechen?«

»Selbstverständlich.«

Sie spürte den strengen Blick Grotewohls auf sich, der sie von einem Porträt an der Wand anstarrte. Konnte sie es wirklich wagen? Welche Wahl hatte sie schon?

»Du hast sicher von dem Prozess in der Tschechoslowakei gehört, bei dem hauptsächlich Juden zum Tode verurteilt wurden. Es scheint, als würde unter Stalin ein antisemitischer Wind wehen, und ich befürchte, dass er in die DDR rüberzieht«, sagte sie. »Ich habe mit jemandem von der Jüdischen Gemeinde gesprochen.

Auch hier wurden mehrere Juden in prominenten Positionen verhaftet oder verhört.«

Armins helle Augenbrauen schossen in die Höhe. »Das sind schwerwiegende Vorwürfe, die du da erhebst.«

»Das ist mir bewusst, und deshalb würde ich es auch bestimmt nicht tun, wenn es keinen Grund gäbe. Wir kennen uns seit Kindheitstagen, und ich vertraue dir.«

Armin schwieg. In den Sekunden, in denen er sie einfach nur ansah, hatte sie das Gefühl, über einen hauchdünnen Faden zu balancieren.

Schließlich lehnte er sich ihr entgegen, legte die Arme auf den Tisch und die Finger aneinander. »Du hast recht«, sagte er mit gesenkter Stimme. »Vonseiten der Staatssicherheit erfolgt eine systematische Beobachtung des Gemeindelebens. Mir wurde außerdem vor Kurzem zugetragen, dass die sowjetische Besatzungsmacht die Parteiführung aufgefordert hat, eine Registrierung aller Juden vorzunehmen. Mielke wurde offenbar dazu angehalten, durch das Ministerium für Staatssicherheit eine derartige Kartei anzulegen. Ich befürchte, man plant auch hier einen größeren Coup gegen Juden. Was genau, weiß ich nicht, aber es wäre gut möglich, dass es einen Prozess wie in der Tschechoslowakei geben wird.«

Eine eiskalte Faust schloss sich um ihr Herz. »Hat man Jakob deshalb eingesperrt? Glaubst du, man hat vor, ihm irgendeine absurde Verschwörung anzuhängen wie diesem Slánský?«

»Ich weiß es nicht.« Armin schnippte die Asche der Zigarette, die an dem Becher gelehnt hatte, ab und nahm einen Zug.

»Das werde ich nicht zulassen, Armin. Was kann ich tun?«

Langsam blies er den Rauch aus. »Ich befürchte, nichts, Lotte.«

»Aber …«

»Dir ist wohl nicht bewusst, dass du dich mit sehr mächtigen Leuten anlegen würdest«, schnitt er ihr das Wort ab.

»Aber ich kann nicht tatenlos mitansehen, wie man Jakob zu Unrecht verurteilt!«

Armin sah sie an, und einen kurzen Moment wirkte es, als fasste er einen Entschluss, ehe er die Zigarette ausdrückte. »Ich werde sehen, wie ich dir helfen kann. Ich habe einen gewissen Einfluss.«

Hoffnung flammte in ihr auf. »Würdest du das wirklich für mich tun? Ich wäre dir unendlich dankbar.«

»Für dich tue ich alles.«

Seltsamerweise hatte Lotte auf einmal das Gefühl, als wären die Wände näher gerückt. »Ich weiß das ehrlich zu schätzen.«

Er blickte auf die Maserung des Schreibtischs. »Ich werde dafür sorgen, dass Jakob aus der Haft entlassen wird. Aber sie hätten ihn vermutlich sofort wieder im Visier.« Er erhob sich von seinem Stuhl und trat ans Fenster, die Haltung wie immer militärisch perfekt, eine Hand auf den Rücken gelegt. »Er sollte aus der Republik fliehen, Lotte.«

Sie hatte bereits geahnt, dass sie ihr Zuhause und ihre Freunde würde zurücklassen müssen; dennoch war sie noch dabei, diese Tatsache zu verarbeiten, als Armin fortfuhr. »Ich kann dafür sorgen, dass er an der Grenze nicht erwischt wird.« Er trat zum Schreibtisch, nahm das gerahmte Bild in die Hände und betrachtete es. »Aber ich würde etwas im Gegenzug von dir haben wollen.«

Ihre Kehle war trocken. »Und was wäre das?«

Armin legte den Rahmen vor sie auf dem Schreibtisch ab. Sie blinzelte, konnte kaum glauben, was sie sah. Es war eine Aufnahme von ihr, auf dem Sommerball, in dem hellblauen Kleid, das ihre Tante ihr gekauft hatte. Ihr wurde schlecht.

Eine erschütternde Verletzlichkeit, die sie noch nie zuvor an

Armin gesehen hatte, war in seinen Ausdruck getreten. »Heirate mich.«

Stille. Sie war sich sicher, sich verhört zu haben. »Ich … ich soll dich heiraten? Aber … Warum?«

»Weil ich dich immer geliebt habe.« Die Worte hatten ihn Überwindung gekostet. »Schon als kleiner Junge. Du warst die Einzige, die an meiner Seite geblieben ist, nachdem sich alle von mir abgewandt hatten. Du hast mir zugehört und mich getröstet, wenn mein Vater mich als Junge mal wieder verprügelt hat. Du bist die gutmütigste Seele der Welt.« Die Verletzlichkeit war nun einer nahezu trotzigen Entschlossenheit gewichen. »Und ich war stets für dich da und habe deshalb Anspruch auf dich. Aber das hast du nie verstanden. Du hattest ja nur Augen für Leo und dann für Jakob. Und ich habe nur eine kleine, unbedeutende Nebenrolle in deinem Leben gespielt. Dabei war alles, was ich in meinem Leben getan habe, um dich zu beeindrucken und für dich zu sorgen.«

In ihrem Kopf herrschte ein solches Durcheinander, dass sie nicht in der Lage war, auch nur einen klaren Gedanken zu fassen. »Bitte erpresse mich nicht …«, hauchte sie.

»Du lässt mir keine andere Wahl.«

Bis ins Mark erschüttert über diese Wendung, atmete sie flach ein und aus, ehe sie einigermaßen die Fassung zurückerlangt hatte. »Wie sollte das mit uns funktionieren? Du wüsstest doch, dass ich nicht so fühle wie du und dass diese Ehe erzwungen wäre.«

»Irgendwann wirst du mich lieben lernen.«

»Nein.« Sie schüttelte den Kopf. »Ich liebe Jakob, und daran wird sich nie etwas ändern.«

Sein Ausdruck verdunkelte sich. »Und weil du ihn liebst, wirst du darauf eingehen.«

Sie erhob sich von ihrem Stuhl. »Du sprichst von Liebe, die du für mich empfindest. Aber das ist keine Liebe, wenn du mir wehtust.«

Armins rechtes Augenlid zuckte. Sie wollte schon aus dem Raum, als seine Stimme sie noch einmal innehalten ließ.

»Ich werde dafür sorgen, dass Jakob aus der Untersuchungshaft entlassen wird. Er wird fliehen, aber du wirst ihm sagen, dass deine Gefühle für ihn nicht ausreichen, um mit ihm zu gehen. Er wird unbeschadet über die Grenze kommen, und dann wirst du mich heiraten.«

Tränen der Wut und Machtlosigkeit liefen über ihre Wangen. »Nein …«

»Willst du noch einmal tatenlos zusehen, wie jemandem Leid zugefügt wird? So wie damals auf dem Sommerball, als man Leo fortgebracht hat und er danach nie wiedergesehen wurde?«

Sie schloss die Augen, als könnte sie auf diese Weise verschwinden, sich innerlich an irgendeinen Ort zurückziehen, an dem sie nicht dieser Situation ausgesetzt war. »Hör auf …«

»Du kannst das wiedergutmachen, indem du Jakob rettest. Man beobachtet euch. Solltest du versuchen, mit ihm zu fliehen, wird man euch aufgreifen und ihn erneut einsperren. Mein Angebot steht«, sagte er, als würde es hierbei um ein Geschäft gehen. »Denk darüber nach. Ich werde für dich sorgen. Ich werde dir ein guter Mann sein, und du wirst mich lieben.«

»Ich kann und werde mich nicht darauf einlassen«, entgegnete sie.

Sie hatte den Raum schon fast verlassen, da hörte sie ihn noch sagen: »Wir werden uns wiedersehen.« Als gäbe es daran keinen Zweifel.

Das Geräusch, als ein Schlüssel in der Tür umgedreht wurde, weckte sie. War sie eingeschlafen? Sie hatte versucht, sich mit *Das siebte Kreuz* von Anna Seghers abzulenken, aber sie hätte sich denken können, dass es ihre Sorgen um Jakob nur noch viel schlimmer machen würde. Urplötzlich hatte sich der Schlaf wie eine Decke über sie geworfen. Nun aber war sie sofort hellwach, sprang vom Sofa auf und eilte in den Flur. Jakob, oder vielmehr eine geisterhafte Version von ihm, stand in dem schwachen Licht einer Straßenlaterne, das von draußen durch die offene Tür hereinfiel. In den drei Tagen, die er eingesperrt gewesen war, war ihm ein leichter Bart gewachsen. Seine Wangen waren eingefallen, und dunkle Schatten hingen unter seinen Augen. Er erinnerte sie an den Mann, den sie einst auf der Brücke aufgesammelt hatte.

»Jetzt bist du wieder zu Hause«, sagte sie. Als sie ihn umarmte, spürte sie ihn stumm an ihrer Schulter weinen.

Im Hinterhof holte sie bei der Pumpe Wasser und erwärmte es auf dem Herd. Ein Badezimmer besaßen sie nicht, die Toilette, die sie sich mit den anderen Hausbewohnern teilen mussten, lag im Erdgeschoss, und sie wollte nicht, dass er noch mal die Wohnung verlassen musste. Deshalb sagte sie ihm, er solle sich in der Küche entkleiden und auf einen Stuhl setzen. So sanft wie nur möglich fuhr sie mit einem feuchten Waschlappen über die dunklen Flecken, die ihr vor Augen führten, dass jemand brutal auf ihn eingeprügelt hatte, über die Narben, die von einer vergangenen Zeit erzählten, deren Echo noch immer in ihm nachhallte. Während sie sich schweigend vorarbeitete, sah er sie die ganze Zeit über nicht an. Zärtlich strich sie über seine Schultern, seine Arme, seine Brust und hoffte, dass ihre Berührungen ihn ins Hier und Jetzt zurückholten.

Als sie vor ihm in die Hocke ging, sah er sie auf einmal an. »Lotte, ich kann hier nicht bleiben.«

Sie hielt in der Bewegung inne. »Ich weiß.«

Die Stille, die daraufhin einsetzte, wog unendlich schwer. Sie erhob sich, tauchte den Waschlappen erneut ins warme Wasser und fuhr damit die verhärteten Muskeln an seinen Schultern entlang.

»Ich muss dir etwas sagen«, setzte sie an.

Doch Jakob verstand sie falsch. Er wirkte wie jemand, bei dem man eine schwere Krankheit diagnostiziert hatte. »Ich kann mir denken, was du mir sagen willst. Aber ich muss vorher etwas loswerden, und ich werde es nur ein einziges Mal sagen, weil ich Angst habe, dass es falsch ist und ich dich verletze.« Er legte seine Hand auf ihre. »Ich wünsche mir nichts mehr, als dass du mit mir kommst, aber ich werde dich nicht zwingen. Es ist allein deine Entscheidung, was du tun wirst.«

Sie schüttelte den Kopf, wollte ihm sagen, dass sie sich eine Zukunft ohne ihn nicht vorstellen konnte.

Er deutete ihr Zögern falsch. »Ich verstehe dich. Du liebst diese Stadt und hast so viel Kraft darauf verwendet, sie wiederaufzubauen. Und wer weiß, wo wir landen und wie es weitergeht.«

»So ist es nicht …«, sagte sie.

Sie hatte ihm sagen wollen, dass sie schwanger war. Doch wenn er die Wahrheit kannte, würde er alles daransetzen, dass sie in Sicherheit war. Er würde mit ihr in Dresden bleiben und erneut verhaftet und vermutlich sogar unschuldig verurteilt werden. Sollte sie ihm von ihrem Gespräch mit Armin erzählen? Davon, dass er sie überwachte? Aber auch dann würde Jakob sie niemals der Gefahr aussetzen, gemeinsam mit ihm zu fliehen. Was also sollte sie tun?

»Ich werde nicht von deiner Seite weichen«, sagte sie entschlossen. »Wenn du dieses Land verlässt, dann gehe ich mit dir. Komme, was wolle.«

Sie würde beten, dass sie Armin und seinen Männern von der

Stasi entwischten. Dass ihr einstiger Freund vielleicht doch zur Besinnung kam und sie laufen ließ.

Sie würde beten, dass ein Wunder geschah.

36

Lotte drückte ihre Handtasche fest an sich. Darin waren frische Wäsche, eine saubere Bluse sowie ein paar belegte Brote und zwei schrumpelige Äpfel. Sie standen am Ostbahnhof in Berlin am Gleis und warteten auf die S-Bahn, die sie in die Freiheit bringen sollte. Seit die Grenze gesichert worden war, kam für Fluchtwillige nur die Hauptstadt als Weg aus der Republik infrage. Von Julius wussten sie, dass sie mit der Bahn in den Westen fahren konnten. Natürlich unauffällig, also ohne Gepäck. Fürs Erste würden sie in einem Auffanglager unterkommen.

Lotte dachte daran, wie sie gestern durch die kahle Stadt gelaufen war und sich gefragt hatte, ob sie ihr geliebtes Dresden, das wunderschöne Elbflorenz, irgendwann wieder in neuem Glanz erstrahlen sehen würde. Da war die Ruine der Frauenkirche, die ihr einst das Leben gerettet hatte. Auf dem Rathausplatz stand inzwischen eine stolze, überlebensgroße Plastik, die an die vielen Frauen erinnerte, die über Jahre hinweg die Berge aus Trümmern und Schutt in der vollkommen zerstörten Stadt abgetragen hatten. Dann das Zwingergelände, das noch immer eine Baustelle war. Auch hier hatte sich die Liebe der Dresdner zu ihrer Stadt bewiesen, die schon ein paarmal scheinbar Unmögliches möglich gemacht hatte. Wo hätte man für das Kronentor Gold und Silber auftreiben sollen? Die Dresdner hatten kurzerhand ihren Familienschmuck gespendet, und so glänzten seit diesem Jahr wieder die Krone, das Kreuz und der Adler. Noch immer sah man jedoch größtenteils Brachflächen oder Ruinen, trotzdem hing Lotte an alldem wie an einem alten, zerfledderten Stofftier, das nur noch ein Auge hatte.

Misstrauisch ließ Lotte den Blick über das Bahnhofsgelände schweifen. In jedem Gesicht meinte sie, Armin zu sehen. Sie machte sich selbst verrückt. Eine Taube segelte über die Köpfe der am Gleis Wartenden hinweg. Eine Frau eilte mit einem Kind an der Hand an ihnen vorbei. Ein älterer Herr herrschte einen Halbstarken an, der ihn in dem Trubel aus Versehen angerempelt hatte.

Auf einmal packte sie jemand an der Schulter. Ihr Herz setzte einen Schlag aus. »Oh, Verzeihung, ich habe Sie verwechselt«, entschuldigte sich die junge Frau höflich und suchte weiter den Warteteig ab.

Jakob drückte sanft ihre Hand. Wir schaffen das, sagte sein Lächeln.

Eine Papiertüte wurde vom Wind der herannahenden Bahn über den Boden geblasen. Ein Spinnennetz zitterte an den Dachverstrebungen. Alles war friedlich.

Und dann war da noch ein Mann in einem langen Mantel. Die Krempe seines Hutes verdeckte seine Augen. Lottes Puls beschleunigte sich, als ahnte ihr Körper etwas, was ihr Kopf nicht wahrhaben wollte. Sie sah zu Jakob, ob auch ihm der Mann aufgefallen war, aber Jakobs Blick war auf den hereinfahrenden Zug gerichtet.

Sie stiegen ein und setzten sich. Ruckelnd fuhr die Bahn an. Ihr Atem ging nur flach. Sie verbarg ihr Gesicht halb hinter ihrem Schal, denn sie befürchtete, dass man ihr ihre Angst ansehen könnte. Ihre Haut brannte beinahe, so intensiv meinte sie, die Blicke der anderen Fahrgäste auf sich zu spüren. Doch jedes Mal, wenn sie sich umsah, waren die Leute um sie herum in Gespräche vertieft, lasen in der Tageszeitung oder sahen einfach nur aus dem Fenster.

Zwei Arbeiter im Blaumann. Männer mit Aktenordnern und Frauen in ordentlichen Kostümen. Vermutlich Grenzgänger. Lotte hatte gehört, dass es Menschen gab, die günstig im Osten lebten und im Westen arbeiteten, weil sie dort mehr verdienten.

Noch zwei Stationen, dann wären sie im Westen. In Freiheit.

Ein Mann schimpfte mit seiner Frau, die geradeaus starrte, als würde sie ihn nicht hören. Daneben ein Student, der hektisch etwas auf einen Block kritzelte.

Noch eine Station.

Ihr Blut rauschte durch ihren Körper. Seit sie Dresden verlassen hatten, wurde sie das hohe Piepen in ihrem Kopf nicht los.

Auf einmal sah sie den Mann mit Mantel und Hut, der ihr bereits am Wartesteig aufgefallen war. Er machte sich nicht mal mehr die Mühe zu verbergen, dass er sie beobachtete. Im nächsten Moment nahm sie auch hinter sich eine Bewegung wahr. Ein etwas kleinerer Mann hatte sich dort positioniert. Adrenalin jagte durch ihren Körper. Sie saßen in der Falle.

Nächster Halt: Friedrichstraße. Die letzte Station im Ostsektor.

Würden sie sitzen bleiben, um in den Westen rüberzufahren, würden die beiden Männer sie ergreifen.

»Jakob, Liebling.« Sie wandte all ihre Kraft auf, um ein Lächeln aufzusetzen, als wäre das hier ein netter Ausflug. »An der nächsten Station müssen wir aussteigen.«

Er sah sie an, sah die Angst in ihren Augen und verstand. Er beugte sich zu ihr, als würde er sie küssen wollen, und flüsterte: »Sobald wir aus dem Zug sind, rennen wir los, ehe uns wer ergreifen kann.«

Der Zug wurde langsamer. Sie erhoben sich. Lotte hielt den Blick fest auf ihre Schuhe gerichtet. Ihre Hände verschränkten sich. Mit ihnen stiegen noch einige andere aus. Die Türen wurden geöffnet, und dann rannten sie los.

»He«, rief ein Mann, der ihnen in der letzten Sekunde auswich.

So schnell wie möglich bahnten sie sich ihren Weg durch die Wartenden am Gleis.

Am Ausgang des Bahnhofs war Jakob geistesgegenwärtig genug, ein Taxi herbeizuwinken, das zufällig an ihnen vorbeifuhr. Er riss die Tür zur Rückbank auf, ließ Lotte einsteigen, warf sich dann selbst auf den Sitz. Noch ehe er die Tür zugezogen hatte, hatte er dem Fahrer zugerufen: »Bloß schnell weg von hier!«

Der Taxifahrer begriff, was hier gerade geschah. »Ick kann Se aber nich in den Westen fahren.«

»Schon gut, fahren Sie einfach. Oranienburger Straße, zur Jüdischen Gemeinde.«

Der Wagen düste los. Lotte warf einen Blick aus dem Fenster. Der größere der beiden Männer stand auf dem Gehsteig und sah ihnen nach. Er wirkte gelassen, so wie er sich eine Zigarette anzündete. Sein Auftrag war erfüllt, ihre Flucht in den Westen rüber war gescheitert.

Der Tee vor ihr war inzwischen kalt geworden. Im Hintergrund tickte die Pendule. Sie saß an Jakobs Seite auf dem Sofa in Julius' Wohnzimmer und widerstand dem Drang, seine Hand zu nehmen und sich an ihn zu schmiegen. Sie übte die Trennung, die unweigerlich bevorstand, nur wusste Jakob davon nichts. Er würde alleine in den Westen gehen, und sie würde in Dresden bleiben, so wie Armin es von ihr verlangte. Sie würde es so aussehen lassen, als hätte sie sich anders entschieden, als könnte sie ihre Heimat nicht verlassen, als würde ihre Liebe zu ihm nicht ausreichen. Allein bei dem Gedanken daran schnürte sich ihr die Kehle zu.

Während die beiden Männer berieten, welche Möglichkeiten

infrage kämen, die Republik zu verlassen, hörte Lotte kaum zu. Sie hatte begonnen, sich alles an Jakob genau einzuprägen. Seine schönen, kräftigen Hände. Seine Haut, die selbst im Winter leicht gebräunt war. Als er seine Finger mit ihren verschränkte, wartete sie einen Augenblick, ehe sie sich vom Sofa erhob und ans Fenster trat. Sie ertrug es nicht, sie verblutete innerlich. Sie umschlang mit den Armen ihren Bauch, hielt sich an sich selbst fest und sah den Motten zu, die draußen im Licht der Straßenlaterne schwirrten. Ihr fiel auf, dass es gar nicht die Pendule war, die sie ticken hörte, sondern das Klopfen ihres Herzschlags, wie die Sekunden, die verstrichen, bis ihre Zeit mit Jakob abgelaufen war.

»Ich fahre euch über die Grenze«, hörte sie Julius sagen.

»Das können wir nicht annehmen«, erwiderte Jakob.

»Doch, das könnt ihr. Ihr seid meine Freunde. Es hat schon einmal bei Bekannten funktioniert, und es wird wieder funktionieren. Morgen findet ein Tu biSchevat-Ball in der Jüdischen Gemeinde in Westberlin statt. Das nehmen wir als Vorwand, um mit meinem Wagen über die Grenze zu fahren. Ich kümmere mich heute noch darum, dass ihr eine Einladung erhaltet.«

Tu biSchevat war ein Feiertag, an dem die Juden in die Natur gingen und einen Baum pflanzten, wie sie nach fast vier Jahren Beziehung mit Jakob wusste. Kaum vier Jahre …

»Morgen …«, wiederholte sie schwach.

Das war viel zu wenig Zeit, um sich sanft von ihm loszulösen, einen letzten schönen Winterspaziergang an der zugefrorenen Elbe mit ihm zu machen, ein letztes Mal mit ihm zu tanzen, wenn er die Melodie an ihrem Ohr summte, ihn zu küssen, oh, seinen ganzen Körper mit Küssen zu bedecken, jedes kleinste Detail an ihm genau zu betrachten, sodass sie es nie vergessen würde.

Sie wandte sich um und beging den Fehler, Jakobs Blick zu begegnen. Er hatte ihr schon immer sofort angesehen, was in ihr vorging.

Wie verabschiedete man sich von jemandem, von dem man sich nicht verabschieden wollte und durfte? Sie versuchte, den Klang seiner Stimme in sich aufzunehmen, die Wärme seiner Haut, seinen Duft. Und gleichzeitig versuchte sie, eine gewisse Distanz zu ihm aufzubauen, denn ansonsten würde ihr Herz auseinanderreißen.

Julius hatte ihnen freundlicherweise angeboten, im Gästezimmer unterzukommen, damit Lotte und Jakob nicht nach Dresden zurückkehren mussten. Dann ihre letzte gemeinsame Nacht. Sie liebte ihn mit fast brutaler Vehemenz, wollte weinen und schreien, ihn von sich stoßen und an sich ziehen. Und immer wieder sein Blick, der auf ihr ruhte, sie zu verstehen versuchte.

Die restliche Nacht über lag sie wie in einem Sarg. Ihr Herz schlug, aber sie spürte, dass langsam etwas in ihr zugrunde ging, weil nach und nach zu ihr durchsickerte, dass sie das Unheil nicht abwenden konnte.

»Sprich mit mir«, flüsterte Jakob in die Dunkelheit hinein.

Sag ihm jetzt, dass du hierbleiben wirst, dass du nicht mit ihm gehst.

Sag ihm, dass du sein Kind in dir trägst.

Sag ihm, dass du nicht ohne ihn sein kannst.

»Hast du Zweifel?«, fragte er.

Sie konnte nicht. Sie war feige. Man hörte nur das Rascheln des Kissens, als sie den Kopf schüttelte.

»Warum weinst du dann?«, fragte er sanft und fing eine Träne auf, die über ihre Schläfe lief.

Schwaches Mondlicht fiel durch den Spalt der Gardinen, warf einen hellen Streifen auf sein hübsches Gesicht.

»Hör mir jetzt gut zu«, sagte er dann. »Es kann mich niemand jemals von dir trennen. Auch wenn wir uns nicht sehen, wenn ich dich nicht berühren kann oder man mich von deinen Armen fernhält. Selbst wenn ich kein Teil mehr von dieser Welt bin, dann werden sie mich nicht von dir losgelöst haben. Das können sie gar nicht, weil du nämlich in mir lebst, in jeder Faser meines Körpers, aber vor allem hier drin.« Er nahm ihre Hand und legte sie auf die Stelle über seinem Herzen. »Und dort gibt es nur die Liebe, und gegen die kommt nichts an. Irgendwann habe ich dich angesehen und in dir mein Leben gefunden, und du hast mich angesehen und dein Leben in mir gefunden, und das wird sich auch niemals ändern. Egal welche Entscheidung du morgen früh triffst. Verstehst du das?«

Sie nickte schwach. »Ich liebe dich, Jakob«, flüsterte sie. »Ich liebe dich wirklich sehr …«

»Ich liebe dich auch, Lotte. Und das werde ich auch immer.«

»Dann halt mich fest. Halt mich ganz, ganz fest.«

Sie schmiegte sich an ihn, wollte in seiner Umarmung versinken, wollte, dass diese Nacht nie endete, dass der Morgen nie kam und dieser Augenblick die Ewigkeit wurde. Sie spürte Feuchtigkeit an ihrer Stirn und begriff, dass auch er weinte.

Und da wusste sie, dass sie bereit war, alles zu opfern, selbst wenn es ihr Leben wäre, nur damit es ihm gut ging. Aber sie wusste auch, so absurd ihr das in diesem Moment noch erscheinen mochte, dass dieser Tag, einer der schlimmsten ihres Lebens, irgendwann in ihrer Erinnerung zu einem guten Tag werden würde, weil sie wusste, dass sie das Richtige getan hatte.

Du schaffst das, sagte eine Stimme in ihr. Du bist stark genug.

Kurz bevor die Sonne aufging, merkte sie, dass Jakobs Atem lang und tief geworden war. Vorsichtig, um ihn nicht aufzuwecken, hob sie seinen Arm an und schälte sich aus seiner Umarmung.

Sie setzte sich an den Sekretär im Gästezimmer und holte ein Blatt Papier sowie einen Stift aus einer der Schubladen hervor. Sie hoffte, dass sie in einem Abschiedsbrief die richtigen Worte finden würde.

Verzeih mir, Liebster, schrieb sie. *Vermutlich hast du geahnt, dass das passieren würde, und hast mich deshalb in unserer letzten Nacht so liebevoll festgehalten, und fast hätte ich es nicht geschafft zu gehen.*
Du bist das Beste und Kostbarste, was mir je geschehen ist, und alles, worum ich dich bitten kann, ist, dass du ein gutes Leben führen wirst. Eines vielleicht noch: Denk hin und wieder an mich und daran, wie sehr ich dich liebe, viel mehr, als ich jemals imstande sein werde, in Worte zu fassen. Ich werde dich selbst dann noch lieben, wenn es mich irgendwann nicht mehr gibt, kein Ich und kein Du, wenn wir uns beide aufgelöst haben, dann ist meine Liebe zu dir noch so real wie der Himmel und die Erde, wie Hügel und Täler, Wüsten und Meere, denn für mich ist unsere Liebe die Welt.
Lotte

Wie mechanisch schlüpfte sie aus dem Nachtkleid, das Ruth ihr geliehen hatte, zog Strumpfhose, Rock und ihren Pullover an. Fast wäre sie einfach so aus dem Raum geschlichen, aus Angst, dass der Schmerz sie sonst überwältigen würde. Aber sie musste Jakob ein letztes Mal betrachten. Das war ihr Mann. Der Mann, den sie liebte und immer lieben würde.

Sie legte den Brief neben ihn auf das Gästebett.

Dann verließ sie Julius' Haus.

Es schneite. Schon bald klebte ihr Haar an ihren Wangen. Sie schlotterte. Aus einer dunklen Ecke heraus beobachtete sie die Haustür. Als die Sonne aufging, holte Julius seinen Wagen aus der

Garage. Kurz darauf kam Jakob heraus. Sekunden, die sich wie ein ganzes Leben anfühlten. Er war schrecklich blass, seine Augen waren gerötet. Alles in ihr drängte darauf, zu ihm zu rennen, ihm über sein Gesicht zu streichen, seine glatt rasierte Haut zu spüren, in seinen Bernsteinaugen zu versinken.

Wieder und wieder sah er sich nach ihr um, bis Julius ihm eine Hand auf die Schulter legte. »Wir sollten los.«

»Einen Moment noch.«

Sie hielt sich an der Mauer fest, so fest, dass es fast schon wehtat. Sie hatte Angst, doch noch zu ihm zu rennen. Aber dann würde man sie beide bei der nächsten Polizeikontrolle, spätestens an der Grenze, aufhalten und verhaften.

Ein letzter Blick. Jakobs Schultern sackten herab. Schließlich lud er seine Tasche in den Kofferraum.

Ihre Lider senkten sich, und sie stellte sich vor, sie wäre an seiner Seite. In dieser Vorstellung hielt er ihr die Wagentür auf. Sie sah die Angst in seinen Augen, aber er lächelte trotzdem, natürlich lächelte er, weil er versuchte, ihr Mut zu machen. Und sie hielt sich an seinem Lächeln fest.

Als sich ihre Lider wieder hoben, sah sie mit an, wie der Wagen davonfuhr. Hörte das Rauschen, als die Reifen durch die am Gehweg gestauten Schneepfützen rollten, sah das verschwommene Gelb der Rücklichter auf der regennassen Fahrbahn und schließlich, wie der Wagen um die Ecke verwand. Sie blickte ihm noch nach, als sie ihn schon längst nicht mehr sehen konnte. Ihre Tränen vermischten sich mit dem eisigen Schneeregen, der auf sie herabfiel. Sie fühlte sich eigenartig leicht, aber nicht auf gute Weise, sondern so, als würde sie sich in Luft auflösen, und gleichzeitig war ihr Herz so schwer, dass sie es nicht mehr tragen konnte. Ihre Beine gaben nach, und sie sank zu Boden.

Sie wünschte, sie wäre die Art von Frau, die unbeirrt durchs Leben watete, egal wie sehr die Strömungen an ihr zerrten. Die den Stürmen trotzte und nie vom Weg abkam. Aber so war sie nicht. Als Jakob fort war, zerbrach sie.

Sie wünschte, sie wäre die Art von Frau, die Armin Widerstand leistete. Aber die Wahrheit war, dass er nur noch die Scherben aufsammeln musste.

37

1993

Hannah

Eigentlich hatte sie sich fest vorgenommen, Maltes Charme zu widerstehen. Immerhin war es ihr gelungen, ihn zappeln zu lassen, indem sie ihn an jenem Morgen, an dem er unerwartet mit einem Blumenstrauß bei ihr zu Hause aufgekreuzt war, fortgeschickt hatte. Das jedoch war offenbar für ihn so unerträglich gewesen, dass er am nächsten Tag erneut vor ihrer Tür gestanden hatte.

Diesmal hatte sie ihn hereingelassen, aber vorsorglich hatte sie sich ans andere Ende ihrer kleinen Küche gestellt, um möglichst viel Distanz zu ihm zu haben. Sie wusste ja, wie machtlos sie war, wenn er sie mit seinen eisblauen Augen ansah und dieses schiefe, teuflisch gefährliche Lächeln aufsetzte, das sie direkt im Unterleib spürte. Mit seiner tiefen, männlichen Stimme hatte er ihr versprochen, seiner Frau so bald wie möglich die Wahrheit zu sagen und die Scheidung einzureichen. Immerhin hatte Hannah es geschafft zu erwidern, dass ihr Ehrlichkeit sehr wichtig sei, sie sich aber schrecklich fühle, wenn sie nur daran denke, eine Ehe zu zerstören.

»Diese Ehe war auch davor schon kaputt.« Malte kam immer näher, während sie, unsicher, was sie tun sollte, an ihrem Kaffee nippte.

Er nahm ihr die Tasse ab und stellte sie neben die Spüle. Dabei ließ er sie keine Sekunde aus den Augen. Sie hatte das Gefühl, als fließe Starkstrom durch sie hindurch. Warum reagierte ihr Körper noch immer so intensiv auf ihn? Er legte die Hände auf ihre Taille, und sie wusste, dass nun der Moment war, in dem sie ihn nach Hause schicken sollte. Aber wie, wo sie doch am Ziel ihrer Träume angelangt war? Und dann hatte er sie auch schon geküsst. Daran, wie er seine Hand unter ihr Shirt geschoben hatte, hatte sie genau gemerkt, dass er es nicht nur bei diesem Kuss belassen wollte, aber da hatte sie einen Riegel vorgeschoben: Er solle erst mit seiner Frau sprechen.

Als sie am nächsten Morgen müde ins Bad tapste und einen Blick in den Spiegel warf, erwartete sie eigentlich, eine glückliche junge Frau mit geröteten Wangen und funkelnden Augen zu sehen, aber ihr Gesicht war zerknittert und ihr Haar zerzaust, weil sie sich die ganze Nacht unruhig hin und her geworfen hatte. Sie putzte sich die Zähne, zog eine hübsche gepunktete Bluse an, die ihr eigentlich für die Arbeit auf der Baustelle zu schade war, und mühte sich an einer Flechtfrisur ab, die sie das letzte Mal getragen hatte, als sie achtzehn gewesen war. Schließlich öffnete sie die Haare dann doch wieder, weil sie sich albern fühlte. Sie hatte hübsch aussehen wollen, aber Harry würde durchschauen, dass sie auf einmal mehr als üblich geschminkt war, und deshalb wischte sie mit einem Waschlappen den Lippenstift vom Mund. Als sie zur Baustelle lief, war sie so nervös wie zuletzt bei ihrer Abiturprüfung. Wie würde Harry reagieren, wenn er sie sah?

Sie hatte sich fest vorgenommen, wie eine Erwachsene damit umzugehen, mit Harry geschlafen zu haben. Wie üblich würde sie ein wenig herumalbern und ihn dann in der Mittagspause fragen, ob sie reden könnten.

Doch dann, als sie gerade die Schranke passierte, sah sie ihn in seinem zitronengelben Flatterhemd und dem zerzausten Haar, und sein Anblick setzte ihr so zu, dass sich auf einmal ein Schalter in ihrem Kopf umlegte und sie sich fühlte, als wäre sie fünfzehn Jahre alt und müsste vor ihrer Schulklasse ein Referat halten, für das sie nichts vorbereitet hatte.

Er stand neben dem Container und sprach gerade mit Torsten. Als er sie entdeckte, hob er zurückhaltend die Hand. Sie hatte ihn schon längst fragen wollen, wo all die bunten Armbänder aus Leder oder Stoff an seinem Handgelenk her waren, dachte sie. Sie winkte zurück und ging langsam auf ihn zu. Er hatte zwei Papiertüten bei sich, von denen er ihr eine reichte. Darin war ein Rosinenbrötchen.

»Du hattest ein paarmal eines morgens dabei«, sagte er und klang entschuldigend, als befürchtete er, aufdringlich zu sein. »Und da dachte ich, dass du die wahrscheinlich gerne magst und ich dir mal eines mitbringen könnte.«

»Danke.« Harry kannte sie ziemlich gut dafür, dass sie sich eigentlich noch gar nicht kannten.

Torsten klatschte munter in die Hände. »An die Arbeit! Der Altar wartet!«

Inzwischen waren sie zum oberen Bereich des Altars vorgedrungen, der aus dem Trümmerberg herausragte und sehr zerstört war. Die bekrönende Bedachung und die vorstehenden plastischen Teile des Hochreliefs waren abgeschlagen. Sie hofften, diese bald in den Trümmern zu finden – vorausgesetzt natürlich, sie waren beim Einsturz der Kirche nicht zu Staub zerschlagen worden.

Über jedes kleine Stück Sandstein musste entschieden werden, wie es später verwendet werden sollte. Dafür verglichen sie die einzelnen Trümmerteile ständig mit einer Fotodokumentation des ursprünglichen Altars, ordneten das Fundstück zu, zeichneten und archivierten es. Auch wenn dieser Prozess aufwendig war, so war er die Arbeit wert. Hannah hoffte, sie könnten den Altar, das Herzstück der Kirche, mit möglichst vielen Originalteilen rekonstruieren.

Obwohl ihr die anspruchsvolle Bergung des Altars Spaß machte, verging die Zeit an diesem Tag nur zäh. Sie vermisste es, mit Harry herumzualbern und wie er ihr hin und wieder ihre Apfelschorle gereicht hatte, weil sie sich gerne mal so sehr in der Arbeit verlor, dass sie zu trinken vergaß. Und sie vermisste den verschwörerischen Blick, den er ihr zuwarf, wenn sie bei den Touristen am Bauzaun zum hundertsten Mal dieselben Fragen beantwortete. Sie vermisste die Sicherheit, die er ihr gab, und das Gefühl, dass sie bei ihm ganz sie selbst sein konnte und er sie niemals peinlich, langweilig oder unattraktiv finden würde.

Während Hannah die dottergelben Klappkarten verteilte, um damit die Fundstücke zu nummerieren, spürte sie immer wieder Harrys Blick auf sich, als versuchte er herauszufinden, wo er bei ihr stand.

»Können wir reden?«, fragte er schließlich, als sie eine kurze Frühstückspause einlegten.

Wie war es möglich, Schmetterlinge im Bauch zu haben und sich zu jemandem hingezogen zu fühlen und gleichzeitig den Drang zu verspüren, wie ein Kind wegzurennen?

»Ja. Klar.«

Sie setzten sich vor das Denkmal von Martin Luther, das neben dem Aufnahmezelt stand, und ließen sich von dem Reformator Schatten spenden.

»Wie geht's dir?«, fragte Harry.

»Gut. Danke.« Sie fegte etwas Trümmerstaub von ihrer Nietenhose. »Und dir?«

»In Ordnung.« Er rieb sich über die Fingerknöchel. »Was gibt's Neues?«

Sie malte mit der Spitze ihrer Turnschuhe einen Halbkreis vor sich in den schuttbedeckten Boden. »Ich habe vor, Lotte und …«

»Ausnahmsweise will ich mal nicht über Lotte reden.« Er sah sie mit seinen Schokoladenaugen an.

»Malte und ich haben uns ausgesprochen«, setzte sie an. »Es war ein gutes Gespräch.« Mehr wollte ihr einfach nicht einfallen. Es gab so viel, was sie hätte sagen wollen und das auch alles gleichzeitig herauswollte, sodass auf einmal eine Blockade in ihrem Kopf herrschte.

»Darf ich ehrlich sein?«, sagte Harry auf einmal.

Das war nie ein guter Anfang. »Kommt drauf an …«

Aber er ließ sich nicht bremsen. »Ich mag dich, und am liebsten möchte ich mit der Faust gegen die Wand schlagen, wenn ich daran denke, dass du wieder mit diesem Idioten zusammen bist.«

Ein paar der Touristen, die am Zaun standen und Fotos von der Baustelle knipsten, wurden auf sie aufmerksam.

»Du stürzt dich in diese Beziehung, von der du weißt, dass sie nicht mal eine ist und auch nicht gut enden wird. Weil sich dann etwas für dich bestätigt: Nämlich dass es die Liebe nicht gibt.«

»Ich glaube an die Liebe«, widersprach sie verwirrt und auch leicht ärgerlich.

»Du glaubst an dieses seltsame Bild, das du von der Liebe hast, nämlich dass sie schwierig, schmerzhaft und dramatisch sein muss. Und je dramatischer sie ist, desto intensiver ist sie auch. Aber das hat nichts mit wahrer Liebe zu tun, das ist einfach nur Masochismus. Du wirst Malte nicht ändern, Hannah. Er wird durch dich nicht auf einmal eine treue Seele werden, auch nicht, wenn du noch so sehr versuchst, die perfekte Frau zu sein, und ihm jeden Wunsch von den Augen abliest. Denn genau das wird passieren. Du wirst dir eine Weile auf der Nase herumtanzen lassen, aber immer wieder Entschuldigungen für ihn finden, weil du's einfach nicht wahrhaben willst, dass er ein Mistkerl ist und du dich in ihm getäuscht und so viel wertvolle Zeit verschwendet hast.«

»Ich denke, ich habe verstanden, was du mir sagen willst.« Sie erhob sich, auch Harry stand von seinem Platz auf.

»Ich würde mir einfach für dich wünschen, dass dir bewusst wäre, dass du mehr wert bist als das, was du dir bieten lässt.«

Sie blinzelte.

»Du hast jemanden verdient, der niemals das Risiko eingehen würde, dich zu verletzen. Der sich wirklich für dich interessiert und sich merkt, dass du deinen Kaffee mit viel Milch und ohne Zucker trinkst, oder weiß, dass du die roten Gummibärchen am liebsten magst. Der Zeit mit dir verbringen will, weil Zeit nun mal das Wichtigste ist, was du einem Menschen schenken kannst. Mit dem du spontan sein kannst und mit dem sich alles leicht anfühlt. Denn die Liebe sollte niemals kompliziert sein.«

Einer der Arbeiter im Blaumann und mit Helm auf dem Kopf pfiff laut. »Sag's ihr, Kumpel!«, rief er mit in die Höhe gereckter Faust.

Hannah verschränkte die Arme vor der Brust. Sie hatte das schreckliche Gefühl, geschält worden und nun völlig schutzlos zu sein. »Bist du jetzt fertig?«

»Ja. Tut mir leid, aber es war mir wichtig, das gesagt zu haben. Du musst dir keinen Kopf machen, dass es zwischen uns komisch werden wird. Bis Ende der Woche werde ich mit einem der Steinmetze zusammenarbeiten. Dann werde ich nach England zurückkehren.«

Auf einmal wurde ihr ganz flau. »Wenn es das ist, was du willst.«

»Das ist es nicht, und das weißt du.« Das sagte er ganz sanft und auch traurig. »Aber ich will auch nicht schon wieder in irgendwas geraten, was mich runterzieht. Das habe ich gerade erst hinter mir.«

Er wartete noch einen Augenblick, und als sie nicht reagierte, ging er.

Sie hatte keine Ahnung, wie lange sie so neben der Statue von Martin Luther gestanden hatte. Ein Teil von ihr ahnte, dass Harry recht hatte. Immerzu hatte sie bei anderen um Anerkennung und Liebe kämpfen müssen, allen voran bei ihrer distanzierten Mutter, die oft so hohe Ansprüche hatte, dass Hannah nach einem Treffen mit ihr das Gefühl hatte, einen Sprint hinter sich zu haben. Wenn jemand wie Harry sie einfach so gernhatte, ohne dass sie es sich hart erarbeitet hatte, und er ihr das auch noch offen sagen konnte, dann war ihr das suspekt, fast schon unheimlich.

Sie hatte Harry wirklich gern, daran zweifelte sie nicht. Aber wo sollte das mit ihnen hinführen? Bald schon würde er zurück nach England gehen – und dann? Da dämmerte es ihr: Sie hatte Angst davor, verletzt zu werden. *Richtig* verletzt zu werden. Wenn sie sich auf Harry einließ, wenn sie sich wirklich in ihn verliebte und er trotzdem in seine Heimat zurückkehren würde, dann würde ihr das vermutlich den Boden unter den Füßen wegziehen. Bei Malte konnte sie sich wenigstens langsam auf das drohende Unglück vorbereiten, das Gift schluckweise trinken.

»Hier steckst du!« Torsten kam um die Ecke. »Es wartet jemand auf dich.«

»Auf mich?«

Vor der Ruine sah sie Lottes zarte Gestalt stehen. Sie trug ein hübsches himmelblaues Kostüm, dessen Schnitt altmodisch war, ihr aber gut stand, und hielt sich an ihrer kleinen Handtasche fest. Ihr war anzusehen, wie sehr es sie bewegte, vor diesem riesigen Haufen Steine zu stehen, der einmal eines der Wahrzeichen Dresdens gewesen war.

»Das ist ja eine Überraschung!«, freute sich Hannah. Als sie Lotte umarmte, dachte sie stolz: Ich umarme meine Oma! Als hätte sie einen wichtigen Preis gewonnen.

Lotte lächelte matt und ließ den Blick schweifen, über die Baustelle, über den Parkplatz und die angrenzenden Gebäude. »Es hat sich so viel verändert seit meiner Jugend. Aber die Dinge ändern sich nun mal. Das gehört zum Leben dazu, auch wenn es manchmal schmerzhaft ist«, erwiderte sie. »Nun ja, ich bin eigentlich hier, weil ich dich fragen wollte, ob du nach der Arbeit Zeit hast?« Sie hielt einen Einkaufskorb mit frischem Gemüse hoch. »Ich könnte uns etwas kochen.«

»Das«, seufzte Hannah, »klingt traumhaft.«

38

»Und dann hast du Armin wirklich geheiratet?«

Während der Gemüseauflauf im Ofen war, ging Hannah Lotte im Garten zur Hand. Sie jätete Unkraut aus dem Beet, und Lotte schnitt die kranken Zweige der Kletterrose ab, die üppig an einer Seite des kleinen Hauses hinaufwuchs. Für die Gartenarbeit hatte sie sich umgezogen, aber noch immer sah sie sehr gepflegt aus. Sie trug eine Caprihose mit einem flotten Karomuster und dazu eine helle Bluse sowie einen hübschen Sonnenhut mit einem blauen Band daran.

»Das habe ich«, erwiderte Lotte und knipste mit der Schere ein verwelktes Blatt ab.

»Aus Angst vor seinem Einfluss?« Hannah ging gerade einem Löwenzahn an den Kragen. Sie grub die Wurzel aus und warf das Unkraut in den knallroten Plasteeimer, der zwischen Lotte und ihr stand.

»Ja, er hatte mir deutlich zu verstehen gegeben, dass er mächtiger war als ich. Aber es war auch nicht so, dass er mich nach Jakobs Flucht sofort zur Heirat gezwungen hätte. Er hat mir Zeit gelassen, hat mir hin und wieder einen Strauß roter Nelken vorbeigebracht oder einen Korb mit Gemüse und Obst. Er war tatsächlich, so absurd es klingen mag, gut zu mir. Für mich war jedoch ausschlaggebend, dass ich schwanger war und meinem Kind, das alles war, was mich noch mit Jakob verband, die bestmögliche Zukunft ermöglichen wollte. Ich habe meine Eltern zu früh verloren und sie schrecklich vermisst. Ich wollte nicht, dass meine Tochter dasselbe durchmachen muss. Sie sollte eine Familie haben. Einen Vater, der ihr das Fahrradfahren beibringt oder Antworten auf die unzähligen Fragen hat, die ihr durch den Kopf gehen.«

Ihr entging nicht Hannahs Blick.

»Ich weiß, heutzutage ist das anders. Frauen trauen sich eher zu, ein Kind alleine großzuziehen. Aber versetz dich in meine Lage: Dresden war noch immer eine verwundete Stadt, die sich nur langsam vom Krieg erholte. Nach wie vor gab es Trümmerberge, Ruinen und Brachflächen. Im Vergleich zum Westen, wo es wieder bergauf ging, herrschte in unseren Regalen oft Leere. Ich wohnte in einer kleinen, schäbigen Wohnung. Ich hatte Angst, meiner Tochter kein gutes Zuhause bieten zu können.«

Hannah verscheuchte eine Wespe, die sie umkreiste. »Aber hättest du nicht einen anderen Mann finden können?«

»Armin hätte auch ihm das Leben zur Hölle gemacht. Abgesehen davon gab es kaum geeignete Männer. Zwar waren inzwischen auch die letzten aus der Kriegsgefangenschaft heimgekehrt, aber die waren verwundet oder traumatisiert. Armin hatte einen guten Beruf, er war gesund, und er hat sich bemüht. Und das war viel mehr, als zu dieser Zeit die meisten Frauen von ihren Männern hätten sagen können.« Lotte legte die Schere auf den runden Tisch, zog die Handschuhe von den Fingern und schenkte ihnen von der Limonade ein, in der ein paar Eiswürfel und frische Minze aus dem Garten schwammen. »Wir alle hatten die Hölle erlebt und wollten einfach nur, dass sich die Welt weiterdreht und wieder neue, schönere Bilder auf den Straßen zu sehen sind. Bilder von wohlgenährten, sauberen und glücklichen Kindern. Und ich hatte auch keine Kraft mehr. Ich dachte, ich könnte mich arrangieren. Ich würde ohnehin nie wieder einen Mann so sehr lieben wie Jakob, warum also sollte ich dann nicht den Mann nehmen, der mir zumindest mit meiner Tochter eine gute Zukunft in einem Land versprach, das immer mehr die Freiheit einschränkte?«

Hannah erhob sich vom Boden und nahm das Glas, das Lotte ihr reichte. Die selbst gemachte Zitronenlimonade war herrlich erfrischend, die Eiswürfel klirrten leise darin. »Und konntest du dich arrangieren?«

»Nein, nicht, nachdem ich mit Jakob zuvor ein kleines bisschen Paradies hatte erleben dürfen. Ich wünschte, ich könnte die Zeit zurückdrehen, dann würde ich mich vehementer weigern, weil ich weiß, wie Armin sich entwickelt hat.«

»Wie hast du es dann mit ihm ausgehalten?«

»Ich habe ein Beruhigungsmittel genommen.«

Hannah sah ihre Oma schockiert an.

Lotte setzte sich auf den schmiedeeisernen Stuhl und schlug die Beine übereinander. »Ab einem gewissen Punkt hatte ich das Gefühl, als hätte ich keine Möglichkeit, als mich innerlich zu betäuben, um mich mit meiner Ehe mit Armin abzufinden. Ich fühlte mich wie gefangen. «

Hannah verspürte das Bedürfnis, Lotte zu umarmen. »Du hast so viel durchgemacht.«

»Das haben so gut wie alle damals. Es ist furchtbar, in ständiger Angst zu leben. Und weißt du, was das Traurigste war? Dass man sich daran gewöhnt hat. Irgendwann dringt die Angst so vollkommen in dich ein, dass sie ein Teil von dir wird, als wäre sie in deine DNA übergegangen, und auf einmal glaubt man, das wäre die Normalität.« Lottes Blick war ins Unbestimmte gerichtet. »Wenn du zulässt, dass die Angst in dein Herz eindringt, dann bist du verloren. Und genau das ist über Jahre hinweg während des Krieges und auch danach in der DDR passiert. Plötzlich hatte man Angst vor dem, was man gesagt hat, aber auch vor dem, was man nicht gesagt hat. Man hat sich vor dem gefürchtet, was man von seinem Nachbarn gehört hat, was er von dir gehört hat, was man gesehen hat, sogar vor dem, was man gedacht oder gefühlt hat. Man hat die Angst in jeder Geste entdeckt, in den Augen der Menschen, in den Blicken der Kinder, die nicht nach Lust und Laune frei gespielt haben, wie Kinder es eigentlich tun sollten. Man hat die Angst in den Straßen erfahren, in denen man sich mit gesenkter Stimme unterhalten hat oder sich aus dem Weg gegangen ist. Man hat die Angst gespürt, wenn sich bei Sonnenuntergang die Wohnungstüren geschlossen haben und die Menschen dahinter beteten, dass in der Nacht niemand kommt, um ihre Lieben mitzunehmen. Aber was erzähle ich dir das, du hast das ja selbst noch erlebt.« Lotte schloss einen Moment die Augen und lächelte dann auf melancholische Weise. »Ich habe mich so gefreut, als die Mauer fiel. Endlich, nach Jahrzehnten der Diktatur, erst unter Hitler und dann in der DDR, wurde den Menschen Freiheit geschenkt.«

Auch Hannah würde nie vergessen, wie die Menschen auf den Straßen getanzt und gejubelt und sich in den Armen gelegen hatten.

»Das ist doch eigentlich, was sich jeder wünscht. Frieden! Ein schönes Miteinander! Liebe!«

Hannah nickte schwer. »Ja, und trotzdem gibt es überall auf der Welt Kriege.« Sie setzte sich verkehrt herum auf den freien Stuhl und stützte die Arme auf der Rückenlehne ab. »Ich habe so viel Glück. So unfassbar viel Glück, wenn ich meine Situation mit deiner Geschichte vergleiche. Ich habe eine Arbeit, die ich liebe, und ein Dach über dem Kopf. Ich könnte morgen, ach was, ich könnte heute Abend noch nach Italien fahren. Und trotzdem bin ich oft unzufrieden, fühle mich nicht frei oder weiß all dieses Glück gar nicht zu nutzen! Ich habe das Gefühl, mein Leben hätte sich automatisiert und zöge an mir vorbei, und ich sehe ihm nach und wundere mich vielleicht ein bisschen, und trotzdem rühre ich mich nicht vom Fleck, um es wieder einzufangen. Ich habe dieses Glück gar nicht verdient.«

Sie schämte sich ein bisschen dafür, sich so entblößt zu haben, überhaupt dafür, so zu empfinden, wo ihre Probleme im Vergleich zu denen ihrer Großmutter lächerliche Bagatellen waren.

»Ach, Liebes, wir alle haben Tage, an denen wir so empfinden, egal, was hinter uns liegt. Ein jeder hat seine Geschichte, und deshalb hast du auch jedes Recht, dich manchmal so zu fühlen. Wir alle machen Fehler, und wir alle erleben dann und wann Dramatisches, das uns aus unserer Bahn schleudert. Aber es ist nicht nur etwas Schlechtes daran. Unsere Fehler suchen uns auf, damit wir aus ihnen lernen. Und das Schicksal sucht uns auf, um uns zu einfühlsamen Wesen zu schmieden, die einander besser verstehen. Und eines Tages wirst du darüber nachdenken, und du wirst begreifen, wo du versagt hast und was du getan hast, um deine Fehler zu korrigieren, oder wo du aufgrund deiner Geschichte anderen Menschen helfen konntest, weil du sie verstanden hast.«

Später, als Hannah ihrer Oma beim Abwasch half, fragte sie: »Hast du eigentlich jemals versucht, Jakob zu finden?«

Ein trauriger Glanz war in Lottes Augen getreten. »Ja, aber es war mein Heimatland, das mich hinderte. Im Nachhinein bin ich fast dankbar dafür, denn nur weil ich blieb, konnte ich endlich die ganze Wahrheit herausfinden …«

39

1961

Lotte

Sie ließ eine der runden weißen Tabletten aus dem Glasröhrchen auf ihre Handfläche fallen, legte sie auf ihre Zunge und schluckte sie mit etwas Wasser aus dem Hahn herunter, auch wenn das Leitungswasser der DDR miserabel war. Sie spürte das Beruhigungsmittel ihre Speiseröhre hinabwandern.

Die Klinke wurde gedrückt, aber sie hatte vorsorglich abgeschlossen. »Ich bin gleich so weit«, rief sie.

Es war Samstag, und die makellose Familie Kahlbach – Armin, Marlene und sie – traf sich mit einem befreundeten Ehepaar namens Wild in der Freiluftgaststätte Oase am Platz der Freiheit. Die Gespräche über den Sieg des Sozialismus und den ›bösen Westen‹ waren ihr unerträglich, vor allem weil es ihr nicht gestattet war, daran teilzunehmen und ihre Meinung zu äußern. Sie sah sich im Spiegel des Toilettenvorraums in die Augen und fragte sich, ob das nun ihr Leben war. Diese leere Hülle eines Lebens, eine Art Theaterkulisse, hinter der nicht mehr als ein dunkler Raum war, durch den dann und wann jemand huschte.

Sie setzte sich die große Sonnenbrille auf, öffnete die Tür und trat nach draußen.

Sie bemühte sich. Sie wollte bei Armins Bekannten einen guten Eindruck hinterlassen, nicht, um ihm einen Gefallen zu tun, sondern damit er zufrieden mit ihr war und sie nicht abends wieder mit diesem stummen, anklagenden Blick strafen würde, der sie fragte, warum sie nicht einfach so wie die anderen Ehefrauen sein konnte, höflich, zurückhaltend, kokett. Sie war es müde, mit ihm zu diskutieren, und vor allem wollte sie nicht, dass Marlene ihre Eltern nur streiten sah. Deshalb lächelte sie, als sie wieder zu den anderen auf die Terrasse trat und sich auf den Plastestuhl in den Schatten einer jungen Hainbuche setzte, und wechselte ein paar freundliche Worte mit der Ehefrau. Sie sprachen über Lippenstiftfarben, Kindererziehung und wie sich Arbeit und Haushalt am besten vereinen ließen, und obwohl es teilweise um private Angelegenheiten ging, fühlte sich das Gespräch erstaunlich unpersönlich an.

Es war ein schöner, warmer Tag, und sogar die Kellner waren ungewöhnlich freundlich. Nur in Lottes Augen war alles mit einem grauen Schleier bedeckt. Die meiste Zeit hatte sie nichts beizutragen und rührte nur in ihrem Kaffee, aber es erwartete auch niemand, dass sie etwas beitrug.

Die Linie elf ratterte vorbei, der Dresdner Hecht. Die Enden der für die Stadt typischen Trambahn liefen schmal zu und hatten etwas von einer Hechtschnauze, woher der Name rührte. Marlene las am Tisch in *Reineke Fuchs*, aber sie war unruhig, zappelte mit den Beinen und sah sich immer wieder um. Alles war interessanter als das Kinderbuch. Wenn Lotte ihre Tochter ansah, fragte sie sich oft, wie es möglich war, dass sie schon bald acht Jahre alt sein würde.

»Mutti, darf ich aufstehen und herumlaufen?«

Es kostete sie jedes Mal Überwindung, Marlene außer Reichweite zu wissen. Alles erschien ihr wie eine Gefahr, die Tram, Autos, Radfahrer, ja sogar die Bäume, auf die man klettern konnte. Aus Gewohnheit rechnete Lotte immer mit dem Schlimmsten. Sie zuckte zusammen, wenn die Straßenbahn quietschend bremste, hörte selbst nach Jahren darin noch immer das Geräusch der nahenden Bomben. Sie war schrecklich ängstlich geworden. Hysterisch, wie Armin sagte.

Sie erlaubte Marlene, vom Tisch aufzustehen und zu spielen. Sie selbst wäre ja am liebsten aufgestanden und davongelaufen. Wie also sollte sie das ihrer Tochter verbieten? Und genau das mochte sie doch an Marlene am meisten: Sie hatte mehr Energie als all die Kinder in ihrer Schulklasse zusammen. Die wilden Locken musste sie von Jakob haben. Und erst dieser feurige Blick. Jeden Tag wünschte sie, Jakob könnte sie sehen. Sein Herz würde vor Liebe und Stolz überlaufen. Gewiss wäre er der beste Vater der ganzen Welt.

Dann und wann drangen Gesprächsfetzen zu ihr durch.

»Mir kam zu Ohren, dass die Flüchtlingsströme nach Westberlin zunehmen«, sagte Herr Wild. »Irgendwann muss die Partei darauf reagieren.«

Armin drückte seine Zigarette aus und lehnte sich in seinem Stuhl zurück. »Vielleicht erlassen sie Passierscheine.«

Ulbricht hatte erst vor Kurzem gesagt, dass es keine Mauer geben würde. Aber seit wann vertraute sie Politikern? Und warum sollte er eine Mauer überhaupt erwähnen, wenn sie völlig abwegig war? Dass die Deutsche Demokratische Republik nicht das bessere Deutschland war, wie die Mächtigen stur behaupteten, sondern eine gewalttätige Diktatur, hatte sich spätestens beim Arbeiteraufstand vor acht Jahren gezeigt, bei dem Millionen Menschen gegen das Regime demonstriert und gestreikt hatten. Auch in Dresden, genauer gesagt am Altmarkt, wo Walter Ulbricht kurz zuvor den Grundstein zum Aufbau des Areals gelegt hatte, auf dem in Zukunft ein Platz für Aufmärsche und Demonstrationen entstehen sollte. Das hatte er sich wohl anders vorgestellt. Schließlich hatten sowjetische Panzer den Aufstand brutal beendet. Viele Tausende DDR-Bürger waren ins Gefängnis gekommen, über fünfzig Menschen waren gestorben.

Da dieses Land zunehmend die Freiheit seiner Bürger beschnitt, war doch auch einst ihre Kollegin Kerstin mit ihrem Mann nach Westberlin geflohen. Inzwischen arbeitete ihre kesse Freundin als Telefonistin, und Gerhard hatte eine Stelle bei der Post. Das Ehepaar wohnte in einer hübschen kleinen Wohnung am Ku'damm, einem absoluten Sehnsuchtsort, wo Lotte die beiden vor zwei Jahren besucht hatte, ehe Armin ihr verboten hatte, in den Westen zu fahren oder auch nur Kontakt zu ihrer Freundin zu haben. Es erreichten sie auch keine Briefe mehr von Kerstin, sie vermutete, dass Armin sie abfing. Lotte vermisste ihre einstige Kollegin. Wenigstens mit Susi konnte Lotte sich regelmäßig treffen, eine Freundschaft, die sogar Armin guthieß, da Alexej fürs Militär arbeitete und parteikonform war.

Während sie verfolgte, wie Marlene auf den Steinen hüpfte und eine Münze vom Boden auflas, merkte sie, wie das Beruhigungsmittel langsam Wirkung zeigte, ihre Gedanken langsamer wurden und alles hinter einer Art milchigem Dunst verschwand. Als wäre sie gar nicht mehr wirklich anwesend.

Auf der anderen Straßenseite lag die Stadtredaktion der *Sächsischen Zeitung*. Ein Mann stand vor der Scheibe, in der die aktuelle Ausgabe einzusehen war. Ein paar Tische weiter bemerkte sie ein Paar, das sich intensiv in die Augen schaute. Der Mann strich der Frau, die das orange Kleid trug, das Lotte letzte Woche in dem kleinen Laden in der Ernst-Thälmann-Straße bewundert hatte, über das Gesicht. Lotte wollte ihren Blick schon weiterwandern lassen, da bemerkte sie, dass die Frau seine Fingerspitze zwischen die Lippen nahm und dabei keine Sekunde den Blickkontakt abreißen ließ. Im Gegenteil, es schien, als würde sie ihn geradezu hypnotisieren. Lotte sah zu Armin, der einen Fussel von seiner Hose strich, und auch sonst schien niemand das Paar zu bemerken.

Der Anblick hatte etwas Erschütterndes, als wäre eine Lawine in ihr losgetreten worden. Sie nahm die Speisekarte und fächerte sich damit Luft zu. Unwillkürlich dachte sie an die Nächte mit Jakob, Haut an Haut, seine Küsse, die ihren Körper erkundeten. Noch einmal so viel Leidenschaft empfinden … Nur noch einmal einem Körper so nah sein, wirklich nah sein, nicht das, was sie hin und wieder über sich ergehen ließ, wenn Armin sich spätabends auf sie legte. Das hatte nichts mit Nähe zu tun.

Armin nahm ihre Hand. »Du bist heute übrigens eine Augenweide, Liebling.«

»Wie lieb von dir.« Sie versuchte, den Eindruck zu erwecken, als hätte sein Kompliment ihr tatsächlich geschmeichelt. Armin verstand sich wie ein Meister darauf, nach außen hin den Schein zu wahren. Zu Hause, wenn sie wieder allein waren, würde er ihr vorhalten, das falsche Kleid getragen und abwesend gewirkt zu haben.

Lotte spielte an ihrer Kette aus Kunstperlen, die sie zusammen mit der zarten Goldkette trug, die Leo ihr vor langer Zeit geschenkt hatte. Inzwischen hatte sie die Hoffnung aufgegeben, dass sie jemals erfahren würde, warum er von einem Tag auf den anderen verschwunden war. Sie merkte, dass Armin sie noch immer ansah, die Stirn in Falten gelegt, was bedeutete, dass er sie durchschaute. Man könnte meinen, er wäre kein empathischer Mann, tatsächlich war er sogar sehr empathisch. Er wusste genau um ihre Schwächen, ihr enormes Harmoniebedürfnis, ihre Unsicherheit, ihre Abhängigkeit von ihm, und wenn sie nicht spurte, sagte er

Dinge, die sie genau dahingehend trafen und entwaffneten. Trotzdem war er kein schlechter Ehemann, auch kein schlechter Vater. Er behandelte Marlene wie sein eigenes Kind. Sogar wenn er mit Lotte unter vier Augen über Marlene sprach, nannte er sie »unsere Tochter«. Es war, als würde er mit aller Kraft versuchen zu vergessen, dass sie eigentlich Jakobs Fleisch und Blut war. Auch wenn er oft streng war, so musste ihre Tochter ihn nur mit ihren hellbraunen Augen, die Jakobs Augen erschütternd ähnlich waren, ansehen, und er kaufte ihr das neueste Spielzeug. Marlene hatte eine aussichtsreiche Zukunft, und das war allein ihm zu verdanken. Sie genossen den Luxus, zweimal im Jahr in den Urlaub zu fahren, im Frühjahr stets an die Ostsee und im Herbst nach Prag oder in eine andere Stadt. Lotte sagte sich, sie solle dankbar sein. Sie führte ein gutes Leben. Obwohl sie einst in Armins Wohnung in Blasewitz im Erdgeschoss eines Familienhauses gewohnt und dort sogar einen Garten gehabt hatten, hatte Armin vor Kurzem darauf bestanden, ins Zentrum zu ziehen. Nun waren sie in dem nigelnagelneuen Wohngebäude in der Nähe des Altmarkts untergekommen, an dem noch immer gebaut wurde. Der Platz sollte für zukünftige Aufmärsche fast dreimal so ausladend werden, wodurch einige der einst hübschen engen Gassen verschwunden sein würden. Die Wohnungen hier waren großzügig geschnitten und hatten nicht nur den Luxus eines eigenen Badezimmers, sondern waren auch mit edlem Stuck und Parkett versehen. In den beiden unteren Etagen des Gebäudes hatten schon sehr bald erstaunlich gut ausgestattete Geschäfte, Cafés und Gaststätten eröffnet. Dort, wo einst das Residenzcafé gewesen war, war nun das Haus Altmarkt mit seiner berühmten Konditorei. Armin besaß ein Auto, einen cremeweißen Trabant, den sie sogar hin und wieder benutzen durfte, auch wenn sie lange mit ihm hatte diskutieren müssen, den Führerschein machen zu dürfen. Hin und wieder kam Armin mit kleinen Geschenken nach Hause, mit Blumen oder einem Kochbuch. Manchmal erlaubte sie sich kleine Fluchten. Radiosender der anderen Sektoren konnte man in Dresden leider nicht hören, weshalb man außerhalb der Stadt auch gern vom »Tal der Ahnungslosen« sprach. Die ARD nannte man liebevoll »Außer Rügen und Dresden«. Aber sie hatte sich eine Schallplatte gekauft, und wenn sie sicher war, dass Armin nicht nach Hause kommen würde, legte sie den *Amiga-Express* auf seinem geliebten Schallplattenspieler auf, summte die Lieder mit, wiegte sich im Rhythmus und stellte sich vor, Jakob würde sie halten.

Ihre Augen suchten Marlene, die in die Erde eines Baumes starrte und dort irgendetwas höchst spannend fand, was nur Kinder spannend finden konnten. Armin war wieder ins Gespräch vertieft. Ihre Hand legte sich wie automatisch an ihre Kette und drehte nervös die einzelnen Perlen.

» … hoffentlich bald abgerissen«, schnappte sie durch den milchigen Schleier hindurch auf.

»Was wird abgerissen?«, fragte sie.

»Die Frauenkirche«, antwortete Armin knapp und rieb sich mit Daumen und Zeigefinger über das Kinn. Es missfiel ihm, dass sein Gespräch von ihr unterbrochen worden war. Trotzdem konnte sie sich nicht zurückhalten.

»Aber das kann man doch nicht machen!«

»Warum nicht?« Armin war nun dazu übergegangen, sich amüsiert zu geben, als wäre ihr Widerstand eine Art Spielerei zwischen ihnen, aber ihr entging nicht das gefährliche Funkeln in seinen Augen.

»Die Frauenkirche ist wichtig für die Dresdner. Das sollte die Stadtverwaltung doch inzwischen wissen.«

Die Trümmersteine der Frauenkirche waren schon einmal eigenmächtig von der Stadtverwaltung zur Pflasterung der Brühlschen Terrasse fortgeschafft worden, aber die Denkmalpflege sowie zahlreiche Bürger der Stadt hatten massiv protestiert und alles darangesetzt, dass sie wieder dorthin zurückgekommen waren, wo sie hingehörten. Zumindest das, was von den Steinen übrig war.

»Ich finde, dass …«

Armin schnitt ihr mit einer scharfen Handbewegung, als würde er eine lästige Fliege vertreiben, das Wort ab. »Lotte, die Bausubstanz ist verfallen.« Seine Lippen wurden schmal, ein Zeichen für sie, dass die Unterhaltung beendet war.

Aber sie würde nicht zulassen, dass die Stadtverwaltung die Frauenkirche abriss, die ihr und vielen anderen Bürgern der Stadt das Leben gerettet hatte. Wenn nötig, würde sie mit ihren Kollegen von der Denkmalpflege eine Protestaktion organisieren. Genau das wollte sie Armin sagen, doch in diesem Moment sah sie aus dem Augenwinkel, dass Marlene auf die Straße zurannte und gleichzeitig die Bahn angefahren kam. Sie schrie.

Dann war es still. Ihr Herz schlug ihr bis zum Hals. Die Straßenbahn rollte davon. Ihre Tochter war rechtzeitig stehen geblieben. Natürlich war sie das.

Lotte sah auf den Boden. Ihre Kette war gerissen, unzählige Perlen rollten über die Pflastersteine. »Tut mir leid«, sagte sie, noch immer zitternd. »Ich dachte nur … ich …«

»Setz dich wieder hin«, zischte Armin. »Entschuldigen Sie bitte, meine Frau ist sehr schreckhaft«, sagte er zu dem Ehepaar. »Dieser Krieg …«

Das Ehepaar wirkte betreten. Sie vermieden es, Lotte anzusehen, und wenn doch, dann nur noch flüchtig, als fürchteten sie den nächsten Anfall.

»Du hast mich vor unseren Freunden blamiert«, fuhr Armin sie an, kaum waren sie in ihren vier Wänden und die Wohnungstür hinter ihnen geschlossen.

Lotte legte ihre Handtasche auf der Kommode ab, um Marlene aus ihrer Jacke zu helfen. Sie lächelte ihre Tochter an, als hätte sie nichts von dem drohenden Streit mitbekommen. Darin war sie gut geworden. »Wie wäre es, wenn du in deinem Zimmer dein neues Murmelspiel ausprobierst?«

»Au ja!« Schon hüpfte ihr liebes Mädchen summend aus der Schusslinie.

Während Lotte ihre dünne Sommerjacke an der Garderobe aufhängte, zog sie innerlich eine Mauer hoch. »Ich habe mich erschreckt«, sagte sie ruhig zu Armin. »Ich dachte, Marlene …«

»Es geht mir nicht nur darum. Du bist mich vor meinem Kollegen angegangen, als es um die Ruine der Frauenkirche ging. Du bist meine Ehefrau! Du hast hinter mir zu stehen!«

»Bereust du es etwa, mich dazu erpresst zu haben, dich zu heiraten?« Sie warf ihm einen vernichtenden Blick zu und ging an ihm vorbei in die Küche.

Es war eine Küche zum Herzeigen. Sie war mit dem neuesten Firlefanz ausgestattet wie der Komet-Küchenmaschine mit elektrischem Rührgerät und Mixer. Das Fenster reichte zum Altmarkt hinaus, was angenehm war, konnte sie so doch beim Kochen das Geschehen dort unten beobachten. Auch um das luxuriöse Badezimmer beneideten die anderen Ehefrauen sie, denn es hatte orange-braune Kacheln. Außerdem hatten sie ein Telefon, aber das stand natürlich in Armins Arbeitszimmer.

Sie holte eine Flasche Apfelsaft aus dem Kühlschrank, schenkte sich davon in ein Glas ein und machte sich damit auf ins Wohnzimmer. Sie ahnte, wie sehr ihre Worte ihn getroffen hatten. Diesen Teil ihrer Geschichte verdrängte er nur zu gern. Manchmal fragte sie sich, ob er sich vielleicht wirklich zusammenfantasierte, dass sie aus Liebe geheiratet hätten.

Armin folgte ihr ins Wohnzimmer, natürlich tat er das. Inzwischen kannte sie ihn gut genug, um zu wissen, dass er sie erst in Ruhe lassen würde, wenn sie einsah, dass sie sich falsch benommen hatte.

»Und im Übrigen bin ich dich nicht angegangen«, erwiderte sie. »Ich habe lediglich meine Meinung geäußert.« Wie immer versuchte sie, möglichst unbeschwert zu klingen, als würde sie eigentlich etwas sagen wie: »Ach, wir hatten doch erst gestern Kartoffeln zum Abendessen!«

»Es gibt Themen, die übersteigen deinen Kompetenzbereich.«

»Du erwartest doch wohl nicht von mir, dass ich schweige, wenn ich höre, dass ihr ein von den Dresdnern heiß geliebtes Denkmal abreißen wollt. Ich arbeite für das Institut für Denkmalpflege, falls du es vergessen hast.«

Sie setzte sich auf das Sofa, schlug die Beine übereinander und sah sich um, als würde sie im Kopf die Einrichtung umdekorieren. Es war ein Wohnzimmer wie aus dem Möbelhaus. Ihr gegenüber erstreckte sich die große Schrankwand, gefüllt mit edlem Meissener Porzellan, Armins kubanischen Zigarren, einer schrecklichen Uhr aus schwarz lackiertem Holz, russischen Puppen, einem Radio und Büchern wie *Handbuch für das Haus.* Die Brettspiele befanden sich in der untersten Schublade und wurden nur herausgeholt, wenn Armin nicht zu Hause war. Denn wenn er sich in sein Arbeitszimmer zurückgezogen hatte oder im Wohnzimmer Zeitung las oder dort einfach nur eine Zigarre rauchte, mussten Marlene und sie stets leise sein. Das helle Sofa mit Cordbezug war zwar nicht besonders bequem, aber modern und schick.

Würde sich jemand in diesem Wohnzimmer genauer umsehen, so würde er vielleicht feststellen, dass es bis auf zwei Fotos von Marlene an der Wand keine gerahmten Familienbilder gab. Natürlich hing auch ein gerahmtes Ulbricht-Porträt an der Wand, aber das versuchte sie auszublenden.

Armin nahm eine Flasche Korn aus dem Wandschrank und schenkte sich davon in ein Glas ein. »Du arbeitest für einen Haufen Wichtigtuer, die in der Vergangenheit festhängen und sich keinerlei Gedanken um die Zukunft der Stadt machen. Es geht uns um das Wohl Dresdens.«

»Ich glaube ja, es liegt vielmehr daran, dass die Regierung repressiv gegen die Kirche vorgeht. Deshalb seht ihr keinen Handlungsbedarf, dieses Denkmal zu schützen oder gar wiederaufzubauen. Ihr habt schon genügend Gebäude abgerissen.«

»Weil es das Richtige ist!«, fuhr Armin sie an. »Eure Protest- und Flugblattaktionen werden auch diesmal nichts bewirken. Ihr macht euch nur lächerlich. *Du* machst dich lächerlich.«

Sie spürte, wie mehr und mehr das Leben aus ihr wich, einfach verdunstete, wie sie nicht mehr wirklich in diesem Raum war, sondern nur noch ihr Körper, der funktionierte wie eine Maschine. Sie stellte ihr Glas auf den Sofatisch, nahm die aktuelle Ausgabe der *Sybille* und blätterte darin. »Dieser Haufen Wichtigtuer wird sicher nicht zulassen, dass auch nur ein Stein fortkommt.«

Armin leerte das Glas in wenigen Zügen. »Ich habe versucht, dir das bestmögliche Leben zu bieten«, sagte er, während er sich erneut einschenkte. »Du kannst zum Friseur gehen, dir neue Kleidung kaufen, in der Metzgerei und der Drogerie hält man dir jederzeit Ware bereit – weil du *meine* Frau bist. Und trotzdem machst du mir das Leben schwer. Warum?«

Sein Anblick verschwamm, weil Tränen in ihre Augen getreten waren. »Weil du mir das Liebste im Leben genommen hast.«

Ruckartig machte er einen Schritt auf sie zu, sodass etwas von der Flüssigkeit in seinem Glas über den Rand schwappte. Drohend erhob er den Zeigefinger. »Wag es ja nicht, noch einmal so mit mir zu sprechen.«

In einer raschen Abfolge, als wäre ein kleiner Funke Widerstand in ihr entfacht, schlug sie die Zeitschrift zu, legte sie auf den Tisch zurück und erhob sich vom Sofa, um mehr auf seiner Augenhöhe zu sein. »Sonst was?«

»Sonst werde ich dich nicht länger schützen. Du bist mit deiner aufmüpfigen Art ein paar Leuten ein Dorn im Auge. Du wolltest unserer Tochter ja sogar verbieten, den Pionieren beizutreten. Damit hättest du ihr die Zukunft verbaut!«

»Ich habe Jugendliche schon einmal marschieren sehen. Und im Übrigen ist sie *meine* Tochter. Du bist nicht ihr Vater.«

Das Nächste, was sie wahrnahm, war ein Brennen in ihrem Gesicht. Er hatte sie geohrfeigt, so heftig, dass sie schon befürchtete, sie würde zu Boden gehen, aber sie konnte sich an der Sofalehne auffangen. Bisher hatte er sie immer nur mit Worten bedroht. Er hatte ihr noch nie wehgetan, aber es gab für alles ein erstes Mal.

Einen Moment lang wirkte er selbst erschrocken, weil sein Vater ihn oft verprügelt und Armin deshalb nur Verachtung für ihn empfunden hatte. Kurz glaubte sie sogar, er würde sich bei ihr entschuldigen, doch dann verzog sich sein Gesicht zu einer hässlichen Grimasse. »Ich werde aber ihr Vater sein, wenn ihre Mutter eingesperrt ist.«

Sie schmeckte etwas Eisernes, betastete ihre Nase und sah, dass Blut an ihren Fingerspitzen war. »Du sagst, du schützt mich. Aber du bist der Einzige, vor dem man mich schützen muss.«

»Mutti?«, hörte sie Marlenes dünnes Stimmchen.

Sie fuhr herum und sah ihre Tochter, halb verborgen hinter der Tür zum Flur. Angst stand in ihren Augen.

»Mein Schatz, es ist alles gut. Geh wieder in dein Zimmer«,

sagte sie sanft und lächelte sie aufmunternd an, während sich das Blut in ihrem Gesicht mit Tränen vermischte.

Im Bad tupfte sie vorsichtig mit einem feuchten Waschlappen das Blut von ihrer leicht geschwollenen Nase und der Oberlippe. Ihr wollte einfach nicht Marlenes angsterfüllter Blick aus dem Kopf gehen. Sie war versucht, noch eine Tablette zu schlucken, damit die Geschehnisse dieses Nachmittags, vor allem die der letzten halben Stunde, hinter einer wohligen Wolke verschwanden. Sie hatte das Glasröhrchen mit den Tabletten bereits aus dem Spiegelschrank genommen, als sie sich mit beiden Händen auf das Waschbecken stützte. Sie atmete ein und aus, ein und wieder aus. Dann sah sie sich in die Augen. Nicht, wie sie sich sonst ansah, wenn sie sich schminkte oder ankleidete. Sondern sie sah sich ganz direkt an und fragte sich, ob die Augen, die ihr da entgegenblickten, die Augen einer Frau waren, die sie respektierte.

Die Stunde der Wahrheit war gekommen.

Jahrelang hatte sie sich eingeredet, sie müsse sich nur etwas mehr anstrengen, um sich mit Armin arrangieren zu können. Und dafür hatte sie sich selbst immer mehr im Stich gelassen unter dem Deckmantel, damit das Beste für ihre Tochter zu tun. Aber war das wirklich das, was ihre Tochter von ihr brauchte? Sie wurde von ihrem Mann wie Abschaum behandelt, führte ein falsches Leben. War es dieses Opfer wirklich wert? War es nicht vielmehr so, dass sie Marlene damit eine grausame Bürde zumutete? Denn ihr kluges Mädchen würde irgendwann verstehen, dass sie der Grund gewesen war, weshalb ihre Mutter aufgehört hatte, lebendig zu sein. Sie wollte ihre Tochter nicht länger als Entschuldigung missbrauchen, um weiter feige bleiben zu dürfen. Sondern sie musste mutig ein. Sie würde Armin verlassen. Und sie würde Marlene nie wieder vorgaukeln, dass das zwischen Armin und ihr eine gute Ehe oder gar Liebe wäre.

Vielleicht, so dachte sie, bestand die Verantwortung einer Mutter darin, ihren Kindern beizubringen, dass die Liebe niemals unterdrückte, einsperrte oder gewalttätig war, sondern dass die Liebe eigentlich befreite. Sie wollte keine Märtyrerin sein, sondern ein Vorbild.

In diesem Moment verstand sie, dass man, wenn einem alles genommen wurde, mit dem zurückblieb, was in einem war, und in ihr steckte unerwartet eine Kämpferin.

Es war an der Zeit, nicht mehr nur von einer Flucht zu träumen, dachte sie, sondern es war an der Zeit, sie umzusetzen.

40

Es war alles perfekt geplant. Sie würde mit ihrer Tochter in den Westen fliehen.

Tagelang hatte sie still und leise Vorbereitungen getroffen. In ein Kleid von sich hatte sie frische Unterwäsche gestopft und es in Geschenkpapier gewickelt. Dasselbe hatte sie mit einem Kleid von Marlene getan. Würde man sie kontrollieren, würde sie behaupten, dass sie nur eine Freundin besuche und ein paar Geschenke dabeihabe. In den Rock, den Marlene morgen tragen würde, hatte sie gestern ihre Pässe eingenäht. Sollten sie befragt und im schlimmsten Fall abgetastet werden, so würde man hoffentlich ein junges Mädchen weniger anfassen als eine erwachsene Frau. Abends, als Armin von der Arbeit nach Hause gekommen war, hatte sie das Besteck poliert, bis es geglänzt hatte. Sie hatte zugelassen, dass er sie in den Nacken küsste, hatte sich bemüht, genau so zu sein, wie er sie haben wollte, hatte ihm sein Lieblingsessen, Kohlrouladen mit Kartoffelbrei, gekocht und sich gezwungen, ihm dann und wann zugeneigte Blicke zuzuwerfen. Sie hatte, und das war das Schlimmste für sie gewesen, spätabends sogar ihr hübsches Nachtkleid mit Spitzenbesatz angezogen, was ihm so gut an ihr gefiel, hatte ihn mit ihrem Augenaufschlag verführt und mit ihm geschlafen. In diesen Minuten, die ihr wie eine Ewigkeit vorgekommen waren, hatte sich ihre Seele von ihrem Körper gelöst, und sie war nur noch eine leere Hülle gewesen. Aber sie wollte ihn in Sicherheit wiegen. Wollte, dass er annahm, sie hätte endlich kapituliert und würde nun ihrer Rolle als Ehefrau nachkommen.

An diesem heißen Samstagnachmittag Mitte August, den die meisten Leute an einem Gewässer verstreichen ließen, würde sie erst mal allein in die Hauptstadt und von dort aus mit der S-Bahn über die Grenze nach Westberlin fahren, um sicherzustellen, dass es funktionieren würde. Außerdem hatte sie vor, ein paar wichtige Unterlagen, Fotos von Marlene sowie ein paar wenige Klamotten und zwei von Marlenes Lieblingsbüchern rüberzubringen.

Armin hatte an diesem Wochenende eine Sondersitzung und würde erst am Montagabend aus Berlin nach Hause kommen. Dann wären sie schon im Westen. Sie würde nach Jakob suchen und nicht aufgeben, bis sie ihn gefunden hätte, selbst wenn sie dafür nach Amerika oder Israel reisen müsste, wo auch immer er war. Sie hatte lange genug gezögert aus Angst, dass man sie erwischen, einsperren und ihr Marlene wegnehmen würde. Zu spät hatte sie begriffen, dass zu bleiben die größere Tragödie für ihre Tochter war.

Sie hatte vor, Kerstin in ihrer Wohnung in der Nähe vom Ku'damm zu besuchen und ihr alles anzuvertrauen: dass Armin ihr verboten hatte, den Kontakt zu Kerstin zu halten. Dass er Lotte geschlagen hatte und sie es keine Sekunde länger mit ihm unter einem Dach aushielt. Bestimmt könnten sie und Marlene nach ihrer Flucht erst mal bei Kerstin unterkommen.

Unerwartet brach Armin jedoch an jenem Samstag nicht wie geplant nach dem Frühstück auf. Sie befürchtete schon, er würde etwas ahnen, da holte er gegen Nachmittag endlich seine Aktentasche aus dem Arbeitszimmer, stieg in den Trabant und fuhr davon. Sie atmete auf.

Sie nahm ihre große Tasche von der Kommode und hängte sie sich über die Schulter.

»Mutti?«, hörte sie Marlene hinter sich sagen. Ihr schönes, starkes Mädchen war im Flur aufgetaucht und drückte ihren Lieblingshasen an sich, obwohl Armin ihr vor Kurzem erklärt hatte, dass sie eigentlich zu alt dafür sei. »Wo fährst du hin?«

»Ich bereite eine Überraschung vor, deshalb darf ich nichts erzählen. Später kommt Susi und holt dich, damit du bei ihr übernachtest.«

»Und wann kommst du wieder?«

»Morgen bin ich zurück, und dann frühstücken wir zusammen. Und anschließend machen wir zwei einen kleinen Ausflug.«

Als sie etwa drei Stunden später am Ostbahnhof in Berlin angekommen war, um von dort aus mit der S-Bahn weiterzufahren, wunderte sie sich, weil sie keine Volkspolizisten sah, keinen Kontrolleur, keinen Grenzer. Umso besser, sagte sie sich und hatte doch ein unbehagliches Gefühl. Es war, als hätte man sämtliche Kräfte irgendwo zusammengezogen. Was ging hier vor sich?

Ohne Komplikationen erreichte sie den Ku'damm und kam aus dem Staunen nicht mehr heraus. So viele Eindrücke prasselten auf sie ein. In den Schaufenstern waren wunderschöne bunte Kleider mit modernem Schnitt ausgestellt. Daneben war ein Obststand mit Früchten, die sie noch nie gesehen hatte.

Sie spürte, dass sie angestarrt wurde. Zwei junge Frauen in farbenfrohen Kleidern und mit Petticoat liefen an ihr vorbei und musterten ihren schlichten braunen Rock und die weiße Bluse. Der Gang der Frauen war so beschwingt, als würden sie keine Sorgen kennen. Im Gegensatz dazu lief Lotte geradezu steif, so wie man sich eben bewegte, wenn man fürchten musste, beobachtet zu werden. Ein kleines Mädchen sprang mit seinen Freundinnen am Gehweg Seil. Zwei Jungs malten daneben mit Kreide auf den

Pflastersteinen. Bald würde Marlene ebenso freudig hüpfen oder mit Kreide Bilder malen, sagte sie sich.

Sie lief weiter, vorbei an einem Kino mit roter Leuchtreklame. Sie stellte sich vor, wie sie mit Jakob daran vorbeispazieren würde. Sie würden innehalten und überlegen, welchen Film sie abends anschauen wollten. Sie würde ein hübsches Kleid tragen, ebenso leuchtend rot wie die Reklame, und hohe Schuhe, denn nach dem Film würden sie noch tanzen gehen.

Lotte hatte das Gefühl, im Paradies gelandet zu sein. Ihr Herz schien seit langer Zeit mal wieder zu schlagen.

Sie hatte Glück, Kerstin lebte mit ihrem Mann noch immer in derselben Wohnung und war zu Hause, als Lotte bei ihr klingelte.

»Ich glaub, ich träume!« Ihre Freundin schloss sie in eine feste Umarmung. »Es ist viel zu lange her, dass wir uns gesehen haben. Auf einmal hast du nicht mehr auf meine Briefe geantwortet.« Sie musterte Lotte besorgt. »Was ist mit deiner Nase passiert?«

Zum Glück war ihre Nase nach Armins heftiger Ohrfeige nicht gebrochen gewesen, aber noch immer hatte sie eine Wunde an der Oberlippe. »Das erzähle ich dir in Ruhe. Darf ich reinkommen?«

»Natürlich!«

Sie setzten sich in die Küche, über die Lotte staunte. Der Kühlschrank war gefüllt mit lauter Köstlichkeiten: Fruchtjoghurt, Sahne, Mayonnaise und mehreren Sorten Marmelade! Auf dem Tisch stand eine Schale mit einer Ananas, Bananen und Orangen. Kerstin gelang es, Lotte zum Schmunzeln zu bringen, als sie ihr erzählte, dass sie anfänglich, als sie diese außergewöhnlichen Obstsorten noch nicht gekannt hatte, in eine Orange gebissen hatte wie in einen Apfel. »Ich wusste ja nicht, dass man die vorher schälen muss!«

Auch die kleine Speisekammer war voller als so mancher HO-Laden in Dresden: Es reihte sich Zucker an Honig, die Nudelpackungen stapelten sich, und neben den Dosen mit Obst lagen mehrere Tafeln Schokolade in dem Regal.

Großzügig häufte Kerstin Pulver in die Kaffeemaschine, und schon bald duftete es verführerisch in der Küche. Während sich Lottes Hände um die Tasse schlossen und sie dann und wann einen Schluck von dem wunderbar starken Kaffee mit Sahne nahm, vertraute sie ihrer Freundin an, was in den letzten Jahren geschehen war. Lotte erzählte, dass sie in der Jüdischen Gemeinde in Westberlin vorstellig werden wollte in der Hoffnung, dort Jakob zu begegnen. Oder vielleicht wusste dort zumindest jemand, wo er sich aufhielt. Sie sprachen auch über Susi, die inzwischen ihr zweites Kind erwartete und voll und ganz in der Rolle der Mutter aufging.

Auf einmal war es draußen stockdunkel. Lotte erschrak, als sie einen Blick auf die Uhr über dem Kühlschrank warf und sah, dass es schon nach Mitternacht war.

»Ich muss los. Wir sehen uns morgen wieder.« An der Tür hielt sie noch einmal inne. »Ich danke dir, dass wir bei euch unterkommen können.«

»Nicht der Rede wert. Sorg einfach dafür, dass Marlene und du heil bei mir ankommt.«

Als Lotte kurz darauf den Bahnhof erreichte, befanden sich ungewöhnlich viele Menschen an den Gleisen. Manche wirkten ratlos, andere wütend. Eine Frau weinte.

»Was ist denn hier los?«, fragte sie einen Mann, der immer wieder fassungslos den Kopf schüttelte.

»Gerade hieß es, dass heute kein Zug mehr kommt.«

Ein Knoten bildete sich in ihrem Magen. »Was? Aber warum?« Sie sah sich um, suchte nach irgendeinem Hinweis darauf, dass der Mann sich täuschte.

»Keiner weiß etwas. Scheint, als hätten die vor, die Grenze vollends dichtzumachen.«

»Aber ich muss rüber! Ich muss nach Hause!« Ihr wurde kalt, als würde schlagartig sämtliches Blut aus ihr weichen.

Der Mann zuckte nur mit den Schultern und breitete auf einmal die Arme aus, als befürchtete er, sie würde hier und jetzt zusammenbrechen. »Wollen Sie sich setzen? Dort hinten ist eine Bank.«

»Nein danke. Ich muss ... Ich muss zu meiner Tochter.«

Mit kleinen, eiligen Schritten lief sie los, den Bahnsteig entlang, suchte nach jemandem, der ihr behilflich sein konnte. Man würde sie doch nicht aus ihrem eigenen Land aussperren, sagte sie sich. Man würde sie doch wieder nach Hause zu ihrer Tochter lassen!

Aber da lag auch nicht das Problem, kam ihr auf einmal in den Sinn. Sie wurde langsamer und hielt schließlich inne. Irgendwie würde sie nach Hause kommen, dafür würde im schlimmsten Fall schon Armin sorgen. Das Problem war: Wenn wirklich die Grenze endgültig dichtgemacht würde, dann hätte sie keine Chance mehr, gemeinsam mit Marlene in den Westen zu fliehen. Und das würde bedeuten, dass sie auch keine Chance mehr hätte, Jakob jemals wiederzufinden.

Sie blinzelte. Versuchte, diesen Gedanken zu verarbeiten.

Unerwartet kam doch ein Zug angefahren, Richtung Ostbahnhof. Er hielt. Die Menschen drängten hinein, während Lotte in Sekunden über den Rest ihres Lebens entschied.

Sie könnte einfach hierbleiben und sich ein neues Leben aufbauen, dachte sie. Ein Leben fern von Armin. Sie hatte eine Unterkunft, ein paar Erinnerungsfotos und Kleidung. Sie würde Jakob finden und den Rest ihres Lebens mit ihm verbringen.

Aber nicht ohne Marlene. Niemals würde sie ihre Tochter mit Armin allein lassen.

Sie stieg in den Zug. Als die Türen hinter ihr geschlossen wurden, war es ihr, als hätte man sie für den Rest ihres Lebens in ein Gefängnis gesperrt.

Völlig erschöpft kam sie zu Hause an. Am Horizont zeichnete sich bereits schwach Helligkeit ab.

Sie schlüpfte aus ihren Schuhen, streifte ihren Mantel ab und hängte ihn an der Garderobe auf. Als sie im Wohnzimmer das Licht anknipste, um sich dort auf das Sofa fallen zu lassen und durchzuatmen, zuckte sie vor Schreck zusammen.

Armin saß in dem Sessel am Fenster, ein Glas Rum in der Hand, das Gesicht zweigeteilt von einem Streifen Mondlicht. »Wo warst du?«

Sie presste die Lippen fest zusammen und überlegte fieberhaft, was sie ihm erzählen sollte. »Ich habe meine Freundin Kerstin in Berlin besucht, auch wenn dir das nicht recht ist. Aber ich vermisse sie«, erwiderte sie schließlich. »Was machst du schon hier? Ich habe erst morgen Abend mit dir gerechnet.«

Er ging nicht auf ihre Frage ein. »Wenn du also unterwegs warst, dann wird dir aufgefallen sein, dass ein gewisses Chaos herrscht. Die Grenze wurde dichtgemacht. Eine Mauer wird gebaut.«

Auf einmal ging alles viel zu schnell. Armin sprang aus seinem Sessel auf. Im nächsten Moment flog sein Glas nur Millimeter an ihrem Kopf vorbei und zersprang hinter ihr an der Wand. Ein paar Atemzüge lang war sie wie erstarrt, ehe sie sich umwandte und auf die unzähligen kleinen Scherben auf dem Boden starrte.

»Denkst du wirklich, ich durchschaue deine Tricks nicht? Wie kannst du so dumm sein, ernsthaft zu glauben, dass mich deine plötzliche Zuneigung mir gegenüber nicht skeptisch gemacht hat?«, fuhr er sie an. »Ich habe dich beschattet. Seit Wochen verfolge ich jeden deiner Schritte. Ich weiß, dass du vorhast, mit Marlene zu fliehen.«

Sie schloss die Augen, versuchte, sich innerlich taub zu stellen.

Armin packte sie an den Schultern und schüttelte sie. »Glaub nicht, dass es dir gelingen wird, mich mit Marlene zu verlassen!« Spucke flog aus seinem Mund. »Wenn du mich verlässt, dann mache ich dir das Leben zur Hölle.«

Sie öffnete die Augen. »Ich verachte dich.«

Ab diesem Tag starb sie innerlich endgültig ab, weil das die einzige Möglichkeit war zu überleben.

41

1962

Es war eine Ewigkeit her, dass sie sich mit Susi getroffen hatte. In den vergangenen Monaten hatte Lotte sich zurückgezogen und die Wohnung eigentlich nur noch verlassen, um ihrer Arbeit im Institut für Denkmalpflege nachzugehen. Die Enttrümmerung war noch immer in vollem Gange und würde auch noch einige Jahre andauern. Die regierenden Kommunisten machten immer mehr Tabula rasa, nachdem auf dem fünften Parteitag der SED vor vier Jahren beschlossen worden war, bis 1962 die sichtbarsten Kriegsspuren in den Stadtzentren zu beseitigen. Die Ruinen einst prächtiger Gebäude wie die des Kaufhauses Möbius oder des Palasthotels Weber waren gnadenlos abgerissen worden. Und die Wiederaufbaupläne der Stadt waren teils grotesk! Dem Einsatz engagierter Denkmalpfleger war es zu verdanken, dass nach langen Verhandlungen zumindest ein paar der bedeutenden Ruinen der Stadt erhalten bleiben und für den Wiederaufbau gesichert werden würden, darunter das Residenzschloss und die Semperoper. Und auch den Abriss der Ruine der Frauenkirche hatten sie mit einem stummen Protest verhindert. Die Sophienkirche hatten sie leider nicht retten können, und so hatte vor ein paar Tagen der Abriss begonnen.

An jenem sonnigen Julitag hatte Susi sie überredet, sie zur Vogelwiese zu begleiten. Nur zu gut erinnerte sich Lotte daran, wie schön das Volksfest gewesen war, als man es noch an den Elbwiesen abgehalten hatte. Dort hatte man aber in den letzten Jahren Trümmerschutt gelagert, deshalb fand es nun zwangsweise am Fučíkplatz statt. Immerhin fand es statt, sagte sie sich.

Susis neugeborenes Mädchen Gabi schlief friedlich in dem Kinderwagen, den Susi über den Festplatz schob, wobei sie sich immer wieder umsah, ob die Kinder noch in Blickweite waren. Marlene und Charlotte, Susis erste Tochter, konnten sich kaum sattsehen an den bunt geschmückten Buden, sprangen von einer zur anderen oder verfolgten gespannt das Dosenwerfen. Es duftete herrlich nach Bockwurst und zuckrigem Fettgebäck.

»Es wundert mich ja, dass Armin dich hat gehen lassen«, gestand Susi.

»Natürlich nicht, ohne einen Kommentar abzugeben. ›Du willst wirklich auf dieses plumpe Massenspektakel gehen?‹«, äffte Lotte ihn nach. Sie solle sich mit ›richtiger Kultur‹ beschäftigen, hatte er gesagt, mit Literatur und Kunst.

Ginge es allein nach den SED-Kulturfunktionären, gäbe es in der DDR keine Rummelplätze. Die privaten Schausteller waren von den neuen Herrschern als Kapitalisten gebrandmarkt worden, für die in der sozialistischen Gesellschaftsordnung kein Platz mehr war. Man hatte vorgehabt, ihr Eigentum schnellstmöglich zu verstaatlichen. Doch die Zirkusleute hatten eine Übernahme rundweg abgelehnt. Und so war das Schaustellergewerbe nach wie vor weitgehend in privater Hand. Leicht war diese Arbeit jedoch bestimmt nicht, dachte Lotte. Ersatzteile gab es so gut wie nie, oder sie waren sofort vergriffen. Trotzdem war es ein lukratives Geschäft: Geld wurde auf den Rummelplätzen großzügig ausgegeben. Das bewies zum Beispiel die Frau, an der sie gerade vorbeiliefen: Sie kaufte Unmengen von Losen, nur um ein bestimmtes rares Elektrogerät oder ein Kaffeeservice zu ergattern.

»Zum Glück musste Armin zur Arbeit, so blieb mir ein größerer Vortrag erspart«, erwiderte sie und biss in den Spritzkuchen, den sie sich geleistet hatte.

»Was genau arbeitet er denn jetzt eigentlich? Das habe ich nie verstanden.«

»Na, für Horch und Guck«, rutschte es Lotte heraus, als sie sich den Zucker von den Fingern leckte.

Susi sah sich um. Aber es war niemand in Hörweite bis auf zwei Jungs in blütenweißen, frisch geplätteten Hemden unter den Hosenträgern, die an ihnen vorbeirannten, als hätten sie etwas ausgeheckt. Heute Abend würde die eine oder andere Mutter bestimmt fluchen, weil die ursprünglich so sauberen Hemden voller Flecken sein würden.

»Du solltest vorsichtig sein mit solchen Äußerungen«, entgegnete Susi und klang dabei ein bisschen, als hätte Lotte sie persönlich angegriffen. Das lag wohl daran, dass Alexej Russe und Offizier beim Militär und damit der Partei zugeneigt war. Sie mochte ihre Freundin wirklich gerne, aber Susi war damals erleichtert gewesen, als die Mauer gebaut worden war. Sie zählte zu den Menschen, die sie als Schutzwall vor dem sich ausbreitenden gierigen Kapitalismus betrachteten. »Da drüben geht die Schere zwischen Arm und Reich immer weiter auseinander! Vor der Mauer kamen die doch alle zu uns rüber, um hier günstig einzukaufen«, hatte ihre Freundin mal zu ihr gesagt. »Bei uns kostet ein Brot zehn Pfennig. Eine Dreiraumwohnung siebzig Mark. Das ist für mich wahre Freiheit!«

Seitdem vermied Lotte es, mit ihr über Politik zu sprechen, sondern versuchte, dieses Thema einfach auszuklammern. Susi wusste auch nichts von ihrem gescheiterten Fluchtversuch.

»Tut mir leid.« Sie lächelte ihre Freundin entschuldigend an und bot ihr ihren Spritzkuchen an. »Magst du mal beißen?«

»Nein danke.« Susi blieb stehen. »Ich weiß, Armin ist dein Ehemann, und deswegen will ich nicht schlecht über ihn sprechen. Aber ich werde mit ihm einfach nicht warm, er wirkt so kompromisslos und gibt mir jedes Mal, wenn wir uns sehen, das Gefühl, er würde über mir stehen. Alexej kann ihn auch nicht leiden, auch wenn er das so nie gesagt hat. Aber er hat mal angedeutet, dass er ihm nicht über den Weg traut. Ich verstehe einfach nicht, warum du dich damals für ihn entschieden hast.«

»Was meinst du?«, fragte Lotte, die auf einmal das Gefühl hatte, als würde ihre Freundin an einer Wunde kratzen, die noch immer nicht verheilt war.

»Ich dachte immer, dass du in Jakob völlig vernarrt warst.«

Zwei Atemzüge lang war es still, dann schaffte Lotte es, die Lüge zu wiederholen, die sie Susi schon vor ein paar Jahren zwangsweise aufgetischt hatte. Denn Armin hatte ihr natürlich strengstens verboten, irgendwem die Wahrheit über ihre Ehe anzuvertrauen.

»Das war ich auch. Aber Jakob wollte in den Westen, und ich wollte hierbleiben. Das war das Ende unserer Beziehung.« Sie versuchte, unbeschwert zu klingen, aber auf einmal war sie so müde, als wäre jegliche Lebenskraft aus ihr gewichen.

Zehn Jahre. Zehn Jahre war es her, dass sie Jakob das letzte Mal gesehen hatte. Sie hatte geglaubt, der Schmerz würde irgendwann nachlassen, aber er war noch immer so präsent wie am ersten Tag. Er traf sie nur nicht mehr mit der Wucht einer Abrissbirne. Er hatte sich verändert, war nun eher eine sie ständig begleitende Melancholie, ein Gefühl, das allem die Farbe entzog und ihre Welt verblassen ließ. Sie hatte Angst, dass sie irgendwann den Klang seiner Stimme vergessen würde, sein Lachen, wie sich seine Umarmung angefühlt hatte, seine Küsse … Wenn sie wenigstens wüsste, dass es ihm gut ging, dass er hin und wieder herzhaft lachte, sich vielleicht sogar verliebt und ein neues Leben aufgebaut hatte. In ihren jungen Jahren hatte sie bereits zwei Männer verloren, denen ihr Herz gehört hatte, und wusste nicht, was mit ihnen geschehen war, nicht mal, ob sie überhaupt noch lebten.

Jeden Tag strengte sie sich an, ihrer Tochter dennoch Zuversicht und einen gewissen Optimismus vorzugaukeln. Aus diesem Grund hatte sie sich vorgenommen, wieder mehr mit Susi zu unternehmen, der es tatsächlich mit ihrer quirligen Art gelang, sie aus ihrem Sumpf herauszuholen. In Momenten wie diesem hier auf dem Rummel sah sie die Farbenpracht und Schönheit der Welt wieder.

»Hast du eigentlich noch Kontakt zu Jakob?«, fragte Susi, als sie an einem Fahrgeschäft vorbeikamen. Weiß lackierte Holzkästen in Form von Booten, auf denen seitlich *Dresden* stand, fuhren langsam im Kreis. Die Kinder darin quietschten vergnügt. Eine Schlange stand vor den bunt bemalten Holzpfeilen, die auf die Attraktion wiesen.

»Damit ich am Ende noch als Spionin der Amerikaner verdächtigt werde?«, erwiderte Lotte. »Nein. Er ist damals voll und ganz aus meinem Leben verschwunden. Und jetzt Schluss mit der Diskussion. Das Ganze ist zu lange her.«

Marlene stand etwas abseits und sah zwei Halbstarken dabei zu, wie sie mit Gewehren auf einen Holzvogel schossen, der sich hin und her bewegte. Ein kleiner Junge mit strammen Schenkeln und entzückender Pluderhose, der offenbar gerade erst laufen gelernt hatte, rang Lotte ein Schmunzeln ab. Wie ein Betrunkener torkelte er von Stand zu Stand, seine Kinderaugen konnten all die Lichter und bunten Buden gar nicht genug bestaunen. Die Mutter eilte hinterher, die Arme ausgestreckt, um ihn aufzufangen, sollte er stürzen.

Sie sah eine Gruppe junger Frauen, die einerseits sehr ähnlich aussahen, hatten sie doch alle denselben Kurzhaarschnitt und ein ähnliches Kleidermodell. Und doch hatte jede von ihnen es geschafft, einen Hauch von Individualität zu wahren. Die Kleine, Brünette trug eine aus bunter Plaste und Apfelkernen selbst gebastelte Haarspange und eine Brosche. Das Mädchen in der Mitte trug einen modischen Hüftgürtel, den sie hübsch bemalt hatte. Und die Dritte im Bunde hatte ihr Kleid bestickt. Ein junger Mann pfiff den dreien nach, und sie krümmten sich vor Lachen.

Lotte sah den drei Frauen nach, bis sie in der Menge verschwunden waren. Würde auch sie jemals wieder so unbeschwert sein? Würde sie eines Tages wieder so heftig von einem Lachen geschüttelt werden, dass sie sich den Bauch hielt und die Aufmerksamkeit von Umstehenden auf sich zog? Würde irgendwann einfach alles gut sein, nur gut, nur so, dass sie durchatmen und sich zurücklehnen konnte?

»Huhu!« Susi fuhr mit der Hand vor ihrem Gesicht auf und ab. »Bist du noch da?«

»Entschuldige, was hast du gesagt?«

»Habt ihr Lust, ein Fahrgeschäft auszuprobieren?«

»Au ja!«, riefen Marlene und Charlotte gleichzeitig und hüpften vor Begeisterung.

»Oh, bitte, Mama, lass uns das da fahren!«, bettelte Marlene und deutete auf eine Bahn, an deren langen Metallstäben im Kreis kleine Raumschiffe befestigt waren. An den Enden der Gefährte waren bunte Bänder angebracht, die hinterherflatterten, wenn das Karussell sich im Kreis drehte. Eine Karte kostete eine Mark fünfzig, für Kinder bezahlte man nur eine Mark. Um die kreisrunde Absperrung standen zahlreiche Schaulustige. Die Leute in den hinteren Reihen stellten sich auf die Zehenspitzen und versuchten, einen Blick auf den Spaß zu erhaschen.

Lotte ließ sich von ihrer Tochter zu dem Karussell ziehen und sagte dabei zu Susi: »Marlene ist wie so viele gerade ganz versessen darauf, Kosmonautin zu werden.«

Wobei auch ihr der Gedanke durchaus verführerisch erschien, in ein Raumschiff zu steigen und sich irgendwo in den Himmel schießen zu lassen, um möglichst viel Distanz zwischen sich und Armin zu bringen.

Sie stellten sich am Ende der Schlange an. Lotte suchte gerade die Münzen in ihrem Geldbeutel zusammen, da spürte sie auf einmal einen Blick auf sich. Sie sah sich um. Es hätte sie nicht gewundert, wenn Armin sie noch immer beschatten ließ. Es war eine Frau, die sie von der gegenüberliegenden Seite der Absperrung aus anstarrte. Sicherheitshalber warf Lotte einen Blick über die Schulter, um zu prüfen, ob wirklich sie gemeint war, aber die Fremde sah sie so direkt an, dass ihr Blick sie ins Mark traf. Vermutlich ging ihr verhasster Ehemann davon aus, dass es weniger auffällig wäre, sie von einer Frau beschatten zu lassen. Das würde sie sich sicher nicht gefallen lassen. Sie würde der vermeintlichen Spionin ins Gesicht sagen, dass sie sie gefälligst in Ruhe lassen sollte!

Im nächsten Moment löste die Fremde sich von dem Holzgeländer, drängte sich durch die Menschenreihen, sodass ein Mann laut »He, Frollein! Passen Sie doch auf!« rief, und verschwand mit eiligen Schritten.

»Kannst du kurz aufpassen und für die Kinder bezahlen?« Lotte drückte ihrer Freundin ihre Tasche und den Geldbeutel in die Hand. »Bitte, ich … Ich bin gleich wieder zurück.«

»Alles in Ordnung? Du bist ja ganz durcheinander.«

»Ja, keine Sorge. Fahrt so oft, wie ihr wollt.«

Lotte eilte an dem Karussell vorbei in die Richtung, in der die

Frau verschwunden sein musste. Aber sie konnte sie nirgends mehr sehen, das Gedränge war zu groß. Zwischen einem Imbiss, an dem eine Schlange Hungriger wartete, und einer Losbude blieb sie schließlich stehen und musste einsehen, dass sie die Spionin verloren hatte.

Gerade als sie wieder umkehren wollte, sah sie, dass die Frau auf einmal mit energischen kleinen Schritten direkt auf sie zuhielt.

»Frau Kahlbach?«, fragte sie und wirkte dabei sehr aufgewühlt.

»Ja, die bin ich«, erwiderte Lotte, erstaunt über diese plötzliche Wendung. »Kennen wir uns?«

Die Fremde hatte in etwa ihr Alter, war vielleicht zwei, drei Jahre jünger. Sie war auf dezente Weise hübsch. »Ich kenne Ihren Mann«, stieß sie hervor und atmete aus, als hätte sie zuvor die Luft angehalten.

»Armin?«, fragte Lotte. »Und woher, wenn ich fragen darf?«

»Es ist schon einige Jahre her …« Ihr Blick ging zu der Bank, die etwas abseits stand, und Lotte bot ihr an, sich zu setzen, denn die Frau war so blass geworden, dass Lotte befürchtete, sie würde jeden Moment in Ohnmacht fallen.

Die Fremde drückte die Knie aneinander und saß sehr aufrecht, ohne Lotte anzusehen. »Ich beobachte Sie schon länger«, gestand sie. »Und es ist mir einfach unerträglich.« Vielleicht sollte es für Lotte befremdlich sein, dass diese Frau ihr so offen gestand, ihr nachzuspionieren, aber ihr Gefühl sagte ihr, dass von ihr keine Gefahr ausging, ganz im Gegenteil, dass man sie schützen musste. Sie hatte erstaunlich große braune Augen, die sehr traurig wirkten.

»Ich befürchte, ich kann Ihnen nicht ganz folgen«, sagte Lotte. »Was genau ist Ihnen unerträglich?«

»Dass Ihr Mann durch diese Stadt läuft und das Leben genießt, als wäre nichts gewesen.« Mit einer schnellen Bewegung wischte sie sich die Tränen von den Wangen. Auf einmal sah sie Lotte eindringlich an, als könnte sie ihr bis tief in die Seele blicken. »Wissen Sie um seine Vergangenheit?«

Lotte schluckte. »Ich weiß, dass er in der NSDAP war, wenn Sie das meinen. Und auch, dass er unter den Nazis bei der Polizei gearbeitet hat.«

»Wenn er Ihnen das erzählt hat, dann hat er Ihnen eine Lüge aufgetischt.« Die Frau schien ihr ihre Unsicherheit anzusehen. »Sie wissen ja noch gar nicht, wer ich bin«, sagte sie auf einmal fast schon selbstbewusst. »Mein Name ist Sascha, ich bin Jüdin. Ich bin hier in Dresden aufgewachsen.«

Lotte schwieg, war wie erstarrt vor dem, was sie fürchtete zu hören.

»Das erste Mal habe ich Ihren Mann bei der Gestapo gesehen«, fuhr Sascha fort. »Meine Eltern und ich wurden vorgeladen. Wir mussten uns für zwei Stunden in eine Ecke stellen und bespucken lassen. Es war Kahlbach, der die Männer dazu angestachelt hat.«

Obwohl es eigentlich ein warmer Tag war, hatte Lotte das Gefühl auszukühlen.

»Nach Februar 1942 begannen auch von Dresden aus die Deportationen in den Osten, nach Riga. Unsere Gemeinde schrumpfte immer mehr, auch meine Eltern wurden eines Tages abgeholt, ich habe sie nie wiedergesehen.«

Sie sprach langsam und sehr klar, als würde sie von einem unsichtbaren Blatt ablesen. »Die wenigen von uns, die noch in Dresden wohnten, wurden in Judenhäusern gesammelt. Ich war in der Kurfürstenstraße untergekommen. Und dort tauchte Kahlbach mit ein, zwei Männern immer wieder auf. Am liebsten sonntagmorgens, wenn wir endlich unsere Ruhe gehabt hätten nach der anstrengenden Arbeit, die wir bei Zeiss Ikon verrichten mussten. Sie haben in unsere Essenstöpfe gespuckt oder die Strohmatratzen aufgeschlitzt. Und Kahlbach hat die jüdischen Männer oft gezwungen, Gebete aufzusagen und dazu zu tanzen. Er hat sich köstlich amüsiert. Und immer wieder hat er sich junge Frauen ausgesucht und mitgenommen.« Sie senkte den Blick. Die ganze Zeit über hatte sie an ihren Fingern gezupft, bis sie angefangen hatten zu bluten. Nun aber war sie erstarrt, begann wie mechanisch zu reden. »Wenn sie sich gewehrt haben, kamen sie nie wieder zurück. Mich hat er mehrmals mitgenommen. Schließlich erhielt auch ich einen Deportationsbefehl, aber die Bombardierung der Alliierten hat mir das Leben gerettet, so absurd das für manch einen klingen mag. Einen Tag später wäre es so weit gewesen.«

Lotte zitterte.

»Nach diesem schrecklichen Inferno habe ich mich in Loschwitz in einem leeren Haus einquartiert, im oberen Stockwerk. Ich hatte schreckliche Angst, weil die Nazis nichts Besseres zu tun hatten, als nach den verbliebenen Juden zu suchen. Können Sie sich das vorstellen?« Sie schüttelte den Kopf und lächelte dabei, und Lotte begriff, dass sie wirklich wie von Sinnen war, als hätte sich ihre Seele von ihrem Körper gelöst, um darüber sprechen zu können. »Die Nazis wussten, dass diese Stadt angegriffen werden würde. Aber anstatt die Menschen zu warnen, versuchten sie, ihre Wertgegenstände aus der Stadt zu bringen. Und all die Akten aus dem Gestapogebäude. Die ganze Stadt lag in Trümmern, unzählige Menschen waren tot, und diese Monster machten sich gleich wieder auf, um in den Ruinen nach den übrig gebliebenen Juden zu suchen, um zu Ende zu bringen, was sie begonnen hatten. Das waren die schlimmsten Monate meines Lebens. Ich war allein, ich hatte nichts und war in ständiger Angst. Und eines Tages drang Kahlbach ins Haus ein. Ich war sicher, dass er kommt, um mich abzuholen. Aber er wollte, dass ich bestätige, dass er mir geholfen hat zu überleben. Dass er einer von den Guten war. Ansonsten hätte er mich einfach erschossen. Und deshalb habe ich den Sowjets gegenüber für ihn ausgesagt, ich hatte solche Angst vor ihm. Und so haben sie ihm keinen Prozess gemacht, und er läuft durch die Straßen und lebt glücklich und zufrieden bis ans Ende seines Lebens.«

Lotte schluckte mehrmals, ehe sie etwas erwidern konnte. »Ich … ich weiß nicht, was ich sagen soll.«

»Sie müssen nichts sagen. Wissen Sie, ich kenne Sie. Ich kenne Sie aus der Jüdischen Gemeinde. Sie waren mit Jakob ein paarmal dort. Sie waren ein schönes Paar. Umso verwirrter war ich, als ich Sie auf einmal an Kahlbachs Seite sah. Sie wirkten nicht glücklich. Und ich glaube auch nicht, dass das zwischen Ihnen eine Liebesheirat war. Ich weiß nicht, was da vor sich ging, aber ich wollte, dass Sie die Wahrheit kennen. Es hat lange genug gedauert, bis ich darüber reden konnte, und vielleicht ist es auch das einzige Mal.«

»Ich danke Ihnen«, hauchte Lotte. »Wenn Sie Jakob kennen, wissen Sie vielleicht irgendetwas über ihn? Wo er lebt oder wie es ihm geht?«

Sascha schüttelte den Kopf. »Nein, da muss ich Sie leider enttäuschen.«

Einen Moment lang war es still, und die junge Frau warf einen Blick in den klarblauen Sommerhimmel, ehe sie Lotte erneut ansah. »Was werden Sie jetzt tun?«

Lotte erhob sich von der Bank, strich sich über ihren Rock und straffte sich. »Ich werde diesem Albtraum endlich ein Ende bereiten und dafür sorgen, dass wir beide diesen Mann nie wiedersehen müssen.«

Susi bestand darauf, sie nach Hause zu begleiten. »Du siehst aus wie ein Geist. Magst du mir wirklich nicht sagen, was gerade vorgefallen ist?«

»Das geht leider nicht. Noch nicht. Ist es in Ordnung für dich, wenn Marlene heute Nacht bei euch schläft?«

»Natürlich, jederzeit.« Ihre Freundin umarmte sie fest und sah sie dann besorgt an. »Ich mache mir Sorgen. Was auch immer du vorhast, pass gut auf dich auf!«

»Das werde ich, versprochen.«

Als sie nach Hause kam, war Armin in der Badewanne. Sie stellte sich vor, wie er das warme Wasser genoss, umgeben von Seifenschaum, er, vielleicht einer der schrecklichsten Menschen, die sie kannte.

Wie ein Tier im Käfig lief sie von einer Seite des Wohnzimmers auf die andere und ging dabei im Kopf durch, wie sie ihn auf das Ungeheuerliche ansprechen sollte, das ihr die junge Frau anvertraut hatte. Höchstwahrscheinlich würde er es abstreiten. Zwar hatte Sascha ihr zugesichert, im Fall der Fälle vor Gericht auszusagen, aber es war gut möglich, dass man ihr nicht glauben würde. Sie brauchte handfeste Beweise.

Vielleicht, mit sehr viel Glück, fand sie ein belastendes Ehrenzeichen wie den Blutorden oder auch nur ein Foto, das Armin mit Martin Mutschmann zeigte und das er aus Stolz aufgehoben hatte. Einfach irgendetwas! Wenn überhaupt, hätte er diese Unterlagen in seinem Arbeitszimmer versteckt. Diesen Raum betrat sie eigentlich nur, um darin Staub zu wischen oder zu putzen. Sie hasste ihn, denn alles darin lechzte nach Anerkennung. Die gerahmten Urkunden an der Wand. Die Aufbaunadel in Bronze, verliehen durch den Nationalrat der Nationalen Front des demokratischen Deutschland. Daneben die Urkunde *Ehrentitel Kollektiv der sozialistischen Arbeit*. Armin rahmte alles ein, womit er sich rühmen konnte.

Hinter den Gardinen aus dunkelviolettem Jacquard hing ein zweiter Stoff aus weißer Spitze, der nur wenige Lichtsprenkel hindurchließ, in denen träge der aufgewirbelte Staub trieb. Neben dem dunkelgrün gefliesten Kamin befand sich ein altes Grammophon in einem eigens dafür angefertigten Schränkchen. Außerdem gab es noch eine Vitrine mit verschiedenen Spirituosen und geschliffenen Gläsern darin sowie ein großes Regal mit Büchern und Aktenordnern.

Der wuchtige Schreibtisch stammte noch aus einer anderen Zeit und war aus glänzend lackiertem Mahagoniholz. Dahinter hingen ein gerahmtes Bild der nackten Aphrodite, die dem Meer entstieg, sowie eine Briefmarkensammlung und mehrere seltene Schmetterlinge hinter Glas. Die Schubladen des Schreibtischs waren abgeschlossen, aber sie war aufgewühlt genug, um sie mit der Kaminzange aufzubrechen. Darin fand sie Briefpapier sowie ein paar Akten mit handschriftlichen Aufzeichnungen von ihm über Menschen, die in ihrer nahen Umgebung lebten. Herr Kramer beispielsweise wohnte ein Stockwerk über ihnen. Sie überflog seine Akte. Dass er jeden Sonntag pünktlich um halb acht das Haus verließ, um in die Kirche zu gehen, hatte der etwa fünfzig Jahre alte Mann mit den liebenswürdigen Augen ihr mal erzählt. Seine Tochter lebte in München, was ihn traurig machte, weil er viel allein war. Ein paarmal hatte er sie besucht. Armin hatte jedoch auch notiert, dass der ältere Herr oft zu Tanzveranstaltungen ging in der Hoffnung, eine neue Frau zu finden, und dass er schon ein paarmal zu nachsichtig gewesen war, wenn Schüler von ihm an der polytechnischen Oberschule systemkritische Aussagen getätigt hatten. Dass Armin über den Mann so viel wusste, widerte Lotte an. In beiden Schubladen war nichts, was auf seine Vergangenheit bei der Gestapo schließen ließ.

Als Nächstes knöpfte sie sich den Aktenschrank vor. Wahllos zog sie Bücher heraus, blätterte in *Die deutsche Ideologie* und *Manifest der Kommunistischen Partei* von Karl Marx und Friedrich Engels in der Hoffnung, Armin würde in einem der Werke etwas verstecken. Nichts.

Sie wollte *Das Kapital* gerade wieder zurückstellen, als ihr auffiel, dass dahinter ein Tresor lag. Er war kaum größer als ihre Schmuckschatulle. Doch wo bewahrte Armin den dazugehörigen Schlüssel auf? An seinem Schlüsselbund? Als sie ihn sich vor zwei Wochen genommen hatte, um damit das Kellerabteil aufzuschließen, war ihr ein größerer, verschnörkelter Schlüssel aufgefallen. Sie hatte sich gefragt, wofür er wohl war.

Armin war noch immer im Bad. Sie schlich in den Flur und nahm den Schlüsselbund vom Haken. Tatsächlich. Der Schlüssel passte. Im Tresor fand sie zwei durch Klarsichtfolien geschützte handschriftliche Dokumente. Eines davon kannte sie nur zu gut. Sie selbst hatte es etwa zwei Jahre nach dem Krieg unterschrieben. Es war die Bescheinigung, dass sie Armin seit vielen Jahren kannte und bezeugen konnte, dass er kein Nazi aus Überzeugung gewesen war. Zwar war er in der Partei gewesen, aber dies nur, weil er keine andere Wahl gehabt hatte. Wie naiv sie damals gewesen war, das zu unterschreiben.

Der zweite Text war von Sascha und vermutlich für Armin von viel größerer Bedeutung gewesen, um seine Unschuld zu bezeugen.

Und schließlich lag da noch ein gemaltes Porträt.

Sie erkannte es sofort.

Leo hatte es gemalt. Am Tag des Sommerballs, als sie halb nackt auf seinem Bett gelegen hatte.

Das war doch nicht möglich … Woher hatte er das Bild? Ihre Beine fühlten sich auf einmal an wie aus Gummi. Kurz glaubte sie, sie würde sich übergeben. Ihr Körper ahnte etwas, was ihr Kopf noch nicht wahrhaben wollte.

Das Porträt von sich noch immer in der Hand, ging sie wie mechanisch in den Flur, wo sie einen Moment lang vor der Badezimmertür stehen blieb. Dahinter hörte sie leise das Wasser plätschern, als Armin sich in der Badewanne bewegte. Sie setzte sich wieder in Bewegung, verstaute Leos Zeichnung in der Tasche ihrer leichten Strickjacke. Im Schlafzimmer überlegte sie fieberhaft, was sie tun sollte. Sie musste Armin zur Rede stellen. Auch wenn sie wusste, dass er ihr niemals einfach so beichten würde, warum er im Besitz des Porträts von ihr war. Was also sollte sie tun? Wie könnte sie die Wahrheit herausfinden?

Ihr Blick fiel auf das gerahmte Hochzeitsfoto auf Armins Nachttisch. Nur er sah darauf glücklich aus. Sie lächelte zwar, aber ihre Augen waren leer. Ehe sie sich dessen bewusst wurde, was sie tat, hatte sie das Foto von der Kommode genommen und gegen die Wand geschleudert. Das Glas zersprang, dünne Scherben bedeckten den Boden.

Im nächsten Moment war sie schon beim Schrank, in dem noch immer ihr Hochzeitskleid hing. Sie zog es heraus, betrachtete es ein letztes Mal. Darin hatte sie sich wie zugeschnürt gefühlt. Es war leicht, die Ärmel, die nur aus hauchzarter Spitze bestanden, abzureißen. Als Nächstes wollte sie den seidigen Rock zerstören, doch der war widerspenstiger. Sie nahm eine Scherbe des Bilderrahmens zur Hand und ignorierte, dass eine der scharfen Seiten in die dünne Haut auf ihrer Handfläche stach. Blut lief über ihre Finger, aber sie fuhr fort, fügte dem Stoff einen Schnitt zu und riss den Rest mit bloßer Gewalt entzwei.

Aus dem Augenwinkel nahm sie eine Bewegung wahr. Armin war im Türrahmen aufgetaucht. Er trug nur einen grauen Bademantel. Voller Entsetzen sah er sie an, das blutige und zerschnittene Hochzeitskleid im Schoß.

Tränen strömten über ihre Wangen. »Was hast du getan?«, schrie sie.

»Von was sprichst du?« Er klang fast genervt, als wäre das hier ein unnötiges Drama, mit dem er sich herumschlagen musste.

»Ich habe das Porträt gefunden. Das Bild, das Leo von mir gemalt hat.« Sie zog es aus ihrer Jackentasche und hielt es hoch. »Warum hast du das?«

Er wurde schlagartig blass. »Ich ... Er hatte es verloren.«

»Lüg mich nicht an! Was ist mit ihm geschehen?«

Armin schwieg, presste die Lippen zu einem dünnen Strich zusammen.

»Er war dir ein Dorn im Auge, weil du ganz genau wusstest, dass ich ihn geliebt habe! Und so, wie du Jakob loswerden wolltest, wolltest du auch ihn damals loswerden! Ist es nicht so?«

»Er hat dich geschändet! Ich habe doch an diesem Abend den Fleck an deinem Hals gesehen! Er war deiner nicht würdig!«

Sie schüttelte den Kopf. »Er hat mich aufrichtig geliebt.« Und dann stellte sie die Frage, vor der sie am meisten Angst hatte. »Weißt du, was mit ihm geschehen ist?«

Er antwortete nicht, wollte aus dem Raum, aber sie war schneller. Sie sprang vom Boden auf, warf die Tür zu und stellte sich davor. Ihr Herz raste. Sie hatte panische Angst vor ihm, aber sie musste die Wahrheit erfahren. »Antworte mir!«

»Er ist tot«, schrie Armin sie an.

Die Welt blieb mehrere Atemzüge lang stehen. Sie schloss die Augen, befürchtete, ohnmächtig zu werden.

»Noch am selben Abend des Sommerballs haben wir ihn festgenommen«, hörte sie Armin wie von fern sagen. »Und weil er nicht aufgehört hat, sich zu wehren, haben wir ihn erschossen.«

Die Heftigkeit, mit der sie ihn hasste, schnürte ihr die Luft ab. In diesem Moment hätte sie Armin umbringen können.

»Jetzt kennst du die Wahrheit. Und wie soll es deiner Meinung nach nun weitergehen?« Er klang so herablassend. »Denkst du wirklich, irgendjemand wird dir die Geschichte glauben, wenn du damit zur Polizei gehst? Ich werde behaupten, dass du verrückt bist. Ich werde dafür sorgen, dass sie dir Marlene wegnehmen. Ich werde dir alles nehmen, was dir lieb und teuer ist. Ich werde dein Leben zerstören.«

»Das hast du doch schon«, erwiderte sie. »Durch dich habe ich zwei Menschen verloren, die ich geliebt habe.« Sie straffte sich. »Sagt dir der Name Sascha Rothschild etwas?«

Damit hatte sie seine Aufmerksamkeit.

»Ich kann beweisen, dass du falsche Bestätigungen eingeholt hast nach dem Krieg. Ich habe eine Zeugin, die aussagen kann, dass du sie gequält und missbraucht hast.«

»Warum sollte man einer Jüdin mehr glauben als einem Parteifunktionär?«

»Weil man nachforschen wird. Dafür wird Alexej sorgen. Du weißt, dass er nichts auf dieser Welt mehr hasst als Nazis. Seine Schwester wurde im Krieg von deutschen Soldaten vergewaltigt und umgebracht. Glaub mir, wenn er erfährt, was du getan hast, wird er alles daransetzen, dass du verurteilt wirst.«

Armin wich zurück, als würde sie ihn mit einer Waffe bedrohen.

»Ich sage dir, wie es jetzt weitergeht: Du wirst Marlene und mich in Ruhe lassen. Du wirst aus Dresden wegziehen, weil ich deinen Anblick nicht mehr ertrage. Du wirst uns monatlich so viel Geld überweisen, wie wir zum Leben brauchen.«

Als er Einspruch erheben wollte, hob sie die Hand und brachte ihn zum Verstummen.

»Und sollte ich irgendwie das Gefühl haben, dass du uns doch noch Schaden zufügen willst, werde ich Alexej informieren, dass deine Vergangenheit nicht so rein ist, wie es den Anschein hat. Hast du mich verstanden?«

Noch in derselben Nacht verschwand Armin für immer aus ihrem Leben. Wohin, sollte sie erst Monate später erfahren, aber das Wichtigste war, dass sie ihn nie wiedersehen würde.

Und dann begann die graue Zeit, grau wie ein Regentag im November, alles ging ineinander über, hatte an Kontur verloren, Tag und Nacht, Dinge, die sie für gewöhnlich erfreuten oder traurig machten, einfach alles war zu einem Einheitsbrei geworden.

Hin und wieder war sie wütend, so wütend, dass sie einmal auf die Kissen in ihrem Bett einschlug und den Drang verspürte, einfach loszurennen, immer weiter, bis sie vor Erschöpfung zusammenbrach. Dann wieder war sie so traurig, dass es ihr die Luft raubte. Aber die meiste Zeit über wollte sie einfach nur, dass es Abend wurde und sie eine Berechtigung hatte, die Vorhänge zuzuziehen und sich ins Bett zu verkriechen. Und das wurde immer früher, erst um neun Uhr abends, dann um acht Uhr abends, und dann legte sie sich schon um sechs Uhr schlafen, während ihre wunderbare, brave Tochter noch in der Küche saß und ihre Hausaufgaben erledigte.

Lotte wusste, dass sie versagte. Dass sie sich um ihre Tochter kümmern musste, die von einem Tag auf den anderen und ohne Erklärung ihren Vater verloren hatte. Wenn Marlene nachfragte, wohin ihr Vater verschwunden sei oder warum er nicht wieder nach Hause komme, speiste Lotte sie mit knappen Antworten ab. »Dein Vater ist fort und wird auch nicht wiederkommen«, sagte sie dann.

Das war schrecklich ungerecht, aber sie hatte keine Kraft mehr. Oft rollte sie sich im Bett auf die Seite und strich zärtlich über das unberührte Bettlaken neben ihr, die leere Stelle, an der Jakob liegen sollte. Sie bekam wieder Albträume, nicht vom Krieg oder der lichterloh brennenden Stadt oder Bomben, die herabregneten, sondern sie träumte von schwarzen Löchern, von einem ewigen Nichts. Manchmal halfen ihr Schlaftabletten, um den bangen

Schmerz in ihrer Brust zu betäuben. Nach und nach wurde sie zu einer lebendigen Toten, der niemand Blumen bringen wollte, weil sie nach Traurigkeit stank.

42

1993

Hannah

Es war Sonntagnachmittag, sie saßen in einem Café vor einem Säulengang, blickten auf den modernen Kulturpalast, hübsche Blumenrabatten und die sprudelnden Springbrunnen und rührten in ihren Eiskaffees mit Sahne.

Lotte deutete zur Nordseite des Altmarktes, dorthin, wo sich der flache Kulturpalast befand. »Eigentlich hatte man geplant, dort ein zentrales Hochhaus der Kultur zu bauen, einen Turm im Zuckerbäckerstil nach Moskauer Art. Wir fanden das unmöglich und haben protestiert. Die Pläne wurden immer wieder verändert, der Turm wurde niedriger und niedriger. Etwa ab Mitte der Sechzigerjahre wurde dann dieses Gebäude gebaut.«

Hannah hätte ihrer Oma stundenlang zuhören können, wenn sie von der einstigen Architektur der Stadt erzählte. Als sie vorhin die Prager Straße entlang und vorbei am Pusteblumenbrunnen geschlendert waren, Lotte bei Hannah untergehakt, hatte Lotte immer wieder mal auf ein Gebäude gedeutet und etwas wie »Dort war vor dem Krieg eine wunderbare Schneiderei!« gesagt oder »Ist es zu glauben, dass das ganze Terrain noch bis Ende der Fünfzigerjahre reine Steppe gewesen ist? Ein Schäfer hat dort seine Schafe gehalten und in einem Karren geschlafen.«

»Wenn ich dich mit meinen Geschichten langweile, dann sag es bitte«, seufzte Lotte nun.

»Überhaupt nicht! Deine Erzählungen sind richtig spannend! Wenn ich das nächste Mal Urlaub habe, will ich unbedingt im Archiv nach alten Fotos suchen. Ich finde es hochinteressant, wie die Stadt vor der Bombardierung ausgesehen und wie sie sich durch den Wiederaufbau verändert hat.«

Elegant schlug die Einundsiebzigjährige die Beine übereinander und lehnte sich in ihrem Stuhl zurück. »Die Wohnung, in der ich mit Armin gewohnt habe, war hier ganz in der Nähe. Ich kann dir später das Gebäude zeigen.«

»Ja, gern.« Hannah verfolgte, wie eine Taube mit dem Schnabel an einer Eiswaffel am Boden zupfte. »Weiß meine Mutter eigentlich, dass Armin nicht ihr Vater ist?«

»Ja, das habe ich ihr gesagt.« Lotte fegte ein paar unsichtbare Krümel von ihrer Caprihose. »Das Gespräch ist sehr unglücklich verlaufen. Zu diesem Zeitpunkt hatten wir uns schon voneinander entfernt. Vermutlich sah sie nur eine Last in mir. Zu Recht.«

»Hast du ihr nicht erzählt, wie es dazu kam, dass Jakob fortgegangen ist und du Armin geheiratet hast? Dann hätte sie doch sicher verstanden, warum du mit deinen Kräften am Ende warst.«

Lotte lächelte traurig. »Man hat damals nicht über die Kriegstraumata und alles, was danach kam, gesprochen. Man wollte einfach nur abschließen und weitermachen. Ich habe mich bemüht, habe weiterhin für die Denkmalpflege gearbeitet und mit dem Direktor von Marlenes Schule gesprochen, wenn sie mal wieder etwas zu vehement im Unterricht aufbegehrt hat. Aber ich war keine richtige Mutter, ich war ein Geist. Und dann habe ich sie im Stich gelassen, als sie mich am dringendsten gebraucht hätte. Aber das soll deine Mutter dir lieber selber erzählen, das steht mir nicht zu.«

»Hast du denn nicht noch mal versucht, mit ihr zu sprechen?«

»Doch, das habe ich. Ein Jahr nachdem sie von zu Hause abgehauen war, habe ich sie zufällig in der Stadt getroffen und wollte mit ihr reden, sie fragen, wie es ihr ging … Aber sie hat mir deutlich zu verstehen gegeben, dass sie mich nie wiedersehen möchte. Und das habe ich akzeptiert und mich nur noch mehr in meine vier Wände zurückgezogen.«

»Ich versuche noch mal, mit ihr darüber zu reden. Vielleicht, wenn sie endlich die ganze Wahrheit erfährt, könnt ihr euch wieder vertragen.«

Lotte fuhr mit dem Finger über eine Falte in der Plastedecke auf dem Tisch. »Nichts würde mich glücklicher machen, als mich endlich mit meiner Tochter auszusprechen und sie um Verzeihung zu bitten. Aber ich befürchte, man kann all die Zeit, die vergangen ist, nicht aufholen. Da will ich mir keine falschen Hoffnungen machen.«

Es war wohl leider richtig, dass man Zeit nicht aufholen konnte, so wie vermutlich leider auch richtig war, dass nach einem Krieg niemals wirklich Frieden einkehrte. Aber man hatte es geschafft, eine vollkommen zerstörte Stadt wiederaufzubauen und den Menschen ein neues Zuhause, ein neues Leben zu schenken. Vielleicht war es also möglich, dem Schlimmen, was geschehen war, etwas Schönes entgegenzustellen, indem man die Dinge liebevoll neu errichtete, auf Gräbern Blumen pflanzte und aus zerbrochenen Porzellanteilen neue, schöne Gefäße machte.

Am Abend desselben Tages klingelte Hannah an der Tür ihrer Mutter.

»Ist etwas passiert?«, fragte Marlene, verwundert über den unerwarteten Besuch ihrer Tochter. Erst dann bemerkte sie die Flasche Rotwein und die zwei Tiefkühlpizzen, die Hannah in den Händen hielt.

»Muss denn etwas passiert sein, dass ich meine Mutter besuche?« Hannah schob sich an Marlene vorbei in den Flur, wo sie aus ihren Ballerinas schlüpfte. »Hast du Hunger?«

Ihre Mutter runzelte leicht die Stirn, als ginge sie davon aus, dass es einen bestimmten Grund für Hannahs spontanen Besuch gab, womit sie ja nicht ganz falschlag. Schließlich seufzte sie. »Tatsächlich habe ich sogar einen Bärenhunger. Bis auf ein paar Haferflocken mit Joghurt habe ich heute noch nichts gegessen.«

»Deine Wähler haben nichts davon, wenn du kurz vor der Wahl kollabierst.«

Hannah stellte den Herd an und schob die zwei Pizzen hinein, während ihre Mutter ihnen Rotwein einschenkte. Sie gingen ins Wohnzimmer, wo Marlene ein paar Notizen auf dem Tisch sortierte und Hannah währenddessen ein abstraktes Gemälde betrachtete, das ihre Mutter offenbar neu erstanden hatte. Sie fragte sich, was die Aussage der bunten, aber ansonsten vollkommen identischen quadratischen Formen war.

»Wobei habe ich dich gerade gestört?«, fragte Hannah.

»Ich bin dabei, eine Rede zu lernen, die ich morgen Abend bei einem Bürgertreff halten soll, und wische nebenbei in den Regalen Staub«, sagte Marlene, wobei sie den Wein im Glas schwenkte, damit er seine Aromen entfaltete.

»Ist dir nicht manchmal danach, dich einfach aufs Sofa zu legen und zu lesen oder dich sinnlos durch die Fernsehkanäle zu schalten?«

»Manchmal.«

»Warum machst du es dann nie?«

»Weil ich mir keine Fehler erlauben darf.«

»Aber ist es nicht genau das, was die Leute an dir mögen? Dass du eben nicht fehlerfrei bist?«

»Sie mögen die Geschichte dahinter, dass ich von der Frau, die mal im Gefängnis saß, zur erfolgreichen Politikerin aufgestiegen bin.«

Als die Pizzen fertig waren, lud Hannah sie in der Küche auf zwei Teller und schnitt mit einem scharfen Messer die Stücke vor. »Wollen wir uns aufs Sofa setzen?«

»Man isst am Tisch.«

»Richtiges Essen vielleicht. Fertigpizza isst man auf dem Sofa. Das steht hinten in der Anleitung auf der Packung.«

Es dauerte noch ein paar Minuten, bis ihre Mutter endlich still auf dem Sofa sitzen konnte und nicht ständig aufsprang, um Untersetzer, Getränke oder Salz und Pfeffer zu holen. »Das tut gut«, seufzte sie schließlich erschlagen und biss in ein Pizza-Dreieck. Einen Moment lang war sie nicht die perfekte Bürgermeisterkandidatin, sondern einfach eine Frau mit Käse am Kinn, die ihre Beine auf dem Sofatisch ausstreckte. Diese Version ihrer Mutter mochte Hannah am liebsten.

»Sollten wir öfter machen«, schlug Hannah vor.

»Ja, das sollten wir.« Aber ihre Mutter klang, als würde sie nicht daran glauben.

Hannah überlegte, wie sie ihrer Mutter von ihren Treffen mit Lotte erzählen konnte, ohne dass sie sofort wieder dichtmachte. Wahrscheinlich wäre es am besten, einfach mit der Wahrheit rauszurücken.

»Ich muss dir etwas sagen.«

Ihre Mutter legte ihr Stück Pizza ab und säuberte die Finger mit ihrer Serviette. Ihr Blick war weder streng noch abweisend, dennoch hatte Hannah mal wieder das Gefühl, völlig zu versagen.

»Versprichst du mir, nicht böse auf mich zu sein?«, fragte sie.

»Ich verspreche es dir.«

»Du hast mir ja Lottes Adresse gegeben. Ich war bei ihr. Und sie war wirklich nett.«

Marlene stellte ihren Teller, auf dem noch immer die Hälfte der Pizza lag, auf dem Tisch ab, erhob sich vom Sofa und strich über ihre helle Jeans. Hannah hasste es, wenn ihre Mutter wie jetzt eisern schwieg. Aber sie würde sich davon nicht beirren lassen.

Während Hannah von Jakob erzählte und davon, dass Armin Lotte damals gezwungen hatte, sie zu heiraten, sortierte ihre Mutter die Zeitschriften auf dem Sofatisch, wischte mit dem Zeigefinger über die Glasvitrine mit dem modernen Kassettenrekorder darin und prüfte, ob die Bilder auch wirklich gerade hingen. Hannah schilderte, wie ihre Oma versucht hatte zu fliehen, um ihre große Liebe zu finden, und wie der Mauerbau das verhindert hatte. Schließlich, nachdem sie grob zusammengefasst hatte, wie Lotte die Wahrheit über Armin herausgefunden und ihn in der Hand gehabt hatte, schlug ihr Herz so kräftig, als wäre sie einen Marathon gerannt.

Nun gab es nur noch eines zu sagen. »Das alles hat ihr jegliche Kraft geraubt. Aber sie bereut es, dass der Schmerz sie so zerfressen hat, dass sie dir keine gute Mutter war.«

Weiterhin eisernes Schweigen.

»Wärst du bereit, mit Lotte zu sprechen?«, fragte Hannah vorsichtig.

Ihre Mutter verschränkte die Arme vor der Brust. Die reinste Abwehrhaltung. Es war genau dieser Blick, der ihre politischen Gegner oft in die Knie zwang. »Es ist seitdem so viel Zeit vergangen. Es würde nur eine Wunde aufreißen.«

»Ich weiß nicht, was damals genau zwischen euch vorgefallen ist. Sie wollte, dass du es mir erzählst. Aber würdest du mit Lotte sprechen, dann würdest du sehen, wie leid es ihr tut, dich im Stich gelassen zu haben.«

»Dafür habe ich jetzt einfach keinen Kopf. Ich muss mich auf den Wahlkampf konzentrieren.«

»Bisher hat sich immer alles um deine Karriere gedreht. Findest du nicht, dass es mal an der Zeit ist, sich um dich zu kümmern? Ich merke doch, dass dich der Streit mit deiner Mutter noch immer belastet.«

»Ach …« Marlene schnalzte mit der Zunge und schüttelte den Kopf, als wäre Hannah ein kleines Kind.

»Weißt du, es gab immer nur uns beide, und das hat funktioniert. Aber ich habe mir oft eine Familie gewünscht. Eine Oma, die mich zu Weihnachten mit Plätzchen mästet und mir schreckliche warme Unterwäsche schenkt. Du warst zwar da, aber du warst auch nicht wirklich da, weil du selbst an meinen Geburtstagen immerzu telefoniert oder ›nur noch schnell diesen Brief‹ geschrieben hast.«

»Wirfst du mir vor, eine Rabenmutter zu sein? Glaub mir, das war Lotte. Einmal hat sie meinen Geburtstag sogar vergessen, weil sie immerzu benebelt von ihren Medikamenten war.«

»Ich verstehe, dass du deshalb ziemlich wütend auf sie bist. Aber ich bin mir sicher, dass sie sich nichts mehr wünschen würde, als die Zeit zurückdrehen und alles besser machen zu können.«

Kurz schien ihre Mutter mit sich zu ringen. Schließlich lächelte sie förmlich, so wie sie es immer für die Fotos in der Zeitung tat. »Manche Differenzen sind nicht zu überbrücken. Dann ist es für beide Parteien das Beste, getrennte Wege zu gehen.«

Da war sie wieder, die Politikerin.

Es hatte keinen Sinn. Hannah erhob sich vom Tisch, zögerte kurz und sagte dann: »Ich besuche sie morgen um drei zum Kaffee.

Du kannst dir überlegen, ob du dazukommen möchtest. Es würde Lotte viel bedeuten. Und mir auch.«

Es brach Hannah das Herz. Lotte hatte sich so viel Mühe gegeben. Sie hatte den Tisch auf der Terrasse hübsch mit Gänseblümchen und dem guten Geschirr gedeckt und einen Käsekuchen mit Mandarinen gebacken. Aber der Kaffee in der Kanne war inzwischen kalt geworden.

»Möchtest du dir nicht ein Stück nehmen?«, fragte Lotte und hob die Haube an, die sie über den Kuchen gestellt hatte.

»Nein, warten wir noch.« Stoisch rührte Hannah in ihrem Kaffee und gab noch einen Löffel Schlagsahne hinein, ehe sie vollends in sich zusammenfiel.

Lotte lächelte traurig. »Sie kommt nicht.«

»Sie ist erst …« Hannah warf einen Blick auf ihre Armbanduhr. » … eine Stunde zu spät«, vollendete sie ihren Satz geknickt. Für gewöhnlich war ihre Mutter überpünktlich.

»Ach Liebes, du hast es versucht«, sagte Lotte tapfer und tätschelte ihre Hand. »Das rechne ich dir hoch an.«

»Wahrscheinlich ist sie offen für ein Treffen, wenn der Wahlkampf endlich vorbei ist. Er belastet sie sehr.«

»Ja, vielleicht«, erwiderte Lotte, aber sie klang nicht so, als würde sie daran glauben. »Und nun schneiden wir endlich diesen Kuchen an. Ich gehe nur schnell rein und hole ein paar Servietten.«

Eigentlich lagen die Servietten auf dem Tisch, Lotte wollte nur nicht, dass Hannah die Tränen sah, die in ihren Augen glänzten.

»Oder vielleicht war sie einfach noch nicht so weit und braucht noch ein paar Tage«, versuchte Hannah, ihre Oma aufzumuntern. »Immerhin habe ich sie gestern ordentlich überrumpelt.«

»Vielleicht. Aber Marlene war schon immer wunderbar stur

und damit vermutlich genau richtig für die Politik. Diese Eigenschaft hat sie von ihrem Vater.«

»Was habe ich noch von meinem Vater?«, hörte sie auf einmal die Stimme ihrer Mutter. »Entschuldigt bitte die Verspätung und mein Eindringen in den Garten, aber ich habe eure Stimmen gehört und dachte, ich bin so dreist und folgte ihnen einfach. Immerhin war das mal mein Zuhause.«

»Da bist du«, hauchte Lotte und legte eine Hand auf ihr Brustbein. Sie war sichtlich um Fassung bemüht.

»Ich musste ein paar Termine absagen, das hat mich aufgehalten.« Ihre Mutter betastete ihren Dutt. »Es gibt Käsekuchen?«

»Mit Mandarinen, so wie du's am liebsten magst«, erwiderte Lotte.

»Danke, dass du gekommen bist.« Hannah lächelte ihre Mutter an und rutschte auf der Bank ein Stück zur Seite.

Marlene setzte sich neben sie, die Beine im perfekten Neunzig-Grad-Winkel aneinandergelegt, und erzählte das erste Mal ihre Geschichte.

43

1967

Marlene

Mittwoch war der Tag, an dem ihre Mutter von den Toten auferstand und Marlene klar wurde, dass sie schwanger war.

Alles begann auf der Mädchentoilette in der Schule.

Keuchend sank sie neben der Schüssel auf den Boden und wischte sich die Haarsträhnen aus dem Gesicht. In letzter Sekunde hatte sie es in die Kabine geschafft und sich in hohem Bogen erbrochen.

Mist, verdammter.

Jemand klopfte an die Tür.

»Moment noch!«, rief sie gereizt, klappte den Toilettendeckel zu und stützte sich darauf.

Mist, Mist, Mist!

Das war bereits das dritte Mal in dieser Woche, dass sie sich übergeben hatte. Und es war erst Mittwoch. Und sie war definitiv nicht krank.

Sie atmete tief ein und wieder aus. Nicht heulen. Du wirst nicht heulen, ermahnte sie sich wieder und wieder und bohrte ihre Fingernägel so fest in die Handballen, dass kleine Halbmonde als Abdrücke blieben.

Wieder klopfte es gegen die Tür. »Mensch, beeil dich mal!«

»Such dir halt 'ne andere Toilette!«

Sie spülte, und da läutete es auch schon. Die Mittagspause war vorbei, und irgendwie musste sie es schaffen, eine Stunde Mathe und danach zwei Stunden Sport zu überstehen. Als sie die Tür der Kabine aufriss, wich das Mädchen, das davor gewartet hatte, zurück. Vermutlich funkelten ihre Augen vor Zorn. Und sie hatte einen gewissen Ruf. Sie diskutierte nun mal gerne und scheute auch nicht davor zurück, ihre Meinung zu sagen. Dabei stand sie ohnehin schon auf der schwarzen Liste, weil sie nicht in der FDJ war. Bei den Pionieren war sie auch nicht lange gewesen, ihre Mutter hatte ihr von einem Tag auf den anderen verboten, zu den Treffen zu gehen. Sie tat so, als wäre ihr das recht, aber in Wahrheit machte es ihr zu schaffen, weil sie dadurch automatisch ausgeschlossen wurde und kaum Freunde hatte. Schlimmer noch, man stempelte sie als Sonderling ab. Dabei hatte sie es früher eigentlich schön gefunden, mit ihrer Mutter am Subbotnik teilzunehmen. Früher, als ihr Vater noch da gewesen war. Auch wenn Armin oft unzufrieden mit ihr gewesen war oder mit ihr geschimpft hatte, war damals alles besser gewesen, weil ihre Mutter noch am Leben teilgenommen hatte. Jetzt war sie eine lebende Tote.

»Du siehst ja schrecklich aus«, sagte Birgit gehässig. Marlene hatte sie gar nicht wahrgenommen. Mit ihrem langen blonden Puppenhaar war Birgit die Schulschönheit, aber sie war auch ein Biest. Sie stand vor dem Spiegel und zog sich die Lippen nach. »Hast du da drin gekotzt?«

»Iiiihhh.« Ihre Freundin, Birgits Doppelgängerin, rümpfte die Nase.

»Was geht das euch an?« Marlene strich sich ihre Locken aus

dem Gesicht, wusch sich die Hände und dann auch das Gesicht. »Aber wenn ihr's unbedingt wissen wollt: Ja, ich hab gekotzt. Die Gulaschsuppe war schlecht. Jeder hier weiß doch, wie mies unsere Küche ist.«

»Oder bist du etwa schwanger?« Birgit wollte sie provozieren, aber diesmal würde sie sich nicht darauf einlassen. Dann würden Birgits Eltern sich nur wieder beim Direktor darüber beschweren, dass Marlene mit ihrer Einstellung das Kollektiv schwäche und man endlich Maßnahmen ergreifen solle.

Kurz war sie versucht, nach Hause zu gehen, aber noch mehr Ärger konnte sie nicht gebrauchen, also saß sie die Mathestunde einfach ab, geistig weit weg, in einer Nacht, die ihr Leben versaut hatte.

Sein Name war Robin Winter, er war zwei Jahre älter als sie, und alle Mädchen an der Schule himmelten ihn an. Sie hatte ihn eigentlich albern gefunden, weil er sich zu oft mit der Hand durch sein aschblondes Haar fuhr. Vor drei Monaten hatte er sie auf einer Geburtstagsfeier angesprochen, die Gaby gegeben hatte, als ihre Eltern im Urlaub in Budapest gewesen waren. Gaby war ihre beste Freundin. Sie war klein, hatte es aber in sich. Sie verwendete gerne kluge Wörter, die keiner kannte, wie »eminent« oder »marginal«, musste die alten Klamotten ihrer Schwester auftragen, die inzwischen in Berlin wohnte, und bestand darauf, dass man ihren Namen mit y am Ende und nicht mit i schrieb. Über Gaby hatte Marlene auch Kontakt zu Jungs geknüpft, wovon ihre Mutter aber nichts wusste.

Auf besagter Geburtstagsfeier hatte Marlene sich gerade ein Bier aus dem Kühlschrank genommen, als Robin auf einmal neben ihr gelehnt und sie mit seinen blauen Augen angesehen hatte, denen man sich einfach nicht entziehen konnte. Sie waren *richtig* blau, nicht so verwaschen graublau wie bei anderen, sondern wie reiner Aquamarin.

»Hey«, sagte er.

»Hey«, sagte sie.

»Hab gehört, du hast die neue Platte von den Beatles.«

»Jap. Stimmt.« Sie pustete sich eine Haarsträhne aus dem Gesicht. Spielte die Unbeeindruckte. Robin Winter sprach mit ihr. Gaby würde ausrasten vor Begeisterung.

»Ein kleiner Rebell also. Knorke.«

Im Nachhinein hatte sie keine Ahnung, wie es passiert war. Eigentlich ließ sie ihn den Rest des Abends links liegen, weil Herzensbrecher sie nicht interessierten, aber sie spürte genau, dass er immer wieder zu ihr hersah. Als es schon weit nach Mitternacht war, war sie die Einzige, die noch nicht nach Hause gehen musste, weil sich niemand darum scherte, wann sie die Haustür aufschloss. Und sie liebte den Moment, wenn der Tag anbrach, aber auf den Straßen noch nichts los und die Luft herrlich frisch war und die ersten Vögel zwitscherten. Dann streunte sie wie eine Katze durch die Straßen und fühlte sich stark, als hätte sie die Nacht besiegt.

Gaby war schon längst mit ihrem Freund in ihr Zimmer verschwunden, also setzte Marlene sich auf das Sofa, beobachtete, wie sich zwei Kerle aus einer Schale die Reste der Knusperflocken in den Mund kippten, dann mit den Schultern zuckten und nach Hause gingen. Da dachte sie: Ha! Ich habe gewonnen. Die Nacht gehört mir!

Doch dann setzte sich auf einmal Robin neben sie, der offenbar im Garten gewesen war, und stellte ihr viele Fragen, so viele, dass sie das Gefühl bekam, dass er sich wirklich für sie interessierte und sie auch nicht verurteilte. Er begleitete sie nach Hause und küsste sie und schlug vor, sie könne doch mal zu ihm nach Hause kommen.

Als sie das tat, waren seine Eltern sehr herzlich, fragten ständig, ob sie Waldmeisterbrause haben wolle oder Nachschlag von den gefüllten Eiern. Robin waren sie ein bisschen peinlich, weil sie oft Händchen hielten und FKK liebten. Seine kleine Schwester war nervig, aber auch total süß mit der großen Zahnlücke, in die sie eine ganze Erbse schieben konnte. Und auf einmal verselbstständigte sich alles, und die Winters nahmen Marlene zu Ausflügen am Wochenende mit und luden sie abends zum Essen ein, und sie verliebte sich in Robin, aber vor allem in seine Familie.

Und jetzt hing sie über der Toilette und kotzte sich die Gulaschsuppe aus dem Leib.

Mist, Mist, Mist.

Nach der Schule ging sie noch in den HO, um einzukaufen. Sie wollte abends Kohlrouladen und Obstsalat machen, aber es gab weder Kohl noch Kartoffeln, und die Äpfel in den großen Säcken waren ziemlich schrumpelig, aber dafür gab's Butter, Mehl und Quark. Vor der Drogerie war eine ewig lange Schlange, die bis ans Ende der Straße reichte, und kurz überlegte sie, ob sie sich einfach anstellen sollte, weil sie dringend Seife brauchten, und vielleicht gab es ja gerade welche, aber sie hatte einen Berg voll Hausaufgaben.

Mit den Einkäufen in ihrem Rucksack strampelte sie mit dem Fahrrad den Berg rauf nach Loschwitz. Und dann war sie zu Hause. *Zu Hause.* Für andere ein Ort, an dem es nach Eintopf duftete, der einem das Wasser im Mund zusammenlaufen ließ. In dem die Mutter die Treppe hoch rief, ob man noch helle Wäsche habe. Bei ihnen waren so gut wie immer die Vorhänge zugezogen, weil ihre Mutter Licht nur schwer vertrug. Ein beliebter Satz von Lotte Spatz war: »Dafür habe ich jetzt nicht die Kraft.«

In der Küche stellte Marlene die Einkäufe auf den Tisch und bereitete Blümchenkaffee zu, weil es ihrer Mutter wichtig war, sparsam mit dem Pulver umzugehen. Lotte war noch auf der Arbeit, sie war für die Denkmalpflege tätig, das Einzige, was ihrem Leben einen Sinn gab.

Während sie sich die Wimpern dick tuschte und die Lippen anmalte und darauf wartete, dass das Koffein seine Wirkung entfaltete, ging sie im Kopf alle möglichen Varianten durch, wie sie Robin sagen würde, dass sie schwanger war. Vielleicht würden sie einen Spaziergang machen. Oder nein, das war viel zu steif. Sie wären in seinem Zimmer. Sie würde ihn zum Bett lotsen, wo sie ihn küssen und alles in diesen Kuss legen würde, was sie zu bieten hatte. Und dann, wenn sie ihn fast um den Verstand gebracht hätte, würde sie es ihm sagen. Sie würden vernünftig miteinander reden, wie zwei Erwachsene.

»Was für eine verdammte Scheiße!«, fluchte Robin, als sie eine Stunde später auf seinem Bett saß. Seine Stimme war eine Oktave höher gerutscht. Er lief vor ihr auf und ab.

Sie versuchte, ruhig zu bleiben. »Ich muss zugeben, dass ich mich anfangs auch nicht gefreut habe. Aber …«

»Aber was? Willst du mir etwa gerade sagen, dass du dich darüber freust, schwanger zu sein?«

»Na ja, ich …« Sie beschloss, es anders zu versuchen. »Ich weiß, dass diese Neuigkeit ein ganz schöner Hammer ist und dass uns ein Kind überhaupt nicht in den Kram passt, aber …«

»Ich dachte, du hättest aufgepasst?!«, fiel er ihr ins Wort.

Gab er gerade ihr die Schuld daran? »Ich? Du hast dir dieses verdammte Kondom übergezogen. Was bitte kann man denn daran falsch machen?«

Robin hörte ihr gar nicht zu. »Meine Eltern werden ausrasten … Sie werden mir verbieten, mit meinen Kumpels nach Prag zu fahren …«

»Das ist deine einzige Sorge? In mir wächst ein Kind heran, verdammt!«

Panisch packte er sie an den Schultern, weil sie laut geworden war. »Psst, bist du verrückt? Hör zu, meine Eltern dürfen nichts davon erfahren. Sie mögen dich, aber …« Er machte ein zerknirschtes Gesicht, als würde er sich vorab für das, was er nun sagen würde, entschuldigen. »Mit dir ist immer alles so kompliziert, deine Mutter ist ja nicht mal in der Partei, und man hat dich auch noch nie bei einer Demonstration am 1. Mai gesehen. Wir sagen ihnen nichts, bis wir eine Lösung gefunden haben.«

»Welche Lösung denn? Von was sprichst du?« Und da begriff sie es. »Du bist ein verdammtes Arschloch!«, brüllte sie und knallte seine Zimmertür so laut hinter sich zu, dass sie erzitterte. Und nur für den Fall, dass seine Eltern sie doch nicht gehört hatten, brüllte sie an der Haustür noch einmal: »Ihr Sohn ist ein verdammtes Arschloch!«, ehe sie endgültig aus Robins Leben verschwand.

Zu Hause ließ sie sich auf ihr Bett fallen, vergrub das Gesicht in der Decke und blieb wie tot liegen. Sie fühlte sich wie der einsamste Mensch auf dieser Welt.

Was sollte sie denn jetzt tun? Sie war vierzehn Jahre alt, sie war selbst noch ein Kind, wie sollte sie da eines großziehen, noch dazu allein? Wahrscheinlich hatte Robin recht, und sie würde einen Weg finden müssen abzutreiben. Sie würde doch wohl irgendeinen Arzt finden, der einer Minderjährigen half, auch wenn es illegal war. Oder sie würde selbst dafür sorgen. Sie konnte sehr entschlossen sein. Zur Not würde sie so lange mit einem Draht dort unten rumstochern, bis sie das Kind tötete.

Nein, das könnte sie niemals.

Mist, verdammter.

Sie wusste ja nicht mal, ob sie Kinder gernhatte oder nicht. Sie hatte nichts gegen sie, manchmal fand sie Säuglinge sogar süß, sie war aber auch schnell genervt, wenn eine Mutter im HO-Laden mit einem Schreihals an der Kasse alles blockierte. Und die Vorstellung, an ein Kind gebunden und darauf reduziert zu sein, ihm Brei zu füttern und die Windeln zu wechseln, war ihre persönliche Vorstellung von der Hölle. Wie sollte sie ein Kind überhaupt ernähren können? Abgesehen davon hatte sie Träume. Sie hatte sogar mal davon geträumt zu studieren, aber das konnte sie sich ohnehin abschminken, weil sie nicht in der FDJ war. Trotzdem wollte sie etwas in ihrem Leben erreichen, wollte etwas in diesem Land bewegen.

Sie schmeckte Salz. Wütend wischte sie die Tränen vom Gesicht. »Heulsuse«, schimpfte sie sich selbst.

Als sie die Haustür zufallen hörte, prüfte sie im Spiegel, ob man ihr ansah, dass sie geweint hatte, aber es hielt sich in Grenzen. Gaby würde es ihr vielleicht anmerken, aber nicht ihre Mutter.

»Bin zu Hause!«, rief Lotte.

Marlene hatte keine Lust zu antworten. Sie brauchte noch einen Moment für sich. Nach der Arbeit war ihre Mutter meistens eh »zu erschöpft«, um zu reden, dann sagte sie Dinge wie »Das klären wir später«.

Los, aufstehen!, trieb sie sich schließlich selbst an.

In der Küche band sie sich eine Schürze um, ehe sie sich daranmachte, Quarkkeulchen zuzubereiten, was kein wirkliches Abendessen war, aber wen kümmerte das schon? Während die kleinen Küchlein aus Kartoffeln, Magerquark, Eiern und Mehl in der Pfanne brutzelten, versuchte sie, die Mathehausaufgaben zu lösen.

Sie vergrub das Gesicht in den Händen. Wie sollte sie ihrer Mutter beibringen, dass sie schwanger war und der Vater nichts mit dem Kind zu tun haben wollte? Waren alle Männer so? Immerhin war ihr Vater auch von einem Tag auf den anderen einfach verschwunden. Manchmal ertappte sie sich bei dem Gedanken, dass es ihr vielleicht bei ihm besser gehen würde, auch wenn sie insgeheim wusste, dass das Unsinn war. Seine Liebe war nie bedingungslos gewesen. Wenn sie brav und lieb gewesen war, hatte er sie mit einer Haarspange oder einem neuen Notizheft belohnt. Wenn sie es hingegen gewagt hatte, den Mund aufzumachen, hatte er sie wochenlang wie Luft behandelt. Sie fragte sich auch oft, was vorgefallen war, dass er sie einfach so verlassen hatte. Aber wenn sie ihre Mutter darauf ansprach, reagierte sie gereizt und blockte ab.

Also: Wie sollte sie ihrer Mutter ihr Dilemma gestehen? Sie könnte so tun, als würde sie sich selbst über die Neuigkeit freuen. Die DDR propagierte doch, so früh wie möglich Kinder in diese Welt zu setzen. Und sie hatte sich mit Eifer daran gehalten.

Sie würde ihre Lage einfach offen und ehrlich mit ihrer Mutter besprechen. Immerhin war sie ihre Mutter, sie würde hinter ihr stehen. Die Quarkkeulchen wären gleich fertig, also klopfte sie an Lottes Schlafzimmer.

Sie schlief. Das war nicht ungewöhnlich, sie lag oft am helllichten Tag im Bett. Manchmal war das praktisch, denn im Gegensatz zu ihren Freundinnen musste Marlene nie heimlich des Nachts aus dem Fenster klettern oder um Erlaubnis fragen, wenn sie ausgehen wollte. Sie warf einfach einen Blick ins Schlafzimmer, stellte fest, dass ihre Mutter sich mal wieder mit Medikamenten betäubt hatte, schnappte sich die Schlüssel und dampfte ab. Gaby beneidete sie darum und beschwerte sich darüber, wie streng ihre Eltern waren.

»O Mann, deine Eltern sind echt nervig«, sagte Marlene dann, aber insgeheim würde sie am liebsten mit ihrer Freundin tauschen. Immerhin kümmerten sich Gabys Eltern um ihre Tochter.

Lotte lag auf dem Bauch und hatte wie ein Seestern alle Gliedmaßen von sich gestreckt. Auf dem Nachttisch lag eine breite Auswahl an Tabletten. Gegen die ständigen Kopfschmerzen, sagte ihre Mutter, aber Marlene war nicht dumm. Es kränkte sie auch, dass Lotte offenbar annahm, sie wäre so leicht zu täuschen. Sie hatte die Packungsbeilagen gelesen und wusste, dass darunter starke Schlafmittel waren, und die hatten den unschönen Nebeneffekt, dass ihre Mutter, selbst wenn sie mal wach war und sich zu ihrer Tochter an den Tisch setzte, nicht wirklich anwesend war. An manchen Tagen war sie schrecklich wütend auf ihre Mutter. Jedes Mal schluckte sie diese Wut runter wie eine stetige Dosis Gift, und sie hatte Angst vor den Folgen. Schon jetzt hatte sie oft Bauchschmerzen oder kaute ihre Fingernägel ab. Und sie hatte sich eine Rüstung angelegt, die so massiv war, dass sie kaum etwas herausließ, sodass ihre Klassenkameraden sie für unnahbar oder arrogant hielten. An anderen Tagen spürte sie den Schmerz, den ihre Mutter in sich trug, so intensiv, als wäre es ihr eigener, dann saßen sie einander gegenüber am Tisch und waren umgeben von einer dicken grauen Regenwolke. An diesen Tagen war sie selbst versucht, aufzugeben und sich hinzulegen. Ständig war da dieser Druck auf ihrer Brust, dieses Summen in ihrem Kopf, sodass sie manchmal einfach nur schreien wollte, als könnte sie so die Fesseln sprengen, die ihr die Luftröhre abschnürten.

»Mutti?«, sagte sie sanft.

Keine Reaktion.

»Mutti?«, sagte sie, diesmal etwas lauter.

Ihre Mutter wirkte, als würde sie nicht mal mehr atmen. Was, wenn sie zu viel von dem Zeug genommen hatte? Marlenes Puls beschleunigte sich. Sie rüttelte an Lottes Schulter. Immer noch kein Lebenszeichen.

Ihre Gedanken rasten. Sie durfte ihre Mutter nicht verlieren. Dann hätte sie niemanden mehr. Welche Telefonnummer hatte der verdammte Notruf? Halt. Erst mal sollte sie nach dem Puls tasten. Schwach, aber spürbar. Gott sei Dank, sie lebte.

»Mhhh …?«, stöhnte ihre Mutter. »Was ist denn?«

Marlenes Knie waren auf einmal so weich, dass sie fast zusammenklappte. Sie zitterte am ganzen Körper, wandte sich ab, fuhr sich mit beiden Händen durchs Haar. Durchatmen. Nicht weinen, nicht weinen, nicht weinen.

»Wie spät ist es?« Ihre Mutter rollte sich auf den Rücken und strich sich über das Gesicht.

»Fünf Uhr«, antwortete sie und fügte sicherheitshalber noch hinzu: »Abends.«

»Oh. Tut mir leid …« Lotte richtete sich auf und blinzelte träge. »Ich kümmere mich mal ums Essen.«

Einatmen. Ausatmen. Sie befürchtete, ihre Mutter sonst anzuschreien und ihr richtig schlimme Dinge an den Kopf zu werfen.

Sie setzte sich neben Lotte aufs Bett. »Du musst endlich weniger von diesem Zeug nehmen.«

Lotte schwieg.

»Mutti, es ist mir ernst.« Die letzten zwei Minuten fühlten sich an, als wäre sie auf den Schlag zehn Jahre gealtert. Aber ihre Mutter schien nicht mal zu bemerken, wie aufgewühlt sie war. Sie stellte erst ein Bein, dann das andere auf den Boden und zog ihre Strickjacke enger um ihren schmalen Körper.

»Weißt du eigentlich, was ich mir für Sorgen um dich mache?«, schrie sie ihre Mutter auf einmal an. »Jeden verdammten Tag!«

»Es tut mir leid, Liebes. Ich habe verschlafen. Ich …«

»Du begreifst es einfach nicht! Ich brauche eine Mutter! Ich brauche jemanden, der für mich da ist! Vor allem jetzt! Weil …«

In kleinen, tapsigen Schritten ging ihre Mutter zur Tür. »Lass uns morgen in Ruhe drüber reden. Ich bin etwas erschlagen.«

»Weil ich verdammt noch mal schwanger bin!«, schrie sie.

Jetzt war es raus.

Ihre Mutter hielt inne. Sie schwieg eine Ewigkeit oder vielleicht nur ein paar Atemzüge lang. »Was hast du gesagt?«

»Ich bin schwanger.« Es brach aus ihr heraus wie Wasser aus einem kaputten Staudamm. »Ich weiß nicht, was ich tun soll. Ich schaffe das nicht allein. Ich muss wissen, ob du hinter mir stehst. Ob du für mich da bist!« Tränen liefen über ihr Gesicht, die sie zornig fortwischte.

»Und du bist dir sicher?«

Sie nickte.

»Von wem?«

»Du kennst ihn nicht.« Woher auch? Ihre Mutter verließ das Haus ja nur, um zur Arbeit zu gehen. Schulaufführungen besuchte sie nie. Und Marlene hatte Robin nie mit nach Hause genommen. Sie hatte vermeiden wollen, dass er sah, wie kaputt ihre Familie war.

Sie wollte einfach nur in den Arm genommen werden. Sie musste hören, dass alles gut werden würde. Dass sie nicht allein in diesem Schlamassel steckte.

»Und was hast du jetzt vor?«, fragte ihre Mutter.

Hilflos zuckte sie mit den Schultern. »Ich weiß es nicht.«

Und dann ging ihre Mutter aus dem Raum und verschwand im Bad. Fassungslos und verwirrt blieb Marlene auf dem Bett sitzen.

Auf einmal nahm sie wahr, dass es verbrannt roch. »Verdammt, die Quarkeulchen!« Sie rannte die Treppe hinab, stürzte fast, erreichte die Küche und riss die Pfanne vom Herd.

Kurz darauf tauchte auch ihre Mutter auf und sah ausdruckslos zu, wie ihre Tochter die Mahlzeit im Müll verschwinden ließ.

Völlig am Ende ihrer Nerven, stützte Marlene sich mit beiden Händen am Spülbecken ab. »Willst du dazu nichts sagen?«

»Zu was?«

»Hast du eigentlich überhaupt gehört, was ich gesagt habe?!«, schluchzte sie verzweifelt.

»Ja, das habe ich«, erwiderte ihre Mutter und nahm die Flasche Apfelsaft aus dem Kühlschrank. »Du hast Quarkkeulchen gemacht.«

Es war aussichtslos. Ab da ging alles auf einmal rasend schnell, als hätte sich ihr Leben verselbstständigt oder als würde endlich etwas eintreten, was eigentlich schon längst überfällig war. Wie mechanisch ging Marlene in ihr Zimmer, wo sie eine große Tasche unter ihrem Bett hervorzog, in die sie wahllos Kleidungsstücke aus dem Schrank stopfte.

»Was tust du da?« Ihre Mutter war im Türrahmen aufgetaucht.

»Nach was sieht es denn aus? Ich werde zu meinem Vater ziehen.« Eigentlich hatte sie das nur gesagt, um Lotte zu verletzen, immerhin hatte sie seit Jahren keinen Kontakt zu Armin. Aber vielleicht wäre das wirklich eine Möglichkeit … Sie befand sich in einer Notlage, da würde ihr Vater ihr doch helfen, oder?

Ihre Mutter schnaubte. »Und wie willst du ihn finden?«

Das wusste sie auch noch nicht, aber irgendeine Möglichkeit würde es doch wohl geben. Sie war klug, ihr würde etwas einfallen.

Die Tasche an sich gedrückt, eilte Marlene die Treppe hinab und hielt mit energischen Schritten auf die Haustür zu.

»Es ist dir also ernst?« Ihre Mutter folgte ihr.

»Ja. So sieht's aus. Ich finde ihn schon. Und selbst wenn mein Vater streng war, so kümmert er sich wenigstens um mich! Du bist ja nicht mal richtig anwesend, sondern immer benebelt von all den Medikamenten!«

Der Streit eskalierte, sie hatte eine Grenze überschritten.

»Armin wird dir die Nase vor der Tür zuknallen!«

»Warum sollte er? Ich bin seine Tochter!«

»Dieser Mann, den du für deinen Vater hältst, ist nicht dein Vater!«

Es war, als hätte ein Erdbeben die Welt erschüttert. Marlene blinzelte. Fragte sich, ob sie sich einfach nur verhört hatte. Aber ihre Mutter weinte. »Es tut mir leid, ich wollte nie, dass du es so erfährst …«

Marlene schluckte mehrmals. »Ist das wahr?«

Lotte nickte.

»Weißt du, was, du kannst mich mal!« Zu ihrem Ärger flossen die Tränen nun unaufhaltsam. »Ich bin das alles hier so leid! Du bist keine richtige Mutter, du bist einfach nur ein wandelnder Geist!«

»Das stimmt nicht …« Lotte hatte so leise gesprochen, dass sie kaum zu hören gewesen war.

»Doch, deshalb verlassen dich die Menschen! Deshalb ist mein richtiger Vater weg und dann auch noch der Mann, von dem ich dachte, er wäre mein Vater, und jetzt verlierst du auch noch mich, weil du nur an dich selbst denkst und …«

Sie spürte, wie ihre rechte Wange dröhnte. Erst dann begriff sie, dass ihre Mutter sie geschlagen hatte.

Lotte erweckte den Eindruck, ebenso erschrocken darüber zu sein, denn sie starrte auf ihre Hand und schien plötzlich in sich zusammenzufallen. »Es tut mir leid …«, stammelte sie. »Marlene, das wollte ich nicht. Es tut mir so leid …«

Sie drehte sich einfach um und ging.

»Bitte, bleib! Ich kann dich nicht auch noch verlieren!«

Kurz war sie versucht, dem Wunsch ihrer Mutter nachzukommen, doch sie sah ihr Leben vor sich, wie es sich entwickeln würde. Sie würde immer tiefer in den Sumpf gezogen werden. Eigentlich wusste sie das schon viel länger, aber manchmal brauchte man eben einen gehörigen Tritt in den Hintern, um endlich den entscheidenden Schritt zu tun. Sie konnte nicht hier bleiben.

»Ich hab dich lieb, Mutti. Aber ich kann nicht mehr«, sagte sie und blickte ihrer Mutter in die Augen. Dann verließ sie schnell und ohne sich noch einmal umzusehen das Haus.

Im Rosengarten war zum Glück kaum etwas los. Noch war es hell, aber bald würde die Sonne untergehen, und bis dahin müsste sie entschieden haben, wie es mit ihr weitergehen sollte. Sie saß auf der Rückenlehne der Bank, ihre Reisetasche zwischen den Füßen, und nahm einen Schluck Bier. Eine Flasche wäre wohl drin, das brauchte sie jetzt einfach, so verkorkst, wie ihr Leben war. Kurz überlegte sie sogar, sich richtig volllaufen zu lassen, aber sie wollte dem Kind nicht schaden. Außerdem wäre sie dann wie ihre Mutter, die ihre Sorgen betäubte, und das wollte sie auf keinen Fall.

Was sollte sie tun?

Sie könnte vorerst sicher bei Gaby unterkommen, aber wie würde es dann weitergehen? Wie sollte sie ein Kind großziehen? Ihr Leben war ein einziges Chaos.

Kinderlachen. Sie hatte gar nicht gemerkt, dass nicht weit von ihr eine Mutter mit ihrem kleinen Mädchen Fangen spielte. Der Anblick der beiden war herzerwärmend.

Sie legte eine Hand auf den Bauch, schloss die Augen und stellte sich vor, wie das kleine Wesen in ihr wuchs. Auf einmal wurde sie ganz ruhig. Und da wusste sie es: Sie wollte dieses Kind.

Sie wollte es, weil sie es jetzt schon liebte. Weil sie wusste, dass sie alles dafür tun würde, ihm ein gutes Leben zu ermöglichen. Sie würde ihm eine bessere Mutter sein, als Lotte es für sie war, und sie würde dafür sorgen, dass es in einer schönen Welt aufwuchs.

Sie würde es schaffen, auch allein.

44

1993

Hannah

Während ihre Mutter ihren Teil der Geschichte erzählt hatte, hatte Hannah wie gebannt zugehört. Endlich verstand sie so viel besser, wie Marlene Spatz zu dieser starken, aber auch oft distanzierten Frau geworden war.

Es war wunderbar mitanzusehen, wie die beiden Frauen am Tisch, die sich so ähnlich waren, einander zuhörten und sich dadurch endlich wieder näherkamen. Nicht nur ein Mal hatte Hannah Tränen in den Augen gehabt. Sie tröstete sich mit zwei großen Stücken Käsekuchen.

»Ich wollte dir ein gutes Zuhause schaffen, aber die Wahrheit ist, dass ich mich in ein Gespenst verwandelt hatte«, sagte Lotte. »Und das tut mir schrecklich leid. Ich war nicht für dich da, als du mich gebraucht hast. Die Zeit lässt sich nicht zurückdrehen, aber ich will dich trotzdem inständig um Verzeihung bitten.«

»Hannah hat mir erzählt, was alles in deinem Leben vorgefallen ist«, sagte Marlene. »Hätte ich das damals gewusst, dann hätte ich vielleicht mehr Verständnis gehabt.«

»Weißt du eigentlich, was aus Armin geworden ist, nachdem du endlich von ihm befreit warst?«, fragte Hannah.

»Als ich von Armin geschieden wurde, habe ich erfahren, dass er inzwischen in Chemnitz wohnte. Er hat mir regelmäßig Geld überwiesen und dann irgendwann nicht mehr. Als ich nachgeforscht habe, erfuhr ich, dass er gestorben war. Er hatte wohl schon länger Krebs.«

»Und mein richtiger Vater?«, erkundigte sich Marlene. »Hast du eine Ahnung, wo er sein könnte?«

Lotte schüttelte langsam den Kopf. »Nein. Ich hätte es vielleicht über die Jüdische Gemeinde herausfinden können, aber die Grenze hat das verhindert. Und als die Mauer viele Jahre später fiel, da …« Sie zuckte müde mit den Schultern. » … da war zu viel Zeit vergangen. Ich hatte einfach keine Kraft mehr.«

»Denkst du noch manchmal an ihn?«, wagte Hannah zu fragen.

Lottes Augen glänzten. »Jeden Tag.« Sie legte eine Hand auf Hannahs und eine auf Marlenes. »Versprecht mir eines: Vergesst nie zu leben. Auch wenn euch manchmal nicht danach ist, auch wenn sich alles verdunkelt und ihr denkt, dass es mehr Gründe gibt, die Augen zu schließen, als sie offen zu halten, dann vergesst trotzdem niemals zu leben.«

Seltsamerweise dachte Hannah auf einmal an Harry, der immer fröhlich und ganz bei sich selbst war und ihr ein gutes Gefühl gab. Sie vermisste ihn. Und dann dachte sie an Malte, mit dem sie für den Abend verabredet war. Früher wäre sie den ganzen Tag über aufgeregt gewesen, hätte hin und her überlegt, was sie anziehen sollte, sich die Beine frisch rasiert, die Haare aufwendig geföhnt und die ganze Zeit über diesen Druck im Bauch gespürt, weil sie eigentlich davon ausging, dass sie niemals gut genug für ihn sein würde, egal wie sehr sie sich anstrengte. Erstaunt stellte sie fest, dass sie eigentlich lieber mit einem Glas Wein kochen und dann eine große Portion Spaghetti auf dem Sofa genießen wollte.

Mit Harry an ihrer Seite.

»Ich lasse euch mal allein«, sagte sie und war im nächsten Moment schon aufgestanden. Sie hatte ohnehin das Gefühl, dass Lotte und ihre Mutter etwas Zeit für sich brauchten.

»So plötzlich?«, fragte ihre Mutter verwirrt.

»Ja, ich muss etwas Dringendes erledigen!«

»Und was, wenn ich fragen darf?«

Hannah lächelte. »Ich muss einem Mann sagen, dass ich ihn gernhabe. Drückt mir die Daumen, dass es noch nicht zu spät ist.«

Keuchend kam sie mit ihrem alten, klapprigen Fahrrad an der Baustelle an. Just in der Sekunde, in der Harry in seinen Bus stieg, die Tür zuzog und den Motor startete.

»Halt!«, rief sie, aber er hörte sie nicht, weil Bruce Springsteen aus der Stereoanlage dröhnte.

Er fuhr gerade in Richtung Schranke, als sie mit quietschenden Bremsen hielt. Sie sprang von ihrem Fahrrad, lehnte es ans Geländer und rannte winkend auf ihn zu.

Der Bus bremste. Ein paar Atemzüge lang sah Harry sie leicht ungläubig über das Lenkrad hinweg an. Er stellte die Musik ab, zog die Handbremse an und stieg aus. Und da war er. Jeans. Zitronengelbes Flatterhemd. Ausgefranste Armbänder.

Etwas unsicher schob er die Hände in die vorderen Taschen seiner Hose. »Was machst du denn hier?«

»Ich …« Ihr Herz schlug noch immer ziemlich heftig von der Sporteinlage.

»Alles klar bei dir?«, fragte er besorgt. »Magst du ein Wasser?«

»Alles bestens.« Sie atmete ein letztes Mal tief ein und wieder aus, ehe sie sich gefasst hatte. »Oder nein, so ganz stimmt das nicht. Bestens ist es nämlich nicht. Und das liegt daran, dass ich dich an jenem Samstagmorgen habe gehen lassen und stattdessen mit Mr Geheimrat gesprochen habe. Das war mies, und wenn ich könnte, dann würde ich die Zeit zurückdrehen, mit dir frühstücken und mich gemeinsam mit dir davon überraschen lassen, was der Tag noch so bringt.«

Harry sah sie einfach nur an.

»Ich würde es verstehen, wenn du nicht mit mir reden willst. Aber ich wollte dir sagen, dass du recht hast. Ich bin den leichtesten Weg gegangen mit einer Affäre, die zum Scheitern verurteilt war. Aber bei dir war alles anders. Und das hat mir Angst gemacht. Angst davor, dass du mich nicht mögen würdest, wenn du mich besser kennenlernst. Dass, wenn das mit uns nicht klappt, ich richtig schwer verletzt werden könnte. Aber eines weiß ich jetzt: Angst davor zu haben, etwas auszuprobieren, ist ein mieser Grund, etwas nicht zu tun.«

Er sah sie immer noch einfach nur an. Ihr Herz würde ihr jeden Moment aus der Brust springen, so aufgeregt war sie.

»Was ich sagen will: Ich finde, du bist großartig. Ich mag es, dass dir immer warm ist und du selbst an Regentagen T-Shirts anhast. Dass du dein Herz auf der Zunge trägst. Dass du mit jeder Taube in Dresden dein Brötchen teilen würdest. Ich mag dich, weil du dir in allem so sicher bist, während ich manchmal gefühlt eine Stunde brauche, um nur ein Stück Kuchen zu bestellen. Ich mag dich, weil du diese Grübchen hast, wenn du lächelst. Und weil du der letzte Mensch bist, mit dem ich reden will, bevor ich abends einschlafe. Ich bin auf meinem Fahrrad durch die halbe Stadt gerast, und weißt du, warum? Weil ich herausfinden will, was das zwischen uns ist.« Sie musste Luft holen. » … wenn das okay für dich ist.«

Und da lächelte er endlich, und seine Grübchen entfalteten die volle Wirkung. Dieses Lächeln drückte aus, wie sehr er diesen Moment herbeigesehnt hatte. Noch nie hatte sie so ein Lächeln gesehen. Und da wusste sie, dass sie diesem Mann vollkommen ergeben war.

Fünf Schritte, dann war er bei ihr und küsste sie. Erst sanft, dann mit einer Leidenschaft, die ihr den Atem raubte. Ihr Körper wurde unter seinen Händen zu Wachs.

Sein Kuss wurde sanfter, und schließlich löste er seine Lippen von ihren, nur um sie in seine starken Arme zu schließen. Sie verschmolzen miteinander, nahmen einander auf. Sie bettete den Kopf an seine Brust, hörte seinen Herzschlag, atmete seinen Duft ein, nach warmer Haut und Aftershave und noch etwas, das sie an frische Luft und taufeuchtes Gras erinnerte.

Nach einer Weile schaffte sie es, sich von ihm zu lösen, um ihm ihr strahlendstes Lächeln zu schenken. »Du wirst kaum glauben, was alles passiert ist«, sagte sie. »Endlich kenne ich die ganze Geschichte!«

Sie setzten sich an die Elbe, und Hannah erzählte Harry, was in den letzten Tagen geschehen war.

»Das heißt, Lotte hat Armin nur geheiratet, um ihre große Liebe Jakob zu schützen«, fasste Harry für sich selbst zusammen.

»Genau! Und als wäre das nicht schon schrecklich genug, findet sie nach Jahren heraus, dass Armin Leo, ihre erste Liebe, getötet hat.« Noch immer bekam sie Gänsehaut, wenn sie nur daran dachte, wie Lotte sich damals gefühlt haben musste.

»Deine Oma hat so viel durchgemacht, obwohl schon allein der Krieg und die Zerstörung ihrer Heimatstadt traumatisierend waren.«

Sie nickte schwermütig.

»Und jetzt?«, fragte Harry. »Lebt Jakob denn noch?«

»Das weiß sie nicht. Sie saß ja in der DDR fest und konnte nicht nach ihm suchen. Und als die Mauer fiel, hatte sie Angst, dass zu viel Zeit vergangen war. «

»Und trotzdem denkt sie noch an ihn. Du könntest doch versuchen, etwas über Jakob herauszufinden. Ob er noch lebt, und wenn ja, wo.«

Sie sah ihn an. »Aber das ist, als würde man eine Nadel im Heuhaufen suchen. Wie soll ich einen Menschen finden, der rein theoretisch überall sein könnte?«

»Hannah, du baust eine ganze Kirche wieder auf«, erwiderte Harry. »Du schaffst auch das.«

45

Die Redaktion der *Neuesten Dresdner Nachrichten* war erfüllt vom Surren der Computer und Faxgeräte, vom eifrigen Klackern der Tasten, von Telefonklingeln, Papierrascheln und Gesprächen.

»Ich kann einfach nicht fassen, dass du mir nicht früher davon erzählt hast.« Das war das dritte Mal, dass ihre Freundin das sagte. Nicole saß in ihrem Schreibtischstuhl und verschränkte die Arme vor der Brust, während Hannah vor ihr auf der Kante des Tischs hockte. »Du hast mit Harry geschlafen und es geschafft, dass sich deine Mutter endlich mit deiner Oma versöhnt hat!«

Hannah warf einen flüchtigen Blick über die Schulter, ob irgendjemand in der Nähe war, um ihr Gespräch zu hören. Was in ihrem Leben so vor sich ging und mit wem sie schlief, ging nur sie und ihren engsten Kreis etwas an.

»Ich fühle mich, als hättest du mich die letzten zehn Jahre aus deinem Leben ausgeschlossen!«

»Ich erzähle es dir doch jetzt. In den letzten zwei Wochen ist so viel passiert, dass ich selbst kaum hinterherkam. Die Sache mit meiner Mutter und Lotte war einfach überwältigend.«

Nicole rollte mit ihrem Stuhl an den Tisch heran und begann, ihre Stifte darauf nach Farben zu sortieren. »Aber du hättest mir zumindest früher sagen sollen, dass Harry dir gefällt. Ich komme mir dumm vor, weil ich ihn angegraben habe!«

»Auch das mit Harry ist einfach so passiert, das habe ich nicht kommen sehen. Es tut mir ehrlich leid«, entschuldigte Hannah sich nochmals und holte eine Packung Brause Ufos aus ihrer Tasche. »Macht es das schon mal ein bisschen besser?«

Nicole warf einen Seitenblick auf die Brause Ufos und klickte mit dem Kugelschreiber. Ihre Freundin war verrückt nach der Süßigkeit.

»Dann muss ich die wohl alleine essen«, seufzte Hannah.

»Gib schon her.« Nicole riss ihr die Packung aus der Hand. »Ist denn wenigstens ein Artikel über die rührende Familiengeschichte der Bürgermeisterkandidatin für mich drin?«

»Vielleicht sogar einer der Sorte, die ganz Dresden, ach, was sage ich, ganz Sachsen zu Tränen rühren wird!« Hannah stützte sich mit einer Hand ab. »Was wäre, wenn wir Lottes verloren geglaubte Liebe finden? Wenn wir Jakob und sie wieder zusammenbringen und ihre Geschichte ein gutes Ende findet?«

»Und das alles nur, weil du auf dieses Archivfoto von ihr als Trümmerfrau gestoßen bist ...« Nicole pustete sich eine Haarsträhne aus der Stirn. »Aber wie könnten wir Jakob finden? Hat Lotte irgendwelche Anhaltspunkte? Irgendeine Idee, wo er sein könnte?«

»Nur Vermutungen. Wir sollten erst mal Kontakt zur Jüdischen Gemeinde aufnehmen, dort wird man ihm vermutlich nach seiner Flucht geholfen haben. Mit etwas Glück gibt es noch Aufzeichnungen darüber.« Hannah riss das Blatt, auf dem sie all die wichtigen Informationen wie Jakobs Nachnamen und sein Geburtsdatum notiert hatte, aus ihrem Block. »Vielleicht ist er aber auch sonst wo in Deutschland oder sogar in Amerika oder Israel, dann wird es wohl schwer werden, ihn zu finden.« Hannah hatte jedoch so ein Gefühl. »Oder aber ...«

Nicole tippte mit dem Kugelschreiber an ihr Kinn und dachte

angestrengt nach. » … er ist in Westberlin, weil er in Lottes Nähe sein wollte, auch wenn die Grenze sie getrennt hat«, vollendete sie den Satz für Hannah. »Das wäre fast schon unerträglich romantisch!«

»Aber nicht ausgeschlossen.« Hannahs Haut prickelte leicht vor Aufregung. »Ich treffe mich morgen früh mit jemandem aus der Jüdischen Gemeinde, der mir bei meinen Nachforschungen helfen will.«

»Sehr gut. Wir könnten auch eine Suchanzeige in Berlin aufgeben«, dachte Nicole weiter nach.

Ihre blitzgescheite Freundin würde ihr helfen. Gemeinsam würden sie irgendwie dafür sorgen, dass Lottes Geschichte ein gutes Ende fand. »Mit deiner Hilfe finde ich ihn. Du bist die beste Journalistin, die ich kenne.«

»Ich bin die einzige Journalistin, die du kennst.«

»Aber ich weiß, dass du besser bist als deine Kollegen. Wenn jemand Jakob aufspüren kann, dann du.«

Nicole schnappte sich den Zettel mit den Kontaktdaten aus Hannahs Hand und griff nach dem Telefonhörer. »Ich rufe einen Kollegen in Berlin an, der schuldet mir noch was. Der soll sich umhören.«

»Danke.« Hannah umarmte ihre Freundin, ehe diese mit dem Kugelschreiber die Drehscheibe des Telefons bediente, sich dann in ihrem Stuhl zurücklehnte, das Kabel um den Finger wickelte und in den Hörer zwitscherte. »Marcus, wie geht's? Lange nichts voneinander gehört! Ich bräuchte deine Hilfe in einer dringenden Angelegenheit …«

Bereits zwei Tage später hatten sie einen Mann mit dem Namen Jakob Sternlieb ausfindig gemacht, der in Berlin Charlottenburg lebte.

46

Wie sagte man einem fremden Mann, dass man nicht nur seine Enkelin war, sondern dass auch noch die Frau lebte, die er einst über alles geliebt hatte, von der er jedoch vor so vielen Jahren getrennt worden war? Hannah scheute sich davor, einfach zu Jakob zu fahren und ihn zu überrumpeln, so wie sie es vor ein paar Wochen bei Lotte getan hatte. Auch ihn anzurufen, erschien ihr irgendwie nicht richtig in Anbetracht der Tatsache, welch bedeutende Neuigkeiten sie ihm mitzuteilen hatte. Deshalb hatte sie ihm einen Brief geschrieben, den sie zigmal überarbeitet hatte, ehe sie die richtigen Worte gefunden hatte. Nach ein paar Tagen, an denen sie jeden Morgen zu ihrem Briefkasten gegangen war und ihre Hand durch den schmalen Schlitz geschoben hatte, ertasteten ihre Finger tatsächlich ein Kuvert.

Liebe Hannah,
ist das wirklich möglich? Ich habe deinen Brief dreimal gelesen, ehe ich ihn begreifen konnte. Ich weiß nicht, was ich sagen soll. Seitdem sind so viele Jahre vergangen, dass ich aufgehört habe, sie zu zählen. Es ist doch überwältigend, wenn das, was man sein halbes Leben lang gehofft hat, auf einmal eintritt.
Wie wäre es mit einem Treffen?
Jakob Sternlieb

Jakob wohnte oberhalb des Kinos, das er führte. Darin liefen vereinzelt Neuerscheinungen, aber vor allem Filmklassiker wie *Casablanca* oder *Ein Herz und eine Krone*. An diesem frühen Nachmittag hing ein Student gelangweilt am Tresen und blätterte in einer Zeitschrift, während hinter ihm die Softeismaschine kreiste.

Selbst in Jakobs Wohnung duftete es leicht nach Popcorn. Der Parkettboden im Fischgrätenmuster knarzte, als Hannah Jakob ins Wohnzimmer folgte. Die Einrichtung war zwar etwas altbacken, ließ aber sofort an gemütliche Herbstabende vor dem dunkelgrün gekachelten Kamin denken. Sie setzte sich ihm gegenüber auf das cognacfarbene Cordsofa, in das man einsank, sodass es nicht leicht sein würde, ihre Teetasse und das leckere Gebäck auf dem niedrigen Tisch zu erreichen, weshalb sie vor auf die weiche Kante rutschte. Jakob hatte Challah gebacken, einen jüdischen Hefezopf, der eigentlich am Schabbat und an Feiertagen gereicht wurde, aber für ihn sei heute ein Feiertag, hatte er bei der Begrüßung gesagt.

Jakob war ein für sein Alter attraktiver Mann mit schönen, melancholischen Augen. Er trug einen moosgrünen Pullunder über einem ordentlichen weißen Hemd und eine braune Cordhose. Er erweckte den Eindruck, ein gutes Leben zu führen.

Das ist mein Großvater, dachte sie und schob vor Aufregung die Hände unter die Oberschenkel. Das ist der Vater meiner Mutter, der seine Tochter noch nie gesehen hat.

Während er den Hefezopf in Scheiben schnitt, ließ Hannah den Blick durch den Raum schweifen, über die exotischen Pflanzen, die hohe Fensterfront und die lindgrünen Vorhänge, die im Wind, der von draußen hereinkam, flatterten. Im Gegensatz zu ihr schien Jakob einen grünen Daumen zu haben. Aber eigentlich suchte sie nach einem Indiz dafür, dass Jakob verheiratet war und Familie hatte. Ein paar gerahmte Bilder standen in der beachtlichen Bücherwand auf der anderen Seite des Raumes, aber sie konnte nicht erkennen, wen sie zeigten.

»Also, Hannah, vielleicht sollten wir von vorne anfangen«, sagte Jakob. »Das, was du in deinem Brief geschrieben hast, war … unglaublich.«

»Das kann ich mir gut vorstellen.« Hannah nickte verständnisvoll. »Es ist so, dass ich lange selbst nichts mit meiner Großmutter zu tun hatte, weil sie sich mit meiner Mutter zerstritten hatte«, setzte Hannah vorsichtig an, aus Angst, was diese Information bei Jakob bewirken könnte.

»Das macht mich traurig zu hören.«

»Aber vor Kurzem habe ich Lotte kennengelernt und ihre Geschichte erfahren. Und so auch von dir.«

»Hat sie alles erzählt?«

»Ja, ich denke schon. Auch von dem Tag, an dem du fliehen musstest und sie in Dresden geblieben ist.«

Er schaute sich in seinem eigenen Wohnzimmer um, als könnte der Anblick der Tapete mit den beigen Blumenornamenten oder der Stuck an der Decke seinen Schmerz ein wenig lindern. »Du wirst dir vorstellen können, wie verletzt ich damals war. Ich hatte gespürt, dass etwas in ihr vorging. Ich dachte, sie hätte mich einfach nicht genug geliebt, um ihre Heimat zu verlassen. Ich dachte, sie hätte es sich anders überlegt und Angst davor gehabt, es mir zu sagen.«

»Sie musste in Dresden bleiben, weil Armin sie erpresst hatte.«

Jakob umfasste die Lehne des gepolsterten Stuhls, auf dem er saß, so fest, dass seine Fingerknöchel weiß hervortraten. »Ich hatte von Anfang an ein ungutes Gefühl bei ihm.«

Hannahs Herz schlug vor Aufregung kräftig in ihrer Brust. »Lotte dachte, wenn sie dir die Wahrheit sagt, würdest du niemals das Land verlassen, und dann hätte man dich erneut verhaftet. Nur deshalb hat sie dir nicht die Wahrheit gesagt.«

Als sie Jakob erzählte, dass Lotte damals schwanger gewesen war, wurde er ganz still, fast regungslos. Nur seine Brust hob und senkte sich sichtlich. Mit aller Kraft schien er sich auf ihre Worte zu konzentrieren, und sie erzählte ihm, wie Lotte Jahre später versucht hatte, in den Westen zu fliehen, aber der Bau der Mauer es verhindert hatte. Wie sie die Wahrheit über Armin herausgefunden und ihn endlich in der Hand gehabt hatte, um sich von ihm trennen zu können. Und sie erzählte ihm, wie Lottes Welt danach zusammengebrochen und sie zu einer lebenden Toten geworden war.

Jakob atmete schwer. Sein Kehlkopf hüpfte mehrmals auf und ab, als er schluckte und ganz offensichtlich um Fassung rang. Hannah bekam ein wenig Angst vor der Wirkung, die diese Informationen auf ihn hatten. Alle Farbe war aus seinem Gesicht gewichen. Er erhob sich von seinem Sessel und ging zum Fenster. Sie überlegte, ob sie hier enden sollte, aber sie konnte jetzt noch nicht aufhören, sie musste noch etwas Wichtiges loswerden.

»Mir ist bewusst, dass das alles eine ziemliche Wucht für dich sein muss. Auf einmal erfährst du, dass du eine Tochter hast, und schon kurz darauf sitzt deine Enkelin vor dir. Aber wir würden uns wirklich freuen, dich näher kennenzulernen.«

Sie konnte nicht genau sagen, was sie erwartet hatte, vielleicht Freudentränen oder dass er vor Glück stammelte. Aber seine Miene war undurchschaubar, als er sich wieder zu ihr umwandte, fast ein wenig finster. Sie befürchtete, dass er ihr sagen würde, er sei seit Jahren verheiratet, vielleicht sogar, dass er Kinder habe. Je länger er schwieg, desto sicherer war sie, dass er ihr mitteilen würde, es tue ihm sehr leid zu hören, was Lotte durchgemacht habe, er wünsche ihr das Beste für ihr restliches Leben, aber es sei zu viel Zeit vergangen und sie seien Fremde geworden. In diesem Fall würde sie Lotte nie davon erzählen, dass sie Jakob getroffen hatte. Es würde ihr nur das Herz brechen.

»Das ist alles …«, fing er an. Seine Stimme war rau, er räusperte sich. »Ich habe nicht damit gerechnet, dass …« Er brach ab, schüttelte den Kopf.

Noch war sie nicht bereit aufzugeben. »Eins noch«, sagte sie. »Ich weiß, dass viel Zeit vergangen ist. Und ich weiß nichts über deine Lebenssituation. Vielleicht bin ich entsetzlich aufdringlich, dann entschuldige ich mich dafür. Aber ich bin mir sicher, dass Lotte sich freuen würde, dich wiederzusehen.« Sie zog ihren Notizblock aus ihrer Handtasche sowie ihr Adressbuch und schrieb ihm Lottes Telefonnummer auf. »Vielleicht könntet ihr mal telefonieren? Oder, wenn ihr beide bereit seid, euch sogar treffen?«

Es war alles gesagt. Nun war er dran. Doch Jakob sah schweigend aus dem Fenster.

Hannah legte den Zettel auf den flachen Tisch und erhob sich vom Sofa. Jakob musste das alles erst einmal verarbeiten, deshalb würde sie ihn jetzt allein lassen und sich mit Harry, der unten im Kino auf sie wartete, einen schönen Tag in Berlin machen.

»Nachdem die Mauer gefallen ist, war ich zweimal in Dresden«, sagte er auf einmal. »Ich bin durch die neu errichteten Straßen geschlendert, über die Augustusbrücke, ich war an all den Orten, die uns verbunden haben. Ich habe nach ihr Ausschau gehalten, aber ich hatte eine schreckliche Angst davor, nach ihr zu suchen und zu erfahren, dass der einzige Ort, an dem ich sie finden würde, der Friedhof ist. Oder zu erfahren, dass sie verheiratet ist und Familie hat. Ich war ein Feigling. Seitdem ist ein halbes Leben vergangen …« Nun wirkte er fast ein wenig ängstlich.

»Sie hat dich vermisst. Jeden Tag«, sagte Hannah.

Da weinte Jakob auf einmal bitterlich, fuhr sich mit einer Hand über das Gesicht. Sein ganzer Körper bebte. »So, wie ich sie jeden Tag vermisst habe.«

Sie erfuhr, dass Jakob nicht verheiratet war und auch keine Kinder hatte. Er hatte nie wieder jemanden so sehr geliebt wie Lotte.

Später, nachdem sie doch noch gemeinsam von dem Challah gegessen hatten und sie schließlich mit Harry nach Hause aufbrechen wollte, begleitete Jakob sie zur Tür. Er schob die Hände in die Taschen seiner braunen Cordhose. »Sag ihr, dass ich im Brühlschen Garten auf sie warte, und sie wird Bescheid wissen.« Und da lächelte er. »Deine Großmutter ist nämlich die romantischste Seele, die ich kenne.«

47

1993

Lotte

Seit Lotte erfahren hatte, dass Hannah nicht nur Jakob ausfindig gemacht und mit ihm Kontakt aufgenommen hatte, sondern er sich auch noch mit ihr treffen wollte, war sie völlig durch den Wind. Ihr Herz schlug so kräftig, dass das für eine Frau in ihrem Alter sicher nicht gesund sein konnte. Sie war kurz davor gewesen abzusagen, aber da war Hannah bereits mit Marlene bei ihr zu Hause aufgetaucht, um ihr dabei zu helfen, sich herzurichten.

Lotte hatte im Morgenrock vor ihrem Kleiderschrank gestanden und den Kopf geschüttelt. »Ich habe nichts, was passen könnte!«

»Was ist damit?«, hatte Marlene gesagt und auf das schlichte marineblaue Kostüm gedeutet. »Das ist doch hübsch.«

»Das Kleid daneben ist der Hammer!« Hannah hatte das leuchtend rote Modell aus dem Schrank geholt, das Lotte nach der Wende gekauft hatte, und das nur, weil es sie an Jakobs Worte erinnert hatte, als sie gemeinsam mit ihm das erste Mal auf einem Tanztee gewesen war. Sie schmunzelte, als sie daran dachte, wie sie gemeinsam mit Jakob dieser Bissgurke von Gerda eine überromantische Geschichte ihres Kennenlernens aufgetischt hatte.

»Im Brühlschen Garten. Als er in voller Blüte stand«, hatte sie gesagt.

War es möglich, dass auch er sich an diese Geschichte erinnerte und deshalb diesen Ort für ihr Treffen gewählt hatte?

»Stimmt. Du hattest dieses atemberaubende Kleid an«, hatte er erwidert. Und dann sie: »Leuchtend rot.«

»Ein unvergesslicher Anblick. Ich habe dich gesehen und wusste, dass ich dich nie aus dem Kopf bekommen würde. Ich musste dich ansprechen, sonst wäre ich verloren gewesen.«

»Du hast recht, Hannah. Dieses Kleid habe ich noch kein einziges Mal getragen. Wenn nicht heute, wann dann?«

Hannah hatte ihr sorgsam Lockenwickler in die Haare gedreht, und nun stand sie vor dem Spiegel und betrachtete das Ergebnis all der Bemühungen, während ihre Tochter, ihre Enkelin und ein junger, sympathischer Mann namens Harry im Wohnzimmer auf sie warteten. Sie waren spät dran, aber alles hielt sie davon ab, zu diesem Treffen zu gehen. Ihr Körper fühlte sich auf einmal alt an, ihre Gelenke schmerzten. Selbst das umwerfende rote Kleid mit den kurzen Ärmeln und dem schwingenden Rock konnte nicht über ihr Alter hinwegtäuschen. Sie versuchte, in ihrem Gesicht die junge Frau zu finden, die sie einst gewesen war. Sie fuhr mit den Fingerspitzen über die Linien um ihre Augen, die zerknitterten Wangen, ihr weißes Haar, das dank Hannahs Hilfe in weichen Wellen auf ihren Schultern auflag. Nein, sie war nicht mehr die Frau, in die Jakob sich einst verliebt hatte.

Was, wenn er nicht kommen würde?

Was, wenn zu viel Zeit vergangen war und er sich verändert hatte? Wenn sie sich beide zu sehr verändert hatten, sodass sie nichts mehr verband? Dass er sie vielleicht sogar nicht wiedererkannte?

In den letzten Tagen hatte es das Leben so gut mit ihr gemeint, dass es zu viel des Glücks wäre, wenn das Schicksal ihr auch noch Jakob schenken würde. Ihre Tochter hatte ihr verziehen, und sie hatte zudem noch eine wunderbare Enkelin geschenkt bekommen. Sie hatte kein Recht, noch mehr zu verlangen. Und dennoch schloss sie einen Moment die Augen und betete innerlich, dass es wirklich Jakob sein würde, der im Brühlschen Garten auf sie wartete. Allein zu sehen, dass es ihm gut ging, wäre schon mehr, als sie sich in den letzten Jahren erhofft hatte.

»Lotte?«, rief Hannah von unten. »Wir müssten langsam los.«

Sie schmunzelte ein bisschen. Dieses junge Ding, das so voller Elan war und fest an das glaubte, was man neuerdings Happy End nannte. Gestern war es ihr gelungen, sie mit ihrem Optimismus anzustecken. Aber der war heute schon wieder verflogen.

»Ich komme«, erwiderte sie, strich ein letztes Mal über ihr Kleid und machte sich dann auf.

»Bist du aufgeregt?«, fragte ihre Enkelin, als sie die Treppe hinabkam.

»Und wie!«, gestand sie lachend.

Hannah trug einen entzückenden dottergelben Rock mit Petticoat darunter und dazu eine schlichte weiße Bluse. Das gepunktete Band sah hübsch in ihrem rötlich braunen Haar aus. Harry konnte kaum die Augen von ihr lassen. Geschmack hatte ihre Enkelin, in vielerlei Hinsicht.

Es regnete. Marlene hielt einen Schirm über ihren Kopf, als sie zu ihrem VW liefen, der am Straßenrand parkte. Schon wieder dieses Erzittern ihres Herzens. Sie war ganz hibbelig. Sie konnte sich nicht daran erinnern, wann sie sich das letzte Mal so wach und lebendig gefühlt hatte. Und gleichzeitig dachte sie, dass sie zu alt für so viel Aufregung war.

Es war nur wenig Verkehr, und sie kamen zügig durch die Stadt, sodass sie doch noch pünktlich den Brühlschen Garten erreichten. Harry hielt ihr galant die Beifahrertür auf und den Schirm über den Kopf. Nachdem sie ausgestiegen war, blieb sie stehen und stützte sich an der Wagentür ab. Sie zitterte. Ein letzter Blick in den Rückspiegel: Sie wirkte jünger, weil ihre Wangen vor Aufregung gerötet und ihre Augen ganz groß waren. So voller Hoffnung.

»Alles in Ordnung?«, fragte Hannah sanft.

»Ich habe …« Ihre Stimme brach. Sie fischte sich mit dem Zeigefinger eine Träne aus dem Augenwinkel. Jetzt wollte sie auf keinen Fall ihr Make-up ruinieren. »Ich habe ziemliche Angst.«

Hannah umarmte sie. »Wir warten hier auf dich.«

Inzwischen hatte es zum Glück aufgehört zu regnen, deshalb klappte Harry den Schirm zusammen, gab ihn ihr jedoch zur Sicherheit mit. Sie stützte sich darauf wie auf einen Stock, als sie sich einen Ruck gab und langsam auf die Brühlsche Terrasse zuhielt, Schritt für Schritt, dem Ungewissen entgegen. Vorsichtig stieg sie die Stufen hinauf und überquerte den schönen Platz, von dem man eine wunderbare Sicht auf die Elbe hatte.

Hannah hatte ihr gesagt, Jakob würde sie am Delphinbrunnen erwarten. Durch die anhaltende Trockenheit hatten sich die ersten Blätter an den jungen Linden gelb verfärbt, zwischen denen sich in der Ferne die Augustusbrücke zum anderen Elbufer spannte. Das Orchester der verschiedenen Kirchturmglocken setzte ein. Sechs Uhr abends. Lotte stellte sich auf die Spitzen ihrer weißen Lackschuhe mit dem kleinen Absatz. Noch sah sie Jakob nirgends.

Sie betrachtete die Altersflecken auf ihren Händen, die feinen blauen Adern, die sich unter ihrer dünnen Haut abzeichneten. Sie war keine schöne Frau mehr. Und er würde das sehen.

Ein kleiner Junge rannte an ihr vorbei und schreckte eine Taube auf, die davonflatterte. Seine Mutter eilte mit einem Kinderwagen mit einem Neugeborenen darin hinterher. Dann war es wieder ruhig.

Lotte warf einen Blick auf ihre schmale Armbanduhr. Fünf nach sechs.

Sie stieg die Treppen hinauf, die seitlich vom Brunnen verliefen und die vom Regen nass waren und im Sonnenlicht glitzerten. Sie sah sich um, doch niemand saß auf den Bänken oder stand am Geländer der Terrasse. Die Luft war frisch und erfüllt vom sonoren Rauschen, wenn sich die Tropfen von den Blättern der Linden lösten und am Boden zerplatzten. Ein Dampfschiff hupte laut, ein Matrose rief etwas, die Vögel, die nach dem Regenschauer wieder eifrig durch die Lüfte flogen, sangen freudig.

Sie rief sich alle Gründe ins Gedächtnis, warum sie dankbar sein sollte. Der Arzt meinte, sie sei bester Gesundheit, und bis auf ein paar Gelenkschmerzen dann und wann ging es ihr gut. Sie würde dieses Weihnachten nicht allein verbringen, sondern in Gesellschaft ihrer Tochter und ihrer Enkelin. Und vielleicht würden sie sogar mal gemeinsam verreisen, hatte Hannah angeboten. Venedig, wohin sie schon immer gewollt hatte.

Sie seufzte und hielt sich mit beiden Händen am Griff des Regenschirms fest. Er kam nicht. Im Grunde ihres Herzens wusste sie doch, dass keinem Menschen so viel Glück vergönnt war. Sie hatte so viel Leid erlebt, sie wusste, dass das Gute im Leben begrenzt war. Dass man dankbar für die kleinsten Dinge sein musste. Sie schloss die Augen. Dank ihrer Enkelin erfahren zu haben, dass Jakob noch lebte und es ihm gut ging, war bereits ein Geschenk auf ihre alten Tage.

Es war Zeit, nach Hause zurückzukehren.

»Lotte?«

Die Stimme, die sie nachts so oft beruhigt hatte. Die ihr unzählige Male ins Ohr geflüstert hatte, wie sehr er sie liebe.

Seine Stimme.

Langsam drehte sie sich um, und dort stand er. Jakob. Stand am Fuß der Treppe und sah zu ihr hinauf. Sein Haar war etwas nass, Regen perlte von seinem dünnen Mantel. Natürlich hatte er auf einen Schirm verzichtet, er hatte sich schon immer geweigert, einen zu benutzen, er sei ja nicht aus Zucker, hatte er stets gesagt.

Sie ertappte sich dabei, wie sie sich etwas aufrichtete und eine Haarsträhne hinters Ohr klemmte, als wäre sie ein junges, schüchternes Mädchen. Sie konnte den Blick nicht von ihm abwenden, von den frisch gewichsten Schuhen, der hellen Anzughose, dem weißen Hemd und diesen wunderschönen Bernsteinaugen. Er war noch immer derselbe, war auf völlig verblüffende Weise der Mann, in den sie sich vor so vielen Jahren bedingungslos verliebt hatte. Langsam stieg sie die Treppe hinab, ihm entgegen, und mit jeder Stufe hatte sie das Gefühl, wieder zu der jungen Frau zu werden, die sie damals gewesen war.

»Du bist es«, hauchte er. »Du bist es wirklich …«

Sie konnte nichts sagen, nichts würde auch nur ansatzweise den Gefühlen gerecht werden, die in ihr tobten. Sie schmeckte Salz.

Seine Augen schwammen in Tränen. Sie konnte nicht anders, streckte die Hand aus und legte sie an seine Wange. Und er schmiegte sein Gesicht in diese zarte Berührung.

»Es ist so viel Zeit vergangen …« Es gelang ihr nicht, den Schmerz vor ihm zu verbergen. Sie schloss die Augen.

»Sieh mich an«, sagte er, und ein Lächeln umspielte seine Mundwinkel, während ihre Blicke sich begegneten.

»Nichts konnte uns auseinanderbringen, schon gar nicht die Zeit, die vergangen ist, denn ich habe in dir gelebt und du in mir, als die junge Frau, die du damals warst. Und wenn ich dich ansehe, dann sehe ich sie, diese strahlenden Augen, diese Wärme und Güte, und ich habe das Gefühl, wieder jung zu sein und mein Leben mit dir noch vor mir zu haben.«

Als er sie in die Arme schloss und festhielt, heilte nach all den Jahren die tiefe Wunde in ihrem Herzen.

48

2005

Hannah

Wie in Zeitlupe taumelten Schneeflocken vom Himmel. In den bunten Lichtern an den paar Verkaufsbuden, die sich über den Neumarkt verteilten und noch vom Weihnachtsrummel übrig waren, leuchteten sie kurz auf, ehe sie auf den Boden sanken und dort eins mit unzähligen anderen Flocken wurden.

Hannah wartete mit Harry in der Schlange am Glühweinstand, um etwas zum Anstoßen aufs neue Jahr zu holen, das gleich beginnen würde. Genau genommen in fünf Minuten, wie sie leicht unruhig mit Blick auf das Uhrwerk der Frauenkirche feststellte. Immerhin standen noch drei Leute vor ihnen an.

Im Herbst war die Frauenkirche geweiht worden. Nach sechzig Jahren schlug das Herz des Dresdner Neumarkts endlich wieder. Dem großen Ereignis hatte die Politprominenz aus neuen sowie alten Reihen beigewohnt. Gerhard Schröder, Horst Köhler sowie Angela Merkel waren unter den Gästen gewesen. Der Dichter Gerhart Hauptmann hatte einst nach der totalen Zerstörung Dresdens geschrieben: »Wer das Weinen verlernt hat, der lernt es wieder beim Untergang Dresdens.« Nun aber sah sie die eindrucksvolle Frauenkirche an und dachte sich, dass dieser Anblick einen Zuversicht und Hoffnung lehrte.

Wer hätte vor fünfzehn Jahren gedacht, dass der *Ruf aus Dresden* ein so weites Echo finden würde, begleitet von weltweiter Anteilnahme, Engagement und Mitfinanzierung? Wer hätte gedacht, dass der Wiederaufbau der Kirche in einem solchen Tempo stattfinden würde? Wer hätte erwartet, dass anschließend eine derart euphorische Kraft einsetzen würde, sodass nun beschlossen worden war, auch den restlichen Neumarkt wieder so aufzubauen, wie er einst gewesen war? Oder sehr ähnlich zumindest. Auch Hannah würde an den Bauvorhaben beteiligt sein, damit der Dresdner Neumarkt bald wieder in seiner alten Pracht erstrahlen würde.

Vor allem die Partnerschaft der Städte Dresden und Coventry berührte ihr Herz. Mehr als sie sich jemals hätte vorstellen können. Sie sah Harry an, in dessen Haar sich ein paar Schneeflocken verfingen, und lächelte. Ohne die Ruine der Frauenkirche hätte sie den liebenswerten, lustigen Engländer nie kennengelernt.

Sie ließ den Blick schweifen, vorbei an einer Mutter, die ein kleines Kind in den Armen hielt, das darum kämpfte, die Augen offen zu halten. Schräg davor bemerkte sie einen Mann. Beiger Mantel. Karierter Schal. Unverkennbar Malte. Er kaufte gerade gebrannte Mandeln. Seine schöne Frau wartete neben ihm mit ihrer gemeinsamen Tochter, die inzwischen ein Backfisch war, und presste die Lippen zu einem dünnen Strich zusammen. Sie wirkte, als wäre sie wütend, aber vielleicht fror sie auch nur.

Malte sah Hannah nicht, aber das hatte er nie. Harry sah sie so, wie sie wirklich war, mit all ihren Makeln, aber auch den guten Seiten, die sie zuvor an sich selbst gar nicht bemerkt hatte. Meinte man das, wenn man sagte: Durch ihn oder durch sie wurde ich ein besserer Mensch? Vielleicht bedeutete das nicht, dass man sich wirklich verbessert hatte, so wie Hannah stets versucht hatte, für Malte noch geistreicher, anziehender, lustiger und hübscher zu werden. Nein, vielleicht bedeutete das einfach, dass man endlich nachvollziehen konnte, dass man liebenswert war, so wie man eben war, und dadurch ein besseres Verhältnis zu sich selbst geschenkt bekam. Hannah hakte sich bei Harry ein und himmelte ihn an, was ihn immer ein bisschen in Verlegenheit brachte.

Eine Minute vor Mitternacht.

Endlich waren sie an der Reihe und bestellten fünf Tassen Glühwein. Sie beeilten sich, zu bezahlen und zu den anderen zurückzukommen. Hannah schlitterte mit ihren Stiefeln auf dem schneebedeckten Boden, und etwas Glühwein schwappte über den Rand.

»Da seid ihr ja!«, sagte Lotte. »Wir haben uns schon Sorgen gemacht, ihr würdet nicht rechtzeitig zurück sein!«

Sie sah knuffig aus in ihrem altrosafarbenen Mantel und dem dazu passenden Stirnband, das sie selbst gehäkelt hatte. Jakob stand hinter ihr und hatte die Arme um sie gelegt, um sie zu wärmen. Die beiden waren herzzerreißend süß. Ein Jahr nachdem sie einander wiedergefunden hatten, hatten sie geheiratet. Auch Hannah hatte sich inzwischen mit Harry das Jawort gegeben.

»Wir haben gerade darüber gesprochen, dieses Jahr gemeinsam nach Rom zu fahren«, sagte ihre Mutter, als Harry und Hannah den Glühwein verteilten. »Wie fändet ihr das? März wäre eine gute Zeit.«

Hannah wärmte ihre Hände an der Tasse. »Klingt super.«

Sie legte den Kopf an Harrys Schulter und betrachtete zufrieden ihre Familie. Jakob sagte etwas zu Lotte, woraufhin ihre Oma schmunzelte und ihn voller Zuneigung und Wärme ansah. Es war derselbe Blick, der Hannah damals auf dem Foto so stark berührt hatte.

Sie betrachtete ihre schöne, stolze Mutter, die einen schicken blütenweißen Mantel trug, der bei Hannah vermutlich schon einen Glühwein- oder Fettfleck gehabt hätte, der nie wieder rausgehen würde. Nicole hatte in dem Jahr, in dem Marlene und Lotte wieder zueinandergefunden hatten, einen emotionalen dreiseitigen Artikel über die Kriegsgeneration und die Generation der Nachkriegskinder geschrieben. Anhand von Lottes Geschichte hatte sie erklärt, wie die Vergangenheit das Verhältnis zu ihrer Tochter und damit auch deren Leben geprägt hatte. Nicole hatte so viele positive Zuschriften bekommen, dass sie kaum Zeit gefunden hatte, alle zu beantworten. Im Ansehen des Chefredakteurs war sie dadurch so stark gestiegen, dass er sie mit Blumensträußen umworben hatte. Erfolgreich. Trotz des tollen Artikels hatte ihre Mutter damals letztendlich die Bürgermeisterwahl knapp verloren. Bei Pizza und Wein auf dem Sofa hatte sie Hannah jedoch gestanden, dass sie eigentlich erleichtert darüber war. »Ich würde gerne Zeit mit Lotte verbringen«, hatte sie gesagt.

Über zehn Jahre war das alles nun schon her … Verrückt, wie die Zeit nur so verflog.

»Zehn, neun, acht …«, setzte der Countdown ein.

Hannah dachte, dass sie auf eine Weise glücklich war, die sie vor ein paar Jahren nicht für möglich gehalten hatte. Ihr Bauch war voll mit Plätzchen, die ihre Oma gebacken hatte, so wie sie es sich immer erträumt hatte. Sie hatte endlich eine richtige Familie. Und sie hatte die Liebe gefunden.

»Vier, drei, zwei, eins!«

Buntes Feuerwerk explodierte über ihren Köpfen, erhellte die Dächer und den Neumarkt. Sie waren umgeben von glücklichen Gesichtern, von Menschen, die sich in die Arme fielen und sich küssten.

»Bereit für ein neues Jahr mit mir?«, fragte sie Harry und

schenkte ihm einen koketten Augenaufschlag, der ihn zum Schmunzeln brachte.

»So was von bereit!« Sie küsste erst seine Grübchen und dann seine weichen Lippen. Der Kuss schmeckte nach Glühwein und gebrannten Mandeln, und sie dachte, dass das ein Moment war, den sie am liebsten in einem Marmeladenglas aufbewahren würde, so wie Lotte einst zu Jakob gesagt hatte.

Auf einmal kam ihr der Spruch in den Sinn, den sie gelesen hatte: Die Welt besteht nicht aus Atomen, sie besteht aus Geschichten. Diese Geschichte über Lotte und ihre Mutter, in der auch sie eine nicht gerade unbedeutende Rolle spielte, mochte im Weltgeschehen nur ein kleines, unbedeutendes Atom sein, aber für sie selbst bedeutete sie die ganze Welt.

Ende

Nachwort

»Wer das Weinen verlernt hat, der lernt es wieder beim Untergang Dresdens«, schrieb der Dichter Gerhart Hauptmann nach den fatalen Luftangriffen, die das wunderschöne Elbflorenz dem Erdboden gleichmachten.

Am 13. Februar 1945 brach die Hölle über Dresden herein: Britische und amerikanische Bomber zerstörten die Altstadt nahezu vollständig. Die Kuppel der Frauenkirche, die zweihundert Jahre lang das Stadtbild geprägt hatte, sowie zahlreiche andere barocke Gebäude waren aus der Silhouette Dresdens verschwunden. Dresden brannte drei Tage und drei Nächte. Etwa 35 000 Menschen verloren ihr Leben. Die Stadt, von der man sagte, dass sie zu den schönsten Städten Europas zähle, war danach ein Trümmerfeld.

Der vorliegende Roman erzählt die Geschichte Lottes, die zwei Diktaturen erlebte. Die Idee zu diesem Roman hatte ich, nachdem ich *Das Lied ist aus* von Henny Brenner gelesen hatte. Die gebürtige Dresdnerin war Jüdin. Am 13. Februar 1945 erhielten sie und ihre Mutter einen Deportationsbescheid, doch in ebenjener Nacht begannen die Luftangriffe, die Henny und ihrer Mutter, so absurd es klingen mag, vermutlich das Leben retteten.

Die Opfer des Naziterrors sahen in der Roten Armee Stalins zunächst die Befreier, doch schon bald ging von den Besatzern eine erneute Bedrohung aus. Eine antisemitische Kampagne begann, die Juden als »Schmarotzer«, »Agenten des amerikanischen Imperialismus« sowie »Zionisten« angriff. Zahlreiche Juden flohen aus der DDR, verloren zum zweiten Mal alles und waren gezwungen, sich fernab ihrer Heimat ein neues Leben aufzubauen. Der Höhepunkt dieser antisemitischen Hetze war der im Roman erwähnte Schauprozess gegen das »staatsfeindliche Verschwörer-Zentrum« mit Rudolf Slánský an der Spitze, der 1952 in der Tschechoslowakei stattfand. Auch in der DDR wurde ein entsprechender Prozess vorbereitet. Henny Brenner floh nach Westberlin, was ihr Julius Meyer ermöglichte (im Roman hilft er Lotte und Jakob, über die Grenze zu fliehen). Meyer verhalf Hunderten Juden zur Flucht. Auch Leon Löwenkopf und Paul Merker haben wirklich gelebt. Torsten Remus, Hannahs Kollege auf der Baustelle, hat wie im Roman für den Wiederaufbau der Frauenkirche gearbeitet und ist noch immer für das Landesamt für Denkmalpflege tätig. Der erfundene Charakter Harry hilft beim Wiederaufbau der Frauenkirche mit, da sein Großvater einst als Pilot beim Angriff auf Dresden mitflog. Als Inspiration dafür diente mir die rührende Geschichte eines englischen Schmiedes namens Alan Smith. Als Zeichen der Freundschaft und Versöhnung schmiedete er das neue Kuppelkreuz der Frauenkirche.

Das Hotel Elbflorenz am Neumarkt entspringt meiner Fantasie. Auch wenn es aktuell in Dresden ein Hotel mit diesem Namen gibt, so diente es nicht als Vorlage.

Wie im Roman beschrieben, wollte man in der DDR die Frauenkirche nicht wiederaufbauen. Erst der *Ruf aus Dresden* im Jahr 1990 schenkte neue Hoffnung. 100 Millionen Euro, mehr als für jedes andere Spendenvorhaben, konnten weltweit für den Wiederaufbau der Frauenkirche gesammelt werden. Am 30. Oktober 2005 wurde das Gotteshaus geweiht, das Herz Dresdens schlägt seitdem wieder.

Weitere Informationen sowie ein Glossar der Werke, die ich zur Recherche heranzog, finden Sie auf meiner Website: www.julie-heiland.de.

Eines ist mir jedoch noch ein Anliegen: Die antisemitischen Tendenzen in Deutschland nehmen zu. Ganz weg war Antisemitismus in Deutschland eben nie – auch wenn genau das zu DDR-Zeiten behauptet wurde. Es ist deshalb wichtiger als je zuvor, antisemitischen Tendenzen eine klare Absage zu erteilen.

Ich war immer sehr dankbar, in einer Zeit des Friedens aufgewachsen zu sein, umso mehr erschüttern mich die derzeitigen Kriege in der Welt. Deshalb möchte ich dieses Nachwort gerne mit den Worten beenden, die einst auf einem großen Banner am Baugerüst an der Frauenkirche hingen: »Brücken bauen, Versöhnung leben« – ein ergreifender Aufruf, der auch heute noch von großer Relevanz ist.

Danksagung

Ich möchte mich herzlich für die wunderbare Unterstützung bedanken, die ich während der Arbeit an diesem Buch erhielt.

In erster Linie möchte ich den Menschen danken, die mir bei meiner ausgiebigen Recherche Rede und Antwort standen: Michael Brenner, dem Sohn der im Nachwort erwähnten Henny Brenner, der als Professor für Jüdische Geschichte und Kultur an der Ludwig-Maximilians-Universität München arbeitet und zudem Direktor des Center for Israel Studies an der American University in Washington, D.C., ist. Ich bin ihm zu großem Dank verpflichtet.

Auch Torsten Remus danke ich sehr. Er schilderte mir ausführlich den Alltag auf der Baustelle der Frauenkirche sowie die Arbeitsabläufe.

Lutz Hildebrandt bin ich zu erneutem Dank verpflichtet, denn er hat mich bereits bei meiner Roman-Dilogie *Die Freundinnen vom Strandbad* beraten. Einst war er in der Untersuchungshaftanstalt Berlin-Hohenschönhausen inhaftiert und führt nun Besuchergruppen durch die Gedenkstätte, wo wir uns kennenlernten.

Liebe Clarissa Czöppan – tausend Dank für deine Arbeit am Roman! Ebenso gilt mein Dank Hajo Stork.

Herzlich danken möchte ich ebenfalls meinem Agenten Kai Gathemann sowie meiner Schwester Madeleine, die seit vielen Jahren meine Erstleserin ist und sich gemeinsam mit mir Gedanken zu Figuren und Handlung macht.

Danken möchte ich auch dem Ullstein Verlag, der dieses Projekt wunderbar betreut hat. Liebe Wiebke, vielen Dank, dass du mit mir so großartig Lottes Geschichte entwickelt und an ihr gearbeitet hast!

Und zu guter Letzt danke ich meinen wunderbaren Leserinnen und Lesern. Ich freue mich stets über Ihre Zuschriften oder ein persönliches Kennenlernen auf Lesungen.

Herzlichst

Ihre Julie Heiland

(Frühjahr 2024)

Eine Freundinnengeschichte auf beiden Seiten der Mauer

Ost-Berlin, August 1961. Die Jugendfreundinnen Martha und Betty verbringen einen Nachmittag im Strandbad Müggelsee, doch die Dritte im Bunde fehlt: Clara ist nach West-Berlin geflohen, um sich ein neues Leben aufzubauen. Während es Betty nach einem Schicksalsschlag gelingt, als Schauspielerin Fuß zu fassen, beginnt Martha, gegen die Regierung zu protestieren. Ausgerechnet Betty wird von der Stasi gezwungen, Martha auszuspionieren, um ihre Karriere zu retten. Die Leben der Frauen entwickeln sich in völlig unterschiedliche Richtungen, und ihre Freundschaft droht zu zerbrechen. Werden die drei trotz aller politischen Widrigkeiten eines Tages wieder zueinanderfinden?

Julie Heiland
Die Freundinnen vom Strandbad
Wogen der Freiheit. Roman

Klappenbroschur
Auch als E-Book erhältlich
www.ullstein.de

ullstein

Lady Diana – die Ikone ihrer Zeit

London, 1978: Die siebzehnjährige Diana Spencer ist zu Gast auf einem Polospiel. Da sie selbst einer der angesehensten Adelsfamilien des Landes entstammt, ist die Welt, in der sie sich an diesem Tag bewegt, nicht fremd. Im Gegenteil, es beginnt ein Flirt mit dem zukünftigen König Großbritanniens, der ihr Leben für immer verändern soll: Keine drei Jahre später steht sie vor 3500 geladenen Gästen in der St. Paul's Cathedral und feiert die Hochzeit des Jahrhunderts. Doch obwohl der Alltag in der Königsfamilie mit seinem strengen Protokoll ihr nicht entspricht und Charles ihre Liebe nicht erwidert, findet sie ihren ganz eigenen Weg - und die Welt liegt ihr schon bald zu Füßen...

Julie Heiland
Diana
Königin der Herzen

Klappenbroschur
Auch als E-Book erhältlich
www.ullstein.de

ullstein

Drei junge Frauen. Ein Schwur. Wie stark ist eine Freundschaft?

Die drei Freundinnen Elli, Margot und Käthe kennen sich seit ihren Kindertagen in der malerischen Eifel. Aber die Zeitläufte stellen ihre Freundschaft auf eine harte Probe. Als die Nationalsozialisten die Macht übernehmen, fühlt Käthe sich von der neuen Ideologie angezogen, während die Jüdin Margot bald um ihr Leben und das ihrer Familie fürchten muss. Die gehbehinderte Elli, für die Leute im Dorf nur das »Hinkemädchen«, wird hineingerissen in einen Strudel der Gefühle: Angst und Trauer um ihre Freundinnen, Sorge um ihre überarbeitete Mutter, die einzige Hebamme im Tal. Und sie fühlt eine Liebe in sich aufkeimen, die es gar nicht geben dürfte. Doch sie weiß, dass sie nur eine Wahl hat: Margot zu helfen, um jeden Preis. Auch wenn sie sich dabei selbst in Gefahr bringt und droht, alles zu verlieren, was sie liebt.

Lilly Bernstein
Sturmmädchen
Freundinnen in dunkler Zeit

Klappenbroschur
Auch als E-Book erhältlich
www.ullstein.de

ullstein

Ein junges Mädchen kämpft ums Überleben, um ihren Traum und die Liebe

Köln, 1941. Anna wächst bei ihrer Tante Marie und ihrem Onkel Matthias auf, einem Bäckerehepaar. Das Mädchen liebt die Backstube über alles. Doch mit dem Krieg kommt das Unglück: Matthias wird eingezogen und die Bäckerei bei Luftangriffen zerstört. Während Köln in Trümmern liegt und vom kältesten Winter des Jahrhunderts heimgesucht wird, schließt Anna sich einer Schwarzmarktbande an. Als sie am wenigsten damit rechnet, verliebt sie sich sogar – eine verbotene Liebe mit gefährlichen Folgen. Von Kälte, Hunger und Neidern bedroht, halten Anna und ihre Tante verzweifelt an dem Traum fest, die Bäckerei wiederaufzubauen. Und an der Hoffnung, dass die Männer, die sie lieben, irgendwann zu ihnen zurückkehren.

Lilly Bernstein
Trümmermädchen
Annas Traum vom Glück

Taschenbuch
Auch als E-Book erhältlich
www.ullstein.de